10 18
12, avenue d'Italie – Paris XIIIe

DALVA

PAR

JIM HARRISON

Traduit de l'anglais
par Brice MATTHIEUSSENT

10 18

« *Domaine étranger* »
dirigé par Jean-Claude Zylberstein
CHRISTIAN BOURGOIS ÉDITEUR

Titre original :
Dalva

© Jim Harrison 1987.
© 1988 Anna Productions.
© Christian Bourgois Éditeur 1989
pour la traduction française.
ISBN 2-264-01612-4

Jim Harrison est né à Grayling, Michigan, et a fait ses études à l'Université du Michigan. Il décide de devenir écrivain à l'âge de douze ans, lorsqu'il comprend que cette profession propose une façon de vivre plutôt séduisante.

Dans ses premiers écrits il s'inspire largement de la vie de son pére fermier, de l'origine scandinave de sa mère et de sa propre éducation en milieu rural. Il enseigne quelque temps à Stony Brook, Université de New York dans le but de faire vivre sa femme et ses deux enfants, Puis, insatisfait, il retourne dans sa ferme du Michigan.

S'il connait son premier succès littéraire avec ses poèmes dont cinq volumes furent publiés entre 1965 et 1978, il est également célèbre pour ses romans : *Légendes d'automne; Faux-Soleil, Un bon jour pour mourir, Dalva* . . .

Jim Harrison a été lauréat du *National Endowment for the Arts* 1968–1969 (aide accordée par le gouvernement aux meilleurs artistes de l'année) ainsi que de la fondation Guggenheim (1969–1970) et le *Detroit News* l'a élu "Michiganian" de l'année.

NOTE DU TRADUCTEUR

La traduction des noms d'Indiens pose un problème. On ne saurait en tout cas les conserver en anglais, car ces noms propres anglicisés — *Red Cloud, He Dog,* etc. — sont eux-mêmes la traduction de termes indiens. Hormis les plus célèbres, ainsi *Crazy Horse* et *Sitting Bull*, j'ai donc traduit en français ces noms propres.

B.M.

Pour Linda King Harrison

Nous aimions la terre, mais n'avons pu rester.
Vieux dicton.

Livre un
DALVA

DALVA

7 avril 1986, 4 h du matin — Santa Monica.

Aujourd'hui, ou plutôt hier, il m'a dit qu'il importait de ne pas accepter la vie comme une approximation brutale. Je lui ai répondu que les gens de ce quartier ne parlaient pas comme ça. La luciole qui vole maintenant près de moi dans le noir devient toutes les lucioles que j'aie jamais vues. Je suis sur le divan ; à mon réveil j'ai cru entendre des voix au bord de la rivière, un bras de la Niobrara où, vêtue d'une robe blanche, j'ai été baptisée avec ma sœur. Un garçon a crié *serpent d'eau*, et le prédicateur a dit *passe ton chemin, ô serpent*, ce qui nous a tous fait rire. Le serpent s'est éloigné dans le courant, puis les chants ont commencé. Ici, il n'y a pas de rivière dans les environs. J'allume la lampe au-dessus du divan et constate qu'il n'est plus là. Malgré l'heure tardive j'entends le chuintement des pneus d'une voiture sur la route de la côte. Il y a toujours des voitures. La fille en maillot de bain vert a été renversée sept fois avant que la dernière voiture ne l'envoie bouler

13

dans le fossé. Selon l'autopsie, elle avait pris un mélange d'héroïne et de cocaïne californiennes. Son maillot de bain était de la même couleur que le blé d'hiver dans mon souvenir, un vert presque phosphorescent à la fonte des neiges. C'était si bon de voir une autre couleur sur la terre, en dehors de l'herbe marron, de la neige blanche et des arbres noirs. Maintenant, entre deux voitures, j'entends l'océan; et la brise qui soulève les rideaux bleu pâle apporte une odeur marine semblable à celle de ma peau. Je suis plutôt heureuse, même si je vais sans doute devoir déménager après toutes ces années, sept en fait. J'ai une éraflure à la cuisse, on dirait une brûlure superficielle, à cause de sa moustache. Quand il m'a proposé de raser celle-ci, je lui ai répondu qu'il serait perdu sans elle. Ma réponse l'a mis en colère, comme si sa vanité ne dépendait que d'un attribut aussi dérisoire qu'une moustache. Bien sûr, il n'écoutait pas mes paroles, mais toutes les résonances imaginaires qu'elles suscitaient en lui. Lorsque j'ai éclaté de rire, il s'est mis à arpenter la pièce d'un pas furieux, seulement vêtu de son caleçon qui flottait sur ses fesses. C'était plutôt chaleureux et amusant, mais quand il a voulu me saisir aux épaules pour me secouer, je lui ai dit de rentrer à son hôtel et de se branler devant la glace jusqu'à ce qu'il ait vraiment envie d'être à nouveau avec moi. Là-dessus, il est parti.

Je croyais écrire ceci à mon fils au cas où je ne le verrais jamais et s'il m'arrivait quelque chose, pour que ces mots lui disent qui est sa mère. Mon ami d'hier soir m'a rétorqué : Et s'il n'en vaut pas la peine? Cela ne m'était jamais venu à l'esprit. J'ignore où il se trouve et je ne l'ai jamais vu, sinon quelques instants après sa naissance. Je n'ose me mettre à sa recherche, car je ne suis pas certaine qu'il connaisse mon existence. Ses parents adoptifs ne lui ont peut-être jamais dit qu'il a été adopté. Il s'agit moins d'un problème sentimental que d'un projet laissé en plan, le désir de rencontrer quelqu'un que je n'ai pas vraiment le droit de connaître. Mais faire la connaissance de ce fils parachèverait cette liberté que les hommes de mon entourage semblent considérer comme un dû. Et puis, mon fils me cherche peut-être?

Je m'appelle Dalva. C'est un prénom assez étrange pour une femme originaire du nord du Middle West, mais l'explication en est simple. Le frère aîné de mon père céda à l'esprit de révolte et à l'attrait des magazines d'aventures; il se fit marin sur des navires marchands, chercheur d'or et de métaux précieux, et enfin géologue. Vers la fin de la Grande Dépression, Paul écumait l'intérieur du Brésil; il dilapida à Rio presque tout son argent, puis revint à la ferme avec quelques cadeaux, dont un disque 78 tours des sambas de l'époque. L'une de ces sambas — en portugais bien sûr — s'intitulait *Estrella Dalva*, soit « Etoile du Matin », et mes parents adorèrent cette chanson. Naomi, ma mère, m'a raconté que par les chaudes soirées d'été mon père et elle mettaient le fameux disque sur le Victrola, puis dansaient sur toute la longueur de l'immense véranda de la ferme. Avant de disparaître à nouveau, mon oncle Paul leur avait appris les pas de ce qu'il croyait être la samba.

Je songe brusquement qu'on ne peut connaître un homme qu'à travers ses intentions. Quand mon père et ma mère se sont rencontrés, puis courtisés dans les années 30, leurs intentions étaient claires; tous deux appartenaient à des familles qui vivaient de la terre depuis quatre générations, et leur objectif consistait à se marier pour perpétuer des traditions qui avaient procuré un bonheur raisonnable à leurs prédécesseurs. Cela ne sous-entend certes pas qu'il s'agissait d'êtres frustes vêtus de salopette et de robe-sac en guingan. Il y avait plusieurs milliers d'acres de maïs et de blé, des taureaux Hereford, des cochons et même un modeste abattoir qui à une certaine époque avait fourni en bœuf de première qualité certains restaurants des lointains Chicago, Saint Louis et Kansas City. Les carnets que Mère a conservés contiennent des relations de leurs voyages à Chicago, La Nouvelle-Orléans, Miami, et une fois à New York, la ville préférée de ma mère. Il y a une photo de mon père pendant la Seconde Guerre mondiale, alors qu'il était pilote de chasse basé en Angleterre ; on le voit avec trois messieurs devant le bureau d'enregistrement des Herefords à Hereford, en Angleterre. Avec son chapeau fantaisie, l'on dirait l'une des premières photos de Howard Hughes. Comme le répète volontiers Naomi : « Nous avons ça dans le sang », et l'instabilité de mon père se manifestait par sa passion pour les avions. Loin d'être appelé sous les drapeaux, il rempila dans l'aviation pendant la guerre de Corée, car il voulait apprendre à piloter les chasseurs à réaction. Entre cinq et neuf ans j'ai donc connu mon père, et je n'ai pas encore épuisé les souvenirs de ces années-là. Beryl Markham a rapporté que, lors de son escale à Tunis, tandis qu'elle retournait en Europe dans son petit avion, elle avait rencontré une prostituée qui voulait rentrer dans son pays, mais qui ne savait pas où se trouvait celui-ci, car on l'avait arrachée à ses parents à l'âge de sept ans. Elle savait seulement que chez elle il y avait de grands arbres et que parfois il faisait froid.

Mais je ne suis pas de ces gens innombrables qui vivent et se nourrissent du souvenir, considèrent le passé et l'avenir comme un espace ou une sphère indépendants que nous pouvons visiter à notre guise, plutôt que comme un continuum de la vie que nous avons déjà vécue et que nous allons vivre. Quel homme était réellement mon père ? Les gènes fournissent la plus ténue des continuités.

A la ferme nous possédions un petit avion, un Stinson

Voyager. Le dimanche, quand le temps le permettait, nous faisions un tour dans le ciel. Si, malade, j'avais manqué l'école, mon père m'assurait que je me sentirais mieux, voire que je serais guérie, quand nous aurions atterri; et je le croyais. J'aimais voir, sur les bancs de sable du Missouri, les oiseaux aquatiques s'envoler en nuées puis se poser à nouveau au passage de notre ombre immense.

Ce qui me peine, c'est l'amertume terrifiante et irréductible de l'existence, celle par exemple que j'ai observée de près chez certains amis, et surtout chez ma sœur qui considère son âge adulte comme une prison polaire bien qu'elle vive à Tucson. Elle n'a jamais beaucoup aimé sortir de chez elle. Elle habite une belle maison décorée en gris et blanc, adossée aux monts Catalina dont elle n'a jamais foulé les pentes. Hier, alors que je marchais sur la plage, j'ai pensé à elle. Quelqu'un avait bombé le mot MENACE sur les bancs de Palisades Park, sur les marches qui descendaient vers la mer et sur une passerelle au-dessus de la route. J'ai arrêté de compter à vingt. Par chance, la plupart des cinglés n'ont pas l'énergie d'un Charles Manson. Je me suis intéressée à quelqu'un qui pouvait passer toute une nuit à bomber le mot MENACE face à l'océan Pacifique. Ce vandale incarne peut-être l'aspect sombre de ma sœur. Je n'ai jamais compris comment les gens riches peuvent se sentir si épuisés et victimisés. Elle se laisse chahuter comme un bouchon de part et d'autre de cette ligne qu'elle prend pour l'insupportable présent, mais elle m'a pourtant surprise en mars dernier, à Pâques, quand ma mère et moi lui avons rendu visite. Je lui ai demandé comment il était possible de vivre sans jamais nommer les choses, sans le moindre *nom*. A ce moment-là elle attendait le seul et unique verre qu'elle s'autorisait quotidiennement à six heures.

— Pourquoi ne pas t'abstenir pendant six jours et boire sept verres le dimanche? s'est enquis Naomi.

Ma mère ne recule devant aucune des formes que peut prendre la vie.

— Ça te ferait une vraie fête.

Ma sœur restait assise là, les yeux fixés sur son martini qu'elle allait faire durer une heure, à penser aux noms, comme sur le point de prononcer la phrase qui, ma mère et moi le savions, ne viendrait jamais. Ruth s'est installée au piano afin de jouer un exercice de Mozart que ma mère aimait et qui servait aussi de signal pour que je commence à préparer le dîner.

— Les noms sont aujourd'hui un fardeau pour les gens, a dit ma mère. Peut-être l'ont-ils toujours été. Parle-moi de ton dernier amant.

— Michael travaille au département d'histoire de Stanford. Il a entendu parler de nos journaux voici quelques années, et l'automne dernier, dans le Nebraska, il a retrouvé ma trace puis m'a suivie jusqu'à Santa Monica. Il se prend au sérieux et pèse une dizaine de kilos de trop. Il a tendance à s'exprimer sur le ton de la conférence; il te débitera par exemple une histoire de la nourriture au dîner, une histoire de la pluie s'il pleut. Il est incollable sur toutes les atrocités qui ont eu lieu depuis la nuit des temps. Il est brillant sans être trop vaniteux. C'est un mauvais amant, mais j'aime bien sa compagnie.

— Je trouve ça absolument parfait. J'ai toujours eu un faible pour les hommes un peu loufoques. Quand ils essaient de ressembler aux vedettes de cinéma, ils deviennent vite fatigants. J'ai eu une passade avec un ornithologue parce que j'aimais sa manière de grimper aux arbres, de remonter les torrents ou de patauger dans les étangs pour prendre des photos...

Ma mère a soixante-cinq ans.

Nous n'avions pas remarqué que la musique s'était interrompue, mais Ruth se tenait juste derrière nous à la porte de la cuisine. Grand-père, qui était à moitié sioux oglala, l'appelait Oiseau Timide Qui Fuit A Tire-d'Aile. Bien qu'ayant seulement un huitième de sang sioux, Ruth ressemble de plus en plus à une Sioux en vieillissant ; c'est sans doute le calme qu'elle a imposé autour d'elle qui me donne cette impression.

— Je crois que tu as raison pour les noms. Pense à «voiture», «maison», «piano», «repas», «prêtre».

Nous étions prêtes à écouter le flot de paroles qui ne jaillissait qu'une fois par jour quand nous lui rendions visite.

— Nous avons toujours été des méthodistes déchus, mais j'ai rencontré un prêtre et nous parlons de l'amour et de la mort, de l'art et de Dieu, bref de noms auxquels je crois. Ce prêtre ne travaille pas dans une église, mais dans une œuvre de bienfaisance au service des Indiens ; je sens et je sais qu'il me considère en partie comme une âme charitable. Il adore conduire la voiture que Ted m'a envoyée pour Noël.

Ted est l'ancien mari de Ruth, dont elle est séparée depuis quinze ans, le père de son fils, un homme qui a découvert à vingt-huit ans que, sans l'ombre d'un doute, il était homosexuel. Née quatre ans avant la mort de Père en Corée, Ruth a perdu les deux principaux hommes de sa vie à cause des soubresauts de l'histoire et de la sexualité. Ted et Ruth se sont rencontrés à l'école de musique Eastman, où ils avaient l'intention de devenir célèbres dans le monde de la musique, elle comme pianiste, lui en qualité de compositeur. Au lieu de quoi elle a élevé son fils, qui semble plein d'acrimonie envers sa mère, à qui il reproche en particulier la perte de son père. De mon lointain point de vue, les carrières artistiques m'ont toujours paru très risquées, l'aspirant ayant infiniment moins de chances de créer une œuvre durable que de devenir, disons, astronaute. Et les déçus de l'art que je connais sont pleins d'un désir indéfinissable et mélancolique pour l'épanouissement de talents tués dans l'œuf.

Lisant une recette chinoise, je prêtais une oreille distraite à Ruth jusqu'au moment où j'ai entendu les mots «un amoureux». Enfant, ce terme me faisait l'effet d'une clôture électrique touchée par mégarde. Quand je me suis retournée, j'ai remarqué que Mère semblait aussi choquée que moi, car elle cherchait d'une main nerveuse les cigarettes qu'elle ne fumait plus depuis des années.

— Oui, j'ai un petit ami. Un amoureux. Mon premier amoureux depuis quinze ans. Il s'agit du prêtre. Il est assez laid. Il m'a même avoué que sa laideur était une des raisons pour lesquelles il était entré dans les ordres. Pris séparément, ses traits n'ont rien de repoussant; c'est leur juxtaposition qui est vraiment laide. Vous vous rappelez notre chien de berger, Sam, ce bâtard que nous avions quand nous étions petites, et qui était si laid? Bref, Ted m'a envoyé des foulards de Paris, puis, quelques jours plus tard, une voiture de luxe par l'intermédiaire du concessionnaire local, pour aller avec les foulards. J'avais entendu parler d'une œuvre de bienfaisance consacrée aux Indiens; mon voisin, le directeur du journal local, m'a donné ses coordonnées. J'y suis donc allée avec la voiture et j'ai fait la connaissance de ce prêtre. Je lui ai transmis le titre de propriété signé ainsi que les clefs, puis lui ai demandé d'appeler un taxi pour me ramener, mais il a tenu à me raccompagner lui-même en voiture. Je lui ai proposé un thé glacé, il a aimé tous les tableaux et les gravures que Ted et moi avions achetés. Alors il m'a proposé de m'emmener le lendemain à la réserve papago. Il m'a dit que le responsable du diocèse était à Los Angeles pour quelques jours, et qu'il n'avait jamais conduit une voiture aussi merveilleuse. Je lui ai répondu d'une voix hésitante que je n'avais jamais rencontré d'Indien en Arizona, mais que j'avais grandi parmi les Sioux et qu'ils me faisaient peur. Sans doute parce que grand-papa me racontait qu'il était un fantôme, qu'il n'était jamais né et ne mourrait jamais. Je ne me rendais pas compte qu'il blaguait. Le prêtre s'est étonné de ce que j'offre une voiture flambant neuve de quarante mille dollars à des gens qui m'effrayaient. Je lui ai répondu: parce que je sais lire. Vous vous rappelez les livres d'Edward Curtis que possédait grand-papa? Nous devions nous laver les mains avant de les regarder. Le lendemain matin j'ai préparé un panier de pique-nique et il est passé me prendre. Il est originaire de la région d'Indianapolis, et comme tous ses petits camarades il a grandi en vouant un culte aux voitures de course. Je n'arrive pas à comprendre cet engouement pour les voitures. Nous avons pris le chemin le plus long, par Nogales, avant de traverser la route du canyon Arivaca jusqu'aux monts Tumacori. C'est un étroit chemin de terre qui serpente sans arrêt, mon prêtre a adoré le voyage, mais j'ai trouvé sa façon de conduire plutôt inquiétante. Il ne se serait rien passé sans un orage aussi bref que violent. L'argile de la route s'est liquéfiée, les roues se sont mises à patiner dans une profonde ornière du chemin de montagne. Il a dit que tout irait bien quand l'argile sécherait, si bien que nous avons pique-niqué dans la voiture et bu une bouteille de vin blanc. Bientôt, la pluie s'est arrêtée, un soleil brûlant est sorti des nuages et le ciel s'est dégagé. Je suis descendue de voiture, passée sous une clôture, puis j'ai dévalé une colline jusqu'à un étang alimenté par une source. Vous connaissez mon manque d'enthousiasme pour la nature — ç'a donc été pour moi une sorte d'aventure. Mon prêtre avait peur, à cause du bétail dans les pins près de l'étang; il a même repéré un taureau. Mais quand je lui ai dit que les Herefords n'étaient pas dangereux, il m'a rejointe. Il m'a déclaré que dans une heure la route serait sèche. J'ai retiré mes chaussures, puis suis entrée dans l'étang pour me laver le visage près de la source. J'étais très excitée sans raison précise. Je ressentais peut-être du désir sans vouloir me l'avouer. Mais je ne crois pas. Simplement, je faisais quelque chose de nouveau. Alors le prêtre m'a dit que je pouvais nager si je voulais, qu'il avait quatre sœurs et que la nudité ne le gênait pas le moins du monde. J'ai donc retiré ma jupe et mon corsage avant de plonger dans l'eau en soutien-gorge et culotte. Il s'est mis en caleçon et m'a suivie. Ç'a été une baignade formidable, malgré l'intense nervosité du prêtre. Je lui ai dit que Dieu était bien assez occupé avec tous les cancers, l'Afrique, l'Amérique centrale, et qu'Il ne le regardait pas. Je suis sortie de l'eau pour me sécher au soleil sur un rocher, mais il est resté dans l'étang. Enfin il a dit : Je crois que j'ai une érection. Je lui ai répondu qu'il ne pouvait pas passer le restant de ses jours dans l'eau. Ne regardez pas, s'est-il écrié en sortant de l'eau pour s'asseoir à côté de moi, les yeux fixés droit devant lui. Je me suis dit que je n'allais pas le laisser m'échapper, si bien que je me suis relevée pour enlever mon soutien-gorge et ma culotte que j'ai mis à sécher sur un buisson. Ensuite, je lui ai ordonné sur un ton sans réplique de s'allonger dans l'herbe sur le dos et de fermer les yeux s'il le désirait. Il tremblait si fort que j'ai cru qu'il allait tomber en morceaux comme une vieille voiture. Et je lui ai fait l'amour.

Ruth s'est mise à rire, puis à pleurer, puis à rire et à pleurer. Nous l'avons prise et serrée dans nos bras en la félicitant d'avoir rompu son vœu de chasteté d'aussi brillante manière.

— Une histoire magnifique, a jugé Naomi

— C'est une belle aventure. Je suis fière de toi, ai-je ajouté. Je crois que je n'aurais pas fait mieux.

Ruth a trouvé cela très drôle, car dans ses lettres et ses conversations téléphoniques elle m'avait toujours reproché ce qu'elle appelait « ma promiscuité », alors que j'avais moi-même fort peu critiqué son abstinence.

— L'ennui, c'est qu'il n'arrêtait pas de pleurer ; ça m'a rappelé Ted le soir où il m'a confié ses problèmes. Moi aussi, j'avais envie de pleurer, mais je savais que c'était impensable. Il sanglotait si fort que j'ai dû le ramener à Tucson dans la voiture. Il grinçait des dents, marmonnait des prières en latin, puis se remettait à pleurer. Il m'a demandé de prier avec lui, mais je lui ai dit que je ne pouvais pas, car n'étant pas catholique, je ne connaissais aucune de ses prières. Ça l'a à la fois scandalisé et calmé. Pourquoi offrais-je une voiture aux catholiques si j'étais protestante? J'offrais cette voiture pour qu'on la vende et que cet argent contribue à aider les Indiens. Mais les Indiens sont catholiques, m'a-t-il rétorqué. Je lui ai répondu que les Indiens étaient indiens avant d'être catholiques. Il m'a dit qu'il avait senti son âme le quitter pour pénétrer en moi; là-dessus, il s'est remis à pleurer de plus belle parce qu'il avait trahi la Vierge Marie et gâché sa vie. Oh! la ferme, espèce de mauviette à la con! j'ai hurlé, et il est resté silencieux jusqu'à ce que je gare la voiture devant la maison. Je ne sais plus pourquoi je lui ai dit d'entrer prendre un tranquillisant, mais j'avais seulement des cachets d'aspirine, qu'il a pris. Au bout de quelques minutes, il a déclaré que mon tranquillisant lui faisait un effet très étrange. Nous avons bu un verre et j'ai préparé un plateau de canapés avec la recette que tu m'as donnée, Dalva. Il m'a récité quelques poèmes, puis m'a parlé des missions où il avait travaillé au Brésil et au Mexique. A trente ans passés, il voulait de nouveau quitter le pays. Le Brésil lui faisait problème, car on ne pouvait pas s'empêcher de voir tous ces culs splendides à Rio. Il s'est resservi un verre d'alcool en me racontant qu'un soir il avait payé une fille pour pouvoir lui embrasser les fesses dans sa chambre d'hôtel. C'est votre tranquillisant qui me fait parler, a-t-il ajouté. Il lui avait donc embrassé les fesses, mais elle rigolait parce qu'il la chatouillait, et le rire de la fille avait tout gâché. Une fois de plus ses yeux se sont emplis de larmes, et j'ai réfléchi très vite car je ne voulais pas le perdre. C'est bien ce que vous voulez me faire, n'est-ce pas? Avouez-le. Il a opiné du chef en regardant par la fenêtre. Je trouve que c'est une bonne idée; mettons-la en pratique. Il a répondu qu'il faisait encore jour et que ce ne serait sans doute pas trop grave, car il avait déjà péché quelques heures plus tôt et la journée ne s'achèverait pas avant minuit. Quel casuiste! Je me suis levée pour me déshabiller. Il s'est agenouillé par terre. Nous avons passé une soirée inoubliable, et je l'ai renvoyé chez lui avant minuit.

Nous avons encore ri toutes les trois, et Ruth a décidé de reprendre un martini. Je suis retournée à la cuisinière afin de hacher de l'ail et des *jalapenos* frais.

— Pour l'amour du ciel, que comptes-tu en faire? a demandé Naomi. Maintenant que tu t'y es remise, tu devrais peut-être chercher une personne normale.

— Je n'ai jamais rencontré de personne normale, et toi non plus. Je crois que son évêque va l'expédier au diable Vauvert. Il a bien sûr confessé son péché, mais il a mariné deux semaines dans son jus, jusqu'à ce que ça devienne insupportable. Tu nous as dit que papa nous aimait, mais ça ne l'a pas empêché de repartir à la guerre.

» Encore une chose qui va vous faire rire. Mon prêtre est venu d'assez bonne heure le lendemain matin pendant que je sarclais le potager. Il voulait me donner quelques livres sur le catholicisme, comme si une ampoule électrique s'était allumée dans son cerveau pour lui signifier que tout irait beaucoup mieux s'il parvenait à me convertir. Il a voulu que nous priions ensemble, mais d'abord j'ai dû mettre quelque chose de plus convenable qu'un short. Nous avons donc imploré le pardon divin pour notre conduite bestiale. C'est lui qui a employé le mot *bestial*; ensuite nous sommes allés à la réserve des Papagos. La plupart de ces Indiens sont presque obèses, car nous avons modifié leur régime alimentaire, et plus de la moitié souffrent du diabète. J'ai tenu un bébé papago dans mes bras, ça m'a donné envie d'en avoir un autre, mais quarante-trois ans est un âge limite. Ma description de mon prêtre en fait peut-être un imbécile, mais il connaît beaucoup de choses sur les Indiens, l'Amérique du Sud, et tout un domaine qu'il nomme *les mystères du cosmos*, c'est-à-dire l'astronomie, la mythologie, l'anthropologie. Sur le chemin du retour nous avons fait halte et sommes descendus de voiture pour regarder le coucher de soleil. Il m'a prise dans ses bras, et malgré tous ses discours spirituels a réussi à s'exciter. Je lui ai dit non, pas si tu m'obliges ensuite à demander pardon à cause de ma bestialité. Nous avons donc fait ça contre un rocher, et quelques Papagos qui passaient en camionnette ont klaxonné et beuglé *Padre*. A ma grande surprise il a posé ses fesses nues sur une pierre du désert et s'est mis à rire, si bien que j'ai éclaté de rire moi aussi.

Une semaine après mon retour à Santa Monica, elle m'a téléphoné pour m'apprendre que son prêtre était muté de toute urgence au Costa Rica. Elle espérait être enceinte, mais le moment idéal pour elle avait été quelques jours avant le départ du prêtre, lequel ne s'était guère montré coopérant à cause d'une dépression nerveuse. Par-dessus le marché, il était suivi dans tous ses déplacements par un vieux prêtre alcoolique en désintoxication. Ruth m'a dit que les deux ecclésiastiques lui rappelaient la bande dessinée de «Mutt et Jeff». Elle paraissait étrangement gaie au téléphone, comme si elle savourait une rare lubricité dont elle sentait venir la fin. Et puis l'une de ses élèves aveugles avait réussi une excellente prestation lors d'un concours de piano. Je lui ai dit de m'appeler le jour où il partirait, car j'étais certaine qu'elle aurait alors besoin de parler à quelqu'un.

Nous travaillons toutes. Ma mère défend une théorie du travail un peu alambiquée, qui selon elle lui vient de mon père, des oncles, des grands-parents, bref de la nuit des temps : d'instinct les gens veulent se rendre utiles ; ils ne pourraient supporter l'impitoyable *quotidienneté* de l'existence sans travailler du matin au soir. C'est l'oisiveté qui met la mort dans l'âme et provoque les névroses. Le fond de la pensée de ma mère n'est pas aussi calviniste qu'on pourrait le croire. Car elle nomme travail tout ce qui éveille la curiosité : le monde naturel, la musique, l'anthropologie, les étoiles, voire la couture ou le jardinage. Quand nous étions petites, nous inventions des robes pour la reine d'Egypte, ou bien nous nous occupions d'un jardin et commandions des graines pour des légumes et des fleurs dont nous n'avions jamais entendu parler. Nous cultivions des pousses de colza que nous n'aimions pas, mais que nos chevaux appréciaient beaucoup. En revanche, ils refusaient de manger les choux chinois nommés « bok choy », que les vaches adoraient. Un jour, nous avons reçu des graines du Nouveau-Mexique pour faire pousser du maïs de Turquie qui avait des épis bleus. Mère est allée consulter un livre à l'université de Lincoln pour découvrir ce que les Indiens faisaient de ce maïs bleu, et nous avons passé toute la journée à préparer des tortillas avec. Manger des aliments bleus n'est pas évident ; nous étions donc assises là dans notre cuisine du Nebraska, à contempler nos tortillas bleu pâle dans nos écuelles. « Il faut du temps pour s'habituer à certaines choses », a dit Naomi. Puis elle nous a raconté une histoire que nous connaissions déjà : grand-papa faisait frire des sauterelles dans la graisse de lard jusqu'à ce qu'elles soient croustillantes, puis il les mangeait en écoutant Fritz Kreisler jouer du violon sur le Victrola. Elle-même aimait assez les sauterelles, mais après la mort de grand-papa elle ne s'en est jamais préparé.

J'avais beau avoir deux ans de plus qu'elle, Ruth s'y connaissait mieux que moi en chevaux. Les chevaux constituaient notre obsession. L'enfance est un Eden souvent violent; après que Ruth a été jetée à terre, se brisant le poignet quand son cheval a trébuché dans un trou de serpent, elle n'a plus jamais remonté. Elle avait douze ans à l'époque, et elle a manqué un concours de piano à Omaha qui comptait beaucoup pour elle. C'est une anecdote banale, sauf pour la fillette qui en est victime. Ensuite, elle nous a rendues folles avec ses exercices à une main, jusqu'au jour où Mère lui a acheté des partitions pour une seule main. Comme nos voisins les plus proches, un couple âgé sans enfant, vivaient à trois miles de chez nous, j'ai monté seule après cet accident.

Mon cher fils! Je suis honnête et sincère, mais sans doute pas assez. Un jour dans le Minnesota j'ai vu un chat sauvage à trois pattes, un félin pas tout à fait entier qui avait perdu une patte dans un piège. Et puis il y a ce proverbe où il est question de couper les pattes d'un cheval pour le faire entrer dans son box. L'année où ça m'est arrivé, la lune n'a jamais été entièrement pleine. Notre histoire se résume-t-elle toujours aux efforts que nous faisons pour durer comme si nous avions autrefois vécu au jardin d'Eden? L'Eden est l'enfance qui s'attarde au jardin, ou du moins ce fragment d'enfance que nous essayons d'y maintenir. Peut-être l'enfance nous sert-elle de mythe de survie. Je suis restée une enfant jusqu'à l'âge de quinze ans, mais pour la plupart d'entre nous la coupure a lieu avant.

L'hiver dernier j'ai travaillé dans une clinique pour adolescents qui «usent et abusent» des drogues et de l'alcool. Ils constituaient un mélange de pauvres Blancs et de Latinos du barrio proche d'El Segundo. Un jeune garçon — âgé de treize ans mais petit pour son âge — m'a annoncé qu'il devait voir tout de suite un médecin. Comme nous parlions dans mon petit bureau sans fenêtre, j'ai remarqué sa détresse, que j'ai attribuée à tort à des problèmes psychologiques. Je parle espagnol, mais ne parvenais pas à élucider cette histoire de médecin. J'ai quitté ma chaise pour m'asseoir à côté de lui sur le divan. Je l'ai serré dans mes bras et lui ai chanté une petite ritournelle que chantent les enfants de Sonora. Alors il a craqué : il m'a dit qu'il avait un oncle fou qui le baisait et que ça l'avait rendu malade. Sa confession n'était pas choquante en soi, j'avais déjà rencontré ce problème, mais d'habitude il concernait des filles et leur père ou leurs parents. Franco (je l'appellerai ainsi) s'est mis à trembler et à pâlir. Je lui ai pris le pouls, puis l'ai forcé à se lever. Le sang commençait à goutter à travers les serviettes en papier dont il avait bourré le fond de son pantalon. Comme je ne voulais pas risquer une longue attente aux urgences d'un hôpital public, je l'ai emmené très vite au cabinet d'un ami gynécologue. Les blessures anales se sont révélées trop graves pour être soignées sur place, si bien que le gynécologue, un homme plein de compassion, a fait entrer Franco dans une clinique privée, où on l'a aussitôt opéré. Le médecin et moi sommes allés boire un verre et avons décidé de partager les frais d'hospitalisation de Franco. Ce médecin, un ancien amant, m'a sermonnée en me reprochant la façon dont j'avais enfreint tous les règlements.

— D'abord tu contactes l'expert médical du comté...

— Ensuite je préviens la police, car je soupçonne un délit...

— Puis tu attends un toubib originaire de Bombay qui a décroché son diplôme à Bologne, en Italie. Il a passé toute la nuit à raccommoder des petites frappes après une bagarre entre gangs rivaux. Et comme de juste, il est bourré d'amphétamines.

— Alors les flics exigent le deuxième prénom du gamin, la preuve de sa nationalité, des photos de ses blessures anales. Ils tiennent à s'assurer que c'est bien l'oncle le coupable.

Et ainsi de suite. Le médecin s'est levé en entendant la sonnerie d'un réveil digital japonais qui lui servait d'alarme. Il est allé téléphoner, et j'ai espéré qu'on ne lui annonçait pas de mauvaises nouvelles pour le garçon. A son retour il m'a dit que non, il s'agissait simplement d'un nouveau-né qui, comme tant d'autres, allait faire son entrée dans le monde les pieds devant. Vu que ses parents étaient riches, mon ami allait augmenter leur facture pour compenser partiellement sa stupide générosité envers ce gamin. J'ai bu un autre verre, une margarita, car il faisait très chaud. Entre les érables à sucre et les palmiers j'ai regardé le Pacifique au-delà d'Ocean Avenue. Comment tout ça pouvait-il arriver alors que l'océan s'étendait à perte de vue? J'ai longtemps cru que tous les garçons que je croisais pouvaient être mon fils, mais sans jamais réussir à calculer son âge exact. Aujourd'hui j'ai quarante-cinq ans, si bien que mon fils en a vingt-neuf, nombre tout à fait incompréhensible pour la menue créature rouge et fripée que j'ai seulement vue quelques minutes. Quand j'étais à l'université, mon fils fréquentait encore le jardin d'enfants. Quand j'ai passé mon diplôme, mon fils avait en réalité neuf ans, mais pour moi il en avait toujours cinq et faisait partie de ce groupe de gamins qui par une froide matinée attendaient l'ouverture du musée de Minneapolis, attachés l'un à l'autre par une longue corde. Quand ils se sont emmêlés les pieds dedans, j'ai aidé une institutrice patiente à remettre de l'ordre dans la file et à moucher deux ou trois nez. Un jour, pendant quelques heures, j'ai travaillé dans une garderie, mais je ne l'ai pas supporté.

Deux modestes verres m'ont retiré toute jugeote. Je suis

sortie dans la lumière éblouissante, montée dans ma voiture, puis j'ai vérifié une adresse dans le dossier du garçon, que j'avais emporté pour son entrée en clinique. Je voulais avoir une conversation avec sa mère, au cas où elle aurait ignoré le viol. C'était presque l'heure de pointe sur l'autoroute de Santa Monica ; si vous avez l'intention de quitter cette ville à ce moment-là, je vous souhaite une patience de bouddhiste. D'habitude j'essayais d'atteindre un minimum de sérénité en mettant la radio ou une cassette, mais ce jour-là la musique est restée sans effet.

La rage est une réaction fort banale qui procure à bon marché une impression de vertueuse pureté. Mais quelle rage avait donc poussé cet oncle à violenter Franco ? J'allais me décarcasser pour le faire coffrer, et ma propre rage venait de l'intérieur, d'une autre source, alors que c'était ce garçon qui avait souffert. Seul le plus pur des cœurs peut devenir meurtrier à cause d'autrui.

Je me suis garée dans une rue animée devant l'adresse du barrio. Un groupe de garçons traînaient près d'un muret en terre devant un petit bungalow. Ils m'ont taquinée en espagnol.

— Tu es venue pour me sauter, belle gringo ?

— Faudrait que tu grandisses encore un peu, espèce de misérable crotte de chèvre.

— Je suis déjà assez gros. Tu veux voir ?

— J'ai oublié mes lunettes. Comment pourrais-tu devenir mon amant alors que tu te masturbes toute la journée ? C'est la maison de Franco ? Où est sa mère ?

Mes répliques inattendues en espagnol de bas étage ont ravi ces garçons, tous âgés d'une douzaine d'années.

— Sa mère s'est tirée avec un maquereau. Où est notre ami ?

Les garçons ont soudain reculé. Quand je me suis retournée, j'ai vu un homme marcher vers moi avec un regard d'une cruauté invraisemblable. Ses yeux m'ont stupéfiée, car ils appartenaient à quelqu'un mort depuis longtemps et que j'avais aimé. J'ai essayé de prendre mes distances, mais le regard de l'homme m'a ralentie et il m'a saisi le poignet.

— Qu'est-ce que tu cherches, salope?

— Si sa mère n'est pas ici, je voudrais parler à l'oncle de Franco.

Maintenant il me tordait le bras et me faisait mal.

— Je voudrais empêcher cet homme de tuer son neveu à force de l'enculer.

Me serrant toujours le poignet, il a enjambé le muret et s'est mis à me gifler. Je me suis tournée vers les garçons en leur disant: «S'il vous plaît.» La peur les paralysait, mais bientôt celui qui m'avait taquinée a sorti une antenne de radio, qu'il a dépliée sur toute sa longueur avant d'en frapper l'oncle au visage. Celui-ci m'a lâché le poignet en hurlant. Il a fait volte-face pour attaquer les garçons, mais ils avaient tous sorti leurs antennes radio, et en ont flagellé l'oncle qui tournoyait en courant et en essayant de se protéger les yeux. Les antennes sifflaient, lacéraient la peau de l'homme, déchiquetaient ses vêtements. Très vite, il s'est métamorphosé en une affreuse masse de chair sanguinolente et j'ai tenté de retenir les garçons, mais seule une voiture de police qui a surgi dans la rue a réussi à interrompre le massacre. Les garçons ont pris leurs jambes à leur cou, l'un d'eux s'arrêtant pour lancer une pierre en direction de la voiture, dont le pare-brise a explosé. L'oncle a disparu dans la maison puis, de toute évidence, par la porte de derrière, car la police ne l'a pas retrouvé.

La suite a été aussi désagréable que prévu. On m'a démise de mes fonctions, puis proposé un boulot de gratte-papier; quand j'ai refusé, on m'a virée. Le plus insupportable a été que mon impulsivité avait permis à l'oncle de s'échapper, et non la litanie des infractions au règlement du travail social dont je m'étais rendue coupable. Les policiers ont fait mine d'entamer une enquête de routine le lendemain après-midi à l'hôpital. J'y ai participé en

31

qualité d'interprète, mais le garçon a refusé de répondre à leurs questions en me disant qu'il s'agissait de problèmes privés. Ça m'a étonnée, jusqu'à ce qu'un flic m'apprenne dans le couloir que ce genre de délit parmi la population mexicaine n'était passible d'aucune poursuite judiciaire. C'est une affaire qui doit être réglée individuellement ou par un membre de la famille. Je lui ai répondu que ce garçon était beaucoup trop jeune pour discuter avec son oncle. Le flic m'a rétorqué que Franco n'avait qu'à attendre quelques années jusqu'à ce qu'il s'en sente capable.

A l'aube, quelques jours plus tard, Franco m'a téléphoné pour me prévenir qu'il s'était enfui de la clinique. Il m'a répété qu'il se sentait en bonne santé et qu'un jour il me revaudrait ça. Son appel m'a bouleversée, car je lui avais rendu visite la veille et nous avions passé un moment merveilleux à bavarder, bien qu'il m'ait paru encore très faible. Cédant à la panique, j'ai insisté pour qu'il m'appelle en P.C.V. une fois par semaine, ou qu'il m'écrive. Au cas où il voudrait rentrer au Mexique, je lui ai dit de contacter mon vieil oncle Paul, le géologue et ingénieur des mines, qui habitait Mulege dans l'Etat de Baja quand il ne rendait pas visite à sa petite amie de Bahia Kino, sur le continent. Franco m'a répondu qu'il n'avait ni papier ni crayon, mais qu'il s'en souviendrait peut-être. Et ç'a été tout.

J'ai préparé du café, que j'ai emporté sur mon petit balcon. Il faisait à peine jour ; une bonne brise tiède sentait l'eau de mer, le genévrier, l'eucalyptus, le laurier-rose, le palmier. L'océan était gris, agité. Je crois que j'ai habité ici aussi longtemps à cause des arbres et de l'océan. Une année où j'avais des problèmes particulièrement aigus, j'étais restée assise sur le balcon une heure à l'aube et une heure au crépuscule. Le paysage marin m'avait aidée à laisser mes problèmes s'échapper par le sommet de mon crâne, à travers ma peau, pour se dissoudre dans l'air. A l'époque, je songeais à un professeur d'université qui m'avait dit que, selon Santayana, la religion nous sert a bâtir une existence parallèle au monde réel. Il me semblait alors que mon problème tenait à ce que je refusais ce dualisme et tentais de faire de ma vie ma religion.

Le vent qui soufflait du Pacifique s'est rafraîchi; la limpidité de l'air m'a rappelé un souvenir flou, le contour brouillé de sensations semblables au *déjà-vu* *. Je crois que cela s'est passé un ou deux ans après la Seconde Guerre mondiale. J'avais six ou sept ans, et Ruth trois. Mon père aimait camper pour le plaisir, s'éloigner de la ferme. Nous avons volé tous les quatre jusqu'au Missouri dans le Stinson Voyager, avant d'atterrir dans le pré d'un fermier. Celui-ci était un Norvégien incroyablement grand, qui a aidé papa à charger notre barda sur un chariot tiré par deux chevaux. Nous nous sommes assis sur nos sacs et notre literie; Naomi serrait Ruth dans ses bras. Il y avait l'odeur du blé mûr, des chevaux en nage, du tabac que fumaient papa et le fermier. Sous le siège du chariot, j'ai aperçu le fumier collé aux bottes du fermier, et par une fissure entre les planches je voyais le sol défiler sous l'attelage. Après plusieurs miles sur une piste qui longeait les champs de blé, le chariot a descendu une colline pentue en suivant le cours d'un torrent bordé de peupliers; ce torrent se jetait dans le Missouri, large, lent et plat. L'herbe était haute, notre chariot débusquait des daims, des faisans et des tétras. Ma mère a fait un feu et préparé du café pendant que papa et le fermier dressaient le camp. Puis ils ont bu du café sucré avec du whisky fort à l'odeur âcre. Le fermier est reparti en emmenant le chariot et les chevaux. Papa a glissé des cartouches dans son fusil, puis nous sommes remontés à flanc de colline jusqu'à la lisière du champ de blé où il a abattu un faisan et un tétras. J'ai porté les oiseaux pendant un moment, mais comme ils étaient lourds, mon père m'a prise sur son dos. Au camp

* En français dans le texte.

nous avons tous plumé les oiseaux, sauf la petite Ruth qui se fourrait leurs plumes dans la bouche. Papa les a découpés, puis fait griller avec des carottes, des oignons et des pommes de terre. Mes parents ont placé la marmite sur le feu et nous sommes tous descendus nager dans l'embouchure du torrent. Après le dîner le soleil couchant a teinté le fleuve en orange. Cette nuit-là une lune orange s'est levée et j'ai entendu les coyotes. A l'aube j'ai regardé mes parents dormir. La petite Ruth a ouvert les yeux, m'a souri, puis s'est rendormie. Je suis descendue seule jusqu'au fleuve. Le vent soufflait fort, une odeur crue et fraîche montait de l'eau. Un bras du fleuve et un banc de sable étaient couverts d'oiseaux aquatiques. Il y avait un oiseau plus grand que moi, que j'ai reconnu comme étant un grand héron bleu grâce aux cartes d'Audubon que possédait Naomi. J'ai longé la berge du fleuve jusqu'à ce que je les entende m'appeler : « Dalva ! » Alors j'ai vu Père marcher vers moi en souriant. Je lui ai montré le héron, il a hoché la tête et m'a prise dans ses bras. Puis j'ai frotté ma joue contre sa barbe naissante. Peu après ce voyage, un après-midi d'octobre, nous l'avons accompagné au train. Ils nous ont annoncé que son avion avait été abattu au large d'Inchon. Nous n'avons jamais récupéré son corps, et avons enterré un cercueil vide.

Ruth a téléphoné ce matin pour m'annoncer une bonne nouvelle et me faire part d'une interrogation. Le sexe lui a rendu son sens de l'humour. Sa voix n'est plus sèche ni fatiguée, mais son exaltation m'inquiète un peu, car les membres de notre famille y sont sujets. Elle a invité le prêtre à dîner chez elle, avec son « garde du corps » ou son chaperon, ce prêtre âgé qui a un problème d'alcoolisme. Elle avait parfaitement monté son coup pour ne pas manquer sa dernière chance d'être enceinte : elle a poché des homards du Maine, les a glacés, puis servis en entrée avec un montrachet. Ted, qui se pique d'œnologie, lui envoie régulièrement des compléments à la cave qu'ils ont entamée ensemble. Ensuite elle a servi des cailles marinées puis grillées, et enfin une côte de bœuf à l'ail et au poivre avec un grands échezeaux et sa dernière bouteille de romanée-conti. Le vieux prêtre, un conteur délicieux, avait étudié en France dans les années 30. Sa pauvreté lui avait toujours interdit de tels crus, mais il avait beaucoup lu à leur sujet, et il préférait être damné plutôt qu'à soixante et onze ans manquer cette occasion unique d'y goûter. J'ai alors taquiné Ruth à cause des commentaires pieux et réprobateurs qu'elle faisait souvent sur la prostitution, alors qu'elle venait de servir pour plus de mille dollars de vin dans le seul but de faire l'amour. Elle m'a raconté que le vieillard avait refusé de s'endormir, moyennant quoi elle avait dû se contenter d'un coup rapide dans la salle de bains tandis qu'ils se regardaient dans la glace. Il ne lui restait plus maintenant qu'à attendre pour savoir si elle était enceinte, pendant que le bon père partait travailler parmi les pauvres du Costa Rica.

Voici comment c'est arrivé pour moi, comment j'ai eu mon enfant au début de ma seizième année. J'ai souvent pensé que je serais peut-être grand-mère à quarante-cinq ans. Les yeux rivés à la glace, j'ai parfois essayé de murmurer *grand-maman*, mais cela restait trop abstrait pour avoir le moindre effet. Voilà que je digresse encore. Même si elles n'en parlent jamais, Naomi et Ruth sont scandalisées à l'idée que nos terres puissent revenir au fils de Ruth en l'absence de tout autre héritier situable, ce qui constitue une raison supplémentaire pour la séduction du prêtre. Aucune d'entre nous ne s'inquiète que le nom Northridge puisse disparaître; mais que cette terre échappe à la famille serait une honte; d'ailleurs, le fils de Ruth ne cache pas qu'il la déteste et il n'y a plus remis les pieds depuis le début de son adolescence. Assez!

Il s'appelait Duane bien qu'il fût à moitié sioux et, selon son humeur du moment, me donnât d'innombrables versions de son nom sioux. La maison de mon grand-père, qui se trouve au centre de l'exploitation originale, est à trois miles au nord de la ferme. Cette exploitation comprenait six cent quarante acres, auxquels furent ajoutées en 1876 les autres terres pour former un total de trois mille cinq cents acres, ce qui n'est guère beaucoup plus que la moyenne des exploitations de la région. Par chance, ces terres sont divisées par deux torrents qui forment une petite rivière, si bien que les champs sont particulièrement fertiles et facilement irrigables. Pour notre plus grand bonheur, mon arrière-grand-père a étudié la botanique et l'agriculture pendant deux ans à l'université Cornell avant de participer à la guerre civile. En fait, un voyageur qui se serait aventuré par mégarde sur le chemin gravelé du comté près du domaine de grand-papa croirait longer une forêt, mais cette éventualité est assez improbable, car la ferme se trouve si loin de la grand-route qu'aucun voyageur ne s'en approche jamais. Tous les arbres ont été plantés par mon arrière-grand-père pour constituer des coupe-vent, des abris contre les violentes bourrasques des plaines, et afin de fournir du combustible et du bois de construction dans une région où ces denrées étaient rares et coûteuses. Il y a des rangées irrégulières de pins et de ponderosas, beaucoup de caragans à feuilles caduques, de baies-de-buffle, d'oliviers russes, de cerisiers sauvages, d'amélanchiers, de pruniers sauvages, de pommiers épineux et de saules. Les cercles les plus proches du centre de la propriété sont constitués de grands frênes verts, d'ormes blancs, d'érables argentés, de noisetiers noirs, de mélèzes d'Europe, de cerisiers à grappes noires et de micocouliers. Il y a une dizaine d'années, Naomi, grâce aux défenseurs de l'environnement de l'Etat, a fait classer la région réserve naturelle d'oiseaux afin d'en éloigner les chasseurs. Très peu de gens nous rendent visite, hormis quelques ornithologues de l'université au printemps et en automne. A l'intérieur des couronnes délimitées par les arbres se trouvent les champs, les étangs, une rivière et au cœur du sanctuaire la ferme originale. Assez!

Duane est arrivé par un après-midi brûlant de la fin août 1956. Je l'ai trouvé en train de remonter la longue allée, traînant des pieds dans la poussière impalpable. J'ai mis mon cheval au pas derrière lui, mais il ne s'est pas retourné une seule fois. *Je peux vous aider?* lui ai-je proposé, mais il a seulement prononcé son nom et celui de grand-père. Je lui donnais à peu près le même âge que moi, quatorze ans; il avait le visage marqué, brûlé, il portait de vieux vêtements crasseux, et tous ses biens dans un sac à patates en papier. Son odeur dominait celle de l'écume du cheval. Je lui ai dit qu'il ferait mieux de monter en selle derrière moi, car grand-papa avait une meute d'airedales qui accueillaient les inconnus sans trop de tendresse. Il s'est contenté de secouer la tête en guise de refus, et je l'ai doublé au galop pour prévenir grand-papa. Celui-ci était assis comme d'habitude sur sa véranda; d'abord très surpris, il a bientôt débordé d'excitation, mais sans me dire un mot. Il a dû attendre près de la camionnette pendant que je caressais la tête de chacun de la demi-douzaine d'airedales pour les faire monter sur la plate-forme du véhicule. Quand je ne les caressais pas tous sans exception, ils se chamaillaient tant et plus. J'aimais ces chiens capricieux en partie à cause de l'accueil qu'ils me réservaient, et de la violente excitation qui s'emparait d'eux quand j'allais me promener à cheval en les invitant à me suivre. Je ne les emmenais jamais dans les endroits fréquentés par les coyotes, car un jour ces chiens avaient déterré et dévoré une portée de jeunes coyotes malgré tous mes efforts pour les en écarter à coups de cravache. Après qu'ils eurent englouti les malheureux nouveau-nés, ces chiens avaient simulé l'embarras et la honte. Assez!

Nous avons découvert Duane assis en tailleur dans la poussière. Les chiens ont poussé un hurlement affreux, mais n'ont pas osé sauter de la plate-forme sans l'autorisation de grand-papa. Nous sommes descendus, puis grand-papa s'est agenouillé près de Duane qui restait immobile. Ils ont parlé en sioux, grand-papa a aidé Duane à se relever et l'a serré très fort dans ses bras. Quand nous sommes revenus à la maison, grand-papa m'a dit de partir et de ne parler de ce visiteur à aucun membre de notre famille. Sept ans avaient eu beau s'écouler depuis la mort de mon père, il reprochait toujours un peu à Naomi d'avoir laissé son mari repartir à la guerre, et ils étaient souvent montés l'un contre l'autre.

Je suis certaine d'avoir aimé Duane, du moins au début, parce qu'il m'ignorait ostensiblement. Il venait des environs de Parmelee, dans la réserve indienne de Rosebud, et malgré son physique essentiellement sioux ses yeux étaient caucasiens, verts et froids comme des pierres vertes au fond d'un torrent glacé. Il possédait le savoir-faire d'un cow-boy — il ne savait rien d'autre, mais cela il le savait bien. Il a refusé de s'installer dans la maison de grand-

38

papa, à laquelle il a préféré une cabane qui avait autrefois servi de dortoir pour les bûcherons. Deux airedales décidèrent de leur propre chef d'aller vivre avec lui. Duane ne voulut pas aller à l'école ; il déclara à grand-papa qu'il savait lire et écrire, et que cela suffisait amplement pour la région. Il passait le plus clair de son temps à s'occuper des derniers Herefords, à réparer les bâtiments de la ferme, à couper du bois, mais les travaux d'irrigation constituaient l'essentiel de ses tâches. Le seul autre ouvrier agricole était Lundquist, un vieux veuf suédois ami de grand-papa. Il apprit l'irrigation à Duane en pérorant toute la sainte journée sur sa version personnelle du christianisme, fortement influencée par Swedenborg. Chaque jour, Lundquist pardonnait à Duane la mort d'un parent éloigné, originaire du Minnesota, assassiné pendant la révolte des Sioux au milieu du xixe siècle. Le travail à la ferme n'était pas trop lourd, car grand-papa cultivait surtout deux récoltes de luzerne par an à l'intérieur du périmètre de la forêt, et le plus gros des terres restantes était loué à des voisins.

Le jour du Nouvel An qui suivit son arrivée, Duane reçut en cadeau un cheval sprinter couleur daim, issu d'une lignée de chevaux de coupe, ainsi qu'une selle fait main d'Agua Prieta sur la frontière de l'Arizona. Duane aurait dû découvrir son cadeau à Noël, mais grand-père avait perdu la foi en Europe pendant la Première Guerre mondiale, et il ne fêtait plus Noël. Je me rappelle très bien cette journée : une matinée d'hiver dégagée, assez chaude pour la saison ; la boue, qui avait fondu, rendait glissante la cour de la ferme. La veille, j'avais accompagné grand-papa jusqu'à Chadron pour aller chercher le cheval, et la selle était arrivée par la poste. Duane, qui venait de nourrir le bétail, est arrivé à cheval sur l'Appaloosa ; il m'a vue alors que je tenais les rênes du sprinter à la robe couleur daim. Il m'a saluée avec sa froideur habituelle, puis s'est approché pour examiner le cheval. Il a regardé grand-papa qui se tenait à l'écart, au soleil, près de la grange.

— Je crois que c'est le plus bel animal que j'aie jamais vu, a dit Duane.

Sur un signe de tête de grand-papa, je lui ai répondu :

— Il est pour toi, Duane.

Il nous a tourné le dos pendant une bonne dizaine de minutes, ou du moins ce qui nous a paru un temps incroyablement long. Je me suis enfin approchée de lui par-derrière, et ma main qui tenait les rênes a suivi son bras jusqu'à ses doigts. Contre sa nuque, sans la moindre raison, j'ai chuchoté « Je t'aime ». J'ignorais absolument que j'allais prononcer ces mots.

Ce jour-là pour la première fois Duane m'a laissée monter en sa compagnie. Nous avons trotté et galopé jusqu'au crépuscule avec les deux chiens ; soudain, j'ai entendu au loin Naomi sonner la cloche pour m'appeler au dîner. Duane m'a raccompagnée parmi le chaume ; puis, à une centaine de mètres de notre ferme, il a faite volte-face. Ç'a été la journée la plus romantique de ma vie, même si nous ne nous sommes ni parlés ni frôlés sauf au moment où je lui ai tendu les rênes.

Une de mes principales causes de tristesse à cette époque, et par intermittence depuis, était que j'avais mûri de bonne heure et que les autres me trouvaient extrêmement séduisante. Ce n'est pas le genre de chose dont on se plaint d'habitude, mais à mes yeux cela me distinguait injustement, attirant l'attention sur moi alors que je désirais l'anonymat. Les commentaires d'autrui m'intimidaient ; à la moindre mention de ma beauté je rentrais dans ma coquille. Ce n'était pas trop grave à l'école de campagne où Naomi était le seul professeur et où la classe de quatrième comptait seulement quatre élèves ; mais en troisième j'ai dû prendre le car scolaire jusqu'au bourg le plus proche dont, pour plusieurs raisons, je tairai le nom. Là les garçons plus âgés me prodiguaient leurs attentions, et je ne savais pas comment les éviter. J'avais treize ans, je refusais tous les rendez-vous en prétextant que ma mère ne voulait pas me laisser sortir. J'ai aussi refusé de devenir chef de bans car je désirais rentrer à la maison par le car scolaire pour être avec mes chevaux. Je faisais confiance à un seul garçon plus âgé que moi, car c'était le fils de notre médecin et il semblait assez agréable. Un jour de la fin avril il m'a ramenée à la maison dans sa décapotable, très satisfait d'avoir été accepté par la lointaine Dartmouth. Il a tout essayé pour me violer, mais les soins que je donnais aux chevaux m'avaient musclée et j'ai réussi à lui casser un doigt, pas avant néanmoins qu'il ne m'ait forcée à approcher mon visage de son pénis, lequel a éclaboussé ma peau et mes vêtements. J'ai été si choquée que j'ai éclaté de rire. Il a ensuite tenu son doigt cassé et fondu en larmes en me suppliant de lui pardonner. C'était ridicule et très désagréable. Il s'est bien sûr vanté dans toute l'école que je lui avais taillé une pipe magnifique, mais les grandes vacances approchaient, et j'espérais que les gens oublieraient.

Ma classe de seconde a été, si possible, encore pire. Mère tenait à ce que je m'habille bien, mais je cachais des vêtements informes dans le vestiaire de l'école pour les mettre dès mon arrivée. J'ai joué au basket pendant environ un mois, mais j'ai dû m'arrêter après un incident désagréable. Un soir l'entraîneur m'a fait rester très tard, longtemps après les autres, pour travailler les coups francs et les approches en une-deux. Pendant que je me séchais après la douche, il est tout bonnement entré dans le vestiaire réservé aux filles. Il m'a dit qu'il ne me ferait pas mal, qu'il ne me toucherait même pas, mais il voulait me voir nue. J'ai eu très peur quand il s'est approché de moi en répétant sans arrêt *S'il te plaît*. En désespoir de cause, j'ai laissé tomber ma serviette et fait un tour sur moi-même. *Encore*, il a dit ; j'ai donc recommencé, après quoi il est parti. J'ai bien failli tout raconter à Naomi en montant dans sa voiture, mais je savais que cet entraîneur avait trois enfants et je n'ai pas voulu lui causer d'ennuis.

A l'inverse des autres hommes, Duane ne m'avait pas manifesté la moindre tendresse depuis un an et demi qu'il était arrivé. Nous ne partagions que l'amour des chevaux, mais cette passion commune me donnait la force d'aller de l'avant. A un moment pourtant, je m'étais sentie si découragée que j'avais envisagé de me mutiler, de me brûler le visage, voire de me suicider. Naomi a voulu m'emmener chez un psychiatre de la capitale de l'Etat, mais j'ai refusé. Un soir elle m'a donné mon premier verre de vin en disant à Ruth de sortir. Je lui ai confié une bonne part de mes soucis, elle m'a prise dans ses bras et a pleuré avec moi. Elle m'a dit que ce qui m'arrivait faisait partie de la vie, que je devais me comporter avec fierté, rester fidèle à mes convictions, afin de continuer à me respecter. Le jour où je rencontrerais quelqu'un que j'aimerais et qui m'aimerait, mon existence prendrait tout son sens et ne me serait plus un fardeau. Je ne lui ai pas dit que j'aimais Duane, car elle le trouvait si fruste qu'elle craignait pour sa santé mentale.

Un samedi, je fatiguais quelques jeunes bouvillons pour que Duane puisse s'entraîner à la coupe avec son cheval sprinter — le cavalier fait alors entrer son cheval dans le troupeau, choisit un bœuf, puis le «coupe», l'isole des autres bêtes. Je devais empêcher les bœufs de s'égailler dans toutes les directions. Le plus vieux des airedales a compris le jeu et m'a aidée à ramener vers le troupeau les bêtes les plus récalcitrantes. Je crois que ce chien manifestait un tel enthousiasme parce qu'il sentait qu'il avait l'occasion de mordre un bœuf.

Ce jour-là il s'est mis à tomber de la neige fondue si bien que nous sommes rentrés dans la grange nous entraîner au lasso sur deux vieilles cornes de bœuf fixées au sommet d'un poteau. Quand le temps le permettait, nous pratiquions ensemble l'immobilisation à deux: j'étais «à la tête», c'est-à-dire que je lançais mon lasso autour des cornes, et Duane faisait office de «talonneur», entreprise beaucoup plus difficile car il fallait entraver les pattes arrière d'un bœuf en pleine course. Ce jour-là Duane semblait particulièrement froid et renfrogné, si bien que j'ai essayé de le taquiner à cause d'un collier qu'il portait. J'ai eu beau me moquer de lui, il n'a pas voulu me dire pourquoi il portait ce collier.

— En ville, au magasin d'alimentation, j'ai entendu deux footballeurs affirmer que tu étais la plus belle fille de l'école, il a lancé en sachant parfaitement combien cela m'agaçait. Ils disaient aussi que tu étais le meilleur coup de tout le comté.

— Ce n'est pas vrai, Duane. J'avais fondu en larmes. Tu sais que ça n'est pas vrai.

— Pourquoi diraient-ils ça si ce n'était pas vrai? m'a-t-il demandé en me saisissant le bras pour tourner mon visage vers lui. Tu ne m'as jamais proposé de le faire, parce que je suis indien.

— Je veux le faire avec toi parce que je t'aime, Duane.

— De toute façon je ne baiserais jamais avec une Blanche. Surtout si elle baise avec ces fermiers.

— Je suis un peu indienne et je n'ai jamais baisé avec ces fermiers.

— Tu ne peux absolument pas le prouver, il a crié.

— Fais-moi l'amour et tu t'apercevras que je suis vierge. J'ai commencé à me déshabiller. Allez, espèce de trouillard à la gomme.

Il se contentait de me regarder; puis la fureur a crispé

son visage. Il est sorti de la grange en courant et j'ai entendu la camionnette démarrer.

Je ne pouvais pas m'arrêter de pleurer en rentrant à cheval vers la ferme. Je voulais mourir, sans savoir comment m'y prendre. Je me suis arrêtée près d'un grand trou d'eau du torrent, maintenant couvert de glace, où nous nagions en été. J'ai songé à me noyer, mais je ne voulais pas faire de peine à Naomi ni à Ruth. Et puis j'ai soudain été submergée par la fatigue, le froid, la faim. Il tombait toujours de la neige fondue; j'ai espéré que la glace romprait le câble électrique pour que nous puissions allumer les lampes à pétrole. Après dîner nous jouions aux cartes sur la table de la salle à manger sous les portraits de mon arrière-grand-père, de mon grand-père et de mon père. Pourquoi nous a-t-il abandonnées? me demandais-je. Pourquoi est-il parti en Corée?

Après dîner grand-papa a garé sa vieille guimbarde dans la cour, ce qui nous a étonnées car il conduisait toujours la camionnette. Naomi et moi devions l'accompagner en ville parce que Duane était en prison et qu'on avait besoin de mon témoignage. Dans le bureau du shérif j'ai déclaré que je n'avais jamais eu le moindre rapport avec ces joueurs de football couverts d'ecchymoses et de contusions diverses. Grand-père était fou de rage, le shérif se faisait tout petit devant lui. Les parents des joueurs de football avaient très peur, peut-être injustement peur, car grand-papa était riche et nous sommes la plus vieille famille du comté. Quand ils ont fait sortir Duane de sa cellule, j'ai remarqué qu'il n'avait pas la moindre égratignure. Les joueurs de football ont fait mine de ricaner, mais le regard de Duane les a traversés comme s'ils n'existaient pas. Le shérif a déclaré que le premier qui salirait encore ma réputation aurait de graves ennuis. Grand-papa a alors ajouté:

— Un mot de plus, mes salauds, et je vous botte le train jusqu'à Omaha.

Les parents ont imploré son pardon, mais il a fait la sourde oreille. J'ai bien vu que son indignation vertueuse lui faisait plaisir. Dans le parking de l'immeuble du comté, j'ai remercié Duane. Il m'a serré le bras et dit :

— Pas de quoi, *partner*.

Quand il m'a appelée *partner*, j'en suis restée sans voix.

Après cet incident les garçons ont cessé de m'importuner à l'école, mais j'étais très seule et l'on m'avait donné le sobriquet de «squaw». Je me moquais de ce surnom ; j'en étais même parfois fière, car il sous-entendait qu'aux yeux des autres j'appartenais à Duane. Quand il a découvert mon surnom, il a éclaté de rire et dit que je ne pourrais jamais être une squaw, car le peu de sang indien qui coulait dans mes veines passait parfaitement inaperçu. Sa réponse m'a mise en rogne et je lui ai demandé :

— Où donc as-tu été chercher tes yeux noisette et vert si tu as du sang indien si pur?

Il s'est mis en colère, a failli me dire quelque chose, au lieu de quoi il m'a répondu qu'il était au moins à moitié sioux, et qu'au regard de la loi cela faisait de lui un Sioux.

Après cette querelle nous nous sommes évités pendant un mois entier. Un soir d'été où grand-papa était venu dîner à la ferme, il m'a prise à part pour me dire que c'était une très grave erreur que de tomber amoureuse d'un jeune Indien. Gênée, j'ai néanmoins eu la présence d'esprit de lui demander pourquoi son père à lui avait épousé une jeune Sioux.

— Qui sait pourquoi l'on épouse quelqu'un?

Sa propre femme, que je n'ai jamais vue et qui était morte depuis longtemps, avait été une riche héritière originaire d'Omaha, que la boisson avait vouée à une mort précoce.

— Ce que je veux dire, c'est qu'ils ne sont pas comme nous ; si tu n'arrêtes pas de courir après Duane, je devrai le renvoyer.

Pour la première fois je le défiais ouvertement.

— Cela signifie-t-il que tu n'es pas comme nous?

Il m'a serrée dans ses bras en me disant:

— Tu sais et je sais que je ne ressemble à personne. Et tu montres les mêmes signes que moi.

J'ai trouvé ces avertissements parfaitement superflus, car Duane ne manifestait pas la moindre velléité d'être autre chose que mon *partner* au sens le plus strict du terme. J'ai essayé de le taquiner moins qu'avant, de lui faire une cour moins pressante; moyennant quoi il s'est montré plus amical envers moi. Il m'a emmenée jusqu'à des tertres funéraires indiens au milieu d'un épais fourré, dans le coin le plus éloigné de la propriété. Je ne lui ai pas dit que mon père m'y avait déjà amenée juste après qu'il m'eut offert mon premier poney. Duane avait dressé un petit tipi avec des perches, de la toile et des peaux. Il m'a dit qu'il dormait souvent là et qu'il «communiait» avec les guerriers morts. Quand je lui ai demandé où il avait appris le mot «communier», il a reconnu qu'il s'était mis à lire quelques livres de la bibliothèque de grand-père. C'était la première soirée fraîche de septembre, l'air était plus limpide qu'il ne l'avait été pendant tout l'été, une brise légère mais régulière soufflait du nord. Je parle de cette brise, car Duane m'a demandé si j'avais un jour remarqué que le vent dans les buissons faisait des bruits différents selon la direction dans laquelle il soufflait. La raison en était que les feuilles frottaient différemment les unes contre les autres. Quand je lui ai répondu que je ne l'avais jamais remarqué, il m'a dit:

— Bien sûr, tu n'es pas une Indienne.

Voyant que sa plaisanterie m'avait blessée, il m'a pris le bras, puis m'a donné mon premier vrai espoir en déclarant qu'il existait sans doute une cérémonie susceptible de faire de moi une Sioux à part entière. Il vérifierait ce point si jamais il retournait à Parmelee. Ce soir-là j'ai eu beaucoup de mal à le quitter, mais ma mère tenait à ce que je rentre à la maison avant le crépuscule quand j'étais avec Duane.

Lorsque je suis retournée vers mon cheval attaché, Duane m'a dit :

— Si je te demandais de rester toute la nuit, tu accepterais ?

J'ai acquiescé d'un signe de tête, il s'est approché de moi ; son visage s'est penché si près du mien que j'ai cru que nous allions nous embrasser pour la première fois. Les derniers rayons du soleil tombaient sur mon épaule et sur ses traits, mais il s'est soudain détourné.

Cet été-là je suis devenue l'amie d'une fille nommée Charlene qui, à dix-sept ans, avait deux ans de plus que moi. Elle habitait en ville un petit appartement au-dessus du café que dirigeait sa mère. Son père était mort pendant la Seconde Guerre mondiale, et ce drame de la guerre contribua à nous rapprocher. Je la connaissais à peine à l'école, où elle avait mauvaise réputation. Selon certaines rumeurs, quand les riches chasseurs de faisans arrivaient de l'est à la fin octobre et en novembre, Charlene faisait l'amour avec eux pour de l'argent. Malgré sa grande beauté, Charlene était une paria ; elle n'appartenait à aucune église, à aucun club scolaire. Elle m'avait parlé une seule fois à l'école, quand j'étais en troisième — pour me dire « de ne pas me laisser faire » quand des garçons plus âgés m'ennuyaient. Nous n'avons vraiment fait connaissance qu'en bavardant ensemble à la bibliothèque municipale.

Le samedi après-midi Naomi prenait la voiture pour aller faire des courses en ville. Ruth me suivait au magasin de selles et de harnais, puis nous buvions un soda et nous retrouvions toutes les trois à la bibliothèque. Nous n'avons jamais croisé Duane en ville, car il faisait les courses de la ferme le dimanche, en prétendant qu'il y avait trop de monde le samedi. Ce bourg était le chef-lieu de comté, mais sa population ne dépassait pas mille habitants. J'avais déjà lu *Of Human Bondage*, *Look Homeward, Angel* et *Raintree County* de Ross Lockridge. C'étaient des livres merveilleux ; j'ai été stupéfaite d'apprendre dans le journal le suicide de M. Lockridge. Quand Charlene m'a vue avec mes livres, nous avons engagé la conversation. Elle était habillée en serveuse ; elle m'a dit qu'elle venait ici le samedi après son travail et qu'elle lisait pour oublier sa vie horrible. Nous nous sommes retrouvées une demi-douzaine de samedis de suite, et je lui ai demandé de venir déjeuner dimanche, car je savais que le café serait fermé ce jour-là. Elle m'a remerciée en me disant qu'elle ne faisait pas partie de notre univers, mais Naomi est alors arrivée et a réussi à la convaincre.

Charlene s'est mise à passer tous les dimanches avec nous. Elle plaisait beaucoup à grand-papa. Elle a monté à cheval pour la première fois, et ça lui a beaucoup plu. Duane se terrait — il avait toujours énormément de mal à être avec plus d'une personne à la fois. Naomi a donné des cours de couture à Charlene et lui a confectionné des vêtements qu'on ne trouvait pas dans la région, à moins d'un long trajet en voiture jusqu'à Omaha. Naomi m'a dit en privé qu'elle espérait que Charlene renoncerait à se vendre aux chasseurs de faisans à l'automne. Elle a ajouté que plus d'une femme respectable des environs l'avait fait, et que ce n'était pas une chose sur laquelle juger quelqu'un.

Un soir où elle était à la maison, Charlene m'a avoué que les rumeurs étaient fondées. Elle m'a dit qu'elle économisait pour quitter la ville et aller à l'université. Je lui ai demandé ce que les hommes lui faisaient. Elle m'a répondu que si je ne le savais pas déjà, elle n'allait pas me l'apprendre. Je lui ai dit que j'étais au courant, mais que les détails m'intéressaient. Elle m'a confié qu'elle devait choisir ses partenaires avec grand soin, car tous les hommes la voulaient ; un chasseur de Detroit l'avait même payée cent dollars, l'équivalent de ce qu'elle gagnait en un mois au café. Le seul élément gênant de ses visites était qu'elle se sentait très impressionnée par notre maison et celle de grand-papa. Sa réaction, parfaitement spontanée, m'ennuyait. Nous avions peu de visiteurs, je savais très bien que notre famille était ce qu'il est convenu d'appeler «fortunée», mais nous avions tendance à considérer cela comme allant de soi. Les meubles et les tableaux des deux maisons étaient dus à d'innombrables voyages, à commencer par ceux de mon arrière-grand-père, mais surtout ceux de mon grand-père à Paris et à Londres aux alentours de la Première Guerre mondiale, plus tard ceux de sa femme, sans oublier les voyages de mes parents. C'était cette époque de la vie où l'on veut être comme tout le monde, même si l'on commence à comprendre que ce *tout le monde* n'existe pas et n'a jamais existé.

Ma malchance a débuté avec la religion, mais d'une manière assez innocente. Nous avions toujours fréquenté une petite église méthodiste wesleyenne située à quelques miles sur la route. Tous les gens du voisinage faisaient comme nous, hormis les Scandinaves qui avaient une église luthérienne aussi petite que la nôtre. Une fois l'an, en juillet, les deux congrégations organisaient un barbecue et un pique-nique communs. C'était une journée très chaleureuse ; et notre prêcheur, bien que fort âgé et assez inefficace, était admiré par tous. Ce dimanche-là nous devions aller à l'église un peu avant l'office, car Ruth y jouait du piano. Charlene nous accompagnait — elle n'avait jamais mis les pieds à l'église avant de venir dormir à la maison le samedi et de passer la journée du dimanche avec nous. Elle a trouvé l'expérience intéressante, mais un peu bizarre.

Je me souviens que c'était le premier dimanche après la fête du travail, et qu'une vague de chaleur suivait le bref intermède de fraîcheur lors duquel j'étais allée au tipi de Duane. Comme notre pasteur habituel était parti en vacances à Minneapolis, un jeune et beau prêcheur de l'école de théologie le remplaçait; selon l'affiche ronéotée, cet homme plein d'énergie voulait devenir évangéliste. Alors que nous étions habitués aux homélies patelines de notre vieux pasteur sur les aspects les plus anodins du Nouveau Testament, le prêcheur de remplacement abasourdit ses ouailles, sauf Naomi qui fit preuve d'une tolérance tranquille. Il tonna, rugit, arpenta la travée, secoua physiquement les fidèles; bref, il nous donna du drame, et nous n'avions pas l'habitude du drame. Pour lui, bon nombre des inventeurs des bombes atomique et hydrogène étaient des juifs, des «enfants d'Israël». Dieu avait fait appel au peuple élu pour mettre au point la destruction de la planète, qui allait provoquer la Seconde Venue du Christ. Tous ceux qui étaient sauvés monteraient droit au Ciel avant l'Apocalypse. Quant aux autres, malgré leur hypothétique sincérité, ils endureraient d'indicibles souffrances parmi les millions et les milliards de zombies déréglés par les radiations qui s'entre-dévoreraient; les animaux et les êtres marins deviendraient fous, et les tribus primitives, dont les Indiens, allaient se révolter pour massacrer tous les Blancs. Je me rappelle avoir pensé, l'espace d'un instant, que Duane me sauverait. Mais pour le moment toute l'église gémissait et pleurait. Quand le sermon toucha à sa fin et que le prêcheur en nage nous invita à avancer, il y eut une ruée générale vers l'autel; tous voulurent offrir leur vie à Jésus, y compris moi, Ruth, Charlene et d'innombrables autres enfants.

Dans la confusion et le relatif retour au calme qui s'ensuivit, il fut décidé que nous devions tous être baptisés au cas où des bombes à hydrogène seraient larguées sur nos têtes. Dans le nord du Middle West, sans doute à cause du climat, maintes activités — dont les enterrements, les mariages et les baptêmes — sont considérées comme des tâches qu'il faut accomplir promptement. Le prêcheur nous donna donc rendez-vous au trou d'eau situé près de notre ferme dès que le pique-nique serait prêt (la nourriture n'est jamais négligée) et les vêtements convenables réunis, soit n'importe quelle tenue à peu près blanche.

Nous nous sommes donc retrouvés en milieu d'après-midi, et la cérémonie s'est déroulée sans autre incident que l'apparition du serpent d'eau. Il faisait une telle canicule que l'eau paraissait spécialement fraîche et agréable. Naomi, qui regardait Ruth, Charlene et moi dans nos robes blanches trempées, a déclaré que cela ne pouvait pas nous faire de mal. Alors que je m'essuyais le visage avec une serviette, j'ai entendu un oiseau siffler et compris que c'était Duane. Quand les autres sont partis manger, je me suis glissée dans un bosquet d'arbres d'où j'ai aperçu Duane en selle sur son sprinter.

— Qu'est-ce que vous aviez à batifoler dans la rivière comme des singes? m'a-t-il demandé.

— Eh bien, nous nous sommes fait baptiser en prévision d'une guerre et de la fin du monde.

Je me sentais un peu stupide et très nue dans ma robe blanche mouillée. J'ai fait un geste pour me cacher, puis y ai renoncé.

Il m'a dit de monter sur son cheval avec lui, ce qui m'a surprise, car il ne me l'avait jamais proposé. Il sentait l'alcool, ce qui m'a également étonnée, car il déclarait volontiers que l'alcool était un poison qui tuait les Sioux. Près du tipi, il a posé la main sur mes fesses nues quand je suis descendue de son cheval et que mes vêtements mouillés sont remontés sur mes hanches. Il m'a tendu une bouteille de vin de prune que Lundquist lui avait donnée. J'ai bu une longue goulée, puis ses bras m'ont enlacée.

— Ça ne me plaît pas beaucoup que tu te fasses baptiser. Comment peux-tu être mon amie si tu es baptisée et que tu chantes ces chansons?

Comme ses lèvres étaient tout près des miennes, je les ai embrassées pour la première fois. Ç'a été plus fort que moi. Il a fait passer la robe par-dessus ma tête et l'a jetée dans l'herbe. Il a reculé d'un pas pour me regarder, puis

51

il a poussé un cri, une sorte de hurlement. Nous sommes entrés dans sa tente, nous avons fait l'amour, et ç'a été la sensation la plus étrange de toute mon existence, comme si je marchais sur les planches d'une porte de cellier chauffée par le soleil et que mes jambes n'assuraient plus l'équilibre de mon corps. Je regardais ses yeux mi-clos en sentant qu'il ne pouvait pas me voir, et ma position, genoux repliés très en arrière contre mon buste, avait quelque chose d'un peu risible. Je n'avais pas l'impression de faire beaucoup d'efforts, Duane dirigeait tout, mais j'ai pensé que ça me plaisait énormément de faire glisser mes mains sur son dos trempé de sueur jusqu'à ses fesses. Vers la fin il m'a serrée violemment contre lui, comme s'il voulait me faire entrer de force dans son corps, et lorsqu'il a roulé sur le côté il soufflait tel un cheval après un long galop. Ensuite il s'est endormi dans la tente surchauffée et j'ai entendu très loin Naomi sonner sa cloche. Je suis sortie dans la fin de l'après-midi et j'ai enfilé ma robe humide. J'ai couru tout du long, faisant une seule halte pour une rapide baignade. Je me suis demandé si les autres allaient me trouver différente. Je n'ai jamais revu Duane, sinon quinze ans après.

Si j'habite Santa Monica depuis si longtemps, cela tient sans doute en partie aux arbres. Dans notre jeunesse, des albums de photos avaient convaincu Ruth que les grandes villes des côtes est et ouest, que nous appelions les côtes de rêve, semblaient fragiles et délicates. Nous étions ravies à l'idée que, de notre vivant, ces énormes bâtiments s'écrouleraient sans doute. Ce point de vue est particulier au nord du Middle West — tout ce qui est trop grand s'effondre. Dressez la tête et vous risquez de vous faire décapiter. Seuls les silos à grain ont le droit de jaillir vers le ciel, qui offrent aux fermiers sédentaires leur majesté pesante et rassurante.

Jusqu'en novembre j'ai caché à Mère que j'étais enceinte. Je lui ai dit que j'avais seulement manqué une fois mes règles, alors qu'en réalité, je les avais manquées deux fois. Cela, pour qu'elle ne croie pas que c'était la faute de Duane, lequel avait disparu. Je lui ai dit que c'était un chasseur de faisans. Sa première réaction a été une colère telle que je n'en avais jamais vue, non pas dirigée contre moi — j'étais sa «pauvre chérie» — mais contre le séducteur pervers. J'ai dû débiter toute une kyrielle de mensonges, car Naomi a aussitôt téléphoné à Charlene qui a protesté de son innocence. Au pied levé j'ai inventé une histoire selon laquelle je me promenais à cheval quand j'avais rencontré un bel homme qui cherchait un setter anglais égaré. Je l'avais aidé à retrouver son chien et il m'avait séduite, ce qui n'avait pas été très difficile car j'étais lasse de ma virginité. Naomi m'a prise dans ses bras pour me consoler en me disant que le monde et l'innocence dans lesquels j'avais vécu jusqu'alors demeuraient inchangés. Elle m'a retirée de l'école en novembre, pendant la fête de Thanksgiving, en déclarant au proviseur qu'elle voulait m'envoyer dans une école de l'est du pays. Les seuls à connaître la vérité étaient un médecin de Lincoln, Ruth, Charlene — qui professait un tel mépris du monde qu'on pouvait lui confier n'importe quel secret — et grand-papa.

Ç'a été un coup très rude pour grand-papa ; il a peut-être même souffert davantage que moi, car contrairement à lui je bénéficiais de la souplesse propre à mon âge. Je ne sais plus quel poète a écrit que, passé un certain seuil, un cœur blessé ne peut plus guérir. J'avais quinze ans, presque seize, grand-papa soixante-treize. J'étais ce qu'il avait de plus cher au monde, peut-être la contrepartie féminine de mon père.

Entre le jour de la fin septembre où Duane a disparu et le lendemain de Thanksgiving, quand j'ai quitté la maison, je suis allée voir grand-papa tous les jours à cheval en espérant trouver chez lui des nouvelles de Duane. Je ne lui posais jamais la question directement, et il ne m'a jamais dit que Naomi l'avait informé de mon état. Sa réputation d'excentrique s'étendait bien au-delà des limites de notre comté, mais je ne l'ai jamais pris pour un original. A maints égards il me servait de père substitutif depuis dix ans que papa était mort en Corée, date à laquelle il s'était retiré de la vie active pour se protéger derrière ses rangées d'arbres concentriques. Il avait eu «trop de vie», disait-il, et il voulait réfléchir à tout cela avant de mourir. Mes visites presque quotidiennes n'avaient rien de monotone — j'avais le choix entre une dizaine de chemins différents à l'aller comme au retour, chacun parfaitement praticable. Grand-papa était grave quand je trahissais mon malheur; il abordait alors le cœur du problème avec subtilité, ou bien essayait de me divertir en me parlant de livres, de voyage ou de chevaux. Naomi trouvait qu'il dépensait beaucoup trop d'argent pour m'offrir des chevaux, mais pendant toute sa vie les chevaux avaient été sa passion. Même à cette époque, il ne rechignait pas à payer un cheval dix mille dollars, alors qu'une voiture n'était à ses yeux qu'un vulgaire accessoire de l'existence.

Son différend avec Naomi était beaucoup plus profond que je ne le croyais alors, car les bribes et les fragments de dialogues que j'avais surpris jusqu'ici ne formaient pas un tout cohérent. Ainsi, quelques années après la mort de papa, j'étais en haut dans la chambre de Ruth, âgée de cinq ans, à qui je faisais la lecture car elle avait la grippe. Je me suis soudain arrêtée de lire quand, par la bouche de chauffage encastrée dans le sol, j'ai entendu la voix furieuse de grand-papa qui parlait à Naomi. Je me suis agenouillée, Ruth a bondi de son lit, et nous avons collé nos oreilles à l'arrivée d'air chaud. Le conduit étouffait la voix de grand-papa et lui conférait un timbre métallique: *Tu es une vraie martyre tu ne devrais pas élever tes filles ici maintenant qu'il est mort à quoi bon rester ici pour te transformer en un monument à sa mémoire les morts sont les dernières personnes à vouloir notre malheur trouve-toi un chevalier servant un père s'il te plaît fais ça pour lui tu as à peine trente ans tu es une femme ravissante...* Je vois encore le visage de Ruth, souriant mais rouge de fièvre.

J'avais appris à l'école du dimanche qu'un martyr était quelqu'un qui mourait pour les autres. Des années plus tard, Naomi m'a dit que le fait de grandir dans une famille pauvre pendant la Dépression, puis d'épouser un homme aussi riche et brillant que Père, l'avait profondément marquée si bien que, lorsqu'il était mort en Corée, elle s'était accrochée à ce qu'ils avaient vécu ensemble. Assez curieusement, ç'a été ma grossesse qui l'a obligée à se frotter à ce qu'elle considérait comme le monde extérieur.

Tout cela s'est passé voici presque trente ans, mais je ressens encore la souffrance de ces mois d'octobre et de novembre, au point que mon cœur me fait mal, mes muscles se crispent et je peux à peine déglutir. L'été indien était là quand, assise sur la balancelle de la véranda à côté de grand-papa, je regardais l'automne, puis plissais les yeux comme si Duane arrivait dans l'allée pour me retrouver. Il n'avait laissé aucune trace de son passage dans la cabane de bûcherons, sinon les deux airedales qui somnolaient sur son lit de camp comme s'ils l'attendaient. J'entretenais son sprinter, mais n'avais pas le cœur de le monter.

Un après-midi, la veille de Thanksgiving, quand j'ai eu vidé mon vestiaire et dit au revoir à Charlene en pleurant, j'ai passé outre les avertissements de Naomi et suis partie à cheval vers la maison de grand-papa à travers des flocons de neige qui menaçaient de tourner à la tempête. Une fois chez lui, je lui ai demandé d'allumer les petites lampes à pétrole qui jetaient une lumière jaune dans la pièce, mais à leur lueur il a soudain paru plus âgé et triste. Derrière sa tête, au mur du cabinet de travail, était accrochée une photo d'Edward Curtis où l'on voyait le chef guerrier Deux Sifflets avec un corbeau perché au sommet du crâne. Dehors, le ciel était gris, plein de neige; et le vent montait à l'assaut des vitres. Il a mis sur le Victrola le solo de violon de Paganini qu'il préférait. Il ne voulait pas entendre parler des tourne-disques modernes, car il s'était habitué aux mauvais enregistrements; mieux, il aimait jusqu'à leurs défauts. Il m'a raconté pour la énième fois et mon plus grand plaisir comment War Admiral avait gagné le derby du Kentucky en 1937, puis il s'est laissé aller à évoquer la splendeur de l'Exposition hippique de Dublin. Quand il s'est tu, je regardais par la fenêtre en songeant avec plaisir que j'allais devoir passer la nuit sous son toit. Alors j'ai fait une remarque oiseuse, du genre:

— Je crois que je vais me tuer si Duane ne revient pas.

— Dalva, bon Dieu de bois! a-t-il rugi.

Et puis, pour la première fois de ma vie, je l'ai vu pleurer. Je me suis ruée vers lui en le suppliant de me pardonner d'avoir dit pareille bêtise.

— Ne répète jamais cela, m'a-t-il dit.

Il nous a servi du whisky à chacun, un plein verre pour lui, un doigt pour moi.

Au cours de l'heure qui a suivi, j'ai vieilli d'un coup. Il m'a confié que ma grand-mère avait toujours été un peu folle et qu'elle s'était suicidée avec du whisky et des somnifères. Elle avait été très bonne et aimable, mais il avait dû élever ses garçons tout seul. Maintenant que mon père était mort et mon oncle au loin, gâchant sa vie à parcourir le monde, il fallait que je vive, et il m'avait légué

56

cette étrange partie de la ferme. Que les autres héritent de leur sacré maïs et de leur fichu blé. Puis son visage s'est assombri et il m'a pris la main. Juste avant la guerre mon oncle Paul était revenu du Brésil ; il s'était bien entendu avec mon père, Wesley, si bien que grand-papa les avait emmenés à un pavillon de chasse dans les Black Hills. Bien qu'ils aient trop bu, le trajet en voiture s'était fort bien passé ; Lundquist les suivait en camion avec les chevaux et les chiens pour la chasse aux oiseaux. Grand-papa et Wesley avaient fait une bonne chasse, mais Paul avait disparu pendant deux jours, puis était revenu avec une ravissante jeune Sioux qui, selon lui, devait « nettoyer le pavillon de chasse ».

— La fille ne s'est pas intéressée à Paul, mais elle est tombée amoureuse de ton père, et vice versa. Naomi ignore tout de cette histoire. Paul et Wesley se sont battus pour cette fille, à qui j'ai donné un peu d'argent avant de la renvoyer pendant que ton père était parti en ville faire ferrer un cheval. Comme elle me plaisait bien, je lui ai dit de me joindre si jamais il y avait le moindre problème. En fait je l'ai renvoyée parce que moi aussi je me sentais attiré par elle. Ça a été un tel imbroglio que j'ai été soulagé quand nous sommes rentrés à la ferme. Ensuite, avec l'aide d'un missionnaire elle m'a envoyé une lettre pour m'annoncer qu'elle était enceinte. J'ai envoyé un homme pour m'en assurer : elle avait dit vrai. Je lui ai donc accordé une pension mensuelle pendant une dizaine d'années, jusqu'au jour où elle n'a plus donné signe de vie, sans doute morte d'alcoolisme comme tant de Sioux ; je me suis ensuite occupé de son enfant par le biais d'une école religieuse. Quand Duane est arrivé ici, il ne savait pas qui tu étais. Le jour où tu as été baptisée, il est venu m'annoncer qu'il voulait t'épouser, et je lui ai dit que ce n'était pas possible d'un point de vue légal, car tu étais sa demi-sœur. Il est parti en courant. Je sais qu'il n'y a pas de chasseur de faisans. Naomi ne supporterait pas d'apprendre tout ça.

Personne en dehors de nous deux ne doit jamais connaître la vérité. Ta seule faute a été d'aimer quelqu'un. Je lui aurais bien appris plus tôt qui tu étais, mais j'ai eu l'impression que tu contribuais à le retenir ici.

Grand-papa m'a embrassée. Je lui ai dit que je l'aimais et que je voulais vivre.

La semaine passée j'ai vu deux fois l'oncle de Franco, une fois du balcon à travers mes jumelles, et l'autre face à face sous l'auvent d'un cinéma alors que j'étais avec mon ancien chevalier servant le gynécologue. Je n'ai aucune raison sérieuse de croire qu'il me cherche. Devant le cinéma il m'a simplement jeté un regard ; son visage était boursouflé de croûtes et de cicatrices. Contre toute attente il s'est donc installé à Santa Monica ; mais s'il me cherche, je me demande pourquoi il ne vient pas tout simplement frapper à ma porte. Il a bien sûr trouvé mon adresse sans la moindre difficulté par la clinique.

J'ai donc appelé Ted et arrangé un rendez-vous. Je ne voulais pas faire appel à la police, et je savais que Ted, grâce à ses contacts multiples, trouverait moyen de se renseigner sur l'oncle de Franco. Ted habite la Malibu Colony dans l'une de ces maisons qui font la couverture d'*Architectural Digest* : le commun des mortels se pâme devant la splendeur de ces bâtisses, mais je n'aimerais pas y vivre. En plus du gardien et de la police privée de la Colony, Ted a un homme à tout faire qui lui sert aussi de garde du corps. Son employé semble tout à fait déplacé en Californie : c'est un ancien inspecteur de la brigade criminelle d'Albany, Etat de New York, un mari heureux et le père de deux jeunes enfants. Cet homme qui déborde d'énergie est un vrai cordon-bleu, un grand connaisseur des vins, un jardinier et un comptable hors pair. Il a très vite pris la place de trois employés, épargnant seulement une domestique originaire du Salvador. Je parle de cet homme, Andrew, parce que de telles compétences alliées à pareille intelligence sont rares. Ted m'a confié qu'Andrew avait plaqué la police parce qu'il avait abattu une jeune fille lors d'une tentative de hold-up, et qu'il ne l'avait pas supporté. La fille était noire, et Andrew est mulâtre. Il est marié à une institutrice qui est aussi une violoncelliste chevronnée. Ruth les a présentés l'un à l'autre il y a quelques années avant de quitter Los Angeles pour Tucson.

En arrivant chez Ted, j'ai été assez étonnée d'y découvrir mon professeur aux caleçons bouffants. Une semaine environ s'était écoulée depuis notre dernière rencontre, et il avait apparemment contacté Ted par l'intermédiaire de Ruth dans l'espoir de faire pression sur moi par un biais détourné. Ce que voulait Michael, le professeur, c'était l'autorisation de consulter les journaux et les papiers de la famille, en particulier ceux de mon arrière-grand-père où celui-ci exposait ses idées « stupéfiantes » sur ce qu'au xixe siècle on appelait « le problème indien ». Ruth, Mère et moi (suivant en cela l'exemple de grand-papa) avions décidé de tenir secrets tous ces documents après la publication d'un de ces textes en 1965 par la Société d'Histoire du Nebraska, ce qui nous avait valu une publicité de mauvais aloi et quelques problèmes désagréables. Avant de se lancer dans ce qui devait devenir une énorme pépinière qui avait fourni des souches à presque tous les fermiers du Nebraska et du Nord et Sud-Dakota, mon arrière-grand-père avait été missionnaire agricole auprès des Sioux Oglalas. Dans les années 1880 il avait publié deux articles dans *Harper's Monthly* et plusieurs dans *McClure's*. Après le massacre de Wounded Knee en 1890, il se retira à sa ferme, délaissant toutes les controverses politiques sur le sort des Sioux, mais il resta en contact avec Joe Coyote Blanc, Henry Cheval, Daniel Cheval Bleu, En-Tue-Cent et les Minneconjous, Jackson Le Corbeau, Philip Lune

Noire, Edward Hibou Roi. Il était le plus proche de Le Chien, l'ami de Crazy Horse, mais il restait très mystérieux dès qu'il s'agissait de Le Chien. Grand-papa avait parlé de son propre père avec Edward Curtis, George Bird Grinnell, Mari Sandoz, David Humphreys Miller et quelques autres, mais à la fin des années 40 il avait décidé de mettre un terme à ce genre de discussion. Nous avons toujours le sentiment qu'il a commis une faute en divulguant une partie de ce journal en 1965. Quand je suis revenue au printemps sans mon bébé, grand-papa m'a confié un certain nombre d'informations sous le sceau du secret, mais elles sont sans valeur sinon pour les très rares spécialistes qui s'intéressent à ces choses.

Le moment est sans doute mal choisi pour évoquer cette affaire, mais insidieusement elle a réussi à gâcher un excellent dîner (une bouillabaisse) et à faire naître en moi une colère semblable à celle qui a résulté du viol de Franco. Avant le repas je me suis confiée en privé à Ted, qui a tout de suite décidé de mettre Andrew sur la piste de l'oncle défiguré qui semblait me filer. Puis pendant le dîner, Ted a parlé ouvertement de Ruth devant le professeur Michael ; je l'ai aussitôt remis à sa place en me sentant blessée. Ted aime imiter l'esprit acerbe de Gore Vidal, qui est parfois caustique, amusant, voire éclairant, mais en définitive d'un usage limité. Une facette assez torve du caractère sinon délicieux de Michael s'est manifestée au milieu du plat principal. Cela est arrivé d'une manière étrangement détournée, par le biais d'un commentaire sur le film *Amadeus*, dont Ted détestait les inexactitudes et le côté insultant. Michael s'est mis à discourir sur les diverses utilisations de l'Histoire, entrelardant son exposé d'anecdotes assez piquantes pour tenir le non-initié *(sic!)* en haleine. J'ai assez vite compris où il voulait en venir : à l'en croire, je m'élevais contre une grande tradition d'érudits en refusant de transmettre mes documents à ce presque inconnu qui était devenu mon amant. J'ai vidé mon verre de meursault, puis me suis rendue coupable d'une explosion à peine contrôlée : pour reprendre ses propres termes, l'Histoire était au service de chacun, et personne n'avait le droit de savoir ce qu'il cherchait. Tous les protagonistes étaient morts, et son attitude revenait uniquement à cracher sur la mémoire des défunts.

— Tu fais semblant de croire que, si tu ne racontes pas ça à quelqu'un, alors rien ne sera arrivé. Et j'ai ajouté : Je ne compte pas te laisser tripatouiller le passé dans le seul but d'assurer ta carrière d'historien. Tu risquerais de leur tailler un costume qui leur irait comme un faux col à un canard.

— Mais c'est du mandarinat éthique, a répondu Michael. L'expression a arraché un hoquet ravi à Ted. Tu te prends pour la gardienne du Graal. Tu crois que personne n'a le droit de savoir ce qu'est ce Graal ni pourquoi il existe.

— Pas du tout, j'ai dit. Nous ne sommes plus ce peuple qui aurait pu prendre des décisions cruciales. Nous sommes devenus un peuple complètement différent, un autre pays. Ce que tu appelles l'Histoire évite tout réel souci des gens. Le fond du problème, c'est cette mythologie qui nous a permis de conquérir les populations autochtones — en fait plus d'une centaine de petites civilisations — et puis de leur forger un destin d'humiliation, de honte et de défaite quotidiennes ; par-dessus le marché nous pouvons avoir la conscience tranquille, car n'est-ce pas, ce sont tous des poivrots d'Indiens.

— Mais ce que je veux, c'est montrer comment ce mythe a fonctionné. Il commençait de s'échauffer. Et tu m'en empêches.

— Nous savons tous comment il a fonctionné. Tu me fais penser aux gamins qui adorent retirer le dos des réveils. Tu ne veux même pas devenir mécanicien, tu veux juste regarder.

— Là, tu y vas fort, tu ne trouves pas ? Il a essayé de me

calmer. Si je suis un simple voyeur, où sont donc ces mécaniciens?

— Au Congrès, à Washington. Mon oncle Paul disait souvent qu'on devrait creuser un égout à ciel ouvert avec des auges à cochons sur un bon kilomètre à travers le Sénat, la Chambre des Représentants et la Maison Blanche pour rappeler à tous ces types ce qu'ils sont vraiment.

— Amusant, mais ça veut dire quoi? Avant que tu ne deviennes trop vulgaire, pourquoi ne pas reconnaître que tu es fondamentalement une féministe? Tu es une femme, et par une sorte d'amalgame plutôt grossier tu identifies ta féminité à ce peuple vaincu...

— Exactement ce que je veux dire! Je l'ai interrompu en criant si fort que j'ai entendu Andrew trébucher dans la cuisine. Tu restes assis là à te gratter les couilles sous la table dans un état de totale identification inconsciente avec les vainqueurs. Ton arme, c'est ton doctorat d'histoire qui, selon toi, te donne le droit d'ouvrir toutes les portes. Je ne m'identifie à personne. Les Indiens sont les Indiens. Les Noirs sont les Noirs. Les femmes sont les femmes.

Ted piaffait maintenant d'impatience pour participer à une conversation qu'il croyait sans doute très excitante, ou considérait du moins comme un dérivatif aux discussions de l'industrie du disque.

— Teddy Roosevelt a invité Sitting Bull, American Horse et Géronimo à sa cérémonie d'investiture. Le Tout-Washington en est resté comme deux ronds de flan quand il a découvert que les chefs indiens n'étaient guère impressionnés. Les politiciens ne supportent pas que les gens s'intéressent davantage à la bouffe, au sexe, à l'amour, à leurs familles ou à leurs boulots qu'aux magouilles politicardes...

D'un revers de main, Michael a écarté l'intervention de Ted, puis a bu tout le vin qu'il s'était servi dans son verre à cognac. Il était manifestement fou de rage, mais malgré son ébriété son esprit avait une tournure si résolument universitaire qu'il concoctait un autre argument vicieux.

— J'ai souvent constaté avec une stupéfaction amusée que les héritiers de biens négociables — ils vous appâtent toujours avec ça! — ont une attitude distante mais fascinée envers les minorités. En tant que simple universitaire nomade, je suis beaucoup plus proche d'eux que toi.

— Va donc à Black Mesa avec ta BMW et reconte ça aux Hopis.

— Putain, mais t'es une vraie garce! il a hurlé. Non mais quelle salope! Espèce de sale garce!

Andrew est arrivé de la cuisine en courant pour éviter une éventuelle bagarre, mais Michael avait tranquillement englouti un autre verre entre les deux «garce». Entre-temps, Ted s'était effondré de rire sur sa chaise.

— Ruth a toujours ménagé la chèvre et le chou. Je parie qu'elle a dit: «Je consens à vous donner ces documents si Dalva et Naomi sont d'accord.»

Michael a secoué la tête, puis décidé de reprendre son opération de charme. Après tout, songeait-il sans doute, il serait absurde de couper les ponts pour pareille broutille. Par une série de questions assez vagues, il a lancé Ted sur le sujet des mœurs sexuelles des rock stars, lesquelles se sont avérées passablement limitées par leur consommation de drogue.

Quand je leur ai dit bonsoir, Ted m'a raccompagnée à regret jusqu'à la porte. Je l'ai serré dans mes bras et j'ai senti combien son corps svelte et mince restait juvénile.

— Pardon d'avoir parlé de Ruth. Le professeur s'est présenté comme un ami proche. Tu as couché avec lui, n'est-ce pas? Mais dans les milieux que je fréquente, ça ne veut pas dire grand-chose. Ç'a été une merveilleuse soirée, tu sais, comme dans un roman russe quand Piotr Stépanovich entre au salon et annonce qu'il vient de méditer sur le récent problème du suicide des nouveau-nés. Et voilà les enfants qui découvrent les photos officielles du président ou de l'attorney général avant de se jeter par la fenêtre sur le pavé des rues dans la tempête de neige.

Ruth a téléphoné pour m'annoncer qu'elle n'était pas enceinte. Oh! mon Dieu, je suis désolée! lui ai-je répondu, mais elle m'a rétorqué qu'elle-même n'était guère désolée. Les lettres que son prêtre lui avait envoyées du Costa Rica étaient bourrées de reproches fielleux qui tendaient apparemment à prouver qu'elle avait tout manigancé seule. Il insinuait même qu'elle l'avait ensorcelé, mais que par bonheur Dieu l'avait envoyé au Costa Rica, loin de sa sphère d'influence maléfique. Ruth se demandait ce qu'il faisait des photos suggestives qu'à la demande pressante du prêtre, elle lui avait laissé prendre avec un polaroïd bon marché. Elle a reconnu avec une certaine gêne qu'elle considérait cette séance de photos comme la plus grosse ânerie de sa vie, mais mon rire l'a rassurée. Elle m'a ensuite dit qu'elle était sortie deux fois avec un épicier mexicain, un veuf père d'une de ses élèves de piano. Tous les élèves de Ruth sont des handicapés, aveugles pour la plupart. Elle dit enseigner la «musique-réconfort» et elle se donne beaucoup de mal pour cela. La fille aveugle de l'épicier avait sept ans; c'était une adorable gamine qui promettait beaucoup. Quant à l'épicier, il était hanté par le fait qu'il n'avait pas insisté pour que sa femme consultât plus tôt un médecin, même si elle avait succombé à un cancer des trompes de Fallope, maladie mortelle car passant presque toujours inaperçue dans ses stades bénins. Leur premier rendez-vous avait été si poli et guindé, un dîner au restaurant suivi d'un film, qu'elle avait cru ne jamais le revoir. Mais il lui avait téléphoné dès le lendemain matin pour la convier à une fiesta en l'honneur d'un saint. Elle avait accepté parce que personne ne lui avait jamais proposé de danser depuis qu'elle avait rencontré Ted à l'école Eastman. Paniquée, elle avait passé la semaine à apprendre à danser la polka mexicaine avec sa femme de ménage, très grosse mais agile. A la fiesta, elle était restée assise à une table avec les parents aisés et très collet-montés de l'épicier, jusqu'au moment où elle avait réussi à convaincre le neveu de celui-ci, âgé de douze ans, de danser avec elle. Ensuite tout avait été merveilleux, mais ils s'étaient quittés à la porte de Ruth sur un baiser assez chaste.

Mon souffle s'est accéléré, mes doigts se sont crispés sur le téléphone, car j'ai deviné ce qu'elle allait dire. Elle a commencé par le rituel «Tu te rappelles le jour où...». Je me le rappelais parfaitement ; c'était en soi un souvenir anodin, lié à un événement qui a suivi une période pour moi très difficile. Ruth faisait allusion à la foire du comté, au fait que, trois mois après mon accouchement et mon retour à la maison, j'ai gagné un concours de danse avec Charlene comme partenaire. Il s'agissait d'un effort commun pour lutter contre les conséquences néfastes de la séparation d'avec mon enfant, une sorte de lassitude ou de somnolence qui, à chaque aube, me faisait languir à la fenêtre de ma chambre pour réfléchir à ma vie. Cela a commencé début août, quelques semaines avant la foire. En temps ordinaire, j'aurais dû travailler avec les chevaux pour participer à plusieurs compétitions, mais je ne supportais pas la vue d'un cheval parce que Duane était venu fin mai, une semaine avant mon retour à la maison, pour chercher son sprinter à la robe couleur daim, et je l'avais donc manqué. Il s'est trouvé que Lena, la mère de Charlene, a amené sa fille un dimanche après-midi pour que nous puissions nous voir. La mère de Charlene, une femme maigre et timide aux traits durs, était l'amante malheureuse de mécaniciens automobiles, d'un vendeur de vêtements, du garde champêtre et d'un représentant en matériel agricole. Elle avait quitté Chicago avec son mari et Charlene, alors nouveau-né, pour «repartir à zéro» dans le Nebraska. Ce jour-là, elle m'a confié que la grande métropole manquait à son mari, mais qu'elle avait refusé d'y retourner. Mère l'a convaincue de rester dîner. Ruth était en train de terminer ses exercices de piano dans la salle de musique, et Lena a manifesté une certaine curiosité. Elle nous a dit qu'elle avait autrefois joué du piano dans un orchestre de polka de Chicago, pendant que son mari buvait et jouait de l'accordéon. Nous avons eu un certain mal à la convaincre, mais après un gin-tonic Ruth l'a entraînée vers le piano à queue sur lequel on ne jouait que de la musique classique. En cet après-midi brûlant d'août, ç'aurait été un spectacle étrange que de découvrir ces deux mères et leurs trois filles sauter dans toute la maison, les mères buvant du gin, et les filles de la limonade avec une goutte de gin. Ruth reprenait au piano les mélodies simples et frustes pendant que Lena nous apprenait les pas de danse. Nous avons roulé le tapis persan du salon pour avoir davantage de place. Comme aucune d'entre nous ne voulait s'arrêter, nous avons continué. Tout le monde semblait danser pour échapper à sa propre solitude, puis nous avons dansé deux par deux en changeant de partenaire au gré de notre humeur. J'ai dansé devant le portrait de mon père, puis je suis allée danser dans la cuisine quand j'ai senti les larmes venir, car je ne voulais pas gâcher le plaisir des autres. J'ai continué de danser en pleurant. Pour la première fois depuis trois mois j'ai pensé à autrui. Nous nous regardions en dansant tandis que la sueur commençait de marquer nos robes du dimanche, avant de les tacher. Lena et Ruth se relayaient au piano, puis allaient rafraîchir leurs doigts douloureux sous l'eau froide du robinet de la cuisine. Naomi a trébuché, elle est tombée, puis s'est relevée aussitôt et a bien failli retomber quand je l'ai prise dans mes bras. Ruth exécutait de petits bonds sur place, les yeux fixés sur un horizon imaginaire. Les pas de Charlene étaient complexes, je m'accrochais à elle en essayant de les suivre.

Soudain nous avons été trop fatiguées pour continuer. Nous avons un peu ri, puis sommes devenues étrangement silencieuses. Naomi nous a entraînées vers la voiture pour nous conduire au trou d'eau où trois d'entre nous avions été baptisées l'an passé. Nous sommes restées longtemps là, à nous baigner nues dans la rivière en décrivant des cercles paresseux. J'ai vidé mes poumons avant de me laisser couler au fond en pensant au sifflement de Duane qui m'avait attirée à l'écart des autres. Je suis restée si longtemps au fond que Charlene a plongé pour me saisir le bras et me hisser vers la surface.

Nous avons continué à nous entraîner pendant les trois semaines suivantes sous la houlette de Lena. Naomi a modifié le smoking de Père pour qu'il aille à Charlene, car nous étions censées former un couple et nous pensions que ce simulacre serait acceptable. Dans l'angle nord-est du comté vivaient d'innombrables familles de fermiers polonais et slovaques qui remportaient régulièrement la compétition. Naomi a jugé un peu courte la robe conçue pour moi par Lena, mais celle-ci lui a fait remarquer que tous les juges étaient des hommes et qu'il était inutile de « nier la réalité ».

Nous avons gagné haut la main devant un bon millier de garçons vachers, de paysans, de rustres, de fermiers riches ou pauvres, d'épouses et d'enfants, de militants pour l'amélioration du monde rural, et d'écoliers en veston bleu des FFA (Futurs Fermiers d'Amérique). Grand-père m'a dit que nous étions sans conteste les meilleures, sans oublier Ruth au piano, mais je crois que mes jambes n'ont pas été étrangères à notre succès. Bizarrement, les allusions à mon physique ne me faisaient plus ni chaud ni froid, et j'ai même été flattée d'entendre un groupe de garçons de la ville lancer un ban pour « la squaw ». A l'écart de la foule, derrière la tribune d'honneur, Charlene et moi nous sommes assises sur l'herbe dans la pénombre pour regarder les lumières criardes de la roue Ferris et le carré jaune de l'entrée de l'écurie. J'ai ressenti une brusque souffrance à l'idée que j'aurais pu concourir avec Duane dans l'épreuve de capture de veau au lasso. Grand-père m'avait assuré que Duane lui avait demandé de mes nouvelles en venant chercher son sprinter. Soudain Charlene m'a enlacé les épaules et longuement embrassée sur la bouche. Quand je me suis dégagée, elle s'est excusée, ajoutant qu'elle espérait ne pas avoir gâché notre amitié. Bien sûr que non, lui ai-je répondu. J'avais assez vécu pour ne pas être choquée par son geste, et puis je savais que Charlene détestait les hommes. Comme elle pleurait, je lui ai assuré maintes et maintes fois que nous serions toujours amies. Nous le sommes d'ailleurs encore, bien qu'elle vive aujourd'hui à Paris avec son troisième mari et que je ne l'aie pas vue depuis plusieurs années. A l'époque cette expérience m'a fait penser aux romans que je lisais, et les lèvres de Charlene pressées contre les miennes n'étaient que la scène finale d'un chapitre.

Andrew est passé me voir cet après-midi pour m'avertir que j'allais sans doute devoir déménager. L'oncle de Franco, qui s'appelle Guillermo Sandoval, est un dur à cuire qu'on ne saurait convaincre que d'une balle dans la tête ; mais si je m'oppose à cette solution, je n'ai plus qu'à m'installer ailleurs. Je n'ai pas été d'accord. Andrew, qui s'attendait à ma réaction, m'a fait une description assez minutieuse de l'individu en question : un trafiquant de drogue du barrio, un citoyen américain domicilié à McAllen, dans le Texas, moyennant quoi on ne peut pas l'expulser ; un psychopathe intelligent qui prétend que son neveu et lui-même étaient amoureux (!), un homme qui déclare ne pas m'en vouloir de tous les coups d'antenne radio qu'il a reçus au visage, même si Dieu me punirait sans doute un jour en m'infligeant un malheureux accident. En attendant, Ted avait placé Sandoval sous surveillance vingt-quatre heures sur vingt-quatre, ce qui risquait de provoquer une réaction violente de sa part s'il s'en apercevait. J'ai demandé à Andrew comment il avait découvert tout ça. « En collant le canon d'un feu contre la joue de ce connard », m'a-t-il répondu.

Après le départ d'Andrew, je me suis assise sur le balcon pour regarder le Pacifique et le ciel de l'été en songeant que ma situation échappait désormais à toute rationalité, et que sous la surface étale de la vie quotidienne — cette vie qui du balcon semble si banale et réconfortante — quelque chose d'incontrôlable tourbillonne avec la frénésie d'un mouvement brownien. Noter tout cela relève de l'après-coup ; l'événement relaté au calme acquiert une placidité indue.

Mais je dois revenir en arrière. J'ai mis un certain temps à comprendre que cet été-là j'aurais sans doute sombré dans le désespoir sans mon oncle Paul. J'avais atterri chez lui à Patagonia, en Arizona, en fait au sud d'une pointe située entre Patagonia et Sonoita, après un certain nombre d'étapes. Le lundi après Thanksgiving, Mère m'a conduite en voiture vers Marquette au nord-est, dans le Michigan, sur le lac Supérieur, où je devais m'installer chez son cousin et l'épouse de celui-ci avant d'accoucher. Ce trajet, qui d'habitude prenait deux jours, en a pris cinq à cause des tempêtes de neige. Nous avons dormi à Sioux Falls, dans le Sud-Dakota ; à Blue Earth dans le Minnesota ; à Minneapolis ; et deux nuits de suite à Duluth, avant d'atteindre Marquette par une de ces journées éblouissantes et sans nuages qui témoignent du passage d'un front arctique. Le lac Supérieur, sans doute le plan d'eau le plus inhospitalier de tout le pays, rugissait sous un ciel étincelant, à quelques rues seulement de la maison. La longueur du voyage ne m'avait pas ennuyée, car j'appréhendais en secret d'être pour la première fois séparée de ma mère pendant plus d'une nuit. Tout cela me paraissait absurde, parce que j'étais à peine à trois mois de ma grossesse et que le bébé ne s'était pas encore manifesté. Je désirais rentrer à la maison, ou bien retourner à cet hôtel de Duluth d'où nous apercevions tout le port pendant les quelques heures d'accalmie du blizzard. Assises à la fenêtre de notre chambre, nous avions savouré un dîner succulent commandé par téléphone; Mère avait fondu en larmes et je l'avais consolée en me découvrant une énergie dont je me serais crue incapable. J'ai aimé la forêt et les collines couvertes de neige, si différentes du Nebraska, sur la route qui reliait Duluth à Marquette.

Warren, le cousin de Mère, était un biologiste animal d'une quarantaine d'années, payé par le ministère de l'Environnement; son épouse Maureen, une femme vigoureuse et potelée, enseignait le théâtre à l'université de la ville. Warren était svelte, calme et contemplatif, obsédé par les oiseaux et les mammifères, tandis que Maureen était bruyante, chaleureuse, grossière, la première femme que j'aie jamais rencontrée qui jurait comme un charretier. Dès qu'elle m'a vue sur le palier de leur appartement, elle s'est écriée: «Nom de Dieu, quelle beauté!» J'ai éclaté de rire et elle m'a embrassée. Mais le lendemain matin, quand Mère est partie, j'ai pleuré pendant une bonne heure, si bien que Maureen a insisté pour que je l'accompagne à une répétition. Assise dans une petite salle, j'ai écouté, abasourdie, les étudiants réciter leur texte tiré des *Noces de Sang* de Garcia Lorca. Je n'avais jamais imaginé que l'on pût s'exprimer avec une telle passion. Grand-père m'avait certes lu du Shakespeare, mais cette fois c'était brutal et direct. Quelques hommes se sont assis à côté de moi pendant une pause, mais j'étais trop intimidée pour leur dire grand-chose. L'un d'eux, un étudiant diplômé de

Chicago, était si beau que j'en ai frémi. Il était habillé à la mode bohème que j'avais découverte dans un reportage photo de *Life*. Maureen les a renvoyés d'un geste en me chuchotant à l'oreille: « M'étonne pas que tu sois enceinte. »

Le temps filait vite, car j'étais submergée de travail et de cours qui dépassaient largement mes capacités. Warren a écarté tous mes manuels scolaires pour m'atteler à un programme d'études scientifiques de son cru. Quant à Maureen, elle a fait de même, jetant dans la cheminée mon manuel de littérature anglaise et américaine en s'écriant: « Quelle saloperie! » Elle m'a enseigné ce qu'elle appelait « la littérature vivante » plutôt que les écrivains dont elle détestait les livres — Pope, Dryden, Tennyson, William Cullen Bryant, Howells Markham. Ses préférés étaient Keats et Yeats, Dickens, Twain, Melville, Whitman et William Faulkner, lequel m'a d'abord semblé difficile, bien que je me sois sentie très proche de *Lumière d'août*. Maureen a aussi entamé un enseignement rigoureux de l'espagnol, que j'ai détesté sur le moment, mais dont je lui ai toujours été reconnaissante depuis. Tous deux désapprouvaient violemment la musique country-western que j'écoutais toute la journée à la radio, mais ils ont décidé que j'avais sans doute besoin de cette musique pour tenir le coup. Cette musique me donnait le mal du pays, mais elle m'était aussi familière que de vieux vêtements adorés. Le chanteur préféré de Duane était Hank Williams, auquel Maureen reconnaissait une certaine qualité qu'elle nommait *duende*, terme espagnol employé par les gitans pour signifier « fantôme » ou « âme ».

Un jour Maureen est revenue tôt de son travail. Je ne l'ai pas entendue entrer car j'étais sous la douche, et elle m'a trouvée nue devant la glace de ma chambre en train de chercher un signe du prétendu bébé. Un peu gênée, je me suis habillée, puis assise pour revoir mes leçons. Maureen, qui tenait un grand verre rempli de sherry d'importation, m'en a servi un petit. Ce sherry Jerez était une douceur dont elle avait pris l'habitude au cours des deux années qu'elle avait passées à Barcelone et à Ibiza. Elle a écarté mes livres pour improviser un monologue vaguement argotique, plutôt qu'un sermon en bonne et due forme :

— Ne t'imagine surtout pas que je crois à ton histoire de baisade avec un chasseur de faisans, mais c'est tes oignons, et pour l'instant ça ne regarde que toi. Ça va pas être facile pour toi, parce que tu es ravissante et que tu as un corps splendide.

J'ai protesté contre l'absurdité de son raisonnement, mais elle a continué comme si de rien n'était :

— Il va falloir que tu travailles d'arrache-pied pour trouver un sujet d'étude ou une profession qui te tienne à cœur, parce que dans notre culture les femmes séduisantes ont toujours un mal de chien à s'en tirer. On se moque d'elles, on les taquine, soit on les traîne dans la boue soit on les met sur un piédestal, mais personne ne les prend jamais au sérieux ; il faudra donc que tu fasses appel à toute ton énergie pour te blinder contre ce fatras de conneries. Pourtant, ça ne servirait à rien de passer ta vie à réagir contre cette merde. Ne perds pas ton temps avec des hommes qui te parlent et te regardent, mais ne t'écoutent jamais. Ils veulent seulement te sauter. Les femmes de ton genre que j'ai connues dépriment facilement, car on ne les estime que pour leur apparence, chose qu'elles n'ont pas choisie, tu piges ? C'est une simple affaire de gènes. Et puis les autres femmes les envient. D'ailleurs ça ne m'embêterait pas de te ressembler pendant une semaine ou deux, pour faire chier certains emmerdeurs, histoire d'inverser les rôles.

— Tu n'es pas heureuse avec Warren ? lui ai-je demandé.

— Bien sûr que si. C'est le meilleur homme que j'aie jamais connu, et je peux te dire que j'en ai essayé un certain nombre, même si la plupart ne venaient pas du haut du panier. Quand je l'ai rencontré, j'avais vingt-huit ans et j'ai mis deux ans pour le décider à m'épouser. Merde alors, à cette époque j'ai crapahuté avec lui sur toutes les collines et dans tous les marais de la péninsule nord. J'ai mis un terme à ce genre de balade pendant notre lune de miel — une semaine supplémentaire de camping à l'Isle Royale. Warren a rigolé comme un bossu quand je lui ai annoncé que je tirais un trait sur les randonnées pédestres ; il avait tout de suite compris que je détestais ça et que je lui jouais la comédie. Ensuite, en guise de cadeau, il m'a offert une semaine de théâtre à New York. Je sais aussi que tu cherches un moyen de garder ton bébé, mais tu ferais mieux de laisser tomber, car personne ne va marcher dans la combine.

La semaine avant que Naomi, Ruth et grand-père n'arrivent pour les vacances de Noël, j'ai attrapé une grippe carabinée. Cette grippe a été suivie par une grave pneumonie qui m'a envoyée à l'hôpital. Mon état ne s'est guère amélioré, et les vacances se sont résumées au rêve inconfortable des visites de Naomi et de Ruth. La fièvre m'a même fait délirer pendant un certain temps, et un spécialiste que grand-père avait fait venir d'Omaha en avion a rejoint les médecins de l'hôpital. Ma grossesse compliquait mon cas, et l'on a craint pour nos deux vies. Un soir tard, après que la fièvre eut commencé de baisser, grand-père a enfreint les consignes des infirmières pour entrer dans ma chambre. Il m'a dit qu'il avait commis une erreur qu'il voulait maintenant réparer. Il avait tellement espéré que j'oublierais Duane qu'il ne m'avait pas donné le collier que Duane lui avait laissé pour moi. J'ai serré ce collier entre mes mains, voyant aussitôt à sa petite pierre anodine sertie dans la monture de cuivre qu'il s'agissait de celui que Duane avait porté. Il y avait aussi une enveloppe arrivée plus récemment par le courrier. Elle portait le cachet de la poste de Rapid City et contenait une carte de

Noël. Elle représentait une crèche, et Duane avait écrit au dos : « Cette carte est une blague. Chante une de tes chansons pour moi et j'en chanterai une des miennes pour toi, ton ami Duane. » Il n'y avait pas d'adresse d'expéditeur. J'ai embrassé la main de grand-père puis me suis retournée vers le mur en serrant le collier contre mes lèvres. Après son départ, une infirmière qui était devenue mon amie est entrée et m'a demandé ce que je tenais.

— Mon ami m'a envoyé son collier porte-bonheur.

Elle m'a aidée à le mettre, puis m'a donné un petit miroir pour que je me voie. Ç'a été l'un des moments les plus heureux de ma vie. Cette nuit-là j'ai rêvé que Duane et moi galopions à travers l'espace, sous la terre, puis au fond des lacs et des rivières. Je me suis réveillée le lendemain matin en me sentant beaucoup mieux. J'ai caché le collier pour ne pas le montrer à Naomi et à Ruth, qui l'auraient aussitôt reconnu.

Avant de partir, le médecin d'Omaha avait insisté pour que je ne reste pas dans le climat froid et humide de la péninsule nord. C'était le genre de suggestion qui avait le don de mettre grand-papa d'« humeur ombrageuse », selon l'expression de Naomi. Il s'était installé dans le seul bon hôtel de la ville, et Maureen l'avait aperçu dans un restaurant en compagnie d'une femme séduisante. Il portait des costumes élégants mais surannés qui évoquaient la confection étrangère, les tailleurs de New York ou de Londres.

Quand je suis sortie de l'hôpital, j'ai appris avec stupéfaction que je ne devais plus passer qu'une seule journée chez Maureen et Warren, car j'allais partir dès que le temps le permettrait. Warren et grand-papa sont venus me chercher à l'hôpital dans un vieux break Dodge dont Warren se servait pour son travail. Les rues étaient couvertes par endroits de monticules de neige et il n'y avait personne dehors bien qu'il fût midi. Le vent soufflait avec une telle violence que le monde tout entier se réduisait à une blancheur aveuglante, et Warren devait parfois s'arrêter à cause de l'absence de toute visibilité. Je percevais leur nervosité, mais trouvais absolument merveilleux d'être enfin sortie de l'hôpital.

De retour chez Warren, je me suis assise à côté de Ruth dans la cuisine pour dévorer le hamburger promis, contrepartie dérisoire à la nourriture fade de l'hôpital, en écoutant la querelle qui se déroulait au salon. Naomi voulait me ramener à la maison, mais grand-papa insistait sur le fait que le médecin préférait m'envoyer dans un climat plus sec encore. Je remarquais la colère qui perçait dans sa voix tandis qu'il accusait à nouveau Naomi de nous' étouffer dans son « nid » du Nebraska, ajoutant que c'était aujourd'hui ma santé qui était en jeu. La révolte faisait frémir la voix de Naomi, même si en route pour le Michigan, dans notre chambre d'hôtel de Duluth, elle avait reconnu que nous devrions toutes « sortir prendre l'air » plus souvent. Elle m'avait alors dit qu'elle considérait volontiers le monde extérieur comme un élément néfaste, responsable de la mort de son mari, et la ferme comme une merveilleuse enclave où l'on était en sécurité. Les arguments de grand-papa ont eu raison des réticences de ma mère. Un ami de celui-ci, originaire de Chicago, viendrait nous chercher avec son avion pour nous emmener à Tucson. Mon oncle Paul, que je n'avais jamais vu sinon à l'enterrement de papa, m'accueillerait dans son ranch près de Patagonia, où se trouverait une infirmière diplômée qui pourrait aussi me faire travailler. Tout était arrangé, ce plan était irrévocable.

C'est d'ailleurs exactement ce qui s'est passé. Le ciel s'est dégagé dans la soirée, l'avion est arrivé de Chicago et nous nous sommes envolés vers Tucson, où nous avons atterri le lendemain soir. Comme c'était un avion de société, il y avait des fauteuils confortables ainsi qu'un petit lit où j'ai pu me reposer. J'ai joué au gin-rummy avec Ruth qui devait avoir une douzaine d'années. Ruth m'a chuchoté qu'elle avait remercié Dieu de ma grossesse, car elle avait enfin pu voir du pays et monter dans un avion. Elle était désolée de me le dire, mais c'était la vérité. Nous avons retrouvé oncle Paul à l'aéroport, ainsi qu'une femme basanée qui s'est présentée sous le nom d'Emilia. Ruth et moi nous sommes installées pour regarder la télévision — il n'y en avait pas à la ferme, car Naomi la désapprouvait — pendant que grand-père, Naomi, Paul et Emilia tenaient conférence dans un bureau. Ruth était furieuse, car elle avait appris que nous n'allions pas garder le bébé. Elle doutait de mes capacités à m'en occuper, mais ne s'inquiétait nullement des siennes. Quand ils sont ressortis du bureau, nous nous sommes dit au revoir.

Paul m'a enlacé les épaules tandis que par la baie vitrée nous regardions l'avion décoller à destination de Grand Island.

— Tu ressembles à ton père et à ma mère. Moi-même, j'ai toujours été assez laid. Emilia ici présente sait tout ce qu'il faut savoir. Elle te plaira.

A la *Desert Inn,* deux chambres nous attendaient, ainsi qu'un salon où nous avons dîné. Comme je restais silencieuse, Paul m'a demandé à quoi je pensais. Je lui ai avoué que j'avais toujours entendu dire qu'il était un chasseur de trésor excentrique et écervelé qui vivait avec des femmes sans être marié. Je lui ai dit aussi que, lorsque j'étais allée voir *le Trésor de la Sierra Madre* avec Naomi, elle m'avait déclaré que Humphrey Bogart ressemblait comme deux gouttes d'eau à mon oncle Paul. Il a trouvé ça très drôle et m'a dit qu'il avait été heureusement surpris en apprenant que mon père avait eu la jugeote d'épouser une fille de la campagne.

Comme tant d'hommes qui parcourent le monde et vivent loin de leur culture d'origine, Paul avait des idées très arrêtées sur beaucoup de sujets. La même chose se produit souvent chez les êtres solitaires, les ermites, les célibataires qui vivent à la campagne, les trappeurs. Le lendemain matin, à peine étions-nous arrivés à son ranch qu'il m'a emmenée me promener aussi loin que mon état le permettait. Il était convaincu que les paysannes mexicaines qui travaillaient dur accouchaient plus facilement que les autres femmes à cause du labeur auquel elles étaient contraintes. Moyennant quoi je devais faire une marche quotidienne d'au moins deux heures avant de me mettre à étudier. Pendant ses fréquentes absences, Emilia m'accompagnerait en promenade, ou s'assurerait que l'un des deux ouvriers agricoles me guide lors de ces randonnées. J'ai donc marché pendant tout l'hiver, jusqu'au septième mois de ma grossesse, quand mon état me permettait encore de clopiner lentement autour des bâtiments du ranch. Paul a approuvé les livres que j'apportais de chez Warren et Maureen, auxquels il a ajouté ses propres préjugés en faveur des cultures espagnole et italienne. Il m'a dit que si je visitais un jour l'Espagne, ou Florence en Italie, je comprendrais à quel niveau de turpitude et de bêtise étaient tombés les Etats-Unis.

Il y avait deux chevaux du Tennessee que Paul utilisait pour la chasse, mais je ne pouvais toujours pas voir un cheval sans penser à Duane. La chasse était la passion principale de Paul avec la géologie et les femmes, envers qui il se montrait fort courtois. Un jour, j'ai aperçu sur son bureau des factures de bouquets de fleurs envoyés à une demi-douzaine de femmes dans tous les Etats-Unis. Il avait un chenil qui abritait des setters anglais et des pointers pour la chasse à la caille, ainsi qu'un labrador pour les canards, lequel avait le droit de se promener en liberté sauf la nuit. La seule concession à grand-père était un gros airedale mâle qui surveillait la propriété. L'idée d'un chien de garde n'était guère répandue à cette époque, mais beaucoup de gens à la campagne possédaient un chien qui accomplissait cette tâche. Quand j'ai demandé à Emilia pourquoi l'un des ouvriers portait un énorme pistolet, elle m'a répondu qu'il s'agissait d'un *bandito* à la retraite. Il s'appelait Tino, et son fils Tito avait seulement le droit de porter une arme lorsqu'il m'accompagnait en promenade. Il en profitait pour faire courir les chiens de chasse; quand ceux-ci se mettaient en arrêt devant une compagnie de cailles, Tito tirait un coup de feu en l'air pour maintenir l'intérêt des chiens en éveil.

Lorsque Paul revenait du Mexique, nous partions en voiture avec quelques chiens vers des régions sauvages situées à une centaine de miles. Il me montrait les formations géologiques, attirait mon attention sur la flore et la faune, mais il ne m'en restait jamais grand-chose. Ma distraction ne le dérangeait guère. Lors de son premier séjour dans le sud de l'Arizona, me dit-il, il avait eu l'impression d'un paysage lunaire; avec ma grossesse, ça devait être encore pire pour moi.

— Dois-je trucider le jeune homme? m'a-t-il proposé un matin.

Nous étions assis près d'une belle source, très loin dans le canyon Sycamore, près de la route d'Arivaca, dans cette même région où tant d'années plus tard Ruth allait séduire son prêtre. J'ai secoué négativement la tête et il m'a serrée dans ses bras. Il avait la même odeur que mon père au bord du Missouri quand j'étais toute petite.

— Ton père l'aurait fait. C'était parfois un homme violent. Papa nous avait payé des gants de boxe de huit kilos pour nous empêcher de nous faire mal. Ton père était un sacré bagarreur dès que l'occasion s'en présentait, mais il a laissé tomber tout ça après son mariage. Il aimait les machines. Moi, j'aimais les livres et les pierres. Je tiens de ma mère, sauf pour la boisson. Je n'aime pas beaucoup boire.

Je lui ai demandé pourquoi l'ouvrier agricole était armé. Il m'a répondu que la zone frontalière était toujours un peu dangereuse. L'héroïne y passait clandestinement; pas mal de gens entraient en douce aux Etats-Unis, et puis ses affaires lui avaient fait quelques ennemis au Mexique.

Un jour qu'Emilia et moi plumions des cailles pour le dîner, je lui ai demandé si elle était la maîtresse de Paul. «Parfois», m'a-t-elle répondu. J'ai continué de l'interroger dans la même veine jusqu'au moment où la gêne l'a poussée à changer de sujet pour m'annoncer que le médecin devait venir le lendemain matin. J'ai détesté cet homme livide et adipeux qui empestait l'eau de Cologne. «Qui est l'heureux élu?» m'a-t-il demandé au cours du premier examen, alors que j'étais allongée les jambes en l'air. Je lui ai répondu que je l'ignorais parce qu'à ce moment-là j'étais ivre et qu'il y en avait eu plusieurs. Une expression dégoûtée lui a traversé le visage, et les examens ultérieurs se sont déroulés dans un silence glacé.

Mon fils est né le 27 avril dans un hôpital de Tucson. Mère était là avec moi, tandis qu'oncle Paul jouait le rôle du père angoissé. J'ai serré quelques instants le bébé dans mes bras, puis je l'ai embrassé pour lui dire au revoir. J'ai voulu lui donner le collier de Duane, mais je savais que ce bijou se perdrait en route ou deviendrait l'objet de malentendus. Alors que j'étais censée dormir, j'ai surpris une conversation dans le couloir, selon laquelle le bébé allait être adopté par un couple de Minneapolis. Je crois que les parents adoptifs attendaient de voir le nouveau-né dans le couloir.

Quand Mère m'a ramenée à la maison dans le Nebraska, Ruth m'a serrée de toutes ses forces dans ses bras, puis elle s'est mise en colère et a couru dans sa chambre parce que je n'avais pas de photo du bébé. «Comment s'appelle-t-il, bon sang de bonsoir?» a-t-elle crié. J'étais trop fatiguée pour pleurer. Grand-papa m'a embrassée, puis a regardé par la fenêtre. Bizarrement, j'ai eu envie de travailler au jardin. Je suis sortie pour marcher avec Noami et grand-papa; puis, d'un pas lent, j'ai fait le tour de la maison comme si nous avions un but précis.

L'été a passé dans une intermittence de rêve et de somnambulisme jusqu'au fameux après-midi où nous avons dansé la polka. La théorie de la marche professée par oncle Paul m'a beaucoup aidée. J'ai découvert au grenier la gourde utilisée par mon père pendant la Seconde Guerre mondiale; je me préparais parfois un sandwich, ou bien retournais déjeuner chez grand-père en emmenant quelques chiens avec moi. Mes talents d'observation ne s'étaient guère aiguisés depuis mon séjour dans l'Arizona, mais je devais m'apercevoir ensuite que ma mémoire était meilleure que je ne l'avais cru. Il existe aujourd'hui toutes sortes d'explications techniques à mon état d'alors — je les connais pour les avoir étudiées à l'université. Pour une jeune fille de mon âge, l'expérience de ce qu'on appelle par euphémisme «surmenage» émotionnel s'est alors résumée à une impression de complète atonie; la vie me semblait poignante, saturée de ce qu'on désigne par le terme de «souffrance», alors qu'il s'agissait simplement des moyens détournés que prend la vie pour nous rendre uniques. Aujourd'hui encore, je relis une lettre que mon oncle Paul m'a envoyée peu de temps après mon retour à la maison.

Ma Dalva bien-aimée,
Ton séjour ici m'a procuré un grand plaisir. Il m'a fait aimer davantage mon frère rétrospectivement parce qu'il est en partie responsable de ton existence. Tu es à un âge où l'on n'est pas devant les autres ce qu'on est pour soi-même. De ta prison, tu répandais la bonne humeur autour de toi, tu plaisantais au sujet de ton ventre, tu chantais en étrillant les chiens, tu nous préparais des desserts du Nebraska, tu nous ra-contais des histoires où il était question de mon père,

80

au point que j'ai eu envie de le revoir. Quand je suis rentré au ranch après t'avoir accompagnée à l'aéroport, Tino et Tito ont imité ton adorable zézaiement castillan et nous avons éclaté de rire, puis nous sommes restés silencieux parce que tu étais partie. Emilia a refusé de quitter sa chambre, et le labrador s'est mis à te chercher sur toute la propriété. Comme un gosse, j'ai été furieux de ton départ. Je te souhaite de ne plus jamais avoir le moindre ennui, car je t'aime, mais il faut que tu saches que je serai toujours ici au cas où tu aurais besoin de t'y réfugier, ou de te mettre au vert. Je n'ai pas mis les pieds à l'église depuis l'âge de quatorze ans, mais je prie pour que ta vie s'améliore. Je n'ai jamais rencontré une jeune fille qui, plus que toi, convainque ceux qui l'entourent de leur amour pour la vie — c'est peut-être vague, mais c'est la vérité.

Voici quelques notes que j'ai prises pour toi sur nos promenades et nos randonnées. Il me semble que plus tard tu auras peut-être envie de mieux connaître ce que tu as vu. J'ai commencé à me promener à ton âge, tout simplement parce que la nature semblait absorber le poison qui était en moi. Peu à peu j'ai désiré comprendre ce processus, et j'imagine que ce sera la même chose pour toi. C'est bizarre, mais nous avons entamé nos promenades au même endroit, sur la même ferme, et à ton âge j'ai traversé des crises d'angoisse similaires, ce qui ne veut pas dire que je comprenne parfaitement ton épreuve.

Le paysage que tu as découvert à Patagonia englobe presque tout le coin sud-est de l'Arizona — un plateau ondoyant à cinq mille pieds d'altitude, hachuré de terrains alluvionnaires herbeux qui descendent vers de larges vallées où poussent des sycomores, des peupliers et des chênes ; une région plus fraîche, venteuse et humide que Tucson au nord (où il est de toute façon hors de question d'habiter à cause de tous les promoteurs immobiliers!). La Sonoita, avec l'Aravaipa et la Madera, compte parmi les dernières rivières du désert de Sonora à abriter les poissons de la région. Dans ce bosquet au bord de la Sonoita et à l'ouest de Patagonia où un matin tu as été malade, vivent une myriade de colibris agressifs à gorge iridescente, impossibles à identifier, sauf les mâles qui s'approchaient de nous. Le célèbre trogon à queue cuivrée niche parfois dans ces arbres, mais j'en ai aperçu un seul spécimen dans la région, et plusieurs autres dans le canyon de Madera où nous avons cueilli ces piments sauvages, les chilatepines. J'en emporte toujours une provision lors de mes voyages en train et en avion pour assaisonner mes plats.

Tu trouves des genévriers et des chênes nains sur les terrasses qui font face au nord, autour de cinq mille pieds. Quand tu regardes vers le nord, les pâturages se mêlent à des mesquites rabougris et broussailleux, un signe indubitable de pâture excessive, phénomène qui a détruit presque toutes les Sand Hills dans notre région. Il y a aussi des massifs d'agaves de Huachuca qui montent vers les Santa Ritas, où une forêt composée de plusieurs espèces de chênes, de genévriers et de pins pinions grimpent jusqu'à la zone des ponderosas autour de sept mille pieds. Quand la canicule envahit la vallée, il fait parfois une fraîcheur très agréable là-haut.

Dans le bosquet, sous les noyers noirs et les grands micocouliers, on aperçoit souvent les traces confuses du javelina (ce cochon sauvage à chair très parfumée que Tino et Tito adorent manger), ou bien l'on entend le bruissement d'un crotale du Mohave qui traverse un massif de baies argentées parmi les feuilles de frêne et de houx de l'Arizona. Tu as aimé ces lits de torrent presque toujours à sec où nous avons vu des traces de cerfs, de coyotes, de coatis, de renards gris, de chats sauvages et de chats à queue zébrée. Certains jours j'y ai même aperçu des traces de lion de montagne, dont l'odeur énerve les chiens. Au début du XXe siècle il y avait aussi des loups et des grizzlys, et les Yaquis possèdent encore deux mots différents pour désigner le coyote: «coyote» et «gros coyote». Je crois toujours que l'énorme coyote que nous avons vu certain matin sur la pente des Huachucas était un loup gris du Mexique. C'est dans cette région, la vallée de San Rafael, que tu m'as demandé pourquoi je n'achetais pas un immense ranch, et je t'ai répondu que c'était justement ça qui clochait chez mon père. Dès qu'il voyait un kilomètre carré de terrain, il voulait l'acheter. Quand nous étions censés chasser, il cherchait invariablement des ranches et des fermes. Bien sûr, il s'est lassé de tout ça, et du reste, il s'est fait pas mal de dollars en liquidant ses propriétés.

A l'ouest, les Pajaritos descendent jusqu'au Mexique et changent de nom près de Caborca au sud, et de Sonoita à l'ouest. Le nord de la province de Sonora est une région accidentée, mal connue, remarquablement bien arrosée. Souviens-toi du canyon Sycamore où tu t'es rafraîchie les pieds sous la source pendant que les chiens décrivaient des cercles dans l'eau, les yeux brillant de plaisir. La caille garlequin ou celle de Mearn abondent dans cette région. Les mesquites veloutés poussent jusqu'à cinq mille cinq cents pieds, la zone du gel.

Plus loin à l'ouest, de l'autre côté de la vallée, vivent les cailles tridactyles là où la pâture n'est pas excessive. Curieusement, tu as trouvé cette région effrayante, sans doute à cause du Babaquivari, la montagne sacrée des Papagos qui domine le paysage. Mais cette montagne est bel et bien effrayante — tout comme les Papagos, les Yaquis, et les autres peuples

83

apaches. Quelle race fabuleuse! Nous minimisons aujourd'hui leurs qualités pour ne pas nous sentir trop coupables de ce que nous leur avons infligé. Un écrivain anglais, par ailleurs assez naïf, a dit que la seule aristocratie était celle de la conscience. Il faudra un jour que tu étudies la centaine de tribus, ou de civilisations, que nous avons détruites.

Cela suffit pour l'instant. Emilia m'aide à préparer mes affaires en vue d'un voyage à Chiapas. Un jour nous devrions escalader le Babaquivari ensemble, monter parmi les figuiers de Barbarie, les diverses espèces de chollas, les deux acacias, les griffes-de-chat et les aubépines, les jojobas, les ratanhias blancs, les arbustes à thé mexicains; on trouve plus haut le sangre de drago, les genévriers, les chênes pinions et ajo, les genévriers alligator. Nous pourrons explorer ensemble la grotte de l'Itoi, le dieu papago! Tu n'y trouveras pas une bande de méthodistes en train de prier pour gagner du fric sans se fatiguer! Ecris-moi, s'il te plaît. Je t'aime. Ton oncle Paul.

Je ne sais pas pourquoi cette lettre a été si importante pour moi, car hormis quelques images très précises mes souvenirs de cette région se réduisaient à un fatras assez terne. Cette lettre m'a servi de totem; avec mes longues promenades, elle m'a permis de passer l'été jusqu'au jour où nous avons toutes dansé ensemble. Bien sûr, rien de plus absurdement banal qu'une jeune fille de seize ans qui marche parmi les champs, les rangées d'arbres et au bord des rivières en pensant à Dieu, à la sexualité, à l'amour, et au vide provoqué par l'absence de son bébé.

Les nuits de pleine lune, le lait inutile de mes seins me faisait souffrir malgré les cachets qu'on m'avait donnés. J'ai passé toute une nuit à ma fenêtre pour regarder la lune jusqu'à ce qu'elle se couche juste avant l'aube. Elle s'était levée, rouge, avait viré au rose, puis au blanc, puis au rose et au rouge en descendant vers la terre — une lune d'été. Cette lune m'a arrachée à moi-même ; j'ai imaginé que mon père défunt et Duane la contemplaient d'un autre point de vue. Avant d'aller me coucher, Ruth m'a joué au piano la *Sonate au clair de lune* de Beethoven. Elle jouait aisément dans le noir. J'entendais aussi le grincement de la balancelle sur la véranda, où Naomi s'installait chaque soir d'été pour ce qu'elle appelait « une rêverie sans but ». Gênée par la beauté du moment, Ruth m'a dit que mes seins étaient si gros qu'ils en paraissaient ridicules.

A l'aube j'ai mis mes vêtements de marche, puis placé dans mon sac un thermos de café, quelques provisions et deux livres sur les oiseaux et la faune locales. Je n'ouvrais jamais ces livres, mais les emportais car Naomi tenait à ce que je fisse quelque chose d'utile. Soudain, j'ai remarqué qu'elle était debout en chemise de nuit au seuil de la cuisine comme si elle voulait me parler. Son intrusion m'a mise en colère, j'ai refusé de la regarder et suis restée face aux tomates qu'elle avait mises en conserve la veille. Dans leurs pots de verre, les tomates d'un rouge livide paraissaient souffrir, étouffer.

— Tu vas bien ? m'a-t-elle demandé.

— Je me débarrasse du bébé en marchant, lui ai-je répondu en franchissant la porte sans me retourner vers elle, une attitude méprisante que j'ai regrettée à mi-chemin de chez grand-père, quand le rythme de la marche s'est instauré et que je me suis sentie apaisée.

La plus petite des femelles airedales m'attendait à l'endroit où le chemin longeait une mare couverte de fléoles des prés. Elle attendait là tous les matins en espérant pouvoir m'accompagner. Grand-papa aimait que je l'em-mène avec moi, car elle excellait à débusquer les serpents ; elle repérait un crotale avant même que le serpent ne fût sur ses gardes ; quand on lui en donnait la permission, elle le tuait ; et lorsqu'elle avait faim, elle le mangeait. Comme les crotales étaient inoffensifs, je ne la laissais jamais les tuer, sinon à proximité de la maison. Là où les autres chiens se contentaient d'aboyer, Sonia — Ruth lui avait donné le nom d'une de ses poupées — montrait clairement qu'elle voulait tuer, commençant toujours par fatiguer le serpent qui multipliait les attaques infructueuses. Elle était très fière d'avoir tué un serpent ; elle se pavanait alors en adoptant la démarche à la fois souple et guindée d'un cheval à la parade. Elle était aussi imbattable pour chasser les vaches en colère qui voulaient protéger leurs veaux.

Derrière chez grand-père, là où s'arrêtait la route du comté, le paysage plus vallonné se prêtait mal à la culture du maïs, du blé ou de la luzerne. Ces terres se trouvaient sur un ranch de vingt sections qui, malgré son énorme superficie, permettait à peine à ses propriétaires de survivre, car toute l'eau se trouvait sur notre domaine. Nous possédions toutes les terres sur les deux berges de la rivière.

J'ai franchi la rivière presque à sec, puis la clôture, et j'ai suivi vers l'ouest un ensemble de collines et de ravins érodés. Au bout d'un mile environ, j'ai bifurqué vers le nord, retiré mes chaussures et traversé la Niobrara qui était sablonneuse et seulement profonde d'une trentaine de centimètres en été. J'ai ensuite continué vers le nord le long de la clôture du voisin qui longeait le cours d'eau. J'ai laissé derrière moi, sur la plaine alluviale, les grands arbres, frêne, tilleul, orme, en montant vers les affleurements accidentés à travers un goulet. Sonia a senti un serpent, mais je l'ai pressée de l'avant, car je désirais atteindre le fond d'un petit canyon fermé. J'y étais déjà allée avec Duane, qui y avait creusé un abreuvoir pour les chevaux. Des arbres rabougris y ombrageaient une vaste dalle de pierre sur laquelle nous avions mangé un poulet rôti que grand-père nous avait envoyé, avec un pichet de limonade où la glace avait fondu. Duane, qui lisait à l'époque Edward Curtis, m'a annoncé que c'était un lieu sacré. Quand je lui ai demandé comment il le savait, il m'a répondu que n'importe quel crétin s'en serait aperçu. Pour le prouver il a découvert plusieurs pointes de flèche, puis pendant une bonne heure il est resté assis sur la dalle de pierre en silence, face à l'est. Sur le moment j'avais eu l'impression de participer à une sorte de rituel religieux, et voilà pourquoi je retournais là-bas avec Sonia.

Quelques jours plus tôt notre pasteur méthodiste était passé me voir à la maison, et sa visite me troublait encore. Il avait ordonné à Naomi et à Ruth de quitter le salon pour que nous puissions parler et prier ensemble. Puis il m'avait dit de supplier Dieu de me pardonner d'avoir eu un enfant hors mariage. Quand je lui ai demandé comment il l'avait appris, il m'a répondu que Mme Lundquist, qui travaillait pour grand-père, l'avait mis au courant. J'ai refusé d'implorer le pardon divin malgré ses exhortations ; lorsque j'ai levé les yeux vers le portrait de mon père, celui-ci semblait me dire que je n'avais pas à implorer quiconque. Ensuite, pendant le dîner, Ruth a fait une imitation désopilante du pasteur — «Oh Seigneu-eur, Seigneu-eur, sauvez-ez cette malheureu-euse Dalva-a-a ! » Naomi s'est d'abord renfrognée, puis a fini par rire. En tout cas, après la visite du pasteur, je n'ai plus jamais remis les pieds au temple.

Je me suis donc assise sur cette dalle de roc et j'ai attendu qu'il se passe quelque chose. J'ignorais quoi, mais j'étais pleine d'espoir. Sonia s'est couchée dans l'herbe fraîche près de la source, elle m'a observée un moment, puis s'est laissée glisser dans le monde des rêves et des ronflements canins. En m'asseyant, j'ai regardé la montre dans mon sac. Il était presque huit heures du matin ; je comptais rester là jusqu'à cinq heures afin d'être de retour à la maison avant la nuit.

J'ai seulement réussi à attraper un coup de soleil par-dessus mon bronzage et à me retrouver affamée car j'avais donné mon sandwich à Sonia. J'ai laissé mon café refroidir pour qu'il me désaltère davantage. Il y avait une vraie source à environ un mile, mais je suis restée sur la dalle de pierre — l'eau qui suintait du rocher était trop colorée pour être potable. J'ai aperçu un faucon de prairie voler au bord du canyon, puis virer sur l'aile avec un cri de surprise en me repérant. J'ai aussi vu une biche et son daim, mais Sonia les a chassés en grondant comme s'ils nous voulaient du mal. J'ai réfléchi à tous les événements de ma vie et entendu les battements de mon cœur pour la première fois. Au cours de cette matinée j'ai eu des rêveries d'amour et de rire, allant jusqu'à créer l'image de Duane et de mon père qui remontaient le ravin à cheval vers moi. Mais surtout, j'ai sombré dans une très longue période d'absence infiniment reposante, où j'avais l'étrange sensation de comprendre la terre. Tout cela est très naïf, j'en parle seulement parce que je fais encore la même chose quand un problème me tracasse.

Dans l'après-midi Sonia a soudain bondi avec un jappement fou avant de filer ventre à terre dans le goulet pour aller à la rencontre des autres chiens de grand-père. Dans une course bruyante et effrénée, ils ont fondu sur moi comme sur leur proie. Grand-père les suivait sur son majestueux alezan, avec un second cheval.

— J'espère que je ne te dérange pas. Ta mère s'inquiétait.

— Je voulais réfléchir au calme.

J'ai tendu le bras vers la gourde qu'il m'a donnée en descendant de cheval.

— Tu ressembles à une Indienne triste, même si tu n'as pas beaucoup de sang indien dans les veines. Jadis, je venais souvent ici; mes fils aussi. Quand il était gamin, ton oncle Paul a creusé cet abreuvoir; il passait parfois une semaine entière ici lorsqu'il me détestait plus que d'habitude.

— Pourquoi te détestait-il? Ce n'est plus le cas aujourd'hui.

— Il croit que, d'une façon ou d'une autre, j'ai tué sa

88

mère. Quand on est gosse, on ne peut pas comprendre que sa mère est folle, tout simplement parce que c'est sa mère. Elle a chouchouté Paul et négligé ton père, sous prétexte que Wesley me ressemblait trop.

— Je trouve que Paul est quelqu'un de très bien.

— Sans aucun doute. On finit par apprendre que certaines blessures ne guérissent jamais. Mais tu le sais déjà. C'est probablement pour ça que tu es ici.

J'ai acquiescé en tendant le bras pour lui saisir la main, qui pour la première fois m'a paru un peu frêle. J'ai ressenti une brusque douleur comme si je comprenais soudain que ce vieillard que j'aimais tant allait un jour mourir. Il a deviné mes pensées.

— Si je vis encore sept mois, tu m'accompagnerais à l'Exposition hippique de Dublin? Je te montrerais comment bien dépenser son argent. Je n'y suis pas allé depuis 1937, et ça me manque.

— J'aimerais bien, mais je ne crois pas que je puisse rater l'école.

— Au diable ton école. C'est rien qu'une bouse de vache où enseignent les mouches.

J'ai éclaté de rire, puis nous sommes montés à cheval malgré le souvenir de Duane. En ce moment même, ai-je pensé, il est sans doute sur un cheval, quelque part dans le Dakota.

Andrew est passé de bonne heure ce matin, après que j'ai été chercher mon courrier qui contenait des lettres de Naomi, de Ruth et une du professeur Michael, postée à Palo Alto. Tous mes ancêtres que je connais étaient de grands épistoliers et de fervents adeptes du journal intime. Comme s'ils croyaient qu'ils risquaient de disparaître s'ils ne couchaient pas leur vie sur le papier. Un temps, vers l'âge de vingt-cinq ans, j'ai interrompu ces habitudes, mais j'ai bientôt eu le sentiment de me répéter, de devenir assommante. J'ai donc recommencé d'écrire pour me débarrasser de mes pensées et de certaines informations, pour faire de la place au nouveau. On procède ainsi à un relevé topographique d'une région, puis on va de l'avant. Bien sûr, il est beaucoup plus facile d'écrire quand on ne vise pas à la publication. Le professeur m'a donné plusieurs de ses articles et livres, et j'ai commis l'erreur de lui dire après lecture qu'il avait vissé à fond le couvercle de la cocotte-minute. Cette remarque anodine l'a lancé dans une défense et illustration de ses méthodes qui a duré quatorze heures (montre en main).

Andrew avait de bonnes nouvelles. Guillermo, notre ami psychopathe, avait pris un vol d'Air West à destination de Houston, avec une correspondance pour McAllen. La police de McAllen a déclaré que l'homme avait payé deux semaines d'avance dans un motel de moyen standing. Les flics pensaient que la brigade des stupéfiants le filait, mais ils ont refusé d'en dire davantage.

— Combien de temps te faudrait-il pour vider cet appartement ? m'a-t-il demandé en jetant un coup d'œil circulaire.

— Un après-midi. Je vis ici depuis sept ans, mais presque toutes mes affaires sont dans le Nebraska.

Andrew s'est approché de la cuisinière où je réchauffais un reste de *posole*, un ragoût mexicain à base de porc, de piment et de semoule de maïs. J'ai appris cette recette, ainsi que plusieurs douzaines d'autres, quand je vivais avec un jeune homme très désireux de mener une existence simple, tiers-mondiste, qui s'est révélée étonnamment compliquée pour moi — je m'occupais des courses, du jardin, de la cuisine macrobiotique et de la maison, pendant qu'il méditait. Quand il s'est arrêté de faire l'amour afin d'atteindre un autre « niveau de conscience », je l'ai plaqué. Les années 60 étaient ainsi. Il possède maintenant un magasin de Mercedes en Floride, qu'il a acheté en vendant de la cocaïne en gros. Les années 70!

— Je peux goûter? J'en ai ras le bol de préparer de la cuisine française ou d'Italie du Nord pour Ted. L'an passé, c'était la gastronomie du Szu-ch'uan et du Ho-nan. L'an prochain, ce sera sans doute melon et flan.

— Comment t'y prendrais-tu pour retrouver un bébé adopté il y a vingt-neuf ans?

— Voilà une piste plutôt refroidie, mais ça me paraît faisable. Pour la campagne profonde, vaudrait mieux embaucher un type cent pour cent blanc. Et puis, ce n'est pas vraiment une bonne idée. Tu devrais laisser tomber.

Je ne lui ai pas demandé pourquoi çe n'était pas une bonne idée, car je le savais déjà. Si des recherches doivent être entreprises, elles doivent l'être par l'enfant rejeté, non désiré, abandonné, peut-être enlevé à sa mère.

— Pourquoi ne pas commencer par demander à ta mère à qui l'enfant a été donné?

Il mangeait son *posole* avec appétit et m'a prise au dépourvu — apparemment, les anciens détectives ne s'arrêtent jamais de travailler.

— Je préférerais qu'elle ignore mes démarches.

— Je pourrais trouver quelqu'un pour ce boulot, mais selon moi c'est une mauvaise idée. Et puis ça ne va pas être donné, même si je crois comprendre que tu en as les moyens.

— Est-ce que ça compromet doublement ce projet?

— Je ne vais pas répondre à une question aussi con. Je laisse ça au professeur. Regarde plutôt le métis que tu as devant toi. Mon père était instit à Roxbury, près de Boston, avant qu'on s'installe à Albany. Fils, il me disait, perds donc pas ton temps à t'inquiéter pour l'égalité sur terre. Jésus a dit: «A qui possède, il sera donné de surcroît.» Je ne suis pas pratiquant, mais bon Dieu ça veut dire quoi?

— Je n'ai jamais compris ça, lui ai-je répondu. J'aime

travailler, et n'ai jamais été très dépensière. Un ami prétend que j'ai toujours eu un billet de retour. Mais lui aime dépenser son argent.

— Tu dis seulement que ce n'est pas de ta faute. Et bien sûr que non. Mais regarde un peu Ted. Il adore jeter l'argent par les fenêtres. Il sert des grands vins à ces musiciens drogués de merde, alors que du gros qui tache leur conviendrait très bien. Il aime beaucoup ta famille, tu sais. Toi, Ruth et votre mère. Il vous trouve très classe. Peut-être que pour vous, dépenser est une activité pénible, absurde. Ted prétend que, si les ancêtres de n'importe qui avaient placé cinq mille dollars dans une bonne banque en 1871 au modeste taux de cinq pour cent l'an, alors on aurait un million et demi de dollars au bout de cent dix ans. Je suis sûr que beaucoup de fortunes sont dues au simple fait que certaines personnes n'ont pas la moindre envie de claquer leur fric. Je me sens tellement couillon quand il s'agit de dépenser que je laisse ma femme s'occuper de ça. C'est plus facile.

Après le départ d'Andrew, j'ai ressenti pour lui un désir que je connaissais bien. Je me suis rappelé une citation d'Ortega y Gasset qu'oncle Paul avait encadrée au mur de son bureau à Patagonia, un texte qu'il avait traduit laborieusement : « Quand on ne possède pas de valeurs, *rien* n'a le moindre mérite. L'homme utilise jusqu'au sublime pour s'avilir. » Malgré les nombreux coups d'œil appréciateurs qu'Andrew m'avait lancés, et que je lui avais d'ailleurs retournés, nous savions tous deux que ce n'était pas une bonne idée. J'ai renoncé depuis belle lurette à percer à jour le mystère du désir sexuel. Ted m'a un jour taquinée en s'étonnant que je puisse coucher avec ce professeur qu'il traitait de « crapaud spirituel ». Je lui ai rétorqué que je couchais aussi avec le cerveau de mon partenaire, et que celui de Michael était nettement plus développé que les méninges de certains amis de Ted qu'il m'avait présentés — des monstres que de toute évidence

92

on venait d'acheter dans une boucherie de Beverly Hills.
« Le plus bel étal de bidoche se trouve à West Hollywood,
ma chérie, sur Melrose. » Je me suis excusée d'avoir
amorcé cette querelle mineure, mais il m'a répondu qu'elle
lui avait plu. Il m'a rappelé la soirée que nous avions
passée avec Andrew à boire une bouteille de vieux
calvados. Nous avions alors joué à un jeu de salon
vaguement homo où nous devions avouer nos pires
comportements sexuels, du moins les plus scandaleux. Ted
a commencé, assez innocemment, par expliquer comment
il s'était laissé baiser par un vieux musicologue viennois
d'Eastman en échange d'un A pour une dissertation non
rendue. Andrew et moi avons hué la banalité de son
histoire. Andrew a poursuivi en nous racontant qu'il avait
sauté une richarde obèse alors qu'il étudiait à l'université
de Boston. Qu'y avait-il de si terrible à ça ? Eh bien, cela
avait duré un an, tandis qu'il travaillait à mi-temps chez
un traiteur de luxe où il pouvait à peine goûter quelques
miettes de ce qu'il vendait. Il avait littéralement baisé cette
femme affreuse et désagréable pour pouvoir s'empiffrer de
caviar, de truffes, de foie gras, de confit d'oie et de bons
vins de Bordeaux. Bagatelle, a dit Ted ; n'importe quelle
jeune Allemande ou Française aurait fait la même chose
en 1946. J'ai ensuite avoué que j'avais couché avec mon
amie Charlene quand j'étais étudiante à l'université du
Minnesota. Ma confidence a été accueillie avec une
indulgence polie par les deux hommes. Ted s'est ensuite
vanté d'avoir sauté le mari de sa secrétaire en échange de
cinq cents dollars de cocaïne. Puis Andrew nous a raconté
en rougissant une aventure avec une jeune voleuse à la tire.
Ted et moi nous sommes regardés avant d'avouer que
nous avions failli coucher ensemble il y avait de ça des
années. J'étais revenue de la fac à la maison pour Noël
avec mon contemplatif tiers-mondiste, tandis que Ruth
avait fait venir Ted d'Eastman pour la première fois.
George, mon contemplatif, s'était montré insupportable

dès notre arrivée. La bouse de vache retournait-elle dans le sol, d'où elle venait? Bien sûr, les jeunes bœufs chient un peu partout alors que les vaches, dont nous ne possédions aucun spécimen, ont leurs habitudes à cause des clôtures, des corrals, des prés, mais tous les mois de mars nous ramassons les crottes dans les stalles où les bœufs passent l'hiver, et nous les épandons. Bien, a dit George. Le soir de Noël nous avons mangé de la dinde, et George a déclaré que les produits chimiques dénaturaient la chair de la dinde. Quand Naomi a répondu que c'était une dinde de ferme achetée à un voisin, George s'est mis à s'empiffrer. Le jour de Noël, Naomi nous a servi un rôti de bœuf premier choix, découpé dans une bête que Lundquist équarrissait comme à chaque automne, avant de mettre les meilleurs morceaux à rassir dans la chambre froide. George nous a alors expliqué pompeusement que soixante-cinq grammes de viande maigre par jour suffisaient à notre organisme. Cette impolitesse gratuite a stupéfié Naomi. George était un homme agréable, sauf en compagnie d'inconnus, qu'il ne pouvait s'empêcher de sermonner. Ted s'est moqué de lui en lui demandant comment, avec toutes ces théories diététiques, il réussissait à avoir quinze kilos de trop. George a alors filé dans ma chambre, mais il est revenu un peu plus tard afin de manger un sandwich en solitaire. Après le dîner Ruth et moi avons mis des disques pour danser à tour de rôle le rock and roll avec Ted. Naomi était partie se coucher, et Ruth l'a bientôt suivie. Nous avons continué de danser sur des morceaux de Sam Cooke, Buddy Holly, Little Richard, B.B. King, *et alii*. Ted est le meilleur danseur que j'aie jamais connu. Je lui ai demandé de se retourner pour que je puisse enlever mon collant qui me tenait trop chaud. Il ne s'est pas retourné, mais comme nous étions un peu ivres, ça ne m'a pas gênée. Nous avons alors dansé l'un contre l'autre, et il avait une érection très évidente sous son pantalon qu'il pressait contre moi. Je me suis assise en

94

disant que je préférais arrêter. Comme il se tenait juste devant moi, je n'ai pas pu m'empêcher de tendre le bras pour effleurer le devant de son pantalon. Il a ouvert sa braguette, et j'ai pris son gland dans ma bouche pendant une seconde, avant de monter l'escalier quatre à quatre jusqu'à ma chambre. J'ai réussi à secouer suffisamment mon contemplatif irascible pour qu'il me fasse l'amour.

Andrew a trouvé que c'était une banale histoire de vestiaire après un match de base-ball. Puis il a demandé à Ted pourquoi, si je l'avais à ce point excité, il était devenu homosexuel. Ted est resté étrangement pensif pendant quelques minutes, avant de répondre: « Je n'ai pas opté pour ce qui m'excitait, mais pour ce qui m'excitait le plus. »

Mes trois lettres étaient toutes assez étonnantes. Ruth m'écrivait que son épicier lui avait présenté son bilan financier avant de lui demander de l'épouser. Il tenait à ce qu'elle étudie ce bilan pour qu'elle ne croie pas qu'il en voulait à son argent à elle. Comme Ruth ne savait pas très bien quelle conduite adopter, elle désirait que nous la rencontrions à Santa Monica, à Tucson, ou n'importe où. Le billet de Mère contenait une proposition abrupte qui nécessitait une réponse par téléphone. Elle devait savoir d'ici quelques jours si j'acceptais de rentrer dans le Nebraska pour enseigner pendant un an dans l'école de campagne où elle prenait sa retraite. Les membres du conseil scolaire du comté, tous sexagénaires comme Naomi, maintenaient l'école ouverte depuis des années grâce à leur obstination. Sinon, la plupart des élèves auraient eu deux bonnes heures de trajet quotidien par le car scolaire. Les effectifs étaient tombés à dix-sept élèves, de la classe de dixième à la troisième, mais elle avait réussi à obtenir une année de sursis au cas où j'accepterais de rentrer à la maison. Lisant entre les lignes de sa lettre, j'ai compris que Ted avait confié à Ruth, laquelle l'avait répété à Naomi, que ma vie était peut-être en danger. Elle ne s'attendait pas à ce que j'habite sous son toit. Ma maison, celle de grand-père autrefois, était occupée «temporairement» depuis plus de vingt ans par un Norvégien célibataire et pointilleux, cousin des Lundquist. Il retraduisait, paraît-il, *les Géants de la terre* de Rölvaag, mais personne n'avait jamais vu la moindre trace de son travail. Lors de mes visites, il s'installait dans la cabane de bûcherons de Duane, qui avait été superbement réaménagée par un couple de hippies itinérants avec lesquels Naomi s'était liée.

La santé mentale très particulière et durement gagnée de Naomi tient en partie à ce qu'elle ne considère pas ses querelles personnelles comme des actes d'héroïsme. Sa stratégie est tranquille, ses propositions de simples ballons d'essai. Ma première réaction a été «Pourquoi pas?» Sa lettre se terminait par une légère pique: je n'aurais certes aucun problème de drogue à régler, mais il y avait en quatrième deux jumeaux qui étaient des alcooliques en puissance. L'un d'eux était sexuellement très précoce, et Naomi se décarcassait pour protéger la vertu de trois jeunes filles de l'école, et éviter aux garçons la colère de parents luthériens.

La lettre du professeur Michael a définivement changé l'idée que je me faisais de cet homme. J'étais encore un peu méfiante après la lecture du premier paragraphe — quand quelqu'un tombe le masque, on se demande toujours si son nouveau visage n'est pas un autre masque. Sa prose ne contenait aucun de ces sarcasmes agressifs qui faisaient partie de son personnage et rendaient si aisément identifiables ses articles universitaires. Cette lettre d'une demi-douzaine de pages commençait par un résumé biographique ingénieux. Malgré quelques trémolos, le ton général était celui d'une honnêteté sans ambage, mais lyrique: né dans la vallée de l'Ohio dans un milieu d'ouvriers travail-

lant en usine ou dans des fermes, protestant fondamenta-
liste, jeune blondinet remportant une bourse pour aller à
Notre Dame, d'où la rupture avec sa famille (une université catholique!), travail en usine chaque été, une année
passée dans un atelier d'écriture à Northwestern avec pour
résultat un affreux roman raté, études longues et difficiles
pour décrocher le diplôme de l'université du Wisconsin et
de Yale, le tout couronné par un doctorat en études
américaines, deux livres non universitaires, un mariage et
un divorce, une fille dans une école privée qui lui coûtait
un bon tiers de son revenu net, six années d'enseignement
à Stanford, mais toujours pas de poste fixe.

La raison de sa lettre apparaissait à la dernière page,
sous forme d'une supplique et d'une proposition. Il
revenait à peine de Loreto à Baja où il avait rencontré mon
oncle Paul dans l'espoir de me circonvenir afin d'avoir
enfin accès aux papiers de ma famille. Oncle Paul, qu'il
«adorait», lui avait répondu de s'adresser à moi. Le
problème de Michael tenait à son année sabbatique, pour
laquelle on lui avait promis une importante rallonge à sa
bourse initiale, qu'il devait commencer de toucher pendant l'été. Le poste fixe dépendrait du livre qu'il écrirait
pendant cette année cruciale. Le cœur du problème était
que nous avions auparavant interdit l'accès de nos papiers
à un professeur de l'université du Wisconsin qui faisait
partie de la commission des bourses, lequel avait posé
comme condition à la bourse de Michael d'avoir la preuve
que celui-ci pouvait y accéder. D'ici une semaine, il devait
transmettre cette autorisation au directeur des études de
Stanford. Si cela s'avérait impossible, il perdrait certainement sa bourse, son année sabbatique, et sans doute aussi
son emploi pour «turpitude morale» — c'est-à-dire mensonge —, même si les étudiants l'avaient élu professeur de
l'année à cause de ses techniques d'exposé et de ses
commentaires merveilleusement drôles. S'il perdait son
emploi, il n'aurait plus qu'à retirer sa fille de son école

privée, ce qui leur briserait le cœur à tous deux. Il louait l'appartement où il habitait et avait hypothéqué sa BMW pour une somme supérieure à la valeur du véhicule, suite à une légère collision avec sa boîte à lettres. Bref, son destin reposait entièrement entre mes mains.

Il était dans un tel pétrin que j'ai éclaté de rire, car sa situation me rappelait en plus grotesque certaines phases de ma propre vie ou de celles de beaucoup de gens que je connaissais. Mais sa proposition m'a désespérée : haletante, j'ai marché jusqu'au balcon où mes larmes ont brouillé le Pacifique. « Tu te souviens du soir, écrivait-il, où tu t'es moquée de moi, ou du moins m'as taquiné, à cause de ma moustache ? Quand je t'ai pris le bras, tu as eu raison de te mettre en colère. Pourtant je ne crois pas qu'il y ait la moindre violence en moi, ou alors elle sort uniquement par ma bouche, à moins que je ne la noie dans l'alcool ! Mon ancienne femme m'a souvent giflé et je ne me suis jamais défendu. Coleridge a écrit quelque part que nous ressemblons à des araignées qui par leur cul font sortir le fil qui leur sert à tisser leurs toiles de fourberie. En sus de mon penchant pour l'érudition, peut-être ai-je le tempérament du turfiste malheureux, du joueur imbibé ? La fureur que j'ai manifestée envers toi chez Ted était un signe de la gravité de mes ennuis. Bref, le soir chez toi tu m'as dit que tu voulais retrouver ton fils, ou bien que tu voulais écrire quelque chose pour expliquer ton comportement et ton passé. Tu pourrais superviser mon projet, lequel recouvre ton passé. Et moi, de mon côté, je pourrais retrouver ton fils. Je sais que c'est possible, car j'ai une formation de chercheur et je bénéficie de beaucoup de crédibilité. Voilà tout ce que je peux te proposer, mais peut-être préfères-tu te passer de mes services. Je te supplie, je t'implore de considérer ma situation. Certes, j'ai menti, et plutôt deux fois qu'une, aux membres de ma profession, car je me croyais capable de te convaincre. J'ai sincèrement une grande affection pour toi, mais c'est une autre histoire. D'ailleurs, je me suis aussitôt demandé pourquoi tu m'avais remarqué, toi qui fréquentes des milieux si huppés. Ted dépense chaque année en vins fins davantage que mon salaire. Retrouver ton fils, voilà tout ce que je peux te proposer. S'il te plaît, appelle-moi dès que tu auras fini de lire cette lettre. J'ai sérieusement envisagé de me suicider, mais c'est impossible à cause de ma fille. Sinon, je t'en menacerais volontiers. »

Dehors, sur le balcon, j'ai songé que certaines souffrances étaient vraiment trop ambitieuses. Je me suis rappelé ces histoires de mon enfance où il était question de chiens abandonnés qui, après d'innombrables tourments dus aux intempéries, à des ponts, des grand-routes, des chasseurs de chiens, parcouraient des centaines de kilomètres pour rentrer chez eux. De toute évidence, leur désir du foyer leur tenait lieu de boussole. C'est une belle histoire, mais que penser de tous ces jeunes gens avec qui j'ai travaillé, qui ont fui une situation impossible, puis, lorsqu'ils veulent revenir, trouvent porte close? Il est difficile d'aider quelqu'un qui se sent rejeté. On finit par se considérer comme un rebut, on devient la proie consentante de tous ceux qui cherchent à victimiser sexuellement, et plus tard émotionnellement. L'absence d'un foyer ne diminue en rien le désir d'en avoir un. Je ne sais pas pourquoi. Nécessité faisant loi, nous créons des couches d'activités successives pour masquer ce désir, qui finit invariablement par percer sous la surface. L'inertie m'a toujours paru être la pire tactique de survie. A en croire le professeur, le temps est le plus naturel des artifices, et seuls les imbéciles acceptent son cadre mécaniste. Un événement qui dure quelques secondes domine des années entières. Je viens tout juste de penser à l'instant précis où j'ai dû me séparer du collier de Duane.

99

Pour mon dix-septième anniversaire, un 10 octobre, mon grand-père, malgré les réticences de Naomi, m'a offert ma première voiture. Il s'agissait du dernier modèle de décapotable Ford, couleur turquoise avec une capote blanche, qui semblait parfaitement saugrenu dans le cadre du Nebraska, surtout quand il était garé à côté de la vieille Plymouth boueuse de Mère. Je suis restée gênée dans la cour devant tout le monde — Charlene et Lena étaient venues de la ville — jusqu'au moment où j'ai cru bon d'imiter Ruth qui levait les bras au ciel en poussant des cris de joie. Nous sommes allées faire un tour en voiture, moi au volant, Charlene et Ruth sur le siège à côté de moi. C'était une journée ensoleillée mais fraîche pour un mois d'octobre; nous avons néanmoins décapoté la voiture avant d'aller en ville et de nous arrêter à l'unique drive-in qui était un lieu de rencontre pour les jeunes. Tout le monde s'y est montré amical, même les garçons que Duane avait corrigés. Contrairement aux adultes, les jeunes font parfois preuve d'une souplesse étonnante dans leur capacité à oublier toute rancune. Une chose aussi stupide et vulgaire qu'une belle voiture peut soulever l'enthousiasme général, du moins pendant un après-midi.

Je crois que cette voiture a précipité la mort de mon grand-père, même si sur son lit de mort il a tenté de m'absoudre de cette faute. Ma Ford a été pour moi synonyme de liberté, et bien sûr d'une liberté à plus longue portée que celle de la marche ou de la randonnée à cheval. Cela s'applique peut-être davantage aux hommes qu'aux femmes, mais mon éducation ne marquait pas trop nettement cette différence. Les nuits d'insomnie, je descendais l'escalier et j'allumais la lampe de la cour pour regarder la voiture. Je prenais parfois un vieux guide touristique et atlas routier dans le bureau du salon afin de voir où je pourrais aller. Avant d'avoir un projet bien défini en tête, je me suis mise à sortir de modestes sommes de mon compte d'épargne. Pour la première fois depuis plusieurs années j'ai compté les dollars d'argent que je collectionnais depuis la petite enfance. Il y avait aussi une pile de dix pièces d'or, chacune valant vingt dollars, qu'au cours de l'été grand-père avait découvertes derrière des livres de sa bibliothèque. «Achète-toi une babiole quelconque avec ces pièces», m'avait-il dit. J'ai pensé que les gens se méfieraient si j'essayais de payer un plein d'essence ou une chambre de motel avec une pièce d'or de vingt dollars. J'étais sur le point de me lancer dans l'une de ces aventures d'où nous sortons dépenaillés et couverts de sang, mais avec la conviction tenace que le jeu en valait la chandelle.

Un soir, quelques semaines après mon anniversaire, alors que notre région du Nebraska connaissait le début d'un été indien assez chaud, j'étais dans l'allée à essuyer les vitres de la voiture avec une peau de chamois. L'intérieur des fenêtres était couvert des marques de museau des airedales de grand-père. Ce jour-là, quand j'étais passée chez lui en voiture après l'école, il avait proposé de décapoter et d'emmener les chiens en balade. Installés à l'arrière, les airedales avaient pris une mine grave et importante tandis que nous roulions sur les routes gravelées. Grand-père, qui souffrait d'une bronchite, buvait des lampées de whisky à une flasque, tout en racontant comment aux premiers temps heureux de son mariage sa femme et lui (à la fin des années 30) sautaient parfois dans leur voiture pour aller à Chicago en moins de trois jours dans le seul but de manger dans un vrai restaurant français. A un croisement, il a permis aux chiens surexcités de sauter de la voiture pour chasser un coyote — ils avaient beau consacrer leur existence à chasser le coyote, ils n'en avaient jamais attrapé un, sinon cette portée de petits dans son terrier. Ce coyote plein d'humour décrivait de grands cercles à fond de train, si bien qu'il est passé plusieurs fois à côté de la voiture en maintenant la meute des chiens à une centaine de mètres derrière lui. Quand ceux-ci, épuisés, se sont couchés près de la voiture, le coyote s'est assis à l'endroit exact où il s'était tenu avant le début de la chasse, et il a continué de nous observer jusqu'à notre départ.

Ainsi, ce soir-là, comme je nettoyais la voiture et que le crépuscule tournait à la nuit, j'ai entendu un coyote. M'éloignant peu à peu des exercices de piano de Ruth, je suis entrée dans les ténèbres chaudes de la pâture. J'avais la chair de poule et des crampes d'estomac car je pensais que c'était peut-être Duane, qui savait si bien imiter les coyotes que ceux-ci lui répondaient. Duane disait que les coyotes ne se méprenaient pas sur ses cris, simplement ils étaient curieux et amusés. Mais là-bas, dans cette pâture obscure, je me suis avouée que j'allais essayer de retrouver Duane.

Après mon accouchement et sur la foi d'un livre qu'elle avait lu, Mère avait pris garde à ne pas me surveiller de trop près ni à passer au peigne fin la moindre de mes humeurs, en échange de quoi j'étais la plus sincère possible avec elle. Le lendemain matin à cinq heures je me suis levée sur la pointe des pieds et j'ai laissé un mot pour lui dire de ne pas s'inquiéter, mais que j'allais rendre visite à mon vieil ami Duane. Afin d'être sûre qu'on ne me mettrait pas des bâtons dans les roues, j'ai réveillé Ruth pour lui donner mon mot en lui demandant de le transmettre à Mère après ses cours. Ruth, qui à l'époque lisait *les Hauts de Hurle-vent*, a jugé «absolument palpitante» cette quête de mon amour perdu.

Quand j'ai croisé la Route 12, je suis partie vers l'ouest, et à l'aube suis arrivée à Valentine où je me suis arrêtée pour prendre un petit déjeuner, mais mon excitation m'a empêchée de manger quoi que ce soit. La serveuse, qui m'a rappelé Lena en plus maigre, s'est inquiétée de mon état.

102

Je lui ai alors expliqué que ma grand-mère était malade à Rapid City et que je me faisais du souci pour elle. La serveuse s'est assise à ma table avec une tasse de café pour bavarder un moment. Elle a admiré mon manteau en peau de mouton et mes bottes de chez Paul Bond. «N'adresse pas la parole aux garçons vachers, elle m'a avertie. Ils en veulent tous à ta petite culotte.» Elle a dit ça assez fort en regardant une tablée de cow-boys qui mangeaient leurs œufs. Je me suis sentie rougir et j'ai tourné la tête vers la fenêtre derrière laquelle des bœufs attendaient dans un bâtiment qu'on les transportât vers les pâtures de Sioux City, puis à l'abattoir. J'ai payé ma note, remercié la serveuse de ses conseils, puis suis partie. Qu'y a-t-il de si mal à aimer son demi-frère? me suis-je demandé.

J'ai pris la Route 83 vers le nord et Murdo; quand j'ai atteint la réserve indienne de Rosebud, j'ai bifurqué sur la 18 en direction de Parmelee. Je ne croyais pas vraiment que Duane serait là à m'attendre, mais j'espérais au moins trouver une piste, même refroidie, comme disent les chasseurs de la région. Les Blancs ont beaucoup de mal à comprendre pourquoi les Indiens vivent comme ils le font, car ils identifient leur mode de vie à celui des «pauvres Blancs»; je parle des cours en terre battue, des clôtures brisées, des épaves de voitures désossées, des cabanes de bric et de broc. Grand-père disait qu'on ne veut surtout pas comprendre quelqu'un quand on lui vole ou lui a volé tous ses biens. La moindre compréhension entraînerait un sentiment de culpabilité insupportable.

De fait, Parmelee offrait un spectacle affligeant. L'été indien avait soudain disparu et le vent froid du nord me jetait aux yeux une poussière glacée tandis que je frappais à des portes qu'on me claquait violemment au nez. Quelques gosses et des chiens qui aboyaient se sont mis à me suivre à distance respectueuse. Ces gamins ont ri et hurlé de joie quand je leur ai adressé quelques mots dans un sioux rudimentaire. J'ai alors aperçu un vieillard qui s'activait sous le capot relevé d'une voiture déglinguée. Il s'est redressé en souriant, puis m'a dit en sioux : « Je peux t'aider ma sœur ? » Quand je l'ai interrogé, il m'a répondu que, selon certaines rumeurs, Duane et sa mère habitaient Pine Ridge.

Pine Ridge était à une centaine de miles sur la route, mais c'est le cœur léger que j'ai conduit tandis que les violentes bourrasques du vent du nord secouaient la voiture. J'ai même fredonné les airs de *country music* diffusés à la radio par une station de Rapid City — en pensant que Duane les écoutait peut-être lui aussi. Le plus facile a été de chanter avec Patsy Cline, car je partageais son humeur.

Pine Ridge était affreusement hostile, mais là encore mes balbutiements en langue sioux m'ont permis d'obtenir une nouvelle désagréable. Alors qu'il était ivre, Duane avait dérouillé un flic à Chadron voici un mois environ, et il était là-bas en prison. Ou bien il avait quitté la région ; car lorsqu'on butait un flic et qu'on ne se trissait pas vite fait, on était un homme mort. Tout cela m'a été raconté par un grand jeune homme efflanqué, en haillons, qui toussait si fort qu'il tenait à peine debout. Il a ajouté que la mère de Duane était entretenue par un homme riche de Buffalo Gap.

En route vers Chadron ma belle confiance m'a quittée et je me suis mise à pleurer. L'après-midi était déjà bien avancé, le monde semblait être un lieu froid et violent. J'ai commencé d'avoir honte de ma voiture clinquante qui me paraissait tellement déplacée en territoire indien. Quelques semaines auparavant, dans notre comté, un fermier norvégien était mort d'épuisement. Il avait près de cinquante ans, ses parents avaient perdu leur ferme pendant la dépression, et il craignait de perdre à son tour celle qu'il avait obtenue grâce à son mariage. Je connaissais ses enfants à l'école, une demi-douzaine de gamins épuisés en permanence, couverts de coups de soleil, maigres et brûlés par le vent. Quand leur ramasseuse de maïs est tombée en panne, ils ont fait la récolte à la main jusque bien après le coucher du soleil. J'ai lu dans le journal que, selon la banque, l'homme n'avait pas de dettes, mais travaillait pour acheter d'autres terres.

Tout courage m'a abandonnée quand je suis passée en voiture devant la prison de Chadron. J'ai fait trois fois le tour de la prison sans m'arrêter. Il me semblait inimaginable que Duane fût à l'intérieur, ou que, s'il y était, les autorités me permettent de le voir. Je me suis mise à trembler si fort que je me suis garée près d'un jardin pour regarder ma carte. J'ai décidé de faire vingt miles jusqu'à Fort Robinson afin de retrouver mon calme. Duane m'avait confié que sa mère l'avait emmené à Fort Robinson quand il était petit, car Crazy Horse y avait été assassiné. Cet après-midi-là, l'air limpide, le vent froid, le parking désert rendaient fantomatiques les écuries de la cavalerie ; ni le fort ni les baraquements des officiers ne s'harmonisaient à la beauté du paysage ondoyant, couvert de rares forêts. De l'autre côté de la route, à l'emplacement de la prison où le meurtre avait eu lieu, un ranger m'a dit que je devais partir car il était cinq heures et ils allaient fermer jusqu'au lendemain. Ce ranger, un type très désagréable, s'est étonné qu'« une jolie fille » comme moi puisse éprouver le moindre intérêt pour Crazy Horse. Sans savoir pourquoi, je lui ai alors répondu que j'étais une parente très éloignée, et que j'essayais de me motiver suffisamment pour tuer quelques Blancs. Le ranger s'est moqué de moi en ricanant, puis m'a dit de déguerpir.

De retour à Chadron, je suis allée directement au bureau du shérif devant la prison, et me suis fait aussitôt arrêter. On m'a confisqué mes clefs de voiture, puis invité à m'asseoir près du bureau du shérif pendant qu'il passait quelques coups de téléphone en chuchotant avec prudence. C'était un petit homme aimable. Il m'a apporté une tasse de café, puis appris que quelqu'un avait versé la caution de mon ami, «un vrai salopard» qui avait pris la poudre d'escampette depuis longtemps. Le propriétaire du ranch qui deux ans plus tôt nous avait vendu le sprinter de Duane est bientôt arrivé et m'a emmenée chez lui. J'ai passé la soirée et la nuit dans sa famille. Je ne me sentais pas encore triste d'avoir renoncé à mes recherches. J'ai aidé la fille du rancher, qui avait mon âge, à accomplir les tâches quotidiennes. Quand son père s'est éloigné, elle m'a confié que celui-ci lui flanquerait une déculottée maison si jamais elle sortait avec un jeune Indien.

Le lendemain matin j'ai fait la grasse matinée, et grand-père est arrivé pour le petit déjeuner, jubilant et tout excité, vêtu de son vieux manteau de loutre et de son chapeau de chasse. Notre médecin lui avait offert une place à bord de son biplan Stearman; malgré le froid, le voyage en avion avait été merveilleux. Il a toussé et bu du whisky en mangeant. Le rancher nous a ensuite emmenés au bureau du shérif, où tout le monde s'est mis à blaguer. Le shérif m'a lancé un regard bizarre en disant que chacun devrait être amoureux au moins une fois dans sa vie. C'est le genre de réflexion qui, pour une raison inexplicable, reste gravée dans la mémoire.

Quand nous avons été seuls dans ma voiture, grand-père m'a demandé pourquoi, sachant ce que je savais, j'avais décidé de me mettre à la recherche de Duane. Je lui ai répondu que ç'avait été plus fort que moi. Il m'a dit que c'était là une bonne réponse et il m'a fait quitter Chadron vers le nord au lieu de me guider vers l'est et la maison. Juste au sud de Hot Springs, à une heure environ de Chadron, nous avons bifurqué vers Buffalo Gap, puis à nouveau sur une étroite route gravelée qui s'enfonçait dans les montagnes. Nous n'avions parlé de rien de spécial, sinon de l'histoire évoquée par le paysage. Il connaissait bien cette région et son histoire, car nous étions en route vers son pavillon de chasse. Certains parmi les tout derniers bisons s'étaient cachés dans les environs. Il m'a dit que le général Sherman avait mis le Sud à genoux en brûlant les récoltes et en massacrant le bétail. Les Indiens furent affamés puis soumis par la destruction des bisons décidée par le gouvernement. Le Sud a fini par retrouver ses récoltes, ses vaches et ses porcs, mais le bison était à jamais rayé de la carte, sauf au titre de curiosité pittoresque. Dans ces moments de colère, grand-père aimait citer le général Philip Sheridan qui avait déclaré: «Pour détruire l'Indien, nous devons détruire sa nourriture. Afin d'établir une paix durable, massacrons, dépeçons et vendons jusqu'à ce que nous ayons exterminé tous les bisons. Alors vos prairies seront couvertes de bétail moucheté et de joyeux cow-boys.»

D'après ce que m'avait appris le jeune Sioux de Pine Ridge, j'étais à peu près certaine de trouver la mère de Duane au pavillon de chasse de grand-père. Il n'a pas hésité une seconde à partager ce secret avec moi, même s'il a attendu le dernier moment pour le faire. Après que Duane était arrivé à la ferme, grand-père avait retrouvé la trace de sa mère à Denver et l'avait installée dans ce chalet où il l'avait rencontrée pour la première fois avec mon père et oncle Paul.

Devant une porte protégée par un labrador noir pas trop méchant, j'ai remarqué les restes d'un potager bien entretenu. Beaucoup plus vaste que je ne m'y étais attendue, ce chalet en rondins était bordé d'une grande véranda grillagée qui donnait sur la vallée au sud. Dehors, près d'une cabane et d'un petit corral, j'ai aperçu le sprinter de Duane qui nous regardait en gémissant. Quand je me suis retournée, elle se tenait dans l'encadrement de la porte ouverte, grande et mince, presque belle, mais dotée de ces yeux de moribond auxquels je devais par la suite apprendre à reconnaître les anciens alcooliques. Elle m'a souri en me tendant la main. Celle-ci était solide, mais donnait l'impression d'avoir été broyée, puis mal soignée. Grand-père m'a ensuite expliqué qu'une voiture lui était passée dessus à Alliance, alors qu'ivre morte elle s'était écroulée sur une petite route. En sioux, son nom signifiait « crécerelle » ou « épervier ».

Une fois dans le chalet, j'ai avancé naturellement vers la cheminée, et les photos étonnantes qui se trouvaient sur son manteau. Il y en avait une où l'on voyait Paul et mon père qui entouraient Epervier. Ils parlaient en sioux derrière moi; je ne saisissais pas grand-chose de leur conversation, hormis d'innombrables expressions de tendresse. Il y avait aussi une photo de moi avec les airedales, plusieurs de Duane, dont une récente où il montait son sprinter. Quand je me suis retournée vers la pièce, elle se tenait juste derrière moi et elle m'a demandé de l'appeler par son prénom américain, Rachel. Puis elle m'a réclamé le collier que Duane m'avait donné. Elle m'a dit qu'elle voyait bien que j'étais aussi forte que mon père et que grand-père, mais que Duane était fou à lier et qu'il avait besoin de ce collier. Elle a prononcé «fou à lier» en détachant chaque syllabe comme si cette expression était une parfaite description du caractère de Duane. J'ai retiré le collier sans aucune hésitation, puis elle a caressé contre sa paume la pierre sans valeur. Elle s'est retournée pour adresser des paroles attristées à grand-père, qui s'est levé du sofa pour l'embrasser. Alors elle s'est mise à gémir; je suis aussitôt sortie du chalet en courant, après avoir pris le vieux blouson d'aviateur de Duane à la place du mien. Ce blouson avait jadis appartenu à mon père avant que Naomi n'en fasse cadeau à Duane, car il semblait à ma mère qu'il avait toujours froid.

Parce que les pleurs de Rachel résonnaient toujours dans mes oreilles, j'ai sellé le sprinter. J'ai juré haut et fort et longtemps pour ne plus entendre ses gémissements. Et puis le labrador noir m'aidait en aboyant avec excitation. Ç'a été ma première vraie promenade à cheval depuis plus d'un an, et j'ai galopé comme une folle. Vu que le sprinter était vif et en pleine forme, je lui ai fait décrire des huits jusqu'à ce que sa robe soit mouillée d'écume, puis je l'ai lancé à fond de train dans la vallée tandis que le chien peinait pour ne pas se faire trop distancer. J'ai poussé ce cheval aussi durement que je l'ai osé, puis je l'ai laissé se reposer pendant plusieurs minutes au pas. J'apercevais toujours le chalet à cinq ou six miles en contrebas dans la vallée et j'imaginais les pleurs qui sortaient par la cheminée. J'ai trouvé un abreuvoir où j'ai fait boire le cheval avant de l'attacher pour soulever le chien par-dessus le rebord et le regarder décrire des cercles avec ravissement. J'ai été mouillée de la tête aux pieds quand je l'ai sorti de l'eau, mais c'était sans importance — faire plaisir à un chien m'a toujours calmée. Je suis restée figée là comme une statue, la main posée sur l'encolure du sprinter, sentant son pouls ralentir. Une impression onirique de lucidité et de force peut-être imméritée m'a submergée quand je me suis rappelé une chose qu'avait dite grand-père en me retrouvant après ma promenade dans les collines, au-delà de la Niobrara : à savoir que chacun doit accepter son lot de solitude inévitable, et que nous ne devons pas nous laisser détruire par le désir d'échapper à cette solitude. Appuyée contre l'abreuvoir au fond de cette vallée, j'entendais le vent et la respiration du chien et du cheval. Les souvenirs de tous les gens que j'avais connus m'ont traversé l'esprit avant de se perdre dans l'air, avec l'impression que l'écho de leur voix ressemblait aux voix des oiseaux et des animaux. Levant les yeux, j'ai enfin eu la surprise d'apercevoir le soleil.

Quand je suis rentrée au chalet, j'ai découvert que je m'étais absentée pendant trois heures. Rachel m'a réchauffé mon dîner pendant que grand-père dormait sur le divan. Son souffle était rauque, son visage semblait fiévreux. Elle avait espéré que nous resterions pour la nuit, mais il se sentait malade et voulait rentrer à la maison.

Une belle matinée de mai sur le balcon : ma promenade à l'aube a été un peu mélancolique ; la chaleur que je sentais monter annonçait les foules qui, bientôt, envahiraient les plages. J'ai sorti le téléphone sur le balcon pour appeler Mère. Nous avons convenu de retrouver Ruth à San Francisco le lendemain de la fermeture de l'école de Naomi, soit dans quelques jours. Pour la première fois depuis trente-sept ans, m'a-t-elle dit, elle allait manquer le service religieux du Memorial Day au cimetière militaire, mais elle savait que, contrairement à son mari, ses filles avaient besoin d'elle. Puis un Andrew assez inquiet m'a appelée pour m'apprendre que la police avait perdu la trace de Guillermo Sandoval à McAllen, au Texas, et que Ted avait insisté pour qu'un garde du corps assurât discrètement ma protection. Je lui ai parlé de mes projets immédiats, ajoutant que j'allais sans doute m'installer dans le Nebraska au mois de juin. Andrew m'a répondu qu'il valait mieux que j'ignore l'identité de ce garde, car le psychopathe en question était un pervers. Ted a ensuite pris le téléphone pour m'inviter à déjeuner. J'ai refusé tous les restaurants chics qu'il m'a proposés, leur préférant un café situé à quelques rues de mon appartement et fréquenté par les Australiens de Santa Monica. Il a accepté en poussant son célèbre soupir.

L'heure passée au téléphone m'a aidée à me décider : j'allais accepter le poste de professeur proposé par Naomi. J'avais arrêté mon travail depuis un mois à peine et je me sentais rien moins qu'utile, même si j'avais beaucoup lu et écrit. Cela tient sans doute au fait que le téléphone rivalise avec le gouvernement pour accroître l'amollissement typique de notre époque. Apprendre à lire et à écrire à des jeunes serait un merveilleux antidote au téléphone et à la Californie. Mais par gentillesse, j'ai vite appelé Michael pour lui dire que la balance commençait de pencher en sa faveur et que je le verrais sans doute mardi. Sa voix s'est mise à trembler et il s'est lancé dans un monologue haletant, proche de l'incohérence. Je l'ai interrompu en lui disant qu'il me manquait, puis au revoir.

Sous la douche et en m'habillant pour le déjeuner, j'ai ressenti une bouffée de solitude qui m'a surtout paru d'ordre sexuel. Cette langueur est passée, remplacée par l'impression vertigineuse que j'allais achever un chapitre important de ma vie. La notion complexe du temps défendue par le professeur me semblait assez juste, malgré les difficultés qu'elle soulevait. Il s'agit peut-être là d'une différence essentielle entre l'homme et la femme — d'un point de vue abstrait, je considère ma vie en termes de spirales, de cercles et de girations imbriqués, alors que Michael a l'esprit plus linéaire et géométrique. J'ai pris bonne note de lui en reparler quand je l'aurais épuisé au lit, ce qui, pour être franche, ne devrait pas prendre trop de temps.

Comme je marchais vers le restaurant, j'ai senti une brusque douleur à l'idée que j'allais quitter cet endroit où j'avais vécu relativement heureuse. Mes déménagements avaient toujours été entre des lieux très contrastés — New York et Los Angeles avaient alterné avec des coins reculés du Montana, du Minnesota, du Michigan et du Nebraska. J'avais fait quelques brèves tentatives infructueuses pour vivre à l'étranger — en France, en Angleterre, au Mexique, au Brésil — mais je suis si fondamentalemnt américaine que mon mal du pays m'a contrainte à un retour prématuré ; j'ai aussi passé plus de quarante-trois ans sur quarante-cinq à New York, à Los Angeles ou dans des régions si improbables que mes amis citadins les trouvaient risibles.

J'étais au bar du restaurant, debout devant la fenêtre, quand la voiture de Ted s'est garée contre le trottoir. Chacun sait que les Californiens sont fous de leurs voitures et aiment parfois s'offrir un caprice comme une limousine de location. La voiture de Ted lui appartenait ; c'était une

111

Mercedes 600 argentée, dont l'arrière était aménagé en bureau mobile. Ted passait tellement de temps entre Malibu, Beverly Hills et l'aéroport qu'il pouvait facilement justifier cette extravagance, d'autant que son inspecteur des impôts n'était pas trop regardant. Je n'étais montée que de rares fois dans cette voiture dont je trouvais le luxe absurde et atterrant. Je soupçonnais aussi chez Ted cette conviction que l'envie et l'apitoiement sur soi-même comptent parmi nos émotions les plus abjectes, et pas une fois je n'ai aimé descendre de cette voiture sous les regards fascinés de gens pour qui ces caprices ruineux revêtent une importance considérable. Ted balayait ma réaction en la portant au compte d'une fausse modestie typique du Middle West.

— Tu as une mine terrible, lui ai-je dit.

Un pâle sourire est apparu sur son visage bouffi et fatigué.

— J'ai fait la fête, car j'ai passé avec succès le test des anticorps. Je n'ai pas le moindre virus, et maintenant je vais faire attention.

J'ai tendu le bras au-dessus de la table pour lui saisir la main. Les moralistes trouveront cette scène ridicule, voire répugnante, mais je ne suis pas une moraliste, et Ted est un ami cher. Il avait refusé de passer ce test par crainte du résultat, mais je l'avais encouragé à s'y soumettre. Quand un acte d'amour propage une maladie mortelle, lui avais-je dit, alors il faut renoncer à l'acte d'amour. Sa joie était mitigée par le fait qu'un de ses amis les plus proches avait eu un résultat positif.

— Il est fichu. Kaput. Plus d'amour. Il a même toutes les chances de ne plus jamais trouver personne. Bon. Maintenant, ce que je veux, c'est que tu dissuades Ruth d'épouser cet épicier mexicain. Il est beaucoup plus dangereux que le prêtre siphonné.

— Derrière tout ancien artiste se cache un impertinent,

lui ai-je rétorqué en adaptant la maxime d'Auden à la situation.

— D'accord, mais tu reconnaîtras que les Latins sont tout miel, *mi corazon* et *tutti quanti* jusqu'à ce que la femme dise oui ; ensuite ils deviennent les pires machos.

— C'est vrai en règle générale, mais Ruth est assez fine mouche pour savoir à quoi s'en tenir.

— Non, c'est faux, pour l'amour du ciel. Elle déborde de désirs vagues. Merde alors, elle a au moins trois ou quatre guerres de retard. Elle se situe entre Emily Dickinson et Virginia Woolf. Elle est à moitié demeurée tous les jours que Dieu fait, et à cent pour cent frappée dès qu'il s'agit des hommes. Je l'aime toujours, mais elle ne veut pas m'écouter.

— Bien sûr que tu l'aimes, lui ai-je dit sans la moindre ironie, mais ça ne veut pas dire qu'il faille écouter tes conseils. Quand je suis arrivée à Los Angeles, certains hommes que tu m'as présentés étaient vraiment à côté de la plaque.

— C'est vrai. Je t'avais mal jugée. Mais promets-moi de ne pas la laisser signer ce fichu papier avant que tu n'aies toi-même fait toute la lumière sur ce type.

J'ai fini par céder et lui promettre ce qu'il voulait. Nous avons été interrompus par un jeune étudiant australien de Darwin qui nous a salués en rougissant, avant de me glisser une enveloppe. Il m'a dit qu'il retournait chez lui pour quelques mois, puis s'est éclipsé.

— Cent dollars pour lire sa lettre, a dit Ted.

— Montre-moi l'argent, lui ai-je répondu.

Ted m'a tendu le billet et a pris l'enveloppe avec plaisir.

— Quelle déception ! « Ma très chère Dalva, voici les cinquante dollars que je te devais. Merci. Harold. » Bon Dieu, dis-lui de changer de prénom. Harold, c'est ringard. Harold Stassen. Harold McMillan. Je parie que tu as couché avec ce pauvre garçon.

— Bien sûr. Un après-midi, ici, il lisait Doris Lessing,

113

et moi aussi j'aime assez Doris Lessing. Me voilà remboursée de trois fois mon prêt.

— Deux fois! Ruth m'a dit que tu rentrais dans le Nebraska. Tu vas devoir te rabattre sur les fermiers.

— Il reste encore quelques cow-boys. Et puis je vais me remettre au travail, acheter quelques chevaux, des chiens, et puis vieillir.

— Je suis prêt à parier gros que tu vas revenir ici ou à New York. Tu as besoin de vivre en territoire neutre. Les fantômes, ça use. Tu n'as jamais eu de nouvelles de ce garçon, n'est-ce pas?

— Non. J'espère que Franco va contacter oncle Paul, qui le cherche de son côté.

— Bien. Rien n'ébranle autant ma foi que les crimes homosexuels. Ils sont affreusement gênants.

— Les délits d'ordre sexuel le sont toujours. J'ai suivi un cours à la fac sur les délits de ce type. C'est bien pire que tout ce qu'on peut lire dans les journaux.

Je me suis soudain retrouvée en hiver à Minneapolis, j'ai de nouveau entendu la voix froide, monotone et plate du professeur, le seul ton approprié pour ce genre de sujet. Il y avait trop de photos, dont certaines en couleurs.

— Tu m'écoutes? Je t'ai proposé d'aller faire un tour à San Francisco un ou deux jours avant ton départ. Andrew m'a dit que ce salopard était sans doute de retour en ville.

— Oui. Pourquoi pas?

J'essayais de quitter Minneapolis pour retrouver la réalité du café.

Les plats de notre déjeuner étaient si banals qu'ils en devenaient apaisants — «saucisses purée», comme disent les Anglais. Ted a vécu cela comme une aventure. Il a ce rare talent qui consiste à trouver la vie intéressante dans ses détails les plus intimes. Reconnaître très tôt qu'il n'avait pas l'étoffe d'un créateur a eu pour effet d'accroître son énergie au lieu de l'étioler. Les gens qui sont prêts à accepter tout d'eux-mêmes ne courent pas les rues. Il a voulu annuler ses rendez-vous de l'après-midi pour m'emmener à Trankas marcher sur la plage. Il jouait un rôle actif dans un groupement de nababs qui avaient acheté des terres en prévision d'une croissance urbaine au nord. Il considérait désormais tout cela comme « une activité saine » et désirait me montrer une partie de ces terrains. Je l'ai supplié de ne rien changer à ses projets pour l'après-midi, car les déménageurs m'avaient envoyé des cartons et je voulais commencer à y ranger mes affaires. Pour prolonger le déjeuner, il a essayé de me chercher noise parce que j'avais l'intention d'aller jusqu'au Nebraska dans ma vieille Subaru de 81.

De retour à mon appartement, j'ai décidé de boire quelques verres en remplissant les cartons, un rituel auquel je me suis toujours soumise lors de mes déménagements afin de savourer toute la banalité du processus. J'allais faire un carton, ai-je décidé, puis me préparer un cocktail et prendre des notes dans ce journal, puis faire un autre carton, et ainsi de suite jusqu'à tomber de sommeil. Ça m'a semblé une excellente idée. J'ai mis un Levis et un t-shirt *Fuck Hate* offert par un ami musicien de Ted. J'avais un peu envie d'apppeler mon ami l'étudiant australien mais j'ai chassé ce désir. Je me suis servie quelques doigts de tequila Herradura avant de commencer d'emballer mes objets précieux pendant que j'avais encore la tête parfaitement claire : une pêche en albâtre qu'un Brésilien m'avait donnée ; un corbeau empaillé, assez décrépit, hérité de mon père ; une crécelle yaquie fabriquée avec un sabot de sanglier ; un collier de vraies perles qui avait appartenu à ma grand-mère ; un papillon péruvien dans sa boîte en verre ; un crâne de coyote blanc comme neige trouvé lors d'une promenade avec grand-père ; la bague de mon père

115

portant l'insigne de son école. Je me souviens maintenant que grand-père m'a alors dit que ce coyote était mort très vieux, car ses dents étaient usées, et ses incisives ébréchées. Comme deux dents se déchaussaient, nous avions dû les coller à la mâchoire. Enfin, il y avait le collier de Duane, que j'avais récupéré pendant un cauchemar.

De la tequila et un crâne. Des perles et un papillon, une pêche dure comme la pierre. Ce jour-là, nous n'avons pas quitté Buffalo Gap avant la fin de l'après-midi, car Rachel tenait à ce que grand-père dormît le plus longtemps possible. J'ai téléphoné à Mère, qui a eu la gentillesse de faire comme s'il ne s'était rien passé. Je lui ai dit que nous devrions être de retour à la maison vers minuit. Les flammes montaient régulièrement vers le conduit de la cheminée, et j'ai remarqué que le vent était tombé. Je suis sortie m'asseoir par terre dans le soleil de l'après-midi, et j'ai caressé le chien qui a filé pour aller chercher un énorme os crasseux. Je n'ai pas entendu Rachel approcher dans mon dos avant qu'elle ne prît la parole.

— Je suis désolée pour ce que mon fils t'a fait.

— Moi pas. Et puis, il ne me l'a pas fait, nous l'avons fait ensemble.

— J'espère que tu es aussi forte que tes paroles.

— J'ai intérêt à l'être, lui ai-je répondu en riant. Sinon je risque de me retrouver dans une sacrée merde.

Elle s'est assise par terre à côté de moi, puis en langue sioux a dit quelque chose au chien, qui a aussitôt fait le mort. Elle lui a ensuite tiré l'oreille, et il a paru reprendre vie.

— J'ai l'air vieille parce que pendant plus de dix ans je me suis saoulée à mort. J'ai été prostituée à Denver jusqu'à ce que je devienne trop laide. Alors ton grand-père m'a retrouvée. Tu sais bien que Duane n'est pas pour toi.

— C'est ce que tout le monde me dit. Je crois que nous sommes parents et que c'est ça qui ne va pas.

J'avais maintenant le visage en feu, des sanglots dans la gorge.

Elle m'a enlacé les épaules.

— N'en veux surtout pas à ton père. Nous avons tout de suite été attirés l'un vers l'autre. Je nettoyais le chalet et je faisais la vaisselle quand ton père est rentré de la chasse avec ton grand-père. Paul a dit : « Regardez qui j'ai trouvé pour nous aider au chalet. » Paul m'avait repérée à Buffalo Gap et donné cinquante dollars à mon père pour que je vienne les aider. Je n'avais jamais eu autant d'argent. J'ai donc aidé ton père à préparer le dîner en me disant : voilà l'homme que je désire parmi tous les hommes. Alors ton grand-père m'a parlé en sioux, ce qui m'a stupéfiée car je les croyais tous de pure race blanche : « Je ferais mieux de t'emmener ailleurs avant que mes fils ne se battent. Wesley est marié, Paul ne l'est pas, alors choisis Paul. Ou moi. » Voilà ce qu'il m'a dit. Je crois que c'était en 1942. Le lendemain je suis partie à cheval avec ton père ; le soir, tout le monde s'est saoulé, et ton père et Paul se sont battus à cause de moi. Le lendemain ton grand-père m'a ramenée en ville...

Rachel s'est arrêtée de parler, puis retournée en entendant grand-père fermer la porte. Malgré le vent tiède qui soufflait du sud, il avait boutonné jusqu'en haut son manteau en peau de loutre. Il nous a adressé un sourire rayonnant et fiévreux, puis a dit : « Mes amies », après quoi l'émotion l'a réduit au silence, et il est resté les yeux fixés sur la vallée. Je suis sûre qu'il faisait ses adieux à ce pavillon retiré qu'il avait découvert peu après la Première Guerre mondiale. Rachel s'est levée et ils se sont embrassés. Elle l'a accompagné jusqu'à ma voiture, qu'il a tapotée de la main, puis il a ri doucement comme si, avec notre complicité, il se moquait de l'absurdité de cette décapotable dans le paysage.

117

La première halte a été pour acheter du whisky afin de calmer sa toux. En cette fin octobre le crépuscule était bref, et j'ai bientôt conduit droit vers la lune qui s'était soudain levée au bout de la route. Cette lune énorme le ravissait; elle a vite éclairé le paysage où les Sand Hills se détachaient, douces et brouillées, contre le ciel. Quand nous avons franchi une dépression de la route que traversait un torrent, les feuilles jaunes des peupliers ont tourbillonné autour de la voiture. Il a tripoté les boutons de la radio et juré en s'apercevant qu'il n'y avait pas de musique classique, puis il a trouvé une station de *country music* qui diffusait Bob Wilson et les Texas Playboys. Il m'a dit qu'il avait dansé devant cet orchestre avec une belle *senorita* quand il était allé à Fort Worth acheter des chevaux avant la Seconde Guerre mondiale. Puis il m'a demandé de me garer pour baisser la capote. Je lui ai répondu que ce n'était pas prudent, car le froid tombait et il était malade, mais il n'a rien voulu savoir.

Nous nous sommes ensuite arrêtés à une auberge tenue par un vieil ami à lui, où nous avons mangé un steak en regardant un album plein de photos de chasse, de chiens et de chevaux. «C'est donc la fille de Wesley. Sans blague?» a dit le vieux. Quand nous sommes retournés à la voiture, il faisait encore plus froid, mais grand-père a refusé de remettre la capote. Il ne paraissait pas ivre, et je me suis rappelé que Naomi disait autrefois que grand-père ressemblait à lord Byron en personne. Nous n'étions plus qu'à une heure de la maison quand il m'a demandé de lui chanter quelque chose pour l'aider à s'endormir. Je lui ai répondu que je n'avais pas l'oreille très musicale, mais je lui ai chanté des morceaux de Jim Reeves, de Patsy Cline, d'horribles versions de Sam Cooke, et puis le *Heartbreak Hotel* d'Elvis Presley. Il ne trouvait pas le sommeil et a chanté plusieurs fois une chanson en sioux; quand je lui ai demandé ce que c'était, il m'a répondu que ses paroles signifiaient: «Sois courageux, seule la terre perdure.» Il m'a semblé un peu gêné par la gravité de cette phrase si bien qu'il m'a chanté une chanson de soudard de la Première Guerre mondiale, dont il m'a copié les paroles dès le lendemain:

V'là le Kaiser qui tire ses dernières cartouches.
Ce sale fils de pute, on va l' mettre sur la touche.
On va investir son palais, chier sur son parquet
Et en soldats ricains déguiser ses laquais.

Puis devant le palais et dans les rues pleines de rats,
On pissera sur tous les Boches qu'on rencontrera.
On éclusera toute sa gnôle, on s'empiffrera de choucroute,
Et on lui bottera le cul jusqu'à le couvrir de croûtes.

Quand tout sera terminé,
Nous rentrerons au foyer
Pour raconter à tous nos potes
Que ce vieux salaud nous a léché les bottes.

Je me sers un autre verre. Cette chanson que j'ai toujours trouvée banale me paraît étrange aujourd'hui. Mon arrière-grand-père a vécu la fin horrible de la guerre civile, et certaines péripéties des guerres indiennes. Grand-père a essayé de s'engager dans l'armée à douze ans pour se battre à Cuba après l'explosion du *Maine*, mais les recruteurs n'ont pas voulu de lui, et il a ensuite survécu à trois années passées en France pendant la Première Guerre mondiale. Quant à mon père, il a bien sûr tenu à participer à la Seconde Guerre mondiale ainsi qu'à la guerre de Corée. Et Duane a été au Vietnam. Quelles carrières tragiques, qu'on retrouve sans doute dans des centaines de milliers de familles. Et quelle ironie si mon fils était «conseiller militaire» en Amérique centrale! Ruth m'a dit que son propre fils, Ted junior, piaffait d'impatience à l'Académie militaire en attendant de participer à de vrais combats.

Je viens d'appeler Bill, l'étudiant australien, au lieu de remplir mon verre. Lui aussi faisait ses valises, et quand je lui ai proposé de l'inviter chez *Guido* pour un dîner d'adieu, il a accepté avec enthousiasme. En fait, son comportement rappelle davantage un Anglais qu'un Australien — ces derniers évoquant trop souvent une dérisoire parodie de la virilité. Je me suis allongée pour faire un somme et chasser les vapeurs de l'alcool. J'ai réfléchi aux trois dernières semaines de grand-père — il est mort le matin de Thanksgiving — puis j'ai chassé tout cela hors de mon esprit. Je lui ai servi d'infirmière, rôle qui aujourd'hui ne me séduit guère. J'ai presque vingt ans de plus que Bill, tandis que mon fils que j'imagine toujours âgé de cinq ans est son aîné de quelques mois.

Un jour, alors qu'à un peu plus de trente ans, je pensais avoir besoin d'une thérapie, je suis allée voir un analyste à New York. Après une demi-douzaine de séances, l'analyste m'a dit que, malgré son propre besoin de patients, je n'avais besoin d'aucune aide. J'étais allée le consulter pour m'assurer que je ne vivais pas dans la promiscuité. Il m'a rétorqué que la plupart des gens boivent simplement parce qu'ils ont un jour commencé de boire, et que certaines personnes sont physiquement et mentalement prédisposées à faire l'amour. Je lui ai dit que je trouvais sa réponse naïve, mais sans venin. Il m'a alors rétorqué que la plupart des vérités sont parfaitement banales. Cela m'a arrêtée net, et j'ai aussitôt essayé de trouver une repartie perverse et affreusement compliquée. J'ai bafouillé que j'avais fait l'amour avec deux hommes en même temps. Il m'a répondu que j'avais sans doute fait cela par curiosité et affection. Une fois encore je me suis trouvée sans voix. Il m'a dit qu'il se considérait comme un simple « équilibreur » et que le but de sa pratique consistait surtout à empêcher les gens de détruire leur « soi » en ayant recours aux mille et un moyens mis à leur disposition à cette fin. Il a ajouté que j'étais venue le voir parce que, selon moi, je baisais peut-être trop, mais qu'il avait le sentiment que ce n'était pas le cas. Si je le désirais, je pouvais faire un certain nombre de séances avec lui pour m'en assurer. Ensuite, et c'est à cela que je veux en venir, il m'a demandé de lui parler de ma famille, ce à quoi je me suis employée pendant plusieurs semaines. Il a alors émis une remarque qui sur le moment ne m'a pas beaucoup frappée : le fil qui reliait les générations successives de ma famille était ténu, passant de mon arrière-grand-père à mon grand-père, puis de celui-ci à mon père et enfin à ses deux filles. Mon arrière-grand-père comme mon grand-père ont attendu assez tard d'avoir des enfants. La conclusion de l'analyste était que mon arrivée sur terre était liée à une suite d'événements hasardeux, improbables. Je lui ai dit que je ne croyais pas posséder de talent particulier, sinon celui de la curiosité ; il a vu là une déclaration de première importance. Il est horrible de prendre la vie pour une chose, m'a-t-il dit, et de s'apercevoir qu'elle en est une autre. La curiosité permet d'envisager plusieurs alternatives. Son tempérament portait la trace de la mélancolie la plus légère que j'aie jamais vue, une humeur qui m'a rendue définitivement méfiante envers tout projet d'auto-amélioration et ces tripatouillages mentaux dont notre époque est friande. Il ne m'a pas fait payer la dernière séance de cinquante minutes que nous avons passée à nous poser mutuellement des questions. Ce Polonais qui avait quitté Varsovie pour les Etats-Unis au milieu des années 30 n'était jamais allé à l'ouest du Mississippi, sinon pour deux voyages professionnels en Californie. Sa femme et lui envisageaient sérieusement de s'installer en Israël, mais ils voulaient d'abord voir les Etats de l'ouest du pays. Je lui ai indiqué un itinéraire possible qui, sur son insistance, incluait la Route 20 dans le nord du Nebraska pour qu'il puisse suivre le même chemin que grand-père et moi lors de cette fameuse nuit. Je me suis retenue à temps de lui demander s'il avait de la famille, car j'ai songé que tous ses parents étaient sans doute morts. Il y avait au mur une estampe d'Hokusai qui représentait un groupe d'aveugles en train de traverser une rivière à gué. J'ai connu cet homme l'année qui a suivi la mort de Duane. Quand nous nous sommes dit au revoir, il m'a déclaré que la souffrance était une maladie souvent mortelle mais qui se soignait.

Debout de bonne heure, à six heures du matin, pour prendre quelques notes avant d'accompagner Bill à l'aéroport de L.A. pour son long vol à destination de Darwin, et avant mon propre saut de puce jusqu'à San Francisco. Comme pour le bébé, j'évite de penser à ce qui est arrivé à Duane. Je me suis réveillée au beau milieu de la nuit après avoir mangé trop de cioppino et fait l'amour avec tendresse. J'ai été sûre d'entendre quelqu'un essayer de forcer la porte. J'ai pris dans la commode le .38 qu'Andrew m'a donné, j'ai marché jusqu'à la porte et dit d'une voix égale :
— Allez-vous-en.
J'ai alors entendu des pas s'éloigner et je suis restée une minute immobile pour retrouver mes esprits en me disant que ce serait horrible d'abattre cet homme. Des années auparavant, aux urgences d'un hôpital de Minneapolis j'avais vu les plaies bleues boursouflées d'un homme tué par balles.

Debout près du tapis roulant des bagages de l'aéroport, le professeur Michael paraissait en aussi piteux état que l'avant de sa voiture. Nous nous sommes embrassés avec pudeur ; il sentait le vinaigre, le tabac et l'alcool qui lui sortait par les pores de la peau ; son teint rubicond évoquait davantage la maladie que la santé. Il semblait tellement démoli que j'ai marqué un temps d'arrêt en montant dans sa voiture. Il a deviné mes pensées.

— J'ai traversé une sale passe.

— Tu veux que nous allions faire un tour sur le pont pour régler ça définitivement?

— Ça n'a rien de drôle, ma chère.

Il s'est mis à trembler derrière le volant.

Je l'ai embrassé sur la joue en lui disant que j'allais conduire. Quand je suis redescendue de voiture pour changer de place, un taxi s'est mis à klaxonner derrière nous, et je me suis retrouvée penchée à la vitre du chauffeur à lui hurler au nez:

— Espèce de sale con!

Le chauffeur, un gros Noir, a trouvé ça très drôle.

— C'est sûrement pas aussi grave que ça, mon cœur, il a fait.

De retour dans la voiture, j'ai souri bien que Michael continuât de trembler. J'ai adressé un signe au chauffeur de taxi, puis démarré en pensant à toute l'adrénaline qui circulait dans les parages d'un aéroport, et à la puanteur de l'air grisâtre, bien pire que celle d'un putois mort sur le chemin.

— Je n'ai pas réussi à avaler quoi que ce soit, a commencé Michael, sans l'aide de quelques verres; alors j'ai pu manger un peu de soupe. Et puis, comme je n'arrive pas à dormir, je souffre de migraines. L'un de mes étudiants m'a donné un Percodan, mais je me suis endormi sur mon bureau, ce qui a fait mauvais effet. J'ai eu peur que tu ne changes d'avis, que tu ne viennes pas. Comme je ne voulais pas te rappeler, j'ai téléphoné à Ruth qui m'a dit que ta mère et toi deviez arriver demain. Mais je n'y croyais pas jusqu'au moment où je t'ai vue. Maintenant, ça va aller.

— Ça ira peut-être mieux quand tu auras passé quelques mois dans une clinique.

J'ai alors songé que ce comportement destructeur avait la même fonction chez les hommes que les pleurs chez les femmes.

— Tu aurais pu aboutir au même résultat en te tapant dessus à coups de marteau. Je dirais que tu as consommé une pinte de whisky plus trois paquets de cigarettes par jour. Sans compter les extras. Sans doute une bouteille de vin au dîner. Je n'oublie rien?

— Une ou deux lignes de coke gracieusement offertes par mes étudiants friqués. Le moment est vraiment mal choisi pour me casser le moral. L'héroïne entre en scène. Avec le salut arrive la punition. L'homme faible a besoin d'être fouetté. Ce genre de poncifs.

— Je ne vois pas comment on pourrait me prendre pour une mégère.

— Excuse-moi. Je ne suis vraiment pas dans mon assiette. Tu es venue ici par pitié et pure bonté d'âme.

Ç'a été un après-midi difficile. Une fois à l'hôtel, il a insisté pour retourner à l'université, mais il chancelait tellement que je l'ai fait monter dans la chambre. Pendant que j'étais à la salle de bains, il a repéré le petit réfrigérateur dans un placard, qui contenait des sodas, des bouteilles d'eau, du vin et des alcools. Le temps que je m'en aperçoive, il avait déjà vidé deux minuscules bouteilles de whisky. Coupable de sa faiblesse, il est passé à l'attaque en se plaignant de mon appartement «hyper-luxueux, à l'élégance de merde». J'ai pris un bloc de papier à lettres à en-tête de l'hôtel et improvisé un contrat d'un paragraphe qui stipulait que pendant toute la durée de notre travail conjoint je pouvais réglementer à ma guise sa consommation d'alcool, sans quoi tous les documents de ma famille lui seraient retirés. Cela a suffi. Il a renoncé à continuer de boire, puis s'est mis à pleurer. Je lui ai administré un sédatif tiré d'une trousse de premier secours que je garde toujours à portée de la main au cas où j'aurais envie d'aller faire une randonnée. Je l'ai aidé à se déshabiller, mis au lit, puis je lui ai tenu la main en attendant qu'il s'endorme. Quand il s'est mis à ronfler, j'ai déballé mes affaires, me suis changée, puis suis sortie lui acheter quelques vêtements inodores. Au dernier moment j'ai téléphoné à son président de Stanford pour lui expliquer que nous étions en train de peaufiner les derniers détails et que Michael ne pourrait pas venir aujourd'hui. Après lui avoir acheté ses vêtements, j'ai fait une grande promenade à longues enjambées en pensant à Naomi, à Ruth, aux Pawnees, aux Chippewas, me disant aussi qu'à quarante-cinq ans je commençais de ne plus supporter les villes. C'était pourtant une belle journée et San Francisco était une belle ville, mais je ne me sentais plus émue comme autrefois, sinon par le spectacle pur et méditerranéen de l'île d'Alcatraz au milieu de la baie. J'ai aussi ressenti un pincement de regret à l'idée d'avoir cédé à Michael pour le tirer de ses ennuis, mais j'ai alors essayé de refréner ma tendance à la fuite. Quand Ted m'a prévenue que, si je n'y prenais garde, j'allais devenir une vieille femme solitaire, cette perspective m'a paru très séduisante. Un poète dont le nom m'échappe a écrit : « Les jours qui passent entament notre image de nous-mêmes. »

De retour dans la chambre d'hôtel, j'ai essayé de lire mais me suis surprise à contempler le sommeil de Michael. Il était couvert d'une sueur nauséabonde, et le drap avait glissé de son corps. Couché en chien de fusil, il avait posé une main en coupe autour de son pénis et l'autre sur les poils de son torse. De tous les hommes nus que j'aie jamais vus, il était le moins séduisant selon les critères habituels du goût. Sa tête était trop grosse pour son cou, son buste et ses bras trop petits pour son ventre ; seules ses jambes étaient normales et assez bien proportionnées. A un moment il s'est mis à fredonner dans son sommeil et son pénis s'est dressé dans sa main pendant quelques minutes avant de rapetisser. L'enveloppe physique semblait bien frêle pour un tel cerveau.

Je suis allée dans le salon dont il avait raillé « l'élégance de merde ». Mon grand-père avait inclus dans son testament une plaisanterie destinée à envoyer à intervalles réguliers Naomi, Ruth et moi-même loin de notre nid du Nebraska. Il avait confié la gestion d'un portefeuille d'actions à une banque d'Omaha, dont nous devions dépenser les dividendes annuels à voyager, si nous ne voulions pas que cette somme fût versée à la Société de chasse nationale, la bête noire de Naomi. Elle n'avait jamais reproché à Père de chasser les oiseaux, mais alors que petite fille elle grandissait dans une ferme proche de O'Neill quelqu'un avait abattu son daim apprivoisé, et elle était intraitable sur ce sujet : chasser n'importe quelle espèce de mammifère lui était parfaitement odieux. Au début les dividendes n'avaient pas été très importants, mais ils avaient augmenté au fil des ans, tant et si bien qu'en 1983 Naomi avait invité trois amies institutrices pour un voyage organisé sur l'Amazone. Une année qu'un voyage avait dû être annulé à cause d'une pneumonie, la Société de chasse avait envoyé une lettre de remerciements pour cette généreuse donation, et Naomi était entrée dans une colère noire. Ruth était casanière, et de mon côté je ne manifestais pas beaucoup d'enthousiasme pour les grands voyages, préférant, ces dernières années, visiter des régions peu touristiques. Nous avions récemment consulté un avocat pour tenter de contourner cette clause afin de partager les dividendes annuels entre la Société Audubon et l'école indienne de Santa Fé, dans le Nouveau-Mexique. En tout cas, grand-père avait réussi son coup.

Je me suis endormie en combinaison dans un fauteuil près de la fenêtre. En mai comme en octobre, la lumière semble toujours automnale à San Francisco ; j'ai regardé le ciel s'assombrir tandis que je somnolais, consciente d'écouter la respiration de Michael comme j'avais écouté celle de grand-père tant d'années auparavant. J'avais envie de ne pas soigner Michael afin qu'il guérisse, mais de le prendre par les cheveux pour le secouer. Un soir il avait discouru sur l'alcoolisme en paragraphes élégants — certes sans rien m'apprendre de nouveau, mais sa présentation des faits était splendide. De l'alcool, il était passé aux névroses de l'humanité, aux différents masques divins de nos vies diurne et nocturne, puis à leurs manifestations dans notre vie publique, collective. Tout avait été parfait, mais il semblait ignorer que sa tête était d'une manière quelconque reliée à son corps. Il m'a raconté qu'un jour il avait failli se noyer parce qu'il avait tout bonnement oublié qu'il nageait. Il y a seulement un mois, alors que sa tête reposait sur mes cuisses, il s'est évanoui parce qu'il avait oublié de respirer. Plutôt qu'un personnage comique ou stéréotypé, Michael est une anomalie — les professeurs ressemblent aujourd'hui à des technocrates aux plans de carrière longs comme le bras.

Quand le groom a sonné pour apporter les vêtements de Michael, celui-ci a décroché le téléphone. Par curiosité je l'ai écouté parler à l'opératrice, avant que je ne retourne à la salle de bains.

— Le jour s'est enfui. Il fait nuit dehors, lui a-t-il dit.

Lorsque j'ai pressenti qu'il allait évoquer d'autres journées similaires, je l'ai envoyé prendre un bain, puis j'ai appelé la lingerie pour faire changer les draps du lit. Pendant que son bain coulait bruyamment, je me suis servi un verre en m'interrogeant sur sa vie secrète, sur l'image intime qu'il avait de lui-même. Je suis sûre que c'est aussi vrai de la plupart des femmes — en tout cas de moi-même, sans aucun doute — mais je n'ai vraiment étudié ce phénomène que chez une demi-douzaine de mes amants. La vie secrète se fonde parfois sur la mythologie enfantine des cow-boys et des Indiens, du hors-la-loi, du joueur itinérant, ou bien, plus récemment, sur la culture populaire des détectives, de la musique rock, des sports, des gourous, des chefs politiques ou religieux. Tout cela s'enracine invariablement dans la sexualité et le pouvoir, dans cette incroyable liberté qu'ont les enfants de mettre en scène des sentiments qui vont à l'encontre du comportement qu'on leur apprend. D'habitude, c'est très comique mais aussi poignant : ainsi, un cadre supérieur d'apparence pataude est intérieurement un gentleman du Sud qui (selon lui) aurait dû être missionnaire infirmier en Afrique, et qui est omniprésent à la cuisine ; l'intellectuel épiscopalien défroqué se métamorphose en un Robert Ryan inepte pendant une randonnée ; et l'amour, trop poli à Santa Monica, devient violent et silencieux dans un sac de couchage ; le jeune cow-boy se transforme en père sévère à l'aube dans une chambre de motel du Wyoming. Même le timbre des voix change. Il m'appelle de la baignoire pour que je lui donne un verre de vin blanc, ce qui me semble raisonnable. Je le découvre submergé jusqu'aux yeux dans la mousse.

— J'ai trouvé le sachet dans le placard. Il aura donc fallu que j'attende l'âge de trente-neuf ans pour prendre mon premier bain moussant. Je commence à faire des choses vraiment différentes ! Je me sens plutôt en forme, mais j'ai faim. Je te fais une place, ma chérie !

Trois heures du matin au réveil de voyage. Comme il avait les nerfs à vif et qu'il devenait incontrôlable, je lui ai donné un autre sédatif il y a une heure. Je n'arrive pas à dormir car il me serre la main très fort en grinçant des dents. Il sent le bain moussant et les plats chinois que nous avons mangés assez tard. Au dîner je lui ai autorisé une seule bouteille de pouilly-fumé et il n'a pas réussi à s'endormir après une dose aussi faible ; d'où le calmant. Juste avant de sombrer, il m'a dit qu'il visualisait tous les

Etats-Unis au plafond, et que tous les événements historiques qui avaient eu lieu dans chaque région et chaque Etat tourbillonnaient sous ses yeux : sa main s'est tendue vers Duluth, colonie fondée en 1852 ; puis vers Fort Worth, qui est devenu Fort Benton entre 1846 et 1850 ; puis vers Yankton quand cette ville a perdu son titre de capitale du Territoire du Dakota ; il a vu certains amis de Cochise s'étrangler mutuellement en prison ; quand Wovovka et sa Danse du Fantôme l'ont effrayé, il s'est tourné vers moi.

— Ça ressemble à un poste de télé à trois dimensions, mais en plus grand. C'est pour ça que d'habitude je dors la lumière allumée. Je bois parce que je suis trop réceptif.

— Je comprends pour la lumière, mais je ne te suis pas dans ton explication de tes cuites.

— Je vais te poser une question personnelle. Pourquoi n'as-tu jamais eu d'autre enfant ?

— Pendant ma grossesse, quand j'ai été hospitalisée, ma maladie m'a rendue stérile.

— Je suis désolé. Tu as sans doute plus de raisons de boire que moi, et ce n'est pas une chose facile à dire pour un pochard.

— Je sais. J'aime boire de temps à autre, quand je suis certaine que ce sera agréable. Mais d'habitude, je préfère conserver ma lucidité.

— Dostoïevski a dit qu'un excès de lucidité est le signe de la maladie. C'est ce genre de phrase troublante qui m'a fait quitter la littérature pour l'histoire. Je ne comprends pas pourquoi le vin blanc et la cuisine chinoise me font bander. Mais au fait, tu y es peut-être pour quelque chose.

Il s'est retourné en se glissant vers la tête du lit.

— J'espère.

J'avais l'extrémité d'un pénis de bonne taille dans la bouche quand le calmant l'a frappé de plein fouet et que les ahans de Michael se sont mués en ronflements. J'ai retiré ma jambe afin de ne pas me retrouver avec un nouveau problème d'étouffement sur les bras. Puis j'ai allumé la lumière pour installer mon bébé velu de quatre-vingt-dix kilos. Je n'ai pas pu me retenir de rire.

Ç'avait été une soirée merveilleuse, commencée par le bain moussant dans lequel nous avions fait l'amour pendant presque dix secondes sur le rebord de la baignoire.

— Mon cheval s'est emballé, a-t-il dit pour s'excuser.

Il était stupéfait par ses vêtements neufs ; devant la glace, il s'est rembruni en me disant qu'il tenait mordicus à me rembourser. Je l'ai arrêté de justesse alors qu'il se lançait dans un portrait dramatique de son éducation prolétaire, en lui disant que par rapport à son salaire ces vêtements ne m'avaient coûté que cent dollars, et que s'il continuait à jacasser de la sorte j'allais les flanquer par la fenêtre du septième étage. Il a mis un chandail Misoni ainsi qu'un pantalon en laine peignée, puis a dit que ses premiers vêtements de luxe le faisaient bander. Comme j'étais déjà habillée pour le dîner, je lui ai répondu que dans l'immédiat je préférais manger quelque chose plutôt que de m'occuper de sa bandaison.

— Il y en a pour une toute petite minute, m'a-t-il rétorqué sur un ton très sarcastique.

Je me suis agenouillée sur le divan et il m'a relevé la jupe. Je reconnais que ça m'a paru durer une éternité et que ç'a été délicieux.

Avant d'aller dîner, nous devions lui trouver quelques vitamines. Par chance, notre jeune chauffeur de taxi surveillait de très près sa condition physique ; il travaillait de nuit afin de faire des exercices de musculation pendant la journée, et il connaissait un centre diététique ouvert tard. Le chauffeur et Michael ont évoqué avec excitation toute une kyrielle de vitamines et de sels minéraux vendus sous le manteau et dotés de pouvoirs régénérateurs miraculeux.

— Excuses à la dame qui vous accompagne, mais je

peux triquer toute la nuit avec trois comprimés de Yohimbe du Nigéria, a dit le chauffeur.

Je me suis rappelé Michael en train d'exposer à Ted et Andrew les merveilles de certains sels minéraux, un verre de calvados dans une main, une cigarette dans l'autre, et contraint de se libérer une main afin de pouvoir sniffer une ligne de cocaïne.

Au début du dîner dans le restaurant chinois de luxe que nous avions choisi, Michael s'est fait passer pour un critique gastronomique qui voulait tester le canard de l'établissement. Il a commandé un canard pékinois entier, j'ai modestement demandé un poisson. Quand le maître d'hôtel a voulu savoir pour quel magazine il travaillait, Michael a simulé la colère, disant qu'il travaillait « dans l'anonymat » et payait toujours son addition. Le but de cette ruse était seulement de manger des plats préparés avec le plus grand soin.

— Tu es tout le temps malhonnête, n'est-ce pas ?

— Je crois que « joueur » conviendrait mieux. De toute évidence je tombe sur un os de temps à autre. C'est sans doute ce qui m'arrive avec toi ici, à San Francisco, tu ne trouves pas ? Je me sens indigne, mais reconnaissant.

— Pourquoi voudrais-je te faire perdre ce que tu as obtenu sans trop d'efforts ?

— Quelle affreuse question ! Bon Dieu, les filles de la campagne ne sont vraiment pas romantiques. Je crois que cette insulte me donne droit à un double whisky.

— Non. Peut-être demain après-midi. Je tiens à voir si tu as le délirium tremens devant ton président.

— Je n'ai pas bu une goutte d'alcool pendant dix jours, ou sept, enfin peut-être cinq, quand on m'a opéré de l'appendicite. Et aussi quand j'ai eu la grippe. Raymond Chandler a dit que, lorsqu'il a cessé de boire, le monde a perdu son technicolor. Dieu a créé la couleur pour qu'on la voie. Je refuse de l'insulter en ignorant les merveilles de Son œuvre.

131

Et ainsi de suite.

Maintenant au lit, je me demande si coucher avec lui n'est pas une réalité trop lourde pour mes épaules, une épreuve semblable à une nuit passée dans un fauteuil de dentiste. Quand nous travaillerons sur les documents de la famille, il s'installera dans la cabane de Duane et s'y imprégnera de l'esprit de Rölvaag, aussi mystérieux celui-ci soit-il. *Nous vivons en enfer, dit-il souvent. L'enfer est notre culture et son flot d'ordures, nous sommes presque submergés par l'immondice. Cela fait partie de sa théorie de la cupidité, et je me sens vaguement coupable d'avoir assez d'argent pour me tenir à l'écart de ce flot d'ordures. Et tout le travail que j'ai fait, surtout depuis trois ans avec ces enfants? lui ai-je dit. Il m'a répondu que je n'y étais pas obligée. Mais c'était pourtant le cas. Je pense maintenant aux jambes de ce danseur-cerf yaqui à la Pascua de Tucson (Pâques), qui a dansé pendant trois jours et trois nuits pour que le Seigneur puisse se dresser à nouveau. Danser soixante-douze heures d'affilée avec des cors sur la tête et un foulard sur les yeux; il avait mon âge, et des jambes où des câbles d'acier semblaient se tendre. Quelle était cette expression en cours de physique au lycée? Densité spécifique, je crois. Il paraissait si compact que, eût-il cessé de danser, il aurait traversé la terre de part en part. Danser sous cette passerelle de la Route 10 entre L.A. et le Texas, frôlé par mille camions qui passaient en rugissant à chaque heure, il était paraît-il originaire du Mexique où il vivait sur une mesa en se préparant à danser pendant trois jours et trois nuits une fois l'an. Je respire la poussière rouge soulevée par ses pieds, les Pharisiens vêtus de noir brassent la poussière autour de lui. Il faisait de si grands bonds de côté que mon estomac se nouait, un tel vertige saturait l'atmosphère que l'air me manquait. Il était un cerf.*

132

Réveillée au point du jour parce que je croyais que le souffle rauque de Michael était celui de grand-père, et que j'étais devenue un oiseau flottant vers la terre et le sud, vers la face ensoleillée de la grange où nous étions installés avec les chiens, à l'abri du vent du Nebraska. Après qu'il est venu me chercher à Chadron, il n'a mis qu'une semaine à mourir. Le lendemain de notre retour, au matin, le médecin nous a dit de prévenir Paul que son père allait mourir. En deux jours, Paul a fait le voyage de Chiapas jusqu'à la ferme, et quand il est arrivé, le sprinter avait ramené Rachel de Buffalo Gap. Naomi et Rachel se sont très bien entendues, ce qui m'a passablement inquiétée, même si seuls grand-père, Rachel et moi connaissions toute l'histoire. Rachel et Paul ont essayé de retrouver Duane, mais il avait disparu de l'endroit où grand-père l'avait envoyé. Un matin, quelques jours avant sa mort, grand-père m'a dit qu'il avait vu Duane en rêve, près d'une ville bâtie à côté d'une rivière dans l'Oregon. Ils avaient parlé ensemble, et Duane allait bien. Rachel et moi nous relayions à son chevet; je l'ai appelée car grand-père voulait lui dire qu'il avait vu Duane en rêve. Ils ont parlé en sioux, et Rachel est devenue très heureuse.

L'habituel mauvais temps de la fin novembre n'arrivait toujours pas; chaque journée était limpide, ensoleillée, mais très froide. Un ancien gouverneur était venu saluer grand-père quand Paul est arrivé. Je ne me rappelle pas avoir jamais été plus contente de voir quelqu'un. Paul n'était pas revenu à la maison depuis l'enterrement de mon père, Wesley, et après son arrivée grand-père nous a demandé de clouer une pancarte sur le portail pour dire que nous ne voulions plus de visiteurs. Paul était quelqu'un de fort à tous égards, et sa présence a réconforté tout le monde. Le gouverneur a pris congé, puis Paul est allé voir grand-père en fermant la porte derrière lui. J'ai aidé Naomi et Rachel à préparer le repas. Ce matin-là, grand-papa a dit qu'il voulait manger son dernier faisan, mais une demi-heure plus tard il a changé d'avis : il préférait savourer un ultime ragoût de gibier avec une bouteille de vin de Bordeaux. J'ai envoyé Lundquist chasser un cerf et quelques faisans, ce qui ne posait guère de problème sur la propriété. Un épisode gênant s'est déroulé au cours du déjeuner, quand Mme Lundquist, qui perdait la tête à cette époque, est entrée avec ce même pasteur méthodiste qui s'était montré si désagréable avec moi. Rachel et Naomi ont voulu les chasser, mais ils ont refusé de sortir. Le pasteur et Mme Lundquist se sont agenouillés sur la terre glacée devant la fenêtre de grand-père — Lundquist, gêné, s'était éclipsé. Je voyais néanmoins cet aimable vieillard lorgner la scène de derrière la grange. Grand-père s'était endormi, mais quand nous sommes allés le voir, il se tenait à la fenêtre et souriait en les regardant prier pour son salut. Il a fait un geste et j'ai ouvert la fenêtre.

— Je vous remercie de vous inquiéter de mon sort, mais je retourne à la terre et je n'imagine pas meilleur endroit.

Ce sont ses paroles exactes.

La dernière matinée de sa vie, grand-père était expansif, presque volubile, mais si faible que Paul a dû le porter derrière la grange jusqu'à nos sièges parmi les bottes de foin.

— Je l'ai si souvent porté, et maintenant voilà que c'est lui qui me porte. Si ce n'est pas un comble ! Wesley était bagarreur, mais Paul a toujours été le plus fort. Quand Paul était en colère, il se mettait à creuser un nouveau canal d'irrigation, ou bien il retournait à Omaha pour s'installer dans la bibliothèque. N'est-ce pas, Paul ?

— Tu as raison, Père. Je suis prêt à tout pour me tenir à l'écart des chevaux.

— Tu as des chevaux maintenant, fils ?

— A vrai dire, j'en possède une demi-douzaine à Sonoita. Je suis sûr que Dalva t'en a parlé. Je les aime bien parce qu'ils sont aussi frustes que torves, comme les politiciens. J'ai l'impression d'être propriétaire d'une écurie de politiciens muets.

— Dalva monte mieux que n'importe lequel de mes garçons. Certains traits de caractère sautent une génération, mais je n'ai jamais très bien compris ce qu'on voulait dire par là.

Paul s'est installé à côté de lui, moi de l'autre. Il n'avait pas beaucoup bu ces derniers temps, mais comme le médecin avait dit que ça n'avait plus d'importance, je l'ai aidé à porter la flasque à ses lèvres.

— J'ai mis mes affaires en ordre aussi équitablement que possible pour tout le monde, mais il y a des années que je suis prêt. Je ne regrette rien de ce que j'ai fait. Simplement, j'aurais aimé en faire davantage. Davantage de tout. Je n'aurais jamais cru que je ne pourrais pas lire tous les livres que je possède. C'est une drôle d'idée non? J'ai sous les yeux une bonne centaine de livres que j'aimerais lire aujourd'hui. Je n'ai jamais fini Bernar De Voto ni H.L. Mencken. Merde alors. Dalva, j'ai dit à Paul que j'étais navré de ne pas lui avoir rendu visite, et il m'a répondu qu'il regrettait de ne pas être venu ici plus souvent. Ne te fâche pas avec Naomi, ne pars pas sans lui laisser ton adresse.

Je lui ai promis de ne pas le faire. Les chiens étaient vautrés l'un sur l'autre au soleil. Seule Sonia, la plus vieille femelle, sentait que quelque chose n'allait pas : elle avait posé la tête sur le genou de grand-père. Il frottait sans cesse le bout de son museau ; puis il s'est endormi un moment contre l'épaule de Paul. Naomi et Rachel sont arrivées avec des sandwiches et un thermos de café. Pendant quelques minutes, tout a été si tranquille qu'on entendait le bruissement du torrent, presque à sec à cause de la sécheresse automnale. Alors une génisse esseulée s'est mise à hennir près de la cabane de bûcherons de Duane. Rachel s'est agenouillée aux pieds de grand-père et a caressé Sonia. Naomi, qui sentait la fin proche, a dit qu'elle allait chercher Ruth à l'école pour qu'elle puisse faire ses adieux. Nous avons entendu sa voiture vrombir jusqu'au croisement, les pierres tintaient contre les pare-chocs, et la poussière de la route gravelée traversait les rangées d'arbres. Très loin vers l'est, là où la luzerne jaunie paraissait empiéter sur la forêt, j'ai aperçu un coyote qui trottait. J'étais sur le point de dire quelque chose, mais Rachel et Paul avaient déjà remarqué ce coyote que j'avais souvent vu le long de cette haie. Rachel a dit d'une voix inquiète que ce coyote venait peut-être chercher l'âme de grand-père.

— Je l'espère.

Il était réveillé et ses paroles nous ont surpris.

— J'ai toujours aimé les coyotes, mais je n'ai jamais élevé de moutons. Avant la mort de Wesley, j'avais un bon chien de chasse qui est entré un jour dans le poulailler et a tué tous les poulets. Il les a entassés. Un coyote se serait contenté d'un ou deux volatiles à chaque fois. Il commence à faire trop chaud devant cette grange.

Il a ouvert le col de son manteau de loutre. La grange nous renvoyait la chaleur du soleil, mais l'air était froid. Rachel pensait que nous aurions dû rentrer, elle ne quittait pas le coyote des yeux, mais grand-père a refusé. Il fredonnait un air étrange. Je serrais les poings, car au fond de mon cœur je voulais qu'il prie Dieu pour aller au ciel. Je ne connaissais pas grand-chose à la religion sioux, mais je tenais absolument à le revoir. Tout ce qu'il nous avait jamais dit de la Première Guerre mondiale, c'était qu'il y avait perdu la foi car il existait des horreurs qui dépassaient la religion et la rendaient caduque. Nous avons entendu la voiture de Naomi se garer dans la cour derrière la grange.

— Mon propre père disait que c'était une grande mer d'herbe. J'ai seulement vu cette mer çà et là quand j'étais enfant. S'il y avait eu assez d'eau, les gens auraient envahi

136

cet endroit. Il y a beaucoup d'eau là où est Duane, dans l'Oregon, et les arbres sont comme des herbes immenses.

Ruth et Naomi se sont approchées. Ruth pleurait.

— Je suis désolée que tu meures, grand-papa, elle a dit, à sa manière terre à terre. Je t'aime.

Il lui a répondu quelque chose qui a fait peur à Ruth :

— Je ne vais pas mourir. Personne ne meurt jamais.

Puis il a ajouté, en un murmure :

— Seigneur, le monde est sens dessus dessous, et je tombe dans le ciel.

Et il est mort.

Il n'y a pas eu de service funèbre, mais un simple enterrement le lendemain matin au milieu d'un immense massif de lilas planté à cette fin plus d'un demi-siècle auparavant. En dehors de la famille, il y avait Rachel, les Lundquist et trois vieux compagnons de chasse de grand-père, le médecin, un avocat et l'entrepreneur des pompes funèbres qui avait apporté un cercueil en pin. Il me semble que ce genre d'enterrement privé est aujourd'hui illégal, mais en 1958, soit ce genre de cérémonie était autorisé soit personne n'aurait osé y redire. Paul et Lundquist avaient creusé la tombe, et ce dernier était manifestement très fier de l'aspect impeccable du trou. Mme Lundquist était calme, en partie j'imagine parce que l'avocat lui avait appris que grand-père leur léguait une ferme agréable un peu plus bas sur la route. Paul m'a ensuite dit que Rachel avait veillé le corps toute la nuit, et que de la chambre du haut où il dormait, il l'avait entendue chanter. Après les derniers hommages — aucune parole ne fut prononcée —, nous avons mangé le ragoût de gibier et les faisans en buvant beaucoup de vins fins des années 30, que Paul avait choisis dans la cave.

Ainsi, grand-père reposait près de la ferme avec sa mère et son père, la première femme de son père et son fils Wesley — sa femme est enterrée à Omaha auprès de sa propre famille. Après le déjeuner, Paul et moi avons sellé deux chevaux et emmené les chiens pour une longue promenade. Je l'ai laissé prendre la tête, mais n'ai guère été surprise quand nous sommes arrivés près des fourrés et du tertre funéraire au bord du torrent. Pour une raison mystérieuse, j'ai contourné l'endroit exact où le tipi de Duane s'était dressé, non que je l'aie considéré comme sacré, mais simplement mon cœur s'emballait. De la branche d'un arbre voisin pendait une corde et, accrochés au bout, des crânes immaculés de coyote et de cerf que Duane avait disposés là pour effrayer les intrus. Quand Paul m'a regardée, j'ai su aussitôt qu'il avait deviné mon secret. Pourtant il n'y a jamais fait la moindre allusion.

— Tu sais, jusqu'à la mort de Wesley, ton grand-père a parfois été un sacré fils de pute. Tu n'as vu que son côté positif. Maintenant, tu as perdu tes deux pères; je vais donc devoir faire office de troisième père. Mais peut-être qu'à seize ans tu es assez mûre et que tu n'auras pas besoin de moi trop souvent. Chacun réagit différemment à cet âge. Ta sœur Ruth semble très sûre d'elle.

— Elle ne veut qu'une chose: devenir pianiste. Moi, je n'ai pas la moindre idée de ce que je veux être. Mon amie Charlene prétend que mes rêves me diront ce que je dois faire, mais cette méthode ne me semble pas très fiable.

Paul s'est mis à rire et nous sommes partis au galop vers le nord en direction de la Niobrara, un chemin qui menait au canyon en cul de sac que nous aimions tous les deux. A la rivière nous avons fait boire les chiens et les chevaux, puis avons traversé facilement à gué là où le cours d'eau est large et peu profond. Une fois au canyon nous avons passé une demi-heure environ sur la dalle de pierre.

— De quoi rêves-tu? m'a demandé Paul.

— Beaucoup de choses sexuelles. Et puis des animaux — des loups, des ours, des coyotes, des cerfs, des oiseaux chanteurs et des faucons.

Un couple de grands faucons migrateurs planaient

devant nous vers la rivière, attendant sans doute l'air plus chaud de l'après-midi pour descendre vers le sud.

— Ça me semble pas mal. Moi je lis, quand les rêves sont censés aider le cerveau à rattraper son retard sur la vie; ça fonctionne comme une sorte de machine compliquée destinée à diminuer la pression. Je ne sais pas trop. Dans le temps je rêvais très souvent que j'étais au lit avec ma mère. Sans doute pour ça que je reste fidèle aux Mexicaines.

— Tu crois au ciel et à l'enfer?

— Nom de Dieu, Dalva, je suis ton père depuis moins de vingt-quatre heures... Commence par des questions plus faciles.

— En voici une tirée d'une chanson populaire : mon amoureux reviendra-t-il vers moi?

Alors je me suis mise à pleurer. Je n'avais pas pleuré lors de l'enterrement, mais tous ceux que j'avais déjà perdus au cours de ma brève existence, deux pères, un fils, un amant, ont commencé de tourbillonner dans mon esprit, dans l'air du canyon, plus loin sur la rivière et jusque dans le ciel. J'ai cru que ma poitrine et mon crâne allaient éclater comme un melon. Paul m'a serrée dans ses bras et dit une phrase ou deux en espagnol. Une semaine plus tard environ, de Sonoita, il m'a envoyé la traduction de ces quelques vers de *Gacela* de Lorca, un poème qu'il aimait beaucoup :

> *Je désire dormir du sommeil des pommes,*
> *Me retirer du tumulte des cimetières,*
> *Je désire dormir du sommeil de l'enfant*
> *Qui voulait se trancher le cœur en pleine mer.*

J'ai réveillé Michael une bonne heure avant de partir pour l'aéroport afin d'y retrouver Naomi et Ruth. Il sautillait dans la chambre en déclarant qu'il ne s'était pas senti mieux depuis des années. Avec un copieux petit déjeuner, nous avons demandé à la réception un célèbre médicament pour l'estomac afin que Michael ne subisse pas le contrecoup de son festin de canard et réussisse à manger quelque chose (saucisses, œufs, pommes de terre). Il s'est mis à marchander avec moi pour obtenir la permission de boire quelques verres — disons, entre l'aéroport et les retrouvailles.

— Je croyais que tu ne t'étais pas senti mieux depuis des années.

— Je prends simplement mes précautions à toutes fins utiles, une sorte d'assurance, comme deux aspirines avant un événement qui risque d'entraîner une migraine.

— Je vais mettre une de ces petites bouteilles dans mon sac, au cas où.

Il s'est contenté de cette mesure pour l'instant.

Nous avons retrouvé Naomi et Ruth à l'aéroport, puis sommes partis directement en voiture, mais non sans zigzags, vers Palo Alto. Comme beaucoup de conducteurs, Michael croyait qu'il devait regarder la personne à laquelle il parlait, même si Naomi et Ruth étaient assises sur la banquette arrière. Pour des raisons assez obscures, la conversation est passée de la crise des fermiers à l'épuisement imminent de la nappe phréatique des Oglalas, au mariage, sujet sur lequel Michael s'est montré si passionné et chicaneur que Naomi et Ruth ont interprété ses commentaires comme un numéro comique.

— Je crois qu'aucune de vous n'imagine ce que ça peut faire d'être réveillé d'un profond sommeil en s'apercevant que quelqu'un est en train de vous battre comme plâtre. Ma femme, pour ne rien vous cacher.

— Estimez-vous heureux qu'elle n'ait pas utilisé un revolver ou un couteau. L'année dernière dans notre comté, une femme a tiré à bout portant sur son mari endormi avec un fusil de chasse.

Naomi a dit cela, mais je ne crois pas que ce soit vrai,

car elle m'envoie chaque semaine le journal du comté. Inventer une anecdote pour mettre de l'eau à son moulin ne l'a jamais gênée.

— Ce que vous me racontez là, ce ne serait pas la énième histoire d'épouse malheureuse et martyrisée qui a souffert en silence pendant vingt ans avant de trucider son jules et de se faire acquitter? Je n'ai jamais porté la main sur une femme par colère.

— Vous n'y êtes pas du tout. Nous avons été très surpris. Le mari était l'un des aînés de la communauté suédoise luthérienne, et il s'occupait du silo à grain. Selon la rumeur locale, il rendait sa femme folle d'ennui.

— Bon Dieu, mais c'est magnifique!

La voiture a fait une embardée sur l'autoroute, mais il y avait peu de circulation.

— C'était sans doute le type qui changeait de chaussettes trois ou quatre fois par jour, non? a demandé Ruth. Dalva, tu n'as pas oublié ta tirade sur le mariage?

— Je ne l'ai pas récitée depuis des années, mais je peux essayer.

Ruth faisait allusion à un passage de C.G. Jung que j'avais légèrement modifié afin de clouer le bec à tous ceux qui, depuis vingt ans, me demandaient pourquoi je n'étais pas mariée. J'ai toujours trouvé cette question d'une impolitesse grossière, mais à chaque fois j'y réponds sur le ton badin de la conversation la plus plate.

— Je crois que les femmes ont aujourd'hui le sentiment que le mariage n'apporte aucune sécurité réelle. Que signifie la fidélité d'un mari quand sa femme sait que les émotions et les pensées de son époux s'attachent à d'autres femmes, et qu'il est trop calculateur ou trop timide pour les suivre? Et que vaut sa fidélité à elle, quand elle sait qu'elle l'utilise simplement pour exploiter son droit légal à la possession des biens de son mari, et pour pervertir son propre esprit? La plupart des femmes ont l'intuition d'une

141

fidélité plus haute à des idéaux et à un amour qui dépassent la faiblesse et l'imperfection humaines.

Naomi et Ruth ont applaudi.

— Je ne peux pas répondre à ça sans boire un verre, a dit Michael, et je lui ai donné sa bouteille miniature.

Il était tendu et excité quand nous sommes entrés sur le campus de Stanford; avec un geste dont la brusquerie voulait passer pour de la détermination, il a glissé la bouteille dans sa veste sport.

Cette réunion a été de pure routine: nous avons signé toutes les trois un texte qui permettait à Michael d'accéder librement aux documents de notre famille pendant la durée de son année sabbatique. Etaient présents le président, le doyen du département des sciences humaines, un bibliothécaire spécialiste des livres rares, et un conservateur de musée qui, en un chuchotement à peine audible, a demandé ce qui était arrivé à la collection d'objets artisanaux des Indiens des Plaines, commencée par mon arrière-grand-père. J'étais la seule à connaître la vérité, mais j'ai menti et répondu que tout cela avait été vendu à un collectionneur privé en Suède. Le doyen et le président ont été subtilement impressionnés par les vêtements neufs de Michael — sur ce chapitre, les hommes ont l'œil aussi critique que les femmes — qui leur ont sans doute paru contraster de manière saisissante avec ses habituels tweeds de mauvaise qualité, aux couleurs indécises. Tout le monde était heureux qu'une affaire délicate ait ainsi été réglée, et que les propositions émanant d'autres institutions, peut-être moins prestigieuses, aient été repoussées. Le spécialiste des livres rares nous a proposé de conserver gratuitement nos documents, en arguant qu'un coffre de banque dans le Nebraska n'avait sans doute ni la température ni le degré hygrométrique convenables. Ruth lui a rétorqué du tac au tac que nous avions déjà réglé ce problème. Nous avons pris une tasse de thé tous ensemble pour fêter notre accord, nous nous sommes serré la main, et Michael a eu droit à un certain nombre de tapes dans le dos.

— C'est pénible de voir comment certaines personnes vous traitent, quand elles vous croient riche, a dit Naomi lorsque, de retour à la voiture, nous avons découvert un p.v. sur le pare-brise.

— Le plus gros problème de l'université moderne est le stationnement, tout comme le plus gros problème du christianisme moderne est sans aucun doute l'existence des magazines de cul.

Il a ouvert sa bouteille miniature en soupirant, puis englouti son contenu d'une seule lampée.

Nous avons passé les trois jours suivants dans ce que Naomi a appelé une parfaite «frivolité», un terme qui est passé de mode dans une société parfaitement frivole. Le concierge de l'hôtel nous a trouvé une annulation dans une pension de Napa Valley — une véritable prouesse pour un week-end de Memorial Day. Nous sommes parties toutes les trois en voiture, et Michael nous a rejointes avec sa fille Laurel le lendemain. C'est une belle adolescente timide et propre comme un sou neuf. Dès que nous avons été seules ensemble, elle m'a suppliée d'intercéder auprès de son père pour lui permettre de réintégrer l'enseignement public l'an prochain. Dans l'école privée où Michael l'avait inscrite, presque toutes les filles étaient riches, et elle se sentait seule, déplacée. J'ai décidé de ne plus laisser passer les innombrables petits mensonges du professeur. Laurel est restée avec Ruth et moi pendant que Naomi partait avec Michael et une carte pour faire la tournée des vignobles des environs. Un matin, après que dans les vapeurs de l'alcool il lui eut promis de l'emmener observer les oiseaux, elle l'a réveillé à cinq heures. Pendant qu'il chancelait dans la chambre, j'ai remarqué avec intérêt que l'apprêt de ses vêtements neufs s'était tout bonnement désintégré en l'espace de trois jours.

Ruth avait choisi de ne pas épouser son épicier; cette

143

décision avait été prise dans l'avion qui amenait ma sœur de Tucson. Nous marchions dans la rue principale de Saint Helena quand elle me l'a annoncée. Un peu plus tôt, nous nous étions arrêtées devant une vitrine qui déformait notre reflet à la manière des miroirs dans les foires. Nous agitions les bras en parlant, grimacions, sautions et bougions pour modifier nos reflets. Coucher avec cet épicier n'était pas aussi érotique que de coucher avec le prêtre «maboul», qui continuait de lui écrire du Costa Rica. Elle avait récemment relu Emily Dickinson, qui lui avait donné envie de se replonger dans Emily Brontë. A quoi bon se marier si l'âme n'est pas excitée? Je ne lui ai pas été d'un grand secours, car cette question m'a fait penser à Duane. *J'étais mouillée après ce baptême dans la rivière, et il était sec et brûlant, son haleine sentait l'odeur aigre du vin de prune sauvage, le parfum suri des fruits gâtés, la terre et les brindilles collaient à notre peau, le petit cercle de lumière au sommet du tipi tombait vers mes yeux. Je ne croyais pas que j'irais jusque-là.* Je suis revenue sur terre quand un vieux monsieur très courtois s'est arrêté dans la rue pour nous demander si nous étions sœurs; Ruth a souri puis acquiescé. Il a jeté un regard chaplinesque à gauche et à droite dans la rue, en disant: «Où sont les heureux élus?» Puis il s'est éloigné en exécutant un petit pas de danse. Une bouffée de tristesse m'a envahie car je désirais rencontrer plus souvent cette attitude dans la vie. J'ai taquiné Ruth en me moquant de son amour adolescent pour Robert Ryan. Alors elle m'a stupéfiée en déclarant qu'elle avait aimé Robert Ryan parce qu'elle s'imaginait qu'il jouait comme le père dont elle était trop jeune pour se souvenir.

L'apothéose de nos frivolités a été un repas chez *Mustard's*, à Yountville, où Michael a commandé les dix entrées pour nous cinq. Il était assez excité, mais Naomi était heureuse de sa journée passée à déguster des crus et à observer les oiseaux, si bien qu'il était difficile d'en vouloir à Michael. Comme c'était un restaurant fréquenté par les gens de la région, plusieurs viticulteurs ont salué Mère et Michael. Il semblait s'y connaître en œnologie, mais sans doute aurait-il pu aussi se faire passer pour un astrophysicien. La présence d'un homme âgé de Pacific Palisades dans l'angle opposé du restaurant m'a énervée. Il était connu pour sa cruauté sexuelle envers les femmes du milieu du cinéma. Je me suis surprise à me demander comment il pouvait exister des comportements pathologiques alors que la pathologie devenait la norme.

Ce changement d'humeur a duré jusqu'au lendemain après-midi, quand je suis rentrée à Santa Monica. J'ai regretté le peu de connaissances que j'avais en psychiatrie sociale. L'enthousiasme vous propulse parfois vers des activités assez excentriques, de la littérature comparée (vieille lande râpée) à la biologie animale (vanités de la biométrie), au Peace Corps (la générosité banalisée, enrégimentée), au travail sur le terrain (anus déchirés, le talon de la botte très réelle de notre fin de xxe siècle réduisant en une poussière tout aussi réelle les dix pour cent les plus défavorisés). Bref, j'étais prête pour le Nebraska.

Quand, venant de l'aéroport, je suis arrivée au parking situé sous mon immeuble, une querelle opposait un joueur de football professionnel, qui habitait au-dessus, et deux femmes. Quelqu'un lui avait volé sa cocaïne. Le gérant de l'immeuble, qui observait la scène, m'a accueillie avec un clin d'œil et un haussement d'épaules. Il y avait un autre homme qui astiquait sa voiture sans prêter attention à la dispute. Dans l'ascenseur je me suis dit que tous les hommes, les femmes et les chiens d'Amérique étaient attachés à une chaîne ou une laisse trop courte, et que c'était de cette façon qu'on commençait le dressage des chiens de garde — une chaîne d'un mètre fixée à une barre de fer, et le chien écœuré en permanence pendant quelques semaines.

Environ une heure plus tard, juste avant le coup de téléphone d'Andrew, je me suis rappelée avoir vu quelque chose bouger dans l'angle opposé du garage, mais sans que ce mouvement ait particulièrement attiré mon attention. Andrew m'appelait du sous-sol pour me demander de descendre tout de suite et de porter plainte contre Guillermo Sandoval afin que mon témoignage s'ajoute à une douzaine d'autres. Comment est-ce possible? ai-je pensé. Il ne fait même pas encore nuit.

Les policiers étaient les deux mêmes qui s'étaient déjà occupés du problème avec le garçon, et ils m'ont accueillie par mon nom. «Nous avons coincé ce salopard», m'ont-ils annoncé. Andrew discutait avec le type qui astiquait sa voiture à mon arrivée. Il s'agissait en fait du garde du corps embauché par Ted. Les deux femmes avaient disparu; le joueur de football et le gérant de l'immeuble parlaient avec passion à un journaliste. Une unité mobile de la télé s'est arrêtée devant l'entrée du garage, puis a attendu la suite des événements. J'ai remarqué que la chemise de mon garde du corps était déchirée à un endroit et que le sang coulait du foulard dont il s'était entouré la main. Quant à Sandoval, ses menottes étaient fixées à une rambarde en fer, et il s'appuyait contre l'avant d'une voiture; son visage paraissait fripé à cause de ses cicatrices. Nous nous sommes regardés longtemps sans la moindre aménité, mais j'ai refusé de détourner les yeux. J'ai reconnu très vite que j'aurais pu l'abattre comme un chien enragé. Voici ce qui s'était passé: les deux femmes mêlées à la querelle de la cocaïne avaient hurlé à tue-tête, et Sandoval, redoutant un problème imprévu, s'était glissé hors de sa cachette et avait été repéré par mon garde du corps. Celui-ci n'était pas parvenu à maîtriser Sandoval, en fait il avait été largement dominé par son adversaire, jusqu'au moment où le joueur de football, furieux d'avoir perdu sa cocaïne, avait décidé de lui donner un coup de main. Entre-temps, le gérant de l'immeuble avait appelé la police, et mon

146

garde du corps n'avait pas tardé à contacter Andrew. Un peu sonnée par toutes ces péripéties, je suis bien malgré moi passée aux dernières informations télévisées, et j'ai eu ma photo dans les journaux du matin, où l'on me présentait comme la demoiselle en détresse sauvée par l'arrière musclé. Les journalistes ne fournissaient pas d'autres détails. De telles scènes de violence s'entourent toujours d'une odeur de poudre et de caoutchouc brûlé. Sandoval avait sur lui une antenne radio affûtée, un morceau de corde et un .38 Ruger. De toutes ces armes, ça a été la corde qui m'a le plus troublée.

Deux heures plus tard, après une demi-douzaine de verres, pas mal de tremblements et quelques anecdotes, j'étais au lit avec Andrew. Nous avons décidé de ne pas nous en vouloir, car cela faisait plusieurs années que nous songions à faire l'amour ensemble. Malgré tout, nous nous en voulions un peu. Ce n'était pas la peine de parler ni de faire le moindre effort pour éclaircir la situation, comme on dit. Nous avons même décidé de nous compromettre davantage ensemble en préparant un souper tardif à partir du contenu de mon congélateur et de recettes que mon oncle Paul m'avait apprises au Mexique. Violence, sexe, bouffe, mort. J'ai montré à Andrew la lettre d'une amie qui travaillait dans l'aide sociale et venait de s'installer à Détroit. Son premier travail consistait à s'occuper des enfants de deux hommes décapités dans un règlement de comptes entre trafiquants de drogue. Elle disait que c'était la première fois qu'elle avait affaire à des mutilations aussi graves.

Curieusement, je ne me suis pas sentie déprimée à l'aube. J'ai toujours eu une foi assez masculine et peut-être naïve dans les vertus bénéfiques du sommeil — tant d'hommes croient que chaque matin est un nouveau départ, alors que les femmes soupçonnent qu'une nuit de sommeil ne change pas grand-chose aux choix fondamentaux de l'existence. Avec Andrew, il ne s'agissait que de réconfort ; les amants adultes peuvent feindre qu'il ne s'est rien passé, car de fait c'est la vérité. Cette liberté comporte une trace évidente de mélancolie.

J'ai été faire ma marche quotidienne sur la plage, mais mon plaisir a été mitigé par les équipes de nettoiement de la ville qui retiraient les détritus après le premier week-end chargé de l'été. J'ai bientôt décidé de remonter sur la promenade pour marcher vers l'est dans San Vincente. J'ai souri en me rappelant le premier séjour de Naomi des années plus tôt. Armée des *Arbres de Santa Monica* de George Hasting, elle s'était attaquée aux centaines de descriptions botaniques, tel Rommel envahissant l'Afrique du Nord. Ç'avait été deux semaines de campagne trépidante, et elle avait punaisé au mur de mon salon une carte de la ville hachurée d'innombrables couleurs. J'avais consacré maintes matinées à marcher avec elle, passablement inattentive à des détails qu'elle trouvait fascinants. «Mon Dieu, un laurier jaune de la famille de l'aconit, *Thevetia peruviana*, natif du Mexique, des Amériques centrale et du Sud, des Antilles, et le voilà juste sous nos yeux.» Je suppose que je suis une romantique, car le spectacle de tel oiseau ou de tel arbre me rappelle les autres occasions où j'ai vu cet oiseau ou cet arbre, et malgré mes connaissances dans ce domaine je n'ai pas le désir de filer chercher son nom dans un livre.

J'ai passé l'après-midi avec les déménageurs, puis, de bonne heure, j'ai participé à un dîner d'adieu avec Ted et Andrew. Je les avais vus tout au plus une fois par mois, mais mon départ s'est avéré difficile pour eux comme pour moi. On aurait dit que toute précision de langage nous faisait défaut, et que notre maladresse n'était pas assez grande pour devenir comique. Andrew, qui était d'une humeur étrangement mélancolique, a trop bu et, pour la première fois depuis qu'il était au service de Ted, il a cuit un poisson trop longtemps. Il avait les larmes aux yeux en jetant le poisson à la poubelle. Ted a vidé son verre tandis que nous regardions un gros chien en poursuivre un petit sur la plage et l'envoyer bouler plusieurs fois dans les vagues. La mine renfrognée, Ted a voulu qu'Andrew descende le gros chien. Il a d'abord été heureux que Ruth ait renoncé à son épicier, puis l'absence de toute famille dans son existence l'a rendu morose. Son fils avait décidé de ne pas venir le voir pendant l'été. Alors qu'il vidait son troisième verre d'affilée, il a essayé de m'arracher une date de retour sur la côté ouest, et mon incapacité à lui en fournir une l'a froissé. La nuit n'était pas encore tombée que nous avons renoncé à prolonger l'épreuve : nous nous sommes embrassés, puis séparés.

Je suis partie une heure avant le lever du jour, rejoignant la Route 10 au milieu de Santa Monica — si le cœur vous en dit, vous pouvez aller jusqu'à Jacksonville, en Floride, sans quitter cette route, mais à Indio j'ai bifurqué sur la 86, puis sur l'U.S. 8. Plusieurs fois où j'étais pressée, j'étais rentrée à la maison en trois jours de voiture, mais cette fois je me donnais entre une semaine et dix jours, voire davantage si l'envie m'en prenait. Il y avait aussi la pensée à peine supportable que je ne repasserais jamais par ici, et le vertige de quitter L.A. tenait presque du soulagement. J'ai dressé la liste des choses, des gens et des lieux qui allaient me manquer, mais rien ni personne ne m'a remuée autant que le souvenir des arbres et surtout celui du Pacifique que j'avais écouté pendant tant de jours et de nuits que je pensais souvent à l'existence d'un langage qui nous aurait été commun : peut-être un langage non verbal, frisant la folie, le murmure du sang dans les veines, le chuintement de l'eau qui reflue, mais un langage malgré tout.

En début de soirée j'ai atteint la route en terre à une douzaine de miles avant Ajo, en Arizona, qui était ma première destination. Je me suis engagée vers l'ouest dans le désert, en direction des montagnes, sur une dizaine de miles, passant en position quatre roues motrices dans le sable meuble. Quand le chemin a disparu, j'ai suivi le fond d'un arroyo à sec, puis me suis garée sous un acacia à l'écorce verte. Je suis restée quelques instants immobile à côté de la voiture dans un silence presque complet — le moteur cliquetait en refroidissant —, puis j'ai recouvert la voiture d'une bâche légère de camouflage, promesse de discrétion faite autrefois aux deux hommes qui m'avaient emmenée ici pour la première fois. Je ne me suis pas sentie ridicule en accomplissant ce geste paramilitaire, seulement reconnaissante que cette énorme tache blanche sur la carte soit encore à peu près vierge en 1986. J'ai sorti mon sac de couchage d'été ainsi qu'une grosse gourde d'eau, puis je me suis appuyée contre la voiture pour mettre mes bottes de marche.

Il restait encore une heure de jour quand j'ai commencé de remonter l'arroyo vers les monts Growler. Il y avait vingt minutes de marche jusqu'à l'endroit où, des années plus tôt, nous avions caché un lit de camp de l'armée, à cause de certain matin où je m'étais réveillée avec un serpent à sonnettes dans mon sac de couchage. L'un des deux hommes avait trouvé ça très drôle, mais le soir même il s'était fait mordre au mollet par un crotale cornu alors qu'il ramassait du bois. Par chance, le serpent ne lui avait pas injecté de venin — un fait rarissime. J'avais retiré un croc de son mollet avec une pince à épiler, puis nous avions passé quelques heures désagréables à attendre une éventuelle réaction nécessitant un transport d'urgence.

J'ai trouvé le lit de camp à l'intérieur d'un cairn que nous avions construit; je l'ai déplié, puis suis allée ramasser du bois pour faire un feu. L'air fraîchissait enfin, et la sueur qui coulait entre mes seins a séché en me démangeant. J'ai avancé avec précaution entre les cactus chollas, les octillos, les agaves vert clair dont on tire la tequila, et les buissons de houx, ramassant des branches de bois de fer pour mon feu.

De retour au camp, j'ai empilé le bois, puis retiré tous

mes vêtements avant de m'asseoir nue sur le lit de camp pour regarder la nuit descendre sur les montagnes. Le Cabeza Prieta, immense région située juste au-dessus de la frontière entre le Mexique et l'Arizona, est à la fois un parc où les espèces sauvages sont protégées et un champ de tir de l'aviation américaine, ce qui constitue sans doute un message ambigu aux yeux des créatures du désert. J'avais déjà renoncé à m'inquiéter de tels problèmes. A moins d'un mile de la cachette du lit de camp, nous avions trouvé un sentier vieux de plus de mille ans, couvert çà et là de fragments de poterie qui provenaient d'antiques pots à eau, et de l'éclat plus brillant de coquillages marins. Les Indiens Hohokams, une tribu qui a disparu voici un millénaire, empruntaient ce sentier pour aller dans le sud, de la rivière Gila à la mer de Cortez afin d'y ramasser des coquillages pour leurs bijoux. Quel était, à cette époque, le nom de la mer de Cortez? Comme nous, Cortez est arrivé sur le tard. Je les voyais marcher en file indienne dans le désert, au clair de lune quand il faisait le plus frais, descendant jusqu'à la mer pour camper et ramasser des coquillages. Maintenant l'obscurité ne semblait pas tant descendre qu'engloutir lentement les montagnes à partir de leur base, comme si la terre elle-même diffusait les ténèbres. J'ai frissonné très légèrement de peur en entendant le premier appel de l'effraie qui vit dans les trous qu'elle creuse à l'intérieur du cactus saguaro. J'avais déjà campé là plusieurs fois, et toujours ce frisson me saisissait quand je ressentais l'immense étrangeté du paysage. Je n'avais jamais rencontré personne ici. Les éléments qui constituaient mon moi étaient livrés au désert, au quartier de lune et aux constellations de l'été qui apparaissaient lentement dans le ciel.

Comme j'avais toute la nuit devant moi pour regarder les étoiles, je me suis levée du lit de camp afin d'allumer le feu. Un scorpion, parent plus inamical de la crevette, a détalé pour échapper aux flammes. Je me suis retenue de

151

lui dire bonsoir, à lui ou au coyote que j'entendais à quelques miles au sud. Malgré ma faim, je ne mangeais jamais quand je dormais là, désireuse de rester éveillée le plus longtemps possible pour regarder les étoiles. C'est oncle Paul qui m'a présenté les deux hommes qui m'ont fait connaître cet endroit. Mes yeux ont quitté le feu qui commençait de prendre, mon regard s'est levé et j'ai pensé à un passage d'un essai de Lorca : « La nuit énorme qui se déhanche contre la Voie lactée. » J'ai baissé les yeux vers mon corps, mes bras, mon ventre et mes cuisses dorés par la lumière du feu. J'aimais infiniment la vie, mais rien en moi ne regrettait de vieillir. Quand je me suis allongée sur le lit de camp, j'étais en proie à une excitation physique aussi intense qu'inexplicable. J'ai senti une brise presque imperceptible me frôler les pieds puis remonter le long de mon corps. Je me refusais à reconnaître les effets évidents de cette nuit de juin sous cette latitude — curieuse manière qu'ont nos émotions de nous cacher certaines informations.

Le 1er juin 1972, Naomi m'a téléphoné à New York où j'étais alors l'assistante d'un réalisateur de films documentaires sans le sou et obsédé par les pauvres. Nous travaillions et vivions ensemble, avec un ingénieur du son anglais, et nous faisions de courts films de *cinéma vérité* * pour Public Broadcasting. L'après-midi où Naomi m'a appelée, nous chargions le matériel dans la camionnette avant de partir pour la Virginie-Occidentale afin de filmer une grève de mineurs.

— Ça fait deux jours que je regarde cette carte postale sans t'appeler, m'a-t-elle dit. C'est Duane qui l'a envoyée des Florida Keys, il te demande de venir vite, il dit qu'il ne se sent pas bien.

Elle m'a donné le numéro de téléphone de Duane et ajouté qu'elle allait prier pour moi. J'ai composé le

* En français dans le texte.

numéro, mais il n'y avait personne. J'ai appelé la compagnie d'aviation Delta, fait une réservation, préparé un sac de voyage. J'ai tenté de m'expliquer au réalisateur et amant, mais ai été promptement virée d'un boulot et d'une liaison amoureuse.

Je suis arrivée à Key West avant minuit, j'ai loué une voiture et me suis rendue au motel qu'une jeune Cubaine qui portait beaucoup de bijoux m'avait recommandé dans l'avion. Personne n'avait répondu à mes appels téléphoniques faits de l'aéroport de La Guardia et de celui de Miami. L'air, qui sentait le poisson mort et les fruits pourris, était saturé d'humidité malgré l'heure tardive. Bizarrement, le bar de l'aéroport était aussi un strip-tease; par une porte ouverte j'ai aperçu une fille qui saisissait ses chevilles et se déhanchait vers l'avant. Cela se passait en 1972, bien avant que Key West ne soigne son image de marque pour devenir une mecque du tourisme.

Au motel j'ai failli rendre la standardiste folle en lui demandant le numéro de Duane toutes les dix minutes pendant une heure et demie. Elle a fini par me suggérer de composer directement mon numéro au bar. C'était un bar *Pier House,* bondé et cauchemardesque à cause d'une sorte de convention. Il y avait au moins deux douzaines d'hommes et de femmes à peu près de mon âge, trente ans, qui portaient des chemises bleues sur lesquelles étaient imprimé *Club Mandible.* Ils étaient assez ivres, et quelques-uns fumaient d'énormes cigarettes de marijuana dans le patio. J'ai commandé un verre, puis suis allée dans l'entrée près de la cabine téléphonique pour observer l'activité qui régnait autour du bar. J'ai songé à une sorte de fête dans un asile privé. Alors une femme a répondu au téléphone. Elle s'appelait Grace Pindar et paraissait noire. Oui, Duane m'attendait; non, il n'était pas là, il était parti pêcher jusqu'à au moins demain midi. Comment fait-il pour pêcher de nuit? C'est la nuit qu'on attrape du poisson, m'a-t-elle répondu. Duane et le mari de Grace

153

vivaient de la pêche. Bobby était capitaine, et Duane son second. Elle m'a indiqué comment aller à l'endroit où ils habitaient, sur Big Pine Key.

J'ai franchi la porte en tremblant, traversé le patio à côté de la piscine, puis suis descendue vers la mer. Une légère brise s'était levée, les frondaisons des palmiers crissaient. Deux hommes corpulents, debout tout habillés dans l'eau, pêchaient au lancer des tarpons qui se bousculaient sous une lumière fixée au quai. L'un des hommes s'est écrié «Bon Dieu de merde», car il venait de ferrer un énorme tarpon qui a bondi plusieurs fois dans l'obscurité avant que la ligne ne se brise. Le pêcheur est retourné en pataugeant vers la plage d'où je les regardais, et a mis en place une nouvelle mouche. «Tu veux rigoler un coup?» m'a-t-il demandé. Il avait un gros nez tordu, mais un visage avenant. Bientôt l'autre pêcheur, un homme au visage rond et brun avec un œil de verre, nous a rejoints, et j'ai compris que je ferais bien de retourner dans ma chambre. Quand je leur ai demandé où se trouvait Big Pine Key, ils m'ont proposé de m'y emmener en voiture. J'ai fini par leur soutirer les indications nécessaires, je les ai remerciés, puis suis remontée dans ma chambre. Cette nuit-là, j'ai dû me réveiller et me rendormir une bonne centaine de fois, l'oreille tendue vers le grincement des palmes agitées par le vent, vers les bruits de la fête, les éclaboussures des gens qui sautaient dans la piscine, les cris brouillés que l'humidité et les murs estompaient jusqu'à ce que tous les mots et les rêves du monde deviennent ronds.

Je sais au fond de mon cœur que je n'aurais rien pu faire pour lui. Durant ces quatorze années où je l'avais complètement perdu de vue, il s'était puni et avait été puni jusqu'à la limite du supportable pour quiconque espère rester parmi les vivants. On pouvait d'ailleurs se demander quelles parties de son corps et de son âme étaient encore en vie, et dans quelle mesure : *Je distingue la maison, la*

154

clairière et la caravane dans une pinède nue, à côté d'un tas de buissons morts, d'un canal d'eau salée et d'un bassin bordé de mangroves. Il n'y a personne ici, ai-je pensé, seulement un chien qui s'est laissé caresser, et la maison, une simple cabane avec la télé allumée, mais personne dans les environs. Des poulets gris et trois porcelets dans un enclos. Je suis descendue vers la rivière d'eau salée, et là dans un corral parmi les pins j'ai vu le sprinter ; quand j'ai sursauté, le chien a aboyé dans ma direction. J'ai songé à un cheval fantôme, mais il avait seize ans, ce qui n'est pas si vieux pour un cheval, pourtant à une jambe arrière un sabot manquait jusqu'au paturon. Je me suis glissée entre les barres du corral pour l'examiner. La plaie avait cicatrisé en un bourrelet couvert de cuir, la robe du cheval était décolorée par le soleil, mais elle paraissait bien étrillée. La rivière d'eau salée était haute, l'eau y coulait et il y avait des aigrettes. Une voix a dit : « Il veut nager, c'est la seule chose qui lui plaise : nager. » Grace était marron-noir, originaire des Bahamas. Ils seront bientôt de retour. Elle m'a emmenée jusqu'à la vieille caravane Airstream de Duane dont l'intérieur était d'une propreté invraisemblable, avec des douzaines de flacons de médicaments et de photos sur le mur en face de moi. Des photos de moi, de sa mère Rachel, et un vieux cliché de grand-père à cheval. Tu es jolie Duane est gentil avec les dames mais maintenant il est malade, tu devrais l'emmener dans un bon hôpital, pas à l'hôpital des vétérans. J'avais du mal à comprendre ce que disait Grace. Nous avons entendu le bateau qui remontait la rivière. Je suis descendue vers la berge en courant, et Bobby Pindar, qui avait une quarantaine d'années mais semblait d'un âge indéfinissable, a crié pour que Grace attrape les amarres et les attache au quai. Duane, qui était allongé sur la glacière couverte d'une bâche, s'est levé, torse nu, et j'ai vu des trous, des entailles sur son corps, et puis sur sa joue et son cou, car ils étaient plus blancs que sa peau. Les cicatrices bronzent mal. Il m'a serrée dans ses bras, il sentait le soleil, le poisson, le sel. Je t'ai fait venir parce que je veux que tu touches ma pension. Il paraît que je vais mourir. Rachel m'a appris que tu as dû abandonner le petit. Tu pourras peut-être le retrouver et lui donner une partie de ma pension de l'armée. Quand ils ont déchargé le poisson, Duane me disait le nom de chaque espèce à mesure que les cageots lui passaient entre les mains. Je ne pouvais pas parler. Il m'a serrée une fois encore dans ses bras, j'ai commencé de pleurer, mais il m'a priée d'arrêter. Nous allons nous marier pour que tu puisses toucher ma pension de soldat, a-t-il dit en tremblant de fièvre. Grace a mis la table dans un bosquet d'arbres près de la rivière et fait un feu. Bobby Pindar a apporté une bassine de glace remplie de bière. Grace tenait une bouteille de rhum, une bouteille de sauce aux piments forts, du pain cubain et les poulets qu'elle allait rôtir. Duane a été chercher le sprinter, qui était très excité. Bobby a dit que ce cheval était le champion du monde à la nage et qu'il devrait passer à la télé. Duane est monté avec un simple licou, puis le cheval a sauté de la berge dans la rivière. Duane a poussé un grand cri de rodéo, le cheval a nagé vers l'amont et les mangroves, puis est revenu vers nous. A toi, m'a dit Duane. J'ai retiré ma jupe et mon corsage. Ç'a été merveilleux de bondir à travers l'air, puis de tomber à l'eau dans un fracas d'éclaboussures. Duane a plongé, puis nous avons nagé avec le cheval en faisant des longueurs dans l'eau limpide et profonde de la rivière. Duane m'a dit : Un jour, nous avons attrapé cent cinquante kilos de crevettes au filet dans cette rivière. Nous sommes remontés sur la berge et avons bu du rhum et de la bière. Bobby Pindar est sorti de sa cabane pour nous dire que nous devions régler cette histoire de mariage avant de manger. Duane m'a dit : Il lorgne tes seins et ton cul, alors j'ai remis mes vêtements. Ils avaient un formulaire de mariage tout prêt. Et si j'étais déjà mariée ? les ai-je taquinés. L'espace d'un instant ils sont restés muets, mais j'ai aussitôt secoué la tête négativement. En tant que capitaine d'un bateau, a dit Pindar, je vous marie. Duane a retiré son collier pour me le passer au cou.

Embrasse-la, Duane, espèce de con, a fait Grace. Il m'a embrassée. Comment veux-tu que je sache ce qu'il faut faire? a protesté Duane. Je n'ai jamais été marié. Je ne connais que la guerre et les chevaux. Nous avons mangé quelques crevettes et beaucoup bu. Quand Duane s'est éloigné pour uriner, Bobby m'a confié que Duane détenait le record du plus grand nombre de jours de combat, presque quatre ans de guerre avant qu'ils le rapatrient quasiment mort. Il a un sac plein de médailles pour toi. Ça se présente plutôt mal pour ce vieux Duane, il a dit. Nous avons mangé des crevettes et du poulet en buvant encore, puis nous sommes retournés nager sans le cheval. J'étais plus ivre que Duane et je lui ai demandé ce qui n'allait pas. Les reins le foie le pancréas l'estomac — s'il voulait rester en vie, il faudrait le coupler à une machine à l'hôpital des vétérans. Je lui ai répondu que j'allais m'occuper de lui. Il faisait presque nuit; Grace, très ivre, nous a crié de commencer notre lune de miel; pour lui faire plaisir, nous sommes allés dans la caravane de Duane. Il nous a servi deux grands verres de rhum; maintenant je sais comment me débarrasser de moi. Nous avons trinqué. Comment va ta petite sœur? m'a-t-il demandé. Je me suis alors endormie ou me suis évanouie dans ses bras, le visage niché au creux de son cou. Même dans mon sommeil je sentais ses bras qui m'enlaçaient. Je suis avec mon amant, nous allons ramener le cheval à la campagne, pensais-je. Les médecins vont le guérir et nous habiterons dans le chalet de Buffalo Gap avec le cheval. En chemin nous nous arrêterons sur le Missouri et sur la Niobrara, nous laisserons le cheval y nager, puis nous construirons un barrage sur la petite source à Buffalo Gap pour que le cheval puisse y nager. Au milieu de la nuit j'ai entendu un grand bruit et un pinceau de lumière m'a éblouie. C'était Bobby qui beuglait que Duane et le sprinter avaient disparu. Il m'a traînée jusqu'au bateau. Un autre pêcheur a appelé pour dire qu'il avait vu Duane et le cheval qui nageaient dans Bow Channel, au-delà de Loggerhead Key, vers la pleine mer dans les ténèbres, et que lorsqu'il s'était approché d'eux, Duane avait pointé un revolver sur lui. Bobby a dirigé le bateau hors de la rivière, dans le canal. Ces mêmes étoiles tremblotaient, je me suis passée de l'eau sur le visage en frissonnant. Près d'une bouée nous avons retrouvé l'autre pêcheur qui avait appelé le garde-côte. J'ai écouté l'homme chuchoter qu'il avait suivi Duane et le cheval à bonne distance vers American Shoals et le Gulf Stream. Il avait alors entendu deux coups de feu, et deviné que le premier avait été pour le cheval et le second pour Duane. Bobby s'est mis à pleurer, puis s'est arrêté, et les deux bateaux se sont dirigés vers les lumières de la vedette garde-côte qui approchait. J'ai levé les yeux vers les étoiles qui ne m'avaient jamais paru aussi grosses. Enroulée dans une couverture, j'étais assise sur les genoux de mon père pour regarder les étoiles filantes. Naomi a dit voici le sagittaire le corbeau la baleine et le lion qui brillent dans le ciel noir. Aurais-je dû accompagner Duane pour plonger dans ces vagues qui font chanceler et osciller les étoiles, gravir avec lui les crêtes phosphorescentes, descendre jusqu'au creux des lames et me lancer à l'assaut de l'autre versant? Les trois bateaux ont cherché toute la nuit, mais nous n'avons retrouvé ni le cheval ni Duane. Les gardes-côtes ont parlé de sang et de requins. Ensuite je n'ai pas été bien, et oncle Paul a quitté l'Arizona pour venir me chercher. Quelques mois plus tard, en octobre, avec la permission de Naomi et de Ruth qui n'ont vu aucun mal à ça, j'ai enterré un cercueil vide, comme celui de mon père, dans notre cimetière au milieu du bosquet de lilas.

L'aube point dans le désert, j'ai regardé les étoiles vaciller puis disparaître. Il y a tout juste assez de rosée pour humecter la peau. Quelques minutes plus tôt, je me suis retournée dans mon sac de couchage en entendant le coyote, mais je ne l'ai pas vu. C'était agréable d'être ici et de réfléchir à l'endroit où j'allais conduire ce jour-là.

Livre deux

MICHAEL

CARNET DE TRAVAIL DE MICHAEL

6 juin 1986 — Nebraska

J'ai été secoué et réveillé à six heures du matin par une très grosse femme qui portait le genre de robe de ménagère ample et couverte de fleurs imprimées que ma mère affectionnait quand j'étais enfant. Elle m'a appris qu'elle s'appelait Frieda et que mon petit déjeuner était servi. Dalva lui avait dit au téléphone que j'aimais prendre mon petit déjeuner juste après l'aube. Quel humour! Pendant que je mangeais, Frieda se tenait à quelques centimètres derrière ma chaise, comme pour observer d'un œil critique le moindre de mes gestes. Je savais que les femmes scandinaves de l'ancien temps nourrissaient ainsi leur famille, mais sa présence m'a fait engloutir mon repas à grandes bouchées impatientes. Elle a été agacée quand je n'ai mangé que deux côtes de porc sur trois, la moitié des pommes de terre et des œufs. Elle m'a ensuite tendu une veste en blue-jean élimée, puis m'a gentiment mis à la porte

161

pour la longue marche matinale dont, on l'en avait avertie, je ne pouvais me passer

Je suis resté là dans la cour, à peine conscient de ce qui m'arrivait, mais plein de soulagement et d'une légère appréhension. Dalva avait repoussé la date de son arrivée pour retrouver son oncle Paul à Sonoita, en Arizona. Bien qu'elle se dise ponctuelle, Dalva semble toujours ignorer la date, l'année, voire la décennie dans laquelle nous vivons. Elle affirme considérer les événements, et jusqu'au passé, en terme de «groupes» d'années, ce qui est quand même une belle échappatoire. Je lui ai rétorqué que l'étude de l'histoire ne saurait tolérer ce genre de négligence, et qu'à seize ans je connaissais la date de naissance de tous les rois et de toutes les reines d'Angleterre. Elle a trouvé ça assez drôle, puis elle m'a décrit l'amusement des Indiens quand ils ont découvert le calendrier, sans oublier les cartographes et les géomètres qui mesuraient méticuleusement l'altitude de leurs montagnes. Au lycée, son professeur d'histoire avait aussi été son entraîneur de basket ; il avait souvent distribué à ses élèves des feuilles de papier où figuraient une série de dates, le problème consistant alors à trouver un événement correspondant à chaque date. C'est triste à dire, mais cet homme semble avoir dégoûté Dalva des seules vérités indiscutables que propose l'histoire.

Ma précieuse BMW m'a lâché près de Denver ; j'ai coulé une bielle dans un tintamarre infernal, et me suis garé au bord de la route dans une descente, après un col de montagne. Le concessionnaire m'a dit que cette voiture n'était pas conçue pour fonctionner avec de l'huile infecte et pas davantage pour tirer une remorque bourrée de lourds cartons de livres dans les montagnes Rocheuses. Je lui ai demandé de la réparer et lui ai laissé un chèque de garantie qui, encaissé, m'aurait mis à découvert. Ils ont néanmoins eu l'amabilité de m'aider à trouver un déménageur ; j'ai donc passé la matinée à régler divers problèmes, puis je suis monté dans un car Greyhound à destination du Nebraska, où je suis arrivé à minuit, aidé par une pinte de whisky. Le petit village désolé semblait désert, mais Naomi était là qui m'attendait dans sa voiture. Quand je l'avais appelée, elle m'avait proposé d'aller me chercher à l'aéroport le plus proche, quitte à faire trois heures de voiture, mais je lui avais alors répondu que j'étais beaucoup trop angoissé pour monter dans un de ces tubes de métal exigus utilisés par les petites compagnies d'aviation.

J'essayais maintenant de définir avec précision la nature du vertige qui me nouait l'estomac et me crispait les muscles, me vidait la tête et semblait me liquéfier. J'avais échappé, pour le moment, au peloton d'exécution universitaire et j'avais les coudées franches : une année pour me montrer digne d'un poste fixe, d'un emploi permanent, vétille qui me rapporterait près d'un million de dollars pendant ma carrière professionnelle dans l'une des institutions du «top ten». Quand j'ai quitté la maison, les marches du perron m'ont paru hautes d'un mètre, et m'ont rappelé la fois où, d'un pas vacillant, j'étais sorti de l'aéroport de Moscou. Pendant la procédure de mon divorce, j'avais carotté une escapade en Russie pour y accompagner un groupe d'étudiants. A cette fin, j'avais piqué un cent mètres jusqu'à la librairie, passé une heure à potasser le guide Fodor, puis renvoyé à leurs études une godiche du département de russe et un linguiste noir qui parlait russe. Mon baratin sur les merveilles de Tachkent et les délices culinaires de Kiev a convaincu le comité des étudiants. Bien entendu, mon ignorance crasse n'a pas rendu le voyage plus agréable, mais celui-ci a certainement contribué à ouvrir les yeux de plus d'un sympathisant marxiste. L'année suivante, grâce à la même astuce, j'ai trouvé plus facile d'être de gauche à Florence et à Rome.

Dans cette cour de ferme, mes émotions m'ont ramené à l'aéroport de Moscou, mais sans le fardeau des étudiants qui vomissaient la vodka d'Aeroflot sur le trottoir. Naomi m'avait proposé de passer la nuit sous son toit, mais je lui avais rétorqué que je préférais me réveiller à pied d'œuvre dans la maison du grand-père. Pour dire la vérité, j'avais eu une trouille bleue. Après m'avoir montré une chambre de maître au rez-de-chaussée où avaient dormi toute une série de John Wesley Northridge, elle était partie et j'avais préparé mon lit sur un vieux divan en crin de cheval, dans un recoin. J'étais alors allé à la fenêtre pour regarder les feux arrière rouges de Naomi s'éloigner sur le chemin. Tout était trop tranquille. Impossible de trouver une télé ou une radio. J'ai fini par repérer le téléphone dans un placard de la cuisine, mais je n'ai pas su qui appeler. J'ai bu avec parcimonie les derniers doigts de whisky qui me restaient de mon voyage en car, puis vainement cherché une bouteille dans la maison. Je transpirais ; mais quand j'ai enlevé ma veste sport, je me suis senti vulnérable, si bien que je l'ai remise presque aussitôt. J'ai allumé toutes les lumières et me suis mis à marcher de long en large, surtout pour entendre le bruit rassurant de mes pas. Mon premier examen des lieux m'a appris que j'aurais pu faire venir un semi-remorque, le charger puis expédier son contenu chez Sotheby ou chez Christie, et prendre ma retraite grâce à l'argent de la vente. Je ne suis pas un spécialiste de la porcelaine, de l'argenterie ni du mobilier, mais la bibliothèque et les toiles étaient splendides (plusieurs Remington, des Charley Russell, un paysage de Sargent, des Burchfield, Sheeler, Eakins, Marsden Hartley, un petit Hopper, des Stuart Davis, quelques dessins de Modigliani représentant les habituelles dames au long cou), plus une bibliothèque vitrée qui contenait tous les volumes des photos d'Edward Sheriff Curtis, dont je savais la valeur actuelle estimée autour de cent mille dollars. Un coup de sonde heureux dans un bonheur-du-jour m'a révélé tout un assortiment de bouteilles de cognac, dont certaines, vieilles d'une trentaine d'années, dataient des années 50. Une dose judicieuse et discrète prélevée dans chaque bouteille m'apporterait le sommeil. J'ai été prendre un verre à la cuisine, me suis incliné devant le portrait de feu le propriétaire, ai évité celui de Dalva, puis me suis servi. Cherchant un livre plus contemporain, j'ai choisi un volume sur la triste existence de Monet. L'austérité yankee de la maison n'a guère dissipé mes peurs nocturnes.

Maintenant, à l'aube, dans la cour de la grange, je me suis approché d'une petite bande d'oies qui se pavanaient au bord d'une rivière; mais ces volatiles se sont révélés inamicaux, et j'ai bien failli voler dans les plumes de leur chef de bande. Je me suis retourné vers la grande demeure, dégradée mais encore majestueuse; elle m'a rappelé la Nouvelle-Angleterre, d'où l'homme qui l'avait fait construire était arrivé via Andersonville et la guerre civile. Non sans une certaine inquiétude, j'ai aperçu Frieda qui m'observait par la fenêtre de la cuisine comme pour m'inciter à aller me promener. J'ai trouvé bizarre qu'elle conduise une grande camionnette rutilante à l'arrière de laquelle on lisait RAM écrit en majuscules. Une contrée de grosses femmes et de grosses camionnettes.

J'ai dépassé la grange vers la cabane de bûcherons qui allait devenir mon foyer et mon bureau. La porte en était fermée à clef, mais par la fenêtre j'ai aperçu une pièce rustique et agréable. J'ai vu une radio et un tourne-disque mais pas de télévision; d'ailleurs le toit était dépourvu d'antenne. Me retournant vers le bâtiment principal, j'ai aperçu la silhouette de Frieda dans la cuisine. Puis je me suis éloigné à une allure que je ne comptais pas maintenir longtemps vers la première rangée d'arbres à l'ouest, dos au soleil. Dalva devait appeler en milieu de matinée, et dans l'immédiat je désirais trouver un endroit agréable où faire un somme.

La veille au soir, alors que Naomi me ramenait chez elle en voiture, je lui avais dit qu'on ne pouvait approcher l'âme de l'histoire avec la servilité timorée du savant. Elle m'avait répondu qu'elle trouvait ça très bien tourné, mais qu'elle ne comprenait pas ce que je voulais dire par là. Je désirais en fait l'impressionner par la noblesse de ma vocation, propos que je ne pouvais guère lui tenir directement. Naomi est moins intimidante que Dalva, sans doute à cause de son âge et parce qu'elle n'a pas cette fougue que manifeste parfois sa fille. C'est regrettable pour moi, mais je n'ai jamais rencontré une femme de mon âge aussi agréable que Naomi. La journée que nous avons consacrée à observer les oiseaux et à faire la tournée des caves de Napa Valley a peut-être été la plus plaisante que j'aie jamais passée avec quiconque. Sa générosité est si tendre et indulgente qu'il m'est impossible de lui assener le moindre de mes plans vicelards de sinistre crétin.

La première rangée d'arbres qui servait de coupe-vent était aussi touffue que la jungle telle que je l'imaginais, mais je me suis frayé un chemin à travers, m'arrêtant de l'autre côté après avoir connu la peur de ma vie à cause d'un daim effarouché. J'ai été passablement déçu de découvrir un champ de luzerne d'une quarantaine d'acres, où les plantes s'accrochaient à mes jambes et trempaient de rosée mon pantalon, entouré par une autre rangée d'arbres coupe-vent. Cette symétrie devenait agaçante ; en ce mois de juin le vert foncé du champ et des arbres semblait me provoquer. J'ai traversé ma deuxième rangée d'arbres, encore plus épaisse que la précédente, et découvert un spectacle similaire, hormis un tas de pierres au milieu de ce nouveau champ de luzerne. Je me suis dirigé vers lui comme s'il s'agissait d'un monceau de diamants, j'ai retiré ma veste à cause de la chaleur grandissante, et me suis assis. En l'absence d'un meilleur endroit, j'allais faire mon somme sur un tas de cailloux.

C'était un peu l'apparence extraordinaire de l'endroit qui me troublait : une richesse si discrète et cachée qu'elle en devenait invisible au monde extérieur. Quand j'étais au lycée, un contremaître de l'aciérie, qui habitait dans notre rue, a un jour acheté une Cadillac flambant neuve. Tous les gens du quartier savaient qu'il était comme cul et chemise avec certains truands du syndicat, mais cela n'entamait en rien notre admiration pour sa voiture. Un samedi après-midi qu'il buvait de la bière, il nous a permis de l'aider à laver sa voiture, même si personne n'avait le droit de s'y asseoir. Cette demeure et la ferme attenante faisaient remonter ces souvenirs de terreur admirative et envieuse, non que j'eusse désiré posséder une ferme, mais à cause de tout ce qu'elles incarnaient : les tableaux et le mobilier, une douzaine de bouteilles du meilleur cognac à peine entamées. Tel était l'élément qui rendait Dalva à jamais inaccessible, sinon par le biais dérisoire de la sexualité. Assis sur mon tas de cailloux, j'ai imaginé son existence radicalement dépouillée de tout bric-à-brac, de tout *bibelot* *, comme disent les Français, menant sa vie à l'abri de la confusion, parmi des objets aimés, incapable de tout geste disgracieux. Pourquoi cela devrait-il provoquer ma colère ? Nous découvrons souvent que nous ne sommes pas tout à fait ce que nous croyons être. L'adolescent colle son nez à la vitre d'une Cadillac flambant neuve, et l'homme qu'il porte en lui ne s'en remettra jamais. Ce type se qualifie volontiers d'historien, c'est-à-dire qu'il étudie les traces des habitudes de l'humanité, les guerres, les famines, la politique, ce combustible qu'est la cupidité. Ce que nous sommes, nos actes et nos réalisations pèsent aussi lourd et le plus souvent aussi discrètement que la gravité qui nous rive au sol. La tâche de l'historien consiste à étudier cette gravité invisible, à choisir des échantillons représentatifs du passé pour les examiner à la lumière du présent. En l'absence de vieux monstres périmés, comme Arnold Toynbee, nous sommes devenus minimalistes. Il y a de cela plusieurs années j'ai

* En français dans le texte.

167

choisi la région du Nebraska comme cadre d'un livre, car j'avais traversé cet Etat en voiture et il m'avait semblé délicieusement simple et naïf. Plus précisément, j'avais choisi la naissance du fermage dans les Grandes Plaines et la solution finale apportée à la question indienne. Par chance, à force de chicaneries et peut-être de paresse, j'avais encore limité mon champ d'études à une seule et unique grande famille et à ses rapports avec l'extension du fermage et le massacre des Indiens. On imagine volontiers les savants en train de piller les greniers de vieilles fermes et les archives des sociétés d'histoire locales. Mais tous ces documents prouvent que les gens de l'époque avaient rarement conscience de ce qui se passait sous leurs yeux; les textes se réduisent à un méli-mélo brutal de vie quotidienne, de descriptions des Grandes Plaines en tant que goulag du XIXᵉ siècle, où l'épuisement constituait la principale cause de décès. *Le Voyage de mort au Wisconsin* du professeur Lesy est, de ce point de vue, un texte typique. Il est difficile au non-initié d'imaginer mon excitation quand je suis tombé sur le seul document touchant à la famille Northridge, publié dans les *Annales de la Société d'Histoire du Nebraska*. Bien entendu, je ne m'intéresse pas vraiment aux Sioux, seulement à la façon dont le premier John Wesley Northridge considérait les Sioux, lesquels sont aussi intraitables que les Masai d'Afrique. Seuls quelques passages de son journal reçurent l'*imprimatur* de la famille, accompagnés d'une douzaine de pages assommantes d'inévitables commentaires. Au fil des ans, des dizaines de spécialistes ont sans doute rivalisé d'ardeur et de ruse pour avoir accès à ces documents, mais tous ont reçu le même formulaire de refus que m'a adressé un légataire d'Omaha. Voici un fragment de ce texte publié, écrit dans le style mordant de J.W. Northridge :

3 mai 1865

Pour voir la campagne, mieux vaut voyager à pied. A défaut d'avoir une quelconque utilité pour un individu civilisé, les défilés militaires sont un bon entraînement pour la marche : en fait, ils ne servent strictement à rien d'autre. Marcher au pas, c'est porter le Signe de la Bête. A Andersonville je n'ai pas défilé mais jeûné ; grâce au ciel j'y suis pourtant resté moins longtemps que d'autres et j'y ai passé le plus clair de mon temps à enterrer plus malheureux que moi, avec du camphre dans le nez pour tempérer la puanteur de la mort. La profondeur de leur tombe dépendait de mon énergie défaillante. Je dois ajouter que je préférais de loin enterrer les morts plutôt que d'écrire des lettres sous la dictée des mourants — il est insupportable de faire l'ultime génuflexion devant les bien-aimés à la place d'un autre. « Ma très chère Martha, ma vue diminue maintenant et mes mains qui t'ont autrefois serrée si fort contre ma poitrine ne supportent plus le poids d'une plume. Je dicte cette lettre à mon ami John Wesley, une âme pieuse originaire de notre Nouvelle-Angleterre natale, un botaniste et prêcheur enrôlé par erreur à Boston. Il m'a promis de te faire parvenir cette lettre, parmi d'autres — peut-être trop nombreuses pour qu'il les achemine toutes — au cas où cette affreuse guerre s'arrêterait. Tu te souviens de notre gaieté quand je suis parti avec les autres soldats, comme pour une simple bagatelle ? S'il te plaît, dis au petit Robert et à la petite Susanah que leur père qui les aime de tout son cœur est mort pour la République. Je prie et te fais confiance pour que ta jeunesse, ta grâce et ta beauté te permettent de trouver un autre homme pour me remplacer, et que le Seigneur fasse en sorte que je te revoie un jour au paradis. »

Qui écrit une centaine de lettres de cette mouture se trouve privé du Ciel et de l'Enfer. Cette horreur m'a rapproché de la Terre et je n'échangerais pas un chardon odorant le long de cette route qui mène vers le nord, contre un entrepôt plein de bibles. Avant de passer mon pacte avec le Diable, compromis que je ne me résous pas encore à coucher noir sur blanc dans le présent journal, j'étais en route vers les Plaines en qualité de missionnaire et botaniste au service de la population autochtone, les Indiens, que je devais aider à effectuer l'inévitable transition entre l'état de guerriers et celui de laboureurs, activité envers laquelle ils n'ont, paraît-il, aucune prédisposition. Je vais mettre une sourdine au prêcheur pour leur montrer comment se nourrir sans bison. J'ai été prisonnier de guerre, mais eux sont prisonniers du Vide qui est le lot de tout peuple conquis, leurs vainqueurs ayant quitté la maison de fous afin de massacrer par millions au cours de cette guerre civile. Ainsi libéré par la Victoire, j'ai choisi d'éviter la puanteur des trains, leur cargaison de vivants et de morts, pour marcher vers le nord dans l'été afin de transmettre à ces Indiens Sioux le savoir qui est le mien.

Je m'étais étendu sur mon tas de cailloux comme un père du désert, repu après mon petit déjeuner, fatigué par la marche et mes ruminations pesantes, la veste roulée en boule en guise d'oreiller ; et pour la première fois de ma vie j'ai rêvé d'Indiens : ils paraissaient enfouis sous le tas de pierres, d'où leur esprit s'élevait sous la forme d'une fumée invisible. Quelque chose m'a glissé sous le menton et je me suis réveillé en hurlant au milieu des serpents. J'ai réussi à me propulser en avant comme une fusée jaillit hors de son silo ; puis, me retournant, j'ai vu que le tas de pierres était couvert de serpents noirs qui se chauffaient au soleil. Il y a eu un bruit assourdissant, qui s'est révélé être mon cri, que j'ai poussé en reculant à toute vitesse. Bon Dieu de merde, j'ai eu tellement peur que j'ai failli en chier dans mon froc ! Je ne suis pas un amoureux de la nature, et cette expérience a renforcé mon dégoût pour son univers de violence pure. Je me suis arrêté afin de tenter de calmer les palpitations de mon cœur — songeant que, eussé-je été un soldat bien équipé, j'aurais volontiers balancé une grenade au milieu de ces salopards, fantômes indiens *et alii*.

Je suis parti d'un bon pas vers le soleil, la direction de la maison, plongeant à travers deux autres barrières d'arbres coupe-vent avant de me dire que le soleil se déplaçait, ou que la terre se déplaçait, j'avais oublié lequel des deux, et que j'étais donc perdu. Je suis alors tombé sur un petit cours d'eau et me suis rappelé les oies agressives de ce matin qui cancanaient au bord d'une rivière, mais s'agissait-il de la même? Cette question, douze années d'études universitaires ne m'avaient pas préparé à la résoudre. Mon estomac grondait, j'avais la bouche sèche, mais je doutais de la pureté de l'eau de la rivière. Mes gargouillis stomacaux signifiaient peut-être qu'il était midi, mais je me retrouvais dans une situation où le fait de savoir l'heure ne m'avançait guère. J'ai exécuté un bond presque réussi au-dessus de la rivière, puis trouvé un vague sentier que j'ai suivi sur plusieurs centaines de mètres: il y avait çà et là des tas de boulettes marron, grosses comme des billes, qui m'ont beaucoup intrigué jusqu'au moment où j'en ai ramassé une pour la palper et la renifler, puis en déduire qu'il s'agissait de crottes d'animaux, et que les minuscules empreintes pointues étaient sans doute celles de daims ou de chèvres. Les traces de chèvres me mèneraient vers une ferme, contrairement aux traces de daims. La déduction a ses limites. Je me suis souvenu d'histoires d'adolescence où il y avait de la mousse sur la face nord des troncs d'arbre, mais les arbres que je voyais arboraient de la mousse un peu partout sur leur tronc. M'approchant d'un faisan par mégarde, son cri rauque m'a tordu les boyaux. A genoux, j'ai découvert que je venais d'écraser un œuf parmi la douzaine que la poule faisane avait pondus. J'ai noté l'endroit mentalement au cas où j'en serais réduit à gober ces œufs. La petite rivière se jetait dans une plus grande, et pendant quelques instants

171

je me suis retrouvé embourbé jusqu'aux genoux dans sa berge boueuse, perdant l'une de mes paraboots cousues main achetées à Londres il y a quelques années. J'aimais beaucoup ces chaussures; comme il ne m'en restait plus qu'une, j'ai planté une branche dans la boue pour signaler l'endroit du drame. J'ai eu la chair de poule en me souvenant que Dalva m'avait parlé de vaches englouties dans les sables mouvants. Un avion rassurant est passé très haut dans le ciel, mais entre l'avion et moi de gros oiseaux, sans doute des busards, décrivaient des cercles en attendant évidemment que tout désir de vivre m'ait abandonné. Il y avait un sentier plus large de l'autre côté de la rivière; je me suis donc avancé dans l'eau, pour découvrir très vite que sa limpidité était trompeuse et qu'elle était si profonde que j'ai dû nager. J'ai bu une ou deux tasses, maudissant les bactéries qui envahissaient mon organisme. J'ai ensuite suivi la rivière vers l'aval avant de tomber sur une zone sablonneuse couverte de broussailles au bord d'un bois dans lequel j'ai refusé d'entrer, craignant soit une profonde forêt, soit un autre de ces fichus champs de luzerne. Je me suis ensuite assis sur un tas de sable en remarquant des bouts de bois calcinés à l'endroit où des Indiens avaient sans doute fait du feu. A l'intérieur des taillis il y avait de gros tumulus couverts de vigne vierge, de buissons et d'arbrisseaux entremêlés. Un crâne animal blanchi était accroché par une lanière à une branche d'arbre. Une colère impuissante m'a submergé. Nous sommes en 1986 — le 6 juin pour être exact — et ce putain d'endroit me flanque les foies. Je serais volontiers reparti, mais cette étendue sablonneuse offrait un peu de confort ainsi que le vague souvenir de moi-même tout gamin dans un bac à sable, et celui, plus tardif, de ma fille jouant avec moi dans un autre bac à sable. J'ai tourné le dos au crâne blanc qui se balançait dans la brise, me suis recroquevillé par terre, puis j'ai entamé un autre somme.

A mon réveil, un carillon d'église remplaçait les serpents — oh! le doux angélus! Mais ces cloches surréalistes m'ont terrifié. Que fichaient donc des cloches au beau milieu de cette région sauvage, quoique vaguement cultivée? C'était apparemment le début de la soirée; le son cristallin du carillon se détachait sur la basse continue et vrombissante d'une myriade de moustiques qui s'étaient d'ailleurs gorgés de mon sang durant mon sommeil. Je me sentais courbatu, épuisé après les épreuves de la journée, mais aussi, curieusement, bien reposé (rien d'étonnant à cela après cinq heures de sommeil en plein air). J'aurais donné n'importe quoi contre deux doigts de whisky Paddy et une pinte de Guinness, ma récompense habituelle après une bonne marche dans Saint Stephen's Green pendant les mois que j'avais passés à Dublin. En plus de ma soif, j'avais une faim de loup. J'avoue volontiers mon snobisme en matière culinaire, mais les endroits où ma fille me traînait quand elle était gamine — tous ces *Burger Chef, McDonald, Kentucki Fried Chicken* — me paraissaient maintenant merveilleux. Le samedi, je l'emmenais au Golden Gate Park avec du poulet rôti, des Pepsi et le journal.

J'ai marché aussi vite que me le permettait mon unique chaussure en direction des cloches lointaines et tintinnabulantes. Quand le carillon s'est tu quelques instants, le désespoir s'est abattu sur moi et j'ai accéléré le pas en direction de l'écho. J'ai traversé ventre à terre une rangée d'arbres en me blessant le pied contre une bûche. Tout là-bas, à des kilomètres, se dressait la ferme d'où venait le carillon. Je fendais maintenant un champ de blé dont les épis m'arrivaient à la taille, et je reconnais volontiers que d'abondantes larmes de soulagement m'inondaient les yeux. Ma joie a été passablement mitigée quand j'ai avisé sur ma gauche un groupe d'une douzaine de cavaliers qui

173

se ruaient vers moi au grand galop. Bon Dieu, ai-je pensé, je me suis égaré sur leurs terres et ils vont me pendre haut et court! La horde assourdissante s'est arrêtée en cercle autour de moi: un mélange de cow-boys et de fermiers en salopette. Un type énorme a sauté de son cheval et m'a soulevé comme une grosse plume pour m'installer derrière la selle d'un autre cavalier. Il m'a dit qu'ils avaient tous pensé que « je m'étais fait planter par un crotale », idée à laquelle une nausée m'a saisi. Personne ne m'avait prévenu qu'il y avait des serpents à sonnettes dans la région.

La ferme était celle de Naomi ; ne me voyant pas revenir au bout d'un moment, elle avait improvisé une battue pour me retrouver. Dans sa cour il y avait d'autres hommes appuyés contre des camionnettes ou des véhicules quatre roues motrices. Certains buvaient de la bière. Le gros type m'a fait descendre de cheval et m'a propulsé entre les bras de Naomi.

— Bière, j'ai croassé, et l'on m'a tendu une boîte glacée, ouverte, que j'ai engloutie en une seule longue goulée avant qu'on m'en donne une autre.

Frieda, qui elle aussi était là, m'a demandé — assez mal à propos, selon moi — où était la veste qu'elle m'avait prêtée. Je me suis senti dans l'obligation d'adresser un discours de remerciements à cette foule, mais ma voix tremblait trop, si bien que Naomi a pris la parole à ma place. Puis elle m'a emmené vers la maison, et je n'ai pu m'empêcher de saluer avec force gestes de la main et hochements de tête, ce qui a provoqué des applaudissements unanimes.

Naomi m'a fait couler un bain, puis préparé un cocktail géant. Allongé dans la baignoire, j'ai imaginé Dalva jeune fille dans cette même baignoire après une journée passée à galoper à travers la campagne. Cette image a provoqué une érection, laquelle a disparu au seul souvenir de mon horrible aventure, qui, je le savais, amuserait beaucoup cette garce de Dalva. Au lycée, j'avais travaillé comme serveur au country club local qui, en plus du terrain de golf habituel, incluait une écurie, un manège pour les reprises et un parcours de saut en extérieur. J'avais remarqué à l'époque que l'équitation avait un effet bénéfique sur le postérieur des jeunes filles habillées en cavalières comme si les rebonds sur la selle et le frottement du cuir accordaient à leur croupe des proportions harmonieuses et rendaient leurs cuisses souples et musclées. C'était certainement vrai de Dalva. Après tant d'étudiantes potelées et susceptibles, Dalva représentait pour moi une chance inouïe, incroyable. Elle avait réagi avec une telle retenue nonchalante à mes efforts pour l'impressionner que je n'en ai pas cru mes oreilles quand elle m'a proposé de passer la nuit avec moi. Et voilà mon érection qui rapplique au galop. Bizarre, pourtant, la modestie presque enfantine avec laquelle elle m'a décrit les fermes de sa mère et de son grand-père. Cela tient sans doute au fait que le milieu dans lequel un enfant grandit perd toute originalité à ses yeux, et que l'adulte considère l'environnement physique de son enfance comme allant de soi. Pour ma part, j'ai grandi dans une maison standard exiguë, j'ai dormi dans des dortoirs minuscules et des chambrettes en Amérique et ailleurs, j'ai vécu avec ma femme dans un tout petit appartement, puis nous avons déménagé dans un duplex pour lilliputiens, avant de nous installer dans une maison de poupée dotée de deux chambres de quatre mètres sur trois. Cette salle de bains est plus vaste et mieux meublée que n'importe lequel des salons où j'ai vécu, mais ce bain et ce cocktail sont trop délicieux pour que je laisse la rancœur m'envahir.

Naomi a frappé à la porte afin de me dire que le dîner serait prêt dans un quart d'heure. En me séchant et en enfilant le peignoir qui m'était destiné, j'ai réfléchi au conflit le plus grave qui m'opposait à Dalva et qui tenait à son fort penchant pour l'irrationnel. La réalité universitaire a tendance au consensus interne, au cercle clos, à l'abri des regards indiscrets et de ce que les initiés considèrent comme le monde extérieur. Lors d'une soirée agréable passée sur le balcon de son appartement de Santa Monica, elle s'est étonnée du nombre extrêmement faible de cancers parmi les schizophrènes. Je lui ai répondu que c'étaient des conneries, mais elle m'a alors montré des statistiques dans un ouvrage très sérieux. C'est le genre de fait incontournable qui agace l'esprit. Pour m'appâter davantage, elle a ajouté qu'un chercheur de la clinique Menninger connaissait un medecine man shoshoni capable de créer la foudre et le tonnerre. Quand j'ai eu donné libre cours à ma rage, elle m'a dit en souriant que peu importait que nous y croyions ou pas. Puis elle a ajouté que je lui faisais la même impression qu'un cycliste qui toutes les deux secondes s'efforcerait, consciemment ou pas, de conserver son équilibre.

Naomi m'a aidé à sortir sur la véranda — mon pied gauche me faisait si mal qu'il ne me servait plus à rien —, où elle avait mis la table par cette chaude soirée de juin. Songeant à ma faim probable, elle avait préparé un poulet de la ferme avec une sauce délicieuse où j'ai décelé un soupçon d'estragon frais, le tout accompagné de pommes de terre, d'une salade de légumes du jardin, et de deux bouteilles de Freemark Abbey Chardonnay frappé. Elle avait éteint les lumières de la véranda et allumé une vieille lampe à pétrole dont le globe blanc était décoré de fleurs. Elle a mangé une tranche de pain en buvant un seul verre de vin pendant que je m'occupais du reste, englouti jusqu'à la dernière goutte et l'ultime petit morceau de blanc, et agrémenté de cette conversation légère et badine qui accompagne idéalement la bonne chère. Seule ombre au tableau, une énorme quantité d'insectes s'étaient agglutinés sur le grillage de la véranda comme pour fondre sur leurs proies humaines, mais Naomi m'a assuré que ces insectes, certains très gros, étaient inoffensifs. Ainsi s'est déroulée ma première journée à pied d'œuvre. Je me suis retrouvé bordé dans la chambre et le lit de Dalva ; dernière vision avant de sombrer, le poster de James Dean en blouson rouge, cigarette aux lèvres, qui du mur me regardait avec indifférence.

Du lilas, du café, une cow-girl le dos tourné. Dalva en jeans, bottes, chemise à carreaux, un brin de lilas sur le plateau avec le café. Pas de journal. Elle a examiné une carte, puis mon pied enflé qui dépassait du drap. J'ai fait bouger mes orteils, ses yeux ont rencontré les miens. Elle m'a montré une chaise sur laquelle étaient posées ma veste d'emprunt et ma paraboot perdue, maintenant cirée, plus quelques-uns de mes vêtements de l'autre maison.

— Ta première journée ici n'est pas passée inaperçue. Je ne te savais pas amateur de marche à pied. Voici où tu étais.

Elle s'est assise au bord du lit, et son doigt a quitté la carte pour repousser ma main sur sa jambe.

— Ça fait quand même une bonne balade. Tiens, voilà ton tas de pierres ; et là, c'est l'endroit où tu as perdu ta chaussure. Le vieux Lundquist a emmené son petit terrier ce matin, et il a retrouvé la veste et la chaussure. Ne lui donne jamais plus d'un verre par jour. Il a quatre-vingt-sept ans, il ne le supporterait pas.

De nouveau, elle a repoussé la main que je venais de poser sur sa fesse.

— Pas dans cette chambre. Je vais t'apprendre à monter à cheval. Les chevaux retrouvent toujours le chemin de l'écurie.

Je me suis habillé, puis j'ai descendu l'escalier clopin-clopant, incapable de lacer ma chaussure. J'étais troublé par le rêve que j'avais fait d'un étudiant indien que je connaissais à San Francisco, assis sur mon tas de pierres couvert de serpents. C'était un Nez Percé originaire du nord de l'Etat de Washington, le seul Indien véritable que j'aie jamais rencontré. Ma femme m'avait tarabusté pour que je nettoie la cour, tonde la pelouse, taille les arbustes. Dans ma jeunesse, j'avais dû accepter ce genre de boulot pour gagner mon argent de poche, et je m'étais bien juré de ne jamais recommencer. Dans le fichier du syndicat étudiant, j'avais trouvé une fiche cartonnée qui disait: «Autochtone américain, Propre et Industrieux, Accomplira les Corvées les Plus Ineptes pour Gagner l'Argent dont il a Tant Besoin.» J'aurais dû me méfier en lisant le mot «Inepte»; c'était un étudiant en sciences politiques, un anarchiste disciple de Kropotkine, un vrai cinglé qui rédigeait son mémoire sur l'Affaire Netchaïev et les origines de la Révolution russe. Par-dessus le marché, le salopard le plus têtu que j'aie jamais connu, mais doué d'un esprit subtil et loufoque, si bien que je l'avais aidé toute la journée à nettoyer la cour. Je m'étais réveillé à l'aube en me demandant ce qu'il faisait sur mon tas de pierres. Pendant que nous ratissions, il m'avait dit:

— Dans la région de la Baie, on ne peut pas se sentir vraiment indien sans être saoul.

Après un merveilleux petit déjeuner, accompagné par un exemplaire vieux de quatre jours de l'édition dominicale du *New York Times,* Dalva m'a emmené à la banque pour un premier examen des documents de la famille. Au lieu de prendre sa Subaru couverte de poussière et de boue, nous sommes allés dans la grange et j'ai découvert une vieille décapotable bleu-vert. La capote était baissée pour cette simple raison qu'il n'en restait plus la moindre trace, mais la voiture semblait en bon état mécanique, et le moteur avait été récemment changé. J'ai constaté non sans une certaine stupéfaction qu'elle était beaucoup plus rapide que ma BMW — la puissance des voitures qu'on

178

voit dans le Nebraska s'explique sans doute par les distances à parcourir. Nous avons ralenti en passant devant l'église méthodiste wesleyenne de Dalva, puis nous sommes arrêtés près de l'école de campagne où elle avait l'intention d'enseigner l'année suivante. Tout cela m'a rappelé une Amérique que je croyais disparue. Derrière la fenêtre, l'unique salle de classe brillait à cause d'une récente couche de vernis, et l'esprit de McGuffey * planait au-dessus des lambris en chêne. Près de la porte de derrière se trouvait une rambarde en fer pour y attacher les chevaux. Elle m'a dit que certains enfants préféraient encore traverser la campagne à cheval pour aller à l'école. Je me suis demandé à haute voix si Dalva ironisait, si ces enfants faisaient cela d'eux-mêmes, ou bien si la télévision leur avait appris que l'originalité et le pittoresque attiraient l'attention.

— Demande-toi plutôt combien de temps tu perds chaque jour en remarques imbéciles comme celle-ci, m'a-t-elle rétorqué.

— Je trouvais simplement qu'on pouvait se poser la question.

— Beaucoup de ces enfants aiment la musique rock, vont au cinéma, et certains cultivent leur herbe. Et puis ils nourrissent le bétail, aident à tuer le cochon, montent à cheval et militent pour l'amélioration du monde rural. Je ne vois pas où est l'ironie dans tout ça. Je connais des cowboys de rodéo qui claquent la moitié de leurs gains en cocaïne, mais qui n'en aiment pas moins leurs chevaux.

J'ai rougi. J'essayais seulement d'être spirituel, mais il est vrai que par nature l'esprit universitaire tend à la dérision. En tout cas, je n'ai guère apprécié d'être considéré comme une grenouille écrasée au milieu de la

* William Holmes McGuffey (1800-1873): éducateur américain et directeur de *Eclectic Readers*, série de manuels scolaires vendus à plus de 122 millions d'exemplaires. (*N.d.T.*)

chaussée. Je me sentais d'autant plus nerveux qu'on allait me voir en ville après ma honteuse foirade de la veille. Elle a deviné la raison de ma morosité.

— Ne te reproche pas ta mésaventure d'hier. Les gens sont ravis, ils vont en parler pendant des années. Ils croient que c'est ce qui arrive forcément aux brillants professeurs. Il y aura peut-être un entrefilet dans le journal hebdomadaire : « Un Savant Perd Sa Chaussure. » Ce matin, quelqu'un a téléphoné de la ville pour te demander de prendre la parole mercredi prochain à l'occasion du déjeuner du Rotary Club.

— Je dois accepter ?

J'ai aussitôt imaginé du vin à volonté et des côtes de bœuf saignantes.

— Bien sûr, m'a-t-elle répondu avec, dans les yeux, un inoubliable éclair de malice.

Elle m'a soudain paru si ravissante que j'ai failli suggérer un rapide détour dans les herbes folles, mais je n'ai pas osé. Pour une raison quelconque j'ai parlé de l'étudiant Nez Percé assis sur le tas de pierres de mon rêve. Je voulais sans doute amadouer ma compagne. Dans ces humeurs qui frisent la colère ou après quelques verres, elle avait l'œil affûté d'un prédateur. Elle tenait sans doute cela de son père, car Naomi n'est absolument pas comme ça.

— Voilà un rêve intéressant, a-t-elle dit. Les rêves se calquent peut-être sur le paysage. Quand je vivais en Angleterre et en France, je rêvais de preux chevaliers et de fougueux destriers, ce qui ne m'arrive jamais en Amérique. En Arizona je rêvais de champs de melons qui s'étendaient d'Orabai jusqu'à la Sierra Madre au Mexique, qui est selon certains le territoire d'origine des Hopis. Ici je rêve beaucoup d'animaux et d'Indiens, ce qui ne m'arrive jamais à Santa Monica.

Comme ses remarques menaçaient mon intégrité d'universitaire, j'ai aussitôt improvisé un discours dans l'air brûlant et humide de la cour de l'école, attaquant bille en

180

tête par *l'Interprétation des rêves* de Freud, puis enchaînant quelques digressions sur Otto Rank et Karen Horney. Afin d'emporter le morceau, j'ai passé sous silence les fadaises irrationnelles de Carl Jung et de son disciple contemporain James Hillman. Elle a éclaté de rire quand je me suis mis à abattre mon poing sur une chaire imaginaire. Puis elle m'a pris dans ses bras pour m'embrasser.

— Merde, tu es une véritable bibliothèque ambulante. C'est merveilleux.

Dans la voiture décapotée le vent était trop bruyant pour nous permettre de parler, si bien qu'avant notre arrivée en ville j'ai eu tout le temps de peaufiner mes doléances intellectuelles. Notre toute première dispute avait heureusement eu lieu à la fin d'un excellent repas qu'elle m'avait offert au *Chinois malicieux* dans la grand-rue de Santa Monica. Par gentillesse, j'appellerai ça « la théorie de l'aviation selon Dalva ». Elle déclarait que, vu d'avion, tous les Etats-Unis, hormis quelques régions sauvages isolées, semblaient ratissés, sillonnés, écorchés, scalpés — bref, brutalisés. Je lui ai répondu que je discernais une certaine dignité, quoique parfois ténue, dans l'histoire humaine, et que sa conception à elle était faussée par une passion d'adolescente pour Wordsworth et Shelley. Laisse-moi finir, m'a-t-elle coupé. Ce que je veux dire, c'est que dans ces lieux isolés existe encore un certain esprit, je parle des ravins, des dépressions à l'écart des routes et des sentiers battus, des berges et du fond de certaines rivières négligées, de ces endroits qui ont été cultivés une seule fois, puis abandonnés, ou bien qui n'ont jamais été cultivés, comme les Sand Hills, certaines régions du Wisconsin, la péninsule nord du Michigan, ou encore les pâtures des plaines du Wyoming, du Montana, du

Nevada, le désert, et même l'océan au milieu de la nuit. Elle était si excitée que sa respiration en devenait haletante. Dis-moi, dans quelle fac as-tu décroché ton diplôme? lui ai-je demandé. Abasourdie, elle s'est levée sans mot dire, puis est sortie du restaurant. Je suis resté assis à ma place, regrettant un peu ma question sarcastique et me demandant comment j'allais payer une addition salée avec trente malheureux dollars et une carte de crédit périmée. J'ai laissé mon portefeuille à la serveuse pour aller chercher Dalva dehors. Elle était adossée contre la voiture, et je ne voyais pas l'expression de son visage dans l'obscurité. Je me suis agenouillé pour la supplier de me pardonner et lui raconter un demi-mensonge, à savoir que j'avais lu quelque chose de très proche de sa thèse dans *la Poétique de l'espace* de Gaston Bachelard. J'ai étouffé mes sanglots dans sa jupe. Deux adolescents qui passaient m'ont crié:

— Allez, vas-y.

A la banque, le personnel au grand complet a d'abord submergé Dalva de salamalecs, puis on nous a accompagnés dans une pièce climatisée qui était l'extension de la chambre forte principale. Je n'ai pas bronché quand j'ai cru entendre quelques gloussements dans le fond — le récit de mon fiasco pédestre s'était sans doute déjà répandu jusqu'au fin fond du comté. Je m'étais attendu à un fatras de boîtes et de cartons, dont je mettrais des mois à explorer le contenu: au lieu de quoi, posés sur une table, il y avait cinq modestes coffres de bord en bois aux ferrures de cuivre brillant. Notre guide, un quasi-albinos et le plus vieux banquier de l'établissement, a pris congé et j'ai regardé Dalva avec nervosité.

— Je m'attendais à plus que ça... J' veux dire, je m'attendais à un vrai fouillis. On peut regarder quelque chose?

— Au début des années 70 j'ai fait une dépression et j'ai passé l'hiver à classer tous ces papiers. J'ai même rédigé

182

une note bibliographique sur le contenu de chaque coffre. Les deux premiers sont ceux de mon arrière-grand-père qui, pour l'instant, sont les seuls auxquels tu as accès ; ces deux-là sont ceux de grand-père. Le dernier est partagé par Wesley et Paul.

Quand elle a ouvert le premier coffre de bord, j'ai soudain contemplé le rêve d'ordre de tout chercheur : l'inventaire du contenu du coffre, dactylographié par Dalva et posé sur des piles impeccables de registres reliés et de liasses de lettres. J'ai extrait un registre de la pile, je l'ai ouvert près de son milieu, à une page marquée d'un signet, et j'ai lu.

13 mai 1871
Pénible chevauchée pour notre troisième jour de voyage vers le sud à partir de Fort Randall, en compagnie de Le Chien qui était de mauvaise humeur et fiévreux à cause, selon lui, de viande de bœuf avariée. Nous avons dressé le camp au bord du bras nord de la rivière Loup sous un ciel dégagé et il a préparé un émétique à partir d'une racine déterrée (centaurée bleue) ; il a eu des nausées pendant la moitié de la nuit, mais s'est réveillé en bonne santé. J'ai étudié le fond de la vallée avec une très mauvaise carte et noté l'existence de plusieurs espèces nouvelles. Le Chien a attrapé deux rats des marais et préparé un bon ragoût qui nous a donné des forces. Une fois encore il m'a interrogé sur ma définition de la politique, et je lui ai répété que c'était pour moi le processus par lequel les droits d'un homme l'emportent sur ceux de son voisin. Tout cela paraît l'amuser. A sa demande, je lui ai de nouveau raconté quelques anecdotes sur la guerre, et bien souvent il s'intéresse moins aux hommes qu'au nombre des chevaux. Il est curieux que mon nom sioux, qui signifie « sondeur de la terre », ne soit jamais prononcé en public ; de fait, divulguer un tel nom devant une assemblée

est considéré comme une impolitesse, voire une tentative pour voler du pouvoir. J'ai été ainsi nommé parce que je creuse sans arrêt des trous dans la terre afin d'examiner les racines des arbres et d'estimer leur vigueur dans tel ou tel sol. Nous avons fait la sieste dans la chaleur de la mi-journée avant d'explorer la région jusqu'à la nuit. Je suis assez troublé par le fait que Le Chien, toujours à l'affût du moindre danger, dorme debout et les yeux grands ouverts.

Mon cœur bat la chamade — à lui seul, ce bref passage prouve que J.W. Northridge était bel et bien au cœur des choses. Explication rapide : le guerrier sioux nommé Le Chien était un ami intime du grand chef guerrier Crazy Horse (*Crazy*, « fou », « cinglé », est un terme contemporain et vulgaire ; le nom de ce chef indien signifie en réalité « Cheval enchanté », ou « magique », à vrai dire quelque chose de plus que ces trois adjectifs). La branche nord du Loup allait être envahie par les colons trois ans plus tard, en parfaite violation du traité signé avec les Sioux, car cette région jouxtait les Black Hills, le lieu le plus sacré pour les Sioux (il est intéressant de remarquer que nous n'avons jamais respecté un seul traité signé avec les Indiens — que le reste du monde en prenne de la graine !). A cette époque, un voyageur originaire des îles Britanniques, lord Bryce, a stigmatisé notre capitulation honteuse devant les chemins de fer, les voleurs de terres et autres colons assoiffés de richesses qui se sont installés en territoire indien, puis ont supplié Dieu et la cavalerie U.S. de leur sauver la peau. Autre fait intéressant : Northridge était horticulteur et botaniste, missionnaire agricole. Comme le souligne T.P. Thorton dans son excellente étude intitulée *Cultiver le tempérament américain : l'horticulture en tant que réforme morale avant la guerre civile*, la culture des arbres fruitiers ou autres avant la guerre de Sécession, en

Nouvelle-Angleterre et dans l'Etat de New York, était très estimée pour ses vertus morales et considérée comme un antidote à la rapacité qui ravageait la nation tout entière. En tant qu'orphelin et bâtard, Northridge a travaillé à Wodenethe, l'immense verger de Henry Winthrop Sargent, dans le comté de Dutchess, Etat de New York. Je pourrais continuer par l'élevage animal, le dressage et l'entretien des chevaux chez les Sioux, activités aussi sophistiquées que dans les meilleurs haras contemporains ou parmi les anciens Cosaques et Mongols des célèbres steppes d'Asie. Et tout cela, d'un point de vue historique, appartient au passé récent. Trois cents Sioux, surtout des femmes et des enfants, ont été massacrés à Wounded Knee pendant que dans le Midwest Henry Ford mettait au point la fabrication de sa première automobile à partir de pièces détachées. Pour ceux d'entre nous qui sommes adultes, la plupart de nos grands-parents vivaient en 1890 !

Bref, j'étais abasourdi, hors d'haleine, pris de vertiges. Quand Dalva m'a aidé à transporter le premier coffre jusqu'à sa voiture décapotée, j'ai scruté le ciel à la recherche de nuages de pluie. Je respirais beaucoup trop vite, et la rue miteuse s'est mise à tournoyer. J'ai imaginé que la boue y remplaçait l'asphalte, et puis Northridge attachant son cheval devant cette même banque, tandis que les bourgeois effarouchés s'écartaient, car, me dit Dalva, ils craignaient sa folie. Elle est venue à mon aide et m'a installé dans la voiture. Elle m'a suggéré de respirer dans un sac en papier, ce qui est la meilleure manière de retrouver un souffle normal. J'ai gardé la tête baissée dans ma chemise comme une tortue pendant quelques minutes, ce qui a suffi. Sous ma chemise je voyais Le Chien en train de dormir les yeux ouverts sous un peuplier, les mouches qui vrombissaient autour du reste de ragoût de rat des marais (le rat musqué), le bouteloue qui oscillait à la moindre brise. Au-delà de ma chemise Dalva parlait avec quelqu'un. Je me suis demandé si je devais aventurer ma tête dans le monde extérieur. J'ai pensé que mon attitude risquait d'être mal comprise. J'ai donc refait surface, et Dalva m'a présenté Lena, une patronne de café, vieille dame rosâtre et frêle qui m'a fait penser à un corbeau. Cette femme improbable était récemment allée à Paris, en France, pour rendre visite à sa fille, idée passablement stupéfiante — car on jurerait que les citoyens du Nebraska ne mettent jamais les pieds en dehors de leur Etat.

Sur le chemin du retour nous avons fait halte à une épicerie d'apparence plutôt sordide, mais c'était presque le seul magasin de la ville. Dalva m'a assuré que Mme Lundquist s'était occupée des courses; j'avais néanmoins besoin de grignoter à intervalles réguliers pour me calmer les nerfs, et dans le réfrigérateur j'avais constaté l'absence de certaines gourmandises que j'affectionnais. J'ai donc demandé à Dalva de garder le coffre, requête qu'elle a trouvée amusante, car elle m'a garanti qu'il n'y avait pas de voleurs dans la région.

Je n'ai pas trouvé un seul article intéressant dans le magasin, sinon un pot de « langues de bœuf-bison » (!) aux condiments, venant d'un troupeau élevé par un rancher du cru et croisé avec du bétail ordinaire, une idée qui évoquait une parfaite perversion de la nature. Quand je suis ressorti, Dalva avait disparu et je me suis précipité vers la Ford pour m'assurer que le coffre était toujours là. Elle m'a fait signe dans la cabine téléphonique de la station-service voisine. Je me suis demandé pourquoi une femme aussi riche possédait une guimbarde miteuse, dont le siège exposé au soleil était si brûlant que j'ai à peine pu y poser mes fesses. J'ai ouvert mon pot de langues puis en ai goûté une ou deux en regrettant de ne pas avoir une bière froide. Dalva m'a ensuite dit qu'elle venait d'appeler un détective privé mexicain à Ensenada, qui cherchait en vain à retrouver la trace du garçon violé. Il y a quelque chose de gênant dans la façon dont les journalistes de la rubrique « société » parlent des sévices sexuels: le ça monstrueux,

186

meurtrier, incontrôlable. L'année précédente, j'avais permis à ma fille d'inviter trois de ses amies à passer la soirée et la nuit à la maison. Quand j'étais revenu du cinéma et du bar, elles étaient assises sur le divan à manger du popcorn en regardant un film d'horreur sur le magnétoscope, et l'air empestait le cannabis. L'une de ces petites minettes, une Scandinave nommée Kristin, portait une nuisette si affriolante que j'ai dû battre en retraite dans ma chambre, le front moite. Jusqu'à cet instant et depuis que j'avais quatorze ans, je ne m'étais jamais intéressé à une fille de cet âge. J'ai fait pénitence en lisant Wittgenstein, un pédéraste pré-nazi qui écumait les bars mal famés de Berlin et d'Oxford à la recherche de garçons bouchers au teint olivâtre, et nonobstant l'un des plus grands esprits de ce siècle.

Dalva m'a aidé à décharger mon trésor à la cabane de bûcherons, puis elle est partie préparer le déjeuner. A ma grande stupéfaction, la camionnette de déménagement était arrivée, et Frieda Lundquist avait déballé mes vêtements et mes livres. Il y avait un petit réfrigérateur dans un angle, qui contenait un pack de bières, et j'en ai bu une lentement pour garder la tête claire tandis que je commençais à feuilleter l'un des journaux. L'étude de l'Histoire est éprouvante ; il faut sans cesse lutter contre le désir infantile de contrôler les choses, au moins rétrospectivement. Mon mémoire de thèse, *la Mine amère : vie et mort d'une ville minière dans la vallée de l'Ohio,* avait été couronné par les félicitations du jury, alors que mon texte était bourré de détails inventés de toutes pièces et d'entretiens bidons, mais vraisemblables. *La Mine amère* a été publiée par une édition universitaire et bien accueillie dans les milieux spécialisés, mais tel le contribuable qui triche avec le fisc, je sais que je risque à tout moment d'être démasqué. J'avais pondu ce pensum sous l'influence de l'alcool et de la Dexédrine, dans une nervosité et une confusion qui m'empêchaient de travailler sérieusement.

De plus, j'avais dépensé l'intégralité de ma bourse de voyage dans la vallée de l'Ohio à faire la fête à Chicago. Je veux en venir au fait que j'ai décidé d'accomplir ce travail avec le plus grand sérieux, ou du moins avec le maximum de sérieux. Quitte à choquer certains, je ne peux pas croire que Dieu a créé l'Histoire dans le seul but de tenir le compte de la souffrance humaine : n'importe quel amateur intelligent découvrira vite que, si les Sioux et d'autres tribus étaient de mauvais agriculteurs, c'était parce qu'on les avait roulés en leur octroyant les pires terres, dans un contexte politique qui n'est pas sans rappeler celui de l'Afrique du Sud contemporaine — « apartheid » est peut-être un mot hollandais, mais c'est aussi une idée universelle.

Dalva m'a appelé à déjeuner, me tirant ainsi de ma méditation morose. Je n'ai pas pu me retenir de lui faire part de mes cogitations tout en mangeant ma salade niçoise accompagnée de ma ration de vingt centilitres de vin blanc. La plupart d'entre nous vivons en permanence avec cette conviction que nous sommes compris et que nous comprenons les autres, oubliant ainsi que le niveau d'attention de l'être humain est loin d'être fiable. Dalva possède une attention peu commune qui était presque gênante quand je lui parlais, car j'ai l'habitude d'énoncer à haute et parfois inintelligible voix mes divagations et autres explorations mentales. Elle écoutait attentivement, marquait un temps d'arrêt, puis répondait. Quand elle souriait, j'avais toutes les chances de prendre un boulet de canon par le travers. Lorsque je lui ai parlé des réserves indiennes et de l'apartheid, elle m'a répondu que son amie qui travaillait sur le terrain à Detroit lui avait raconté en plaisantant que les meurtres dans cette seule ville équivalaient aux statistiques de toute l'Afrique du Sud. Je lui ai alors demandé ce que cela venait faire dans la discussion.

— La mort est la mort, où qu'elle soit. Autant donner une houe à un Martien qu'à un Sioux. C'étaient des

188

nomades qui vivaient de la chasse et de la cueillette, pas des fermiers. Les Poncas et les Shawnees étaient d'assez bons paysans, mais pas les Sioux.

Ayant entendu un bruit, elle est allée à la fenêtre au-dessus de l'évier. Ses fesses moulées dans son jean m'ont ému ; quand je lui ai proposé « une petite sieste », j'ai appris cette nouvelle atterrante qu'elle ne pouvait pas faire l'amour avec moi dans la ferme et pas davantage dans la cabane de bûcherons. J'étais si éberlué que j'en ai bafouillé.

— Pourquoi pas, bordel ? Quel enfantillage !

— Je ne pourrais tout simplement pas. Mais nous pouvons aller nous promener, à pied ou à cheval. Il y a un motel sur la route.

— J'ai pas vu le moindre motel.

— Il se trouve à une cinquantaine de miles d'ici.

Une camionnette qui tirait une grande remorque pour chevaux est entrée dans la cour. Nous sommes sortis afin d'aider un vieillard sémillant à en faire descendre quatre chevaux ; ou plutôt j'ai regardé, puis on m'a donné les licous de deux chevaux, pendant que Dalva et le vieux allaient chercher les deux autres dans la remorque. Mes lectures m'avaient appris qu'il fallait à tout prix montrer à ces animaux qui était le patron, ne surtout pas exsuder l'odeur d'une peur dont ils profiteraient aussitôt, ce que bien sûr ils ne se sont pas privés de faire dès la seconde suivante. L'un a tiré violemment sur son licou et a failli m'arracher l'épaule, tandis que l'autre — pour jouer, je l'espère — a mordu ma manche de chemise, puis s'est mis à reculer avec ma chemise dans la bouche. J'ai soudain eu la vision de tortures médiévales, et la chemise a commencé de se déchirer. J'ai poussé un cri, qui a paru accroître la colère et l'excitation des deux bêtes. Dalva et le vieux ont sauté de la remorque pour me secourir, mais ma chemise en lin préférée était fichue. Le vieux a flanqué plusieurs taloches aux chevaux, punition qui m'a procuré un minimum de satisfaction. Mais quand Dalva a éclaté d'un rire dur, je lui ai dit d'aller se faire foutre. Je suis retourné vers la cabane de bûcherons en regrettant que l'excitation provoquée par le contenu des coffres m'ait fait oublier d'acheter du whisky en ville. Si Dalva partait faire une promenade à cheval, j'avais bien l'intention de me glisser dans la maison afin d'écluser quelques lampées de son précieux cognac, modeste dédommagement pour ma chemise déchirée.

De retour à mon bureau, j'ai pris au hasard un autre registre de Northridge. Je refusais toute approche systématique avant d'avoir parcouru l'intégralité des journaux au moins une fois. J'ai vite compris que maintes pages étaient consacrées à des spéculations théologiques tendancieuses et que de nombreuses notes n'intéresseraient qu'un botaniste. L'humeur noire de Northridge m'a réchauffé le cœur, car je ne m'étais pas calmé depuis l'incident avec les chevaux.

3 septembre 1874

Pourquoi nous étonner que les pourceaux se conduisent en pourceaux, qu'ils soient partout les Capitaines de notre royaume, et que dans toute la société, jusqu'au plus simple journalier, la Cupidité règne en maître ? Mon cheval, pauvre hère, n'a plus voulu avancer un peu avant Yankton, et j'ai été secouru par une famille de ramasseurs d'os qui gagnait neuf dollars par tonne d'os de bisons livrée à la gare de ravitaillement. Ils m'ont appris que dans l'ouest du Kansas ces mêmes os rapportaient douze dollars la tonne. Ils étaient si furieux de cette différence de prix que j'ai fini par préférer marcher en tenant mon cheval par la bride. Ils avaient été chassés du Kansas par des brigands qui, m'ont-ils dit, ramassaient cinq mille tonnes d'os de bisons chaque été. Ces bandits abattaient les Comanches à vue, de peur d'être eux-mêmes assassinés dans leur sommeil. Ces ossements dans les champs se coincent dans les coutres et les socs des charrues à vapeur. Ces os servent à fabriquer des peignes, des manches de couteau, à raffiner le sucre, et on les broie pour en faire de l'engrais. Voilà un destin bien mélancolique pour ces majestueux animaux.

J'ai consulté mes cartes en poursuivant ma lecture, et constaté que Northridge avait parcouru plus de vingt-sept miles ce jour-là en tenant son cheval boiteux par la bride. Dalva m'a dit que j'avais marché sur quatre miles pendant ma journée d'errance dans la nature. J'ai refait mes calculs, revérifié les chiffres fournis par Northridge pour d'autres journées de marche, découvrant ainsi que le jour du solstice d'été 1873, Northridge avait parcouru trente-sept miles à pied entre l'aube et le crépuscule afin d'acheter un nouveau cheval. Il s'agissait pour lui de simples indications, d'une comptabilité banale où n'entrait pas la moindre vantardise. J'ai voulu téléphoner à un ami du département sportif de Stanford qui, bien que participant à des concours de culturistes, boit beaucoup de bière. Il aurait pu vérifier si ces chiffres étaient vraisemblables. Quant à moi, je suis convaincu qu'un entraînement physique rigoureux nous emprisonne dans le cadre exigu de notre carcasse et laisse le champ libre aux maladies de la vieillesse.

Il est intéressant de noter qu'en une quinzaine d'années, jusqu'à 1883, environ vingt mille chasseurs de bisons ont exterminé entre cinq et sept millions de ces animaux, soit presque toute la population du continent. En 1883 Sitting Bull a organisé le massacre du dernier troupeau d'un million de bisons par mille valeureux Sioux pour empêcher les Blancs de faire main basse sur ces derniers représentants de la race.

191

29 mai 1875

Par une radieuse journée de printemps j'ai rencontré une famille de fermiers suédois complètement perdus depuis deux jours dans les hautes herbes de la Prairie. Ce n'est pas la première fois que cela m'arrive, et je les ai guidés vers le sud pendant trois jours, car ils se trouvaient sur un territoire protégé par les traités, et je craignais pour leur sécurité. Ce sont des gens assez froids mais beaux, et je leur ai trouvé une berge de rivière avec plusieurs sources où bâtir leurs maisons couvertes d'herbe; je leur ai aussi fourni le plus d'informations possible pour leur survie. Un agioteur de terres leur avait volé une bonne partie de leur argent, histoire tristement banale, si bien qu'ils avaient fui leur malheur en partant vers l'ouest et ses terres vierges. Sur un ton solennel, je les ai prévenus d'éviter certaine colline assez loin vers l'ouest, car j'y avais surpris une ourse grizzly et son ourson, et la femelle n'avait dû la vie qu'à la vélocité de mon cheval. En effet je déteste les abattre, car les ours sont révérés par toutes les tribus, qui ne les tuent que dans des circonstances exception-nelles. Les grizzlys sont les léviathans de notre continent, aussi sûrement que les grandes baleines règnent sur les mers et que l'éléphant est le Seigneur de l'Afrique. Je les ai quittés au bout d'une journée, quand j'ai vu leur fille de seize ans se baigner dans la rivière, un spectacle qui a douloureusement troublé mon sommeil. N'ayant jamais frayé avec les catins, ni été marié, je n'ai jamais vu une femme de ma propre race complètement nue. J'ai fait le vœu de ne pas me marier avant d'avoir achevé ma tâche, même si saint Paul affirme que mieux vaut prendre femme que se consumer. La force de telles menaces n'atteint pas Andersonville et je me conten-terai des femmes que je connais parmi les Sioux. Quand je me suis étonné de n'avoir toujours pas d'enfant parmi elles, une squaw m'a appris qu'elles utilisaient des herbes afin d'éviter toute grossesse prématurée. J'ai aidé les Suédois à remplir leurs formulaires et leur ai promis de remettre ceux-ci à l'Agent foncier du gouvernement que je connais, car ils redoutaient une nouvelle escroquerie. J'ai rassuré le père en lui disant comment me trouver, ajoutant que j'avais beau être un ecclésiastique, j'avais maintes fois prouvé que je savais réparer une injustice. J'aurais volontiers flanqué moi-même une bonne correction à cet agioteur. On ne peut pas fermer les yeux et se vautrer dans le plaisir comme un opossum dodu de Louisiane, quand on voit les exactions commises sur la frontière. J'avoue avoir donné une grosse pépite d'or des Black Hills à la jeune fille sus-mentionnée, Aase de son prénom, en lui disant que cela lui tiendrait lieu de dot ou permettrait à la famille de subsister pendant l'hiver si la première récolte était mauvaise.

J'ai lu et pris des notes jusqu'à cinq heures, songeant à peine à fumer et oubliant complètement de boire la bière du réfrigérateur. Comme j'avais mal aux yeux et au cou, j'ai fini par ouvrir une boîte de bière et sortir. La voiture de Dalva avait disparu, les chevaux étaient dans le corral. J'ai ressenti l'envie enfantine de leur lancer quelques pierres par vengeance, mais je n'ai pas réussi à identifier les deux coupables parmi les quatre bêtes. Quand je me suis approché du corral, ils sont arrivés tous les quatre à fond de train vers la barrière, si bien que j'ai bondi en arrière. Puis ils sont restés là à me regarder avec attention, et je n'ai pas pu m'empêcher de penser qu'ils voulaient faire ami-ami. Je leur ai dit qu'eux et moi, on allait essayer de régler notre petit contentieux à l'amiable.

De retour dans la cabane j'ai ouvert une autre bière — mon rythme biologique exige un peu d'alcool en fin d'après-midi. Histoire de changer, j'ai exploré ma première liasse de lettres, celles de l'année 1879. Une bonne part de cette correspondance était de nature horticole et venait d'une firme nommée Pépinière de Lake Country, qui avait son siège à Chicago, mais aussi des succursales à La Crosse dans le Wisconsin, à Minneapolis, Sioux Falls, Sioux City et Council Bluffs. De toute évidence, chaque succursale avait un agent qui répondait à une série de questions de Northridge. Ces réponses étaient d'habitude formulées sur le ton de l'excuse, et je n'ai pas mis longtemps à établir que Northridge était en fait propriétaire de cette pépinière. Cela est devenu évident dans les lettres d'une banque de Chicago qui m'ont appris qu'en août 1879 Northridge avait quelque trente-sept mille dollars en dépôt, somme modeste selon les critères d'aujourd'hui, mais qu'il faut multiplier par un facteur d'au moins sept pour l'ajuster au pouvoir d'achat des années 1980. J'ai été stupéfait qu'un prétendu orphelin et missionnaire auprès des Indiens ait pu acquérir autant d'argent, malgré l'énorme marché qui existait à l'époque pour les graines, les plantes, les racines et autres boutures achetées par les colons à mesure qu'ils progressaient vers l'ouest. Trop fatigué pour chercher des éléments de réponse à cette question, j'ai attendu avec impatience le retour de Dalva que je voulais interroger sur l'origine de ce capital. Bizarrement, aucun passage des journaux ne mentionnait cette existence parallèle, comme s'il s'agissait d'un secret schizophrénique qu'il essayait de se cacher à lui-même, bien que cette dernière hypothèse soit assez fragile.

Il était maintenant six heures et je me sentais un léger creux à l'estomac. J'étais vaguement énervé en marchant vers la maison, savourant à l'avance ma gorgée de cognac. J'ai regardé les tableaux quelques instants, incité à toucher leur surface par l'intuition naïve qu'il s'agissait peut-être de reproductions. J'ai bu une lampée de Hine mis en bouteille dans les années 30, puis une autre de calvados, dont j'ai rangé la bouteille en catastrophe lorsque j'ai entendu la voiture de Dalva arriver en rugissant dans l'allée, puis entrer dans la cour. J'ai profité de ce que je devais traverser la cuisine pour me rincer rapidement la bouche avec du jus d'orange, avant de sortir à sa rencontre.

— J'ai jeté un coup d'œil à ta fenêtre, mais tu étais en plein travail. Voici quelques cadeaux. Je ne veux pas modifier ton existence du jour au lendemain, simplement t'aider à lever le pied.

J'ai mis un certain temps à remarquer que les cartons transportés par avion et empilés sur la banquette arrière de la voiture venaient de traiteurs de New York et de Californie. Bouleversé, je me suis senti rougir. J'avais eu une enfance plutôt pauvre, mais c'était le lot de tous mes camarades du quartier. Noël se réduisait d'ordinaire à une paire de chaussons, à un avertisseur sonore pour mon vélo de troisième main, à mon premier réveil-matin, un moulinet de pêche pour une rivière boueuse où il n'y avait pas de poissons, un ballon en plastique. Les cadeaux les plus simples m'émeuvent aux larmes. Dalva a fait le tour de la voiture pour me prendre dans ses bras et m'embrasser.

— Cognac. Peut-être aussi du calvados, non? m'a-t-elle demandé après avoir reniflé une seule fois mon haleine.

— Je n'ai pas trouvé de whisky. J'en ai juste bu une goutte.

J'étais trop heureux pour piauler et me vautrer dans les excuses.

Notre première soirée dans la demeure du grand-père s'est bien passée, hormis une seule fausse note : Dalva a refusé de me dire où son arrière-grand-père avait trouvé le capital nécessaire à la création de sa pépinière. Elle jugeait crucial que je procède à ma propre enquête et aboutisse à des conclusions qui évolueraient peu à peu. Je me suis retenu d'entamer une querelle, car elle était très

195

belle avec sa jupe d'été en coton et son corsage bleu pâle, et puis le dîner avait été succulent (un filet de bœuf grillé premier choix venant d'une bête de la région, avec une sauce aux morilles et des poireaux sauvages envoyés par une cousine de sa mère qui habitait le Michigan). En guise de plaisanterie, elle me servait mon cabernet dans un énorme verre à vin du Texas qu'un crétin quelconque lui avait offert. A la fin du repas j'ai entamé un discours que j'avais répété à l'avance pour essayer d'allonger la liste des lieux possibles de l'amour en y ajoutant quelques endroits plus confortables. Elle m'a écouté avec son attention habituelle, puis s'est levée et a suggéré une promenade en voiture, réduisant ainsi à néant toute mon argumentation.

Ç'a été une étrange balade en voiture, avec l'impression de voir la chaleur de juin monter du sol, et la verdure s'assombrir à mesure que la nuit tombait. Loin vers l'ouest, des nuages d'orage s'embrasaient à la lumière d'un soleil invisible, mais qui colorait l'atmosphère d'une teinte jaunâtre. Nous avons suivi la route gravelée vers le nord, qui s'achevait en cul-de-sac au bord de la Niobrara, et le vent de la vitesse nous empêchait de parler. La vivacité de Dalva se manifestait aussi dans sa façon de conduire ; mais tout du long, jusqu'au moment où elle s'est arrêtée sur la berge, je me suis senti assez en sécurité. La brise due à l'orage lointain empêchait les moustiques de se manifester. J'ai tendu la main vers une lueur inquiétante à l'est, qui s'est révélée être celle de la lune. Elle m'a dit que, jeune fille, elle venait souvent ici quand sa voiture était flambant neuve, et qu'un soir d'août elle avait vu trois soucoupes volantes. Ça m'a fait marmonner, mais elle m'a aussitôt passé une bouteille de cognac qu'elle avait eu la bonté de prendre dans son sac à main. La gorgée que j'ai bue au goulot m'a fait frissonner, une impression d'étrangeté sans objet m'a soudain envahi au milieu de la nature obscure, et j'ai essayé de me rappeler une soirée similaire, en dehors du camping de ma jeunesse. Quand mes yeux ont quitté la lune et que je me suis enfin tu, Dalva s'était déshabillée et entrait dans la rivière. J'ai décliné son invitation à l'y rejoindre, bien qu'une infime partie de moi-même l'eût volontiers accompagnée; m'aventurer à mon corps défendant dans le flot noir d'une rivière n'est vraiment pas dans mes cordes. Quand elle s'est éloignée à la nage, j'ai vu la lune se refléter sur son dos et sur ses fesses. Puis elle s'est mise debout dans l'eau peu profonde, elle a secoué ses cheveux et poussé un hurlement à glacer le sang. Ça m'a coupé le souffle pendant une ou deux secondes, mais elle m'a aussitôt dit que tout allait bien. Son hurlement a réduit au silence les oiseaux de nuit et les insectes. J'ai vu des chauves-souris voleter çà et là, mais elles ne m'ont guère effrayé, car la gent volatile appartient à une catégorie bienfaisante. Une bonne minute plus tard j'ai entendu une sorte de ioulement dans les collines de l'autre côté de la rivière, que j'ai d'abord pris pour un écho tardif. Dalva, toujours dans l'eau, a poussé un second hurlement, beaucoup plus grave, et la créature a répondu, ou bien plusieurs d'entre elles dans toutes les collines environnantes, dont une en aval sur notre berge. J'ai réfléchi qu'il s'agissait de chiens de ferme, mais il n'y avait apparemment pas la moindre ferme dans le voisinage immédiat. Quand Dalva est sortie de la rivière, elle s'est approchée de moi en disant: «Les coyotes sont merveilleux, non?» Au lieu de céder à la peur, j'ai acquiescé — l'année précédente j'avais aidé ma fille à rédiger un devoir de sciences sur les coyotes, et je les avais trouvés étonnants sans penser une seconde que je me retrouverais un jour parmi eux. Quand elle a frissonné, je l'ai prise dans mes bras en me frottant contre elle pour la sécher avec mes vêtements. Elle m'a embrassé en riant; ensuite, nous avons fait l'amour sur la banquette arrière de la voiture avec une énergie dont je n'avais pas le souvenir. Nous avons été tous deux surpris par la foudre et le tonnerre, et nous n'étions qu'à mi-chemin de la maison lorsque la pluie s'est déversée du ciel en rideaux liquides. Je sais qu'une fois à la maison, séchés et installés près du feu de la cheminée avec un verre de cognac, elle désirait continuer tout en sachant qu'elle ne le pouvait pas sous ce toit. Pour une fois, je n'ai rien dit.

Je me suis réveillé en sursaut à l'aube avec l'impression que quelqu'un m'épiait par la fenêtre. Cédant à une rare impulsion héroïque, je me suis précipité dehors en caleçon, mais il n'y avait personne sinon les chevaux qui me regardaient du corral. Ça ne dort donc jamais, ces bêtes-là? Le long de la rivière, les oies ont entonné un raffut nasillard; le ciel qui rougeoyait à l'est nimbait tout le paysage d'une lueur rosâtre. J'ai entendu les palpitations excitées de mon cœur ainsi qu'un oiseau que j'ai reconnu comme un engoulevent. Je me suis vaguement demandé si les Indiens se levaient toujours à l'aube, ou bien si, l'ennui aidant, ils faisaient parfois la grasse matinée comme les gens normaux. En tout cas, le vieux Northridge ne manquait sans doute jamais la première lueur du jour. Un passage de ses journaux indiquait qu'il cheminait toujours à pied ou à cheval dès que la lune était assez grosse. A chacun ses habitudes, j'ai pensé, mais de fait l'esprit émet sans cesse des commentaires que la voix a la sagesse de ne pas divulguer.

De retour à la cabane de bûcherons, j'ai mis un pot de café sur la plaque chauffante, et pris une douche. Certaines réflexions m'avaient beaucoup trop réveillé pour que je puisse me recoucher. L'une d'elles était la nécessité de se tenir à distance de son sujet d'étude, un impératif beaucoup plus facile à réaliser dans le box individuel d'une bibliothèque d'institut de recherche. Nous n'avons pas pour tâche de lécher les plaies de l'Histoire, mais de les décrire. Que l'homme n'ait pas appris grand-chose de plus que l'acte sexuel est certes un truisme aussi banal que le feu qui brûle quand on met la main dessus, mais il incombe au chercheur de se plonger dans les analyses du problème plutôt que dans le problème lui-même. Sans relâche il faut se garder du sentiment, de la simple opinion, de la spéculation que les faits ne viennent pas étayer. Au début des années 70, quand certains de mes camarades de dernière année d'étude se sont impliqués dans l'occupation d'Alcatraz par l'*American Indian Movement,* je leur ai reproché leur manque de professionnalisme : comment peut-on étudier le XIXe siècle en s'impliquant si émotionnellement avec ses descendants les plus malheureux? C'était aujourd'hui à mon tour de répondre à cette question que je contemplais au fond de ma tasse de café ; non que Dalva soit une femme «malheureuse» mais je commençais de comprendre qu'elle était d'une certaine façon l'héritière spirituelle de toutes ces âmes blessées. Mon malaise était si intense que j'ai littéralement sauté en l'air quand on a frappé à la porte.

Elle m'apportait mon plateau de petit déjeuner en m'expliquant qu'elle serait absente toute la journée et peut-être la moitié de la soirée pour participer à une activité chevaline nommée « la coupe ». Aussitôt, je me suis assez braqué pour ne pas lui demander ce qu'était cette « coupe », mais je n'ai pu qu'admirer sa splendide tenue western. Jetant un coup d'œil sous la serviette qui recouvrait mon petit déjeuner, j'ai aperçu des bagels à la crème, une pile généreuse de tranches de saumon fumé avec des oignons crus. Je m'étais si grotesquement absorbé dans mon travail que j'en avais oublié les provisions achetées la veille! Tous ceux qui me connaissent trouveront cela incroyable. Dès qu'elle serait partie j'irais examiner mon butin. Je l'ai prise dans mes bras, palpant ses fesses sous la culotte de cheval en tissu croisé; aussitôt ma biroute s'est mise à pointer entre les pans de ma robe de chambre. Elle l'a serrée gentiment en me demandant si j'accepterais d'aller en ville vers midi avec le vieux Lundquist, que je n'avais pas encore rencontré, pour aller chercher du fourrage au silo à grain. Elle a ajouté que je ne devais surtout pas laisser Lundquist aller au bar, car les samedis après-midi y dégénéraient parfois. Je lui ai promis de tenir à l'œil le vieux chnoque. Nous nous sommes retournés quand une Lincoln assez tape-à-l'œil est entrée dans la cour avec une remorque pour chevaux, puis Dalva est partie.

Je me serais volontiers contenté d'une feuille de chou de troisième zone pour accompagner mon petit déjeuner. Je ne pouvais pas imaginer une maison sans journaux, revues, ou au moins une télévision, mais je me retrouvais prisonnier dans un tel lieu, avec ma voiture en rade dans le lointain Denver. Nous avions décidé d'aller chercher l'autre voiture de Dalva chez Naomi. J'irais peut-être lui faire une visite pour lui préparer un bon repas: quelque chose d'osé et d'italien pour exorciser la tristesse de cette province perdue. Je commence de manger mon saumon et prends un journal plus tardif.

25 août 1877

A mon camp sur la Loup, plongé dans une infinie mélancolie pour le premier anniversaire de la mort de ma bien-aimée. (?) J'ai fait l'impossible pour tenter de communier avec son esprit et celui de mes amis morts parmi les Sioux, mais sans résultat notable. J'ai entendu parler d'un medecine man qui vit avec les Cheyennes à Lame Deer dans le territoire du Montana, et qui pourrait sans doute m'aider, bien que, selon mon ami Grinnell, les medecine men les plus puissants se trouvent loin au sud-ouest, en Arizona. Grinnell me conseille de rechercher la consolation et la force de notre propre foi. Je lui ai répondu que, pour moi, le Dieu d'Israël ne vivait pas sur cette terre. On vient de m'apprendre ce matin que mon ami et frère d'adoption, le valeureux Arbre Blanc, a été battu à mort à Fort Robinson parce qu'il avait craché sur la selle d'un soldat. Les soldats ont attendu la nuit pour le traîner hors de son tipi et l'assassiner en secret. Sa femme, qui s'était cachée, a tout vu et m'a envoyé un messager. Du fond du cœur je désire tuer ces assassins.

Dans mes rêves mon épouse défunte m'a dit de quitter cet endroit qui était le nôtre, et je vais lui obéir. Mon dernier rêve contenait une profusion de détails horribles; elle était aussi maigre que sur son lit de mort, mais sa voix était douce et mélodieuse. Nous étions dans le canyon où nous avons découvert les louveteaux, et pris garde de ne pas les déranger. C'étaient de toutes petites boules de poils, mais le plus gros, qui pesait peut-être dix livres, a tenté de nous effrayer pour protéger la portée. Dans mon rêve le canyon était plein de ses oiseaux préférés: le martinet poupre (*Progne subis*), le pluvier à bandes noires (*Aegialitis vociferus*), le bécasseau cingle (*Tringa minutillia*), et puis des courlis et des oiseaux que je ne connaissais pas mais qui ressemblaient à des hérons. Nous étions assis sur un rocher parmi les merises de Virginie, les cassis sauvages, les cornouillers sanguins, les baies-de-loup, tous ces arbustes mêlés en un fourré inextricable. Sa bouche était tout près de mon oreille, mais elle ne me parlait pas. Je l'ai serrée entre mes bras, elle a pénétré dans mon corps, le canyon a disparu et j'ai été transporté au sommet de Harney's Butte. Je suppose que cela signifie qu'elle est à jamais dans mon cœur et mon sang.

.

Inutile de dire que ce n'était pas vraiment le genre de lecture dont j'avais besoin au petit déjeuner. Je ne crois pas à l'existence de l'âme, mais trouvais mal venu qu'on insistât tant et de si bon matin sur les états de la mienne. Je me suis habillé rapidement, en proie à cette mélancolie qui me saisit quand j'entends *Petrouchka* ou les *Partitas* de Bach. J'ai pensé que je devrais peut-être commencer par le début, éviter la surprise des rêves sinistres et des épouses défuntes. J'avais du mal à imaginer qu'on ait pu vivre intimement toute cette période pour ainsi dire en première ligne, comme Northridge : entre la fin de la guerre civile et le massacre de Wounded Knee en 1890, les Grandes Plaines ont été bouleversées par un véritable cataclysme historique. On dirait que les gouvernements n'ont jamais manifesté le moindre talent ni la moindre inclination pour maintenir leurs citoyens en vie. La vie elle-même était sans doute le cadet des soucis des politiciens de Washington, D.C. Debout au milieu de la cour j'ai essayé d'interrompre mes pensées. L'herbe était d'un vert très foncé, les oies du blanc le plus pur. Un psychiatre m'a un jour conseillé de me concentrer sur l'univers physique quand un tourbillon vertigineux s'emparait ainsi de mon esprit. Ma femme a divorcé parce que je ne pouvais pas m'arrêter. Point. Je dois éviter la littérature et le cinéma, car ils mettent ce mécanisme en branle. J'ai appris à doser mes sympathies afin de minimiser l'étendue de mes déceptions. Ce psychiatre m'a fait une ordonnance de lithium, mais les effets soporifiques de ce médicament m'ont empêché de terminer ma thèse. Quant à mon mariage, il s'est achevé sur un voyage de deux jours en voiture à destination de Seattle pour rendre visite aux parents de ma femme. Je venais de lire un vieux livre intitulé *Incroyables Illusions populaires et Folie des foules,* et j'en ai parlé sans interruption pendant qu'elle conduisait. J'avais mal à la mâchoire, mais impossible de m'arrêter. J'ai même continué de parler après qu'elle est descendue de voiture à Seattle avec notre fille. Je me rappelle que j'ai alors allumé la radio pour avoir quelqu'un à qui m'adresser ! Je me considère comme guéri à quatre-vingt-dix-neuf pour cent, même si l'emploi de l'alcool comme sédatif a parfois des effets inverses au but recherché. Je dois m'arrêter. J'ai décidé de chasser les oies pour les regarder voler, mais de toute évidence ces oies ne sont pas de l'espèce volante. Plusieurs de ces volatiles se sont même retournés contre moi pour me mordre le devant de la jambe tandis que je battais en retraite. La plus grosse — sans doute un mâle — m'a suivi jusqu'à la porte de la cabane de la pompe. J'espère que je n'ai pas entamé une guerre permanente, car mes trajets entre les deux maisons risquent d'en être perturbés.

Dans la cuisine j'ouvre le réfrigérateur pour examiner le nouvel arrivage de marchandises comestibles, mais je le referme aussitôt. Je viens à peine de terminer mon petit déjeuner, et je tiens à attendre d'être en appétit pour savourer pleinement ces mets. Je vais dans le cabinet de travail, regarde une étagère de livres et prends la traduction de Dante par Thomas Carlyle; c'est une édition originale, une fleur séchée marque une page où un passage est souligné — « Comme je ne pleurais pas, mon cœur s'est pétrifié; eux pleuraient. » Ecrite de la main du premier Northridge, j'ai lu cette note en marge: « Les Sioux! » Au diable toute cette mélancolie, ai-je pensé. Je suis monté dans la chambre de Dalva pour y fureter, mais tout de suite j'ai eu la chair de poule et n'y suis resté qu'un moment. Il y avait plusieurs photos, dont certaines, très anciennes, des trois J.W. Northridge, et une de Paul jeune, appuyé sur une pelle. Mon regard a été attiré par un étrange jeune homme sur un cheval pâle, qui m'a fait penser au portrait de Rimbaud qui figure sur la couverture de l'édition New Directions. Il y avait aussi une photo de Dalva en compagnie d'une autre belle jeune femme, prise en un lieu où j'ai cru reconnaître Montmartre, et une autre de Dalva à Rio avec un joueur de polo très beau et couvert de boue. Elle a certes voyagé. Quand le téléphone a sonné dans sa chambre, je me suis rué en bas à la cuisine pour ne pas me faire prendre en flagrant délit d'espionnage. C'était ma fille, ravie que Dalva lui ait écrit pour l'inviter ici en juillet et en août, et qu'elle ait glissé dans sa lettre un billet d'avion aller-retour. Nous avons discuté la proposition de Dalva, qui voulait lui apprendre à monter à cheval, et un certain nombre d'autres sujets, dont le remariage plutôt heureux de sa mère avec un courtier en bourse de Seattle, lequel réglait la facture de l'école privée où elle ne voulait plus aller. Malgré les inconvénients que je risquais d'y trouver, son désir d'habiter avec moi à San Francisco m'a fait assez plaisir.

Ma décision suivante a été la plus audacieuse. J'ai ouvert la porte du cellier, mais sans trouver le moindre interrupteur. Sur une étagère il y avait plusieurs lampes-tempête de cheminot ainsi que des lampes-torches. J'ai pris la plus grosse, puis d'un pas nerveux j'ai entamé la descente de l'escalier en me souvenant que nous étions en 1986 et qu'il n'y avait rien à craindre sinon la peur elle-même. Le cellier était une vaste pièce à l'air sec ; seuls les gros piliers qui supportaient la maison hachuraient un espace sinon vide. Tout y était d'une propreté impeccable ; il y avait même un plancher aux lattes vernies, ce qui m'a semblé curieux. Je n'avais nullement l'intention de m'aventurer au-delà du bas des marches, mais j'ai aperçu des meubles, des malles de navire entassées avec d'énormes caisses en bois et un déshydrateur de la taille d'un bureau. A ma droite se dressait une solide cage en fil de fer, d'un mètre sur deux à la base, qui contenait des casiers à bouteilles. Un cadenas à combinaison verrouillait la porte de cette cage métallique. J'ai poussé un léger cri en entendant une voix me dire : « T'arriveras pas à prendre une seule bouteille de vin. » Il y avait un gnome en haut des marches.

Le vieux Lundquist se révéla être un personnage inimitable ; je veux dire par là que je ne vois pas comment un autre être humain pourrait lui ressembler. Je ne tenterai pas de rendre son accent suédois qui survivait à travers lui bien que l'individu ait passé l'intégralité de ses quatre-vingt-sept années dans le Minnesota et le Nebraska. Son accent était absurdement chantant ; la fin de ses phrases ou de ses commentaires montait dans les aigus tout en se réduisant à un filet de voix, comme si le souffle lui manquait soudain. Quand j'ai gravi l'escalier et que je suis entré dans la cuisine, il a répété à plusieurs reprises sa phrase sur les bouteilles de vin, chaque fois sur un ton plus affligé. Puis il a soudain ouvert le réfrigérateur, et sa main y a plongé pour s'emparer d'une boîte de bière, dont il a vivement arraché la languette en reculant comme si je risquais de l'en empêcher. A cet instant étrange, j'ai parié en silence que Northridge était retourné à ce camp de colons suédois pour épouser la jeune fille qu'il avait vue se baigner dans la rivière, et que Lundquist était peut-être un parent — ou plutôt un descendant. Son nez paraissait être son trait distinctif, et il portait une veste sale en jean, boutonnée jusqu'à la pomme d'Adam malgré la chaleur de juin. Alors que nous traversions la cabane de la pompe pour sortir, il m'a aidé à enfiler une combinaison comme si j'étais un gamin, ou qu'il eût estimé mon incompétence à sa juste mesure. Je n'avais jamais porté de combinaison de fermier, et je me suis soudain senti dans la peau d'un fils de la terre.

Nous sommes donc partis en ville dans sa camionnette Studebaker 1947, le meilleur véhicule jamais construit en Amérique, à en croire Lundquist. Entre nous sur la banquette, son petit terrier sénile défendait en grondant un tas de chiffons couverts de graisse comme si moi aussi je briguais leurs faveurs. Lundquist conduisait avec une lenteur exaspérante, ses yeux bleu pâle ne quittaient jamais la route vide, ses bras raides restaient tendus devant le volant. Il a pris un air grave pour m'annoncer que Dalva lui avait confié que j'étais « un buveur », et qu'aujourd'hui il était hors de question de s'arrêter à la taverne. Sa fille

Frieda lui donnait d'habitude deux dollars, ce qui lui permettait d'acheter deux bouteilles de bière ou trois petits verres d'alcool le samedi après-midi, ou bien une bouteille de bière et deux schnaps — puis il a énuméré toutes les combinaisons possibles, le fin mot de l'histoire étant qu'il n'y aurait pas d'arrêt à la taverne aujourd'hui parce que je l'accompagnais. Sa tirade m'ayant attristé, je lui ai montré les deux billets de vingt dollars que j'avais en poche. Son visage s'est soudain illuminé, mais il m'a dit que c'était exclu, que ma santé était en jeu.

Afin de clore le chapitre des spiritueux, je me suis mis à interviewer Lundquist sur l'histoire familiale de son employeur. Je savais par expérience que les gens de la campagne tiennent à commencer quasiment à l'aube de l'humanité ; dans le cas présent, le meurtre de son propre grand-père lors de la révolte des Sioux, près de New Ulm, dans le Minnesota, en 1862. Pour des raisons qu'il n'a pas pris la peine de m'expliquer, Lundquist avait décidé que tous les Indiens étaient les membres de «la tribu perdue d'Israël», et que les mauvais traitements que nous leur avions infligés aboutiraient inéluctablement à notre ruine. J'ai essayé, avec un succès mitigé, de le détourner de ces considérations fumeuses pour le ramener à la réalité des faits, puis je me suis maudit de ne pas avoir pensé à prendre mon magnétophone portatif. Après tout, cet homme de quatre-vingt-sept ans risquait à tout moment de tomber raide mort. Il a commencé de travailler pour le grand-père de Dalva en 1919, et est donc resté au service de la famille pendant la durée étonnante de soixante-sept ans. J'ai failli lui demander combien il gagnait, mais il m'a alors appris qu'il avait hérité une ferme à la mort du grand-père de Dalva en 1957. Lundquist n'avait jamais espéré posséder quoi que ce fût — conformément au système du droit d'aînesse, on transmettait toujours la ferme familiale au fils aîné. Les familles d'immigrants ont très souvent perpétué cette coutume européenne, créant ainsi une classe d'ouvriers agricoles pleins d'amertume, constituée des fils plus jeunes, qui ont alimenté la révolte populiste. Alors, stupéfait, je l'ai entendu déclarer qu'il refusait de me parler de cette famille sans la permission de Dalva. Quand son épouse avait confié un secret à un prêcheur, elle avait été chassée de la maison pendant la dernière année de la vie de «M. John W». S'il me parlait, on lui reprendrait peut-être sa ferme, et alors que deviendrait sa fille Frieda, qui avait toujours été trop grosse pour trouver un mari? J'ai tenté de le remettre sur les rails en lui parlant des Indiens. Il m'a rétorqué qu'on ne voulait pas entendre parler des Indiens parce qu'ils causaient des ennuis. Et ils causaient des ennuis parce que c'étaient des «animaux» différents de nous, comme les loups sont différents des renards, ou les chevaux des vaches. Cette remarque assez précise m'a paru intéressante. Nous autres universitaires croyons volontiers que nous irradions la logique et la raison pure dans tout le pays, alors qu'il suffit de s'arrêter à une station-service ou d'ouvrir le journal pour s'apercevoir du contraire. L'éducation n'a jamais réussi à éliminer la loufoquerie fondamentale de l'esprit américain. Ce n'est pas que nous croupissons dans les chiottes de la génétique, mais la culture, le système éducatif égratignent à peine la surface de la conscience populaire. A l'instant précis où nous franchissions une ornière de la route gravelée, et que la poussière qui montait sous nos pieds à travers les planches nous étouffait, Lundquist a annoncé qu'un jeune Sioux avait jadis travaillé pour la famille. Ce garçon possédait «des pouvoirs secrets», il dérouillait les types les plus costauds, il montait debout sur son cheval la nuit, il parlait aux bêtes sauvages. Tout le monde dans la famille et en ville a été content quand ce garçon a disparu. J'ai pris bonne note d'interroger Dalva sur ce jeune prodige. Dans les faubourgs de la ville, Lundquist m'a considéré avec un léger mépris, puis déclaré que Dalva aurait dû épouser le président des Etats-Unis, ou au moins le gouverneur. Je me sentais dans mes petits souliers quand il s'est arrêté devant une boucherie, et qu'il est revenu presque aussitôt avec une unique saucisse pour son chien. Le terrier a serré le morceau de viande dans sa gueule en grondant méchamment pendant quelques secondes, puis il a fermé les yeux et dévoré sa saucisse avec un sombre plaisir.

Cette journée s'est achevée dans une honte noire, une perte de mémoire, des récriminations mineures et ce qu'un érudit (le célèbre Weisinger) a appelé «le paradoxe de la déchéance heureuse», ce qui (en bref) signifie que, sans la chute du héros (moi) puni pour son «hubris», le bien-fondé de la cause commune ne saurait être réaffirmé. Le clou de l'après-midi a été un léger esclandre et une scène d'ébriété publique. Notre dégringolade a commencé avec le violon miniature que Lundquist cachait sous la banquette de sa camionnette. Nos intentions étaient toujours parfaitement honnêtes au silo à grain et au magasin d'alimentation où je suis passé inaperçu, ignoré de tous et aussi invisible que n'importe quel péquenot en salopette. Nous avons chargé nos sacs de fourrage, nous sommes dévisagés, puis avons regardé à droite et à gauche dans la grand-rue accablée de chaleur, où des familles de fermiers faisaient leurs emplettes du samedi. Sans un mot nous sommes tombés d'accord : nous ne pouvions pas quitter ce lieu de plaisir pour rentrer aussitôt à la maison.

Nous avons d'abord fait étape au *Swede Hall* où plusieurs douzaines de vieillards très âgés jouaient au pinocle en buvant de la bière et du schnaps. Lundquist s'est arrêté à l'entrée d'une grande pièce et a tapé sur une table. Tout le monde s'est levé avec une certaine irritation qui s'est muée en applaudissements et en saluts lorsqu'il m'a présenté comme le professeur venu de «la côte du Pacifique» pour écrire une histoire de la famille North-ridge. L'odeur aigre de la bouse de vache, du tabac à chiquer et du pétrole emplissait la pièce. Nous nous sommes frayés un chemin de table en table avant de retourner vers l'entrée, acceptant de bon cœur « godets » et « coups de l'étrier » de whisky bon marché comme le Guckenheimer, marque que je n'avais jamais rencontrée en dehors des villes minières.

De retour dans la rue, Lundquist s'est frotté le ventre en disant que, s'il avait un peu d'argent, il s'offrirait bien un hamburger pour mieux digérer le whisky. Je lui ai suggéré le plus gros steak de la ville, mais il m'a répondu qu'il ne pouvait plus mâcher la viande non hachée et qu'un hamburger ferait l'affaire. Nous sommes donc allés à la *Taverne de la Douce Paresse* pour engloutir un énorme burger aux oignons frits et quelques bières froides. Le bar était rempli des hommes les plus gros que j'aie jamais vus rassemblés en un seul lieu, excepté les chercheurs d'or du milieu du xixe siècle dont j'avais admiré les photos dans l'aéroport de San Francisco. Plusieurs de ces malabars avaient participé à la battue organisée pour me retrouver, et j'ai bientôt repéré le colosse qui m'avait hissé sur un cheval. Il m'a payé un coup en disant qu'il espérait que j'avais retrouvé « le sens de l'orientation ». Un farceur ivre a insisté pour que Lundquist aille chercher son violon, proposition qui a aussitôt recueilli l'assentiment général, lequel s'est exprimé par le martèlement des poings sur les tables.

Ç'a été un spectacle extraordinaire, que je n'aurais voulu rater pour rien au monde, bien que j'eusse volontiers fait cadeau de ma gueule de bois subséquente à un télévangéliste. Lundquist a commencé par l'hymne national suédois (*Du gamla du fria, du fjällhöga Nord, etc.*) de concert avec quelques vieillards de son club qui l'avaient rejoint à la taverne. C'était vraiment émouvant d'entendre ces vieux bonshommes évoquer une mère patrie où ils n'avaient sans doute jamais mis les pieds, leurs regards humides levés vers un drapeau ou une vision invisibles. Lundquist a continué par des chansons que je n'avais pas entendues depuis les pique-niques du Syndicat des sidérur-

gistes de mon enfance : *Le Chant de guerre de la République*
(chahut général), *La Vallée de la Red River*, *Regarde-moi
dans les yeux en trinquant* (avec ironie), *Juanita* («Si douce
par-dessus la fontaine, s'attarde la lune du sud», etc.; puis
tout le monde reprend le refrain : «Nita! Juanita! Mon
cœur est plein de toi», etc.), et d'autres airs encore. Je ne
suis pas un sentimental, mais tout ça m'a ému, la façon
dont Lundquist tendait son cou décharné, sa voix chevro-
tante à laquelle se joignaient celles de ces fermiers qui
désiraient, comme tout un chacun, rencontrer leur Juanita. Ensuite, comme pour annoncer la fin de son numéro,
Lundquist a joué quelques gigues, et plusieurs octogé-
naires pleins d'entrain se sont mis à danser, après quoi ils
se sont tous écroulés, lessivés, dans un compartiment de
la taverne où ils ont repris leur partie de pinocle.

Au bar, on m'a présenté un homme plus jeune que les
autres, âgé d'une trentaine d'années, un étranger comme
moi, facétieusement surnommé «Force de la Nature». Je
connais suffisamment les rituels des bars pour deviner
qu'en temps ordinaire «Force de la Nature» est un surnom
ridicule, mais cette règle a des exceptions : chaque village
d'Amérique abrite un gros crétin baptisé Minus. Dans le
cas précis ce sobriquet équivalait à une blague affectueuse,
car l'homme en question, bien qu'un peu plus grand que
la moyenne, était assez musclé et évoquait le chasseur de
prime ou le mercenaire. Nous avons fait plusieurs parties
de billard à huit boules et j'ai découvert qu'il étudiait les
répercussions des pratiques agricoles sur la flore et la
faune d'une vaste région de territoire fédéral au nord de
la ville. Il a cité l'organisme qui le subventionnait, l'une
parmi une douzaine d'associations écologistes à but non
lucratif, dont les activités me laissent pantois depuis des
années. Mon ancienne femme essayait perpétuellement de
sauver à distance tout et n'importe quoi, des montagnes
aux baleines en passant par les rivières et les bébés
phoques. Ma conversation avec Force de la Nature a un

peu pâti de la gêne que nous ressentions d'être les deux seules personnes cultivées de la taverne, même si lui-même paraissait souvent l'oublier.

Notre partie de billard a été interrompue par une prise de bec entre deux malabars, l'un reprochant à l'autre d'essayer de lui vendre un troupeau de veaux affligés d'une maladie appelée «fièvre de l'embarquement». Apparemment décidés à s'étouffer jusqu'à ce que mort s'ensuive, ils ont envoyé valser la lourde table de billard contre le mur. Tous les clients de l'établissement ont tenté de rétablir l'ordre en se jetant sur les combattants dès que ceux-ci ont été à terre, et cela m'a rappelé l'un de ces incidents désastreux qui surviennent parfois lors d'un match de football américain, où les arbitres ont un mal de chien à se faire entendre. L'ozone de la violence m'a poussé à boire un peu trop vite, et j'ai dû m'effondrer dans le compartiment de Lundquist et des autres joueurs de pinocle. Au bout d'un laps de temps indéterminé, Lundquist a beuglé «Nom d'un pétard!» et nous sommes sortis de la taverne ventre à terre. Il se faisait tard — pour être exact, la nuit tombait —, et Frieda se mettrait en colère s'il arrivait en retard au dîner. Ivre, il conduisait deux fois plus vite qu'à jeun; à mi-chemin de la maison nous avons basculé dans un fossé boueux. Je me rappelle que nous nous sommes demandés ce qu'il fallait faire, décidant ensuite d'un commun accord de nous endormir. Puis nous avons été repérés par deux adjoints du shérif, Dalva, Naomi, Frieda, un dépanneur et divers individus non identifiés. Je me suis laissé rapatrier puis mettre au lit sans dîner dans la cabane de bûcherons, et je me suis réveillé paniqué au milieu de la nuit parce qu'un Indien qui ressemblait au minotaure me poursuivait sur la place Ghirardelli. Je me suis enveloppé dans un drap, puis suis sorti en titubant au clair de lune, me recroquevillant à même la terre, pour me réveiller le lendemain matin couvert de mouches et entouré de pattes d'oies.

211

Cette expérience douloureuse m'a garanti une vie saine durant plusieurs semaines. Pendant quelques jours j'ai travaillé d'arrache-pied, de l'aube au crépuscule, comme si j'essayais de sauver ma vie et ma réputation, ce qui était bel et bien le cas. Le début de mon séjour dans le Nebraska, je m'en rendais compte, avait été un peu éprouvant, tant pour moi que pour les autres. Dalva, qui ne m'adressait jamais la moindre critique, m'a ainsi laissé mariner dans le jus de la connaissance de soi. Par exemple, caché sous la tente de mon drap blanc et gardé par les oies, j'ai essayé de faire bonne figure malgré ma gueule de bois carabinée, quand Dalva est arrivée avec de l'eau glacée, de l'aspirine, un gant de toilette mouillé, un verre contenant une orange pressée, et un thermos de café. Elle était très bien habillée, et sur le point de se rendre à l'église avec Naomi. Au lieu de me dire «Michael, Michael, Michael» puis de me flanquer une rouste comme l'aurait fait mon ancienne femme, Dalva s'est contentée d'un «J'ai bien cru que tu allais y passer», puis elle m'a essuyé le visage avec le gant, elle m'a aidé à prendre mes aspirines et versé ma première tasse de café. Je regardais sous sa jupe avec l'excitation infantile du potache qui lorgne sous la robe de sa maîtresse d'école. Oh! devenir une marmotte, m'enfouir là-dessous pour me refaire une santé! Elle m'a annoncé que Lund-quist s'était rendu chez elle à pied très tôt ce matin pour s'excuser de m'avoir laissé boire. Ç'avait été une prome-nade de sept miles, et à la fin il avait même dû porter son chien, qui avait tendance à se désintéresser de la marche. Frieda lui avait interdit d'utiliser sa camionnette jusqu'au lendemain. Par sympathie pour moi, le chien avait éloigné les oies de mon corps endormi, et poussé la bonté jusqu'à aller me chercher une baguette pour que je puisse jouer avec si jamais je me réveillais. Elle m'a donné la baguette en question, puis est partie en voiture pour l'église. Je ne connaissais personne, parmi le cercle de mes amis intellectuels, cyniques et rustres, qui fréquentât l'église. J'ai imaginé Dalva en train de chanter des cantiques en petite culotte blanche. Les violentes gueules de bois présentent une pathologie sexuelle que je n'ai jamais très bien comprise; l'alcool absorbé en grande quantité agit comme un traitement de choc, et le lendemain matin la vie sexuelle non vécue vous frappe de plein fouet. Mon ancienne femme, qui était très portée sur la chose, profitait bien souvent de mes malaises du dimanche matin. Mais voilà qu'une humeur méditative s'est emparée de moi, comme si mon drap blanc était l'Himalaya — et j'ai pris bonne note de téléphoner à un jungien de ma connaissance pour l'interroger sur l'origine de ce Peau-Rouge mino-taure.

La deuxième fois que j'ai écarté mon drap, Dalva, de retour de l'église, était occupée à creuser la source de la grange qui aboutissait au ruisseau. L'air était déjà brûlant, et elle portait un short, un maillot de danse et des bottes en caoutchouc, ce qui m'a incité à aller l'aider. J'ai vidé le thermos de café, suis allé dans la cabane de bûcherons enfiler ma combinaison et mes bottes, puis je l'ai rejointe. Malgré de légers vertiges, j'ai creusé avec ardeur à ses côtés en attendant qu'elle me complimente pour mes efforts. Au lieu de quoi elle raillait le manque d'humour du sermon — en ces Derniers Jours nous sommes tous otages de notre destin, que nous habitions Beyrouth ou Omaha; du coup je me suis mis à creuser avec une énergie redoublée jusqu'au moment où le ciel s'est soudain obscurci et je suis tombé à la renverse dans le ruisseau dont l'eau froide m'a aussitôt fait reprendre mes esprits. Assez inquiète, elle s'est campée au-dessus de moi; et considérée de mon point de vue inférieur, elle m'a fait penser à une walkyrie sado-maso. Elle a dit que j'avais sans doute oublié de prendre mes cachets contre l'hypertension, et puis que j'avais besoin de manger quelque chose. J'ai reconnu que vingt-quatre heures s'étaient écoulées depuis mon hamburger. Je me suis retourné sur le ventre, puis servi de mes mains pour me hisser vers la berge et retirer la boue dont j'étais couvert, poisson habillé de pied en cap, une carpe sans doute.

Après le déjeuner et de retour derrière mon bureau, je me suis mis à réfléchir à la nature du temps, à la manière dont il est lié au combat intime, d'ordinaire silencieux, avec la vie publique. Les Mémoires, surtout ceux qui ont pour objet de résumer une vie entière, s'attardent souvent sur ce conflit : mariages ratés, fourvoiements, tournants pris au mauvais moment. décisions erronées, le temps comme un flux vertigineux qui nous précipite tous par-dessus le rebord de l'être, le temps qui n'a jamais pardonné une seule seconde à personne. Une petite fille que j'aimais, qui me construisait fièrement des anges de neige en janvier sur les collines d'Ohio Valley, ville de la suie, est retrouvée morte dans des circonstances suspectes, après trois mariages, noyée dans des eaux tropicales. Je vois ses longs cheveux flotter entre deux eaux, je vois son corps malmené par le ressac.

Au déjeuner j'ai interrogé Dalva sur le jeune prodige indien dont Lundquist m'avait parlé. Sa réaction est un bon exemple de ce que je veux dire. Dalva a renâclé, rougi, pris la mouche, bien que tout ça remonte à une trentaine d'années.

— On ne peut pas parler des Indiens en général. Tu le sais bien, quand même. Il y a les Sioux, les Hopis, les Cheyennes, les Apaches...

— Et ce jeune magicien sioux dont parlait Lundquist ? lui ai-je redemandé.

— Qu'est-ce qu'il t'a dit ?

Elle tournait le dos à la cuisinière.

— Pas grand-chose. Simplement qu'il montait son

cheval debout la nuit, qu'il parlait aux animaux et qu'il faisait peur aux gens. C'est tout.

— Je l'ai à peine connu. C'était un cow-boy malheureux comme il y en a tant, et il a travaillé ici pendant quelques mois.

— Au fait, il a quelques mois qui manquent pour les années 1860, lui ai-je répondu en sentant qu'un changement de sujet s'imposait.

Elle s'est détendue et remise à me préparer l'un de mes remèdes préférés contre la gueule de bois (des linguini avec une sauce à base de petits pois frais, de prosciutto haché menu, et un mélange de fromages fontina et asiago).

— Quand tu liras la suite, tu verras qu'après avoir remis une lettre à une veuve de Sault Sainte Marie dans le Michigan, il s'est embarqué à destination de Duluth sur un schooner qui a fait naufrage dans une tempête entre Grand Marais et Munising. D'ailleurs, il semble ravi que les autres lettres destinées à des veuves aient coulé avec le bateau.

Elle m'a servi ma ration de vin comme s'il ne s'était rien passé la veille. Ceux qui ne connaissent pas l'alcool ne peuvent comprendre qu'après une journée d'excès l'amateur ne peut pas s'arrêter complètement de boire, mais qu'il doit limiter sa consommation et entamer une trajectoire lentement descendante. Tandis qu'elle servait le déjeuner, j'ai remarqué que ses joues étaient encore rouges après ma question initiale. Je savais bien entendu qu'il aurait été absurde de sonder les limites de son hospitalité. Et puis je l'aimais. Et puis, aussi, elle m'intimidait un peu.

— Je dois passer quelques jours à Rapid City pour une affaire de chevaux. J'espère que tu sauras te débrouiller tout seul? Naomi te conduira en ville pour ton discours au Rotary.

— Je vais m'enterrer dans mon travail. Puisque tu pars, nous pourrions peut-être avoir un rendez-vous ce soir.

— Peut-être.

Le téléphone a sonné. J'ai lorgné les pasta qui restaient dans son assiette, car la mienne était vide. J'étais penché au-dessus de la table pour en poignarder une bouchée sur ma fourchette, quand Dalva a poussé un hurlement qui m'a fait lâcher mon couvert en me sentant le dernier des cons.

Il s'est avéré que c'était son oncle Paul qui l'appelait pour lui dire qu'avec l'aide du détective mexicain il avait réussi à retrouver le garçon violenté. Malgré sa joie, elle a remarqué ma gêne et m'a fait signe de finir son assiette. Elle s'est mise à parler avec le garçon dans un espagnol très rapide, puis est revenue à l'anglais avec Paul. Quand elle a raccroché et que je l'ai prise dans mes bras, j'ai senti l'odeur du soleil sur son cou. Puis elle est retournée au téléphone pour appeler son beau-frère Ted et son employé Andrew. Je suis sorti me remettre au travail.

Je veux dire une chose sur le temps : le coup de fil qui n'arrive pas compte davantage que celui qu'on reçoit. La rage de l'ordre ne crée aucun espace parallèle où l'ordre pourrait advenir. Comme l'écrit Angus Fletcher dans son essai magistral sur Coleridge : « Le temps de notre monde manifeste une instantanéité si parfaite dans son passage transitoire — son glissement insensible d'une détermination temporelle à la suivante — que rien ne saurait désigner, et encore moins mesurer, son être ou son essence. » Et voilà bien sûr pourquoi certaines personnes meurent parfois de terreur. Coleridge est décrit comme « un solitaire hanté par de vastes conceptions auxquelles il ne peut participer ». C'est un héros de la conscience qui se tient en permanence sur le seuil, près d'une frontière où la participation aux sphères sacrée et profane est possible à chaque instant. Cela est encore plus poignant quand on sait que cette connaissance a rendu Coleridge fou, bien que la définition de la « folie » ait récemment été revue et corrigée par un Anglais hyperthyroïdien nommé Laing.

Redescendons sur terre : entre 1865 et 1890, le vieux

Northridge consacre donc vingt-cinq années de sa vie à aider la population autochtone vaincue à s'adapter à un mode de vie agricole, mais cette population, déplacée en tous sens par le gouvernement, n'a jamais possédé un arpent de bonne terre qu'on ne lui ait aussitôt subtilisé. Et le Dawes Act de 1887 a eu pour effet, volontairement ou non, d'encourager ces spoliations, tant et si bien qu'en l'espace de trente ans les Indiens ont perdu cent millions d'acres sur les cent vingt-cinq qu'ils possédaient à l'origine. Certes, une bonne part de ces terres ont été «achetées», comme si ces nomades étaient de brillants diplômés d'une école de gestion, rompus aux négociations foncières.

Mais tout cela, bien que souvent ignoré du grand public, est déjà connu, contrairement à Northridge. Nous autres universitaires avons la réputation de créer de toutes pièces des problèmes auxquels nous apportons des réponses artificielles, assurant ainsi la pérennité de notre emploi. Northridge est intéressant à cause de sa droiture et de sa lucidité, tout comme Schindler est fascinant alors que des millions d'Allemands qui se contrefichaient de ce qui leur arrivait sont perdus pour l'historien...

Nom de Dieu! Il y a quelqu'un qui m'observe par la fenêtre au-dessus de mon bureau! C'est Lundquist. J'ouvre la fenêtre, fermée car j'ai mis en marche l'air conditionné. Il a beau transpirer, sa veste est boutonnée jusqu'au cou. Il se demande si je n'aurais pas une bière pour lui. Je lui propose d'entrer, mais il ne veut à aucun prix qu'on s'aperçoive de sa visite. Je lui passe donc la bière par la fenêtre, ainsi qu'un bout de salami pour son chien. Lundquist vide sa bière en un clin d'œil, puis détale à travers les bardanes; son terrier posé à l'envers sur l'épaule aboie pour me dire au revoir. Cela signifie que cette vieille crapule va couvrir quatorze miles par cette journée brûlante de juin. Je me retiens malgré tout de prendre Lundquist en pitié — il a un bon demi-siècle de plus que moi et de toute évidence il aime la vie, alors qu'en ce domaine je suis loin d'avoir fait mes preuves. Je chasse le projet de soutirer des secrets de famille à Lundquist en le soudoyant avec de l'alcool. L'éthique n'est pas un vain mot, tout de même. A moins que je ne m'abuse...

26 décembre 1865, Chicago

Voilà deux semaines que je suis ici, et dans la matinée je vais partir pour La Crosse, dans le Wisconsin, afin d'en apprendre davantage sur ma mission, laquelle suscite les plus graves doutes dans mon esprit. Chicago est une prison, mais beaucoup moins coûteuse qu'Andersonville. Depuis cinq mois que je voyage, j'ai évité toutes les villes entre la Géorgie et Sault Sainte Marie à la pointe inférieure du Michigan, où il y avait des flocons de neige au début d'octobre ; mais quand le soleil perçait à travers les nuages tumultueux, les ors et les rouges de l'automne semblaient embraser la Nouvelle-Angleterre. Comme je désirais voir le rivage, j'ai acheté un billet sur un schooner de commerce qui faisait du cabotage de port en port, plutôt que sur un bateau à vapeur qui traverserait directement le lac Supérieur de Soo à Duluth. Ce schooner, qui s'appelait l'*Ashtabula*, était manœuvré par une bande de crétins avinés, et le capitaine, un certain Ballard, était le pire spécimen de leur triste espèce. Cet homme ne serait pas second lieutenant à Boston. Il a soudain fait virer le bateau, lequel a percuté le fond et chaviré près de l'entrée du port de Grand Marais, un comptoir de commerce situé dans un marécage dépourvu de charme. Grâce à Dieu et à la faible profondeur de l'eau nous avons tous survécu. Mais dans le naufrage du navire, j'ai perdu deux précieux journaux où je relatais mon voyage vers le nord, gardant en poche un petit carnet de prison et du mois qui a suivi. A partir de Grand Marais j'ai accompli en deux jours les quarante miles qui me séparaient de Munising; et une fois hors d'atteinte de cet équipage méprisable, je dois dire que j'ai découvert une région qui a peu d'égales sur la terre de Dieu. J'ai étudié cette région à Cornell grâce à l'œuvre du grand savant d'Harvard, Agassiz, qui avait organisé une expédition ici il y a de nombreuses années. Le poète bostonien Longfellow évoque cette contrée de Hiawatha, mais j'ignore s'il y a jamais mis les pieds, car les poètes sont traditionnellement doués d'une grande imagination, mais de fort peu de bon sens. Depuis la guerre j'ai perdu tout goût pour Emerson, un brave homme qui aurait dû venir se promener dans cette campagne à côté de laquelle les bois de la Nouvelle-Angleterre font pâle figure. J'ai vu des grands ours, entendu des loups hurler, qui chassaient à travers des arbres dont trois hommes n'auraient pu encercler le tronc avec leurs bras. Avant de quitter Soo et ces ingénieuses écluses pour lesquelles tant d'hommes sont morts de froid ou du choléra, j'ai rencontré un Ojibway à la mission locale, qui portait le nom improbable de Chef Bill Waiska, haut d'un bon mètre quatre-vingt-dix et pesant à peine moins de trois cents livres, bien qu'aucune graisse ne couvrît son corps. Spirituel, aimable, il a répondu à mes questions avec humour. Il est certain que, si on leur donnait assez de terres, ces Indiens vigoureux non seulement résisteraient mais prospèreraient malgré le pire climat qu'on puisse trouver aux Etats-Unis. Ce Chef m'a appris que voici deux siècles, un peu à l'ouest d'ici, son peuple a vaincu un groupe de guerriers iroquois, et que mille Indiens sont morts dans la bataille. Comme il aime lire, il m'a dit avec un clin d'œil que les modestes Indiens n'arriveront jamais aux chiffres magnifiques des batailles d'Antietam, de Gettysburg ou de Vicksburg. Ces peuplades nous comprennent avec une finesse dont personne ne se doute.

Mon hôte à Chicago, Samuel ———, car il souhaite l'anonymat, est un quaker et l'un des marchands les plus en vue de la ville. Il m'a déclaré qu'il aurait plus de plaisir à habiter cette ville si la guerre y avait endeuillé moins d'habitants. Partout dans les rues on rencontre les visages hagards des survivants, dont maints ont perdu un ou plusieurs membres, la faculté de la raison et tout désir de travailler. Ce marchand a fait le voyage à Ithaca pour rendre visite à son fils étudiant à Cornell, il a passé accord avec moi et je l'ai rançonné pour aller à la guerre à la place de son fils. Celui-ci, un garçon têtu, impétueux et porté sur la bouteille, a disparu vers l'Ouest, car il ne voulait pas devenir marchand. Bien que bouleversés de tristesse, ses parents ont tenu leurs engagements envers moi. Ce marchand va s'occuper de mes affaires jusqu'à ce qu'elles soient bien établies, au printemps, je l'espère, quand je reviendrai de mon voyage dans l'Ouest. Durant mes nuits d'insomnie ou lorsque je m'éveille des cauchemars de la prison, je me demande si au Ciel ma mère défunte et bien-aimée peut voir ma honte, ces péchés d'orgueil et de cupidité qui m'ont conduit à hasarder ma vie. Je ne pourrais pas supporter de passer mon existence à concevoir et aménager des jardins pour des hommes riches qui souvent ne savent pas distinguer un rhododendron d'un poirier. On n'est jamais domestique ni invité, mais quelque chose d'intermédiaire, et une absurde paresse vous guette à chaque instant. J'ai repoussé les avances d'épouses et de filles, de cousines et d'amies. Il est dit dans l'Ancien Testament, Amos 3 : 15 : « Je ferai crouler le palais d'hiver comme le palais d'été ; les palais d'ivoire seront détruits, et la plupart des maisons seront anéanties — oracle du Seigneur. »

Remarquant un retour réticent à la religion, j'ai cherché dans le coffre de bord le petit carnet qui relatait entre autres son départ d'Andersonville. Ce carnet était évidemment celui qui avait survécu au naufrage. Les dates indiquaient que quatre mois manquaient pendant le voyage dans le Michigan, mais à cette époque l'histoire de cet Etat se résume à la course que se livraient les nababs du bois de construction pour abattre tous les arbres situés entre le lac Michigan et le lac Huron. Dans ma jeunesse, lors d'un camp d'été organisé dans le Michigan par le syndicat de mon père, j'ai vu les quelques douzaines d'arbres vierges rescapés, et de fait ils semblaient bien isolés. Les filles d'un camp voisin n'avaient pas le droit de se lier avec nous autres, pauvres rejetons de syndicalistes. Ces filles sillonnaient le lac dans de rapides canoës verts tandis que nous ramions dans de lourdes barques minables. Toutes paraissaient blondes, et l'une d'elles nous a alléchés de son derrière nu alors que nous ramions près de leur plage. Cette insulte fascinante a longtemps incarné pour moi tout ce que la richesse a d'inaccessible. J'ai pensé tout à trac que l'affaire de chevaux qui retenait Dalva à Rapid City lui servait peut-être de couverture pour une visite galante, sans doute à un rancher puissant et fortuné. Encore cocu.

Juin 1865. Géorgie

Je ne connais pas la date exacte, et les hommes couverts de vermine qui m'accompagnent l'ignorent aussi. Nous restons ensemble par mesure de sécurité. Mère m'exhortait toujours à mon examen de conscience quotidien, mais hier j'ai vu un homme se faire abattre à cause d'un chien crevé qu'un autre homme voulait pour son dîner. Au pays des mangeurs de chiens, il n'existe plus la moindre conscience à examiner. J'ai surpris notre troupe en attrapant un chevreuil près d'un marais grâce à un piège iroquois. Au presbytère de Rome, en Géorgie, j'ai troqué le cœur et le foie du chevreuil contre l'habit et le col d'un membre du clergé épiscopalien, et de nouveau j'ai pu voyager seul. Il est impensable que le gouvernement laisse le général Sherman brûler et piller la Géorgie, et qu'il souhaite maintenant affamer les survivants. Ai remarqué de nombreuses plantes non indigènes : camélias, lauriers-roses, gardénias, roses thé, azalées, kalmies. Mon nouvel habit, ainsi que mes connaissances en botanique et en jardinage, m'assure l'hospitalité des Géorgiens.

Solstice de juin. 1865. Tennessee

Sur la route j'ai rencontré une jeune femme maigre qui voulait se vendre contre de la nourriture. J'avais pêché quelques poissons-chats dans le Tennessee et les avais fumés dans du sel au-dessus d'un feu de noyer blanc, puis j'en avais échangé un contre une miche de pain. J'ai partagé mon repas avec cette jeune femme, que mon refus de coucher avec elle a stupéfiée. Ma réclusion avait été brève, je suis maintenant en bonne santé, si bien que j'ai réfléchi toute la nuit au péché de fornication. A l'aube, plein de désir, je me suis tourné vers elle, mais elle avait disparu, ainsi que le restant de poisson fumé. Je n'ai pu qu'éclater de rire. Ai discuté des plantes médicinales locales avec une vieille sorcière noire — la racine de serpent, le ginseng, l'herbe rose de Caroline, l'angélique, le séné, l'anis et le nard indien. Elle a partagé son repas avec moi, un ragoût d'opossum et un écureuil, relevés avec des piments qu'elle-même cultivait, le tout arrosé d'un délicieux vin de merise. Sous le coup d'une impulsion subite, je lui ai donné un médaillon en argent qui avait appartenu à ma mère. Nous avons prié ensemble, bien que ses prières fussent davantage africaines que chrétiennes. Sa fille, une adolescente enjouée qui était enceinte, nous a rejoints près de la cabane en rondins pour terminer la marmite de ragoût et boire du vin avec nous. J'avoue avoir couché avec cette jeune Noire qui sentait le feu de bois et le sassafras, et avoir connu un bonheur surprenant dans ce péché...

Cette combinaison des sacrements de la nourriture et du sexe m'a ramené dans la maison du grand-père. Il était presque cinq heures de l'après-midi et les grondements de mon estomac prouvaient que j'avais besoin de manger un morceau et de boire un verre. J'ai constaté avec plaisir que Naomi m'avait devancé et que pour ce dîner dominical nous allions pique-niquer sur la pelouse. Dalva est entrée dans la maison afin de préparer un pichet de martini. J'ai fait comme si cette idée ne m'excitait guère, mais j'ai senti la sueur perler à la racine de mes cheveux. Pendant que Dalva était partie remplir sa mission, Naomi m'a dit d'une voix assez timide qu'une de ses anciennes élèves, qui travaillait pendant l'été dans le journal du comté avant d'entrer à l'université, aimerait m'interviewer demain lundi. Etait-ce possible ? Feignant un léger agacement, j'ai accepté du bout des lèvres de la rencontrer pendant ma pause du déjeuner. Dalva, qui redescendait les marches de la véranda, était au courant de cette demande.

— Si tu la touches, tu vas te faire cribler les fesses à coup de chevrotine. Je suis allée à l'école avec son père.

— Enfin, Dalva, il est assez âgé pour être son père, a dit Naomi, non sans une ironie joyeuse.

Les paumes moites, j'attendais le martini, mais j'ai tourné la tête avec une moue offensée pour regarder les lilas en fleur du cimetière familial.

— Je me crois capable de contempler la beauté sans sauter dessus comme un écureuil volant. Au cours de toutes mes années d'enseignement je n'ai jamais profité d'une seule étudiante, même quand elles se jetaient dans mes bras.

— Bah, quelles conneries !

Elle m'a tendu un verre glacé en me donnant une petite tape sur la joue.

— Hier j'ai vu Karen en ville et je peux t'assurer que personne ne profitera jamais d'elle — je veux tout simplement te dire qu'un fusil à cerf laisse un grand trou dans la bête.

— Si vous voulez, je peux jouer le rôle du chaperon, a proposé Naomi.

— J'ai accepté cette interview avant d'être informé de tout cela. Mais me voilà dans la peau d'un putain de cerf les tripes à l'air. Vous oubliez que je suis père. Jamais, dans mes fantasmes le plus délirants, je n'ai cartonné parmi les moins de vingt ans — enfin, pas depuis que j'ai dépassé cet âge.

Lasses de me taquiner, elles se sont mises à évoquer une éventuelle réunion de famille en juillet. Me sentant abandonné comme une babiole mise au rebut, j'ai filé vers la table de pique-nique et le pichet de martini. Leurs basses accusations m'ont fait engloutir mon premier verre d'un coup. La curiosité me poussait à aller dans le cimetière familial entouré de lilas, mais j'ai hésité — deux ans plus tôt j'avais rendu visite à la tombe de mon père en compagnie de ma mère et perdu le contrôle de ma respiration en gémissant comme un bébé. Ça m'avait fait un choc, car je croyais me connaître et comprendre les autres sans faire trop d'erreurs, malgré les nombreuses situations où je me trouvais en porte à faux. Par la force des choses, presque toutes les existences sont d'une simplicité déconcertante ; réfléchir à Spinoza en pissant risque de vous faire rater la cuvette.

Naomi, qui sentait ma nervosité, a rempli mon verre à demi. Tandis que Dalva coupait du jambon, Naomi m'a parlé des deux journées qu'elle avait passées avec un naturaliste en visite dans la région, Nelse, à lui parler de sa comptabilité des oiseaux qu'elle tenait depuis les années 40 : à sa description, j'ai reconnu Force de la Nature que j'avais rencontré à la *Taverne de la Douce Paresse*. Elle lui avait préparé son petit déjeuner du dimanche, puis il était parti à Minneapolis pour entrer ses données dans un ordinateur. Naomi a dit qu'il n'y avait plus autant d'oiseaux chanteurs ni de faucons qu'autrefois, à cause d'une foule de raisons : les lignes à haute tension, les immenses relais de télé, la circulation automobile, les insecticides, la destruction des habitats migratoires en Louisiane et au Mexique, la destruction de toutes les haies par les pratiques agricoles modernes, ce qui réduisait d'autant les lieux de nidation. Tout en mangeant je me suis avoué n'avoir jamais songé que les oiseaux aussi avaient des conditions de vie.

Je suis abonné à une demi-douzaine de revues gastronomiques dont les rédacteurs ignorent allégrement comment certaines personnes mangent chez elles : cet après-midi-là c'était un jambon que le noble Lundquist avait fumé et fait vieillir, de minuscules pommes de terre nouvelles et les premiers épinards de l'année, en salade ; jusqu'au raifort venait d'une racine du jardin, qu'on avait réduite en purée puis mélangée à la crème épaisse du troupeau d'un voisin. Un observateur extérieur aurait sans doute été choqué de voir tout ce que Dalva ingurgitait, son appétit s'expliquant en fait par son activité incessante. Noami et elle ont évoqué les problèmes des fermiers. Après tant d'autres, deux fermiers des environs et leur famille venaient de boire la tasse, avec cette conséquence rarement évoquée qu'il n'y aurait peut-être plus assez d'élèves pour ouvrir l'école de campagne à la rentrée prochaine, ce qui laisserait Dalva sans emploi. J'ai appris avec étonnement que Naomi faisait partie du conseil d'administration de la banque locale et qu'elle était agacée par les malentendus colportés par la presse nationale : la plupart des banques rurales appartiennent à des fermiers qui s'occupent de leur gestion, moyennant quoi ils empruntent les uns aux autres, et non à une banque qui ignorerait tout de leurs problèmes. Il est donc difficile de s'en prendre au banquier quand celui-ci s'occupe de la ferme qui jouxte la vôtre. Deux habitants du comté voisin venaient de se suicider — l'un était un ouvrier agricole qu'il avait fallu congédier après trente ans de bons et loyaux services. J'ai voulu faire une remarque incisive sur les pièges de l'argent et du crédit entre des mains inexpérimentées, mais me suis retenu à temps. A la place, je leur ai dit que vers 1887 un demi-million de fermiers avaient été affamés le long de ce méridien et un peu à l'ouest, tout simplement parce qu'on ~~~ av~~ menti sur les précipitations qui arrosaient la campagne, et bien qu'ils eussent pu vérifier ces informations dans un atlas ou un almanach.

— S'il a plu depuis trois ans, il faut s'estimer heureux, a dit Dalva. Et puis la quatrième année, il n'est pas tombé une seule goutte d'eau.

J'avais tendance à oublier qu'elle avait déjà lu les journaux pendant sa dépression nerveuse. Je me suis promis de lui demander les raisons de cette dépression, car elle me semblait être la candidate la plus improbable aux problèmes d'ordre mental.

— Le premier John Wesley a beaucoup circulé dans la région en achetant des terres abandonnées un dollar l'acre, a dit Naomi. Il a tenté de réinstaller certaines familles sioux lakotas, mais le gouvernement l'en a empêché. Mes grands-parents l'ont connu, et après que je suis entrée dans la famille Northridge par mon mariage, on m'a raconté que John Wesley était le croque-mitaine qu'on utilisait pour faire peur aux enfants. Que de terres et d'argent ! Et cette maison était une demeure somptueuse, construite à une époque où tous les gens traversaient une sale passe.

Naomi m'a servi le restant du pichet, ce dont je lui ai su gré.

— J'avais peur du grand-père de Dalva, mais les vieux m'assuraient qu'il n'était rien comparé à son père.

Alors Naomi s'est levée de table en disant qu'elle était fatiguée. A l'aube, elle était partie avec Nelse examiner un nid de faucons de prairie, et elle n'avait plus vingt ans. Elle a ébouriffé mes cheveux clairsemés en déclarant qu'elle était fière que j'aie eu le courage de passer la nuit dernière à la belle étoile. Sa blague l'a fait éclater d'un grand rire. Dalva l'a imitée, puis moi.

— Teddy Roosevelt a dit que vous ne connaissez pas un homme avant d'avoir campé avec lui, ajoutant que vous-même n'échappez pas à cette règle.

J'ai hasardé ce piètre *non sequitur* qui les a fait rire de plus belle. Je commençais de comprendre qu'à la campagne les critiques s'expriment surtout par des blagues dont la personne visée fait les frais. Malgré la lourdeur de l'intention, la plaisanterie de Naomi se voulait enjouée. Selon Dalva, quand au matin elle avait regardé par la fenêtre de sa chambre, elle avait découvert avec plaisir sa première momie dans la cour de la grange, et les oies qui la surveillaient comme les gardiennes du temple.

Quand Naomi est partie, nous avons écouté en silence le gravillon cliqueter contre la tôle de sa voiture. J'ai insisté pour que Dalva reste assise pendant que je desservais la table et transportais à l'intérieur les restes et les assiettes. A la cuisine, j'ai bu le fond du pichet de martini, mais il ne contenait plus que de la glace fondue. De retour sur la véranda, je l'ai vue à l'autre bout de la cour, qui poussait une balançoire vide comme si celle-ci contenait un enfant imaginaire. Certains me croient insensibles sur ce chapitre, mais il y avait quelque chose de poignant dans la façon dont elle poussait cette balançoire vide, dans le rythme solennel de son mouvement au crépuscule. Pour la première fois depuis des semaines j'ai pensé à son fils perdu et à ma proposition inconsidérée de le retrouver. Elle s'est retournée puis, portant toujours son jean d'équitation, s'est avancée vers moi. Nous nous sommes enlacés au milieu de la cour, et j'ai été submergé par cette impression rare d'être davantage que moi-même, la conviction que mes manques étaient absorbés par les frondaisons des arbres qui nous dominaient ; sans doute le ciel qui s'obscurcissait au-dessus de leur cime contribuait-il à cette émotion. J'ai ressenti un sentiment fugace de paternité, le désir d'annuler toute douleur d'une simple étreinte, un souhait que j'avais souvent fait en compagnie de ma fille. Elle a murmuré quelque chose en espagnol, comme quoi elle voulait «dormir du sommeil des pommes», ce qui m'a fait sentir une odeur de pommes. Quand elle m'a embrassé en ouvrant la bouche, que je sois pendu si je n'en ai pas eu les jambes coupées. Pour une raison moins absurde qu'il semblerait de prime abord, ce baiser m'a ramené vers l'époque où j'étais serveur dans ce country club où toutes ces filles ravissantes, de près comme de loin mais surtout de loin, sentaient les chevaux. Une odeur de trèfle et de lilas embaumait l'air jauni par la lueur de la lune montante. J'ai aperçu toute l'ironie de mon esprit comme un lest empoisonné qui pesait sur une partie de mon cœur. Au bas de son dos j'ai deviné une force qui m'était inaccessible et que je n'étais pas certain de désirer. Dans son contexte lointain, Northridge avait dit que, si Dieu nous avait créés forts, alors la faiblesse relevait du blasphème.

Nous avons voulu aller au motel sur la route (à plus de quarante miles d'ici), mais dès que nous sommes montés dans sa voiture, je n'ai pu endiguer la voix du camelot de fête foraine qui sommeille en moi. «Nous sommes les plus aimables non lorsque nous faisons l'amour, mais juste avant», m'avait dit un ami poète, et si nous nous étions simplement allongés sur la pelouse pour faire l'amour, alors cette soirée aurait été parfaite.

— Merde alors, c'est trop absurde de partir en voiture au diable Vauvert, c'est aussi loin que de San Francisco à Sonoma, ça fait la moitié du chemin entre Chicago et Madison. Pourquoi Naomi et toi n'avez-vous pas fait construire un motel à deux pas d'ici pour loger vos invités?

Elle avait fait démarrer le moteur, mais elle a coupé le contact comme si elle attendait que j'aille au bout de ma pensée. Elle m'a adressé un regard de totale incompréhension, et j'ai essayé de sortir du guêpier où je m'étais mis.

228

Je risquais à chaque instant de la perdre si je ne parvenais pas à me surpasser.

— Bon Dieu de bonsoir, ne reste pas là à me regarder. Démarre, bordel. Excuse-moi. Je crois que j'ai les nerfs un peu à vif. Pardonne-moi, je t'en prie.

— Je crois que tu ferais mieux d'y aller seul, a-t-elle dit en me tendant les clefs. A dans quelques jours. Sois prudent.

Puis elle est descendue de voiture et s'est dirigée vers la maison. Je suis resté sur mon siège dix bonnes minutes à me vautrer dans la culpabilité et le mépris de moi-même. J'ai même versé quelques larmes. Dans la nuit tombante j'ai levé les mains vers mon visage, et ne les ai pas aimées. Quand j'ai entendu un engoulevent pousser son cri au-delà du fossé, j'ai follement désiré une âme aussi sereine que celle de cet oiseau. La lumière s'est allumée dans la chambre de Dalva, et ce rectangle jaune m'a plongé dans une solitude sans fond. Je suis entré dans la maison, j'ai trouvé une bouteille de vodka. Je voulais lui laisser un mot, mais j'ai seulement pu écrire : « Bon voyage. Je suis désolé. Tendrement, Michael. » Je suis resté là, imaginant qu'elle descendait l'escalier en chemise de nuit, le cœur léger, le pas gracieux, un sourire aux lèvres. Alors je me suis dit que je n'avais pas de pouvoirs magiques.

De retour dans la cabane de bûcherons, j'ai posé la bouteille de vodka sur mon bureau, je me suis fait du café et j'ai allumé la radio. J'avais l'intention de travailler toute la nuit, tel un Faust des Grandes Plaines, ou, plus prosaïquement, comme un étudiant désargenté. J'ai bu une gorgée au goulot, puis me suis imaginé dans la nuit du Nebraska, à la veille d'une grande découverte, aussi importante que celle de l'ADN. Trop excité pour continuer ma lecture chronologique, j'ai pris un journal de Northridge au hasard. J'ai tourné le bouton de la radio pour trouver une station de Lincoln qui diffusait l'un de ces programmes « musique du monde ». Quand on s'absorbe dans son travail, l'oreille devient distraite. Voilà du moins ce que se dit un crétin après avoir créé le maelström émotionnel qui fait déguerpir l'être aimé. La radio diffusait une chanson du Jamaïquain Bob Marley, dont les paroles disaient « Brutalise-moi avec de la musique ». Mon ancienne femme dansait sur cet air pour ses exercices tandis qu'assis à la table de la cuisine je notais quelques phrases spirituelles en vue de mes cours. Après quelques bières, je m'arrangeais d'habitude pour lui sauter dessus quand elle émergeait de la douche. Le registre de Northridge en main, l'indignité dans l'âme, j'ai tenté de me souvenir d'une petite prière en latin qu'un des mes professeurs jésuites récitait toujours au début de son cours sur Shakespeare. J'imagine que je ne me sens pas assez souvent indigne pour me souvenir de cette prière.

7 mars 1874

Prévenu par un messager de Le Chien que la fille de Crazy Horse, Ils Ont Peur d'Elle, est malade : elle tousse exactement comme les enfants du commerçant. Je suis impuissant contre cette toux convulsive à laquelle les enfants des Blancs survivent souvent, mais presque jamais ceux des Sioux. J'emporte mes herbes et mes médicaments, ainsi que toute la viande séchée qui me reste, laquelle remplit à peine un sac de selle. En octobre dernier seulement, j'ai offert à cette fillette plusieurs pommes que j'avais fait pousser, et elle a ri en découvrant l'ombre de son reflet sur la peau luisante du fruit. Je suis parti pour un voyage à cheval de deux jours, constatant partout les effets catastrophiques du pire hiver jamais vu de mémoire d'homme. Dans un ravin j'ai trouvé les carcasses de cerfs morts, il ne restait en fait que leur cuir après que les corbeaux et les coyotes se furent nourris, comme si tous ces cerfs avaient décidé de mourir ensemble. Tous ceux qui sont passés me voir à mon chalet disent que les Sioux comme les colons sont au bord de la famine. Et depuis que les bisons se font si rares, leurs excréments séchés ne fournissent plus que très peu de combustible. Si mon cheval de somme n'était pas mort, j'aurais emporté les pommes de terre, les carottes, les choux et les navets que j'ai fait pousser.

8 mars 1874

Dans l'incertitude de la marche à suivre, j'ai planté le camp. Je suis à quelques heures de la Tongue River, où l'on m'a dit de me rendre. Je suis si inquiet que je ne peux retenir mes larmes. Quelques heures plus tôt je surveillais la campagne avec ma longue-vue de capitaine, et j'ai vu quelque chose bouger sur une colline éloignée. Croyant avoir trouvé du gibier, j'ai attaché mon cheval et pris ma carabine avant de gravir lentement la colline en question. J'ai rampé le long d'un contrefort rocheux, puis de nouveau examiné le sommet à travers ma longue-vue. J'ai alors découvert une modeste plate-forme funéraire, et Crazy Horse assis à côté d'un petit paquet enveloppé d'un linge rouge qui devait être sa fille, Ils Ont Peur d'Elle. J'arrivais trop tard. Il touchait les jouets de l'enfant, accrochés à l'un des poteaux, une crécelle taillée dans un sabot d'antilope et un cerceau en saule peint. Il s'est allongé près d'elle et a pris son corps inerte dans ses bras.

J'ai retrouvé mon cheval, puis dressé le camp, mais sans allumer de feu. Comme je priais pour l'âme de Ils Ont Peur d'Elle, mon cœur s'est serré douloureusement dans ma poitrine. Je me suis enveloppé dans ma peau de bison, sans le moindre désir de regarder le ciel s'obscurcir ni le vent froid souffler les étoiles plus froides encore, car mes pensées étaient celles d'un dément. J'ai entendu des loups et imaginé que leur chœur splendide accueillait la fillette dans un ciel meilleur que le mien. Je l'ai revue porter la pomme luisante à ses lèvres et j'ai entendu son rire quand elle avait découvert la chair compacte du fruit. Elle avait donné le trognon à son chiot, et sa mère Châle Noir l'avait bercée devant le feu jusqu'à ce qu'elle s'endormît. Je n'arrivais pas à l'imaginer morte, et dans la nuit j'ai prié pour que de son étreinte, comme Jésus l'avait fait avec Lazare, le plus grand de tous les Sioux pût ramener sa fille à la vie.

9, 10 et 11 mars 1874

Comme cette journée semble annoncer un printemps précoce, je reste assis dans une anfractuosité rocheuse pour goûter la chaleur du soleil à l'abri du vent, telle une statue italienne. Mes rêves ont été trop troublés pour que je les mentionne ici et aux premières lueurs du matin je songe à mon professeur de Cornell qui connaissait les mythes des Grecs et des Scandinaves. Je me demande si notre Dieu n'est que le Seigneur du bassin méditerranéen et si d'autres entités règnent sur ces paysages flétris. Crazy Horse m'a adressé un hochement de tête à l'automne dernier, le lendemain du jour où je lui ai apporté les fruits, mais nous ne nous sommes jamais parlé. Le Chien m'a dit que tous ont été troublés quand trois guerriers l'ont découvert assis au milieu d'un troupeau de bisons, en train de parler aux bêtes qui n'en prenaient guère ombrage. Mon goût pour la science me porte au cynisme quand j'entends de telles histoires, bien que je sois ému par tous ces récits de l'homme élu de Dieu dans les mythes que j'ai lus. Avant la venue du Christ sur terre, les identités des dieux et des hommes étaient, paraît-il, confondues.

Je passe ici une nuit supplémentaire. Je n'ai pu m'empêcher de m'approcher à un demi-mile de la plate-forme pour constater qu'il y était toujours allongé avec le corps de sa fille. Je me suis interrogé sur ses pensées, demandé s'il allait reprendre la guerre contre nous qui avions apporté cette pestilence sur ses terres. La plupart des Sioux croient que nous avons volontairement contaminé les Mandans insoumis avec la variole afin de ne pas nous donner le mal de les pendre, sort que nous avons infligé aux trente-neuf Santees de Mankato. Ai mangé une maigre centrocerque des montagnes Rocheuses, que j'avais prise avec un piège. Près de mon modeste feu, je ne trouve pas le sommeil.

Après une journée froide et venteuse, les constellations nocturnes semblent descendre si près de la terre que la peur me saisit.

Ce matin je me suis approché du camp, mais arrêté à bonne distance dès que j'ai entendu les pleurs de deuil. Le Chien est arrivé à cheval pour m'accueillir et je lui ai fait cadeau de la viande séchée. Il m'a dit qu'il m'avait observé pendant que j'avais passé deux jours assis dans mon anfractuosité rocheuse, mais qu'il ne s'était pas approché, car il s'agit d'un endroit où vont les hommes pour comprendre le monde. A cet instant il a regardé par-dessus mon épaule et vu Crazy Horse qui chevauchait vers le camp. J'ai dit au revoir à Le Chien, car je ne voulais surtout pas jouer les intrus. Alors que je retournais chez moi, je me suis perdu dans mes pensées au point que j'en ai oublié de guider mon cheval qui m'a entraîné à une centaine de mètres de la plateforme. J'ai oublié mes préoccupations et vu le petit paquet rouge et les corbeaux qui décrivaient des cercles très haut dans le ciel. Alors mes larmes ont coulé et j'ai poussé durement mon cheval dans le vent froid.

Le second jour de mon voyage de retour et à moins d'une heure de mon chalet, j'ai rencontré un détachement de cavalerie dirigé par le lieutenant ------, que je méprise tant que je l'abattrais volontiers si je pouvais bénéficier de la moindre impunité. Un jour, près de la Dismal River, il a voulu m'interroger sur les mouvements sioux, mais je lui ai répondu uniquement en latin, ce qui l'a mis en rage, lui et ses hommes. Ils me chasseraient volontiers de l'Ouest si les méthodistes ne représentaient une puissance politique si terrible, un fait qui ne manque pas d'humour. Le jour de mon retour j'ai continué de guider mon cheval comme si le détachement n'existait pas et le lieutenant a tiré un coup de feu en l'air pour plaisanter et me faire sursauter, mais je n'ai pas bronché. Ils sont toujours furieux contre moi, car il y a de cela quelques années, avant Noël, à Yankton, j'ai corrigé deux soldats ivres qui m'avaient entraîné dans la rue pour me régler mon compte, et fait perdre cent livres de farine répandue dans la boue, après quoi aucune charge n'avait été retenue contre moi. Plusieurs Sioux amusés avaient assisté à la scène, puis colporté cette anecdote. Le général Miles a interrogé le chef de notre mission à Omaha sur la nature de mes activités religieuses et agricoles parmi les Sioux. Le chef des missions est un fat papelard, mais il me sait relativement riche et il s'adresse à moi comme le grand prêtre à Mammon. Le général Miles ne comprend pas que je n'aie signé aucun pacte avec les Sioux ni avec aucune tribu, mais que les Indiens considèrent comme une vocation sacrée l'intérêt que je porte aux arbres, aux plantes et aux herbes plutôt que ma foi en Jésus. De plus, j'étudie leur langue et leurs dialectes, et par les longues journées et nuits d'hiver je m'adresse à moi-même en langue sioux. Néanmoins, Le Chien s'est un jour inquiété de mes greffes, boutures et autres plantations, en se demandant si j'avais abrogé jusqu'à l'œuvre de la Terre.

Un paquet rouge et une crécelle taillée dans un sabot d'antilope. Je me suis servi une autre rasade avant de sortir. Minuit était passé depuis longtemps, mais la lune brillait très claire; bien qu'ignorant des étoiles, je les ai observées en me demandant si c'étaient les mêmes que certaine nuit de mars, voilà si longtemps. J'avais pris bonne note d'acheter un manuel général d'horticulture, car la moitié des journaux était consacrée à cette discipline, aussi étrangère pour moi que la trigonométrie. Un frisson m'a saisi quand j'ai senti une présence, mais ce n'étaient que les chevaux qui me regardaient du corral. La taxinomie n'était pas le fort des Sioux, qui à une certaine époque nommaient les chevaux «chiens sacrés». Je me suis mis à leur parler d'une voix basse et égale, leur adressant des syllabes dépourvues de sens, des fragments de poème («de quoi souffres-tu donc, pauvre hère?»), des bribes de slogans publicitaires, tout en m'approchant d'eux à petits pas prudents. Ils n'ont pas bronché jusqu'à ce que je me retrouve presque nez à nez avec eux au-dessus de la barre supérieure du corral; alors l'un d'eux a fait volte-face. Il a peut-être repéré l'odeur de l'alcool dans mon haleine, alors que poulain il avait été battu par un pochard! Les autres sont restés, mais je n'ai pas essayé de les caresser. J'ai considéré comme un triomphe modeste le fait qu'ils n'aient pas détalé tels des lapins. Demain je tenterais peut-être ma chance avec les oies. J'ai alors entendu un coyote au loin et je suis retourné vers le confort de ma cabane et la guitare de Soria que j'entendais à travers la porte grillagée.

J'ai lu et feuilleté toute la nuit en évitant les passages qui risquaient d'avoir sur moi un impact émotionnel trop violent. Pour dire les choses sans ambage, j'ai trouvé certaines pages de Northridge trop crues pour mon humeur du moment et mes nerfs déjà à vif. Quand ma fille Laurel était toute petite et qu'elle était malade ou faisait de mauvais rêves, je la serrais contre moi et dansais lentement dans le salon en écoutant la radio. Elle avait une robe rouge vif en velours frappé, qu'elle a portée jusqu'à ce que ce vêtement soit en lambeaux, après quoi elle a continué de dormir avec ce qui en restait. Peu importe, en fin de compte, que les pères demeurent incompris. Je suis allé m'accroupir dans un coin devant une étagère qui contenait déjà de nombreux volumes avant mon arrivée, dont les œuvres complètes de Zane Grey. Sur la page de garde des *Cavaliers de la sauge pourpre*, j'ai lu ceci: «Ce livre appartient à Duane Cheval de Pierre, de Parmelee, Sud-Dakota, 1956», sans que ce nom me dise quoi que ce fût. J'ai entendu un croassement qui, selon Dalva, était celui d'un faisan mâle. Comme les coqs, ces volatiles annoncent le jour — voilà bien une conduite de mâle: annoncer l'évidence. Je me suis ensuite dirigé vers mon lit, à peu près certain que les fantômes qui risquaient de me harceler avaient réintégré les profondeurs souterraines. Car ici les esprits ne s'enfuient pas à la vue d'une malheureuse ampoule électrique.

On frappe.

— Vous êtes là, monsieur? On frappe encore. Voulez-vous que je revienne un autre jour?

Je me suis hâté vers la porte grillagée en oubliant que j'étais nu; ma biroute matinale et déboussolée pointait à quarante-cinq degrés à la verticale, réclamant son compte de rêve. C'était une jeune fille d'une beauté incomparable. Elle tenait le plateau de mon petit déjeuner saccagé et s'exprimait du bout des lèvres en détournant poliment les yeux.

— Je crains que les oies n'aient mangé votre petit déjeuner. Je peux revenir un peu plus tard, si vous le désirez?

— Mais pas du tout. Bien sûr que non. J'en ai pour une seconde.

J'ai pivoté sur mes talons afin d'aller enfiler ma robe de chambre. Pour rien au monde je n'aurais laissé cette merveille m'échapper. J'ai même tapoté ma queue contre le bureau pour la ramener à un peu plus de bon sens.

Elle m'a donné mon thermos de café et deux morceaux de papier.

— Je m'appelle Karen Olafson. Je suis vraiment dans mes petits souliers à l'idée de rencontrer quelqu'un qui a écrit des livres. Naomi m'a dit que vous étiez l'homme le plus intelligent qu'elle ait jamais connu.

Elle était grande, dans les un mètre soixante-quinze, avec des cheveux blond cendré, des yeux verts ; elle portait une jupe d'été beige, des sandales et un corsage blanc sans manches. Elle a légèrement arrondi les épaules pour mettre sa poitrine en valeur. Elle tripotait en rougissant une grosse bague d'école qui pendait à son cou au bout d'une chaîne d'argent. Je l'ai regardée en feignant l'ignorance — un temps, ma fille a porté ainsi la bague d'un lourdaud boutonneux qui livrait d'assez bonnes pizzas.

— Ça vous semble absurde ? Oui, bien sûr... Vraiment, si je vous dérange...

Elle regardait le désordre sur mon bureau, la bouteille de vodka à moitié vide. Je lui ai dit de s'asseoir, je me suis servi un café, puis j'ai emporté les deux billets à la salle de bains. Le premier, de Dalva, contenait une réflexion sur notre piteuse fin de soirée — « Tu es un vrai con, mais je t'aime quand même. » Au moins, voilà qui est clair. L'autre billet disait : « Cher Monsieur Leparesseux, nous vous avons apporté votre voiture. N'hésitez pas à faire appel à nous si vous vous perdez ou buvez un coup de trop. Votre servante, Frieda Lundquist. » Par la fenêtre de la salle de bains, j'ai aperçu la Subaru boueuse de Dalva. Je n'avais pas vraiment la cote avec la grosse Frieda. Dans la cuisine elle conservait jalousement une pile de romans d'un lyrisme échevelé, que lisait aussi ma mère sexagénaire. Sous la douche j'ai pensé à cette grande Karen rougissante et virginale, à ses mollets et à ses genoux bronzés qui selon toute vraisemblance étaient prolongés vers le haut par des cuisses. Je pouvais toujours essayer de la faire trébucher sur une oie pour vérifier la chose.

Le stratagème de l'oie s'est révélé superflu. Non, je n'ai pas monté la génisse, bien qu'il s'en soit fallu d'un cheveu.

Quand je suis sorti de la douche, j'ai découvert avec horreur qu'elle n'était plus là, mais après une ou deux secondes insupportables je l'ai aperçue dans le corral en train de caresser deux des quatre chevaux. Dalva avait sans doute emmené les deux autres à Rapid City, un long voyage pour éviter ma compagnie. Pendant que je me mettais sur mon trente et un, j'ai peaufiné ma campagne comme Rommel à la veille de son entrée en Egypte, ou Timochenko devant ses cartes militaires.

Pour me ménager l'avantage du terrain j'ai demandé à Karen de faire son interview dans le cabinet de travail. Je me suis installé derrière l'immense bureau de Northridge et lui ai dit de s'asseoir sur le profond canapé en cuir, l'endroit idéal pour mater ses jambes. Elle était totalement abasourdie d'être dans cette maison, timide jusqu'à en devenir raide et croiser les mains derrière le dos, son bloc-sténo serré contre une paume moite. Elle m'a dit que, des années plus tôt, quand son père était venu ferrer les chevaux, elle était entrée dans la grange, mais jamais dans la maison.

— C'est vraiment mon jour. Voilà que je vais interviewer un écrivain célèbre dans une vieille demeure.

Elle a réellement dit ça ; je me suis demandé si elle se moquait de moi, mais les questions qui ont suivi m'ont convaincu du contraire. Comment ai-je débuté dans la vie ? A quel âge ai-je commencé d'écrire ? Quels sont les titres de mes livres ? Avais-je un message à transmettre à la jeunesse d'aujourd'hui ? L'éducation était-elle la clef de l'avenir ? Une jeune fille avait-elle les mêmes chances qu'un jeune homme dans le monde troublé qui était le nôtre ? Quel était l'avenir du Nebraska ? Quelle est la principale leçon de l'Histoire ? Le fermier des années 80 doit-il faire confiance au gouvernement ? En deux mots, le monde a-t-il un avenir ?

Bon Dieu de merde, après quelques minutes de ce bain de boue la sueur s'est mise à perler à la racine de mes cheveux. Eût-elle été moins ravissante, je l'aurais virée comme une malpropre. L'enseignant chevronné que je suis a élaboré une mise en scène subtile de ce tête-à-tête qui rappelle celui du médecin avec son malade. J'ai répondu à toutes les questions de l'adorable Karen avec un soupçon d'accent britannique, les poses langoureuses d'un Noël Coward, mais tout le feu d'un acteur. J'ai fait alterner les styles prosaïque, dramatique, inquiet, morose, avec une telle sophistication que mes réponses avaient tendance à prendre des tangentes aériennes et vaporeuses. Le rôle du médecin s'est imposé peu à peu, au fur et à mesure que je renversais insensiblement la situation en l'interrogeant sur ses espoirs et sur ses peurs. Flattée et stupéfaite de mon intérêt pour ses problèmes, elle lissait sa jupe. L'espace d'une milliseconde j'ai entrevu une cuisse, et mon dard a pointé. Je me suis levé pour remplir deux grands verres de vin blanc frais, pas tant afin de la circonvenir que pour briser la glace. Je lui ai susurré que ce verre de vin devait rester entre nous, car je n'étais pas sûr qu'elle fût en âge de boire. Elle a encore rougi en me répondant que la semaine précédente les élèves de terminale avaient fait une super fête de fin d'année et que certains avaient tellement bu qu'ils en avaient « foiré leur déjeuner », nouvel euphé-misme assez remarquable qui semblerait signifier « ger-ber ». Je sentais que je tenais le bon bout, que je ne devais surtout pas lâcher prise. Je l'ai donc regardée droit dans les yeux, longtemps et sans broncher — je pensais en fait à mon déjeuner. Quand je l'ai jugée suffisamment ner-veuse, je me suis mis à lui parler sur le ton utilisé avec les chevaux.

— Karen, pour être franc, j'ai le sentiment que vous n'êtes pas très heureuse. Vous êtes une jeune femme séduisante, vous allez faire votre entrée dans le monde, mais vous êtes craintive, inquiète, peu sûre de vous. Je sens que cette ville, voire même l'université de Lincoln ne vous suffiront pas. Vous vous tenez, tremblante, sur le seuil de la connaissance de soi, mais cela vous effraie, tout comme certaines personnes ont peur de la guerre, de la mort ou du noir. On vous a dit qu'un avenir brillant vous attendait, mais par cette chaude journée d'été vous avez l'impression d'être une somnambule. Vous désirez follement qu'on vous guide, qu'on vous dise où aller, vous ne supportez plus l'ennui qui accompagne chacun de vos réveils. J'ai raison, n'est-ce pas?

— Je ne sais plus quoi faire, a-t-elle commencé, le regard humide et les mains crispées.

Soudain, alors que les mots se précipitaient enfin hors de sa bouche irrésistible, je me suis dit que je voulais manger des anchois au déjeuner.

— Peut-être que j'entends un son de cloche différent, comme ce que j'ai lu à l'école. Ça ne se passe pas trop bien dans ma famille, et à la maison je ne peux pas avoir de vie privée. Tout irait mieux si papa était resté maréchal-ferrant, mais il a voulu s'occuper d'une ferme et maintenant il croit que la banque va lui reprendre son tracteur neuf. J'aimerais lui donner mes économies pour la fac, mais je veux aussi quitter cette ville. Un jour qu'il avait trop bu, mon frère s'est engagé dans la marine : il ne pourra pas m'aider. Et ma mère ne peut pas travailler parce qu'elle souffre des nerfs. Tout ce qui l'intéresse, c'est de savoir si je couche avec mon petit ami. Mon rêve, ce serait d'entrer dans une sororité Pi Béta Phi ou Kappa Kappa Gamma, si les étudiantes veulent bien de moi. Cet hiver, quand je suis allée visiter l'université, les filles des deux sororités m'ont bien aimée, elles croient même que j'ai une chance de devenir un jour reine des anciennes élèves. Il y a deux semaines, quand nous sommes allés à Chicago pour le voyage de fin de terminale, le type qui travaillait à la réception de l'hôtel m'a dit que je devrais être mannequin et gagner plein de fric. Il a voulu me prendre en photo et toutes les filles ont trouvé l'idée super parce que je tenais peut-être une chance unique de percer, mais la prof qui

240

nous accompagnait a été mise au courant et elle a refusé que je le fasse. J'ai pas pu m'empêcher de pleurer.

Et voilà qu'elle s'est mise à pleurer. Je me suis levé pour remplir son verre, j'ai voulu la gratifier d'une caresse amicale, mais aussitôt compris que ce geste était prématuré : elle n'avait pas encore assez mariné dans son jus fort banal. Je suis allé regarder par la fenêtre, plongé dans mes pensées. Peut-être une frittata d'anchois, des œufs, de l'échalote, de la fontina...

— Peut-être, oui... peut-être..., ai-je enfin dit en me retournant vers elle avec une lenteur calculée, le front ridé de soucis.

Je me suis approché d'elle et accroupi pour que nos yeux soient au même niveau.

— Peut-être, peut-être, peut-être...

— Peut-être quoi? elle a reniflé.

— Je pensais à l'instant au milieu des mannequins, lui ai-je dit en me relevant pour m'éloigner avec une insouciance pensive. J'ai connu beaucoup de mannequins à L.A., San Francisco et New York, des filles qui faisaient des catalogues, des mannequins ultra-minces pour la haute couture, des mannequins pour les maillots de bain. Il y a peut-être une toute petite chance pour que vous arriviez à vous faire un nom avec les maillots de bain.

J'ai alors évoqué un mannequin célèbre, épouse d'une rock star, que j'avais croisée très brièvement entre deux portes, chez Ted. A la seule mention du nom de cette beauté, Karen a émis un « Oooo » excité; comme je l'avais deviné, elle lisait donc la presse à sensation. J'ai senti que le moment était venu de pousser mon avantage.

— Levez-vous et marchez. Essayez de vous détendre. Imaginez que vous êtes sur la plage de Waikiki en bikini. Imaginez qu'un groupe de maîtres nageurs vous dévorent des yeux et que vous vous en moquez éperdument parce que vous êtes une pro et que vous êtes sacrément fière de votre corps.

Elle a fait plusieurs aller retour prestes mais nerveux dans le cabinet de travail, puis m'a adressé un regard timide et néanmoins implorant.

— Je ne peux rien vous promettre. Nous faisons peut-être fausse route. Je ne voudrais surtout pas vous donner de faux espoirs, mais je ne peux vraiment rien dire tant que vous garderez vos... vous me comprenez.

D'un geste dégoûté, j'ai montré ses vêtements.

Ambitieuse comme elle l'était, la mignonne a eu tôt fait d'enlever sa jupe et son corsage; après un instant de réflexion elle a aussi ôté ses sandales, puis elle a recommencé ses aller retour dans le cabinet de travail. Le visage renfrogné, j'ai posé les mains sur ses épaules pour les redresser, et je lui ai relevé le menton. Mille sabords, ai-je songé tandis que je passais derrière elle en me creusant la tête pour trouver quelques termes d'anatomie. J'ai limité mes caresses à de légers attouchements, comme si je voulais seulement l'aider à corriger des défauts mineurs.

— Bonne mylofrisis, latimus parfait, belles clavicules.

Je me suis agenouillé puis approché jusqu'à ce que mon nez soit à un centimètre de l'affriolante petite culotte blanche légèrement coincée entre le haut de ses deux fesses plus ravissantes que toutes celles jamais contemplées par votre serviteur. J'avais atteint une sorte de point critique, et j'ai dû faire appel à toute ma force de caractère pour me contenir. J'ai allongé mes pouces et index en forme de compas, puis les ai fait remonter lentement à partir de ses chevilles, en observant la chair de poule qui piquetait à mesure la surface de sa peau.

— Merveilleux métatarses, creux de genou correct, bon gluteus maximus.

D'une main légère j'ai pétri les fessiers comme si je cherchais un problème caché, puis je suis passé devant elle, à quatre pattes car je tenais à conserver cet angle de vision. Par malheur, car la science anatomique n'est pas mon fort, j'avais épuisé tout mon lexique, si bien que j'ai marmonné en français quelques termes de cuisine et de gastronomie.

— Bon *ris de veau* *, ai-je apprécié, à un cheveu de son pubis; *escargots de Bourgogne* *, tout près de son nombril; *tête de veau* *, à deux doigts de son opulente poitrine.

A ce moment, en proie à une angoisse terrible, j'ai dû m'écarter. Je m'emballais comme un moteur Diesel. Où tout cela allait-il me mener?

— Il va peut-être falloir que j'appelle mon ami Ted à Los Angeles. On peut dire que c'est l'un des rois du show-business, un vrai nabab de la côte ouest. Mais il faut d'abord que j'examine quelques flexions. La souplesse est un élément essentiel.

J'avais la bouche absurdement sèche, mais je ne voulais pas perdre ma concentration en buvant encore du vin.

— Vous pourriez peut-être faire quelques exercices en vous allongeant; vous savez, relever le buste, attraper vos chevilles, ce genre de chose.

Elle s'est aussitôt allongée par terre devant moi, elle a ramené ses genoux contre ses seins, puis a lancé les pieds en l'air si bien que ses orteils ont frôlé ma chemise. Ma biroute me faisait aussi mal qu'une dent de sagesse, un rugissement me vrillait les oreilles. Karen aussi a entendu ce rugissement, et elle a bondi sur ses pieds. C'était la grosse camionnette RAM de Frieda qui entrait dans la cour. Le charme était rompu.

— Mon Dieu! a fait Karen en sautant sur ses vêtements.

En trombe, je suis sorti du cabinet de travail, j'ai traversé l'entrée puis la cuisine. J'ai intercepté Frieda à la porte de la cabane de la pompe et lui ai adressé un sourire béat en lui interdisant l'entrée de la maison.

— Je fais une interview. Tout va bien.

— Et moi, je dois nourrir les oies et les chevaux, m'a-

* En français dans le texte.

243

t-elle répondu en me poussant pour entrer. Naomi m'a dit que Karen était ici. C'est ma cousine au troisième degré.

Bredouillant une prière en mon for intérieur, obnubilé par certaines visions, j'ai suivi Frieda dans la maison. J'aurais voulu lui mettre mon pied au cul et l'y enfoncer si profond qu'il aurait fallu un camion-grue pour l'en extraire. A mon immense soulagement, Karen était assise à la table de la cuisine où elle relisait ses notes : fraîche comme une rose, sage comme une image.

— Bonjour, Frieda. Je viens de faire une interview du tonnerre. C'est formidable de parler à un cerveau.

Elle a pris son bloc-sténo, puis est sortie aussi sec en m'adressant un hochement de tête pour me remercier. Je me suis retrouvé en train de trotter dans la cour derrière elle. Elle était assise dans sa petite voiture minable, les mains serrées sur le volant, le regard fixé droit devant elle.

— Allez-vous appeler ce Ted dont vous m'avez parlé ?

Son menton était crispé en une moue impitoyable.

— Bien sûr. Cet après-midi. Ça vous irait de passer ce soir, vers dix heures ? Apportez-moi donc quelques photos que je pourrais envoyer à Ted, sans trop de falbalas de préférence.

— Je ne crois pas que je pourrai. J'ai un rendez-vous.

— Je suis sûr que vous pouvez vous arranger.

Et j'ai pivoté sur mes talons pour éviter ses piètres explications.

Quand la voiture de Karen s'est éloignée, j'ai aperçu Frieda à la fenêtre de la cuisine, puis j'ai regardé la cour de la grange et les champs. Juste après que j'ai rencontré Dalva et abordé le sujet des documents de sa famille, elle m'a dit que son arrière-grand-père avait une conception un peu spéciale de l'ordre et de l'équilibre dans la vie, qu'il devait sans doute à sa jeunesse malheureuse et aux mois passés à Andersonville. Voyant cette clairière, dont Dalva m'avait dit qu'elle couvrait une trentaine d'acres, je me suis rappelé une carte du camp de la prison que j'avais

244

étudiée pour un cours sur la guerre civile. Andersonville et cette clairière avaient la même superficie, et des rivières les traversaient. Mais la première avait abrité jusqu'à dix-sept mille prisonniers, avec en définitive assez peu de survivants. Cette comparaison m'a donné envie de me plonger dans les journaux à partir de 1891, date de construction de la demeure principale, bien que la terre appartînt à Northridge depuis le désastre de 1887. La vision soudaine et brûlante de Karen allongée par terre m'a coupé le souffle, et mon estomac a grondé. Sauvé du déshonneur par Frieda. Le mélange évident mais détonant de concupiscence et de soulagement — ma réputation locale n'était pas encore assez fermement établie pour que je puisse me permettre ce genre de bagatelle. J'ai vaguement espéré qu'elle irait à son rendez-vous et oublierait ce professeur fatigué.

De retour dans la cuisine j'ai humé le lourd fumet de mon odeur préférée, celle de l'ail. J'ai alors découvert que Frieda m'avait préparé un ragoût d'agneau basquaise la veille au soir, et qu'elle le réchauffait. Ç'a été succulent, accompagné de pain qui sortait tout droit du four et d'un minuscule verre de cabernet que, malheureusement, elle avait d'abord versé dans un gobelet doseur en fer-blanc. Elle m'a raconté qu'à dix-neuf ans, elle s'était enfuie avec un berger basque qui tondait les moutons dans la région. Il l'avait retenue prisonnière dans les Ruby Mountains du nord du Nevada, et cette année-là lui avait fourni toute la sexualité dont elle aurait besoin jusqu'à la fin de ses jours. M. Northridge et son propre père avaient tenté de la retrouver et fini par la tirer des griffes du Basque. Tout cela pour me dire qu'elle appréciait toujours les plats que son amant «rustre» lui avait appris à préparer. J'étais ravi de son ragoût, mais elle m'a soudain saisi la main en me coulant un regard éploré.

— Soyez prudent avec Karen. Elle est trop rapide pour un professeur comme vous. Ici, le bruit court qu'en novembre dernier elle s'est laissé aborder par ces médecins de Minneapolis qui chassent le faisan. Si son père le savait, ces toubibs seraient réduits en chair à hamburger.

— Sans blague! j'ai croassé. J'aurais juré qu'elle était vierge.

L'expression «se laisser aborder» m'a fait penser à la marine. Karen dans le bordel du médecin-pirate.

— Vous avez toujours votre pauvre tête fourrée dans les livres. Vous savez pas reconnaître une petite délurée d'une femme bien. Ça, c'est sûr. Elle est aussi sauvage que Dalva dans le temps.

Frieda s'est soudain levée pour allumer la radio. Elle ne manquait jamais les émissions de Paul Harvey.

— Pourquoi donc Dalva était-elle sauvage? j'ai demandé du ton le plus innocent possible.

— Occupez-vous de vos oignons, monsieur. N'essayez pas de fouiner dans les affaires de la famille.

Son courroux était si grand que je suis monté téléphoner dans la chambre de Dalva. Cette dernière m'avait d'ailleurs dit que toutes les paroles prononcées devant Frieda perdaient aussitôt leur caractère confidentiel.

Ted a été autant amusé qu'inquiété par ma découverte d'un grand mannequin. Il m'a prévenu gravement qu'au Nebraska l'évolution des mœurs n'avait rien à voir avec celle de la Californie, et qu'il avait même entendu dire que, dans les années 50, un barbier homo avait eu droit au goudron et aux plumes. J'ai été passablement surpris qu'il fût au courant de ma balade involontaire dans la nature et de ma journée de beuverie avec Lundquist. «Tu es maintenant connu comme le loup blanc. Tu as une cote du feu de Dieu.» Il m'a néanmoins assuré qu'il ferait circuler les photos de Karen que je pourrais lui envoyer. Je me suis alors rappelé que j'avais promis à un ami spécialiste de livres rares de lui téléphoner pour lui décrire les journaux de Northridge. Cet ami avait effacé un délit de mon casier judiciaire quand on m'avait surpris en train d'escamoter un livre dans la pièce de Notre Dame réservée aux livres rares. J'étais à l'époque un étudiant désargenté, et je ne manquais jamais de lui rendre visite dans son magasin quand j'allais à Chicago. Ce vol était en fait une commande, et tout en gardant l'anonymat il m'avait assuré les services d'un avocat de renom qui m'avait tiré de ce faux pas. Au téléphone il a écouté avec excitation le récit de mes découvertes et m'a supplié de lui fournir une photocopie de certaines pages. Il avait un collectionneur à Westchester et un autre au Liechtenstein qui seraient prêts à payer une fortune contre quelques extraits. Je lui ai répondu sans la moindre ambiguïté que c'était complètement exclu.

De retour à mon bureau, la symétrie entre la clairière de la ferme et Andersonville m'a tracassé. J'avais emporté les ouvrages fascinants de Shelby Foote sur la guerre civile, mais je ne voulais pas me lancer sur une éventuelle fausse piste. La tentation la plus fréquente de ma profession c'est de trop tirer sur une seule corde, de couper les pattes du cheval pour le faire entrer dans son box. Contrairement à ma mère, l'histoire ne suggère jamais qu'à long terme les choses s'arrangent et les angles s'arrondissent: on peut amasser des informations jusqu'à avoir les cheveux blancs et le visage bleu, pour aboutir aux mêmes conclusions erronées que mille écervelés avant vous. Les fouilles récentes et infantiles organisées sur le site du champ de bataille de Custer ne nous apprendront rien sur la nature des hommes qui s'y sont battus, alors que cette nature est la seule et ultime raison d'être de toute recherche. Mais je devais m'interdire à moi-même ce but élevé: j'espérais avoir tout Northridge devant moi et réussir à le couler dans le moule d'un livre. Je ne pouvais même pas ébaucher ce paragraphe de l'histoire qu'incarnait Crazy Horse, mais j'étais sans doute capable de commenter la vision des Sioux qu'avait Northridge. L'ambition transforme des hommes équilibrés en hystériques. J'ai renoncé à lire Melville à cause de la pendaison de Billy Bud, sans parler de la blancheur de la baleine, sujets qui m'auraient envoyé en hôpital psychiatrique jusqu'à la fin de mes jours.

J'ai passé le plus clair de l'après-midi à essayer de comprendre le séjour de Northridge à La Crosse, dans le Wisconsin, au cours de l'hiver 1866. Son journal abondait en divagations plus ou moins pittoresques sur la botanique et la théologie. Il ne cessait de gravir l'immense colline qui domine la ville, afin de regarder de l'autre côté du Mississippi, vers l'Ouest. Ses efforts pour retrouver la foi troublaient son esprit, si bien que son journal était bourré de citations vigoureuses de la Bible du Roi James et de supputations sur les causes manifestes du choléra qui s'était abattu sur les colons en route vers l'Ouest. J'ai sauté quelques pages, jusqu'à la fin du printemps, date à laquelle il se trouvait dans le nord-ouest du territoire du Nebraska.

Semaine du 22 mai 1866

Campe ici depuis dix jours le long d'un cours d'eau que je crois être la Warbonnet. Je n'ai jamais imaginé une solitude comparable à celle qui est la mienne en ce moment, mais je suis à l'abri de la corruption de la Piste de l'Oregon, et de ces pionniers si affaiblis par la maladie et la bêtise qu'ils marchent vers leur propre Antietam. Depuis mon séjour à La Crosse et mon voyage à travers le territoire du Nebraska, on m'a averti tant et plus de rester à l'écart de cette région et de ses dangers. Les hommes colportent des histoires sans queue ni tête pour masquer leur couardise, et cela est toujours vrai des soldats et des missionnaires. Si je manquais maintenant de courage, je ferais aussi bien de prendre mes cliques et mes claques pour rentrer à Barrytown et y devenir un gentleman coquet et délicat. Peut-être ai-je hérité le tempérament de mon père, que je n'ai jamais vu...

Bon Dieu, moi qui croyais que Northridge était un bâtard, un fils illégitime, alors que de toute évidence il sait qui est son père. Demander à Dalva.

... J'ai planté mes racines le long de la rivière, mais assez haut pour éviter tout risque de crue. Le vent qui souffle entre nord-ouest et sud-ouest risque de prolonger les gelées à la période du bourgeonnement. Les fragiles poils radiculaires (?) ont mal supporté le voyage et je n'ai pas grand espoir de voir mon premier verger aboutir. A mesure que je monte le long de la pente, je creuse des trous plus profonds pour examiner les strates du sol, lequel me semble peu indiqué pour les arbres fruitiers. Je continue une heure par jour, et j'ai creusé mon plus grand trou près d'un peuplier pour étudier sa racine maîtresse. Après un hiver tranquille, agrémenté de quelques promenades, j'ai plaisir à m'enfouir les mains dans la terre. *Machaeranthera canescens* aujourd'hui! Pubescence un peu rugueuse; tige pourpre; branches rares; feuilles lancéolées, mucronées, aux contours légèrement ondulés

Cette dernière phrase illustre parfaitement ma position à propos des notes de terrain: la botanique aux botanistes.

Mes chevaux entravés n'ont cessé de broncher avec nervosité pendant toute la nuit, et à l'aube j'ai découvert les traces d'un grand ours, le grizzly, dans la boue de la berge. J'ai pris note de mieux m'occuper de mon feu à l'avenir, car ce serait tout de même un comble que d'avoir survécu à la guerre pour finir dans l'estomac de cette bête sauvage. Les ours des Adirondacks se montrent souvent pleins de curiosité et d'éclectisme quand il s'agit de se nourrir au printemps et les ours des environs sont peut-être de la même espèce, bien que leur férocité soit, paraît-il, sans égale dans tout le règne animal. Ai sans doute creusé trop longtemps aujourd'hui, car lorsque j'ai relevé la tête hors de mon trou, j'ai cru voir, au sommet d'une colline, un loup debout sur ses pattes arrière qui s'enfuyait dans cette position. J'ai pris mon repas de gélinotte et songé soudain qu'il s'agissait peut-être d'un Sioux déguisé. Je désire tant voir mon premier Indien, sauvage et non contaminé par les pionniers, qui ne mendie ni ne vend ses biens pour acheter un alcool qui ne lui convient pas. A Boston et New York on dit que les Italiens peuvent boire du vin, mais que les alcools forts les rendent violents, et qu'ils se font souvent arrêter dans la tenue d'Adam. L'aumônier de Cornell affirmait que seuls les membres du Peuple Elu, les juifs donc, savent refréner leurs vices et devraient être un exemple pour nous.

A l'aube un jeune Sioux qui observait mes chevaux a détalé dans un fourré un peu en amont de la rivière. Dans sa langue je lui ai crié : « Reste un peu pour parler avec moi », mais il n'est pas revenu. Au cas où je serais tué, je me console en songeant que je n'ai pas de parents pour me pleurer, à moins que mon père n'ait engendré d'autres bâtards sur le Continent.

Sabbat mélancolique, mais je peux me tromper de jour, car j'ai peut-être oublié de cocher une date sur mon calendrier. La nuit dernière, il y a eu de violents éclairs et coups de tonnerre, mon abri précaire s'est mis à fuir, car je l'ai construit à la va-vite et par beau temps. Je me baigne dans la rivière et tente de consacrer cette journée à lire la Bible, mais au milieu de la nature sauvage j'ai beaucoup de mal à me concentrer sur le texte divin. A l'université j'ai débattu avec un athée fort brillant sur la question de savoir si les sauvages avaient besoin de notre religion. Je crois, en mon for intérieur, qu'ils n'en auraient pas eu besoin si nous n'avions troublé leur paix. Nous sommes pour eux un mystère trop grand, et réciproquement ils nous intriguent trop. Quand je reste longtemps assis sur ce rocher, mon esprit interrompt son activité habituelle et je crois comprendre tout ou rien du tout.

En fin d'après-midi je renonce aux bibles et aux sabbats pour faire une longue marche, après laquelle je trouve deux bonnes raisons de regretter de ne pas avoir emmené l'un de mes deux chevaux, car en mon absence l'un d'eux a été volé, à moins que son entrave ne se soit relâchée, et l'autre m'aurait permis d'échapper au danger. J'ai gravi une colline à deux miles de mon camp, remarquant en chemin un pinson lazuli et une grive au dos couleur olive. Du haut de la colline et avec ma longue-vue, j'ai scruté l'immense prairie qui s'étend à l'ouest et remarqué non sans perplexité une énorme masse sombre comme si les plus plus noirs nuages de tempête avaient chu à terre. J'ai frissonné et eu la chair de poule en constatant que cette masse ondulante se dirigeait vers moi avec un roulement de tonnerre lointain. C'étaient des bisons, *Bos americanus*, et il n'existait sans doute pas spectacle plus terrifiant dans toute la création divine. Au-dessus d'eux, dans l'occident du ciel, planait un soleil rouge qui brunissait cette mer de bêtes en mouvement. Toujours à plusieurs miles de moi, mais à mesure qu'ils s'approchaient, leur tonnerre augmentait comme s'ils piétinaient la vie de la terre elle-même. Toutes sortes d'oiseaux chanteurs et de faucons, de centrocerques et de tétras à queue fuselée voletaient devant eux et se sont mis à me filer sous le nez; quand les bisons sont arrivés à environ un mile de moi, j'ai senti le sol trembler sous mes pieds. Alors seulement j'ai songé que j'étais sur leur chemin au sommet de cette colline déboisée, si bien que j'ai rangé ma longue-vue et pris mes jambes à mon cou en direction de mon camp, abasourdi de me faire dépasser par des cerfs et des antilopes affolés. O, posséder un terrier inexpugnable comme le blaireau, le serpent noir ou le furet. Je suis arrivé à mon camp hors d'haleine, mais tel un singe des tropiques j'ai réussi à monter dans le peuplier. De la cime de l'arbre, ma vue s'étendait par-dessus la berge de la rivière et j'ai regardé les bisons envahir ma colline puis obliquer vers le sud, défilant sans discontinuer pendant plus d'une demi-heure sous mes yeux effarés. J'ajouterai seulement que j'ai ensuite fait un grand feu et rempli mon écuelle de fer-blanc avec le whisky que je gardais pour une éventuelle maladie. J'ai fumé la pipe et chanté de nombreux cantiques pour me tenir compagnie. J'avais l'impression qu'on m'observait, mais j'étais fatigué et résigné à mon sort, tel un pochard qui claque des dents au milieu des congères du Maine.

Une belle matinée accompagnée de nombreuses tasses de thé et d'eau froide. De retour dans mon grand trou avant le petit déjeuner pour faire pénitence. Je me dis en riant que ces bisons auraient poussé saint Paul à boire bien plus qu'un verre de vin. Je me souviens que je dois chercher mon cheval disparu, mais ils ne s'éloignent jamais très loin de leur base. Le trou est trop boueux pour me permettre de bien creuser; alors que je me hisse au niveau du sol, je repère dans l'air une odeur de cuir et celle, cuivrée, du sang. Il y a trois guerriers, un garçon et un vieillard peinturluré de couleurs vives qui se penche pour examiner mes spécimens botaniques. Ils portent des peaux de bêtes. Je suis tellement stupéfait que j'ose à peine respirer, mais réussis néanmoins à leur dire en sioux : « Bienvenue à mon camp. Je suis heureux de vous voir. » Le garçon recule timidement, mais les guerriers s'avancent en m'observant avec attention. Leurs bras sont couverts de sang séché ; je suppose qu'ils viennent de chasser. Deux des guerriers, solides et musclés, tiennent des carabines, mais sans les pointer sur moi. Le troisième a un gros ventre et ses seules armes sont une hachette et une massue accrochées à sa taille. Je lui dis en sioux : « Je suis content de vous voir par cette belle journée. J'ai creusé dans la terre pour examiner les racines des arbres. Je crains d'être un peu boueux. Puis-je vous préparer une tasse de thé ? » Le vieillard peinturluré s'approche de moi, il ressemble à un medecine man. Maintenant le guerrier au gros ventre qui n'a pas de carabine me sourit. « Le garçon a dit qu'il y avait un homme blanc qui mangeait de la terre et qui gîtait dans son terrier comme un blaireau. Il prenait des arbrisseaux dans une couverture pour les planter dans le sol. » Puis il désigne l'un des guerriers. « Hier soir il t'a vu fumer une pipe et chanter des chansons. Aujourd'hui nous sommes très en colère contre les hommes blancs. Je me demande en ce moment si je dois te tuer. Qu'en dis-tu ? » Je lui réponds qu'il y a plusieurs années, le Saint Esprit m'a demandé de venir ici, mais que j'ai d'abord dû me battre pendant la guerre civile, et que j'ai été capturé. Maintenant que je suis ici, si le Saint Esprit souhaite ma mort, c'est Son affaire. Gros Ventre me répond qu'il a déjà vu et entendu parler des missionnaires, et que ce sont tous des menteurs et des lâches. « Si j'étais un lâche, pourquoi serais-je seul ici ? » lui dis-je, ajoutant que je suis une autre espèce de missionnaire. Puis j'ai énuméré rapidement les fruits et les baies sauvages que mangent les Sioux, et je lui ai dit que je plantais de nouveaux fruits, non pas les fruits de l'homme blanc, mais des fruits du monde entier. Le medecine man a examiné mon œil gauche et déclaré à Gros Ventre qu'il n'avait jamais entendu parler d'un missionnaire couvert de boue. Il m'a pris à part et nous avons discuté de mes herbes et de mes échantillons qui séchaient, après quoi il a examiné les racines que j'avais plantées sur la colline. Nous sommes ensuite retournés au bord de mon grand trou, près du peuplier. J'ai sauté dedans et lui ai aussitôt expliqué le système ramifié des racines de l'arbre. Les trois guerriers se sont éloignés pour prendre une décision. J'ai mis une bouilloire d'eau à chauffer pour le thé et j'ai montré au medecine man quelques pommes, poires et pêches séchées, jetant une poignée de chaque dans une autre bouilloire. J'ai pris une livre de bon tabac en guise de cadeau, puis levé les yeux pour scruter le visage de Gros Ventre qui s'approchait. « Tu es un homme étonnant, et nous ne savons que faire de toi. Pourquoi n'as-tu pas réclamé ton cheval volé ? » J'ai fait une prière silencieuse, convaincu d'être toujours entre la vie et la mort, comme si je marchais sur une étroite solive près du toit d'une grange. J'ai répondu que je désirais offrir mon cheval de rechange au garçon qui nous avait permis de nous rencontrer par cette splendide journée. Aussitôt le jeune Indien a sauté de joie. Gros Ventre a ensuite consulté le medecine man en privé, et quand ils sont revenus près du feu où je touillais la bouilloire de thé et celle des fruits, Gros Ventre a dit : « Tu es trop bizarre pour qu'on te tue. Le vieil homme dit que te tuer attirerait le mauvais sort sur nous. » Comme ils riaient tous à gorge déployée, je les ai imités, mais sans grande conviction. Contrairement à l'opinion courante, les Indiens sont pleins d'esprit, adorent rire et plaisanter. Nous nous sommes assis pour boire le thé et manger les fruits cuits, qu'ils ont trouvés délicieux. Ils ont envoyé le garçon chercher quelque chose en amont de la rivière et il est revenu assez vite avec le cœur sanglant d'un bison, que nous avons coupé en morceaux et rôti au-dessus du feu. Ce cœur était absolument succulent...

Je me suis retourné pour voir la voiture de Naomi entrer

dans la cour. Il était cinq heures de l'après-midi, heure à laquelle elle arrivait d'habitude, pensant que j'avais achevé mon travail de la journée. Quand j'ai avancé vers elle, Naomi brandissait un faisan mort et paraissait très triste. Le faisan avait soudain jailli d'un fossé pour se briser le cou contre la portière de sa voiture. Les automobiles circulaient dans la région depuis trop peu de temps pour que les gènes des animaux aient pu s'y adapter, m'a-t-elle expliqué. Elle m'a tendu l'oiseau en me disant de me le cuire pour dîner. La chaleur du corps du faisan m'a mis mal à l'aise. La plupart d'entre nous réussissons à oublier que la viande que nous mangeons provient d'animaux qui ont été aussi vivants que nous. Naomi a aussitôt remarqué ma gêne, elle a repris le volatile et s'est mise à le plumer tandis que nous parlions.

— Karen m'a téléphoné pour me dire que vous alliez l'aider à devenir mannequin. C'est vrai?

Pendant quelques instants j'ai levé les yeux vers un nuage imaginaire.

— Comme elle est jolie, j'ai simplement appelé Ted pour savoir ce qu'on pouvait faire. Il m'a proposé de m'aider.

— Ce n'est pas un reproche, mais j'aimerais que vous soyez prudent. Ici, les filles sont très terre à terre et crédules. Karen est entêtée, elle ne sait pas toujours très bien ce qu'elle fait. Et puis elle aguiche les hommes depuis qu'elle a treize ans. Je ne voudrais pas que vous lui compliquiez la vie par une suggestion déplacée.

— J'ai besoin de boire un verre, lui ai-je répondu en me dirigeant vers la maison.

C'était comme si ma mère m'avait surpris la main dans la braguette en train de me polir le chinois.

J'étais assis à la table de la cuisine devant cinq doigts de vodka quand Naomi est entrée avec le faisan plumé. Elle m'a donné une légère tape sur le sommet du crâne et a bu une gorgée de mon verre.

— Ne vous mettez pas martel en tête. Je m'inquiète davantage pour vous que pour Karen. Le prof de gym de l'école a été viré à cause d'elle, et Dalva m'a dit au téléphone qu'il y a trente ans ce même type l'avait ennuyée. Mais suffit. Regardez la longueur de cet ergot. C'est un vieux faisan : si vous vous contentez de le rôtir, sa chair restera trop coriace.

Elle m'a montré les ergots cartilagineux sur les pattes du faisan, en me disant que les mâles s'en servaient pour se défendre ou se battre entre eux à cause d'une femelle.

Nous avons bavardé pendant qu'elle faisait dorer le faisan dans une marmite, ajoutant des poireaux hachés, du vin blanc, et quelques brins de thym et de romarin qui poussaient sur le rebord de la fenêtre de la cuisine. Je n'avais qu'à allumer le feu une heure avant de manger. Elle ne pouvait pas rester dîner, car une amie, membre d'un club de cinéma, venait de recevoir par courrier une cassette des *Misfits* avec Montgomery Clift, Clark Gable et Marylin Monroe. C'était le film préféré de Naomi qui, en compagnie de deux autres veuves, regardaient régulièrement des classiques et dînaient ensemble. Je lui ai demandé tout à trac si Dalva avait un amoureux à Rapid City. La jalousie m'a brûlé la gorge quand j'ai pensé à Arthur Miller obligé de gober les explications rocambolesques de Marylin. Difficile de gifler son rival quand on est cocufié par le président. Ma question a fait rire Naomi, qui m'a dit : «Vous ne le saurez jamais, et moi non plus», ajoutant que Dalva possédait un chalet dans les Black Hills où elle allait parfois se mettre au vert. Une vieille femme sioux y vivait et s'occupait de l'endroit. Je l'ai ensuite interrogée sur la construction de la maison. Elle m'a répondu que Northridge en avait dressé les plans avant de faire venir de Galesburg, dans l'Illinois, un groupe d'artisans suédois. Le grand-père de Dalva avait cinq ans à cette époque. Nous sommes allés dans le cabinet de travail où, assez innocemment, Naomi m'a montré un panneau secret qui dissimulait une demi-douzaine de fusils anglais qui m'ont paru être des objets de valeur. Il y avait aussi un coffre-fort mural qui a excité ma curiosité. Elle m'a dit qu'entre 1890 et le tournant du siècle les habitants du Nebraska considéraient Northridge d'un fort mauvais œil, car il aurait hébergé chez lui des chefs sioux et cheyennes recherchés par le gouvernement, à la manière du Réseau Souterrain antérieur * . En fait, il avait fait la guerre dans le mauvais camp, mais il possédait assez d'influence politique — ses biens à Chicago avaient été vendus fort cher — pour être à l'abri de toute tracasserie. J'ai ensuite demandé à Naomi pourquoi elle n'avait jamais lu les journaux.

— Ils me rappellent trop la voix de mon mari, m'a-t-elle répondu en m'embrassant avant de s'en aller.

Après son départ j'ai eu beaucoup de mal à quitter la cour de la grange. Je ressentais cette grande angoisse, que pendant mon traitement médical on m'avait appris à diagnostiquer comme un signal d'alarme. Je refuse de craquer en terre étrangère, ai-je pensé, devant un public d'oies et de chevaux. J'ai besoin d'un peu de bruit. Le mari de cette femme est mort en Corée voici près de quarante ans, en 1950. La question se pose donc de savoir si la vie est assez longue pour surmonter quoi que ce soit. Je me suis assis par terre pour éviter que l'énormité de tout cela ne me fasse choir. Et me voilà soumis au pictographe, comme si j'étais en avion. Je devrais être dans le palais du porno des frères Mitchell à San Francisco, en train de regarder des touristes japonais devenir dingues à force de mater des filles nues en buvant des scotches noyés à sept dollars pièce. Tant de solitude à l'heure du dîner! J'ai étudié la guerre et les dommages de guerre. Les Japs et les

* *Underground Railway*: réseau d'opposants à l'esclavage qui, avant l'abolition de celui-ci, aidaient les esclaves en fuite à se mettre en lieu sûr, au Canada ou ailleurs. (*N.d.T.*)

Allemands s'en sont très bien tirés, tandis que les Indiens sont restés indéchiffrables. Que faire quand ces connards refusent de s'initier à la culture des patates? Comme j'avais autant le vertige assis que debout, je me suis relevé pour me diriger d'un pas décidé vers le bosquet de lilas qui abritait le cimetière familial. On le laissait volontairement luxuriant; la seule stèle inexplicable était celle d'un certain Duane Cheval de Pierre, mort en 1971. Je me suis souvenu que c'était lui qui avait lu *les Cavaliers de la sauge pourpre* de Zane Grey. Interroger Dalva là-dessus, si jamais elle laisse souffler son amant de Rapid City pour revenir ici. Dans quelle mesure ces gens étaient-ils vraiment morts? Et puis merde, lesquels étaient indiens? Je suis sorti du cimetière au trot comme si j'avais le diable aux trousses. Pourquoi cette curiosité qui dépasse la sphère de mes intérêts professionnels? Mais s'agit-il vraiment de curiosité? Je n'ai pas osé boire un autre verre dans cet état. Je connaissais toutes les hypothèses plus ou moins fumeuses sur l'origine des Indiens, bourrées de supputations et spéculations diverses. Dans sa sagesse, la Bible règle pour nous ce problème avec Adam et Eve. Une adorable vieille dame, dans le bar *Sans Nom* de Sausalito m'a raconté un jour que les Indiens avaient débarqué au Pérou en vaisseau spatial avant de remonter vers le nord, supposition aussi plausible que l'hypothèse de la tribu perdue des Enfants d'Israël, défendue par Lundquist. Chez moi, je faisais confiance aux informations télévisées pour apaiser ce genre d'indigestion mentale. Un écran de cinquante centimètres me suffisait pour recoller les morceaux. Sans ce faisan qui m'attendait, je pourrais très bien entrer dans la grange (j'avais peur d'y aller), y foutre le feu et partir en fumée avec elle. J'ai essayé de m'approcher des oies au bord de la rivière, mais elles étaient plus cyniques que les chevaux. Je suis monté dans la Subaru de Dalva, j'ai mis le contact et allumé la radio, mais l'odeur de Dalva m'a collé une boule dans la gorge. J'ai écouté avec attention un représentant du comté parler de grain et de prix du bétail, ce qui m'a aidé. Lorsqu'il s'est lancé dans une lugubre litanie sur la saisie des biens hypothéqués, j'ai changé de station et suis tombé sur l'insupportable sentimentalisme de la musique country & western. Je me suis ensuite calé sur PBS pour absorber une dose de Brahms soporifique, et mis à prononcer à haute voix le nom de certaines choses que j'aimais, remède empirique conseillé par un psychiatre: la première année de mon mariage, ma fille, certains oiseaux, l'ail, le bordeaux, les danseuses exotiques, l'océan lorsqu'il n'est pas trop tumultueux, les films avec Gary Cooper, ceux de John Ford, ceux de John Huston, les catalogues secrets de Victoria, le cassoulet, Stravinski, les vidéos de ZZ Top (celle où la fille descend d'une vieille bagnole), New York le samedi après-midi, la dernière livraison d'*American Scholar* et d'*American History* dans ma boîte à lettres, la Liffey à l'aube, Patrick Kavanaugh, la Tate Gallery, Cheyne Walk... Là-dessus je me suis remis au travail, repoussant le dîner à plus tard. J'aimerais avoir un engoulevent apprivoisé!

21 octobre 1890
Ils nous ont peints en blanc et nous avons dansé jour et nuit jusqu'au moment où nous ne pouvions plus bouger et alors nous nous sommes reposés, puis relevés pour danser encore bien que les vents violents et le grésil aient obscurci le jour...

Vraiment pas ce dont j'ai besoin: Northridge durant le déclin du mouvement de la Danse du Fantôme. Je mets ça de côté pour une matinée radieuse, et non pour une soirée solitaire. J'abandonne les journaux afin de me plonger dans deux ouvrages — *les Indiens, les bureaucrates et la terre* de Carlson, et *le Dawes Act et la distribution des terres indiennes* de D.S. Otis.

A neuf heures, entre chien et loup, je suis retourné dans la maison pour mettre le faisan dans la marmite. Je me suis dit que je pouvais boire un verre sans trop de risque, mais dès la première gorgée je me suis demandé si oui ou non Karen allait venir. Cette fille était imprévisible — on dit qu'une queue qui bande n'a pas de conscience, mais la queue d'un chercheur est chose timide, pleine de points d'interrogation, de culpabilité et d'ironie. Mes tentatives pour garder mon sujet à distance n'étaient guère couronnées de succès. Ce n'est pas un hasard si mes pairs bossent en bibliothèque. Un certain nombre de travaux sur l'Holocauste ont clairement montré qu'il s'agit là de la série d'événements la plus horrible de toute l'histoire de l'humanité. Mais je doute qu'aucun auteur de ces travaux se soit jamais installé à Buchenwald, Belsen ou Treblinka pour potasser son sujet. Ici, je suis trop au cœur des choses. J'ai songé à un appartement au-dessus d'un pub sympathique de Dublin, imaginé les deux coffres des journaux en sécurité sous mon lit, ou plutôt deux coffres de photocopies, si j'obtenais la permission de les faire. Le problème était bien sûr le suivant: ce que j'avais lu jusqu'ici m'intimidait; c'était trop terrible et poignant, et j'imaginais déjà les pages les plus sinistres des journaux. Si les nazis avaient gagné la guerre, l'Holocauste aurait été mis en musique, tout comme notre cheminement victorieux et sanglant vers l'Ouest est accompagné au cinéma par mille violons et timbales.

Je venais d'entamer une série de vitupérations et de gémissements silencieux à cause des bouteilles de bordeaux enfermées au cellier quand la voiture de Karen s'est arrêtée sous la lampe de la cour. Abasourdi par un chœur de grenouilles stomacales et la grosse caisse qui martelait ma poitrine, je suis allé ouvrir la porte de la cabane de la pompe. Dans la pénombre Karen a dit qu'elle ne voulait pas entrer dans le bâtiment principal, mais que nous pouvions aller dans la cabane de bûcherons. Elle paraissait hésitante, intimidée, mais j'ai eu du mal à la suivre quand elle a traversé la cour de la grange. En ouvrant la porte, j'ai senti l'odeur du schnaps et celle, d'ajoncs roussis, de la marijuana. J'ai découvert à la lumière qu'elle était mouillée et portait une jupe sur un maillot de bain genre collant de danse. Elle semblait même avoir grandi, ses yeux brillaient, son élocution était un peu pâteuse. Avec un petit gloussement elle m'a tendu une enveloppe.

— Mon amie Carla les a prises avec le Polaroïd de son père. Il a fallu qu'on boive d'abord quelques verres et maintenant on se baigne, alors il faut que je me dépêche, car j'ai rendez-vous avec mon petit ami et je ne voudrais pas qu'il me croie dans une voiture avec un autre type...

Les photos étaient des coups d'aiguillon à bestiaux dans le nerf de ma nuque, une fantaisie masturbatoire, un assez candide sucre candi : des clichés maladroits mais explosifs de Karen en soutien-gorge et petite culotte, dans plusieurs maillots de bain différents, plus trois clichés où elle était complètement nue. Penchée au-dessus de mon épaule, elle poursuivait son babil :

— ... alors j'espère que ça ira, même si elles ne sont pas trop professionnelles.

Je les ai jetées sur le bureau avant de me tourner vers elle.

— En fait, je porte un maillot de bain...

Elle a fait tomber sa jupette, puis a ajusté le tissu humide à son entrejambe et autour de ses fesses. Elle a eu un sourire assez vulgaire en découvrant ma mine déconfite.

— Aujourd'hui, dans le cabinet de travail, j'ai bien cru que vous alliez me sauter dessus. Sapristi, j'ai pensé, voilà un type qui ne blague pas. Je suis fidèle à mon petit ami, mais il n'y aurait sans doute pas de mal à faire ça de l'autre manière.

Elle a baissé les bretelles du maillot sur ses épaules, puis a fait descendre le tissu mouillé jusqu'à ses pieds.

— Mais n'essaie pas de me la mettre, vieux.

Nue, elle s'est nichée entre mes bras, et sa main est descendue pour m'ouvrir la braguette. J'ai défait ma ceinture, retiré un bouton, et mon pantalon est tombé.

— Ça alors! Mais vous êtes toujours prêt!

J'ai vacillé avec elle vers le lit, au bord duquel elle s'est assise avant d'ouvrir grande la bouche pour y enfourner tout ce qu'elle pouvait. Quand je me suis laissé tomber à côté d'elle, Karen a levé une jambe et une cuisse pour me coller son sexe contre le visage. J'ai fait de mon mieux, compte tenu du temps limité qui m'était imparti, en remarquant la rapidité avec laquelle se dissipait la fraîcheur de sa peau, due au contact avec le maillot de bain mouillé. Alors la petite mort m'est tombée dessus. Karen s'est aussitôt redressée pour s'essuyer la bouche et le menton avec coquetterie contre mon oreiller, avant de reposer ledit oreiller sur ma biroute cramoisie et palpitante.

— Ce que les hommes peuvent avoir l'air godiche! a-t-elle lancé en se rhabillant très vite. Désolée, mais j' peux pas rester. A plus tard. Faites-moi signe.

Et elle a filé.

Certains appellent ça un rapport sexuel. Une banale rage de dents et un trouble passager de la vision. Sa voiture démarre, un crissement de gravillon, les oreilles et leur tympan irrigué de sang. Bien que seulement âgé de trente-neuf ans, je me sens presque trop vieux pour ce genre de frasque. Pourquoi ne pas me jeter sous une voiture? J'ai eu l'impression qu'on m'avait giflé, ce qui était techniquement le cas. Je suis resté allongé jusqu'à ce que le plafond devienne net en attendant les effets de l'oxygénation et de la sagesse post-coïtale. Dalva me manquait, mais la réciproque n'était sans doute pas vraie. J'ai tendu le bras au-dessus de la tête pour prendre un registre au hasard, en me récitant:

— Je suis arrivé à Carthage, où un chaudron d'amours sacrilèges bouillonnait autour de moi. Pauvre saint Augustin. Qui allait croire, ou même s'intéresser au fait que l'érudit moyen abrite sous son crâne autant de drames intimes que les acteurs mélos, fadasses et sirupeux qui font florès dans les feuilletons sentimentaux diffusés chaque après-midi?

Mois de février 1871

Suis calfeutré depuis maintenant trois jours à cause du temps — un affreux blizzard qui métamorphose le ciel et la terre en une masse uniforme d'une blancheur aveuglante. Sans visiteurs depuis début janvier, quand Le Chien est passé me voir avec un quartier d'élan. Nous avons évoqué la manière dont chaque membre de son peuple est dans une certaine mesure guidé par ses rêves. Nous avons discuté de cela pendant plusieurs jours et je lui ai dit avoir remarqué que je rêvais davantage en période de lune montante que de lune descendante. Selon lui c'était fréquent, mais il m'a dit qu'il allait consulter le medecine man qui m'a presque sauvé la vie il y a plus de cinq ans et qui l'été dernier m'a demandé pouquoi je marchais si souvent en pleine nuit. Comme j'étais à peu près sûr que personne ne pouvait m'observer pendant la nuit, sa question m'a pris au dépourvu. Je lui ai alors demandé comment me débarrasser de mes cauchemars récurrents liés à la guerre, surtout celui qui s'est emparé de mes nuits après que je me suis trouvé près de chevaux quand ils ont été pulvérisés et que j'ai été couvert des lambeaux de leurs entrailles. Je suis resté sourd une semaine, mais dans ma surdité j'entendais encore le hurlement des chevaux. Quand ce cauchemar arrivait, je me réveillais et m'obligeais à chanter une chanson. Il m'a conseillé de creuser un petit trou et de faire un feu dedans. Je devais ensuite dormir près du trou jusqu'à ce que le mauvais rêve arrive, ce qui ne tarderait pas. A mon réveil, je devais «chasser» le cauchemar dans le trou, où il brûlerait, puis étouffer le feu et le rêve avec de la terre, et plus jamais il ne reviendrait. J'ai réfléchi plusieurs semaines au conseil du medecine man en me demandant si je devais y voir l'avis d'un païen. Nous étions alors en août, la lune montait; une fois encore je me suis retrouvé couvert des entrailles des chevaux et j'ai pleuré à cause de ces malheureuses bêtes. J'ai prié sans résultat, et eu peur de me rendormir. Alors, malgré ma religion et ma science j'ai accompli le rituel du medecine man, le cauchemar a disparu et les chevaux de mes rêves ont été transfigurés en les plus belles de toutes les créatures.

Depuis cinq ans je ne peux pas me vanter de la moindre conversion ni d'une seule pomme. Le Chien et quelques-uns de ses amis acceptent d'écouter mes lectures de la Bible, mais ils ont une prédilection marquée pour les passages guerriers. Ils disent qu'ils préfèrent chasser, danser, faire l'amour et festoyer. Et puis, ils adorent entendre ce passage de Nahum :

Malheur à la ville sanguinaire,
   toute pleine de fraude et de violence,
   qui ne met point de terme à son brigandage !
Claquement du fouet ! Fracas des roues !
   Chevaux au galop, chars lancés,
Cavaliers faisant cabrer leur monture,
   flamboiement d'épées, miroitement de lances,
   abondance de blessés, morts en masse.
Des cadavres à perte de vue
   sur lesquels on trébuche !

Un ami de Le Chien, un sombre guerrier nommé Sept Couteaux, me chante la chanson d'une bataille que je sais être le massacre de Fetterman, en décembre 1866, quand Crazy Horse a utilisé la tactique du leurre pour attirer quatre-vingts soldats du Fort Phil Kearny dans un piège et les massacrer. On m'a montré des scalps de cette bataille et je les ai examinés poliment, pour ne pas offenser mes hôtes.

Mon décompte de l'hiver ne change pas d'une année sur l'autre. Avec les Sioux, je me suis peut-être trompé de tribu en voulant les aider. Selon un vieux missionnaire avec qui j'ai parlé l'été dernier à Omaha, les Arikaras, qui habitaient jadis le Nebraska avant d'en être chassés par les Sioux, étaient des fermiers formidables. Ces Arikaras cultivaient quatorze variétés de maïs, de nombreuses espèces de haricots, et ils entaillaient les sureaux pour récolter du sucre liquide, comme on saigne les érables dans l'est du pays. Lors de cette réunion de missionnaires, un certain révérend Dillsworth, qui avait passé maintes années dans l'Arizona et au nord du Mexique, s'est adressé à nous. Il nous a fait comprendre que nos Sioux étaient sans doute aussi réfractaires que les Apaches à la conversion au Christ. Vu que je me fiche de cet homme, ses suggestions ne me découragent pas le moins du monde. Mais il a ensuite expliqué avec intelligence les progrès des papistes jésuites auprès de beaucoup de tribus indiennes du Sud-Ouest. Au lieu de convertir, nous a-t-il dit, ces jésuites se contentent d'ajouter un vernis catholique supplémentaire sur ce qu'ils trouvent. Nous devons considérer cela comme une malhonnêté, mais je ne sais qu'en penser. Il est vraiment difficile de convaincre les Sioux de l'unicité du sabbat quand, selon leurs croyances, chaque jour de la semaine est sabbat. Le Chien me taquine en disant que, si je jeûnais trois jours et trois nuits au sommet d'une montagne qu'il connaît dans les Black Hills, je

265

renoncerais à mes conceptions sur le sabbat. Son humour frise souvent l'insolence; ainsi, il m'a dit que si je refusais de faire l'amour à une femme le jour du sabbat, elle irait aussitôt chercher un autre homme.

A Monroe, dans le Michigan, j'ai commandé dix mille greffons de racine d'arbres fruitiers, pour dix cents pièce. Mes arbres vont survivre par la force de leur nombre. Je vais avoir un printemps chargé et maintenant, tandis que ma porte tremble sous les assauts de la tempête, je rêve de m'enfoncer les mains dans la terre tiède.

Il était presque minuit quand je me suis souvenu de mon faisan braisé : ce volatile avait cuit trois fois plus longtemps qu'il n'aurait dû. Ce dernier désastre constituait une gifle moins plaisante que la précédente. En rejoignant la maison au pas de course, je pourrais peut-être sauver la bête d'une minute de cuisson excédentaire. Je me suis levé, étiré les membres en essayant de ne pas remarquer la douzaine de photos empilées, celle du dessus illustrant une confrontation objectif-pubis. J'ai senti une démangeaison à l'entrejambe. Comme tant d'écrivains j'ai beaucoup lu sur les errements de la luxure, sujet aussi complexe que l'histoire de l'Italie. Il s'agit d'une expérience qu'on ne peut acquérir de seconde main, contrairement à celle de la mort, mais elle est infiniment plus comique. En Irlande, j'avais remarqué de nombreuses tentatives pour ignorer le problème ou noyer le poisson. Afin de me remettre de mes déboires avec la sexualité et les faisans, je me suis dit que ces journaux allaient me rendre célèbre dans ma partie — rien à voir avec cette «gloire» dont nous abreuvent les médias, mais une étape prestigieuse de ma carrière d'historien qui pouvait très bien aboutir à une chaire en faculté quand j'aurai quarante-cinq ans.

Dans la cuisine mon bien-être a été deux fois conforté. Dalva m'a téléphoné de son chalet de Buffalo Gap; elle paraissait plutôt gaie et bien réveillée malgré l'heure tardive. Frieda m'avait-elle informé de la surprise qui m'attendait dans la boîte à pain : une bouteille de bordeaux? Nenni, comme disent les gens d'ici, bien sûr que non. Tout irait mieux pour moi si je prenais la peine de faire un peu de charme à Frieda. J'ai évoqué les progrès de mon travail avec une excitation qui lui a plu. Elle était contente que je sois maintenant «de plain-pied» dans les journaux; puis elle m'a demandé comment s'était passée l'interview de Karen. J'ai inspiré profondément pour empêcher ma voix de se rétrécir en un petit couinement de culpabilité.

— Couci-couça, lui ai-je répondu, pas assez d'énergie pour rendre la chose palpitante.

— J'ai parlé à Noami qui m'a dit que tu venais de fonder une agence de mannequins. Est-ce une manœuvre d'approche ou une esquive?

— Va te faire voir, ma chérie.

Je me sentais trop bien pour me donner le mal de me défendre. Le rire de Dalva était doux et chaleureux.

— Je serai de retour d'ici un jour ou deux. Souviens-toi seulement qu'on n'entend jamais la balle qui vous tue. Je crois que tu me manques.

— Tu me manques aussi.

Quand j'ai entendu qu'elle avait raccroché, je me suis mis à réfléchir sur la vigueur de l'humour de la frontière : toutes ces histoires folkloriques qui remontaient à une époque primitive et sans fard. «Eh ben alors, le Tad il a balancé sa godasse dans le pif de ce corniaud jusqu'à c' qu'y crache ses quenottes, et ensuite on est tous allés fêter ça au bar, heureux que la journée se finisse bien et qu' la justice elle soit rétablie. Ce sale gus avait appris qu' faut

pas mettre du poil à gratter sous la selle d'un cow-boy d'
l'équipe de Two Dot. » Ce genre de chose.

Seconde surprise agréable — le faisan n'était pas
vraiment fichu, et puis dans la boîte à pain la bouteille de
bordeaux s'est révélée être un latour 49, cru exceptionnel
et cadeau qui m'a mis les larmes aux yeux, nonobstant
mon indignité. Voilà le type d'existence campagnarde qui
me sied. Cette bouteille m'a fait un peu regretter de ne pas
avoir la permission de fourrer mon nez dans les papiers du
grand-père, car il paraissait infiniment moins austère que
son propre père. Cette belle demeure et ce vin ont révélé
chez moi le flambeur que j'aimerais être. Quant au
volatile, il était bien sûr archicuit : ses os s'en sont détachés
dès que je l'ai sorti de la marmite, d'où montait néanmoins
un fumet succulent ; j'ai dévoré l'oiseau jusqu'au dernier
morceau de blanc. Je ne suis pas chasseur par nature, mais
j'ai pris bonne note de demander au vieux Lundquist de
m'attraper quelques-unes de ces bestioles. J'ai fait durer
la bouteille de latour le temps d'une rêverie absurde mais
délicieuse sur la première année de mon mariage. En
réaction à moi-même et à un certain nombre d'années
difficiles, mon ancienne femme avait concocté un mécanisme de survie bien rodé, après quoi elle s'est débarrassée
de moi comme d'un appendice superflu.

Juste avant l'aube les oies ont fait un tapage infernal,
accompagné de moult cornements et battements d'ailes.
J'ai bien failli sortir voir ce qui se passait, mais je n'avais
pas de lampe électrique, et mes lubies nocturnes m'inter-
disaient toute exploration dans ces conditions. J'avais
l'esprit troublé par ce qui avait débuté comme un rêve
merveilleux, où Dalva et ma fille Laurel traversaient la
pâture sur deux splendides chevaux à robe dorée ; mais
quand je sortais à leur rencontre, leurs visages étaient ceux

268

de vieilles Indiennes et ressemblaient à des pacanes écossées. Si ma fille est aussi vieille, alors je dois être mort, ai-je pensé, au moment précis où les oies m'ont réveillé. Je n'ai pas songé à allumer la lumière, si bien je suis encore resté une demi-heure allongé dans le noir avant de distinguer la chambre. J'ai regardé vers l'ouest par la fenêtre de derrière, et là, sur un tertre couvert de bardane, un coyote dévorait une oie, le museau rouge de sang. Il (ou elle) m'a vu bouger à la fenêtre et a aussitôt détalé à travers les herbes en emportant le restant de l'oie. Malgré la tristesse de cette découverte, j'ai espéré que l'oie défunte était ce sacré chef de groupe. Alors Frieda est arrivée dans la cour, puis entrée dans la maison pour me préparer mon petit déjeuner. J'ai enfilé mon pantalon, car je voulais flairer ce début de matinée et voir si une autre oie n'avait pas été massacrée. J'en ai compté treize, mais ce nombre ne m'a avancé à rien, car j'ignorais combien il y en avait eu hier. J'ai constaté avec plaisir que les survivantes se montraient beaucoup plus amicales envers moi. Leur chef arrogant, qui avait survécu, a guidé sa théorie vers moi tandis que toutes semblaient essayer de m'expliquer l'affreux drame qui venait d'avoir lieu. Vaguement touché, je me suis senti obligé d'adresser mon premier discours aux oies, où je leur ai annoncé ma décision de leur construire un abri, un bungalow pour la nuit où elles entreraient le soir et pourraient dormir sur leurs deux ailes à l'abri des prédateurs. Je les ai saluées avant de les bénir. Je comptais explorer la grange inconnue à la recherche des matériaux nécessaires à leur cage. Je n'ai guère pu retenir ma joie au vu de mes progrès avec les animaux. J'ai adressé un grand bonjour aux chevaux, puis suis entré dans la maison.

— Si vous marchez pieds nus dans le secteur, c'est sûr que vous allez attraper le tétanos, m'a lancé Frieda de la cuisinière en guise d'accueil.

J'ai constaté qu'elle me préparait un petit déjeuner basses calories et faible teneur en cholestérol, composé d'épaisses tranches de bacon, de pommes de terre nouvelles frites à la poêle, et d'une omelette géante. J'ai aussi remarqué qu'elle avait les yeux rouges, comme si elle venait de pleurer. J'ai espéré en secret franchir le cap du petit déjeuner sans avoir droit à une explication de son récent chagrin. J'ai fait mine d'écouter avec attention les premières paroles de la journée de Paul Harvey, un gai salut d'une ville de l'Iowa où les chômeurs devaient balayer les rues et laver toutes les voitures garées dans le parking du tribunal.

— Rappliquez donc ici si vous voulez manger chaud, elle a beuglé, alors qu'un ou deux mètres seulement nous séparaient.

C'était clair comme de l'eau de roche, elle essayait de faire contre mauvaise fortune bon cœur. J'ai tendu le bras vers le Tabasco, ce qui a provoqué l'habituel :

— Cette saleté va vous boulotter les boyaux.

» Z'avez peut-être remarqué que mon papa est un peu dingo? a-t-elle commencé.

— D'accord, mais son grain est plutôt agréable.

Je désirais l'apaiser, car j'avais vu les muscles de son visage rond tressaillir.

— J'ai cinquante-sept ans, et plus ça va moins je rajeunis. Mon ami Gus veut m'épouser, mais il est pas sûr de pouvoir supporter la présence de mon paternel dans la maison. Gus a toujours été ouvrier agricole, et j'ai comme qui dirait dans l'idée qu'il convoite davantage not' ferme que moi. Et puis je crois pas que je supporterais de mettre papa à la ferme du comté...

La malheureuse s'est pris le visage entre les mains. Ses grosses épaules se sont mises à trembler tandis que je permettais à une mouche de se poser sur ma dernière bouchée d'omelette.

— Gus vient d'une bonne famille?

J'ai essayé de gagner du temps avec cette question idiote.

— C'est rien qu'un trimeur. Il joue du banjo le samedi soir. Il a soixante-deux ans, mais y fait beaucoup plus jeune. Quand papa s'ra plus d' ce monde, je voudrais pas me retrouver seule. J'ai besoin de m'occuper de quelqu'un.

— Négociez en position de force, ma chère. Dites à Gus que c'est votre ferme et que ses conditions sont inacceptables. Et s'il ne veut pas du vieux papa, eh bien, dites-lui d'aller se faire cuire un œuf.

Elle a essuyé ses larmes sur ma serviette. Mon conseil l'a fait se redresser.

— Dalva m'a dit la même chose. Ce fils de pute commence à charrier. Dire qu'il me doit déjà trente-cinq billets. A croire qu'il me met à l'épreuve!

Quand elle s'est ruée vers le téléphone, j'en ai profité pour m'éclipser.

Je me suis senti en pleine forme à mon bureau, et j'ai décidé de trouver qui était la femme de Northridge, convaincu qu'il s'agissait d'Aase, la jeune fille de la famille suédoise qu'il avait aidée à s'établir sur un terrain. J'ai marmonné une prière indistincte aux dieux de la recherche pour que mon travail ne m'émeuve pas trop, et au bout d'une heure de coups de sonde dans divers journaux, j'ai découvert que j'avais raison!

20 mai 1876

C'est avec mauvaise humeur que j'ai accepté de chevaucher vers le sud-ouest et Scotts Bluff pendant cinq jours pour rencontrer le nouveau directeur des Missions, un révérend porcin de Cincinnati qui ne sait pas monter à cheval, ne supporte pas de voyager en chariot, moyennant quoi il ne s'éloigne jamais à plus de cent mètres d'une voie de chemin de fer. Notre entrevue dure une petite demi-heure. Il me fait part de rumeurs selon lesquelles, en refusant de construire la plus frustre des églises, j'aurais « basculé dans le camp des

271

Indiens ». Je lui réponds que je dois d'abord leur apprendre à cultiver des plantes comestibles avant d'entamer la construction d'une église, d'autant que le bois est extrêmement rare. J'ajoute que, de toute manière, les Sioux sont des nomades et qu'il serait difficile de déterminer le site d'une église. Il me rétorque qu'il a appris de source gouvernementale autorisée que l'année prochaine les Sioux seront déplacés vers le sud du Territoire du Dakota et assignés à résidence. Cette nouvelle m'a beaucoup scandalisé, car elle contredit tous les traités déjà signés. Il défend cette opinion que les Sioux meurent si vite de nos maladies (dont la famine) que je devrais davantage m'attacher à sauver des âmes qu'à développer l'agriculture. Il m'annonce ensuite que je suis le dernier ecclésiastique à travailler de son plein gré avec les pires Sioux, et que tous les frères prient sans illusion pour ma sauvegarde. Je le remercie de ses prières et bats en retraite pour échapper à son onction pateline.

Je me retrouve à la mercerie en train d'acheter des cadeaux, acceptant avec réticence mes intentions, mais très désireux de quitter cet endroit puant à la vitesse de l'éclair. Je me rappelle Jensen, son épouse, ses deux fils et sa fille qui se nomme Aase. En faisant un détour de deux jours, j'espère les trouver à l'endroit où je les ai aidés à s'installer l'an dernier, à la même époque. Au camp que j'ai dressé le premier soir, je suis gêné par le spectacle de tous ces cadeaux qui me semblent détonner avec mon tempérament, même si j'ai pratiqué d'innombrables échanges avec les Sioux. Et s'ils n'étaient plus là ? S'ils avaient déménagé vers l'ouest ou l'est, poussés par le désespoir ou la faim ? Je bois un peu de whisky après mes prières du soir, et reconnais que mon cœur désire revoir cette jeune fille. Je souris en pensant que c'est le Printemps, que je suis un vieux soupirant de trente-trois ans et que je chevauche à travers la prairie pour rendre visite à une jeune dame avec qui je n'ai pas échangé trois mots. Je songe brusquement que je n'ai pas de miroir et que mon

272

apparence m'est une énigme. Le Chien m'a confié que selon le medecine man les miroirs sont mauvais car seul autrui devrait nous voir et nous ne sommes pas censés passer du temps à nous contempler.

Je me sers de ma longue-vue pour observer de loin les Jensen au cours de l'après-midi. Le père et les fils sont dans un champ avec un attelage de bœufs, où ils ramassent les grosses pierres et les mettent sur un traîneau. J'ai demandé à mes amis sioux de ne pas faire de mal à ces gens et de ne pas voler leurs animaux. La mère travaille dans un jardin. J'aperçois une vache et des poulets. Leur petite maison en rondins est couverte d'herbe et la ferme est extraordinaire, car tout cela a été bâti en un an. Je scrute jusqu'à ce que ma vue se brouille, mais ne vois pas la jeune fille. Elle en a peut-être épousé un autre, car pour ces colons immigrants on est en âge de se marier à dix-sept ans.

Le père est content de me revoir, mais aussi confus et gêné. Il me remercie d'avoir enregistré son terrain et s'étonne que j'aie pu lui ajouter deux sections aux noms de ses fils. Je lui rétorque que l'agent du gouvernement est un brave homme et que je lui ai payé un bon dîner. Les terres aussi éloignées de la tête de ligne du chemin de fer ne sont l'objet d'aucune convoitise, d'autant que les éventuels spéculateurs ignorent la présence de sources dans cette région. Jensen détourne le regard pour m'apprendre que la pépite d'or leur a servi à acheter un attelage de bœufs, des poulets, des cochons et des réserves de nourriture. En octobre dernier un gros ours est entré dans l'enclos et a tué les cochons. Jensen me dit qu'il savait ce cadeau destiné à sa fille, mais je lui rétorque que ce n'est même pas la peine d'en parler. Je lui dis que je suis aussi dans les affaires et que je lui apporterai des boutures d'arbres fruitiers. Mais je ne lui confie pas que je n'ai pas de famille et seulement quelques amis en dehors des Sioux.

Nous sommes debout dans le jardin, le père et la mère, les deux fils et moi. Je regarde les fleurs fraîchement écloses dont les graines viennent de Suède, mais mon esprit et mon cœur se demandent si la jeune fille est toujours ici. Quand mon regard quitte les fleurs, Aase debout sur le seuil détourne les yeux et joint les mains devant sa taille. Je ne sais que faire, mais les autres semblent connaître mieux que moi la raison de ma visite. Rassemblant mon courage, je m'approche d'elle, retire mon chapeau et m'incline. Quand je lui tends la main, elle la saisit et me salue d'une révérence. Je lui dis quel plaisir j'ai de la revoir et que j'ai souvent pensé à elle. Elle me répond la même chose, et nous nous sourions. Nous nous éloignons alors des autres pour rejoindre une source parmi les peupliers. Elle est d'une merveilleuse beauté, mais paraît en mauvaise santé. Lorsque je lui demande si elle va bien, elle secoue la tête négativement. Elle me dit qu'elle a étudié l'anglais pendant tout l'hiver et que maintenant je suis venu lui parler, si bien que nous abordons toutes sortes de sujets, hormis celui de la maladie. Mes espoirs sont bien fondés et je sens mon cœur attiré vers elle et enfin je lui embrasse la main.

Nous dînons agréablement dehors, car ces maisons couvertes d'herbe sont mal éclairées et construites à la va-vite. Tous les colons aimeraient avoir le temps de bâtir une vraie maison dotée d'une charpente en bois. Les Jensen sont déconcertés par mes cadeaux, mais j'apprends le lendemain que dans leur pays mon comportement équivaut à une demande en mariage. Je prends une bouteille de bon whisky dans mon sac de selle; puis Aase, sa mère et ses deux frères entrent dans la maison. Le regard perdu dans le lointain, je reste longtemps dehors avec Jensen. Quand il parle enfin, c'est pour m'annoncer les raisons pour lesquelles je ne pourrais sans doute pas épouser sa fille. Je lui rétorque que nous ne sommes pas dans son pays, mais aux Etats-Unis où les hommes et les femmes peuvent épouser qui bon leur semble. Il m'apprend alors que sa fille bien-aimée est très gravement malade et qu'elle ne vivra pas longtemps. Il a du mal à prononcer le mot «tuberculose» et se met à pleurer. J'ai l'impression d'être tombé de cheval, mais réponds que je suis au courant de sa maladie et que je pourrais l'aider en l'emmenant voir des médecins d'Omaha ou de Chicago. Quand il a recouvré son sang-froid, il m'a demandé de passer une journée avec elle pour être sûr et puis quelques semaines au loin pour réfléchir. Il ne supporterait pas qu'elle soit malheureuse si je l'épousais, puis changeais d'avis et la quittais. Je lui ai dit que je construirais une maison à quelques heures d'ici sur la rivière Loup, si bien qu'elle pourrait rester en contact avec sa famille. Nous n'avons plus rien ajouté, buvant seulement ensemble un dernier whisky, puis nous lavant à la source avant d'aller dormir. Dans la maison, ils m'avaient préparé une paillasse près du lit de Aase, selon la coutume de leur pays, j'imagine. Quand la dernière bougie a été soufflée, elle a tendu le bras pour entrelacer ses doigts aux miens.

Je peux dire sans crainte de me tromper que la journée du lendemain a été la plus belle de ma vie et que je n'ose espérer en vivre une autre comparable. Par un temps merveilleux nous sommes partis de bonne heure pour un pique-nique que la mère d'Aase avait préparé et nous avons marché lentement — flâné serait plus exact —, le long de la rivière vers le nord. Pendant les premières heures j'ai joué au maître d'école, citant le nom des oiseaux et des fleurs. A défaut de leur nom, elle connaissait les habitudes des oiseaux que nous rencontrions. Quand nous avons trouvé un terrier de blaireau, elle m'a indiqué le terme suédois pour désigner cet animal. Elle m'a dit que pendant l'hiver son frère avait abattu un chevreuil et que deux Sioux l'avaient rejoint. Son frère avait eu peur, mais les Sioux lui avaient montré comment dépecer la bête, puis l'avaient aidé à la transporter sur leurs chevaux. L'un de ces Indiens, particulièrement gentil, avait une oreille

275

en moins et parlait anglais. Je lui ai dit qu'il s'agissait de Sam Embouchure de Rivière, le premier Sioux sauvage que j'avais connu, et le vieux cheval qu'il montait était celui que je lui avais offert dix ans plus tôt. Au fil des ans, j'apprenais un peu d'anglais à Sam lors de nos rencontres. Il avait perdu une oreille durant un combat avec un Cheyenne adulte alors que lui-même était encore assez jeune. J'ai dit à Aase qu'il était très aimé du grand chef Crazy Horse. Comme elle se fatiguait vite, nous avons étendu la nappe et posé le pique-nique au milieu d'un bosquet d'érables négundos et de peupliers. Elle s'est aussitôt endormie et je l'ai observée intensément pendant une heure. Quand elle a commencé de remuer, j'ai feint le sommeil et c'est alors qu'elle m'a embrassé. Mon bras l'a enlacée et nous sommes longtemps restés allongés là en silence à regarder les rais de soleil qui traversaient le feuillage vert pâle des arbres et mouchetaient le sol. Midi approchait, tous les oiseaux de la terre s'étaient tus et notre musique était celle de nos cœurs et de nos souffles.

J'ai levé les yeux en entendant un bruit, et vu Lundquist entrer dans la cour au volant de sa vieille camionnette. Comme Frieda n'était partie qu'un quart d'heure plus tôt, je me suis dit que, caché dans un bosquet d'arbres, il l'avait guettée en attendant de quémander une bière. Pour être franc, je ne lui en voulais pas d'interrompre l'histoire de Northridge et de Aase, car je savais très bien comment elle se terminait. Pour l'instant, Lundquist restait dans la cour à regarder les oies d'un œil perplexe. Comment pouvait-il savoir qu'il en manquait une, me suis-je demandé, puisque j'avais oublié d'en parler à Frieda? Il a jeté un coup d'œil plein d'espoir vers ma cabane. Je savais que, m'eût-il trouvé mort, il aurait d'abord bu une bière froide avant d'annoncer la nouvelle de mon décès. Roscoe, le célèbre terrier, grattait à ma porte. Je l'ai fait entrer et lui ai coupé une tranche de salami Manganaro Genoa, vers laquelle il a bondi avant de me remercier d'un grognement. Il était presque onze heures du matin, moment de la journée nullement indu pour une bière, si bien que j'en ai pris deux avant de sortir à la rencontre de mon ami sagace, qui portait son éternelle tenue en jean sale, boutonnée jusqu'au cou.

— C'était Précieuse, m'a-t-il annoncé d'un air grave en prenant sa bière. Leur mère à tous et à toutes. La plus vieille oie du comté.

Il m'a montré les empreintes du coyote dans la terre meuble le long de la rivière, et Roscoe a manifesté bruyamment sa colère. J'ai alors décidé de ne pas lui dire que j'avais entendu le ramdam des oies, et été trop trouillard pour intervenir.

— Je crois que nous devrions construire une cage où ces oies pourraient dormir, lui ai-je dit.

— Pas avant que miss Dalva nous le demande.

Voilà qu'il imitait maintenant à s'y méprendre un domestique noir de série télé.

— Oh! arrêtez de déconner. J'en prends toute la responsabilité. Est-ce que d'autres oies doivent mourir parce qu'elle est en vadrouille dans ces fichues montagnes avec son amoureux? Moi je dis que non, bon Dieu de bois. Ces oies ne mourront pas!

Lundquist, qui était goulu, avait déjà fini sa bière.

— Je vais installer le barbecue, et on va se faire griller quelques bricoles pendant qu'on bossera, d'accord? Pour garder la tête claire, accordons-nous une seule bière toutes les demi-heures.

— On commence quand? Et celle-là, elle compte ou pas? a-t-il insinué doctement en agitant sa boîte vide.

Non sans une certaine mesquinerie, je me suis figé en feignant la consternation, tout en me demandant si ie ne

277

pourrais pas troquer quelques bières contre des informations que je jugeais cruciales.

— Qui est Duane Cheval de Pierre? J'ai vu sa stèle dans le cimetière.

— C'était un putain de Peau-Rouge qui un jour s'est écroulé raide mort sur les marches de la véranda. Fallait bien l'enterrer quelque part. Mais à votre place, j'irais pas fouiner dans le cimetière de la famille. Merde alors, c'est pas une salle de cinoche. Dites donc, c'est sans doute des drôles de loustics que vous fréquentez!

Parfaitement indigné, Lundquist a filé vers sa camionnette, et je me suis infligé l'humiliation de le suivre. J'avais commis l'erreur de prendre les gens simples de la campagne pour des simplets.

Nous avons travaillé dur pendant une heure à la construction de la cage, et sans boire trop de bière. Lundquist faisait preuve d'une grande invention avec les matériaux trouvés dans la grange, et pour l'essentiel je l'ai regardé faire en surveillant notre poulet sur le barbecue. Je n'étais pas certain qu'il aimerait ce poulet, mais je lui ai quand même concocté ma sauce «luxure et violence» célèbre parmi mes amis pour ses vertus revigorantes du samedi après une morne semaine passée dans les salles de classe. Avant de manger, nous avons vécu quelques minutes d'angoisse en essayant de convaincre les oies que nous avions leurs intérêts à cœur — elles refusaient en effet d'entrer dans notre cage et se sont montrées d'humeur combative, mais pas contre Lundquist. Celui-ci a fini par s'allonger dans la cage avec un tas de maïs pilé posé sur la poitrine, et il s'est mis à couiner, glousser, fredonner d'une voix nasillarde, tant et si bien que les oies n'y ont pas résisté. A travers le treillis serré en fil de fer, il m'a adressé un sourire triomphal.

Nous avons mangé le poulet en le découpant avec les doigts, et n'avons pas bronché quand Frieda a surgi dans la cour — en tant que travailleurs, nous étions à l'abri de

278

toute critique. Lorsque Lundquist a expliqué la mort de mère l'oie, Frieda a émis ce commentaire judicieux : « Plus ça allait, moins Précieuse rajeunissait. » Frieda s'est emparée d'une cuisse dégoulinante de sauce — je me suis félicité d'avoir rôti deux poulets — puis a déclaré que c'était « relevé au poil ». Quand je l'ai interrogée sur ses goûts culinaires, elle m'a expliqué qu'après son année malheureuse avec le Basque elle avait rejoint les auxiliaires féminines de l'armée basées à El Paso, au Texas, où les gens n'avaient pas peur de la sauce piquante. Elle m'a ensuite remercié de mon conseil sur la marche à suivre avec Gus.

— Ce merdeux pétait plus haut que son cul jusqu'à ce que je lui mette le nez dans son caca, elle a dit.

— Frieda ne jurait jamais avant d'entrer dans l'armée. Elle a perdu la foi chez les auxiliaires féminines, mais elle y a appris à se tenir sur ses guiboles. Voilà en tout cas ce que disait sa mère. Gus a toujours été un brave gars, mais il a gaspillé son argent en vêtements et en voitures, si bien qu'aujourd'hui il ne possède même pas un acre de terre, m'a expliqué Lundquist.

Frieda nous a quittés après avoir englouti une autre cuisse et la moitié d'une aile. Elle a demandé à son papa de ne pas trop tarder à rentrer faire sa sieste, puis l'a embrassé sur le sommet du crâne. Quand elle a tiré l'oreille de Roscoe, le chien a grondé d'un air menaçant en protégeant ses os de poulet.

— Duane était aussi bon terrassier que Paul. Du temps de Paul nous avions un attelage de chevaux de trait qu'on avait fait venir d'Angleterre, et puis un cureur de fossés, mais Paul tenait à tout creuser à la main. En 1938, avec ces chevaux anglais, j'ai remporté le concours de traction à la Foire d'Etat. Vous allez peut-être pas me croire, mais j'ai même serré la pince au gouverneur. Duane inventait tout un tas d'histoires. Il m'a raconté qu'il était né dans une caverne en Arizona, et que son père avait abattu Kit

Carson d'une balle dans la tête. C'est possible, à votre avis?

J'ai acquiescé pour l'encourager à me faire d'autres révélations. Nous étions vautrés sous le hayon de sa vieille camionnette Studebaker pour nous abriter du soleil. Je n'ai pas osé lui poser une autre question.

— Duane ressemblait pas mal au père de Dalva. Ce gamin était un dur à cuire. Les petits jeunes qui jouaient au football ont vite appris à laisser Duane pénard. Il était bâti comme Billy Conn sur les images. Je vais vous montrer un endroit, à condition que ça reste entre nous, hein?

Je lui ai promis de rester muet comme une tombe, puis j'ai suivi Lundquist dans la grange. Il a trouvé un interrupteur, nous avons gravi une échelle jusqu'à un énorme grenier qui abritait plusieurs chariots et traîneaux, ainsi que tout un assortiment de harnais accrochés aux chevrons. Lundquist m'a dit qu'aucun de ces harnais n'avait servi depuis 1950, mais qu'il les entretenait parce que « on ne sais jamais ». Dans l'angle le plus éloigné de l'ampoule électrique se dressait une grosse pile carrée de bottes de foin étayées de quelques poutres. Inattentif, je regardais le ballet saccadé des hirondelles au-dessus de nos têtes, et Lundquist en a profité pour disparaître. C'était une plaisanterie douteuse, et j'ai attendu quelques minutes avant d'appeler. Sa réponse étouffée m'a paru venir de l'intérieur des bottes de foin. Puis il a écarté un rectangle de toile de jute sur lequel on avait collé une couche de foin. Je suis entré le cœur battant, convaincu qu'il me jouait un tour. A l'intérieur il faisait noir comme dans un four : de toute évidence, on avait calfeutré ou latté les fentes entre les planches de la grange. J'ai entendu Lundquist tripoter une paumelle ou un loquet ; bientôt la lumière du soleil nous a aveuglés. J'ai levé les yeux, puis hurlé en esquivant. Je croyais qu'une grosse pierre blanche me tombait dessus, mais il s'agissait seulement d'un crâne de bison, énorme et crayeux, suspendu à un chevron. J'ai levé la main pour le faire tourner, puis me suis assis sur le tabouret de laitière qui était le seul autre objet présent dans cet espace confiné. Il y avait une belle vue vers l'ouest, mais l'éclat du soleil sur le crâne était un peu déplacé à mon goût.

— Un jour d'hiver, J.W. il me dit : Va chercher Duane. Mais j'arrive pas à le trouver. Alors la chienne Sonia m'emmène au bas de l'échelle. Toujours rien. Je la prends dans mes bras pour monter à l'échelle, et la voilà qui file jusqu'ici. Duane émet des bruits de fantôme qui me flanquent une trouille bleue. C'était l'endroit de baragouinage mystique de Duane quand on était au cœur de l'hiver. Il avait d'autres lieux pour les autres saisons mais celui-ci était réservé aux mauvais mois de l'année.

— C'est lui qui appelait ça son endroit de baragouinage mystique ?

— Comme je vous le dis. M'est avis qu'y a un coup de schnaps dans l'air.

Lundquist a attendu derrière la porte grillagée de la cabane de bûcherons, car pour une raison mystérieuse il refusait d'y entrer. Je lui ai donné un triple schnaps, plus un bout de salami pour Roscoe qui, couvert de terre, venait d'enfouir ses os de poulet.

Après leur départ j'ai pris une douche et me suis mis au travail. J'ai rapidement glissé les photos de Karen dans une enveloppe de papier bulle, puis écrit un bref mot à Ted. Après réflexion, j'ai conservé l'une des photos en souvenir d'une campagne stratégique relativement peu agréable en terre étrangère — cette photo était d'ailleurs inutilisable, sinon pour un jeune homme doté d'un fort penchant masturbatoire : une vue arrière de la donzelle debout et légèrement penchée contre un montant de lit, face à un poster du musicien Sting. Un vrai festin de fesse, comme dirait Trouduc. Suffit avec ça : je glisse la photo d'icelle entre les pages de l'indispensable *Révolte populiste* de John D. Hicks.

J'ai ensuite sorti les trois volumes de 1874 en espérant échapper à l'amour et à la mort. L'amour m'aurait enflammé l'esprit, la mort me l'aurait éteint. *Timor mortis conturbat me.* Comme Northridge ne maintenait pas la moindre distance universitaire entre son sujet et lui, ses Peaux-Rouges commençaient aussi à me hanter. J'ai ressenti une vague jalousie envers un ami qui avait consacré ces dix dernières années à la rédaction d'un compte rendu parfaitement plat des efforts des Nations Unies aux Caraïbes. Il était bronzé en permanence.

19-25 juillet 1874

J'ai fait un long voyage vers le nord, près de la Belle Fourche, pour échapper à la grande calamité des sauterelles et à la fumée des incendies de prairie. Mon esprit est troublé par la perte de ma foi et le sort tragique des Sioux, dû à l'extermination des bisons. J'ai écrit à ce sujet au Président, à de nombreux sénateurs, ainsi qu'au général Terry, mais aucun n'a daigné me répondre depuis un an. A quelques exceptions près, j'ai découvert que tous les politiciens sont vénaux. Comme dit Matthieu, « Ils lient des fardeaux pesants et encombrants, et en chargent les épaules des hommes, sans vouloir eux-mêmes les remuer du doigt... Hélas pour vous, scribes et pharisiens hypocrites ! Vous courez mers et terre pour gagner un prosélyte, et quand vous l'avez, vous en faites un fils de l'enfer deux fois pire que vous. »

Une fois cela écrit, j'ai dû envelopper mon livre dans la toile huilée, car le ciel s'est fendu en deux pour déverser la pluie, et le tonnerre a rugi. D'une bâche je m'étais confectionné un abri contre le soleil et je me suis installé dessous en savourant l'immense pouvoir de l'orage et en mangeant des fraises des bois que j'avais ramassées pendant la matinée. J'étais quelque peu inquiet de voir un Indien assis sur un gros rocher, à une centaine de mètres en amont. Soit il venait d'arriver, soit je l'avais confondu avec le rocher quand j'avais regardé dans cette direction. A l'aube j'avais entendu un élan bramer en amont, et j'espérais que la pluie effacerait mon odeur pour que j'aie une chance d'apercevoir cette bête majestueuse. Quand j'ai fait signe à l'Indien, il s'est approché sans se hâter malgré l'orage. J'ai étendu un tapis de selle, lui ai préparé du thé et offert des fraises. Son port, davantage que sa taille ou sa mine féroce, m'a impressionné. Il m'a dit qu'il m'avait observé la veille, et averti de ma présence les hommes blancs qu'il guidait ; ceux-ci désiraient m'inviter à partager leur repas. Je lui ai répondu que j'étais informé de leur arrivée depuis plusieurs jours, car Taureau Trapu m'en avait parlé. Il a hoché la tête, heureux d'entendre le nom de Taureau Trapu, le frère cadet de Crazy Horse. J'ai ensuite ajouté que Taureau Trapu campait près de Bear Butte avec cinq mille guerriers et qu'il serait sage d'éviter cette région. Il en était parfaitement conscient, mais semblait néanmoins très calme et placide. Il s'appelle Un Coup, c'est un chef solitaire qui a perdu presque tout son peuple à cause des maladies que nous lui avons transmises.

Vers quatre heures de l'après-midi, quand l'orage s'est apaisé, nous avons chevauché une heure vers le nord jusqu'à un vaste camp. Il y avait là sept compagnies de cavalerie au grand complet, sous le commandement du célèbre G.A. Custer. Un Coup m'a guidé jusqu'à la tente du capitaine William Ludlow, ingénieur en chef de l'U.S. Army, un gentleman très cultivé, originaire de Cornouailles, en Angleterre. J'ai aussi rencontré le professeur N.H. Winchell, géographe, et le spécialiste des Indiens Geo. Bird Grinnell. Je me suis d'abord senti intimidé par cette auguste compagnie, car depuis mon départ de Cornell, douze ans plus tôt, je n'avais guère fréquenté des hommes de cette qualité ou de cette intelligence. Leurs questions ont été insatiables et pressantes, mais polies. Nous avons pris quelques whiskies et mangé un excellent dîner couronné par des tartes aux groseilles, merises et myrtilles. M. Grinnell a voulu savoir pourquoi il avait découvert d'innombrables rangées de crânes de bison peints de couleurs criardes. Je lui ai répondu que certains medecine men sioux voulaient ressusciter les bisons morts. J'ai promis à M. Grinnell de lui faire parvenir quelques fossiles intéressants, car la progression de ces troupes est trop rapide pour permettre une étude scientifique sérieuse. Le lieutenant-colonel Custer est venu nous saluer; il n'a pas semblé très ravi de me découvrir là, comme si ma présence dans les Black Hills nuisait au caractère dramatique de son expédition. Cet homme constitue une sorte de mystère. Il lui manque quelque chose, mais il a aussi quelque chose de plus que les autres hommes. Il m'a fait penser à un brillant acteur de Cornell qui jouait le rôle d'Othello. Les Sioux sont unanimes pour le respecter. Il a bien failli me traiter de trublion et m'a interrogé sur les mouvements des guerriers sioux. Je lui ai répété ce que j'avais dit à son guide, à savoir que Sitting Bull se trouvait près de Bear Butte avec cinq mille guerriers, et que l'humeur des Sioux était telle qu'il fallait éviter toute confrontation. Custer m'a demandé si j'étais sûr et certain de cette information et je lui ai rétorqué que le mensonge n'était pas dans mes habitudes. Quand il s'est éloigné hors de portée de voix, Ludlow, Winchell et Grinnell ont éclaté de rire en se moquant de cette comédie de mœurs. Comme j'étais las et un peu vexé de tout cela, Ludlow m'a resservi un whisky avant d'aller se coucher. Il est intimement convaincu — et il l'écrira dans son rapport au gouvernement — que les Black Hills doivent rester l'apanage des Sioux, qui ont déjà été chassés sans la moindre pitié de maints territoires qu'ils occupaient. Afin de me quitter sur une note plus agréable, Ludlow m'a décrit un paysage. « Le mont Harney était visible du sommet d'une haute colline nue ; le soleil venait à peine de se coucher, et pendant quelques minutes nous avons été largement récompensés des cinq miles que nous venions de parcourir à cheval. La lune, qui se levait juste au-dessus des contreforts méridionaux du mont Harney, était masquée par de gros nuages. Nous avons d'abord aperçu une tache rouge sang très brillante, comme d'un brasier soudain jaillissant, et bientôt une autre, si distante de la première qu'il était difficile de les relier par l'imagination. Une portion du disque de la lune est alors devenue visible, et nous avons compris l'origine de ces flammes rougeoyantes. Tant qu'il a duré, ce spectacle a été superbe. Cette lune de sang paraissait énorme, seuls quelques lambeaux de sa surface étaient visibles, tandis que juste au-dessus et sur la gauche les nuages embrasés par les flammes évoquaient la fumée qui dérive à partir d'une immense conflagration. Les nuages ont bientôt masqué la totalité de la lune, et sous un ciel qui s'obscurcissait très vite nous sommes rentrés au camp. »

Un opéra de la prairie digne de Wagner ! J'ai aussitôt griffonné une lettre fébrile à mon président, grand spécialiste des campagnes militaires de cette époque. Je voulais lui copier ce fragment du journal — une description inédite, inconnue, de Custer serait pour lui un véritable titre de gloire !

J'ai sursauté de terreur en entendant une voix à la porte. C'était Naomi, dont je n'avais pas entendu la voiture arriver dans la cour. Elle m'a regardé bizarrement, puis m'a dit d'aller m'examiner le visage dans le miroir : j'avais des coups de soleil suite au barbecue organisé en l'honneur de la cage des oies, et la peau de mon nez était à vif là où elle n'était pas maculée d'encre, à cause de mon habitude de le pincer entre pouce et index en travaillant.

Pendant que je me lavais avant de boire notre martini rituel, elle m'a annoncé toute une série de nouvelles. Dalva serait de retour demain matin. Je n'avais pas oublié que je devais parler au Rotary demain? (J'avais oublié.) Pouvait-elle m'aider à préparer le repas? Son jeune ami naturaliste lui avait téléphoné de Minneapolis pour lui annoncer qu'il avait reçu une rallonge financière et proposer à Naomi d'être son assistante rémunérée. Je suis sorti en courant de la salle de bains pour l'embrasser, car j'avais saisi la nuance ravie de sa voix à cause de ce boulot. Je lui ai dit qu'elle n'avait pris sa retraite que depuis deux semaines, et voilà qu'on lui proposait déjà du travail. Alors, tout à trac, je lui ai demandé pourquoi Northridge voulait épouser Aase, puisqu'elle était en train de mourir de la tuberculose.

— Je vous ai déjà dit que je ne pouvais pas lire ces journaux, mais je connais bien tout ce passage, car Jon, le frère de Aase, celui qui a tué le chevreuil avant d'être aidé par les Sioux, est mon grand-père. Le grand-père de Dalva a fait lire les journaux à John Wesley et à Paul quand ils étaient jeunes. Un jour de la fin d'octobre John Wesley, qui chassait le faisan dans notre région, est entré dans notre cour au volant d'une décapotable Ford toute neuve, avec trois setters anglais. C'était un dimanche radieux de l'été indien. Vous savez, nous réussissions à peine à survivre à la fin de la Dépression, même si nous n'avons jamais fait d'emprunt à la banque. Mes parents et John Wesley, qui avait vingt ans à l'époque, se sont assis pour évoquer l'ancien temps. J'avais dix-sept ans, c'était ma dernière année de lycée et j'étais très timide. Il a dit que bizarrement nos deux familles n'étaient jamais entrées en contact depuis soixante ans. Quand mon père lui a rétorqué d'un air gêné qu'il entendait souvent parler des Northridge dans les journaux, John Wesley a éclaté de rire. L'année précédente, son père avait en effet dérouillé un sénateur américain lors d'un dîner à Omaha, quand ce sénateur avait insulté sa propre épouse en public. Puis John Wesley a demandé à mes parents la permission de m'emmener faire un tour dans sa voiture, et ils ont accepté.

J'ai à peine ouvert la bouche, et quand il m'a déposée à la maison j'ai bien cru ne jamais le revoir. Il m'a dit qu'il venait de passer un an à Cornell, mais qu'il détestait l'université car il voulait devenir fermier. En tout cas il ne ressemblait à aucun des fermiers que je connaissais, ce qui m'a déroutée. Quelques jours plus tard un paquet est arrivé, qui contenait un miroir à main incrusté d'ivoire. Dans la lettre qui accompagnait son cadeau, il écrivait qu'il souhaitait être le miroir qui me regardait à cet instant. Je me souviens très bien de ce moment, car le temps venait de changer et la première neige de l'année tombait. Assise à la table de la cuisine avec mes parents, j'écoutais Gabriel Heatter à la radio. Nous avons tous été choqués par ce cadeau. Deux ou trois fois par semaine un autre cadeau arrivait, avec un mot. Voilà comment tout a commencé.

Assez émue, Naomi est sortie brusquement. Je lui ai demandé de continuer, mais elle a refusé, malgré les martinis corsés que j'ai préparés quand nous sommes rentrés dîner. Nous avons alors décidé qu'il faisait encore beaucoup trop chaud pour manger en ce début de soirée, si bien que j'ai improvisé un antipasto à partir des gourmandises offertes par Dalva. Je me suis senti très fier de la frugalité de ce repas jusqu'au moment où je me suis rappelé que j'avais englouti un poulet entier au déjeuner.

— Vous vous souvenez de tout ce qui vous est arrivé comme si c'était hier, n'est-ce pas ?

Elle a commencé de répondre, puis est restée immobile pendant une bonne minute, avant de sourire et d'égrener les noms de tous ses élèves depuis 1948. Elle a également reconnu qu'elle pouvait citer les noms des quatre cents oiseaux qu'elle avait croisés depuis sa naissance.

— Quel plaisir de rencontrer quelqu'un qui n'a pas de blocage ! Je parie que vous n'avez jamais été voir un psy.

— Juste une fois, à Lincoln, il y a assez longtemps. Je parle un peu à mon mari tous les jours.

— Je suis sûr qu'il n'y a pas de mal à ça tant qu'il ne vous répond pas.

— Oh! mais il me répond. Le psychiatre m'a dit que c'était sans problème si notre dialogue restait dans des limites strictes et qu'il n'interférait pas avec mes autres activités; ainsi, chaque soir, juste avant la nuit, je m'installe sur la balancelle de la véranda et nous bavardons.

— Même en hiver?

Cette information me laissait pantois.

— Je mets des vêtements chauds. John Wesley a toujours été un homme discret. Par exemple, il n'a jamais voulu me dire qui était le père du fils de Dalva. Il prétend que les morts ne savent pas tout. Mais je ne le crois pas. Je suis convaincue qu'il sait.

Elle a éclaté de rire en découvrant ma gêne.

— Allons faire un tour en voiture, a-t-elle proposé.

Nous sommes partis sur la route gravelée vers le nord jusqu'à l'endroit où Dalva s'était baignée. Nous avons ensuite marché pendant un mile sur la berge, nous arrêtant quand elle m'a montré un énorme nid dans un pin. Naomi m'a passé les jumelles en m'annonçant qu'un héron bleu y couvait ses œufs. Il faisait nuit quand nous sommes retournés à la voiture. Malgré la chaleur excessive de la soirée, l'eau parfumait délicieusement l'air.

— Faites comme vous voulez, mais moi je vais prendre un petit bain.

La lune ne s'était pas encore levée et j'avais peur; néanmoins, cédant à une impulsion subite, je me suis déshabillé pour suivre Naomi dans la rivière. Assis sur le fond sablonneux, de l'eau jusqu'à mi-poitrine, nous nous tenions la main dans le léger courant.

— A quoi ressemble la mort, selon lui?

Je n'ai pas pu m'empêcher de lui poser l'inévitable question.

— Il n'en parle pas volontiers, mais il m'a dit que c'était

une surprise agréable. Chacun est récompensé selon son mérite.

— Je ne crois pas que ce soit une surprise agréable, lui ai-je répondu d'une voix un peu morose.

— Allez, vous n'êtes pas foncièrement mauvais.

Son bras m'a enlacé l'épaule et elle m'a serré contre elle. Quand sa poitrine m'a frôlé le bras, j'ai eu aussitôt une érection. Oh ! bon Dieu, ai-je pensé, elle est assez âgée pour être ma mère ! Alors Naomi m'a dit qu'il était temps d'y aller, et nous nous sommes aidés l'un l'autre à remonter sur la berge. Je n'ai pu m'empêcher de la prendre dans mes bras. Elle y est restée une seconde, en sentant mon sexe contre son ventre.

— Ce ne serait pas bien. Dalva rentre demain.

Quand elle s'est éloignée de moi, j'ai adoré son rire clair et haut perché dans le noir.

Après que Naomi m'eut déposé et que je me suis remis au travail, j'ai ressenti un léger embarras mêlé de mystère, cette dernière tonalité affective m'étant d'habitude étrangère. Il s'agissait de cette impression fort rare que la vie est en fait plus vaste et beaucoup plus secrète et terrifiante qu'on ne le suppose. Comme je savais qu'au matin cette impression aurait disparu, j'ai tenu à la savourer le plus longtemps possible. Le moment était idéal pour suivre les progrès de mes tourtereaux, Northridge et la blonde Aase.

27 mai — 7 juin 1876
J'ai été beaucoup trop occupé pour ouvrir mon journal jusqu'à ce que cette journée pluvieuse nous laisse respirer. Après ma visite chez les Jensen, je suis retourné à cheval vers Scotts Bluff, dont l'aspect s'était beaucoup amélioré, sans

doute en partie à cause de mon bonheur nouveau. J'ai engagé un Norvégien et ses trois aides contre une somme exorbitante pour qu'ils m'accompagnent et construisent très vite un bon chalet. J'ai acheté du mobilier et des provisions, ainsi que tous les articles nécessaires à un banquet de mariage, et puis, sans préméditation, une robe blanche de mariée pour Aase. J'ai annoncé la nouvelle à Spaeth, mon agent du gouvernement, qui m'a promis d'être à mes côtés le jour du mariage, et j'ai également trouvé un vieux prêcheur luthérien qui a accepté de se déplacer pour l'occasion contre espèces sonnantes et trébuchantes. Spaeth m'apprend qu'après mon mariage il compte retourner au Kansas pour faire de l'argent et s'installer dans un endroit, Lawrence, où il pourra lire de bons livres. Je poste une lettre et envoie un message télégraphique à mon associé quaker de Chicago en lui demandant de trouver les meilleurs médecins possibles, car dans quelques semaines nous serons là-bas pour notre lune de miel. Le lendemain matin nous sommes prêts à partir quand je me rappelle que j'ai besoin d'un costume, et je dois encore soudoyer un tailleur afin qu'il prenne mes mesures et trouve quelqu'un pour me livrer mon habit.

De retour sur le bras nord de la Loup. Je constate avec plaisir que le Norvégien et son équipe travaillent d'arrache-pied dès l'aube. Je pars à cheval pour aller voir mes amis sioux à leur camp d'été et les inviter à mon mariage et découvre avec horreur qu'il ne reste que quelques très vieux Indiens et trois enfants infirmes dont ils s'occupent. L'un de ces vieillards est le medecine man que j'ai rencontré il y a dix ans et dont je n'ai pas le droit d'écrire le nom. Il me dit que tous mes amis sont partis faire la guerre dans l'Ouest : Arbre Blanc, Le Chien, Taureau Trapu, Sam Embouchure de Rivière, ainsi que des milliers d'autres guidés par Crazy Horse. Ils espèrent livrer bataille avec d'autres groupes de Sioux (les Tetons, les Lakotas, les Minneconjous), ainsi qu'avec le général Custer et tous ceux qui voudraient les combattre dans le Wyoming et le Montana. J'ai passé la journée et la nuit avec ce vieil homme paralytique dont les articulations sont toutes gonflées. Il me dit qu'il va vivre son quatre-vingt-sixième été, ce qui signifie qu'il est né vers 1790. Il me parle longtemps et lentement de la gloire et du déclin des Sioux, puis insiste sur le fait que selon ses observations et ses rêves la fin est proche pour son peuple. En honneur de mon nom il me donne un collier de griffes de blaireau qu'il me conseille de porter contre la peau au cours des années futures, car je vais courir de graves dangers à cause de mes efforts pour aider les Sioux.

Je lui fais mes adieux au point du jour, puis m'éloigne à cheval, plongé dans une profonde mélancolie malgré le beau temps. Je m'interroge sur les rares choses que j'ai accomplies jusqu'ici. Je sillonne le pays en tous sens pour m'occuper des arbres que j'ai plantés un peu partout, et par la parole et par l'exemple j'essaie d'inculquer aux Sioux les vertus de l'Evangile. Je leur dis que tous les hommes blancs ne sont pas mauvais et ils paraissent en être convaincus, même si on leur a volé presque toutes leurs terres. Les Sioux savent aussi que les hommes blancs de divers forts, tant soldats que civils, me croient fou. Cette appréciation ne les trouble guère, et cela ne manque pas d'humour, car ils ont une notion différente de la folie. Arbre Blanc m'a dit un jour que je voyageais maintenant depuis assez longtemps pour commencer à avoir des rêves et des visions. J'ai alors essayé de lui expliquer que j'aurais seulement la vision que le Christ m'a donnée, mais il m'a répondu que son peuple avait déjà entendu cette ritournelle dans la bouche de toutes sortes de voleurs et d'escrocs. Je pense depuis peu que l'Antéchrist est la Cupidité.

Au chalet je me sens moins abattu quand les Norvégiens m'annoncent qu'ils auront fini quatre jours plus tôt que promis. Je désire désespérément voir Aase et m'absorbe dans le dur labeur du chalet pour m'épuiser. L'après-midi où les

Norvégiens rassemblent leurs affaires pour partir, Jon, le frère de Aase, arrive à cheval et me dit que je peux venir dès demain si je le désire toujours. Sa sœur ne se sent pas bien, et Jensen a raccourci mon délai de réflexion. Jon m'aide à installer le mobilier dans la maison et nous préparons le chariot, puis partons pour le mariage.

Il était minuit passé et je ne me sentais pas d'attaque pour un mariage, surtout compte tenu de ses résultats pour le moins discutables. Je me suis servi un verre en regrettant amèrement de ne pas avoir une occupation plus prosaïque à laquelle me livrer — un magazine à lire, une émission de télévision, une virée dans un bar. La voiture était certes là, mais je ne croyais pas pouvoir retrouver le chemin de la ville, et de toute façon je me suis dit que *la Douce Paresse* serait sans doute fermée. J'ai repoussé l'envie de regarder mon unique photo de Karen. Et puis, avant que Naomi ne passe me prendre demain matin, j'aurais tout le temps de préparer quelques notes en vue de mon allocution au Rotary. A tout hasard, j'avais choisi quelques boutades, fragments de substantifique moelle, bons mots et autres traits d'esprit extraits des Grandes Heures de l'Histoire américaine. J'ai senti poindre la tentation d'infliger un K.O. à mon public de notables en leur servant la version non expurgée de l'histoire de leur cher pays. Antidote à cette velléité, l'idée m'est venue que ces bourgeois s'attendaient certainement à ce que je me livre à l'une de mes pitreries, et sur ce chapitre je tenais à les décevoir.

Quand j'ai entendu un unique couinement d'oie, je me suis aussitôt précipité dehors. Les oies étaient rassemblées contre le grillage de la cage, mais pas à l'intérieur ; toutes scrutaient les ténèbres dans la même direction, comme si leur tortionnaire rôdait alentour et nous guettait. Je me suis rué vers la cabane de la pompe pour y chercher leur nourriture, que je n'ai pas trouvée. Dans la cuisine j'ai chapardé un sac de maïs pilé que Frieda dissimulait dans sa cachette habituelle, je suis ressorti à fond de train, j'ai versé le contenu du sac dans la cage, puis, à force de cajoleries et de ruse, réussi à mettre mes volatiles en sûreté. La dernière oie a pesé un instant contre ma jambe, sans doute pour me remercier. La fierté que m'a procurée ce malheureux oiseau a remplacé avantageusement une seconde dose d'alcool, et je me suis endormi en songeant au doux rien. Dans l'obscurité de la cour j'avais failli crier «Va te faire foutre, sale coyote», mais m'étais retenu à temps.

A onze heures du matin j'arbore mon costume de lumière, diamétralement opposé à celui du toréador — pantalon de flanelle grise, paraboots, veston de tweed Harris et mon unique chemise J. Press. La journée s'annonce fraîche, obscurcie par la pluie, balayée d'un fort vent du nord. Ce changement de temps me grise et me rappelle mon foyer dans la région de la Baie. Je trie quelques notes en attendant que Naomi vienne me chercher. Je me suis senti un peu vexé en remarquant que Frieda ne m'apportait pas mon petit déjeuner ce matin, mais me suis alors souvenu que le mercredi était son jour de congé. Je me suis aussi dit que je bouclais ma première semaine dans le Nebraska, et que jusqu'ici tout se passait pour le mieux.

Un peu plus tôt, une fois le café prêt (et libérées mes oies reconnaissantes), je me suis installé au grand bureau de Northridge pour sortir les volumes reliés d'Edward Curtis et les feuilleter en prenant mon petit déjeuner. Quand j'ai ouvert le premier folio, j'ai trouvé une feuille de papier qui portait ces mots: «Dalva et Ruth. Lavez-vous les mains. Je vous aime. Grand-papa. » Une injonction aussi simple qu'ancienne, rédigée sur une feuille de papier que le temps avait rendue cassante. L'espace d'un instant le souvenir de Dalva et son absence m'ont submergé ; en même temps, j'ai compris à un niveau plus profond que je ne pouvais guère rivaliser avec tout cela. L'amour est en définitive un sujet plus ardu que la sexualité. Ou que l'Histoire. Je me suis mis à feuilleter les photos : Ventre d'Ours, le chef arikara, vêtu d'une peau de grizzly, m'a rendu mon regard, image d'une beauté si singulière que j'ai pris ma tasse de café pour l'emmener vers la fenêtre et contempler la pluie. Ces gens voyageaient autrefois dans cette région, ai-je pensé en regardant le vent malmener le pneu vide de la balançoire. Quand Dalva reviendrait, j'en serais anobli. Je suis peut-être comme le soleil, qui permet aux nuages vils et innombrables de voiler sa beauté. Mais il est aussi possible que je ne lui ressemble guère.

Regardant à nouveau Ventre d'Ours, j'ai trouvé que les yeux de mon père avaient le même éclat que les siens. Cela tenait sans doute à l'effort physique ininterrompu — quarante ans d'aciérie, son séjour dans les Truck Islands et à Guadalcanal pendant la Seconde Guerre mondiale. J'ai feuilleté les photos, pour m'arrêter sur le chef crow Deux Sifflets, avec son corbeau perché sur la tête. A Notre Dame j'avais choisi Edward Curtis comme sujet de mémoire de dernière année, mais sans jamais découvrir pourquoi cet Indien avait un corbeau perché sur la tête. Curtis ne l'a sans doute jamais su lui non plus, car après trente-trois années passées à photographier les Indiens sur le terrain, il est devenu fou et on l'a mis à l'asile. Quand il en est sorti, il est parti chercher de l'or au Mexique, avec un manque de confiance en sa guérison qui est le propre de maints grands hommes — franchissons le pas et, le cas échéant, remettons ça.

Naomi m'a promptement tiré de la forêt enchantée. Elle était légèrement agacée par Dalva, qui avait voyagé avec la vieille décapotable, et donc été retardée par la pluie. Parmi mes proches parents j'ai souvent remarqué qu'une femme peut bien avoir soixante ans et sa mère quatre-vingts, la femme de soixante ans sera presque toujours traitée comme une fille.

— Je n'arrive vraiment pas à comprendre pourquoi vous avez accepté de faire ça, m'a-t-elle dit en riant tandis que la voiture cahotait dans les grandes flaques d'eau de la route gravelée.

— Il m'a semblé que je ne pouvais pas y couper. Dalva m'a convaincu que c'était un grand bonheur.

Les mares sur la route m'ont fait songer à un bain de boue. Je ressentais les mêmes pincements à l'estomac que lorsqu'on vous annonce que vous n'avez pas bonne mine.

— Cette fille n'hésite jamais à faire une bonne blague. Mais pas par méchanceté. Je crois que vous êtes bon pour passer à la casserole. Les gars du Rotary peuvent réserver un sale quart d'heure à un étranger. Ils adorent lancer des piques, mais ils ne sont pas vicieux.

— Je vous demanderais bien d'arrêter la voiture; pourtant je crois pouvoir résister à tout sauf à un lynchage. Ils servent sans doute des alcools.

— Faux. Ici, personne ne boit au déjeuner.

Elle a laissé la panique naître en moi, puis a sorti de son sac à main deux petites fioles de gnôle.

— Une pour maintenant, l'autre pour tout à l'heure quand vous irez faire un tour aux vécés.

— Je vous dois un million de dollars.

— Ça ne dure qu'une heure. Comme une extraction de dent.

Elle m'a lancé un sourire.

Je n'avais pas la moindre idée de ce qu'on pouvait bien trafiquer dans ces organisations qui placent souvent de petites pancartes sur la route à l'entrée des villages:

Rotary, Kiwanis, Chambre de Commerce, Chevaliers de Colomb, Maçons, Lions, American Legion, VFW, Elans, Aigles, Orignacs. C'est tout ce que j'ai pu trouver. Pourquoi diable n'y avait-il pas d'Ours?

Plus tard, à *la Douce Paresse,* cette heure m'a semblé aussi épuisante qu'un combat en quinze rounds. La grande arrière-salle du café de Lena était bourrée à craquer. Je ne m'étais pas trompé en pariant que mon fiasco pédestre, mon ébriété publique et mon petit esclandre avec Lundquist, tout cela venant d'une célébrité, rameuteraient la foule des grands jours. Il m'est aussi apparu avec évidence que les Northridge incarnaient un fief unique dans la région, et la richesse a toujours éveillé la curiosité.

Mon premier choc a été de découvrir Karen vêtue en serveuse près de la table d'honneur. Le trac me brouillait la vue, mais elle était bel et bien là, irréfutable, qui m'adressait un clin d'œil. La mer des visages alignés le long des tables immenses se composait d'un mélange de rougeâtre et de pâlot, la première couleur signalant les travailleurs en plein air, la seconde les commerçants et employés. Le maître de cérémonie était un bon gros jovial, un représentant de matériel agricole nommé Bill. Il m'a asséné une grande claque dans le dos en me chuchotant à l'oreille: « Ici, on a toujours trouvé que les gars de la côte est étaient des rigolos de première. » Je lui ai rétorqué que j'habitais la côte ouest, information qu'il n'a pas semblé entendre. Voici un échantillon de cette odieuse séance:

Ils se sont tous levés pour chanter *Amérique, mon doux pays*, puis *Rotary*:

« R-O-T-A-R-Y, ça se prononce Rotary;

R-O-T-A-R-Y est célèbre sur terre et sur mers », etc.

Quelqu'un m'avait donné une partition, mais le cœur n'y était pas. J'ai remarqué qu'en dehors de Lena et des

296

serveuses, Naomi était la seule femme présente. C'était un club de mecs ; dans le San Francisco des féministes, ces dames leur auraient taillé un trou de balle tout neuf. Je reconnais qu'une bonne volonté inexplicable m'inondait l'esprit, mais aussi cette intuition vague qu'il valait mieux ne pas enfreindre les règles, écrites ou tacites, du lieu.

Je n'ai pas écouté le maître de céans me présenter, car je lorgnais Karen qui servait des bols de laitue couverte d'un assaisonnement rosâtre. Elle provoquait d'innombrables regards aussi admiratifs que discrets. Je lui avais « tapé dans l'œil », comme disent spirituellement les Français. Brusquement, tous ces hommes se sont levés pour beugler « BONJOUR, MICHAEL ! » et leur clameur a un peu soulagé les spasmes qui me tordaient les tripes. Puis ils se sont tous assis pour me regarder, amusés par ma gêne. Ce bon vieux Bill m'a fait signe de commencer.

J'ai entamé mon allocution par un trait d'esprit : l'historien espère trouver des raisons à ce qui s'est déjà passé. Pas de réaction. J'ai poursuivi en évoquant les thèses de Turner, Charles Beard, Bernard De Voto, Henry Adams, Brooks Adams, les théories originales de Toynbee, et ainsi de suite. Toujours pas de réaction. La sueur s'est mise à me dégouliner sur la poitrine et les cuisses. Bon Dieu de merde, ai-je pensé, va falloir que je leur serve du saignant. En guise de coup de semonce, je leur ai déclaré de but en blanc qu'entre la guerre civile et le tournant du siècle tout le mouvement vers l'ouest avait été manigancé en structure pyramidale par les nababs escrocs des chemins de fer et un Congrès pourri jusqu'à la moelle. Mon public a alors tendu l'oreille, ce qui m'encourage d'habitude à enfoncer le clou. Si la guerre civile a été si atroce, c'est que la frontière n'existait plus, et que tous les culsterreux, bourrés d'adrénaline jusqu'aux yeux, piaffaient d'impatience à l'idée de se battre. Murmures dans l'assistance. Les colons sont arrivés pour voler toutes leurs terres aux Indiens, malgré les traités signés mais avec la bénédiction d'un gouvernement ivre de pouvoir, d'argent et de gnôle. Quand les colons ont eu besoin de justifier leur cupidité, ils se sont rabattus sur le christianisme, et cet argument que les Indiens n'exploitaient pas leurs terres. Si votre voisin laisse sa terre en friche, alors piquez-la-lui. J'ai vu Naomi froncer les sourcils au fond de la pièce, mais la machine était lancée, je ne pouvais plus m'arrêter. L'Histoire nous juge à la manière dont nous nous comportons après la victoire. Puis j'ai ajouté une kyrielle de balivernes apocalyptiques sur notre politique étrangère actuelle qui perpétuait nos anciennes spoliations et nos talents d'escrocs, après quoi je me suis rassis sous des applaudissements nourris mais polis. Comme le pupitre était juste au-dessus de moi, j'ai versé ma seconde fiole dans mon verre d'eau, que j'ai vidé d'un trait. Maître Bill a surpris mon geste et m'a adressé un clin d'œil. Tous les autres avaient déjà commencé de manger lorsque je me suis penché sur mon poulet rôti traditionnel. Bill m'a demandé si j'accepterais de répondre à quelques questions, et en sueur je me suis remis debout. Un rigolo en costume bleu pâle a levé la main. « Y a une chose que j'aime pas dans l'Histoire, c'est qu'elle parle jamais de l'avenir... » Cette intervention loufoque a été saluée par des huées, et son auteur a piqué un fard. « Ce que je pige pas, c'est : où tous ces immigrants auraient donc dû aller ? » J'ai reconnu que c'était une bonne question, mais je décrivais ce qui s'était passé, et non ce qui aurait dû se passer. Un homme vêtu avec une certaine élégance (l'unique avocat de la ville, qui faisait aussi office de procureur) a essayé de me piéger en m'interrogeant sur le problème du fermage en 1887. Je lui ai répondu que, lorsqu'un fermier du Nebraska vend un boisseau de blé vingt-cinq cents moins les frais de transport, et que l'intermédiaire de Chicago ou de New York en tire un dollar et demi, eh bien, ça prouve qu'on ne changera jamais les hommes. Cette réponse m'a valu quelques applaudissements réjouis. Il y a eu un certain nombre de questions stupides avant que l'atmosphère vire à l'aigre avec une question sur Jimmy Carter, que j'ai tenté de défendre, suivie d'une chausse-trappe sur l'Amérique centrale en général et le Nicaragua en particulier. Je m'en suis tiré en leur demandant pourquoi nous devrions nous inquiéter d'un pays où il n'y a que cinq ascenseurs. Une grande confusion s'est alors emparée de la salle. Seulement cinq ascenseurs dans tout le pays ? En étais-je certain ? Evidemment, puisque j'y étais allé. Je mentais, bien sûr — j'avais lu cette information dans le *Rolling Stone* de ma famille. Le président n'avait-il pas déclaré que les rouges étaient à une seule journée du Texas ? Comment, leur ai-je répondu, une armée de trente mille communistes pourrait-elle résister à trois millions de chasseurs de daim texans armés jusqu'aux dents ? Des applaudissements chaleureux ont salué ma boutade. La dernière question a été idiote et poignante à la fois, posée par le plus vieux membre de l'assistance :

— Beaucoup de nos parents ont eu le sentiment que le vieux Northridge avait choisi le mauvais camp pendant les guerres indiennes. Qu'en pensez-vous ? Je m'excuse auprès de Naomi ici présente qui de toute façon est une Jensen, mais certains considèrent que le premier Northridge était bon pour le cabanon. Et puis, si vous trouvez ces poivrots de Sioux si merveilleux, pourquoi n'allez-vous pas à Pine Ridge pour essayer de vivre avec eux ? De toute manière l'affaire est close, on refait pas l'histoire.

J'ai discerné quelques murmures approbateurs et compris que l'expression tendencieuse « poivrots de Sioux » était une allusion perfide à mon propre comportement en ce lieu.

J'ai eu recours au stratagème rhétorique consistant à tourner le dos à mon public afin de réfléchir. La vision d'un hamburger accompagné d'oignons frits et d'une bière froide m'a traversé l'esprit. Je suis resté le dos tourné jusqu'au moment où j'ai senti leur nervosité s'aiguiser, un peu à la manière dont le grand Nijinski était devenu un mythe vivant.

— Bien sûr qu'on ne refait pas l'Histoire, mais les hommes droits contribuent parfois à la bâtir. En tout cas elle ne se construit pas à coups de grandes claques dans le dos pendant les déjeuners d'affaires, et pas davantage par cette pratique sacrée qui consiste à acheter bon marché pour revendre plus cher. Mais Northridge n'est-il pas devenu ce qu'au fond vous désirez tous être? Je veux dire riche, très riche, extraordinairement riche. Comment vous comporteriez-vous si vous et vos parents aviez passé les cent dernières années dans un taudis rural, un camp de concentration? Je n'ai jamais dit que les Sioux étaient des oies blanches ou des petits saints. Je dis simplement que l'histoire nous apprend que vos ancêtres se sont comportés comme des centaines de milliers de nazillons cupides. Un point c'est tout. Vous avez gagné la guerre. N'en faites pas tout un plat. Je n'ai jamais été à Pine Ridge. Si vous tenez à m'y emmener, je vous accompagnerai. J'achèterai une caisse de whisky, nous ferons la fête et vous pourrez leur adresser un sermon sur les effets néfastes de l'alcoolisme chez les Peaux-Rouges...

Je commençais à peine de m'échauffer, mais Maître Bill a promptement ajourné la réunion à cause d'une déferlante de huées et de cris de protestation. J'ai appris ensuite que mon dernier interlocuteur, le vieux, était un pasteur méthodiste à la retraite, une huile parmi les huiles, un père de la ville, ce genre de bonhomme. Naomi m'a fait sortir aussi vite que possible, mais non sans quelques poignées de main et autres explosions de joie de la part des plus jeunes membres de l'assemblée. Il y a aussi eu quelques types plus âgés pour me flanquer des claques dans le dos en pouffant comme si j'étais un formidable comédien.

J'ai foncé droit vers *la Douce Paresse,* suivi par Naomi et le directeur-propriétaire du journal qui voulait éclaircir quelques détails de mon interview avec Karen. Alors que, trempé de sueur, je sortais du café de Lena, Karen, qui se trouvait sur mon chemin avec plusieurs serveuses, en a profité pour me lancer un clin d'œil ravageur. Bizarrement, j'ai songé à la chanson de Gene Pitney, *la Ville sans pitié*. Cette fille aurait pu me remonter le moral dans l'après-midi, si seulement ç'avait été possible. A la place, je me suis consolé d'un double scotch accompagné d'une bière. Sitôt servis, sitôt bus. Naomi et le journaleux sont entrés en riant. La pensée que Dalva m'avait aussi ignoblement piégé était une lance plantée dans mon flanc.

— Z'êtes not' plus grosse tête d'affiche depuis que l'équipe de basket de la ville a fini seconde de l'Etat y a trois ans, m'a annoncé le directeur du canard.

Au-dessus de son épaule, j'ai regardé le groupe des bourgeois réunis sur le trottoir devant chez Lena, qui mataient avec envie le bar situé de l'autre côté de la rue. Retournez donc *fissa* à vos caisses enregistreuses, bande de ploucs! Mais alors, curieusement, j'ai songé qu'il y avait eu assez de sourires pour me signifier que devant un joli gâchis de ce calibre l'humour de la frontière restait intact. Naomi a fait une déclaration étonnante — depuis quarante ans qu'elle vivait près de cette communauté, elle n'était jamais entrée dans ce bar! D'ailleurs les maîtres d'école ne le mentionnaient jamais sans sourciller. S'ils voulaient boire en public, il y avait un restaurant dans une ville à quarante miles à l'est. Le directeur, un assez jeune type qui avait fait ses études à Lincoln, m'a déclaré que le vendredi après-midi les professeurs s'y rendaient par fournées entières pour se cuiter et engloutir des steaks de deux livres. L'idée ne laissait pas d'être séduisante.

— Karen m'a dit que vous alliez l'aider à devenir mannequin, m'a lancé le directeur avec un clin d'œil grotesque en m'enfonçant son coude dans les côtes.

Me voici de retour à la sécurité de la Forêt de Sherwood, même si Dalva évoque davantage la gente Dame Marianne que moi Robin des Bois. A notre arrivée, elle était debout près de la table de la cuisine, à côté d'un bol de céréales à moitié plein, et regardait par la fenêtre. Je me suis approché d'elle en quête de l'étreinte que je désirais tant et jugeais amplement méritée, mais je n'ai pu m'arrêter dans mon élan quand elle s'est retournée pour nous montrer un visage épuisé, hagard.

— Bon Dieu, on dirait que tu viens de te battre avec un détachement de la cavalerie U.S.

— Ferme-la, Michael, s'il te plaît.

Elle m'a évité pour s'approcher de sa mère.

— Rachel est morte. Elle m'avait dit au téléphone qu'elle était malade, mais pas qu'elle était en train de mourir.

Quand elle a fondu en larmes, Naomi a essayé de la consoler. J'étais rouge de honte. Me rejoignant alors que j'essayais de m'éclipser discrètement, elle m'a pris le bras et embrassé sur la joue.

— J'ai besoin de dormir un peu.

J'ai dit que j'étais désolé de la mort de Rachel, puis suis sorti.

De retour dans l'abri paisible de ma cabane, j'ai songé que j'ignorais qui était Rachel. Je me suis rappelé un passage de Northridge où un groupe de jeunes guerriers sioux jouaient à un jeu ou pratiquaient un rite qu'ils avaient appris d'une «société magique» cheyenne. Les guerriers se disposaient en cercle, puis tiraient des flèches de chasse à la verticale, après quoi ils attendaient sans broncher de voir si l'un d'eux serait blessé ou tué quand les flèches retomberaient. J'ai retiré mes tristes habits trempés de professeur lessivé, puis suis entré sous la douche pour me débarrasser de mes deux dernières flèches, mon discours au Rotary et ma récente gaffe avec Dalva.

Une fois sorti de la douche, j'ai endossé mon costume de fermier comme un acteur désire une autre peau. J'ai jeté un coup d'œil au compte de pages que j'avais lus, et constaté que je n'avais parcouru que dix pour cent environ des journaux écrits entre 1865 et 1877. Je n'avais pas encore touché au coffre de bord contenant les textes ultérieurs. J'ai pris le second et dernier volume relatif à 1877 — année peu fertile pour les journaux — et l'ai ouvert à la page où je m'étais arrêté, quand Northridge décrivait son rêve d'Aase morte ainsi que l'assassinat de son ami Arbre Blanc par les soldats.

28 août 1877

Il est curieux que, la semaine passée, mon rêve où Aase pénétrait dans mon corps m'ait à ce point soulagé de la douleur du deuil. Un rêve en chasse un autre et j'ai le sentiment de percevoir le monde plus en détail et globalement. Je ne sais pas très bien comment cela se produit. Il me semble que chaque individu qui a perdu un être cher s'absorbe dans le caractère unique du défunt ou de la disparue. Cette réflexion me fait songer à l'oie sauvage que j'ai un jour abattue pour mon dîner, sur le Missouri, non loin de Fort Pierre. Le compagnon de cette oie a décrit des cercles au-dessus de la région pendant deux jours et j'ai déplacé mon camp afin de ne plus voir ce spectacle mélancolique. Sam Embouchure de Rivière m'a assuré qu'on constate aussi ce phénomène chez les loups. Pendant toute une année, mon âme est restée enfouie avec le corps de Aase et je n'ai servi à rien aux gens que j'étais venu aider, malgré les grands dangers qu'ils couraient. Douze années se sont maintenant écoulées, mais le souvenir de notre propre guerre est encore assez frais et violent pour que, dans ma douleur, je souhaite rester à l'écart de la leur...

Northridge fait ici allusion aux six derniers mois extraordinaires de «liberté» qu'ont vécus les Sioux et les autres tribus des Grandes Plaines : ils ont vaincu Reynolds sur la Powder River, vaincu de nouveau avec Crazy Horse sur la Rosebud Creek, et encore vaincu Custer à Little Big Horn ; ensuite est arrivée l'horreur de la défaite à Slim Buttes, à Bull Knife, à la bataille de Lame Dear, et enfin l'assassinat des chefs sioux à Fort Keogh. Ces six mois permirent aux guerriers de revivre toute leur gloire passée, mais aussi de connaître les calamités que leurs chefs annonçaient depuis tant d'années. Il ne leur restait plus guère d'espoir après la reddition du dernier carré d'Oglalas commandés par Crazy Horse, encore six mois plus tard, à Fort Robinson.

29 août — 5 septembre 1877
Je me suis réveillé longtemps avant l'aube, enfin conscient de mes obligations envers mon frère mort, Arbre Blanc — il avait vu un bouleau en rêve, mais jamais dans la réalité. Je dois m'occuper de sa veuve qui s'appelle Petit Oiseau, ou Oiseau Timide — son nom sioux évoque un oiseau qui reste volontairement posé sur une branche et considère toutes les activités humaines avec méfiance et amusement.

J'ai plié bagages en milieu de matinée et je récite mes prières sous le chêne où elle est morte voici un an. Agenouillé aujourd'hui comme hier, je la revois sur la couchette que je lui avais fabriquée, où elle aimait passer ses journées dehors, enveloppée dans une couverture malgré la chaleur du soleil.

Nous parlions et je lui lisais la Bible et les sonnets de Shakespeare qu'elle préférait. Ce jour-là j'ai été très inquiet, car elle a vu un grand oiseau pour moi invisible; afin de soulager sa propre inquiétude, j'ai fini par reconnaître que je le voyais aussi. Elle m'a dit que cet oiseau apportait le tonnerre. Il n'y avait pas de nuages et je suis descendu à la source pour remplir un nouveau pichet d'eau fraîche. A mon retour, elle a tendu les bras vers moi et nous nous sommes étreints et j'ai senti son dernier souffle contre mon oreille. Je suis resté assis là avec elle jusqu'au début de la soirée, quand la foudre et le tonnerre sont réellement arrivés. J'ai laissé la pluie s'abattre sur nous, la première pluie depuis un mois, jusqu'à ce que nous soyons trempés et baptisés à nouveau et puis j'ai transporté son corps dans le chalet.

J'ai rejoint Fort Robinson en moins de deux jours à cheval, alors que ce voyage en prend normalement trois. Pour des raisons qui me paraissent obscures, je suis en proie à la panique et j'ai fixé à ma jambe un pistolet que j'ai acheté à un homme terrifié rencontré sur la piste alors qu'il retournait dans l'est du pays. Il me dit que Fort Robinson est le siège de la laideur et du désespoir, car tous les Sioux vont être déplacés du Nebraska vers le Missouri, où ils ne veulent pas aller. Il s'attend à une grande bataille, mais je lui assure qu'il n'y a plus de Sioux libres pour se battre. Il me dit qu'en juin il a ordonné à sa famille de quitter son chalet et ranch près de Buffalo Gap pour rejoindre North Platte, car il ne veut pas qu'elle soit scalpée par les sauvages. Je lui dis que je connais bien cette région et avec une lueur dans le regard il propose de me vendre sa section de terrain cent dollars. Il me montre l'acte et je lui achète sa terre et il s'éloigne au galop comme si je risquais de changer d'avis.

A Fort Robinson les Sioux sont parqués à quelques miles du fortin, sur la rivière, mais on me signifie que je n'ai pas le droit de leur rendre visite. Quand je proteste, on m'arrête et me jette dans la petite prison. Par une coïncidence aussi fortuite qu'incompréhensible, le lieutenant responsable du fort est mon ami d'antan, que j'ai connu à Cornell, et dont le père quaker m'avait appris l'été dernier qu'il se battait dans l'Ouest. Il renvoie les hommes qui m'ont arrêté et nous sommes ensemble. Il me supplie de ne dire à personne qu'il n'a pas servi son pays pendant la guerre civile. Je le regarde comme s'il avait perdu la tête, lui rétorque que j'ai honte d'avoir accepté de l'or pour le remplacer et que son secret sera bien gardé. Je lui explique mes obligations envers la veuve d'Arbre Blanc et il envoie deux hommes la chercher. Il m'annonce qu'il n'éprouve aucune sympathie pour mes efforts parmi les Sioux, qu'il continuera de massacrer autant que faire se peut, mais qu'il se sent lié par notre amitié passée. Petit Oiseau est amenée devant nous, encore couverte des cendres du deuil et nous sommes chassés après que j'ai réussi à extorquer au lieutenant un laissez-passer pour nous deux. Comme des soldats nous regardent, il ne me serre pas la main quand nous partons.

8 septembre 1877
En deux jours de voyage j'ai emmené Petit Oiseau jusqu'à Buffalo Gap, où j'ai acheté ce chalet et cette propriété qui sont en assez bon état. Elle m'a supplié de retourner à Fort Robinson pour aller chercher sa mère, qui n'est pas en bonne santé. Je préférerais ne pas y aller, mais le souvenir de ma propre mère malade me pousse à accomplir mon devoir.

Mon camarade de promotion le lieutenant n'est guère content de me revoir et son haleine empeste le whisky. La prison est surchauffée et pleine de mouches. Il examine quelques papiers et me dit que la mère de Petit Oiseau est récemment morte du choléra. Je ne le crois pas, mais ne peux rien faire. Par terre, il désigne une grande tache sombre couverte de mouches et m'annonce que Crazy Horse est mort à cet endroit la veille au soir après avoir tenté de s'évader.

Le lieutenant avait ordonné à un autre Indien de le cribler de coups de baïonnette. Il me sourit comme s'il me présentait ses condoléances. Un vertige me saisit et je m'agenouille pour toucher le plancher imbibé de sang. Je prononce une prière et il me signifie de déguerpir. Deux gardes m'escortent dehors et jusqu'à mon cheval. A un mile environ vers le sud j'aperçois le campement sioux et je galope dans cette direction malgré les cris et les coups de feu, tirés sur moi ou en l'air. Je cherche des visages connus parmi la foule endeuillée et bientôt Sam Embouchure de Rivière me dit que c'est la vérité. Je vois Le Ver, Châle Noir, Le Chien et Touche les Nuages, mais ne les aborde pas. Tous les Sioux doivent être immédiatement déplacés dans le Missouri. Deux garçons accourent vers nous pour m'avertir que le détachement se met en selle près de la prison, peut-être pour m'arrêter. J'enfourche aussitôt mon cheval et traverse le camp sioux vers le sud au grand galop, content d'avoir choisi mon meilleur cheval pour ce voyage ; la nuit tombe. Je décris un cercle vers l'ouest, puis vers le nord et la Warbonnet, et constate alors que mes poursuivants ont rebroussé chemin. Au crépuscule je découvre le pleutre qui sommeille en moi, car je n'ai pas dégainé mon pistolet pour abattre cette crapule. Avant de m'endormir, je constate que je peux demander pardon pour ce regret, bien qu'il transgresse les commandements d'une religion en laquelle je crois de moins en moins.

Je me surprends à regarder le plafond comme si, l'espace d'un instant, je regrettais de savoir lire. J'ai lu Sandoz il y a si longtemps que je dois faire un effort pour me rappeler qui était Touche les Nuages. En consultant un ouvrage de référence, je découvre que cet homme au nom curieux était le medecine man dans les bras duquel Crazy Horse était mort. Le Chien avait reçu la permission de voir son ami tandis qu'il agonisait. Tournant la tête avec le sentiment qu'on m'observait, j'ai aperçu les oies massées derrière la porte grillagée, qui attendaient leur dîner. Elles désiraient sans doute un nouveau sac de maïs pilé de Frieda. Ma femme et ma fille s'étaient jadis partagé l'affection d'un sale petit caniche nain qui avait une prédilection très affirmée pour les foies de poulet frits. Comme ce benêt avait chié dans ma chaussure, je lui avais administré une cuillère à café de Tabasco en guise de punition. Le clebs avait alors exécuté une sorte d'acrobatie aérienne fort précise, puis m'avait supplié de lui en redonner.

Suivi par la théorie des oies, j'ai marché vers la maison, et vu Dalva en franchir la porte avec un seau de graines. Les oiseaux se sont alors rués vers elle en accélérant le rythme déjà comique de leurs dandinements. Comment pouvais-je espérer comprendre le passé, quand je ne comprenais même pas les oies? Apparemment reposée, Dalva était ravissante avec sa robe d'été bleu pâle et ses sandales.

— Je peux le faire? J'essaie d'entrer en contact avec les créatures terrestres.

Elle m'a tendu le seau et, le cœur léger, j'ai lancé des poignées de graines dans toute la cour de la grange.

— J'espère que tu es content de ton déjeuner au Rotary. Naomi m'a dit que tout s'était bien passé, mais qu'à un moment tu es devenu un peu agressif.

Elle m'a annoncé cela presque timidement, avec une gravité indue, puis elle a été secouée d'un rire qu'elle ne parvenait plus à contenir. Je me suis jeté par terre en imitant une jeune fille qui aurait passé un mauvais moment lors d'un bal; j'ai hurlé en ruant des quatre fers. Habituées à mon comportement, les oies continuaient de manger comme si de rien n'était. Dalva, qui riait toujours, a dû s'appuyer contre la tonnelle de vigne vierge. J'ai rampé par terre pour lui mordre le pied.

— Un jour, quelque part dans ce monde de merde, je me vengerai, ai-je juré à ses doigts de pied.

Elle m'a ensuite servi un verre dans le cabinet de travail, une dose pour grande personne car elle avait décidé que je travaillais trop. Elle était stupéfaite que je ne sois pas allé en ville, sinon avec Lundquist samedi dernier, et avec Naomi ce midi. Elle m'a annoncé qu'elle voulait m'emmener demain au champ de foire pour me montrer des chevaux. Je lui ai alors avoué que j'avais plusieurs fois songé à aller en ville, mais que je ne connaissais pas le chemin, ce qui l'a laissée bouche bée. Si tu vas vers le nord, tu tombes sur la rivière, m'a-t-elle expliqué, et si tu vas vers le sud tu tombes sur la ville ; ici les routes ne peuvent pas te conduire ailleurs. Voilà une information étonnante. Je me suis alors passablement échauffé en lui décrivant mon travail de l'après-midi avant de lui demander si je devais attaquer tout de suite le second coffre de journaux afin d'élargir ma vision des choses.

— Ils voulaient embarquer Crazy Horse à destination des Dry Tortugas, m'a-t-elle dit. C'est une vieille prison située dans un fort à soixante-dix miles environ au large de Key West, dans le golfe du Mexique. Difficile d'imaginer un guerrier sioux au bord de la mer.

Elle est devenue un peu morose et m'a envoyé m'habiller pour le dîner. Force de la Nature, *alias* Nelse, l'ami de Naomi, était arrivé, et celle-ci nous avait invités à dîner, mais Dalva n'avait pas envie de passer la soirée avec quelqu'un de nouveau. Nous allions prendre la voiture pour manger un steak dans la ville voisine, et peut-être même passer la nuit au motel, mais je ne voulais pas prendre le moindre risque en abordant ce sujet. Tandis que je m'habillais, j'ai pensé à Crazy Horse sous les tropiques, puis chassé cette vision hors de mon esprit en lançant un regard torve à la photo de Karen.

Nous avons pris une voiture dotée d'un toit — la Subaru de Dalva — et mis une cassette joyeuse de Bob Wills et les

Texas Playboys. Je déteste la *country music,* mais ce que Dalva appelait « le swing texan » semblait différent et nous a mis d'humeur allègre. Presque toute cette partie du Nebraska a un aspect indubitablement western ; nous nous sommes arrêtés sur le bas-côté de la route pour regarder quatre cow-boys mener du bétail sur un chemin gravelé — deux hommes étaient à cheval, les deux autres à moto. Les cow-boys d'aujourd'hui portent des casquettes genre base-ball, même si le soir ils remettent leur bon vieux Stetson. Comme j'avais une faim de loup, j'ai demandé à Dalva de me décrire le menu. Elle a pris l'accent rocailleux des Sand Hills pour me répondre.

— Y a d'abord et avant tout la pièce de bœuf préparée selon l' goût du client, pis toutes les variétés de Jell-o pour satisfaire les palais les plus difficiles, pis les patates cuites dans l'alu qu'on a ramassées dans l' champ juste la veille, sans oublier les bons vieux cocktails corsés qu' les cow-boys y-z-adorent tant.

— Du vin ?

— Seulement la variété sans alcool qu'on boit avec une paille !

Il n'était que huit heures du soir et il faisait encore jour, mais des couples bien en chair dansaient déjà devant Leon Tadulsky et son Riverboat Seven. Certains musiciens de l'orchestre portaient des canotiers, les autres des chapeaux de cow-boy. Nous avons demandé une table aussi éloignée que possible de l'estrade, puis commandé des cocktails grand format. Plusieurs personnes ont salué Dalva de la main, mais aucune ne s'est approchée de notre table. Apparemment, personne ne l'avait jamais trouvée très expansive. L'orchestre de Tadulsky jouait un étrange pot-pourri de swing à la Glenn Miller, de polkas et de musique country western. Les couples mangeaient deux ou trois bouchées à leur table, se levaient ensuite pour danser, puis retournaient s'asseoir, et ainsi de suite. Tous les clients présents dans cette grande salle qui évoquait une grange mangeaient un steak ou une tranche de rosbif, servis dans des assiettes métalliques brûlantes. Pas de doute, nous avions bel et bien quitté Santa Monica. Il y avait une longue tablée de cow-boys accompagnés de leurs épouses ou de leurs petites amies, et tous ces hommes gardaient leur chapeau, qu'ils dansent ou qu'ils mangent. Les ranchers et les hommes d'affaires portaient des tenues décontractées, mais on les distinguait facilement, car les ranchers avaient les bras et le visage bronzés ou couverts de coups de soleil. Nous étions assis près du buffet garni, protégé par l'inévitable paroi en plexiglas — j'ai remarqué des bols de Jell-o de toutes les couleurs de l'arc-en-ciel, du fromage blanc, des condiments, une salade petits pois haricots verts, tout cela quasiment intact. Dalva a commandé le médaillon de tournedos de la princesse, tandis que j'optais pour le chateaubriand royal de plus d'un kilo, conçu pour celui ou celle qui « suit vraiment le bœuf ». Ce n'était certes pas mon cas, mais un farceur avait dit un jour que la faim est la meilleure des sauces. Dalva a remarqué que je tapotais sur la table et fredonnais les paroles du morceau que jouait l'orchestre, *Beer Barrel Polka* (« Y a pas d' bière au paradis, v'là pourquoi on la boit ici »). Quand elle s'en est étonnée, je lui ai expliqué que, lorsqu'on a grandi dans une ville minière d'Ohio Valley, c'était la musique qu'on avait entendue pendant toute sa jeunesse. Elle m'a pris par le bras et aussitôt entraîné vers la piste, où elle a exécuté un numéro qui a sidéré les gens du coin. L'orchestre a joué plusieurs polkas d'affilée pour nous permettre de continuer sur notre lancée, et malgré les craintes que j'avais pour mon cœur qui battait la chamade, j'étais ravi de me livrer à une activité suscitant l'admiration générale. Nous avons continué de danser jusqu'à minuit, en prenant néanmoins le temps de manger et de boire, et je dois avouer que je ne m'étais jamais senti à ce point dans la peau d'un vrai Américain depuis l'époque des boy-scouts. La dernière danse de la soirée a été un

311

arrangement de *Mood Indigo* des Mills Brothers, que j'ai dansé avec le restant de mon chateaubriand dans la poche de ma veste. A la fin de la chanson nous nous sommes salués, puis embrassés sans vergogne.

Dehors, l'air nocturne était merveilleux, car nous étions trempés de sueur. Nous nous sommes encore embrassés dans la voiture ; mon érection me faisait un mal de chien, et Dalva m'a caressé une fois ou deux pendant que nous parcourions les cent mètres jusqu'au motel. Pour la première fois nous avons fait l'amour à moitié habillés, avant de prendre une douche. Quand elle est allée à la salle de bains, j'ai allumé la télé et découvert avec stupéfaction une chaîne porno financée par le motel. Tout en mastiquant mon chateaubriand, j'ai crié à Dalva de venir voir ça. « Oh ! mon Dieu ! » a-t-elle dit.

Nous avons sombré dans les bras de Morphée devant cette mire pour le moins incongrue, nous réveillant tous deux à trois heures du matin, la bouche pâteuse. J'ai éteint la télé pendant que Dalva laissait couler l'eau du robinet en attendant qu'elle devienne fraîche ; puis nous nous sommes débattus contre les habituelles enveloppes plastiques des gobelets, qu'on devrait obliger leur inventeur à gober en grande quantité. Dans la glace, nos reflets étaient suffisamment ridicules pour prolonger notre bonne humeur ; nous nous sommes fait des grimaces en renversant par terre le tube d'aspirines. J'ai marché sur mon os de chateaubriand en allant me coucher, puis nous avons encore fait l'amour.

J'aurais dû passer « au pieu » la journée du lendemain, dans le havre paisible de ce lointain motel. Car ce jour-là, la violence aveugle de l'Amérique m'a frappé de plein fouet, comme un coup de tonnerre dans un ciel serein — selon l'expression consacrée. Pourtant, loin d'être dégagé, le ciel était nuageux et l'air assez frais quand elle m'a tiré du lit pour me tendre un gobelet plein de café, ainsi qu'une chemise propre et un caleçon qui sortaient tout droit de sa valise. Elle avait donc tout prévu à l'avance. Ni la chemise ni le sous-vêtement ne m'appartenaient, mais ils étaient d'excellente qualité.

Et nous voilà partis pour la foire aux chevaux de sa ville natale, à moins que cela ne s'appelle une exposition hippique — je ne suis pas sûr du terme exact. En tout cas, sur ce champ de foire détrempé par la pluie, j'ai vu assez de quadrupèdes pour ne plus en fréquenter jusqu'à la fin de mes jours. Dalva m'a montré une buvette de rafraîchissements où j'allais pouvoir me saouler à mort au café, puis m'a planté là pour examiner les chevaux avec l'œil gourmand de l'acheteuse potentielle. Quatre chevaux ne lui suffisent donc pas? ai-je demandé à haute voix sans m'adresser à personne en particulier. A la buvette j'ai commandé un café et remarqué avec plaisir qu'ils mettaient des boîtes de bière à rafraîchir dans des bassines pleines de glace. Ces gens sont les Mongols ou les Cosaques des Grandes Plaines, me suis-je dit, en évitant sans cesse des chevaux qui faisaient volte-face, reculaient, avançaient, caracolaient, piaffaient. Plusieurs hommes m'ont salué d'un jovial «Bonjour, professeur», qui m'a donné le sentiment d'être ici chez moi.

Pas un instant je n'ai vu le coup venir. Un homme extrêmement corpulent s'est approché de moi; j'ai reconnu le type de la battue qui m'avait soulevé sur un cheval le jour où je m'étais perdu, ce même type qui m'avait payé un verre ce fameux samedi où j'étais allé en ville avec Lundquist. J'essayais de retrouver son nom quand il s'est campé devant moi, m'a toisé en me fusillant du regard, puis montré une photo de Karen nue.

— Elle est bien roulée, hein? lui ai-je dit en me demandant comment ce gros péquenot avait réussi à se procurer cette photo.

313

— Ma petite Karen! a-t-il alors beuglé en me saisissant le bras pour me le tordre.

Mon bras a émis un affreux bruit mat, comme d'une bouteille qu'on débouche, puis il m'a paru se détacher de mon corps, pendouiller près de moi, telle une entité distincte. Le colosse m'a alors balancé un puissant ramponneau à la joue et je suis tombé sur les fesses. Bon Dieu, ça ne s'arrêtera donc jamais? ai-je pensé en voyant qu'il s'apprêtait à me décocher un grand coup de botte. Des hommes ont crié, plusieurs cow-boys l'ont immobilisé. Le monde a pris une teinte rougeâtre et ma mâchoire grinçait de façon inquiétante dès que je la remuais. Ma vision rouge du monde s'est encore assombrie, tandis que plusieurs visages se baissaient vers moi. Alors Dalva est arrivée et m'a pris dans ses bras.

— Oh! bon Dieu, qu'as-tu encore fait, Michael?

Puis j'ai sombré dans un rêve douloureux aussi coloré que toutes les Jell-o du Nebraska.

Livre trois

RETOURS

DALVA

15 juin 1986 — Nebraska

Dans la salle d'attente des urgences de l'hôpital, j'ai vécu quelques secondes assez étranges, presque surnaturelles. Dès que les infirmiers ont emmené Michael, Naomi s'est tournée vers moi et j'ai baissé les yeux en me sentant soudain très faible. Elle m'a pris par le bras et entraînée rapidement vers la sortie de l'hôpital. Il s'agissait d'une insupportable impression de *déjà vu* * — la dernière fois que nous avions été ensemble dans un hôpital, j'accouchais de mon fils à Tucson, et cela se passait trente ans plus tôt. Naomi sentait comme moi que toute parole était inutile ; nous sommes donc restées là quelques minutes le temps que notre univers retrouve sa nature habituelle. Enfin nous avons pu dresser quelques plans, après quoi nous sommes retournées à l'intérieur pour que j'appelle un taxi. Naomi resterait à l'hôpital pendant que j'irais

* En français dans le texte.

317

consulter notre avocat, deux manières bien désagréables de passer une fin d'après-midi de juin. J'ai songé, non sans irritation, que je n'avais pas pu acheter la jument qui m'avait plu.

Nous avions atterri à Omaha dans un avion médical après un long trajet en ambulance jusqu'à North Platte, où le médecin avait conclu que la mâchoire de Michael nécessitait les soins d'un spécialiste. Son bras gauche était à la fois cassé et démis, mais cette blessure était relativement bénigne comparée à la fracture du maxillaire.

Juste après la bagarre sur le champ de foire, le shérif et le procureur m'avaient rejointe dans le cabinet du médecin où Michael, en piteux état, était allongé sur une table. Le médecin l'examinait, à la recherche d'éventuelles complications en plus des fractures osseuses. J'ai abordé le problème légal avec le shérif et le procureur qui avaient enregistré en prison la déposition de Pete Olafson, le père de Karen. M'opposerais-je à ce qu'on le libère, car nous étions vendredi et aucun juge ne serait disponible avant lundi? Je leur ai répondu que je n'y voyais aucune objection, car j'étais allée à l'école avec Pete et ce n'était pas le genre de délit qu'il risquait de répéter. Il y avait pourtant d'autres problèmes épineux à résoudre: Karen, qui aurait dix-huit ans dans une semaine, était légalement mineure. Elle n'a pas voulu reconnaître qu'elle avait couché avec Michael, et elle a déclaré qu'il n'avait pas pris la photo trouvée dans sa chambre par sa mère, bien que cette photo ait été prise à sa demande. Malgré la gravité des blessures de Michael, la sympathie des autorités allait bien sûr à l'homme du cru. Le procureur m'a montré la photo en question, qui m'a paru extrêmement banale dans le cabinet d'un médecin. Ils commençaient d'adopter une attitude condescendante à mon égard quand je leur ai annoncé que les frais chirurgicaux de Michael entraîneraient sans doute la banqueroute du coupable. Le procureur et le shérif ont alors échangé un regard à la Mutt et Jeff, puis ce dernier a dit :

— Peut-être bien que ça lui pendait au nez.

J'ai rétorqué que ce n'était pas à moi d'en décider, puis ajouté qu'ils ne voudraient sans doute pas faire perdre sa ferme à Olafson à cause d'accusations inconsidérées portées contre mon invité. Cette menace voilée n'était pas un coup de bluff de ma part, simplement une petite ruse pour gagner du temps. Je me rappelais assez bien un professeur d'anglais doté d'une chaire à l'université du Minnesota qui, à l'époque où j'y étais, avait été renvoyé pour « turpitude morale » (des mineures nettement plus jeunes que Karen). Je voulais donc m'assurer que le récit de la dernière frasque de Michael n'atteindrait pas son employeur californien.

Dans le taxi qui m'emmenait chez l'avocat, j'ai repensé à ma liaison avec ce sale fils de pute. Il manquait vraiment de jugeote. Les hommes ou les femmes excessivement doués dans un domaine mais parfaitement niais dans un autre ne se limitent pas aux milieux universitaires. La plupart des gens énergiques et brillants que j'ai connus avaient fermé la porte à double tour sur des secrets beaucoup trop vivaces pour qu'on puisse les qualifier de squelettes enfermés dans un placard.

Au cabinet juridique j'ai été sidérée de voir combien les membres fondateurs avaient vieilli — tous ceux qui m'ont accueillie et qui avaient connu mon grand-père, mon père, Paul et le reste de la famille semblaient approcher l'âge de la retraite. Ils m'ont confiée aux bons soins d'un jeune homme fort alerte, en m'assurant que celui-ci réglait les problèmes « difficiles ». Le fait est que son dossier était parfaitement au point : Pete Olafson avait été arrêté trois fois en vingt-cinq ans pour coups et blessures, mais la plainte avait été à chaque fois retirée. Michael avait été accusé de vol qualifié (livres rares) pendant ses études à Notre Dame, mais la plainte avait été retirée ; dans son dossier figuraient aussi trois délits pour conduite en état d'ivresse alors qu'il était à l'université du Wisconsin, et il avait passé six semaines dans une clinique psychiatrique de Seattle pour des raisons qui demeuraient confidentielles. L'avocat m'a dit qu'il entamerait les démarches dès lundi matin, mais il conseillait de trouver un compromis où chaque partie renoncerait à tous ses griefs envers l'autre. Par un coup de téléphone, il avait appris qu'une heure plus tôt la jeune fille en question avait avoué au procureur que Michael et elle avaient fait un «soixante-neuf», ce qui était bien sûr un acte qui tombait sous le coup de la loi, d'autant que la jeune fille n'avait pas encore dix-huit ans. Mais tout cela n'était que broutilles, car cette jeune fille avait une réputation bien établie de promiscuité, et ce dernier fait pouvait être prouvé devant un juge. L'avocat voulait établir que Michael avait «fait une chute de cheval», auquel cas son assurance prendrait en charge presque tous les frais médicaux. Etais-je favorable à ce plan? Sinon, nous pouvions mettre M. Olafson en prison pour un an au bas mot, mais Michael ne pourrait se débarrasser de tous les chefs d'accusation, et son employeur risquait d'en être informé. J'ai accepté la solution de compromis et assuré à l'avocat que Michael signerait tout document à cet effet.

De retour à l'hôtel, j'ai découvert qu'il n'y avait rien de tel qu'une consultation d'une heure dans un cabinet juridique pour vous donner envie de prendre une douche et de boire un verre, choses que j'ai aussitôt faites. Alors que je sirotais mon verre, Naomi m'a téléphoné de l'hôpital pour m'apprendre que Michael serait opéré dans la soirée, c'est-à-dire très bientôt. Les médecins s'inquiétaient un peu de l'hypertension de Michael, de son tabagisme et des altérations mineures, dues à l'alcool, dans la composition de son sang. Le chirurgien, néanmoins optimiste, avait déclaré à Naomi que tout irait bien pour son patient, hormis l'inconvénient d'avoir la bouche fermée par une armature métallique pendant deux mois.

Michael pourrait sortir de l'hôpital d'ici dix jours ou deux semaines au pire, et il survivrait sans problème à cette épreuve grâce à des aliments liquides. Malgré le côté affligeant de la situation, j'ai trouvé assez comique cette histoire de bec presque littéralement cloué et d'alimentation liquide. Naomi serait de retour à l'hôtel d'ici une heure. Pour éviter toute complication, elle avait déclaré avec aplomb aux infirmières qu'elle était l'ancienne femme de Michael, elle avait rempli et signé tous les papiers nécessaires, puis laissé un chèque à débiter sur le compte du Bureau des voyages de l'Agence nationale pour le redressement du pays, ce qu'elle trouvait assez cocasse. L'assurance de Michael était en règle — le chèque visait simplement à obtenir le genre de chambre « select » que les hôpitaux modernes mettent à la disposition de ceux qui en ont les moyens. Au téléphone, j'ai répondu à Naomi que ce crétin patenté mériterait de loger au sous-sol.

Ce soir-là, au dîner, Naomi m'a demandé pourquoi j'en voulais aujourd'hui à Michael alors qu'avec mon expérience j'avais sans doute remarqué ses défauts dès le premier jour. Et puis pourquoi l'avais-je choisi pour les documents de la famille? La sympathie que j'éprouvais pour lui n'expliquait sans doute pas tout? Je lui répondis que je ne voulais pas avoir sur le dos un universitaire assommant qui pondrait un travail d'érudition tout aussi ennuyeux. La première question était plus difficile; Michael m'épuisait, et malgré toute l'horreur du récent incident je me sentais soulagée en même temps que coupable d'être débarrassée de lui pendant quelques semaines. Naomi m'a annoncé qu'elle allait beaucoup circuler dans la région avec son jeune homme pour leur travail commun, puis elle m'a proposé d'installer Michael chez elle le temps de sa convalescence; d'ailleurs, a-t-elle ajouté, Frieda pourrait s'occuper de lui.

Une larme est alors tombée dans mon verre de vin blanc,

et je n'ai pas pu finir mon dîner. J'ai commandé un énorme cognac, puis posé la main sur celle de Naomi.

— Tu es sûre?

— J'ai toujours été un peu solitaire, et puis j'adore les bagarres qui ne se terminent pas trop mal. Tu as vu tant de choses, et moi si peu. Je suis certaine qu'il aurait beaucoup amusé ton père.

— Tu vas lui en parler?

Je savais depuis longtemps qu'elle avait des conversations imaginaires avec mon père.

— Bien sûr. Je ne lui ai jamais rien caché. J'ai eu quelques amis depuis sa mort, mais il a toujours été au courant.

— Tu crois donc qu'il pouvait nous voir?

— Non, ce serait trop ordinaire. Les morts peuvent deviner et comprendre nos émotions. C'est du moins la conclusion à laquelle j'ai abouti. Ils ont l'esprit infiniment large.

Je l'ai regardée longtemps dans les yeux, comme si je ne comprenais plus le terme de « mère », et encore moins celui de « fille ».

— Crois-tu que mon fils soit vivant?

Je n'ai pas pu me retenir de lui poser cette question, que j'ai aussitôt regrettée.

— Je crois que tu le penses, m'a-t-elle rétorqué assez sèchement. Je crois aussi que tu envisages de te mettre à sa recherche, même si tu ne me l'avoueras sans doute pas. Je ne vais pas te dire que tu as tort, mais je crois que c'est à lui de te chercher s'il le désire. Avec la mort de ton père, c'est la deuxième tragédie de ta vie. Tu n'étais pas prête à devenir mère, même s'il y avait eu un père pour ton enfant. J'ai enfin appris qui était ce père en 1972, quand tu as posé une pierre tombale pour Duane; j'ai pleuré pendant des semaines, mais je ne pouvais rien te dire. Je pensais, ma pauvre Dalva chérie, son seul mari est un jeune Sioux cinglé qui est mort comme le mien. Je suis sûre que tu n'as

322

rien remarqué, mais j'étais fière de ton courage, car tu as voulu que sa pierre tombale soit à côté de celle de ton père, ce qui sous-entend que tu l'as sans doute beaucoup aimé.

Nous pleurions maintenant toutes les deux, et notre émotion a dû troubler plus d'un client dans la salle à manger de l'hôtel. Quand nous nous sommes levées de table, le maître d'hôtel s'est précipité vers nous pour nous annoncer avec un accent grasseyant que le chirurgien venait de téléphoner que l'opération s'était bien passée et que « tout le monde » était en vie. Sa façon de prononcer ce « tout le monde » était si dramatique que nous avons éclaté de rire, ce qui a dû ajouter à la perplexité des clients.

En début de matinée, sur le chemin de l'aéroport, nous nous sommes arrêtées à l'hôpital. Un ami de ma mère, un représentant de matériel agricole nommé Bill Mercer, devait venir nous chercher dans son petit Cessna. Je goûtais à l'avance ce voyage en avion, car j'aime voler près du sol. La chambre de Michael ressemblait à une assez agréable chambre à coucher de banlieue, mais surchargée de tissus écossais. Il tenait le journal du matin devant son visage et ne nous a pas entendues entrer. Son bras gauche était plâtré de la paume jusqu'à l'épaule. Je lui ai dit boujour, puis nous sommes restées figées de stupéfaction quand il a baissé son journal. Son visage évoquait une prune blette, un œil était complètement fermé. Il nous a aussitôt écrit quelque chose — « L'as du bistouri m'a charcuté de l'intérieur pour ne pas abîmer ma beauté. Y a-t-il jamais eu prune aussi bath ? » J'ai saisi sa main valide et malgré moi l'ai embrassée. Il a fermé son œil intact, puis m'a donné une feuille de papier où il avait dressé la liste des objets et des livres dont il avait besoin, ajoutant que « pour l'amour du Ciel » je devais remettre tous les journaux de Northridge dans la chambre forte de la

323

banque en attendant qu'il soit rétabli. Au bas de la feuille, il avait écrit : «Je suis vraiment navré. Laissez-moi seul pour m'épargner un excès de honte, mais n'oubliez pas de venir me chercher dans deux semaines. Avant de partir et si ce n'est pas trop te demander, dis-moi que tu me pardonnes.» J'ai tendu la feuille à Naomi puis embrassé le convalescent sur le front. Naomi l'a embrassé aussi, et une infirmière assez jolie est entrée avec un sourire. Impossible de ne pas la considérer comme la prochaine victime des gaffes et autres lubies de Michael. Elle a glissé une paille en plastique entre les lèvres de l'alité, puis lui a donné à boire un petit gobelet en carton. Elle nous a dit qu'il s'agissait d'un tranquillisant liquide destiné à compenser le sevrage brutal en aliments solides, en nicotine et en alcool. Michael nous a adressé le V de la victoire, puis nous sommes parties vers l'aéroport.

Nous avons volé vers le nord-ouest, avec le soleil matinal dans le dos ; après Omaha et Columbus, nous sommes descendus pour suivre la branche nord de la Loup. Naomi était devant avec Bill ; dès que j'ai pu le faire sans être impolie, j'ai retiré mes écouteurs et mon micro, car je n'avais envie ni de parler ni qu'on me parle. Bill était intarissable sur le grand événement, d'autant que l'interview de Karen avec Michael avait paru, non sans ironie, la veille dans la gazette hebdomadaire. Les habitants de la ville étaient partagés, mais beaucoup avaient le sentiment que la punition était disproportionnée à «vous savez quoi», la «chose» étant apparemment de notoriété publique. Dans les écouteurs j'ai entendu le rire nerveux de Bill, provoqué par cet euphémisme pour ce que les hommes appellent entre eux «bouffer de la chatte» et «sucer une queue». Bill a ensuite taquiné Naomi sur son nouvel emploi, qui incluait des nuits de camping dans la nature avec un jeune homme. Alors, à trois mille pieds, j'en ai eu assez de toutes ces allusions sexuelles.

Je désirais la solitude plus que tout, et je voyais bien que

324

la terre verdoyante en offrait d'innombrables possibilités. J'ai senti le rire secouer mon ventre au souvenir d'un poète venu dans mon université, qui, d'une voix de baryton prophétique, avait cité la célèbre phrase de Charles Olson : « Je considère l'espace comme le trait dominant de l'Amérique. » Lors de la réunion qui avait suivi sa conférence, ce poète avait passé plus d'une heure à me baratiner dans le but évident de me séduire, alors que j'avais déjà décidé de faire l'amour avec lui. L'épouse d'un assistant l'avait entraîné loin de moi quand son discours était devenu trop bruyant. Il ressemblait à Michael, mais en plus extravagant, et je me suis demandé si mon penchant pour les hommes excentriques s'expliquait par mon éducation dans le Nebraska, juste au-dessus du quarantième parallèle. Ce poète avait refait surface dès le lendemain matin à l'appartement que je partageais avec Charlene, et s'était aussitôt remis à discourir, si bien que je l'avais emmené dans ma chambre sans plus attendre. A cette époque, Charlene avait une liaison avec un homme d'affaires de Minneapolis. Des années plus tard, j'ai revu ce poète qui titubait dans un bar de Greenwich Village, horriblement boursouflé par l'alcool et par tout ce qui se prenait alors. Je ne lui ai pas adressé la parole.

Quand nous avons atterri, j'ai dit au revoir à Naomi qui partait dans le comté de Sheridan avec Nelse. Je ne connaissais toujours pas celui-ci, mais pour l'instant n'éprouvais pas la moindre curiosité envers quiconque. Pendant le trajet en voiture vers la ferme je me suis demandé si mon existence tournait à vide ou si je m'adaptais simplement à des conditions nouvelles. Il suffirait que deux autres enfants quittent le district de l'école pour que je sois sans travail en septembre.

J'ai trouvé dans le courrier une énorme facture d'un garagiste de Denvers, suite aux réparations de la voiture de Michael. J'ai fait un chèque sans trop d'irritation. Une autre enveloppe, sans adresse d'expéditeur, contenait une lettre d'excuse de Pete Olafson, rédigée en termes maladroits. Son avocat l'aurait désapprouvée, mais Pete n'en avait sans doute pas — raison suffisante pour chercher un compromis. « Donc en conclusion je te dis que je n'avais pas l'intention de gifler ton ami aussi fort. Je lui ai juste pris le bras et j'ai vu rouge. Je me suis dit : Qui est donc ce type qui veut voir des photos de petites filles nues ? Encore un revers d'argent, et pour sûr que nous ferons la culbute. Ma vie est entre tes mains. D'habitude, quand on frappe un gars, il se retrouve sur le carreau, mais il se relève indemne. Si tu acceptes de te montrer compréhensive je ferrerai tes chevaux gratuitement pendant les dix années à venir. J'aurais jamais dû quitter le métier. Ma femme pleure jour et nuit. Ton ami, Pete O. »

Les pères ont presque toujours une demi-décennie de retard sur l'âge réel de leur fille. Pete n'avait jamais cessé d'être un butor et un rustre, mais aussi un excellent maréchal-ferrant. Sa femme, qui avait été dans la classe de Ruth, était une névrosée assez tordue, le genre de personne qui renforce la mauvaise réputation des Scandinaves que l'on prend trop souvent pour des toqués. Quel malheur ! ai-je pensé. Comme il est trop facile de s'embourber dans les méandres de la personnalité, j'ai ouvert un coffre entreposé dans la cabane de la pompe pour y chercher les sacs de selle que je m'étais fabriqués des années plus tôt à San Antonio. Le bras nord de la Loup vu d'avion m'avait rappelé une dépression de terrain proche de la Niobrara où je n'étais pas retournée depuis que j'étais petite fille, et j'ai voulu m'y rendre à cheval dans l'après-midi. Mais je devais d'abord écrire à Paul pour lui apprendre la mort de Rachel et lui envoyer une photo qu'elle tenait à lui donner, où on les voyait tous deux à Buffalo Gap il y avait si longtemps. Je sentais la présence invisible de mon père sur cette photo, si bien que je l'ai très vite glissée dans une enveloppe en me demandant qui, de lui ou de grand-père, l'avait prise. Rachel était splendide, mais Paul n'avait

326

jamais l'air à son aise avec un chapeau de cow-boy ; malgré la pelle qu'il tenait à la main, il semblait mélancolique et studieux. Il m'a dit un jour qu'après la mort de sa mère à Omaha au début du mois de mai, il était venu à la ferme et s'était mis à creuser des fossés d'irrigation, travail qu'il avait seulement interrompu en septembre pour retourner à l'école. Grand-père et Wesley étaient souvent venus le voir à cheval, mais il avait refusé de leur parler. Il s'était préparé ses repas solitaires sur une plaque chauffante dans la cabane de bûcherons.

En milieu d'après-midi j'avais sellé mon cheval et j'étais en route vers la cuvette de la Niobrara. Au dernier moment j'avais pris un tapis de sol et un sac de couchage léger au cas où je voudrais passer la nuit là-bas. Une demi-heure environ après mon départ de la ferme, le monde dont j'étais lasse a disparu, et seule m'a manqué la présence d'un ou deux chiens. Naomi m'avait dit qu'une de ses amies d'Ainsworth avait une portée de chiots issus d'un croisement entre un labrador et un airedale, qui seraient parfaits pour un ranch. Je lui avais répondu que j'y penserais, mais je voulais d'abord m'assurer que l'école ouvrirait bien en septembre.

Je montais Pêche, une jument, que j'ai guidée sur une piste au sud de la Niobrara. Comme elle adorait l'eau je l'ai laissée nager quelques minutes, et me suis retrouvée trempée jusqu'à la taille. Pêche restait sur sa faim, et je l'ai attachée pour retirer la selle ainsi que mes sacs avant de me déshabiller. Nous avons trouvé un trou d'eau plus profond — il y en avait encore beaucoup en ce mois de juin — et avons passé un merveilleux moment à nager ensemble. Les vairons l'effrayaient, elle les fixait en dressant les oreilles comme un jeune chien. Se baigner avec des chevaux ; j'ai laissé mon esprit dériver vers les meilleurs moments de ce lointain après-midi dans les Keys, vers le bleu étincelant de la rivière parmi les mangroves, vers cette baignade avec Duane et le sprinter dans le courant de la marée, la blancheur du tissu cicatriciel autour des blessures provoquées par les balles et les éclats d'obus, comme si les organes internes s'étaient recroquevillés de peur en aspirant la peau pour échapper à la pénétration du métal.

Je me suis séchée au soleil tandis que Pêche se roulait dans une dépression poussiéreuse, sans doute une ancienne bauge de bisons. Après ma conversation avec Naomi dans la salle à manger de l'hôtel, j'avais songé à essayer de parler à Duane comme elle le faisait à son mari, mais je n'osais pas. J'ai pensé à l'agitation de Michael à l'idée de Crazy Horse envoyé dans les Dry Tortugas — Michael passait beaucoup de temps à essayer vainement d'éviter la dimension humaine d'une situation ; il affectait alors le détachement et le sang-froid d'un chirurgien. Je me demandais comment il allait supporter la folie de certains volumes du second coffre de bord, mais il y a certes une énorme différence entre le fait d'être impliqué directement dans le mouvement de la Danse du Fantôme, et celui d'écrire sur ce sujet. Tout cela était peut-être trop particulier et gênant, trop unique pour qu'on puisse l'imaginer aujourd'hui. Michael tirait sans doute une fierté un peu étrange du fait de ne pas connaître un seul Indien, sinon cet étudiant nez percé avec qui il avait passé une seule journée ; mais l'image qu'il avait de lui-même requérait un nombre invraisemblable de protections. Quand je lui parlais d'un roman ou d'un film qui m'avait plu, il refusait d'en discuter car cela risquait de « mettre en branle son mécanisme ».

Je me suis rhabillée, puis remise en selle avant de pousser ma jument jusqu'à la limite de ses forces pendant une heure, pour découvrir enfin que la cuvette qui constituait le but de ma randonnée n'existait plus. On l'avait drainée, comblée, puis nivelée pour y planter du maïs — mais cette année-là le champ était en friche car le pays produisait deux fois plus de maïs que nécessaire. Les fermiers avaient parfois besoin d'un léger coup de pouce, mais ils avaient toujours excellé à se trancher eux-mêmes la gorge. Le délicieux monticule des peupliers, des osiers et des merisiers planait, invisible, dans l'air, juste au-dessus du sol, avec ses nuées d'oiseaux qui y nichaient et s'y accouplaient.

Je suis retournée sur mes pas pour traverser la rivière en direction du petit canyon fermé que grand-père, Paul, Duane et moi-même aimions tant. Il y avait plus que de l'appréhension au fond de mon cœur, mais notre canyon miniature était intact; les arbres et les fourrés étaient même plus denses qu'avant, et la nappe souterraine fournissait une eau plus abondante. Je me suis assise sur la dalle de roc pour manger la moitié de mon sandwich en buvant le thé glacé d'un thermos. Fermant les yeux, j'ai constaté avec grand étonnement que ce sandwich me ramenait tout droit à Bleecker Street et à Washington Square dans les années 60. Il faut aller à New York pour manger un vrai sandwich, ou s'en faire expédier de là-bas.

Assise sur cette dalle, j'ai senti mon esprit vaciller, en proie aux émotions, bonnes et mauvaises, que j'y avais ressenties au cours de l'été qui avait suivi la naissance de mon enfant. Naomi avait préparé des conserves de tomates. J'ai laissé tout cela en plan, mes seins gonflés et le reste. Les endroits qu'on découvre comme ceux qu'on retrouve suscitent d'étranges émotions. A une certaine époque, j'avais entrepris de les étudier. Grand-père refusait de sortir du cadre du livre de William James, et j'avais d'ailleurs commencé mon enquête en lisant ce volume. A l'occasion d'un cours sur les déviances psychologiques, en dernière année à l'université du Minnesota, j'étais partie avec quatre étudiants pour un voyage d'étude d'une semaine dans les hôpitaux de l'Etat, en compagnie de notre jeune professeur frais émoulu de New York. Dans l'une de ces institutions nous avions rencontré un pensionnaire, un Chippewa d'âge mûr, originaire de la réserve de Red Lake dans le comté de Rainy River. Le médecin de l'hôpital qui nous guidait nous a assuré que ce Chippewa était un schizophrène incurable; pourtant, lorsque nous avons été seuls avec lui, notre professeur, un juif passionné par son métier, a découvert que ce Chippewa était un chaman qu'on avait interné grâce aux efforts malveillants des habituels crétins du Bureau des affaires indiennes. On avait surpris ce chaman alors qu'il se transformait en divers arbres et pierres depuis un an, et il s'était retrouvé dans une cellule d'hôpital psychiatrique. Pendant les premières années de son internement, il avait réagi à la claustration en se métamorphosant en rivière. Nous étions tous assis sur une pelouse à côté de parterres de fleurs. Le chaman nous a dit de le regarder attentivement tandis qu'il s'allongeait pour endosser son «costume d'eau vive». Le professeur nous a ensuite déclaré qu'il s'agissait d'un cas typique d'hypnose de groupe, mais le fait est que ce Chippewa nous a paru se transformer en eau. Cela nous a beaucoup troublés sauf le professeur qui a trouvé cela passionnant. Au bout d'une année d'efforts, il a réussi à faire libérer ce Chippewa en prétextant qu'il désirait approfondir son cas. On ne peut pas vous qualifier de schizophrène si vous pouvez interrompre vos états «anormaux» quand vous le désirez pour retourner à la réalité consensuelle. Mais ce chaman, qui se trouvait assez malheureux à Minneapolis, a un jour disparu. Plus tard, quand j'ai revu mon professeur dans un café, il m'a dit que le Chippewa avait adopté un groupe de corbeaux qui se nourrissaient de la glace du Mississippi gelé, et qu'il s'était sans doute envolé avec eux. Ni lui ni moi ne savions s'il parlait sérieusement.

Pêche a fixé quelque chose en frémissant, puis s'est soudain écartée d'un groupe de rochers situés juste derrière moi, au fond du canyon. J'étais sûre qu'il s'agissait d'un serpent à sonnettes, mais je ne me suis pas donné la peine d'aller vérifier. A l'aéroport d'Omaha, le météorologue m'avait avertie qu'un front d'air froid descendrait de l'Alberta en début de soirée, moyennant quoi les serpents à sonnettes iraient s'abriter pour la nuit et je pourrais dormir sur mes deux oreilles. J'ai appelé Pêche afin de lui donner une partie de l'avoine dont j'avais bourré mes sacs de selle. Il était inutile de l'entraver pour la nuit, car je l'avais dressée depuis qu'elle était pouliche, quelques étés plus tôt, et puis elle aimait le contact des humains, ce qui n'a rien d'exceptionnel. Elle avait aussi un faible pour Roscoe, le chien de Lundquist, avec qui elle adorait jouer à chat. Elle m'a suivie dans le canyon jusqu'à la berge plate de la rivière, où j'ai ramassé du bois tandis qu'elle observait le moindre de mes gestes. J'ai fait plusieurs aller retour, car j'avais presque décidé de dormir sur place. Mon regard a suivi celui de Pêche jusqu'à un énorme peuplier au bord de la rivière, où un groupe de corbeaux s'étaient réunis dans l'intention évidente de discuter de notre présence.

Deux semaines plus tôt, quand je m'étais réveillée après ma nuit dans le désert, j'avais préparé une casserole de café, que j'avais bu assise en tailleur sur mon lit de camp. L'aube était radieuse tandis que le soleil montait au-dessus des monts Sauceda, et je m'étais demandé pourquoi je ne faisais pas cela plus souvent, bien que j'eusse déjà vécu des centaines d'aubes solitaires semblables à celle-ci. Une heure plus tard il faisait une chaleur d'étuve; j'avais traversé en voiture la réserve papago, puis bifurqué vers le sud et Sasabe, coupant vers Nogales à hauteur de la route du canyon d'Arivaca, puis vers Patagonia avant de descendre la vallée de San Rafael où Paul passait désormais le plus clair de son temps. Pendant toute cette journée, j'ai repensé à la période qui avait suivi le suicide de Duane, quinze ans plus tôt, souvenirs qui, loin d'être gratuits, prolongeaient naturellement ceux de la nuit passée.

J'étais retournée en voiture à ma chambre de *Pier House*; toute la journée j'y avais reçu la visite de la police, d'un représentant de l'Armée (à cause de la pension de guerre), celle du coroner qui doutait qu'on puisse retrouver le corps, celle d'un fonctionnaire des Gardes-Côtes qui pensait qu'il n'y avait aucune chance de le récupérer, celle d'un journaliste obtus du *Citizen* de Key West, et enfin celle d'un jeune homme intelligent du *Herald* de Miami qui, lui aussi, avait été au Vietnam. Le suicide d'un Sioux parti à cheval en pleine mer constituait une information digne de figurer dans le journal — je n'ai jamais lu cet article intitulé «Requiem pour un Guerrier». Le journaliste du *Herald* avait perdu le bras gauche, mutilation qui m'a fait fondre en larmes. Il m'a semblé que ce bras coupé m'annonçait enfin que Duane avait quitté la terre pour être englouti dans la prairie sans fin de l'océan. Ç'a été le seul jour de ma vie où l'on s'est adressé à moi comme à Mme Cheval de Pierre. Toutes les demi-heures environ, j'essayais de joindre Paul car je ne voulais pas inquiéter Naomi. Quand j'ai réussi à le contacter et que je lui ai tout raconté, il m'a dit de ne surtout pas bouger, qu'il allait venir me chercher. C'est peut-être prétentieux et futile, mais j'ai stipulé dans mon testament que je désire faire graver «Dalva Cheval de Pierre» sur ma pierre tombale, et que mes cendres soient jetées dans l'océan au large de Big Pine Key. Alors je le rejoindrai dans le grand fleuve de l'océan.

Plutôt que de m'emmener à son ranch de l'Arizona, Paul avait décidé que sa villa près de Loreto, sur la péninsule de Baja, serait une meilleure idée. Il m'a ensuite expliqué que, selon lui, on ne pouvait pas porter le deuil d'un mari dans la même région où l'on avait pleuré un fils perdu. A trente ans, Loreto m'a fait le même effet irréel

332

et fantastique que l'Arizona à quinze ans, il y avait si longtemps.

Maintenant, dans mon canyon, j'ai songé que j'avais atteint le ranch de Paul deux semaines plus tôt à cette même heure. Il avait agrandi la maison en stuc, l'écurie et les chenils depuis ma dernière visite qui remontait à un an. Emilia était là, ainsi qu'une femme plus jeune nommée Louisa, accompagnée de sa fille âgée de cinq ans, et puis Margaret, qui avait environ soixante-cinq ans, l'âge de Paul. Margaret était une anthropologue à la retraite, de l'université de Louisiane. Pendant le dîner, Paul et elle m'ont expliqué qu'ils s'étaient connus à Florence en 1949 et avaient eu une liaison, malgré la présence de son mari, un historien d'art qui travaillait aux Offices du matin au soir. J'ai eu le sentiment un peu irritant d'être en présence de trois générations de ses maîtresses. Mais sa douceur et son humour étaient si désarmants que personne ne paraissait s'en soucier, à tel point qu'à un moment les trois femmes se sont mises à évoquer leurs maris respectifs. J'étais fatiguée par le voyage et j'avais bu plusieurs verres, mais j'ai veillé tard pour écouter et poser des questions. Paul est allé se coucher en premier, après nous avoir interdit de parler de lui en son absence, ce qui sous-entendait bien sûr que nous allions le faire. Margaret a voulu en savoir plus sur mon grand-père, car Paul ne parlait jamais beaucoup de sa jeunesse, sinon pour dire qu'un siècle de culture intensive avait retiré tout charme au Nebraska et que l'immense prairie avait totalement disparu du paysage. Je suis assez d'accord, mais quel Etat — et certainement pas l'Arizona ou la Louisiane — n'a pas cédé à la tentation de se saigner à blanc pour gagner quelques dollars de plus ? Je leur ai appris que jusqu'à l'âge de trente ans le père de Paul avait voulu être peintre, mais que sa passion pour l'art n'avait pas survécu à la Première Guerre mondiale. Selon Paul son père avait travaillé d'arrache-pied pour devenir peintre ; mais lorsqu'on l'avait refusé à l'Armory Show de 1913, son désespoir l'avait poussé à partir à la guerre, d'où il était revenu très amer. Dans l'état dépressif d'épuisement nerveux qui avait suivi, il s'était senti anéanti tant moralement que du point de vue de son talent de peintre, et n'avait jamais repris un pinceau. Toute l'énergie qu'il avait canalisée vers l'art s'était alors tournée vers les chevaux ainsi que vers l'achat et la vente à grande échelle de terres et d'immeubles de commerce à Chicago, Omaha, Lincoln et Rapid City. Paul avait le sentiment que ses parents ne se convenaient absolument pas, et qu'après la naissance de ses deux fils son père avait évité Omaha pour passer le plus clair de son temps au Texas et en Arizona. A la mort de Wesley il s'était tout simplement retiré du monde, mais Paul croyait qu'il avait surtout tenu à jouer le rôle d'un père auprès de Ruth et de moi-même.

Convaincue que cette brève explication suffisait, j'ai refusé de répondre aux questions de Margaret sur le sujet de l'argent, déclarant seulement que je ne me sentais responsable ni des talents ni des défauts de mes ancêtres. Quand ces trois femmes m'ont demandé avec beaucoup de curiosité pourquoi je ne m'étais jamais mariée, j'ai failli éclater de rire. La meilleure façon de mettre un terme à ce genre de question est de déclarer que vous êtes lesbienne. Cela crée aussitôt un merveilleux instant de gêne, accompagné de tentatives aussi muettes que frénétiques pour faire machine arrière. A la place, j'ai eu recours à l'idée de Michael selon laquelle les individus changent radicalement tous les sept ans, et que le processus d'adaptation est alors trop éprouvant. Seuls Paul et Rachel savaient que j'avais été mariée pendant moins d'une journée, si j'excluais Bobby et Grace, son épouse des Bahamas.

Paul m'a réveillée à l'aube avec une tasse de café pour aller faire une balade à cheval. Par la fenêtre j'ai aperçu deux chevaux sellés et un groupe de chiens excités qui couraient en tous sens. Je me suis levée aussitôt en oubliant que j'étais nue. Sur le seuil de ma chambre, Paul m'a lancé un clin d'œil en déclarant qu'il espérait que je ne gardais pas tout ça pour moi. Je lui ai répondu que j'essayais de le partager, mais qu'en ce domaine le succès était difficilement mesurable.

Une heure après notre départ, mon cheval s'est mis à boiter à cause d'une pierre qui lui avait blessé la fourchette du sabot. Paul a sifflé ses setters anglais pour leur signifier de ralentir leur allure, tandis que nous retournions à pied vers sa villa. Nous étions dans les basses collines entre Mowry Wash et Cherry Creek, à la lisière des terres plates de Meadow Valley. Paul connaissait deux jeunes naturalistes de l'université de l'Arizona qui circulaient dans la région depuis pas mal de temps pour vérifier certaines informations et chercher la trace du loup gris mexicain, le lobo. Paul, qui le traquait lui-même depuis trois mois, en avait aperçu un au crépuscule près de Lochiel, sur la frontière. Plus au sud, dans la province de Sonora, ce mammifère pouvait fort bien réapparaître, car la campagne déserte s'étendait à perte de vue. Au sud-ouest le soleil montait au-dessus des Huachucas, mais une immense installation militaire, dont une grotte qui abritait Dieu sait quoi, gâchait un peu le paysage. C'était du moins mon impression, car les convictions secrètes et impénétrables de Paul lui permettaient de ne pas être dérangé par des installations aussi triviales que celles de l'armée. Jusqu'à son incapacité à dormir plus de quelques heures par nuit ne l'inquiétait plus depuis longtemps. Pour autant que j'aie jamais pu le savoir, au cœur de son éthique se trouvaient les concepts assez austères de générosité et de responsabilité. Au sens le plus strict, vous étiez responsable de tous les instants de votre vie, mais je n'ai jamais très bien compris *envers qui* on était responsable ; bien qu'ignorant presque tout de sa vie privée, je savais néanmoins qu'il finançait les études d'un certain nombre de jeunes gens, presque tous orphelins, à Loreto, Agua Prieta, Tucson,

335

Mulege et ailleurs. Quand on était riche, on devait payer de sa personne et de son porte-monnaie — les pauvres étaient seulement tenus de payer de leur personne. Paul est l'homme à la fois le plus solitaire et le plus ouvert que j'aie jamais connu. Par conviction il refuse de se flatter ou de tirer la moindre conclusion hâtive. Je l'ai un jour interrogé sur les assez nombreux livres touchant à la religion qui figuraient dans sa bibliothèque, dont la plupart portaient sur leur page de garde une date située à la fin des années 40. Il m'a répondu qu'il avait alors découvert sa stérilité, et qu'il avait besoin d'un peu de «consolation», pour reprendre son expression. Selon Paul, son grand-père avait «presque» été un grand homme jusqu'à ce qu'il devienne un assassin. Il était assez content que le nom de Northridge disparût, car ils en avaient assez fait «pour et contre» le monde, et puis un nom n'était qu'un artifice patrilinéaire. Il passait beaucoup de temps seul — «debout près du feu» comme il disait — à défaut de quoi il se sentait inutile à quiconque. Car il voulait offrir sa lucidité et non sa confusion. Il s'agit là d'impressions personnelles, car Paul était beaucoup trop modeste pour se montrer dogmatique. Des années plus tôt, alors que j'étais une étudiante zélée, je l'avais tour à tour accusé d'être un soufi, un taoïste, un bouddhiste zen, un chrétien, et sans doute aussi un obsédé sexuel. Il m'avait alors complimenté sur mes lectures, puis demandé des nouvelles de Charlene, que j'avais un jour amenée chez lui en vacances ; il m'avait par la suite déclaré qu'il ne croyait guère aux étiquettes que certains collaient sur autrui, mais que les plus révélatrices étaient celles qu'on s'attribuait à soi-même. J'avais soupçonné Charlene d'avoir discrètement rejoint Paul dans sa chambre, mais je ne lui ai jamais posé la question. Paul lui avait donné ce qu'il appelait «une bourse» pour aller à Paris après qu'elle a eu fini ses études à l'université du Minnesota.

Rentrer à pied à sa villa nous a pris presque trois heures,

dans la chaleur de la matinée. Nous avons fait un détour pour remonter un arroyo jusqu'à une dépression rocheuse qui contenait encore de l'eau au mois de mai. Ce bassin était alimenté par le minuscule filet d'eau d'une source, qui suffisait néanmoins à l'épanouissement d'une dense végétation. Il y avait partout des traces de javelina, et une compagnie de cailles de Gambel s'est envolée à moins de vingt mètres de nous dans un grand frou-frou d'ailes qui s'est répercuté contre les parois du canyon. Bien qu'affamés, Paul et moi nous sommes promis de ne pas parler de déjeuner, tandis que les chevaux puis les chiens s'abreuvaient et se roulaient tour à tour dans une petite mare de boue.

Paul avait essayé de trouver pour Ruth un homme qui lui conviendrait — ils avaient dîné deux fois ensemble la semaine précédente, et Ruth devait arriver dans la soirée. Il avait fait la connaissance de l'épicier, qu'il considérait comme un parti impossible, car Ruth et lui se ressemblaient trop — tels deux jumeaux paisibles, voire mélancoliques. Le voisin de Paul était un rancher intelligent, quoique malheureux en affaires et assez vaniteux; Paul, qui voulait le présenter à Ruth, nourrissait de grands espoirs. Il raisonnait ainsi: Ruth avait beaucoup d'argent; quant au candidat, après avoir divorcé d'une femme riche, il avait reçu un ranch dont il n'avait pas les moyens de s'occuper. Cet homme était un excellent archéologue amateur et se passionnait pour maints autres sujets. Paul et lui avaient fait ensemble plusieurs expéditions dans le Baranca del Cobre et sillonné tout le pays des Tarahumaras.

— Et moi alors? lui ai-je lancé. Ton ami m'a l'air très séduisant.

— Je vais l'inviter à la maison; ensuite, les dames se débrouilleront. Il s'occupe de deux insupportables adolescents délaissés par leur mère, mais d'habitude ils sont en pension.

337

Entre la source et la villa, nous avons parlé d'une tendance aux états maniaco-dépressifs, même très légers, propre à notre famille, et que Paul considérait comme une caractéristique de nos gènes. Pour lui, le désir d'atteindre un niveau élevé de conscience préparait le terrain à des formes bizarres de maladie mentale. Paul pensait que Bradley, le fils de Ted et de Ruth, qui faisait l'Ecole de l'armée de l'air, subirait tôt ou tard une crise majeure. Paul était le seul membre de la famille envers qui Bradley avait de l'affection — même la douce Naomi n'était à ses yeux qu'«une faible femme».

Après le déjeuner et une courte sieste, je suis allée dans le bureau de Paul pour lire le journal à deux voix que nous avions tenu ensemble pendant le mois passé à Baja après le suicide de Duane. Je ne l'avais jamais relu depuis, et pour la première fois je me sentais pleinement capable de l'ouvrir. J'avais la gorge serrée à l'idée de demander à Paul ou à Ruth de vérifier pour moi les actes de naissance à Tucson, mais j'ai bientôt renoncé à cette folie. Je croyais, sans doute à tort, que Michael saurait comment s'y prendre.

Ce journal commun s'est révélé être une surprise très agréable, même si certains passages en étaient un peu effrayants. Ses seuls aspects thérapeutiques étaient implicites plutôt qu'explicites: de longues marches à l'aube avant la canicule de la mi-journée, et le soir quand celle-ci diminuait; quelques commentaires sur l'évolution des cours d'anglais que je donnais gratuitement (Paul ayant proposé d'office mes services) chaque après-midi à trois heures, à deux douzaines d'autochtones; mes efforts pour devenir un vrai cordon-bleu sous la houlette de la cuisinière de Paul, une femme minuscule et fragile nommée Epiphania, qui ne devait pas peser plus de trente-cinq kilos; et enfin les commentaires de l'insomniaque éplorée. Tous ces fragments, sauf les derniers, étaient rédigés pendant l'heure qui précédait le dîner, alors que nous

338

buvions des cocktails à base de fruits et de rhum, ou de tequila.

PAUL

Le troisième jour elle est capable de regarder jusqu'au fond de la pièce. Ce matin, pendant que nous marchions, ses yeux ont plus souvent quitté ses pieds qu'hier ou avant-hier. J'ai prononcé une conférence ambulatoire sur Cortez — notre marche nous amène le long de la mer qui porte son nom — qui hier serait tombée dans l'oreille d'une sourde. L'histoire ne permet qu'à de rares individus de violer et de tuer au figuré des millions de vierges, avant de les ressusciter pour les violer à nouveau, encore et toujours, tout cela au nom de Dieu et de l'Espagne.

DALVA

Quelque part, mon fils a quinze ans. Aujourd'hui j'ai commencé d'apprendre l'anglais à un groupe d'élèves disparate dont les âges vont de sept ans — un gamin des rues — à soixante-treize ans — un capitaine de bateau de pêche à la retraite qui porte le nom improbable de Felipe Sullivan. Paul nourrit depuis longtemps et sans succès le projet de ces cours d'anglais, et je dispose d'un stock de manuels jaunis publiés par l'université du Michigan pour l'enseignement de l'anglais langue étrangère. La méthode pédagogique consiste à faire répéter des expressions toutes faites en espérant qu'au bout d'un certain temps et d'un nombre faramineux de tels exercices, les articulations majeures de la langue se mettront en place d'elles-mêmes — selon moi, une vie n'y suffirait sans doute pas.

Tard dans la nuit : je crois entendre la respiration de Duane derrière la fenêtre. En bas sur la plage, la musique de la cantina s'est tue il y a une heure. Un vieillard à la voix rauque y a chanté plusieurs fois une chanson de ranchero, dont le refrain était: «Deux amis, deux chevaux, deux revolvers.» Cette chanson ne se termine pas bien. Quelqu'un, peut-être un assassin sentimental, avait sans doute payé le vieillard pour qu'il répète sa chanson. Je me suis dit que la respiration que j'entendais était celle d'un maraudeur, bien que je ne voie pas comment quelqu'un pourrait échapper à l'attention des chiens de Paul. «Duane, c'est toi?» murmuré-je. Le bruit de la respiration devient plus fort. Je répète ma question en sioux, le bruit augmente encore. Je fonds alors en larmes, puis sors sur la véranda de devant, baignée par le clair de lune. Assis dans un fauteuil, Paul observe une énorme bande de dauphins qui, à moins de cinquante mètres de la plage, nagent lentement à la surface de l'océan et respirent profondément. L'incroyable beauté de ce spectacle me fait frissonner. Après environ une demi-heure ils s'éloignent vers la pleine mer et bondissent dans le sillage que la lune trace sur l'eau. Nous retournons nous coucher sans un mot.

PAUL

C.S. Sherrington a dit: «Le cerveau est un métier à tisser enchanté qui produit un motif évanescent, un dessin toujours riche de sens mais éphémère, une harmonie fugace de motifs fragmentaires.» On jurerait cela écrit par un être aquatique! Le sixième jour après son arrivée ici, Dalva me dit que son bien-aimé ne pouvait pas faire autrement et qu'elle-même ne l'imaginait pas relié à des machines à l'hôpital des vétérans. Elle rédige une lettre que le capitaine Felipe Sullivan veut envoyer à une femme de Los Angeles. Je ne lui ai pas dit que j'ai moi-même écrit une douzaine de lettres similaires pour Felipe depuis qu'il a rencontré cette femme et son mari en 1956, sur son bateau pour touristes. Elle ne lui a jamais répondu, et il a fini par me dire que mes phrases manquaient de l'indispensable romantisme, bien que j'eusse toujours transcrit ses effusions mot pour mot. «Oh! reviens vers moi, fleur du Nord bien-aimée», etc. Dalva et Felipe, installés sur la véranda à une table de bridge, s'acharnent à vouloir mettre en forme les émotions du soupirant tandis que le soleil se couche derrière la Sierra de la Gigante. Dalva porte encore son maillot de bain réduit au strict minimum, et les yeux de vieux bouc de Felipe s'attardent sur les jambes de son professeur, puis reviennent vers la hacienda, car Felipe redoute que je ne l'observe. Elle rit soudain, puis répète très fort un morceau de bravoure: «Nous autres hommes de la mer, sommes les baleines de l'amour qui plongent vers les abysses, des poissons-coqs qui caressent le rivage au printemps, de beaux requins que le combat amoureux ne lasse jamais», etc. Elle considère maintenant les autochtones comme des individus à part entière, dont elle commence à connaître les noms. Elle ne s'interrompt plus au milieu d'une phrase, elle m'a même demandé le nom de certaines montagnes, celui de poissons qu'elle mangeait, le croisement dont était originaire l'un de mes chiens, et puis le nom de ma petite amie du moment.

DALVA

J'ai trouvé un tuba et des palmes dans un placard, pour m'apercevoir aussitôt que je ne pouvais pas m'en servir, car il me semblait que le fond de la mer était couvert de cadavres. Je ne l'ai jamais eu tout à moi, sinon l'espace d'un après-midi et une partie de la soirée, et puis quelques minutes il y a si longtemps. J'ai lu assez de livres sur le suicide pour savoir que dans certains cas les conditions de la vie deviennent intenables. S'il était revenu dans le Nebraska ou dans le Sud-Dakota, il m'aurait appelée ; à sa demande, nous nous serions mariés pour que je puisse toucher sa pension de vétéran de l'armée ; puis, une nuit, il serait parti au fin fond de la prairie sur son vieux sprinter et aurait fait la même chose. Je me surprends à espérer que le capitaine Sullivan recevra une réponse. Il m'a avoué aujourd'hui qu'il n'en avait pas reçu une seule depuis seize ans. Son amour se fonde sur un unique baiser échangé dans la cuisine pendant que le mari se bagarrait avec un espadon, ce qui me fait réfléchir à l'énorme part irrationnelle qui entre dans tout amour. Comme je suis étrangère et que je parle espagnol, plusieurs jeunes filles âgées d'environ treize ans m'ont demandé conseil. Leurs problèmes sont d'ordre amoureux. J'ai parlé à l'ami de l'une d'elles — un cow-boy de l'intérieur des terres qui est si mauvais, vaniteux, brutal et même crasseux que je me suis étonnée de la folie pure qui poussait cette jeune fille à vouloir s'offrir à lui. Aimerais en savoir plus sur les détails médicaux de cette «peine de cœur» dont l'intensité décroît régulièrement chaque jour.

PAUL

Pendant notre promenade de ce matin, Dalva m'a dit quelque chose qui m'a poussé à m'interroger sur la nostalgie. La brume était épaisse, nous entendions les lions de mer beugler, Dalva a imaginé qu'ils appelaient des amis absents ; leur rugissement creux planait au-dessus de l'eau, un meuglement si majestueux qu'on avait envie de le saluer. Je me suis souvenu du seul voyage vraiment merveilleux que nous avions fait avec Père. John Wesley et moi avions une douzaine d'années, Mère était encore en assez bonne santé, mais elle manifestait les premiers symptômes de délabrement dû aux médicaments et à l'alcool — une combinaison qui n'a rien de nouveau. Papa avait décidé de nous emmener en sortie pour nous montrer le Konza, les derniers arpents de grandes herbes de la prairie, dans le Kansas. Nous étions en juin, je me rappelle le pourpre soutenu des pulsatilles qui s'étendait à perte de vue, mêlé au jaune des verges d'or. C'était le milieu de la Grande Dépression ; j'étais vaguement gêné par notre Packard, même si papa et John Wesley paraissaient s'en moquer. J'ai vu papa donner de l'argent à un homme doté d'une famille nombreuse et d'un camion en panne à la station-service. Quand Wesley lui a demandé pourquoi il avait fait cela, il a répondu d'un air maussade : « Il n'y a que les sales cons qui gardent leur argent pour eux. » On oublie souvent que certains d'entre nous ont traversé la Dépression sans coup férir. Nous n'avons pas campé dans de très bonnes conditions, en l'absence de l'indispensable Lundquist. A Great Bend, papa s'est enivré avec des éleveurs de chevaux pendant que John Wesley et moi discutions avec une vraie prostituée devant l'hôtel. Il a fait très chaud le lendemain, et papa a dormi sur la banquette arrière de la voiture en nous laissant conduire à tour de rôle, bien que nous sachions à peine comment nous y prendre et malgré notre tendance à enfoncer l'accélérateur. Quand nous avons atteint les hautes herbes de la prairie encore vierge, avec ses bouteloues bleus plus petits et ses tiges-bleues dont la taille dépassait parfois quatre mètres, papa a aussitôt plongé dans l'océan des herbes, et nous dans son sillage. Très vite nous nous sommes perdus, et avons erré en tous sens pendant deux heures. Wesley et papa ont fini par me hisser sur les épaules de ce dernier, et j'ai aperçu au loin un camion de ferme. Emergeant enfin de l'océan de la prairie, nous avons longuement bu avant de nous baigner dans un réservoir d'eau fraîche et limpide, et papa s'est mis à rire. L'imitant, nous nous sommes roulés dans l'herbe avec nos caleçons mouillés en décochant des coups de pied vers le ciel. Il nous a ensuite avoué qu'il s'était longtemps demandé comment des colons avaient bien pu se perdre dans la prairie, et que maintenant il comprenait. Quand les choses ont mal tourné, j'ai repensé à cette journée merveilleuse avec une grande nostalgie. A Omaha, par les après-midi brûlants, je lisais Dickens à ma mère gravement malade, tandis que papa et John Wesley se trouvaient à des centaines de kilomètres au nord-ouest, dans notre ferme. On aurait dit que chacun avait choisi son camp et qu'il n'y avait plus rien à y faire.

J'avais à peine fini ce passage quand Paul est entré dans son bureau. Il était cinq heures de l'après-midi et il m'apportait une margarita glacée dans un grand verre ballon. Nous avons parlé de ces derniers jours passés à Loreto et du pique-nique que Paul avait organisé pour mes étudiants, une petite fiesta qui avait duré tout l'après-midi, la soirée et une bonne partie de la nuit avec un orchestre improvisé, de la bière, de la tequila, des crevettes et des langoustes, des cochons de lait et des *cabrito*, un baril de *menudo* pour couronner le tout. Paul m'a dit que, lorsqu'il se rend à Loreto, les habitants lui reparlent toujours de cette fête donnée voici quatorze ans.

Paul a fouillé dans ses dossiers, trouvé une enveloppe, qu'il m'a ensuite tendue en me disant que son contenu n'était pas très important, mais qu'il avait songé à me l'envoyer alors que j'étais au Brésil au milieu des années 70. Son ami Douglas et lui avaient rédigé ce texte pour que je me souvienne de la région de Loreto telle qu'elle était pendant ma «convalescence», avant qu'elle ne soit sacca-gée. Douglas m'avait fait connaître la Cabeza Prieta; j'ai demandé de ses nouvelles à Paul, qui m'a répondu que son ami ne reculait devant rien pour épater le bourgeois et qu'il venait de partir vers le nord avec sa famille afin de passer l'été en compagnie des ours grizzlys. Douglas aussi avait survécu à ses blessures lors de notre dernière guerre, mais contrairement à Duane il avait assez d'intelligence prati-que et de culture pour envisager de rester parmi les vivants.

Ruth est arrivée une minute avant le dîner, en retard car elle s'était plongée dans un livre intitulé *Rêves arctiques* et n'avait pas vu le temps passer — ce livre était sans doute passionnant, car Ruth fait partie de ces gens qui arrivent toujours et partout en avance. Quand nous étions petites, elle m'avait suggéré de faire du cheval à huit heures un quart chaque matin et elle avait toujours été prête à l'heure dite. Je crois que je fais partie de l'autre moitié de l'humanité — les dates et les nombres ont toujours été pour moi une abstraction.

Il s'est avéré que Fred, le rancher divorcé et voisin de Paul, lui a plu. Quant à moi, après une conversation d'une demi-heure avec lui, je n'étais guère enthousiaste; il portait un peu trop d'eau de Cologne, ses vêtements de rancher décontracté semblaient en fait trop guindés et inconfortables, le genre de tenue dont s'affublerait un cadre supérieur pour le buffet western d'une convention à Phoenix. Il était affreusement brillant et cultivé, mais manquait de «relief», de ces traits de caractère uniques que je cherche toujours chez les hommes. J'ai songé qu'il mangeait sans doute ses beignets avec un couteau et une fourchette, et qu'il pliait ses sous-vêtements avant de se coucher. Ma méchanceté m'a rappelé une remarque de mon ami gynécologue de Santa Monica — à savoir que j'étais trop impulsive et uniquement préoccupée du pré-sent; moyennant quoi je me désintéressais vite de toute stratégie globale. Au moins, avec Fred, il n'y avait pas

345

d'aspérités contre lesquelles s'égratigner — il prenait tellement soin de lui-même qu'il vieillirait et mourrait sans doute d'un coup, sans prévenir. En contraste avec ces observations, qui signifiaient pour l'essentiel que j'aurais dû quitter la Californie du Sud depuis belle lurette, Paul et Fred discutaient avec animation des guerres apaches, qui s'étaient achevées quand cinq mille soldats de l'armée des Etats-Unis avaient enfin réussi à capturer les sept derniers Apaches. Fred s'est alors lancé dans une sorte de discours, sans doute destiné à Ruth, sur « la liberté et les mystères insondables du désert », et sur « l'indispensable protection qu'il faut garantir à cet héritage de liberté incarné par ces terres sauvages ». Paul a été un peu agacé, sans doute à l'insu des autres convives; mais l'éclat particulier de ses yeux trahissait pour moi son irritation. Néanmoins, sa voix est restée douce, ce qui rendait toujours ses auditeurs plus attentifs à ses paroles.

— On ne peut pas demander au désert d'incarner une liberté qu'on n'a pas d'abord organisée soi-même dans sa chambre à coucher ou dans son salon. C'est cette exigeance que je trouve parfaitement déplacée dans presque tous les livres qui nous parlent de la nature. Les gens déversent dans l'univers naturel toutes leurs doléances mesquines et démesurées, puis ils se remettent à se plaindre de leurs éternels griefs dès que la sensation de nouveauté a disparu. Nous détruisons le monde sauvage chaque fois que nous voulons lui faire incarner autre chose que lui-même, car cette autre chose risque toujours de se démoder. Pour le fanatique du véhicule tout terrain, pour les sociétés qui exploitent les mines, le pétrole ou le bois, cette liberté a toujours signifié une totale latitude pour se livrer à leurs exactions, tandis que le terme d'« héritage » sert invariablement aux politiciens désireux d'en appeler à une vertu dont ils ont oublié la signification. Le seul héritage repérable dans notre rapport à la terre, c'est l'exploitation et l'épuisement des sols.

— Tu veux dire que tu te sens aussi libre sur la cuvette de tes chiottes que dans la Baranca del Cobre où nous sommes allés?

Les lobes des oreilles de Fred arboraient une rougeur dont il espérait cacher le sens par son trait d'esprit.

— Dans ces deux situations je me sens aussi libre — pour ma part, je ne dirais pas cela ainsi —, bien que le plaisir ne soit pas le même. Quand on voit le désert pour la première fois — et je crois que c'est vrai de n'importe quelle région sauvage —, ça n'est qu'un désert, la somme de toutes les bribes d'information que l'on a entendues sur le désert. Puis on se met à l'étudier, à marcher, à camper dans le désert pendant des années, ce que nous avons fait tous les deux ; alors, comme tu l'as dit, il devient insondable, mystérieux, stupéfiant, plein de fantômes et de mirages, au point que l'on entend les voix de ceux qui y ont vécu quand on examine le moindre dessin ou un fragment de poterie. Il faut ensuite laisser le désert redevenir le désert, sinon c'est l'aveuglement qui nous guette. Bien sûr, on pourrait dire par métaphore que le désert est une prison d'une complexité infinie, ce qui donne aussitôt envie de jouer avec cette évidence pour la comparer à sa propre vie. Mais chaque fois que nous demandons aux lieux d'être autre chose qu'eux-mêmes, nous manifestons le mépris que nous avons pour eux. Nous les enterrons sous des couches successives de sentiments, puis, d'une manière ou d'une autre, nous les étouffons jusqu'à ce que mort s'ensuive. Je peux réduire à néant tant le désert que le musée d'Art moderne de New York en les écrasant sous tout un monceau d'associations qui me rendront aveugle à la flore, à la faune et aux tableaux. D'habitude, les enfants trouvent plus facilement que nous des champignons ou des pointes de flèche, pour cette simple raison qu'ils projettent moins de choses sur le paysage.

Il s'est interrompu, un peu gêné, puis a filé à la cuisine

pour aller y chercher une autre bouteille de vin. Je n'ai pu m'empêcher d'admirer Fred, car il ne cachait pas son respect pour la tirade de son hôte, que moi aussi j'avais trouvée fascinante. Quant à Paul, il était sincèrement désolé.

— Ce bourgogne est un vrai nectar, mais j'ai rarement le plaisir d'accueillir mes deux nièces en même temps. Je souffre peut-être de la maladie d'Alzheimer. La semaine dernière, près de Sycamore Creek, je me suis assis sur un rocher, et cinq heures m'ont filé entre les doigts sans que je m'en aperçoive. Si Daisy ici présente ne s'était pas mise à aboyer parce qu'elle avait faim, j'y serais peut-être encore.

Il a caressé le labrador jaune assis près de sa chaise et lui a donné un morceau de viande.

— C'est peut-être l'un de tes fantômes solitaires qui t'a retenu là-bas, lui ai-je dit.

— Sans doute. Quand on vieillit, on a tendance à ne pas bouger de l'endroit qu'on aime. L'autre jour, au musée de Nogales, j'ai vu une jeune fille qui m'a troublé. Elle était très belle, et j'aurais juré que je l'avais déjà vue à Tucson en 1949. Ruth, voudrais-tu nous jouer un air sentimental et mélancolique?

Ruth a donné une tape amicale à Fred, puis s'est levée pour rejoindre le piano avec un sourire excité que je ne lui avais jamais vu. Elle a commencé avec une imitation de clavecin, enchaîné par une polka pour continuer par un morceau de Debussy qui, elle le savait, était l'un des préférés de Paul. Celui-ci a successivement ri, fermé les yeux, puis souri. Quand je l'ai regardé, je n'ai pas pu m'empêcher de me demander quel sorte d'homme mon père serait devenu.

J'ai mal dormi et me suis réveillée juste avant l'aube afin

de partir pour le Nebraska. Dans mes rêves on me poursuivait dans le désert, et je finissais par m'échapper vers les hautes terres près du ranch de Paul, où mes poursuivants invisibles me coinçaient à côté de la source où j'étais allée la veille avec Paul. J'ai été soulagée quand le cri du coq les a chassés.

Un petit feu de la cuisinière était allumé, et le café prêt. Dans les premières lueurs de l'aube j'ai aperçu la silhouette de Paul assis à une table sur la modeste véranda qui jouxtait la cuisine. Les oiseaux piaillaient à tue-tête, les coqs de la vallée lançaient de sonores cocoricos comme s'ils voulaient dominer le vacarme des oiseaux sauvages. Cela paraît aujourd'hui ridicule, mais le comportement du coq, le comique inexorable de sa démarche, tout cela a quelque chose d'absurde et de tendre.

Nous avons passé une demi-heure agréable avant de nous séparer. Il envisageait de venir en visite dans le Nebraska fin juillet ou au mois d'août, en partie pour donner un coup de main à Michael. Il a ri doucement quand j'ai parlé de Michael, puis a déclaré qu'il y avait du Petrouchka chez cet homme-là. Paul voulait me montrer quelques petites choses dans la cave la plus profonde de la ferme, et il se demandait si je connaissais leur existence. Je lui ai répondu que oui, mais que grand-père m'avait demandé d'attendre jusqu'à cet été pour aller y jeter un coup d'œil. Paul avait tenu à s'en assurer au cas où «il passerait l'arme à gauche», car tout cela était si bien caché qu'on pouvait très bien ne jamais le découvrir.

Mon trajet en voiture vers le nord a été merveilleux, car j'avais maintes fois effectué ce voyage et je savourais à l'avance mes étapes préférées. A Lordsburg j'ai bifurqué vers Silver City et la sortie de Caballo sur la Route 25, atteignant Socorro dans la soirée pour passer la nuit dans le motel sinistre que j'aimais tant. J'ai fait quelques miles vers le sud afin d'aller dîner au village de San Antonio dans un café que j'avais découvert avec Charlene vingt-cinq ans plus tôt. Il se trouvait à proximité du refuge d'oiseaux de Basque del Apache que Naomi adorait. Pendant le dîner j'ai sorti l'enveloppe de Paul et de Douglas.

Chère Dalva du Monde Entier,
Voici les notes de deux hommes totalement irresponsables qui s'intéressent à des sujets qui ne te feront pas gagner un radis. Reviens nous voir, petite sirène!

LA RÉGION DE LORETO

Quand on est sur la plage au sable grossier de Loreto, et même lorsqu'on se dirige vers le nord, l'œil est attiré au sud le long de la côte de plus en plus découpée et vers les îles proches, au-delà d'Isla Carmen jusqu'à Monserato à la forme de tortue et, plus loin encore, Isla Catalina. Dans le calme de l'aube, les îles et les caps se confondent avec la mer comme un mirage; il est alors impossible de distinguer le paysage au-delà d'un demi-mile en mer. Les couleurs forment une palette plus riche que celle du Pacifique; les roses et les mauves de l'aube se muent en un pourpre soutenu, puis des nuances infinies d'or et d'écarlate embrasent le ciel au crépuscule. Le long de la côte sud la Sierra de la Gigante domine le paysage; il y a des moutons du désert à longues cornes, des chevreuils et des lions dans ces montagnes accidentées, ainsi que de mystérieuses peintures sur les rochers, des ocres d'hématite étalés par les Indiens d'antan sur des surplombs de granit à cinq ou six mètres du sol, personnages et animaux parfois plus grands que nature jetés là par des géants

350

qui peignaient avec les pinceaux d'un Matisse fixés au bout de longs bâtons.

Si ces montagnes sont intimidantes (une paroi nue de roc pourri s'y élève d'un seul jet sur cinq cents mètres sans qu'on aperçoive la moindre trace d'eau dans les environs), les îles de l'est sont plus attrayantes ; il est bien difficile de résister à l'envie de les visiter. Carmen, la plus grosse, n'est certes pas la plus belle ; Monserato, malgré son profil relativement bas, a des côtes rocheuses, et l'or des pirates y est enterré quelque part au milieu des bursaires (l'arbre-éléphant), des torotes, des chollas et des cactus-barriques. En milieu de journée, une légère brise et le clapotis de la mer remplacent le calme de la matinée. Même si Catalina n'est pas sur ton chemin, tu as envie d'y aller, car elle est célèbre pour une espèce de serpents à sonnettes sans sonnettes qu'on ne trouve nulle part ailleurs. A vrai dire, toutes les créatures qui vivent sur chacune de ces îles leur sont spécifiques, car elles ont évolué au sommet des pics volcaniques isolés par la montée des eaux qui ont inondé la faille de San Andreas, laquelle s'est soudain ouverte pour créer la mer de Cortez voici quinze millions d'années. Au sud, le mélanisme l'a emporté chez une espèce de lapin qui vit parmi l'andésite grise et une végétation scabieuse — elle aussi unique. Sur l'île de Catalina, certains cactus-barriques atteignent les trois mètres, ce que l'on ne voit nulle part ailleurs. Les seules bêtes familières sont des chèvres sauvages installées là au xixe siècle par des baleiniers désireux de manger de la viande fraîche.

Il y a des oiseaux partout, mouettes des trois espèces, sternes et fous, surtout au-dessus des hauts-fonds et des bancs de harengs qui grignotent les bouées et qu'on voit à un mile plonger en piqué vers l'appât. Le long des côtes, des pélicans marron et des cormorans se dressent sur les rochers et les caps.

On trouve dans ces eaux la raie manta, dont les plus grandes font parfois cinq mètres de long, et qui bondissent sans doute pour se débarrasser de leurs parasites, ainsi que des requins-marteaux qui viennent voir les bateaux. Les rorquals fréquentent ces côtes, et avant que la mer ne devienne mauvaise, les dauphins viennent s'y réfugier. On voit parfois des poissons-coqs, des sérioles ou des bonites qui nagent en bancs de la taille d'un terrain de base-ball, accompagnés par les oiseaux qui

351

plongent pour les pêcher et transforment la surface de l'océan en une masse tumultueuse.

Sous l'eau, la vie prolifère avec une diversité extraordinaire. Le plancton grouille dans les couches supérieures de l'océan qui en prend une teinte légèrement plus opaque que les eaux limpides des Caraïbes. On trouve le long de ces îles le baliste, le scare, l'aiguille de mer, plusieurs espèces d'épinéphèles ; plus près, le diable de mer, le poisson-globe, le gobie, et un peu partout des bancs de poissons plus petits. A trois mètres d'une falaise de Catalina on aperçoit en avril un banc de poissons à queue jaune au-delà d'oursins aux piquants longs d'une dizaine de centimètres, qui couvrent les rochers auxquels on s'accroche dans les vagues. Le cabrilla et le bar noir permettent de manger agréablement sur cette île. Dans les baies sablonneuses on rencontre des raies-aigles d'un mètre cinquante d'envergure, si nombreuses dans un mètre et demi d'eau qu'on trouve difficilement de la place où poser le pied ; plus au large on trouve la raie brune électrique dotée d'une tache sur le dos, et des raies plus petites à mesure qu'on se rapproche du rivage. Les congres ondulent comme des herbes qui pousseraient sur les fonds sablonneux de l'océan. Parmi les rochers on trouve des murènes, certaines mouchetées, qui paraissent effrayantes quand on les voit en entier. A trois miles au sud des queues jaunes se trouve le meilleur terrain de pêche à la langouste de tout le golfe.

Le soir on fait brûler du bois flotté, dont les flammes sont souvent vertes, rouges ou orangées à cause des dépôts métalliques, car le bursaire et l'acacia à écorce verte brûlent mal. Pendant les longues nuits des nouvelles lunes d'hiver tu pourras t'initier aux constellations comme nulle part ailleurs, à commencer par le grand carré de Pégase et en te réveillant toutes les trois heures pour identifier les nouvelles constellations qui apparaissent à l'est selon l'horloge céleste, jusqu'à ce que le Sagittaire pâlisse aux premières lueurs de l'aube. Dans une minuscule caverne à flanc de ravin, des douzaines de scorpions noirs longs d'une dizaine de centimètres s'accouplent furieusement à la lumière d'une lampe-torche. L'espèce unique de serpent à sonnettes est agressive, comparée à celle de l'Arizona ; elle agite les sonnettes de sa queue sous un énorme figuier autochtone dont les grandes feuilles vertes détonnent sur la jungle de cactus

352

doux-amer pitahaya, une jungle couverte de l'épaisse toile d'araignée de vigne sèche sur les pentes supérieures; vues de près, les vrilles qui s'enroulent autour du tronc d'un pitahaya portent de minuscules fleurs blanches en forme de clochettes.

Au nord de Loreto, la côte, plus hospitalière, comporte des anses séparées par des caps, ainsi que de petites îles rocheuses. Il y a des palmiers dans les plus grands ravins, et parfois une rancheria. On rencontre des ânes sauvages sur la plage, dans les criques protégées, et sur les grèves abritées dorment des troupeaux entiers de lions de mer dont le raffut empêche de trouver le sommeil jusqu'à deux miles alentour pendant la pleine lune. On trouve des clams et des moules un peu partout, mais surtout dans les mangroves où abondent les crustacés et le poisson gobeur rouge, *huachinango al mojo de ajo* grillé sur des racines d'arbustes à sel, lequel gobeur est pêché par les aigrettes et les hérons verts à crête noire; l'appel de la fauvette de mangrove se reconnaît facilement; par bonheur, ce sont les mâles les plus éloignés qui chantent le plus fort. Les huîtres ne sont pas aussi abondantes qu'autrefois, même si les plages sont couvertes de coquilles plates et vides, ouvertes par les pêcheurs de perles du XIXe siècle.

Quand on arrive à l'embouchure de la Bahía Concepción, on constate le même phénomène avec les moules d'Espagne et les écrevisses. Cette zone frontalière entre les eaux douce et salée était jadis renommée pour ses praires en forme de cornet à poudre dont la chair crue accompagnée d'une sauce tomate piquante est un délice. Tes précédents voyages t'ont sûrement permis de constater la moins grande abondance de gros poissons volants, de merlins et de tortuava, bien que le golfe soit sans doute aussi vierge que le Nebraska en 1870.

L'océan est parfois démonté, pendant plusieurs jours d'affilée en hiver et au printemps, même si les plus gros *chubascos* ont lieu en été. Hormis quelques rares matinées chaque année, il y a toujours du vent, parfois très fort en été quand les moucherons et les moustiques volent par nuages entiers au-dessus des plages et des mangroves.

Si tu marches sur les plages, tu verras des grunions à la fin de l'hiver ou au printemps, quelques jours avant les grandes marées de la pleine lune, ainsi que des poissons qui ressemblent aux poissons-coqs dans les déferlantes à quelques pas seulement du rivage. De minuscules gastropodes, des clams de diverses espèces et des coquilles de cauri sont visibles dans le sable à condition d'avoir une bonne vue. Par les matinées calmes de mars, une mince ligne de krills marque parfois sur la grève le niveau de la marée haute. Parents plus gros de ce petit crustacé, les crevettes longues de quinze centimètres qu'on trouve aussi dans le Pacifique nagent le long des bateaux en haute mer et se cachent sous les estacades. La nuit, dans les vagues, tu admireras la phosphorescence des dinoflagellés, qui à certaines époques teinte toute la mer en rouge vif sous le ciel noir. Sur le rivage et les îles rocheuses, la façon la plus commode de circuler consiste à attendre la marée basse pour marcher sur les banquettes de pierre façonnées par le ressac sous les falaises et les caps, en prenant toutefois garde à ne pas se faire surprendre en fâcheuse posture par la marée montante...

Pêche me donne des coups de museau. Longues fissures de la foudre. Je nage sur la terre ferme. Je tends la main sous la pluie pour toucher ses naseaux mouillés. Dieu, je suis trempée. La pluie commence à peine de tomber, car le feu siffle encore. « Le Connaître C'Est L'Aimer », chantait-on jadis. « *Tunkasila, mato pehin wan!* » « Oh! grand-père ours, voici quelques-uns de tes poils! » C'est une réplique dans un jeu de l'enfance lointaine, ce sont aussi les dernières paroles de Rachel. Elle a pris le « Wanagi Canku », la Route Fantôme. Irai-je aussi loin en voiture pour nourrir son spectre? m'a-t-elle demandé. Bien sûr que oui. Alors elle restera dans les environs pendant un an. Quand mon chien s'est enfui, puis fait dévorer par des coyotes, m'a-t-elle dit, j'ai compris que j'allais mourir. Je t'ai appelée et maintenant tu es ici. Pourrais-tu aller chercher ma sœur aînée Femme de Terre Bleue? Je suis donc allée à Pine Ridge et je l'ai ramenée, puis un médecin jeune et plaisant a déclaré que rien de particulier ne clochait chez Rachel, mais qu'elle était tout simplement en train de mourir. Il avait déjà vu ce genre de phénomène. Le tonnerre était si assourdissant que je me suis assise, ce qui a rassuré Pêche. Rachel m'a dit que l'esprit de Duane était devenu mi-cheval mi-poisson, un poisson qui respirait par le dos. Quelle belle expression, la Route Fantôme!

Le feu n'était plus assez vivace pour préparer du café. J'ai découvert avec étonnement que la montre placée dans le sac de selle annonçait dix heures du matin. J'étais restée plongée dans mes pensées jusqu'au moment où j'avais entendu le premier oiseau. Le plus gros de l'orage était passé, mais il s'est mis à tomber des cordes, à pleuvoir si dru que je ne distinguais plus la rivière. Dans la boue qui me montait aux chevilles, j'ai plié bagages et donné à Pêche quelques poignées d'avoine. Elle désirait partir d'ici au plus vite. Je me suis souvent demandé quelle idée les chevaux et les chiens pouvaient bien se faire du tonnerre et de la foudre. Comme toujours, les chats de ferme feignent l'ennui. J'ai baissé la tête et laissé Pêche rentrer au trot à la maison, tandis que je m'interrogeais sur la date. Avant que Paul ne m'ait embrassée pour me dire au revoir, il a parié que Fred appellerait Ruth à Tucson vers midi. Il n'avait pas voulu vexer Fred la veille au soir, mais il lui semblait qu'on ne découvrait pas l'esprit ou l'âme d'un lieu en le cherchant obstinément comme s'il s'agissait d'un Graal à posséder puis à conserver jalousement. Ce genre d'avidité spirituelle semblait métamorphoser la vie en un cauchemar linéaire: je possède, puis je vais un peu plus loin pour posséder encore autre chose. Une fois qu'on a découvert les éléments de tout paysage, villes comprises, on perçoit enfin les caractéristiques de l'esprit du lieu. Paul ne voulait nullement se moquer des efforts humains en disant que les terres sauvages de Sonora avaient un effet plus bénéfique que Florence. Je me suis rappelé avoir lu que Géronimo n'avait guère été impressionné par la Foire mondiale de New York, mais il était alors un prisonnier en visite, un homme enchaîné contraint de découvrir l'univers de la technique.

Je viens de passer trois jours au lit avec une légère fièvre due à un mauvais rhume, et je dois dire que cela m'a plu. Ce n'est pas la première fois qu'une maladie bénigne devient pour moi l'occasion d'un agréable soulagement, un peu tempéré dans le cas présent par un autre problème à moitié juridique: Gus, l'ami de Frieda, l'a rouée de coups, et elle ne parvient pas à décider si, oui ou non, elle doit porter plainte. Comme elle est gênée de se montrer en public avec son œil au beurre noir, elle va manquer les deux dernières soirées du tournoi de pinocle. Elle m'a envoyé Lundquist avec une casserole du meilleur consommé de poulet du monde, hormis peut-être celui que se faisait servir un nabab ami de Ted, qui possède un club privé à Hollywood. On peut manger tout ce qu'on veut dans ce club, et boire les meilleurs vins, mais c'est bizarre comme ce consommé de poulet me calmait à Los Angeles.

Ce matin j'ai regardé Lundquist donner à manger aux oies sous l'œil jaloux de son chien Roscoe. J'ai approché de la fenêtre un fauteuil à bascule Kennedy, et je porte ma robe préférée achetée il y a vingt ans. Roscoe se fâche un peu quand Lundquist s'assoit par terre, comme il fait toujours, afin de caresser les oies. Lorsqu'il est entré dans la cuisine avec le courrier, je l'ai appelé pour lui dire de monter bavarder avec moi. Sacrifiant au rituel, il commence par me poser cette question à laquelle, enfant, je devais déjà répondre: «Alors, comment se porte la fillette aujourd'hui, hein?» Puis il me tend une lettre assez épaisse de Michael, pour lequel il se fait beaucoup de soucis, sans compter les récents développements de la liaison entre Gus et Frieda. Selon Lundquist, il suffirait que Michael et Frieda lisent les enseignements de Swedenborg pour ne

356

plus céder à la tentation des «fruits de Satan», incarnés par Karen et Gus. Lundquist souligne même que, lorsqu'il avait seize ans, la grand-mère de Karen a tenté de le séduire après qu'ils avaient battu les blés toute la nuit «à moins de trois miles de l'endroit où nous sommes assis». Que tout cela soit arrivé il y a soixante-dix ans n'entame en rien sa conviction que la lubricité est un trait distinctif de cette famille.

Lundquist conserve un souvenir si précis des grands événements de son existence que ceux-ci auraient parfaitement pu lui arriver ce matin. Grand-père, John Wesley et sa propre femme ne sont pas morts, simplement absents. Il y aura sept ans en juillet, je lui ai demandé d'aller à Livingston, dans le Montana, avec une remorque pour chevaux. J'avais moi-même pris l'avion à Los Angeles afin d'acheter une pouliche, fille du célèbre étalon King Benjamin, qui était à demeure dans un ranch au bout de Deep Creek Road. Il y avait là deux pouliches à vendre, et j'ai mis tout l'après-midi à me décider. J'ai bu du thé glacé avec le propriétaire et sa charmante femme dans la maison du ranch, dont les murs étaient couverts de livres et de paysages splendides. Nous avons soudain entendu une voix par la porte grillagée et découvert Lundquist qui tenait de grands discours sur le Nebraska à leurs trois chiens de ranch, comme pour leur expliquer sa présence ici. Le propriétaire et sa femme ont été très impressionnés, car ces chiens étaient assez féroces, et voilà que sagement alignés ils écoutaient maintenant un parfait inconnu. Pendant les deux jours que nous avons mis pour rentrer au Nebraska, j'ai interrogé Lundquist sur ce mystère, et il m'a seulement répondu qu'il s'agissait d'une courtoisie élémentaire, car il avait remarqué que ces chiens se demandaient ce que nous faisions chez eux. J'ai décidé de ne pas le tarabuster pour l'instant avec le problème du langage, mais il a aussitôt ajouté qu'il n'avait jamais rencontré un animal qui ignorât si votre cœur était placé au bon endroit.

357

Les humains aussi pourraient acquérir ce pouvoir et l'exercer entre eux si seulement ils acceptaient d'étudier les œuvres d'Emmanuel Swedenborg.

Avant le départ de Lundquist, j'ai remarqué qu'il s'inquiétait du contenu de la lettre de Michael, que j'ai donc ouverte, puis parcourue, avant de mentir en lui disant que Michael allait bien et qu'il lui transmettait son meilleur souvenir. Je lui ai alors annoncé qu'il pouvait prendre une bière, autorisation qui a fait naître sur son visage une expression de joie qu'on ne peut qualifier que de radieuse.

— Une seule bouteille de bière suffit à engendrer un flot de grandes pensées, m'a-t-il répondu sans la moindre ironie en s'en allant.

La lettre de Michael m'a fait me balancer assez long-temps près de ma fenêtre. J'ai parfois la nostalgie de Santa Monica et de mon travail avec des jeunes à problèmes. Dans les années 60 et au début des années 70, il était de bon ton de dire que certaines personnes étaient invivables, mais «valaient le détour». Sa lettre s'intitulait fièrement «Conditions d'existence pendant les années de la Peste», et sa calligraphie était étonnamment régulière et lisible, fait que j'ai attribué à sa désintoxication involontaire.

Très chère Dalva,

Nous connaissons tous la fin, mais où est donc passé le milieu? Ce matin je me suis dit que ce merdier dont j'essaie désespérément de m'extirper depuis des années est en réalité ma vie! Une fosse d'aisance circadienne où chaque jour qui commence est un lundi. Pendant les inondations de printemps, mon père et moi passions souvent la moitié de la nuit à retirer des seaux d'eau boueuse de la cave, jusqu'au jour où un oncle plus fortuné a décidé de nous offrir une pompe à moteur Briggs-Stratton. Avant-hier lundi, à mon réveil, ton baiser qui signifiait que tu me pardonnais m'a rempli d'allégresse. C'était le soir; j'avais faim, soif et mal. J'ai tendu le bras vers la sonnette, puis hésité, en tâchant de me rappeler si j'avais déjà ressenti ces trois choses en même temps — la faim, la soif et la douleur —, les gueules de bois exclues. Cette gestalt aiguë de sensations m'a ouvert une porte minuscule vers le monde, comme le portillon du coucou de l'horloge, et j'ai jailli vers l'extérieur pour apercevoir très brièvement l'univers qui m'entourait. J'ai songé à Northridge, à Aase, aux Sioux, à ces colons pitoyables perdus dans leur mer d'herbe. J'ai songé à leur faim, à leur soif, à leur douleur. J'ai songé à Crazy Horse sur sa plate-forme funéraire, les bras serrés autour du corps de sa fille en cette amère nuit de mars froide et venteuse. J'ai songé à Aase allongée, brûlante de fièvre, sur sa couchette à l'ombre de son arbre à midi et à Northridge assis près de son corps sous la pluie. L'incroyable amertume physique de tout cela. Je me retenais toujours d'appuyer sur la sonnette posée sur mon oreiller. Je me suis souvenu de mon père rentrant à la maison après son quart de nuit à l'aciérie, au moment précis où je me levais pour aller à l'école. Je restais assis à la table de la cuisine devant mon bol de céréales pendant qu'il buvait sa bouteille de bière et engloutissait un énorme repas avec une vulgarité qui m'offensait. J'étais un esthète, un lecteur fanatique de James Joyce et de Scott Fitzgerald; je lui en voulais de partir retrouver mes camarades de terminale en empestant le porc et la choucroute, ou l'énorme platée prolétaire et gargantuesque qu'il dévorait chaque matin. Un jour il est revenu avec les sourcils et les cheveux roussis, et une main entièrement bandée. Il n'a rien mangé, mais il y avait une bouteille de whisky sur la table et il pleurait. Assise à côté de lui, ma mère lui caressait la tête et les bras. Un haut fourneau avait explosé, tuant deux de ses amis — je connaissais ces ouvriers que j'avais vus jouer aux fers à cheval le samedi, et qui venaient parfois à la maison avec leur femme pour jouer à l'euchre. J'étais alors allé dans la salle de bains pour me regarder dans la glace et tenter de comprendre ce que j'aurais dû ressentir. Je détestais la toile cirée sur la table, le linoléum par terre, le calendrier de la compagnie charbonnière au mur, la visite rituelle que nous faisions chaque Noël à nos parents de Mullens, en Virginie-Occidentale, et qui étaient encore plus pauvres que nous. Je détestais les anecdotes de la Seconde Guerre mondiale que j'avais aimées lorsque j'étais plus jeune. Je crois qu'une partie de mon problème tenait au fait que nous habitions à la limite de la zone qui dépendait de mon lycée, et que je faisais partie d'une famille pauvre dans un collège pour riches, alors que j'aurais dû rester avec les gamins de l'usine. Le jour où un ami m'a invité à déjeuner chez lui, j'ai découvert avec stupéfaction que ses parents et lui mangeaient le poulet rôti avec un couteau et une fourchette ! Bref, j'étais un petit morveux méprisable et pleurnicheur, ce qu'en un sens je suis peut-être resté.

J'ai fini par appuyer sur ma sonnette pour avoir mon eau, mon Démérol et mon repas liquide. Le café n'a rien de passionnant quand on le boit à la paille. Le coucou a réintégré son horloge hermétique pour regarder les informations pendant cinq heures d'affilée sur la chaîne d'info, mais mon portillon fermait mal désormais, et je suis resté étrangement conscient de la faim, de la soif et de la souffrance que je voyais sur l'écran. J'étais raide comme un passe-lacet, mais je percevais toujours cet univers de faim, de soif et de souffrance. Un bureaucrate facétieux à cravate en soie considère qu'au cours des dix prochaines années cent millions de Terriens vont mourir du Sida. J'ai alors pensé à ma fille Laurel et à toute sa génération qui tentait de vivre en romantiques keatsiens à l'intérieur d'une pellicule plastique protectrice. J'ai vu de longs reportages sur les épouses brutalisées, les enfants battus, la famine à grande échelle, l'épidémie de suicide d'adolescents. Il y avait de fréquents flashes d'informations sur toutes les horreurs de la planète — pour la première fois dans l'histoire du monde nous avons simultanément accès à toutes les mauvaises nouvelles.

Tout cela pour dire que je connaissais le début et la fin, mais qu'il s'agissait là, selon toute vraisemblance, du milieu à l'état brut. J'allais oublier la prolifération des armes nucléaires : un expert a déclaré que d'ici dix ans tout pays dont le budget égalera ou dépassera celui de l'Etat de l'Arkansas aura accès à l'arme nucléaire. *Nel mezzo del camin de nostra vita*, etc. Sans doute cité avec une erreur. Je brûle littéralement d'impatience à l'idée d'ouvrir le second coffre des journaux de Northridge, car tout ce qui précède me pousse à croire qu'il s'agit du premier travail sérieux de mon existence.

A suivre. Je t'embrasse, Michael.

PS : Les infirmières sont agréables, mais obtuses. J'ai appris à leur transmettre des informations simples. L'infirmière Sally m'a demandé comment je m'étais blessé ; je lui ai répondu par écrit : « J'ai laissé ma baguette diriger l'orchestre », ce qui a nécessité de longues explications !

Cette lettre a glissé malgré moi de ma main fatiguée. Par

361

la fenêtre j'aurais voulu voir un troupeau de Herefords sans cornes en train de paître calmement, avant de lever la tête pour se regarder comme font les taureaux. Les commentaires de Michael sur les journaux et sur son père me touchaient, mais il était un peu lassant de voir un homme de trente-neuf ans découvrir une souffrance humaine autre que la sienne. C'était d'ailleurs le plus gros problème qu'on rencontrait dans la formation d'un nouveau travailleur social — les dimensions de la souffrance paraissent excéder celles des plaisirs compensatoires. J'ai pris la feuille de papier où Naomi avait noté le numéro de téléphone du propriétaire des chiots à vendre. C'était le frère d'un ami de ma mère, qui portait le nom familier de Sam Embouchure de Rivière. Après quelques minutes de réflexion je me suis rappelé qu'il s'agissait du nom d'un ami oglala de Northridge. On rencontre dans l'Ouest une foule de gens qui sont un peu ci et un peu ça ; mais cet homme n'avait sans doute pas plus de sang sioux que moi — soit un huitième. Un individu « en partie indien » est néanmoins une pure vue de l'esprit : soit on est indien, soit on ne l'est pas ; et cette décision résulte d'une combinaison entre le sang qui coule dans vos veines et vos propres choix. J'ai composé le numéro de téléphone avant même de m'en rendre compte, mais personne n'a répondu — les ranchers ne traînent pas chez eux pendant les après-midi de la mi-juin. Ensuite, cédant à une impulsion subite, j'ai appelé Andrew chez Ted pour le supplier de prendre quelques jours de congé, d'aller à Tucson et de se mettre à la recherche de mon fils. Il a écouté ma voix hachée, paniquée, puis après quelques plaisanteries sinistres il a accepté. Bon Dieu, si l'envie m'en prenait, je trouverais un endroit où m'installer, j'achèterais du bon bétail, enregistré ou pas, ou quelques bouvillons, des chiens, j'attirerais dans ma région des familles avec enfants pour leur faire l'école, un amant dont je serais folle, je me paierais une voiture qui vole, un billet d'avion, ou n'importe quelle lubie. En tout cas je voulais faire autre chose que de me balancer près d'une fenêtre avec un gros rhume.

J'ai essayé de me calmer en prenant une douche et un verre, lequel a eu un effet notable sur mon estomac vide mais n'a pas réussi à me faire dormir. Je me suis fait griller un steak strié d'une graisse délicieuse mais évidemment néfaste. Puis je suis sortie nettoyer les sabots et la robe des chevaux, après quoi j'ai rassemblé les oies dans leur abri dont la construction avait exigé deux poulets et une caisse de bière. De façon générale, Michael, Lundquist et Roscoe composaient un parfait trio.

Ma tête et mon cœur ont cessé de me faire mal dans la cabane de bûcherons quand je me suis assise au bureau et que j'ai regardé dehors l'herbe et les épaisses bardanes vertes qui couvraient l'ancien tas de fumier. Comme on avait laissé la fenêtre ouverte, les papiers et les livres étaient humides à cause de l'orage qui avait éclaté durant ma nuit dans le canyon. Les journaux étaient intacts dans leur coffre de bord, que j'ai traîné jusqu'à la porte pour me souvenir de le rapporter à la banque. J'ignorais quel effet le contenu du second coffre aurait sur Michael, mais je n'étais pas historienne. L'été qui avait suivi mon séjour à Loreto, j'avais passé les mois de juin, de juillet et le début d'août à mettre tous ces papiers en ordre, puis j'avais sillonné en voiture le Nebraska et le sud Dakota pour me rendre sur les lieux évoqués par le premier Northridge. Rachel m'avait accompagnée pendant une semaine — elle adorait ma vieille décapotable qui, plus que les autres voitures, ressemblait à un cheval. Elle employait un mot oglala, «Hanblecheyapi», un rite de «lamentation», pour décrire une période où l'on exprimait toute sa détresse avant de recevoir une nouvelle vision de l'existence.

Alors que j'étalais les papiers les plus humides de Michael afin de les faire sécher, je suis tombée sur une photo de Karen nue vue de derrière; elle tournait la tête pour arborer un sourire parfaitement niais. J'ai éclaté de rire en songeant à la stupéfaction de sa mère. Elle avait un corps splendide, et mon attitude critique envers Michael a été quelque peu adoucie par le souvenir d'un étudiant de l'université du Minnesota, un champion de natation avec qui j'avais fait l'amour simplement à cause de sa beauté. J'avais alors découvert avec un grand étonnement qu'il se rasait les jambes et le buste pour que son corps oppose moins de résistance à l'eau. J'ai glissé cette photo compromettante dans une enveloppe dont j'ai collé le rabat au cas où Frieda se mettrait à fureter en nettoyant la pièce.

La photo de Karen m'a poussée à regarder mes mains qui, bien sûr, vieillissaient. Naomi m'avait dit que son carnet d'adresses se remplissait de gens morts, commentaire si laconique qu'il en devenait admirable. J'avais assez vécu à New York et à Los Angeles pour savoir que Karen pourrait facilement y travailler comme mannequin de lingerie ou de maillots de bain, alternative réaliste à un diplôme de lettres accordé à des centaines de milliers d'étudiants. Ce genre d'attrait physique est antidémocratique, mais pas davantage qu'un Q.I. astronomique, une stature d'athlète, voire même des talents d'artiste. Naomi avait proposé à son ami, l'agent chargé des affaires agricoles du comté, de créer un emploi au cas où il faudrait fermer l'école de campagne. Elle me considérait comme la personne idéale pour ce boulot, qui serait financé par le gouvernement fédéral : conseillère psychologique pour les fermiers et leur famille acculés à la banqueroute. Bon Dieu ! m'étais-je écriée, et Noami avait éclaté de rire. J'avais toujours travaillé, car rien dans mon passé ne m'avait jamais préparée à me comporter en riche pour faire partie de ces femmes oisives et de triste réputation, que l'on rencontre un jour ou l'autre dans la vie, dans une revue ou à la télévision. On m'avait aussi appris que l'autodénigrement haineux était un vice protestant qui n'avait jamais fait le moindre bien à personne. Il faut simplement se débrouiller, faire de son mieux. Un bilan de mon existence, entreprise répétitive et sans doute futile, m'a traversé l'esprit après que je me suis rappelé le dernier commentaire émis par mon supérieur sur mon travail — «femme énergique, efficace et chaleureuse, dépourvue de toute qualité de chef». Comme c'était juste! Travailler à un poste de responsabilités, cela implique d'affronter des situations parfaitement ambiguës, alors que je suis une inconditionnelle des couleurs primaires et de l'approche directe. Les ruses qu'il faut déployer pour dire aux gens ce qu'ils doivent faire requièrent un talent particulier. Alors étudiante, j'ai travaillé trois étés comme employée saisonnière du ministère de l'Intérieur, sur un projet relatif aux lamproies qui impliquait trois mois de camping le long des rivières qui alimentaient les lacs Supérieur et Michigan; Warren, le cousin de Naomi chez qui j'avais habité pendant ma grossesse, m'avait décroché ce boulot. Ensuite, forte de mon diplôme à peu près inutile, j'ai travaillé dans une célèbre clinique de Minneapolis comme conseillère très inefficace auprès de riches alcooliques et toxicomanes — j'étais trop jeune pour soupçonner la profondeur de certaines blessures, et comme c'était la fin des années 60 j'avais un préjugé contre les problèmes des riches. Je me suis alors installée à New York, une ville que j'ai beaucoup aimée, contrairement à mon boulot dans une revue de mode de bas étage qui a contribué à me dégoûter à jamais des vêtements sophistiqués. J'ai passé les deux années suivantes avec un réalisateur de documentaires, une liaison qui a pris fin comme je l'ai expliqué avec mon voyage à Key West. Une fois remise du suicide de Duane, j'ai encore tenté ma chance dans l'est du pays; par l'intermédiaire d'un ami de Naomi, représentant des Etats-Unis, je suis devenue «l'assistante d'un assistant» de liaison pour l'Organisation des Etats d'Amérique, en fait une sorte de messager entre New York et Washington. J'avais sans doute une aversion héréditaire pour la politique, mais je dois dire à ma décharge que notre rôle en

Amérique centrale et du Sud n'a jamais été très glorieux. Lors d'une soirée à l'ambassade du Costa Rica j'ai rencontré un diplomate brésilien deux fois plus âgé que moi dont je suis tombée amoureuse. Il m'a demandée en mariage et invitée au Brésil pour le carnaval. Après avoir supporté ses fréquentes absences dans un hôtel somptueux d'Ipanema, je l'ai surpris avec sa femme à une soirée où j'étais allée en compagnie d'un acteur américain rencontré à mon hôtel. Pendant la dispute qui a suivi, lui et moi nous sommes très mal comportés, mais tout le monde, y compris sa femme, semblait s'en moquer. Après ce fiasco sophistiqué j'ai passé l'été à la maison, puis travaillé comme aide sociale à Escanaba, dans le Michigan. Deux années dans la péninsule nord m'ont plus que suffi, et je me suis installée à Santa Monica sur la suggestion de cet acteur rencontré au Brésil. Nous avons passé un mois fort coûteux à prendre de la cocaïne, puis nous nous sommes séparés. Après une semaine d'insomnie, d'exercice physique et de bons repas, je me suis sentie en meilleure forme et j'ai commencé de travailler avec des adolescents qui avaient des problèmes de drogue, d'alcool et/ou de suicide. Ils ne possédaient ni le langage ni les perceptions qui leur auraient permis d'affronter le monde que nous leur avions préparé. Il s'agissait d'un langage plus difficile à enseigner que l'anglais que j'avais jadis appris aux habitants pauvres de Loreto ou de Baja. Tout cela constitue en définitive une carrière merveilleusement banale, mais une vie assez intéressante. Hélas, peu de femmes font carrière, mais la plupart des hommes n'aiment pas leur boulot.

J'ai porté et traîné le coffre de bord jusqu'à la maison pour le mettre en sûreté, car l'après-midi touchait à sa fin et la banque était fermée. C'était un geste absurde dans cette région reculée où la criminalité était quasiment inexistante (hormis les femmes battues, quelques cas de sodomie et un détournement de fonds occasionnel), mais je l'avais promis à Michael. J'ai eu Sam Embouchure de Rivière au téléphone pour le chiot, et j'ai accepté d'aller le voir à midi car sinon je n'aurais pas pu le trouver sur son ranch. Il serait dans la caravane du chef d'équipe, m'a-t-il annoncé de cette voix traînante des habitants des Sand Hills qui m'a rappelé celle de Duane. Ce chien signifiait que j'allais sans doute rester dans le Nebraska, avec ou sans travail. J'ai ensuite appelé Ruth, qui venait de passer un certain temps avec Fred, soit à Tucson, soit dans le ranch de celui-ci près de Patagonia. Je lui ai demandé s'il pliait ses sous-vêtements avant de faire l'amour ; après un long silence elle m'a répondu que oui, puis a pouffé de rire. Elle a ajouté que Fred était « un vrai métronome », et j'ai deviné que Paul n'était pas vraiment un bon entremetteur. Ruth avait reçu une lettre tendre et conciliante de son prêtre au Costa Rica, qui la suppliait de venir lui rendre visite. Elle se demandait pourquoi cette idée « l'excitait », et je lui ai avoué que je n'avais moi-même jamais réussi à résoudre cette énigme. Cette réaction s'expliquait peut-être par un ensemble de « signaux » sexuels qu'aucune d'entre nous ne perçoit jamais sur le plan conscient. Je savais pourtant que pas une fois au cours de mon existence je n'avais été séduite au sens courant du terme, même si j'avais bien sûr feint à chaque fois de « connaître le coup de foudre de ma vie », selon l'expression consacrée.

Je suis sortie pour m'installer sur le pneu de la balançoire en respirant le parfum putrescent des derniers lilas de l'année. Enfant, le cimetière qu'ils dissimulaient était l'une de mes cachettes préférées, surtout quand les fleurs bourdonnaient d'abeilles ; mon père m'avait dit qu'il s'agissait en fait d'oiseaux minuscules. J'ai soudain ressenti un léger vertige, comme si les mains de mon père allaient se poser sur mon dos pour me pousser encore plus haut par cette soirée d'été. Pendant notre période de bonheur qui avait suivi la guerre, Naomi guidait souvent Ruth sur son poney à travers la cour de la grange. J'entendais maintenant les grillons, les grenouilles de la rivière, un engoulevent, le bonsoir plaintif de la fauvette à gorge blanche.

Durant notre voyage en décapotable, Rachel avait porté un foulard rose décoloré afin de se protéger les cheveux contre le vent. Près de Kadoka nous buvions le café du thermos en roulant vers les Badlands pour voir un endroit qu'elle avait connu dans son enfance. Je lui ai demandé si elle avait jamais rencontré le medecine man Elan Noir, car récemment et pour la première fois depuis l'université j'avais relu le livre de Neihardt. Elle m'a reprise en m'expliquant que «medecine man» se disait *pejjuta wicasa*, version sioux du «médecin», de l'«herboriste», de l'homme qui soigne malades et blessés. Elan Noir, qu'elle avait un peu connu, était un *wichasa wakan*, soit un saint homme qui avait eu sa première vision à l'âge de neuf ans. Elle ne l'avait jamais revu après être partie pour Denver afin d'y devenir prostituée pendant la guerre, mais elle avait entendu dire qu'Elan Noir frisait maintenant les quatre-vingt-dix ans, et qu'avec d'autres Sioux il gagnait un peu d'argent en ramassant des pommes de terre dans le Nebraska. Sur le moment je n'ai pas cru que ce grand homme pouvait finir ses jours dans un champ de pommes de terre du Nebraska; mais j'ai ensuite vérifié l'information de Rachel et découvert qu'elle disait vrai. Tandis que je me balançais d'avant en arrière sur le pneu de la balançoire, je pensais que cette «déchéance» serait difficile à avaler pour certains amoureux du folklore peau-rouge, pour les fanatiques du pittoresque indien, les collectionneurs d'objets artisanaux, les amateurs d'immenses colliers en turquoise; mais j'étais néanmoins certaine que le ramassage des pommes de terre ne faisait ni chaud ni froid à Elan Noir. C'était simplement un boulot comme un autre.

Je suis restée sur la balançoire jusqu'au moment où je n'ai plus distingué le fond de la cour. L'étude de toutes les permutations de la chimie du cerveau et de leurs conséquences sur le comportement ne vous dispense pas d'être une victime, même si vous souffrez en sachant de quoi il retourne. J'ai senti mon cœur frémir d'appréhension en m'avouant que j'étais revenue chez moi et que j'allais sans doute y rester. Je me suis retournée pour regarder la lumière que j'avais laissée allumée dans la cuisine — un carré jaune qui illuminait les massifs de chèvrefeuille au bord de la véranda. C'était ma maison. Je n'y étais désormais plus en visite. Je pourrais certes voyager à ma guise, mais cette demeure que je considérais malgré moi comme celle de grand-père faisait maintenant partie intégrante de mon être, trente ans après sa mort, date à laquelle je n'en étais devenue que la propriétaire en titre.

Je suis rentrée pour essayer d'envisager certaines modifications, que je savais minimes, limitées à la cuisine et à quelques travaux de peinture destinés à égayer une atmosphère qui avait parfois tendance à devenir lugubre. J'ai ouvert la porte et allumé la lumière du cellier dans l'intention d'explorer les pièces secrètes du sous-sol. Au fil des ans j'avais reçu beaucoup de lettres de marchands d'art et de conservateurs de musée qui désiraient s'informer de la collection de grand-père. Je transmettais toutes ces lettres au cabinet juridique qui leur répondait que cette collection avait été vendue à un particulier qui souhaitait conserver l'anonymat. Paul et moi nous sentions un peu bêtes de garder ce secret par-devers nous, mais ces pièces du sous-sol de la demeure de grand-père réservaient soi-disant d'autres surprises. Il paraissait curieux que grand-père m'ait demandé d'attendre d'avoir quarante-cinq ans, car cela sous-entendait apparemment que ces surprises étaient loin d'être agréables — ce que, ayant lu les journaux, je savais déjà. J'ai regardé les tableaux en me disant qu'à New York, Chicago, Los Angeles et sans doute quelques autres villes, ils nécessiteraient un système de sécurité. Un voleur du Nebraska ferait peut-être main basse sur un Remington ou un Charley Russell pour le plaisir de l'accrocher chez lui, mais les Sheeler, Marin, Burchfield et même les Sargent le laisseraient de glace. Paul m'avait confié qu'il avait ignoré la valeur des tableaux de son père avant de retourner chez lui pour l'enterrement de Wesley. Il y avait en tout cas quelque chose d'atterrant dans le déclin et la mort de la civilisation sioux telle que Northridge l'avait connue. J'ai repensé au modeste foulard rose de Rachel, puis éteint la lumière du cellier et fermé la porte. La sonnerie du téléphone m'a tirée de ma rêverie — Naomi débordait d'histoires d'oiseaux et de bêtes. Elle a appris avec plaisir que j'allais acheter un chien.

La nuit ne m'a guère été faste. Le vent a tourné au sud, et les ténèbres ont été plus chaudes que la journée. Comme les chevaux s'agitaient, je suis sortie deux fois dans la nuit pour les calmer. Les oies aussi semblaient inquiètes ; j'ai songé que le coyote avait sans doute traversé la cour de la grange. C'était l'une de ces nuits où vos perceptions sont beaucoup plus aiguisées que vous ne le souhaiteriez ; au lieu que l'esprit batte un peu la campagne avant de sombrer dans le sommeil, vous êtes assailli, presque puni, par des images qui ont toute la logique de rafales de neige mentales. Tels ont été les derniers instants avant que le sommeil arrive enfin : au champ de foire, alors que je me baissais vers Michael, sa mâchoire a émis un grincement audible. « Qu'ai-je donc fait ? » a-t-il voulu demander, mais sa mâchoire est restée coincée sur la première syllabe, le reste de sa question s'est brouillé, mêlé au grincement des os, puis ses paupières ont papillonné avant de se fermer. Mon amant brésilien m'a ensuite fait l'amour avec une poignée de fleurs. J'apercevais le reflet de la mer dans un miroir placé au bout de la chambre. L'ambulance dépassait une grande bâtisse grise à l'entrée de la ville ; cette maison, qui à une lointaine époque avait abrité le Syndicat des agriculteurs, appartenait à ma famille. Fermiers des années 1880 et 1890 dans leur combat désespéré contre le pouvoir des chemins de fer. La Chambre de Commerce a décidé que la ville pouvait seulement s'offrir un motel de deux chambres, dont personne ne voulait financer la construction. Les écoles remisaient des fournitures et du matériel scolaire au rez-de-chaussée de la bâtisse du Syndicat des agriculteurs. L'étage était bourré de vieux meubles de bureau et de tout un capharnaüm récupéré en ville par grand-père pendant la Dépression quand ses débiteurs ne pouvaient le payer. Nous pensions détenir la seule clef du haut, mais l'été dernier alors que nous cherchions une rallonge de table en marbre ainsi qu'une boîte de vieilles photos de Butcher, nous avons découvert que quelqu'un avait aménagé un lieu de rendez-vous dans une pièce de l'étage. Nous n'y étions pas montées depuis des années. On avait condamné la fenêtre de cette pièce avec des planches ; il y avait un lit avec un joli couvre-lit, une radio, quelques revues et des livres de poche posés sur une table de chevet, trois serviettes, un cendrier où plusieurs mégots portaient des traces de rouge à lèvres. Naomi et moi avons été stupéfaites, puis amusées, pour finir par ne plus savoir quoi penser. Qui donc pouvaient être ces amants ? Un numéro de *McCall's*, un roman de Barbara Cartland et deux d'Elmore Leonard gisaient à terre. La présence des amants était presque palpable dans la pièce ; mieux, cette maison avait beau nous appartenir, il nous semblait faire intrusion dans la vie privée d'autrui. Les taies d'oreiller étaient propres et repassées. Pendant une minute ou deux nous sommes restées silencieuses, à écouter le vent contre le toit en fer. Les faibles effluves d'une odeur de femme trahissaient un parfum à la lavande.

Le lendemain matin j'ai traîné une demi-heure au lit en attendant que les éclairs d'un modeste orage aient disparu. La direction qu'il a prise m'a plu, car je pourrais ainsi le suivre vers Ainsworth — c'était merveilleux de rouler derrière un grain en début de matinée avec le soleil dans le dos qui illuminait les cumulus tumultueux et les stratocumulus.

Pendant ma première demi-heure de trajet sur l'asphalte luisant et mouillé, j'ai dépassé une seule voiture et en ai croisé une seule autre. J'ai un peu ralenti quand je me suis approchée trop près de l'orage et que j'ai pénétré dans une zone de violents coups de vent qui dévoilaient l'envers pâle des feuilles des haies et des rangées d'arbres: j'abordais l'orage sur ses arrières; mais il a suffi que je lève le pied pour que le monde retrouve son calme et que les oiseaux émergent de leurs cachettes sans le moindre bruit. J'ai écouté un rapport sinistre sur l'élevage et les récoltes, puis l'une de ces chansons «city-billy» pleurnichardes et tout aussi lugubres, qui avaient chassé des ondes la country music. J'ai donc mis une cassette de Patsy Cline qui a aussitôt effacé le mauvais goût des succès radiophoniques, alors même que je bifurquais vers la Route 20, une route que j'avais empruntée quand grand-père était venu me chercher à Chadron après mes recherches de Duane. Lorsque j'ai senti ma gorge se serrer, j'ai remplacé Patsy Cline par de la musique de chambre jouée par Pro Musica Antiqua. Cette escarmouche avec mes émotions m'a amusée et j'ai repensé à une remarque de Lundquist: nous

372

avions de la chance de posséder le temps et les horloges, car sans eux tous les événements du monde se télescoperaient.

A Ainsworth j'ai encore rattrapé l'orage, et me suis arrêtée pour faire le plein, boire un café et demander mon chemin à deux adolescents qui portaient des vestons trempés des FFA (Futurs Fermiers d'Amérique). Alors que je retournais vers ma voiture à travers les rafales de vent et de pluie, et qu'ils me croyaient trop loin pour les entendre, l'un d'eux a émis un commentaire grossier mais flatteur sur mon physique — «Elle a un cul du tonnerre. Voilà un petit lot que je baiserais bien.» J'ai eu vaguement envie de faire demi-tour et de leur dire que j'étais bien assez vieille pour être leur mère, mais ils étaient déjà trop trempés pour recevoir une seconde douche froide. Un sage a dit que les adultes ne sont que des enfants qui ont mal tourné.

Le portail du ranch était tout neuf et d'une prétention ridicule, mais il y avait aussi une très grande pancarte rutilante où l'on lisait «A Vendre», ainsi que l'adresse d'un célèbre agent immobilier. Tout cela sentait l'embrouille fiscale ratée, sans doute au profit d'un type du pétrole, car eux seuls paraissaient désormais acheter des grands ranchs. Depuis la Seconde Guerre mondiale on n'avait guère construit de grands ranchs; la plupart s'étaient créés sur des concessions des chemins de fer avant le tournant du siècle, ou grâce à la soudaine prospérité contemporaine de la Première Guerre mondiale.

J'ai encore roulé pendant un bon mile sur une allée goudronnée — autre absurdité — le long d'une rivière et dans l'odeur délicieuse des peupliers. La maison, qui avait jadis été une ferme d'habitation typique du Nebraska, était complètement restructurée et vide: les bâtiments annexes

373

étaient peints de la même couleur, et il y avait un étang avec une barque coulée encore amarrée à un ponton. Le grand nombre de corrals dépourvus de passages pour bestiaux témoignait d'un ancien élevage de chevaux à grande échelle. J'ai fait le tour de l'étang sur un chemin de terre qui aboutissait à une grosse caravane installée à flanc de colline comme une verrue qui aurait poussé près d'un camion à plateau. J'ai été accueillie par un grand airedale mâle et grisonnant, et par une femelle labrador noire qui se sont faufilés de sous les marches de la caravane. L'airedale a posé les pattes sur ma portière pour me regarder. J'ai attendu que ses yeux s'adoucissent avant de descendre de voiture, car je voulais lui laisser faire son boulot de surveillance. J'ai fait le tour de la caravane et trouvé Sam Embouchure de Rivière en train de changer une roue sur une remorque à chevaux. Dans un petit corral, j'ai remarqué trois beaux sprinters, deux juments et un hongre. L'airedale a aboyé en direction de Sam pour l'avertir de ma présence alors que l'homme m'avait sans doute déjà entendue arriver, mais il était soit timide, soit le genre d'individu qui tient à finir un travail avant de bavarder, ou peut-être les deux. Quand il s'est relevé pour me tendre la main, je lui ai donné entre trente-cinq et cinquante ans avant de décider qu'il avait sans doute à peu près mon âge. Il mesurait un peu plus d'un mètre quatre-vingts, était mince mais bien bâti, et ses bras semblaient allongés par un excès de travail. Son nez était tordu, comme si on le lui avait mal soigné après une fracture, ses cheveux anthracite sous une casquette qui portait le sigle d'une marque d'aliments pour bestiaux, et son regard lointain mais amical. Il avait la peau très mate, marquée par les intempéries; une colère rentrée imprégnait ses gestes.

— J'étais l'autre jour à cette vente de chevaux. Comment va votre ami?

— Ce n'était pas beau à voir au début, mais maintenant

il va bien. Il a fallu lui immobiliser la mâchoire avec une armature en fil de fer.

— Ce Pete a toujours été une brute. A l'automne dernier, je l'ai vu se faire botter le train à Broken Bow.

Il s'est interrompu pour lancer un regard résigné vers la maison du ranch. A un homme, il aurait dit que Pete s'était fait « botter le cul », mais les rares cow-boys qui restaient dans la région conservaient un semblant de courtoisie.

— Il se trouve que mon frère et moi, il y a des années de ça, on a participé contre vous et ce jeune Indien à cette compétition de capture de veau au lasso. Il avait un superbe sprinter couleur daim.

— Je m'en souviens. Il faisait une chaleur terrible. C'est vous deux qui avez gagné, nous avons fini troisièmes.

Ce souvenir m'a fait rougir ; j'ai suivi son regard jusqu'à la maison vide.

— L'année suivante, avec cette fille, vous avez remporté le concours de polka à la foire. Je me rappelle très bien de ça. Qu'est donc devenu ce garçon indien ? C'était un sacré cow-boy.

— Mort à la guerre. Ou après la guerre, à cause de ses blessures.

— Ça m'étonne pas. Moi-même j'ai passé un an là-bas et, bon sang, je sais même plus ce qu'on y fichait. Votre maman a appelé ma sœur hier soir tard pour lui dire que je devais à tout prix vous refiler ce chien.

— Elle veut que je reste à la maison. J'ai été longtemps absente.

— Vous me faites l'impression de ne même pas être à moitié originaire du Nebraska. Si vous étiez restée ici, vous seriez beaucoup plus grosse. Toutes ces dames vous auraient gavée sans la moindre pitié.

— J'espère que c'est un compliment.

— Je crois que c'en est un.

Je l'ai suivi dans la caravane. Il m'a dit qu'il devait garder le chiot à l'intérieur pendant qu'il travaillait, mais qu'il serait triste de s'en séparer. Naomi l'avait prévenu que je désirais une chienne, mais c'était le dernier de la portée, il s'agissait d'un mâle de dix semaines. Le chiot se trouvait sous la table de cuisine en formica, entouré d'une clôture pour poulailler. Il avait un pelage sombre, mais je savais que la moitié de son sang airedale lui éclaircirait le ventre ; sa tête assez grosse avait le poil grisonnant et le regard réservé des terriers. Quand Sam a écarté le grillage, il a jailli comme une flèche en échappant à son maître pour galoper à toute vitesse dans la caravane en bousculant les meubles, ne s'arrêtant qu'un instant sur le divan pour faire pipi.

— Il n'est pas très finaud, mais il ne manque pas d'enthousiasme, m'a dit Sam en coinçant le chiot sur un fauteuil.

— Que puis-je vous donner en échange ?

Ce n'était pas une question facile à poser vu les circonstances.

— Dix cents symboliques. C'est pas le genre d'animal qu'on peut vendre comme un cheval. Et puis, Naomi et ma sœur ont découvert qu'elles étaient cousines par alliance au septième degré, vous savez, des parentes éloignées.

Quand le téléphone a sonné, il m'a tendu le chiot qui s'est mis à se débattre en grondant furieusement, puis s'est soudain endormi sur mes cuisses. On raconte qu'en dehors des nouveaux arrivants (c'est-à-dire avant la Seconde Guerre mondiale), tous les habitants des deux tiers ouest du Nebraska se connaissaient ou avaient entendu parler les uns des autres, mais il faut préciser qu'il n'y avait pas beaucoup de monde dans cette région. Les réunissait leur intérêt commun pour le bétail, le blé et les chevaux, et il me semblait que c'était aussi vrai des rares habitants des Etats de l'Ouest. Naomi m'avait conseillé d'offrir une bouteille de whisky à Sam, et j'en avais emporté une. Elle m'avait dit que Sam venait de traverser une sale passe, comme le prouvait d'ailleurs la conversation téléphonique

376

dont j'entendais quelques bribes. La dernière phrase de Sam a été : « Tout ce que je peux dire, c'est que je suis désolé que ce soit arrivé. » Je n'ai pas émis le moindre commentaire, car ses traits s'étaient crispés et ses yeux plissés scrutaient le paysage par la petite fenêtre sale située à l'arrière de la caravane. Quand il est sorti, j'ai attendu quelques minutes avant de remettre le chiot sous la table pour suivre Sam dehors. Je me suis interrogée sur la présence d'un luxueux télescope Questar posé sur le comptoir de la cuisine, mais je ne voulais surtout pas interroger le rancher.

Il était en train de seller le hongre et une jument ; quand il m'a fait signe, j'ai ajusté les étriers pour mes jambes sur le hongre. L'airedale et le labrador très excités virevoltaient et se poursuivaient en attendant la promenade. J'ai voulu lui demander pourquoi il n'avait pas un *blue-heeler*, le chien habituel des cow-boys, mais me suis dit qu'il ne désirait sans doute pas parler. Il est monté en selle d'un seul mouvement souple et fluide que l'on admire chez les gens qui vivent avec des chevaux.

Nous avons trotté et galopé pendant une bonne heure avant de nous arrêter pour nous reposer ; Sam a alors remarqué que la chienne labrador, qui ne s'était toujours pas remise de sa portée de chiots, était épuisée. C'était un ranch fabuleux ; la direction des clôtures m'a fait songer que nous étions sans doute près de sa limite nord-est. La friche avait permis aux herbes de repousser, et les ravins ainsi que les lits de torrent étaient pleins de fleurs sauvages. Mais cette luxuriance de juin était trompeuse ; ce gracieux prélude annonçait les rigueurs de la sécheresse qui suivait implacablement. J'ai pensé à Northridge, puis aux Sioux qui avaient possédé tout cela sans même connaître la signification du verbe « posséder ».

Sam est descendu de sa jument pour enrouler une longueur de fil de fer barbelé rouillé, puis l'accrocher à une branche de peuplier. J'ai attaché le hongre et me suis approchée de la berge du torrent, où pour une raison inconnue l'airedale creusait un grand trou. La chienne labrador était vautrée sur le ventre dans le torrent pour rafraîchir ses mamelles encore enflées par l'allaitement. J'ai retiré mes bottes et mes chaussettes, puis me suis mis les pieds dans l'eau froide et boueuse. Sans les pluies récentes il n'y aurait eu qu'un maigre filet d'eau.

— Joli coin, non?

Debout à côté de moi, il regardait mes pieds.

— Si je n'avais pas déjà un terrain et une maison, je l'achèterais volontiers.

A peine ma réponse avait-elle franchi mes lèvres que je l'ai regrettée.

— Ça doit être agréable de pouvoir dire ça.

Malgré la douleur de sa voix, la hargne était là.

— Je ne voulais pas vous blesser. Je trouve simplement l'endroit magnifique.

Ma nouvelle réplique était si lamentable que j'ai eu le sentiment d'aggraver mon cas.

— Autrefois j'étais marié à une femme qui désirait tellement avoir un ranch qu'elle est partie avec un rancher. Nous étions déjà assez las l'un de l'autre à l'époque. C'était une de ces reines de rodéo, et je faisais à peu près tout dans le circuit, mais ma spécialité était le cheval sauvage. Il paraît qu'elle a maintenant son court de tennis privé et vingt paires de bottes Lucchese.

Je n'ai rien trouvé à répondre. Un cow-boy a rarement l'occasion de devenir propriétaire d'un ranch, même s'il est excellent cavalier ou chef d'équipe. C'est un fait de la vie. Je me suis retrouvée si bouleversée que je n'arrivais plus à respirer calmement, ce qui signifiait que Sam me plaisait beaucoup et que je voulais à tout prix éviter une nouvelle bévue.

— Où comptez-vous aller?

C'était la question la plus innocente que j'aie pu trouver.

— On m'a fait une offre intéressante dans le Texas,

378

mais si je revois encore un gars du pétrole, je risque bien de le descendre. J'ai un frère qui s'occupe d'un élevage de veaux près de Hardin, dans le Montana ; je vais peut-être aller le rejoindre.

Je lui ai posé assez de bonnes questions pour dissiper sa colère dans l'immédiat. Comme je n'avais jamais grandi aux côtés d'un père irascible, il s'agissait d'une émotion à laquelle je ne savais pas réagir quand je la découvrais chez un homme. Il avait mis sur pied trois élevages de chevaux pour des gens riches, après avoir plaqué le circuit des rodéos : les deux premiers avaient pris quatre ans chacun, et le dernier cinq ans. Toutes ces affaires s'étaient terminées par une perte d'intérêt, une vente aux enchères et une pagaille aussi générale que passagère où l'on attendait de lui qu'il reste sur les lieux du fiasco pour mettre un peu d'ordre avant de toucher une hypothétique prime de licenciement. Je l'ai soupçonné de mieux connaître les problèmes fiscaux, les taux de dépréciation du matériel et la baisse du cours du baril de pétrole qu'il ne voulait bien le montrer, mais ce n'était pas là le genre de sujet qu'on a envie d'aborder au bord d'une charmante rivière par un bel après-midi de juin. L'atmosphère s'est détendue quand nous avons parlé de lignées de reproduction, et il m'a raconté son voyage à Lexington, dans le Kentucky, où son dernier patron l'avait envoyé pour enquêter sur l'élevage des pur-sang. Sam, maintenant allongé à côté de moi, était appuyé sur un coude et mâchonnait un brin d'herbe. Quand je l'ai interrogé sur son luxueux télescope Questar, il m'a répondu que la femme du patron le lui avait donné, mais sans le mode d'emploi. Je lui ai répondu que j'allais lui montrer comment s'en servir, ce qui lui a fait plaisir. Juste avant de se lever, il a posé un instant sa main sur la mienne.

— Rentrons au ranch et occupons-nous un peu de cette bouteille de whisky, a-t-il dit. Bien sûr je ne vous oblige pas à participer, mais je suis d'humeur à picoler un peu.

Au début de l'après-midi du lendemain, alors que je franchissais le portail au volant de ma voiture, j'ai dit au chiot qui mordillait une lanière de harnais : « Eh bien, je crois que je me suis trouvé un amoureux. » J'avais la migraine à cause du bourbon, j'étais lessivée, mais je me sentais sinon détendue et heureuse. La paillardise sur la jument « montée à la dure et ramenée en nage dans son box » m'est venue à l'esprit. Quand nous sommes revenus de notre promenade à cheval, il faisait très chaud dans la caravane ; nous étions tous deux assez nerveux et d'une politesse irréprochable. Pendant qu'il nous servait à boire, je me suis lavé les mains et le visage à l'évier ; derrière la fenêtre les mouches semblaient me bourdonner aux oreilles. Accoudée au bar américain, j'ai commencé à lui expliquer le fonctionnement du télescope d'une voix qui tremblait, ajoutant qu'après la tombée de la nuit nous allions l'installer sur le capot de la voiture pour assurer sa stabilité et regarder les étoiles. J'ai alors détourné les yeux en rougissant, car cela sous-entendait que je désirais rester avec lui jusqu'au lendemain avant même qu'il ne me l'ait proposé. Il a compris ma réaction, puis essayé de me remettre en selle avec une plaisanterie.

— Excellente idée. Je ne suis pas vraiment informé de ce qui se passe dans l'univers. Les planètes n'ont pas grand-chose à voir avec les factures de grains.

Nous avons pris nos verres remplis à ras bords pour trinquer, et j'ai bu une longue rasade.

— Aux chevaux et aux chiens, lui ai-je dit en suivant du doigt les deux cicatrices en zigzag qu'il avait sur une main.

— Vaut mieux arrêter une botteleuse avant de la réparer, m'a-t-il expliqué.

Nous avons regardé les chevaux par la fenêtre comme s'ils constituaient un spectacle inédit et que nous ne les avions jamais vus ni montés. La transpiration luisait sur son visage, et je sentais la sueur dégouliner entre mes seins. Une sagesse élémentaire nous conseillait de sortir prendre l'air. Il a posé la main sur ma taille, et cela a suffi. Nous nous sommes enlacés violemmment, puis embrassés, et j'ai laissé tomber mon verre par terre. Nous avons heurté la table en nous déshabillant pour rejoindre le divan. Le chiot réveillé en sursaut s'est mis à japper et à gémir, mais ces hurlements ne nous ont pas arrêtés une seconde. L'amour sur le divan a été gauche et rapide, puis nous sommes restés allongés immobiles, le cœur battant, les geignements du chiot plein les oreilles.

— Les jérémiades de ce cabot vont réussir à me flanquer le cafard, a dit Sam.

Puis il s'est levé nu, il a pris le chiot et l'a emmené au-dehors, et j'ai bientôt entendu la porte de la remorque à chevaux se fermer. A son retour, il m'a regardée sur le divan, il a souri, puis nous avons ri tandis qu'il essayait de faire un dessin sur sa poitrine couverte de sueur. Nous sommes ensuite descendus à pied vers l'étang pour prendre un bain rafraîchissant, nous avons bavardé et fait l'amour sur nos petites serviettes avant de nous rebaigner. Sam s'est brusquement souvenu du chiot et a remonté la pente en courant pour le libérer de sa prison. Nous nous sommes assis sur le ponton afin de le regarder chasser les grenouilles avec ses parents. Le labrador mangeait les grenouilles que l'airedale attrapait. Comme l'après-midi touchait à sa fin, nous nous sommes rhabillés pour aller dans une auberge située à vingt miles sur la route. Par bonheur il y avait l'air conditionné; nous avons dansé devant le juke-box, joué au billard, dîné et encore dansé. A notre retour, Sam et moi nous sommes tout simplement endormis tandis qu'un ventilateur bourdonnait près de la fenêtre; puis à l'aube, la bouche pâteuse, nous avons fait l'amour avant de nous rendormir pour nous réveiller en milieu de matinée.

Au petit déjeuner, j'ai eu un choc. Sam, en jean et torse nu, faisait frire du bacon sur le réchaud, et j'admirais les muscles de son dos, qui semblaient davantage fonctionnels que dus à l'exercice physique. Il avait à l'épaule une pâle cicatrice en demi-lune qui venait, m'a-t-il dit, d'une opération quand il avait été projeté contre une clôture au rodéo de Big Timber. Mon souffle s'est raccourci, mes yeux ont parcouru la caravane tandis que je m'interrogeais : Mon Dieu, serais-je avec Duane? J'aurais dû remarquer depuis longtemps toutes ces ressemblances, mais sans doute ne désirais-je pas les reconnaître. Je suis sortie en jean et soutien-gorge en me sentant nue, et j'ai tenté de retrouver ma respiration normale. Je veux bien être pendue si je me laisse arrêter par ça, pensais-je. Je ne vais pas céder à la peur, car cet homme me plaît. Je mérite cet homme depuis une éternité. Je me contrefous qu'il ressemble à Duane, qu'il habite une putain de caravane et qu'il pue le cheval. Quand je l'ai entendu sortir, je me suis retournée pour le voir en haut des marches.

— Tu te sens bien, ma chérie? m'a-t-il demandé d'une voix douce.

— Ça va. Je pensais juste à quelque chose, voilà tout.

Quand j'ai remonté les marches de la caravane, il m'a serrée dans ses bras. Il a tenté de me faire sourire en me taquinant.

— Tu sais, c'est bizarre, mais autrefois quand tu as dansé à la foire avec cette robe courte, j'étais juste devant et j'ai pensé à faire ça. Et me voilà maintenant avec toi.

— Je les ai bien vus, tous ces crétins d'Ainsworth agglutinés près de la scène, mais je dois dire que je n'avais pas prévu ce qui nous arrive.

Le retour en voiture a donc été agréable, même si le chiot ne m'a pas laissée tranquille avant que je ne m'arrête près d'un grand champ non clôturé où j'ai couru derrière lui jusqu'à ce que nous soyons tous deux épuisés. Quand il s'est endormi, j'ai réfléchi à mes plans, lesquels étaient assez simples, car nous étions convenus de nous revoir d'ici une semaine. Malgré nos âges, nous avons connu la gêne habituelle des nouveaux amants qui s'interrogent sur l'avenir, et se demandent même parfois s'il vaut la peine d'envisager un quelconque avenir. On peut aussi bien rester assis sur ses fesses en attendant que le temps décide à votre place, mais le temps bâcle parfois son travail. Je l'avais convaincu sans trop de mal de s'installer temporairement au chalet de Buffalo Gap pour décider s'il irait dans le Montana ou accepterait ce travail au Texas. J'espérais sincèrement qu'il ne choisirait ni l'un ni l'autre, mais je me retenais de tirer des plans à aussi long terme. A quarante-cinq ans nous craignons tous de mourir étouffés. J'ai vainement tenté de me rappeler un vers de Rilke lu à l'université : selon le poète, les amants essaient de s'avaler mutuellement jusqu'à ce qu'il ne reste plus rien d'eux, sinon un type assez spécial de maladie émotionnelle.

J'ai fait un détour par Elsmere et Purdum, où la route croise la branche nord de la Loup. Non loin de là, Northridge et Aase avaient passé leurs derniers jours ensemble. L'été qui avait suivi la mort de Duane, j'étais allée sur ce site, à une époque où ce paysage et le sort de Aase m'importaient beaucoup. Je lisais et relisais les passages des journaux qui l'évoquaient, elle et son inimaginable volonté de vivre, du moins me semblait-elle alors ainsi :

Elle est désormais si amaigrie qu'au cœur de la nuit, les bras serrés autour d'elle, j'ai l'impression qu'elle redevient la petite fille qu'elle a été. En début de matinée son énergie est joyeuse, et quand il fait frais nous nous asseyons près du feu avec nos tasses de thé et le dictionnaire, bien qu'il paraisse maintenant douteux que nous puissions dépasser la

lettre « A ». Hier, sur sa couchette elle a découvert ma ruse consistant à sauter le mot «agonie», et de sa voix maigrelette et cristalline elle m'a lancé: «L'agonie est le combat avant la mort. Je l'ai lu quand tu es allé chercher de l'eau.» Sa foi et sa croyance en Dieu et en Son Fils sont si spontanées qu'elles dérangent le théologien qui est en moi. Pour Aase, Dieu est aussi tangible que le ciel au-dessus de nos têtes et la terre sous nos pieds, ou que la pleine lune rouge que nous avons vue se lever comme si un incendie de prairie l'embrasait. Elle me rappelle ces Sioux dévots qui s'adressent si directement aux Esprits qu'ils sont sans doute entendus. Ce matin avant l'aube elle a déliré et vomi du sang et quand j'ai allumé une bougie elle a trempé l'index dans son sang, puis l'a levé vers la lumière comme si elle étudiait la vie elle-même. Je lui ai donné de l'opium, ai tisonné le feu et remis du bois, puis je l'ai bercée sur mes genoux devant le feu jusqu'à l'aube. Elle se réveille toujours quand les oiseaux entament leur chant matinal, mais il est probable qu'un de ces matins elle ne se réveillera pas. Son chant préféré est la mélodie flûtée de la sturnelle à collier et elle a débordé d'enthousiasme quand je lui ai appris que ces oiseaux migrateurs partaient vers l'Amérique du Sud aux premiers jours de l'automne. Elle s'imagine qu'à sa mort son esprit recevra la permission de survoler la terre entière pour qu'elle puisse enfin voir ces lieux auxquels sa curiosité s'est attachée. Je lui ai assuré que Dieu est juste et qu'il en sera ainsi. La malle qu'elle a apportée ici pour notre mariage contient une poupée qu'elle conserve depuis son enfance et pour laquelle Aase a brodé de nombreuses robes aussi belles que minuscules. Elle souhaite que je me remarie et que je donne cette poupée à mon enfant, car son plus grand regret est de ne pas avoir porté le nôtre. Lorsque la lumière a envahi le chalet et que les oiseaux se sont mis à chanter, ses yeux bleu pâle se sont ouverts et son regard a plongé dans le mien pour me dire tout ce qui demeurait informulé entre nous, et

son doigt maculé de sang séché a touché la larme qui coulait sur ma joue.

Dans l'heure qui a suivi mon arrivée, Lundquist a bricolé un portillon entre la cuisine et le salon pour que je puisse apprendre au chiot à faire ses besoins sur des journaux dans la cuisine. Frieda s'est installée à la table en face de moi pendant que je lisais mon courrier; elle semblait parfaitement indignée à l'idée qu'un chiot allait «compisser» toute sa cuisine. Je lui ai dit de prendre quelques jours de vacances avant de s'occuper de Michael dans la maison de Naomi. Frieda voulait surtout m'apprendre que ce matin un photographe «jap» et une femme très grosse et très grande vêtue d'une robe rouge étaient venus prendre un bon millier d'«images» de Karen Olafson, et que la ville était «sens dessus dessous».

— Ce pauvre professeur Michael, dire qu'il s'est fait casser la tête en essayant d'aider cette traînée. Il se retrouve à l'hôpital et elle devient célèbre. Il devrait lui faire un procès pour un bon million de dollars. Bon Dieu, cette souillon va même peut-être finir par faire des photos de nu.

Tandis qu'elle jacassait, j'ai trié les factures et les lettres de Michael et de Paul; il y avait aussi une carte postale de Naomi postée à Chadron. J'attendais le départ de Frieda et de Lundquist pour appeler Andrew — assis par terre dans un coin, Lundquist admirait son portillon en tenant le chiot sur ses genoux pendant que Roscoe le surveillait par la fenêtre de la véranda. Roscoe avait décidé que le chiot lui appartenait et il refusait que nous nous approchions de son animal. Quand je n'ai pas mordu à l'appât de Karen, Frieda s'est mise à parler des écosseurs de maïs, de l'équipe de football de l'université du Nebraska, la grande passion des habitants de notre Etat. L'un des cadeaux de Noël qu'elle avait toujours reçu de notre famille était une enveloppe qui contenait deux billets donnant droit à deux places magnifiquement situées, réservées par notre cabinet juridique d'Omaha. Dieu seul sait ce que Frieda et son amie Marge trafiquaient à Lincoln pendant ces week-ends de football. Je n'étais jamais là en automne, mais Naomi me racontait que Frieda et Marge revenaient le dimanche complètement lessivées. Pour Frieda, la pire blague que lui avait faite la nature était que la plupart des hommes se comportaient comme des lavettes et non comme de «bons gros écosseurs de maïs».

Quand le téléphone a sonné, Frieda a répondu avec son habituel «Je vais voir si elle accepte de vous parler». Vu que c'était Sam, j'ai pris la communication à l'étage. J'ai tout de suite remarqué la froideur de sa voix, mais fait comme si de rien n'était. Il lui semblait qu'il ne pouvait habiter mon chalet sans se rendre utile d'une manière ou d'une autre; je lui ai donc dit que j'allais faire livrer du bois pour qu'il puisse agrandir et réparer le corral. Ma proposition l'a calmé, puis il m'a annoncé d'une voix chaleureuse: «Tu me manques.» Assez tard, la veille au soir, alors que nous avions déjà beaucoup trop bu, il m'avait dit qu'il avait toujours voulu aller à New York, car lorsqu'il était gamin ses parents l'avaient emmené voir *Un arbre pousse à Brooklyn* au cinéma d'O'Neill. J'avais trouvé ça drôle, mais il m'avait avoué avec le plus grand sérieux qu'il n'avait jamais mis les pieds à l'est de Lexington, dans le Kentucky. Il ne s'intéressait pas beaucoup aux hot-dogs, et sa mère lui avait appris que selon le *Reader's Digest* les New-Yorkais mangeaient trois millions de hot-dogs par jour. Je lui avais alors assuré qu'ils étaient bien meilleurs que les saucisses bourrées de colorants chimiques des rodéos, ce qui, dans les vapeurs de l'alcool, avait paru le soulager.

Naomi avait ajouté deux nouveaux oiseaux à sa fameuse liste, et Nelse les avait photographiés pour le prouver. Ils comptaient rentrer d'ici une dizaine de jours. Paul écrivait pour me demander si Luiz et lui pouvaient arriver vers la mi-juillet, car ils avaient l'intention de voir deux écoles dans le Colorado. Sa lettre contenait un mot de Luiz qui tenait à me remercier de l'avoir «sauvé» d'une existence qu'il m'expliquait brièvement. J'ai été gênée par ses remerciements, en partie parce que je savais qu'il existait des milliers de cas semblables au sien, et que j'avais passé trop d'années de ma vie par-delà la frontière de la tristesse — mais pas trop au-delà — pour assimiler un sauvetage à une guérison.

Quant au mot de Michael, c'était une réponse, courte grâce au ciel, à une lettre que je lui avais écrite. Il trouvait que sa convalescence chez Naomi, avec Frieda comme infirmière, était une bonne idée, à condition que je lui promette de venir le voir. Il acceptait aussi le principe d'une capitulation globale pour éviter tout procès à cause de Karen et de sa mâchoire brisée. Depuis quelque temps il se sentait bien, mais «vidé» par son brusque changement de régime et par les courts-circuits qui l'alimentaient en énergie. Néanmoins, l'un dans l'autre, cette expérience lui avait fourni «une intuition de la mort» qui l'avait comme lâché dans un abîme; il avait l'impression que le monde était devenu non seulement trop calme, mais trop vaste. Une assez jolie psychologue de l'établissement lui avait déclaré qu'il tenait là «une occasion en or» pour arrêter de boire. Elle avait cité quelqu'un, il ne se rappelait plus qui, à qui l'on attribuait cette saine maxime: «Ce n'est pas en continuant de faire ce qu'on connaît qu'on pourra faire ce qu'on ne connaît pas.» Michael se montrait intraitable sur le sujet de l'engouement contemporain pour les psychologismes répugnants. Afin que sa fille Laurel ne soit pas trop surprise à son arrivée, il lui avait annoncé dans une lettre qu'il avait fait une chute de cheval. Il me remerciait de lui avoir envoyé deux livres, *les Femmes de l'Ouest* par Luchetti et Olwell, et *Solomon D. Butcher, photographe du rêve américain* par Carter. Ces deux livres auraient été illisibles, me disait Michael, avec sa gueule de bois habituelle, et sa sympathie s'étendait maintenant, au-delà des Indiens, à toutes les victimes de l'escroquerie financière du mouvement vers l'Ouest. Cela s'expliquait par l'horreur inimaginable de se retrouver coincé dans le comté de Cheyenne pendant la grande sécheresse de 1887 avec une femme et des enfants ainsi que par tous ces décès dus à l'épuisement et à la malnutrition. Il terminait sa lettre en avouant qu'il avait un faible pour une infirmière potelée qui refusait mordicus de lui apporter une bouteille de whisky, bien qu'il ait poussé son offre jusqu'à cent dollars.

Du bas des marches Frieda m'a dit au revoir. Je me suis postée à la fenêtre pour la regarder s'éloigner, puis suis redescendue dans la cuisine. Lundquist était toujours assis dans son coin avec le chiot sur les genoux.

— Ce petit chien est un parent de Sonia. Ça se voit à son regard.

Il faisait allusion à l'airedale de grand-père, qui était ma préférée. Cela paraissait invraisemblable, mais pouvait cependant être vrai, car certains chiots de Sonia étaient partis dans la région d'Ainsworth. J'ai servi une rasade de whisky à Lundquist, puis lui ai donné une bouteille de bière du réfrigérateur. Le whisky et la bière ont été éclusés en moins d'une minute. Il avait laissé le chiot mâchouiller sa veste en jean, si bien qu'il a été difficile de faire lâcher prise à l'animal.

Dès que Lundquist est parti, j'ai eu la bouche sèche et me suis sentie au bord de la panique. J'ai feint de m'intéresser au solstice d'été, d'habitude le jour de l'année le plus important pour moi, beaucoup plus que Noël ou le premier de l'an. C'était l'heure d'appeler Andrew, mais ma crainte la plus profonde, bien qu'informulée, était que mon fils soit mort. Certains trouveront sans doute un peu prétentieux de ma part de dire « mon fils » alors que je me

388

suis contentée de faire l'amour, de le porter et de le mettre au monde, et que son éducation a été assurée par une autre. Mais je me savais imperméable à tout argument rationnel, au-delà ou en deçà, et j'avais malgré moi tellement pensé à ce problème qu'il se réduisait désormais à un nœud, à une boule bien dure au fond de ma gorge. Je me suis rincée le visage à l'eau froide, puis j'ai appelé Andrew le plus vite possible. Par bonheur, il m'a répondu presque aussitôt.

— Omaha. Il a grandi à Omaha. Le père est mort, la mère est vivante. Elle a été assez choquée, mais elle accepte de te parler, mais seulement de manière très générale et en tête à tête. Il est vivant. Je sais que c'était ta plus grande crainte.

— Comment l'as-tu retrouvé?

J'ai dû lui répéter ma question car j'étais incapable d'élever la voix au-dessus d'un simple chuchotement.

— J'ai appelé ton oncle Paul. Ton grand-père avait tout arrangé, et Paul s'était occupé de l'aspect légal du problème à Tucson. Le père adoptif faisait partie d'un cabinet juridique qui travaillait pour ton grand-père à Omaha. Je suppose qu'il désirait garder la trace de ton fils, mais il est mort. Paul t'aurait répondu si tu lui avais posé la question, mais il espérait ne pas y être contraint.

— Je ne suis pas sûre de comprendre.

Mon cœur battait la chamade, la tête me tournait.

— D'habitude ce genre d'affaire se finit mal. Ton fils aurait pu être mort, infirme, dingue, ou plein de rancœur. Il n'est ni mort ni infirme, mais je n'en sais pas plus. Elle m'a pris pour un détective privé et ne m'a pas dit grand-chose. Tu peux la rencontrer dès demain ou bien attendre deux semaines, car elle doit partir voir sa fille dans le Maryland. Je peux arranger ça.

— Fais-le s'il te plaît... Merci.

J'ai été incapable de lui dire autre chose. Je ne parvenais plus à respirer, j'avais des crampes d'estomac. Je me suis couchée en chien de fusil pour regarder par la fenêtre la cime des érables à sucre qui oscillait doucement dans la brise. Je me suis mise à respirer au rythme d'une cigale que j'avais choisie parmi d'autres, et cela m'a aidée. Allongée là, je me suis demandé à qui il ressemblait, où il se trouvait à cet instant précis, et au cas où nous nous rencontrerions, s'il me reprocherait de l'avoir abandonné, même si je n'avais pas moi-même pris cette décision. Quand je me suis sentie prête à hurler, j'ai mis un terme à ces questions, en faisant couler de l'eau froide dans le lavabo de la salle de bains pour me plonger le visage dedans. Je ressentais une insupportable sensation de densité, de congestion.

J'ai enfermé le chiot dans la cuisine, je suis sortie et j'ai sellé Pêche. Elle piaffait d'impatience et a dispersé les oies en tournoyant sur elle-même. Je suis partie vers l'ouest en laissant ma jument s'échauffer avant de la lancer au galop, ce qu'elle désirait selon moi. Nous avons longé les champs de luzerne, suivi les vieilles pistes de tracteur et de gibier entre la luzerne et les rangées concentriques d'arbres coupe-vent. Nous allions si vite que je fermais presque les yeux, et que les moucherons qui frappaient mon visage me faisaient mal. Je l'ai laissée partir au grand galop sur une ligne droite d'environ quatre cents mètres, et quand je l'ai ramenée au petit galop je me suis aperçue que j'avais hurlé tout du long avec le vent dans les oreilles. Maudit soit le monde qui m'enlève mon père et mon fils. Ainsi que mon mari. C'était bien plus, je l'espère, que de l'apitoiement sur moi-même ; lorsque j'ai continué de hurler, les yeux de Pêche ont roulé vers moi pour savoir si c'était de sa faute. Je me suis penchée en avant jusqu'à ce que mon visage touche presque sa crinière. Je suppose que je hurlais vers Dieu, je ne réclamais pas Son unicité dans ma détresse, je réclamais seulement ce que j'étais. La douleur montait toujours de mon estomac vers mon cœur, ma gorge puis ma tête avant de redescendre pour accomplir un nouveau cycle. Des alouettes et des piafs voltigeaient devant nous au-dessus de l'herbe ; j'ai ralenti notre allure en passant la main sur les flancs écumants de ma jument. Nous avons traversé le dernier coupe-vent avant la fondrière. D'innombrables fléoles des prés couvraient maintenant les bas-côtés du chemin, et des merles à ailes rouges se perchaient sur les têtes des fléoles qui oscillaient sous leur poids. Quel est ce putain de monde où nous vivons ? leur ai-je demandé. Pêche a frissonné en humant l'eau ; quand nous avons atteint la rivière et le trou d'eau, je lui ai laissé la bride sur le cou, et elle a aussitôt exécuté un saut fantastique pour plonger. C'était la rivière où Charlene m'avait jadis hissée vers la surface alors que j'avais désiré rester au fond. Nous avons décrit un cercle ; puis nous sommes remontées sur la berge opposée près du tipi de Duane et du crâne de cerf blanc accroché à sa branche. J'ai bondi à terre, dessellé Pêche pour qu'elle puisse se rouler dans sa poussière bien-aimée. Comme le soleil de cette fin d'après-midi était chaud, j'ai retiré mes vêtements, que j'ai tordus pour en chasser le plus d'eau possible, puis mis à sécher sur un buisson. Je tremblais un peu ; alors, sans raison, je me suis roulée dans le sable et la poussière. Je me suis relevée en riant tandis que Pêche m'observait, puis je me suis encore roulée dans le sable. C'était si merveilleux que je me suis demandé pourquoi je n'avais jamais fait ça avant. Je me suis laissée rouler le long de la berge, puis plongée dans l'eau. Pêche a dévalé la pente au galop, puis fait un bond magnifique dans la rivière. Nous sommes aujourd'hui des sacrées filles, ai-je pensé.

Quand je me suis allongée sur le tapis de selle humide et odorant, j'ai remarqué que je n'avais plus mal à l'estomac, et qu'avec cette douleur étaient parties celles de ma poitrine, de ma gorge et de ma tête. Je me suis retournée sur le ventre pour observer les fourmis. Plusieurs fois au cours de mon existence, on m'avait dit ou j'avais entendu dire combien les hommes payaient pour avoir une pute, une call-girl, une prostituée, et j'ai calculé combien j'étais prête à payer pour avoir Sam à mes côtés. Selon l'expression des commissaires-priseurs, c'était « une enchère déplafonnée ».

Les yeux au ras du sol, j'ai regardé au-dessus des pierres qui délimitaient le cercle du tipi vers les tertres funéraires dans les fourrés. Un ornithologue avait un jour demandé à Naomi la permission de faire venir un ami archéologue dans l'idée de déblayer et de fouiller ces tertres. Naomi avait refusé : on avait déjà violé assez de sépultures. Quand elle était tout au fond du canyon de Chelly, un Navajo lui a confié que des gens de l'université avaient éventré la tombe de sa grand-mère, morte depuis quelques années seulement. Ces tertres n'étaient pas sioux, car ces Indiens n'étaient arrivés dans la région que vers l'époque de Christophe Colomb, chassés vers l'ouest par le peuple de la forêt, les Ojibways. Quand mon père me les a fait découvrir, je montais une petite jument baie, et lui un grand hongre noir. J'avais sans doute presque huit ans à l'époque. Juste avant qu'il ne s'en aille pour de bon, avec une odeur d'hamamélis au menton. Il m'a dit que c'était le meilleur endroit du monde pour camper et qu'au début de son mariage avec Naomi, ils y avaient passé maintes nuits d'été à regarder les étoiles filantes : là-bas, en voilà une. Et une autre ici. Il avait effrayé Naomi avant de dormir en adressant quelques paroles sioux aux tertres perdus dans les fourrés, affirmant qu'il interrogeait les guerriers morts sur leurs grandes chasses au bison. Duane conservait ce crâne dans la grange. Il laissait Sonia entrer avec lui dans sa cachette dissimulée derrière les bottes de foin. Je le vois encore regarder vers l'ouest en s'interrogeant sur son avenir ; et puis, comme nous tous, il n'a plus eu besoin de se poser de question. Levant les yeux, j'ai aperçu sur l'andouiller un oiseau que je ne connaissais pas. J'ai aussitôt mémorisé ses taches noires et jaunes en songeant que sa petite taille et sa fragilité l'apparentaient au groupe des fauvettes. Il m'a regardée. Je suis une créature comme lui, ai-je pensé. Pêche faisait la sieste debout. J'ai somnolé jusqu'à l'instant où j'ai entendu le premier moustique de la soirée, puis j'ai enfilé mes vêtements mouillés, sellé Pêche et suis retournée vers la maison.

Je me rappelais avoir déjà vu le portail du *Country Club du Val Heureux* dans mon enfance, peut-être juste après la Seconde Guerre mondiale, lors de mon premier voyage à Omaha avec mes parents ; le paysage se composait de haies soigneusement taillées semblables aux moutons de concours des comices agricoles ; à cause de ce nom absurde et du reste, j'ai eu le sentiment d'être transportée en arrière dans le Connecticut ou le comté de Bucks. Les gens qui avaient fait fortune grâce au mouvement vers l'Ouest étaient d'origine yankee.

Je me sentais mal à l'aise, vulnérable, en proie à une nervosité qui m'était aussi inhabituelle que le début d'une grippe ou une intoxication alimentaire. Cela m'a rappelé ma maladie à l'hôpital de Marquette, avant mon départ pour l'Arizona — depuis mon réveil avant l'aube, j'avais tout essayé pour me débarrasser de cette impression de vertige qui n'était qu'une forme d'impuissance. La prière informulée que je n'osais même pas m'adresser à moi-même et qui, je l'espérais, serait aujourd'hui exaucée — à savoir que je pourrais découvrir ce qui était arrivé à mon fils — se dilatait jusqu'à paraître envahir toutes les cellules de mon être. J'ai même relu quelques pages d'un manuel classique sur l'angoisse que j'avais étudié à l'université, mais les mots se télescopaient, se brouillaient, perdaient tout sens. Juste après le point du jour j'ai monté Pêche pendant une heure ; mais loin d'endiguer l'irruption des souvenirs, cette promenade à cheval s'en est faite la complice ; j'ai fait volte-face après être sortie d'un goulet derrière l'église méthodiste, ce qui m'a bien sûr rappelé le sermon sur le péché administré par le pasteur pendant l'été qui avait suivi mon accouchement. J'ai senti la tentation de devenir une chrétienne fanatique, de me jeter au pied de l'autel pour supplier Dieu, ainsi que des centaines de millions de femmes l'avaient fait à cause de leur enfant, mais je savais que cette église était fermée à clef. Et puis ce qui m'avait surtout frappée dans la Bible, c'était son enseignement essentiel sur la terrifiante précarité de l'existence.

En désespoir de cause, la seule chose qui m'a aidée à tuer le temps avant mon départ pour Omaha a été de m'asseoir sur une souche de peuplier dans un massif de pommiers sauvages en fleur derrière la grange. Cette souche se trouvait près de la rivière et les oies m'y ont suivie, s'installant pour dormir dans l'herbe verte comme d'énormes œufs blancs. J'ai commencé par respirer lentement en m'abandonnant à mes pensées plutôt que de lutter contre elles, ce qui a contribué à les résorber peu à peu : « Il n'est pas ce qui reste de Duane. J'espère qu'il ne ressemble pas à mon père. Vu ce qui s'est passé, il est bien possible qu'il ne s'intéresse nullement à moi. Et puis sa mère adoptive ne me dira peut-être rien du tout cet après-midi. Ma rencontre avec elle n'implique pas que je ferai sa connaissance à lui, seulement que j'ai une chance d'apprendre quelque chose sur lui. Je dois me contenter du fait qu'il n'est pas mort, et de savoir qu'il n'est pas malheureux. Il vaudrait peut-être mieux qu'il n'apprenne jamais mon existence, mais je refuse qu'il en soit ainsi. Oh ! Dieu, c'est le seul enfant que j'aurai jamais, mais mon père aussi est le seul père que j'aurai jamais. Oh ! Père, où que tu sois. Grand-père. Je suis forte, mais pas assez pour cette épreuve. La vie passe, mais je vous en supplie dites-moi la vérité. Grand-père m'a raconté que l'année de sa naissance, en 1886, le Nebraska avait connu un été caniculaire suivi d'un hiver terrible, si bien que tous les moutons de l'Ouest étaient morts, et que le bétail affamé avait dévoré leur laine avant de crever près d'eux. Il a dit dans la voiture : "Sois courageux, seule la terre perdure." C'est vrai, mais je suis une femme assise sur une souche et je désire aimer mon fils, du moins lui toucher le bras, le connaître et le reconnaître. »

Comme elle était assise à contre-jour devant une fenêtre du salon, je n'ai pas bien distingué ses traits quand je suis passée du grand soleil à la pénombre de la pièce. Elle s'est levée, m'a fait signe, puis un serveur m'a accompagnée jusqu'à elle. Sa main était maigre et osseuse lorsque je l'ai saisie ; sa voix était grêle, légèrement pâteuse.

— Mon Dieu, je vous aurais reconnue n'importe où. Vous ne devez pas venir souvent à Omaha. La semaine dernière, alors que je rendais visite à une amie malade, je crois bien vous avoir vue à l'hôpital. Vous y étiez ? J'étais sûre que c'était vous, bien que je ne vous aie pas vue depuis trente ans.

Incapable de prononcer un mot, j'ai acquiescé. Elle était extrêmement mince, très bien habillée, âgée d'une soixantaine d'années. J'ai remarqué qu'elle avait sans doute pas mal bu au cours de son existence, mais son regard était doux.

— Je prends un manhattan, car tout cela est passablement éprouvant pour les nerfs. Voulez-vous que je vous en commande un ? Je suis embarrassée, vraiment confuse. Je n'ai pas souvent de ses nouvelles, peut-être une ou deux fois l'an, mais il m'a dit qu'il vous avait vue à Santa Monica, et aussi dans le Nebraska l'été dernier. Pendant qu'il était avec moi pour Noël, il m'a dit qu'il vous reverrait cet été. Et quand cet homme m'a appelée de votre part, je n'ai su que penser. Il a toujours été un peu menteur. mais il m'a fait une description de vous.

Le souffle court, je pouvais à peine articuler une phrase.

— En tout cas, s'il m'a vue, il ne s'est jamais présenté. Avez-vous une photo de lui?

J'ai aussitôt compris que je n'aurais pas dû poser cette question.

— Oh! mon Dieu, non! Ce matin je suis allée voir un thérapeute qui m'a bien aidée à la mort de mon mari. Ce thérapeute m'a dit que c'était au jeune homme de décider. Bien sûr, maintenant que vous connaissez son nom de famille, vous pouvez très bien le retrouver grâce à ce détective, mais ce ne serait pas bien. Enfin, il paraît.

— Je ne veux pas faire ça. Je comprends. Je me demande seulement à quoi il ressemble.

— Bien sûr. Laissez-moi réfléchir. On ne peut rien faire pour se préparer à ce genre de chose, n'est-ce pas? Votre grand-père était très intimidant. L'adoption avait beau être légale, nous avions peur de lui. Mon mari n'était que membre associé du cabinet juridique. Votre grand-père a tenu à ce que le garçon soit prénommé John. Nous avons accepté, c'est son prénom légal, mais ça ne nous a pas plu et nous ne l'avons jamais appelé ainsi. Nous avons revu une fois votre grand-père, pendant le mois d'août qui a précédé sa mort, à l'occasion d'un dîner organisé par un membre à part entière du cabinet, auquel on nous avait demandé de participer et d'amener le bébé. Mon mari a bien failli démissionner à cause de toutes ces exigences, mais ce soir-là il s'est très bien entendu avec votre grand-père. Mon mari venait d'une famille pauvre de Moorhead, dans le Minnesota, et son décès est sans doute dû au surmenage. Votre grand-père est entré dans une chambre à coucher pour voir le bébé et l'embrasser sur le front. Alors il a dit quelque chose au bébé dans une langue étrangère; je crois que c'était en indien, car j'ai appris que votre grand-père avait du sang indien. Quelques semaines plus tard, mon mari est devenu le plus jeune membre à part entière du cabinet juridique. Je ne sais pas pourquoi je vous raconte tout ça ; vous désirez seulement avoir des nouvelles de votre enfant. Nous avions à peine dépassé la trentaine, nous croyions former un couple stérile, mais après l'adoption nous avons eu deux filles à nous. L'une habite ici, à Omaha, l'autre vit dans le Maryland. Je crois que cela arrive parfois. Nous avons donc été très heureux. Pour être franche, le garçon a toujours été un enfant difficile, il a fait des études médiocres au lycée. Mais son travail s'est amélioré à l'université. Pourtant il a toujours été très gentil avec ses sœurs, et un athlète superbe, ce qui comptait beaucoup pour son père, et ce qui compte beaucoup, peut-être trop, dans notre région. Pendant ses deux dernières années de lycée, nous l'avons laissé travailler dans un ranch du Wyoming, et ensuite nous avons perdu toute influence sur lui. Nous lui avions dit qu'il avait été adopté, il paraît qu'il faut en informer l'enfant, mais je ne suis pas sûre que ce soit un bien. Et puis votre grand-père nous a un peu forcé la main en lui laissant un modeste revenu à partir de sa majorité. Nos filles ont été si faciles à élever, alors que lui nous a échappé très tôt. Mais je crois que c'est le cas de nombreux fils.

Elle s'est interrompue pour indiquer sa montre et faire signe de s'éloigner à une connaissance qui s'approchait de notre table. Elle semblait attendre mes questions.

— Je sais que je n'ai aucun droit en cette affaire. Tout ce que j'espère, c'est découvrir ce qu'il a fait de sa vie.

Il me semblait maintenant qu'on m'avait enfoncé un couteau dans le crâne. Un nouveau cocktail venait d'arriver, mais je savais qu'il serait inutile.

— Eh bien, quand cet homme m'a téléphoné, j'ai d'abord refusé de lui parler, jusqu'à ce qu'il me dise que vous n'aviez jamais eu d'autre enfant. Je me suis alors souvenue qu'à l'hôpital vous aviez l'air si jolie quand j'ai regardé dans votre chambre ; je m'étais alors demandé : comment pouvons-nous prendre son bébé à cette jeune fille ? J'ai compris plus tard que personne ne possède un enfant, qu'on se contente simplement de l'élever. On n'appartient jamais qu'à soi-même. Et puis je me demandais souvent pourquoi il disait vous connaître. Beaucoup de nos amis le trouvaient arrogant et impertinent, mais dès qu'une chose le concernait de près il se montrait assez timide. Il s'est mis à votre recherche et une fois qu'il vous a trouvée il a peut-être été trop timide pour vous parler. C'est sans doute ça.

— Quand il vous rappellera, pouvez-vous lui dire que je désire désespérément le connaître?

Le sentiment d'un gâchis absurde m'a fait fondre en larmes.

— Bien sûr que je le ferai. Oh! mon Dieu, c'est parfois une telle peau de vache! Mais pas dans ce genre de situation. Il a dû penser que vous ne vouliez pas le voir.

Elle s'est mise à pleurer elle aussi, et elle a vidé son verre.

— Comme ce doit être horrible pour vous!

— S'il vous plaît, dites-moi encore quelque chose sur lui. Je vous remercie beaucoup.

Je me suis tamponné les yeux en ressentant un étrange soulagement, car je pensais qu'il m'avait bel et bien cherchée, puis trouvée, mais qu'il n'avait rien dit, sinon à lui-même: voici ma mère.

— Il a fréquenté plusieurs universités... (Elle a tenté de s'éclaircir la voix.) Il a d'abord voulu devenir vétérinaire, puis biologiste, puis rancher. Après ce ranch dans le Wyoming, il s'est intéressé aux chevaux, mais pas pour l'équitation. Il a commencé à Macalester, l'école de son père, puis il est allé à Lincoln, et enfin dans le Michigan pour étudier le bétail. Plusieurs fois nous avons bien failli perdre sa trace. Il a eu quelques problèmes au Mexique quand il a refusé de se laisser arrêter par la police, mais son père l'a tiré de ce mauvais pas, ce qui lui a coûté les yeux de la tête. Son père est décédé il y a cinq ans; juste avant sa mort il a usé de son influence politique pour le faire incorporer dans le Peace Corps au Guatemala. Mais il s'est fait virer du Peace Corps, et j'ai ensuite reçu une carte postale de l'Alaska. La dernière fois qu'il m'a appelée, il était à Seattle. Son père a été très strict avec ses filles, mais il a toujours tout passé à John, même si nous ne l'appelions pas ainsi. J'allais vous dire : il faut que vous le rencontriez, car ma description de lui me semble insuffisante. Ça paraît idiot, mais je sais que ça ne l'est pas.

Je voulais lui poser une autre question, mais il m'est devenu évident que toute parole rendrait désormais la situation plus pénible pour nous deux. Le silence qui a suivi me blessait les oreilles. Elle a tendu la main au-dessus de la table pour la poser sur la mienne. Deux de ses articulations étaient enflées par l'arthrite, et elle a surpris mon regard.

— Je remportais autrefois tous les trophées féminins, et maintenant je ne peux même plus tenir un club, mais je donne des cours à ma petite-fille. La vie est une sacrée saleté, vous ne trouvez pas ? Toutes nos consolations peuvent disparaître du jour au lendemain, mais ce n'est pas à moi de vous apprendre ça. Il va bien me rappeler un jour ou l'autre, alors je le supplierai, je l'obligerai à aller vous voir. Je lui dirai : va la voir, sinon je me tire une balle dans la tête. Je vous le promets. Maintenant, c'est à vous de me dire qui était son père. Je me le suis toujours demandé.

— C'était un garçon nommé Duane Cheval de Pierre, un demi-Sioux. Je l'aimais, il est mort il y a longtemps.

Toutes les deux, nous avons inhalé une longue goulée d'air avant de nous dire au revoir.

J'étais déjà à plus de cent miles d'Omaha dans mon voyage de retour qui devait durer cinq heures, quand j'ai remarqué que je ne m'étais pas arrêtée pour aller voir Michael. Mon itinéraire m'avait amenée près du Centre médical de l'université du Nebraska, mais cette visite m'était tout bonnement sortie de la tête. Je me suis disculpée de ma négligence en me rappelant qu'il avait dit ne vouloir aucune visite et que, de toute façon, Frieda devait aller le chercher dans deux jours.

J'ai conduit de nuit pendant la dernière heure du trajet. Je somnolais, affamée, convaincue sans doute à tort de le voir un jour ou l'autre. J'ai même roulé moins vite que d'habitude, comme si mon attente du jour fatidique m'incitait à la prudence. La mère adoptive n'était pas le genre de femme qui m'aurait plu lors d'une rencontre anodine — je l'aurais peut-être trouvée fragile et hautaine — mais à la fin de notre tête-à-tête elle m'avait paru admirable. Elle ne m'avait rien confié à son sujet, sinon qu'elle avait été la femme d'un avocat et la mère de trois enfants, mais je ne lui avais pas davantage parlé de moi. Son passé éveillait maintenant ma curiosité. Mes pensées ont dérivé vers mon ami gynécologue qui m'avait dit que sa première femme avait été call-girl. Elle l'avait aidé à financer ses études de médecine puis son internat, et il avait eu l'idée saugrenue d'un mariage qui avait bien vite tourné à l'aigre.

A la maison, j'ai nettoyé le chiot puis joué avec lui ; je me suis servi un verre et j'ai appelé Sam au chalet de Buffalo Gap. J'ai été heureuse, à cette heure tardive, d'entendre sa voix légère et enjouée. Il m'a dit que Naomi et son ami Nelse, le jeune chercheur, étaient arrivés au chalet et qu'ils avaient dîné ensemble. Naomi comptait revenir passer quelques jours à la maison, mais Nelse, qui avait un peu «fait le cow-boy», resterait pour l'aider à construire des corrals, et à réenduire puis vernir le chalet. Je me suis surprise à le supplier presque de prolonger son séjour et à lui promettre de le rejoindre dès que j'aurais installé Michael dans la maison de Naomi. Il m'a répondu de ne pas m'inquiéter, car l'endroit lui plaisait tant qu'il comptait y rester quelques semaines, du moins aussi longtemps qu'il pourrait y payer «sa pension».

Trop fatiguée pour manger, je me suis allongée sur le divan du cabinet de travail et j'ai regardé le courrier. Il y avait une lettre de Michael; j'ai espéré qu'elle n'ajouterait pas à mon trouble, même si après la journée que je venais de passer je me sentais presque inaccessible à toute émotion nouvelle. J'avais réfléchi aux paroles d'une chanson qui était passée à la radio alors que j'entrais dans l'allée. Neil Young y parlait d'«un mineur à la recherche d'un Cœur d'Or». J'avais déjà entendu plusieurs fois cette chanson qui m'avait toujours mise mal à l'aise. Seulement lorsque j'étais entrée dans la cour de la ferme, je m'étais rappelé que c'était cette chanson qui passait sans arrêt lors de ma première nuit à Key West. Cette musique était si plaintive et impondérable que je l'avais bien sûr chassée de mon esprit.

Ma très chère Dalva,

Il paraît que tout se remet bien en place, mais davantage dans mon corps que dans mes idées. La médecine de l'âme n'est guère indiquée pour moi en ce moment. La sénescence qui caractérise une santé mentale approximative me dissuaderait sans doute de me plonger dans la folie de l'histoire. J'ai donc aujourd'hui un but, contrairement à l'époque où j'ai perdu ma femme bien-aimée parce que j'étais tout simplement trop bête pour lui demander son aide et que je craignais de perdre le drame personnel d'une folie qui, tout bien considéré, était assez littéraire quand on la compare à celle de l'histoire.

L'aube point à peine et je viens de me rappeler certain soir que nous avons passé sur ton balcon de Santa Monica. Tu venais de me dire que ton grand-père était né dans un tipi près du mont Harney dans le Sud-Dakota en 1886, et que son propre père avait complètement perdu la tête vers cette époque, restant dans cet état jusqu'à l'hiver 1891, quand il s'était installé avec sa famille dans la maison que tu habites maintenant. Tu m'as dit que c'était le Dawes Act qui l'avait achevé. Je viens de lire *le Dawes Act et la distribution des terres indiennes* par D.S. Otis, dans la nouvelle édition de Prucha. Je ne t'ennuierais pas avec les détails, mais je tiens à te faire part de quelques-unes de mes réflexions à ce sujet.

Northridge a assisté au crépuscule des dieux dans une version qui réduit les fioritures wagnériennes à du simple pipi de chat. Il était sur place quand le ciel s'est obscurci avant de devenir complètement noir. Il a vécu parmi ces gens qui parlaient à Dieu et qui croyaient que «Dieu» leur répondait à travers le porte-voix de la terre. Inutile, bien sûr, d'adopter la moindre attitude romantique envers les Sioux ou n'importe quelle autre tribu. Le prisme de l'histoire nous apprend qu'elles ont été détruites parce qu'elles étaient «mauvaises pour les affaires». Nous étions et sommes évidemment des Américains, mais à leurs yeux nous sommes devenus de parfaits «Teutons», et ils ont exactement réagi comme plus tard les Polonais ou les Français confrontés aux hordes teutoniques conquérantes. Pendant ces guerres, les Indiens faisaient très joli dans le paysage. Tout cela s'explique peut-être par le principe newtonien de l'inertie, selon lequel une nation en guerre a tendance à rester en guerre, moyennant quoi après notre «Sécession» les Indiens ont été victimes d'une opération coup-de-torchon, le genre d'élimination que nous avons ensuite tentée en Corée, au Vietnam et aujourd'hui en Amérique centrale. Toute la logistique était là, gracieusement offerte par la guerre civile, alors pourquoi ne pas s'en servir? Il ne s'agit pas d'autre chose que du fatalisme qui caractérise les espèces primitives.

Je regrette maintenant la sévérité de ce paragraphe. Pour être honnête, je t'ai fait une infidélité avec une infirmière dotée du prénom inélégant de Debbie. Originaire de l'Iowa, elle m'a apporté (après que je lui en ai donné la recette) une casserole de brouet de bœuf assaisonné avec beaucoup d'ail, sans doute le mets le plus succulent qui ait jamais traversé paille d'hôpital. Ma panse a tellement diminué que pour la première fois de mémoire d'homme j'aperçois ma biroute quand je suis debout! Elle demeure peu esthétique, mais parfois utile. Personne ne t'a jamais dit que tu étais effrayante? Je ne veux pas sous-entendre par là que tu es incapable de gentillesse ou de bonté, mais j'avoue que tu m'as toujours fait un peu peur, et que je soupçonne tous tes amis hommes d'être de mon avis. Si je t'écris cela, c'est que sans alcool je rêve beaucoup et que la nuit tu m'apparais toujours comme un être brutal et prédateur. La culture ne nous prépare pas à la fréquentation des lionnes! A bientôt, mon amour.

Michael.

PS: Salue les oies de ma part.

Le dernier paragraphe m'a amusée. A l'université, Charlene et moi avions jadis adopté un comportement qui avait débuté comme un jeu. Un samedi après-midi, lassées d'être confondues avec du papier-tournesol émotionnel par les hommes que nous rencontrions, nous avions entamé un journal où pendant plusieurs mois nous avons consigné leurs réactions. Un temps, les membres du sexe opposé nous ont surnommées «les deux salopes», et notre moisson a été maigre, se résumant pour l'essentiel à des polars timides et passablement masochistes. Puis, bien que seulement en deuxième année, nous nous sommes mises à fréquenter des étudiants diplômés qui étaient peintres ou écrivains et ne jugeaient pas notre attitude choquante. Je soupçonne qu'aucune de nous deux n'a jamais abandonné complètement l'habitude à laquelle cette fine mouche de Michael faisait allusion. Charlene avait un faible pour le rôle de la reine de la ruche, tandis que je m'intéressais davantage au fait que l'attitude protectrice qu'on apprenait aux jeunes filles semblait souvent tourner à leur désavantage. Nous avions toutes deux le sentiment d'être des pionnières, et bien que dépourvues de tout talent artistique nous nous considérions à l'avant-garde d'émotions nouvelles.

Frieda a téléphoné à six heures du matin pour me prévenir qu'elle ne pourrait pas venir travailler aujourd'hui. La veille au soir, on avait transporté Lundquist à la clinique locale, un modeste établissement de cinq lits dont notre famille avait financé la construction pour moitié. Comme il souffrait d'une infection urinaire, on l'avait hospitalisé et installé un cathéter à l'endroit idoine, mais il avait disparu. Elle avait passé le plus clair de la nuit à le chercher avec les adjoints du shérif, et on l'avait enfin découvert endormi avec Roscoe dans la niche, un abri spacieux et magnifique dont le toit doté d'une girouette était surmonté d'une volière. Craignant de mourir, Lundquist avait marché pendant quinze miles dans la nuit à travers la campagne pour rentrer chez lui. Il avait ensuite prouvé aux adjoints et au médecin qu'il urinait sans problème, et qu'il n'avait donc plus besoin d'aucun soin. Pourrais-je m'occuper de lui ce soir, car Frieda devait partir pour Omaha afin de faire sortir Michael de l'hôpital le lendemain matin? Bien sûr, ai-je répondu en savourant d'avance la soirée que j'allais passer en privé avec ce vieil homme.

Quand j'ai quitté mon lit, j'avais mal à tous les muscles comme si la veille j'avais marché ou installé des clôtures pendant des heures, ou encore fait une chute de cheval. Il était six heures passées de quelques minutes, la matinée s'annonçait claire et fraîche. Dans le corral Pêche me regardait à travers la fenêtre ; quand je l'ai appelée, elle a décrit un cercle au galop, et les oies inquiètes se sont mises à cacarder. J'ai enfilé un jean et un chandail, puis suis descendue en écoutant les ioulements du chiot réveillé, que j'ai mis dehors, puis regardé détaler jusqu'à la cage des oies devant laquelle il s'est assis, perplexe. J'ai mis en route la cafetière et regretté l'absence de Naomi à qui j'aurais volontiers parlé de ma journée de la veille. Je suis sortie pieds nus pour marcher dans l'herbe couverte de rosée en me demandant si mon fils était venu en voiture dans cette cour de grange pendant mes voyages, ou s'il m'avait vue en ville dans une rue, chez l'épicier, marchant sur la plage de Santa Monica. Ou encore au *Pub anglais* entre Ocean Avenue et la Deuxième rue. Je me suis soudain figée en espérant futilement que je m'étais bien conduite tandis qu'il m'observait à mon insu.

J'ai porté le chiot — il s'appellerait Ted, je l'avais décidé — dans l'ancien chenil qui jouxtait la grange, puis j'ai monté Pêche à cru en lui faisant faire des aller retour au galop sur les sept cents mètres de notre allée, regrettant de ne pas avoir de selle quand un faisan s'est brusquement envolé et lui a fait faire un écart. Mon ancien beau-frère adorait déclarer qu'on pouvait payer un cheval dix mille dollars, partir en promenade avec lui et que l'explosion d'un sac plastique à dix sous suffisait pour vous faire passer de vie à trépas. Je lui répondais d'habitude qu'à supposer que ce soit vrai, les gens, les chats et les chevaux aimaient se croire menacés et réagir à des dangers imaginaires. Comme le faisan s'envolait dans un grand frou-frou d'ailes à travers les broussailles et que je m'accrochais à Pêche, je me suis rappelé que je voulais rester en vie. A l'avenir, je serais plus vigilante et moins téméraire.

Je suis allée en voiture au café de Lena, que j'ai trouvée dans la cuisine en entrant par la porte de derrière. Elle m'a embrassée quand je lui ai appris qu'il y avait une chance pour que je voie mon fils, ou « mon enfant » comme elle a dit. Quand elle a prononcé ce dernier mot, nous nous sommes regardées quelques instants avant d'éclater de rire. Nous avons continué de parler tandis qu'elle s'occupait en même temps d'une douzaine de commandes de petits déjeuners devant sa cuisinière. Elle entamait sa journée à quatre heures du matin, puis fermait après le déjeuner. Il n'y avait pas de clients de passage, et les gens dînaient chez eux en acceptant rarement de faire un long trajet en voiture pour fêter un événement particulier. Charlene aurait voulu qu'elle prenne sa retraite, mais Lena identifiait sa vie à son café ; et puis, elle avait beau avoir environ soixante-cinq ans, elle guettait toujours le grand amour. Elle aimait montrer du doigt un certificat encadré, signé par un ancien gouverneur qui lui avait décerné le titre de cordon-bleu pour le meilleur poulet rôti du Nebraska. Dans cette immense région qui s'étend entre New York et la Californie, les gens adorent s'accorder mutuellement des trophées, des récompenses et des certificats.

Karen est entrée dans la cuisine, vêtue d'une tenue bleue impeccable, afin de venir chercher une commande. Très étonnée de m'y découvrir, elle a piqué un fard. Elle a observé le ventilateur fixé au-dessus de la cuisinière avec une curiosité étudiée. Lena a eu la gentillesse d'emporter le plateau de Karen dans la salle du café.

— Je crois que tout ce que je peux dire, c'est que je suis désolée de ce qui est arrivé, a-t-elle dit.

— Ce n'est même pas à dix pour cent de ta faute. A son âge il devrait savoir ce qu'il fait, mais ce n'est pas le cas.

— Il va mieux? Papa a toujours eu mauvais caractère. Je lui ai dit que je ne l'avais jamais fait avec lui...

Je l'ai interrompue afin de lui déclarer que j'espérais que tout irait bien pour elle. J'ai retiré de l'huile un panier de frites qui semblaient sur le point de brûler, serrant alors le manche en bois usé par la paume de Lena. Karen m'a ensuite confié qu'elle était « sur des charbons ardents », car elle devait savoir cet après-midi si l'agence de mannequins lui payait un voyage en avion pour L.A. afin de prendre d'autres photos, voire de signer un contrat. Quand je l'ai regardée, j'ai songé que la réponse serait oui. Je lui ai dit de me tenir au courant et que j'allais prévenir Ted pour qu'il s'occupe un peu d'elle. C'était un simple geste de bon voisinage ; on ne pouvait pas la protéger complètement, mais j'ai deviné chez elle une bonne dose de la méchanceté de son père qui lui serait fort utile. Ted pourrait seulement choisir à quel niveau on profiterait d'abord d'elle — les mannequins affectionnent souvent l'assurance et l'aplomb des musiciens de rock et des trafiquants de drogue. Karen m'a remerciée, puis Lena est revenue pour me dire que le shérif voulait me parler. Il avait vu ma voiture dans la rue — j'avais oublié que dans une petite ville chaque automobile porte la signature de son propriétaire.

Le shérif et l'un de ses adjoints se sont levés dès qu'ils m'ont vue approcher de leur table. Ils paraissaient tous deux fatigués après l'escapade de Lundquist. Pour l'adjoint, Lundquist avait raté sa vocation, car il aurait pu « se faire un blé monstre » en construisant des niches pour les riches. Le contenu de son assiette était presque entièrement couvert de ketchup. Le shérif m'a donné quelques papiers à faire signer par Michael, en me disant qu'il était content que cette affaire soit enfin terminée sans qu'il y ait eu de blessé grave, un euphémisme que j'ai préféré ne pas relever. Dans la salle les couverts avaient cessé de cliqueter, et je n'ai pu me retenir de lancer un bref sourire à tous

407

ces hommes d'affaires figés au-dessus de leur gruau d'avoine.

J'ai passé dix bonnes minutes sur le trottoir en attendant l'ouverture de la banque et en regrettant de ne rien avoir mangé chez Lena. Dans l'air frais du matin je sentais toujours l'odeur du graillon sur mon chandail. Debout sur le côté ouest et ensoleillé de la rue, j'ai regardé les ombres à la Edward Hopper qui s'allongeaient sur le trottoir d'en face. J'ai salué de la main le vieillard qui ouvrait la quincaillerie en me souvenant de lui dans la force de l'âge quand il aidait grand-père à dresser les chiens avec des cailles d'élevage. Chaque année dans cette rue, la vie se raréfiait, si bien que toutes les vitrines des boutiques et des magasins avaient besoin d'être réparées ou repeintes. Les fermiers n'avaient pas connu une seule bonne année depuis l'embargo sur le grain, sept ans plus tôt; et le marché du bœuf périclitait à cause de la modification des habitudes culinaires et d'une mauvaise politique du commerce extérieur. Je me suis alors dit que de mon vivant je verrais peut-être cette bourgade se transformer en ville fantôme, même si ses habitants avaient déjà traversé plusieurs mauvaises passes. Il y avait très peu de voitures neuves dans la région, et jusqu'au château d'eau avait besoin d'un coup de peinture. Lena m'avait annoncé que sur les dix-huit jeunes diplômés de la ville, deux seulement comptaient y rester, dont un handicapé mental léger. Il y avait trois cents candidatures pour un unique poste à pourvoir dans l'administration du comté. On trouvait certes du travail qualifié à Omaha et à Lincoln, mais les gens acceptaient mal que leurs terres ou leur maison en ville aient chuté de la moitié de leur valeur.

Dès l'ouverture de la banque j'ai été chercher le second coffre de bord en affectant un air soucieux afin d'éviter tout dialogue qui aurait immanquablement débouché sur une évocation de la dure époque qui était la nôtre. Je ne connaissais plus assez bien les gens du cru pour qu'on me demandât un prêt, mais je savais que Naomi n'avait pas lésiné sur ce chapitre. Je soupçonne les riches de vouloir se regrouper dans des sortes de quartiers réservés afin d'éviter ces prêts sans garantie ainsi que le spectacle culpabilisant des amis ou des connaissances qui entament la lente descente vers la banqueroute. Dans les communautés de fermiers, la solidarité va souvent bien au-delà du désespoir. J'avais déjà remarqué à plusieurs reprises que moins d'enfants jouaient dans la rue qu'autrefois ; et à la sortie de la ville, quand je suis passée en voiture devant le terrain de base-ball, il n'y avait plus assez de garçons pour constituer deux équipes, moyennant quoi ils devaient faire jouer quelques filles.

Une ou deux heures plus tard, sur la balancelle du porche de Naomi j'ai senti à quel point ma rencontre d'Omaha m'avait bouleversée. J'avais la chair de poule, la bouche sèche. Plus rien ne serait jamais comme avant, mais je ne désirais pas la permanence des choses, comme si l'on ne pouvait conserver que les éléments vitaux de l'existence. Seuls les mythes durent, avait déclaré mon professeur, car les mythes sont vitaux. Je n'y avais guère réfléchi jusque-là. Que signifiait le fait que j'aie quarante-cinq ans et que j'aie été stérile pendant les deux tiers de ma vie ? J'en avais parlé à Paul au Mexique, tout en sachant qu'après la perte de ce premier enfant je n'en porterais jamais d'autre. Au terrain de base-ball, un garçon a frappé la balle, et celle-ci m'a paru rester suspendue en l'air depuis qu'on avait commencé de jouer à ce jeu. Il y a toujours un premier cheval, d'habitude un poney. Le premier chien. Le premier amant, réel ou le plus souvent imaginaire. Maintenant, sur la véranda, j'ai eu l'impression qu'il y avait trop d'oxygène dans l'air verdâtre de juin, et que mon fils avait sans doute emprunté cette allée, peut-être regardé à travers le grillage de la véranda et vu Naomi assise à ma place en train de parler aux morts dans le soir. Tout cela dépassait l'entendement ; nous n'étions d'ailleurs pas censés le comprendre, seulement deviner l'immensité du mystère comme si nous étions des particules de notre propre univers, chacun de nous un fragment d'une constellation plus intime. La distance qui séparait la véranda de trois corbeaux qui dormaient dans un peuplier mort au bord de la route était infinie. De même le père, la mère, le fils et la fille, l'amant, le cheval et le chien. J'étais sur cette véranda par ce brûlant après-midi de juin, et avant moi pendant des centaines d'après-midi de juin des jeunes filles sioux avaient cherché ici des œufs d'oiseau, des bisons avaient mis bas, des loups de prairie avaient erré, et longtemps avant — dans la préhistoire, paraît-il — des condors de dix mètres d'envergure avaient plané sur les courants d'air ascendants au-dessus des collines qui bordent la Niobrara.

De retour à l'intérieur, j'ai examiné le salon de musique et les dispositions assez compliquées prises par Frieda pour le nouveau bureau de Michael — tout avait été déménagé de la cabane de bûcherons, y compris la photo de Karen nue, maintenant coincée dans une bible de Gédéon, laquelle trônait sur la table. Je n'ai pas touché à la petite plaisanterie de Frieda, surtout parce que je la trouvais drôle. Dans la cuisine, Frieda avait installé le réfrigérateur ; sur le plan de travail, il y avait des recettes de brouets et de purées, ainsi qu'une caisse contenant la version adulte d'aliments pour bébés.

J'ai envisagé d'ouvrir le second coffre de journaux, au lieu de quoi je me suis assise dessus. Des années plus tôt j'avais fait mon travail, et maintenant c'était le tour de Michael. Je le plaignais un peu. Toutes les souffrances endurées par Northridge avaient à l'époque soulagé les miennes, et m'avaient aidée à comprendre cette famille à laquelle j'appartenais. Des images se sont mises à flotter devant mes yeux; chacune devenait nette pendant une fraction de seconde avant d'être chassée par la suivante: la Bible, les arbres fruitiers, les bisons, Aase, Le Chien et Crazy Horse, Sam Embouchure de Rivière et son oreille coupée, un tas d'ossements de bison; tout cela plein de sincérité, un journal de travail, d'amours et de souffrance, qui devenait un journal de folie et de famine, puis un journal de pure folie en partie provoquée par la drogue, car à l'époque de la Danse du Fantôme le peyotl était remonté vers le nord, de tribu en tribu, jusqu'aux Lakotas. Après Wounded Knee, Northridge avait vu très loin au-delà de ce que nous appelons aujourd'hui sans y penser « le dernier rempart ». La souffrance imprègne tant notre monde que cela signifie surtout qu'il s'agit d'un parent consanguin, d'un ancêtre.

J'ai pris un poulet de ferme dans le congélateur de Naomi, puis suis retournée chez moi en voiture. Je me sentais un peu désespérée à l'idée de faire une chose aussi banale que de préparer le dîner du vieux Lundquist. Comme l'audace m'était tombée dessus par inadvertance, j'étais maintenant tentée de découvrir cette fameuse pièce située sous la maison et d'en finir une bonne fois. Les journaux ainsi que Paul m'avaient à peu près informée de son contenu, mais je sentais aussi qu'il était d'une importance cruciale de résoudre définitivement l'énigme en descendant cet escalier.

Quand je suis entrée dans la cour au volant de ma voiture Lundquist était assis sur un tabouret de laitière dans l'ombre de la porte ouverte de la grange, le chiot sur ses genoux et Roscoe à ses pieds. Je suis descendue de voiture, puis me suis approchée d'eux sur la pointe des pieds, car l'homme et le chiot dormaient; quant à Roscoe, toujours sur le qui-vive, il a montré ses crocs, puis grondé doucement en reconnaissant les ronflements de son maître. Le chiot s'est réveillé, puis a bondi du giron de Lundquist, faisant sursauter le vieillard.

— Frieda m'a amené ici. Un jour que je vous gardais, Ruth et vous, je vous ai emmenées nager. C'est la dernière fois que j'ai nagé. Vous vous rappelez? Ruth voulait que je lui attrape un rat musqué pour le ramener à la maison. Moi je lui ai dit qu'on peut pas apprivoiser les rats musqués. Ils se baladent tout au fond de l'eau en grignotant les herbes. Je boirais volontiers une bière parce que la nuit dernière je suis rentré à pied à la maison. Vous le savez sans doute. Tous ceux que je connais qui sont morts, eh ben, ils sont morts à l'hôpital, alors j'ai trouvé que c'était une bonne idée de rentrer à la maison. Je me suis un peu perdu dans le grand champ de maïs de Swanson, parce que les nuages sont arrivés et qu'ils ont masqué les étoiles sur lesquelles je me guidais. Y se trouve que Frieda ferme la porte à clef, alors j'ai dû dormir avec Roscoe. Voilà pourquoi je boirais volontiers une bière.

J'ai aussitôt accepté et fait un pas vers la maison, mais il a d'abord voulu me montrer comment il avait dressé le chiot à ne pas ennuyer les oies, et vice versa. Dès qu'il a déposé le chiot à côté d'une oie, les deux animaux se sont éloignés dans des directions diamétralement opposées. J'ai demandé à Lundquist comment, au nom du Ciel, il avait réussi aussi vite pareil prodige.

— Je les ai pincés tous les deux; puis je les ai installés bec contre museau, histoire qu'ils gambergent un peu.

Il s'est ensuite éloigné vers la maison d'un pas chancelant comme si cette explication englobait toute chose; puis il s'est posté près de la porte de la cabane de la pompe, tête baissée en signe de respect. Il a alors posé un doigt sur sa langue. « Aussi sèche qu'un os », a-t-il proféré en regardant le poulet à demi congelé que je tenais comme s'il le reconnaissait sans ses plumes. Et peut-être était-ce le cas, car ce volatile venait de son élevage.

Après son coup de gnôle et sa bière, j'ai tenté de le faire s'allonger sur le divan du cabinet de travail pendant que je préparais le dîner, mais il a refusé. Cela offensait son sens des convenances, sans parler du souvenir de mon grand-père, si frais dans sa mémoire. Il a été ramasser le coussin du chiot dans un coin de la cuisine, puis est sorti dans la cour pour s'installer sous l'arbre de la balançoire, sifflant les chiens afin qu'ils le rejoignent. Je l'ai regardé par la fenêtre de la cuisine en désirant qu'il vive éternellement. Naomi m'a dit un jour que, selon de vieilles rumeurs, Lundquist avait jadis été un redoutable trousseur de jupons, un ténor qui chantait à l'église et dans les soirées privées, ainsi qu'un excellent danseur. En tant que factotum de grand-père, il avait transporté des chevaux et des chiens dans tous les environs, mais il ne me parlait jamais de ces voyages de peur de violer les secrets de grand-père, bien que celui-ci fût dans sa tombe depuis longtemps. L'album de famille contenait une photo prise à Kansas City dans les années 30 où l'on voyait Lundquist tenir les longes de trois poneys de polo sous l'œil admiratif d'une jeune femme qui ressemblait à une version blonde de Joan Crawford. Sur cette photo il était très élégant et musclé avec sa culotte de cheval; tandis que j'observais sa forme frêle maintenant installée sous l'arbre, les deux chiens allongés sur son buste et son ventre, j'ai beaucoup admiré la manière dont il avait vieilli.

Je lui ai servi son poulet et ses biscuits dans la salle à manger éclairée par des bougies, sans oublier une bouteille de vin blanc. Il a d'abord récité une assez longue action de grâce en suédois, où j'ai reconnu trois fois mon nom, mais il a ensuite refusé de me fournir la moindre explication. Il est très étrange d'entendre quelqu'un prier pour vous. Il a examiné le bordeaux blanc, puis déclaré qu'il avait bu le même vin au *Brown Palace* de Denver avec grand-père, « il y avait un bail de ça ». L'orchestre de Glenn Miller avait joué pour eux et ils avaient dansé jusque très tard.

413

— Qui donc étaient les dames?

Je posais surtout cette question pour voir sa réaction.

— Je ne vous le dirai pas!

Il a toussé dans sa serviette, tenté de prendre un air grave, mais ses yeux brillaient de malice.

— C'étaient des jeunes femmes très bien, quoique j'irai pas jusqu'à dire qu'il s'agissait de grenouilles de bénitier.

Il remplissait toujours mon verre à ras bords avant de se servir.

— La semaine qui a suivi la mort de monsieur J.W., ma femme a jeté à la poubelle tous mes vêtements de voyage. Elle m'a dit: «La bamboula, c'est terminé pour toi, gros malin.» Je m'en suis fichu comme de l'an quarante. Elle est tombée en religion comme d'autres en pâmoison, mais je l'ai jamais laissée me contaminer. Sur son lit de mort, elle m'a dit qu'elle regrettait d'avoir limité nos affections au premier samedi de chaque mois.

Cet aveu l'a fait rougir.

— Le vin délie la langue plus que la bière.

Il a marqué un temps, son visage est devenu grave.

— Ça fait longtemps que je rumine ça, et je crois maintenant que je dois vous en causer. Y a de ça quelques samedis, je suis presque sûr d'avoir vu Duane au bar. Mais quand j'y ai repensé, il aurait dû être plus vieux.

— C'était sans doute mon fils. Tu es au courant de l'existence de mon fils. J'ai appris qu'il me cherchait.

Il a opiné du chef comme pour me signifier son soutien.

— Juste après l'arrivée du professeur, y a quelqu'un qui est venu ici. Roscoe et moi, on a suivi sa trace à partir de la moitié de l'allée et à travers les arbres jusqu'à la maison, la cabane, puis en sens inverse jusqu'à la route. J'ai rien dit sur le moment, car j'ai pensé que vous fréquentiez peut-être un autre gentleman.

— Si tu le revois, peux-tu lui dire que j'aimerais lui parler?

— Pour sûr que je le ferai. Je l'amènerai jusqu'ici dans ce sacré Studebaker. Vous avez assez attendu comme ça.

J'ai remarqué qu'il se demandait si je voulais la fin du vin, si bien que je l'ai versé dans son verre en lui proposant d'aller jeter un coup d'œil avec moi au cellier. Il est resté assez calme, me répondant qu'il acceptait d'aller jusqu'à la porte de la cave à légumes. Il n'avait pas dépassé cette limite quand il était descendu dans le cellier avec grand-père pour emballer tous les objets indiens en 1950, après la mort de Père. Il refusait de s'aventurer au-delà parce qu'il était chrétien et que cet endroit l'effrayait.

— On devrait peut-être boire un petit cognac avant, ai-je pensé à haute voix.

Il m'a souri comme si j'avais lu dans ses pensées. Il s'est levé pour aller chercher deux lanternes Coleman dans la cage d'escalier, qu'il a allumées. Quand j'ai servi le cognac, Lundquist a remarqué que ma main tremblait un peu. J'ai compris que notre entreprise l'inquiétait au plus haut point. Il a regardé la fenêtre où une bonne brise soulevait les rideaux; on entendait le tonnerre à l'est. J'avais remarqué au fil des ans que la qualité de la grammaire de Lundquist variait selon la solennité du moment. Elle s'améliorait dans les situations qui lui rappelaient grand-père, lequel appréciait ce qu'il croyait être l'anglais du roi. Si vous parliez mal, alors vous pensiez mal. A la lisière de mes réflexions assez approximatives sur le langage rôdait un slogan de Ted, adapté de Montaigne et traduit en latin — il s'en servait comme d'une devise personnelle et professionnelle, et bien que je ne me rappelle pas la formulation latine, l'intention en était claire — « Le monde vacille en proie à une ébriété naturelle. »

— J'espère que vous avez pas peur des serpents noirs. Ils vivent dans la cave à légumes et mangent toutes les souris des champs qui se réfugient dans le cellier en novembre, quand le froid arrive. Je sais pas ce qu'ils mangent le reste de l'année. Frieda prétend qu'ils dévorent

415

leurs bébés. Moi je crois qu'ils remontent et sortent à l'air libre près de la cabane de la pompe. Vous croyez vraiment qu'ils peuvent manger les bébés serpents pour pas mourir de faim?

J'ai reconnu le bruit de la voiture de Naomi qui entrait dans la cour de la grange. Lundquist m'a regardée avec un soulagement que je partageais.

— Cette exploration, vaut mieux la tenter à midi. Les fantômes s'attaquent jamais à personne aux environs de midi.

Il a filé dans la cuisine pour calmer le chiot et Roscoe qui se sont mis à faire un boucan de tous les diables quand Naomi est entrée.

— J'ai essayé de téléphoner. Regardez-moi ça.

Naomi a soulevé en même temps le chiot et le fil du téléphone déchiqueté par ses crocs. J'avais débranché le poste du haut après l'appel de Frieda à l'aube. Très bronzée, Naomi avait les traits tirés et semblait amincie, assez nerveuse. Elle s'est réchauffé quelques restes en parlant du progrès de son travail avec Nelse qui devait entre autres suggérer au ministère de l'Environnement l'achat de certaines terres pour en faire des réserves d'animaux. Nelse retournait à Minneapolis pour une semaine, puis ils reprendraient ensemble leurs travaux. Elle avait passé les deux derniers jours à Buffalo Gap pour trier la masse de données recueillies, pendant que Nelse aidait Sam dans les corrals. Naomi a observé ma réaction quand elle a prononcé le nom de Sam, car depuis des années elle était l'amie de sa sœur aînée, elle aussi enseignante. Puis elle a regardé la table de la salle à manger, où Lundquist était assis devant les deux lanternes.

— Une oie a disparu. Nous allions sortir pour la chercher, ai-je menti.

— Est-ce vrai que les serpents noirs dévorent parfois leurs bébés? a demandé Lundquist à Naomi en soufflant la flamme des lanternes sans remarquer mon menu mensonge.

— Je l'ignore, mais je peux le savoir facilement. On dirait que vous avez un peu bu, tous les deux.

Elle lui a donné une tape sur l'épaule en riant alors qu'il passait la porte, suivi de Roscoe et du chiot. Par la fenêtre de la cuisine nous l'avons regardé traverser la cour éclairée par son unique ampoule, jusqu'à la cabane de bûcherons. Puis Naomi a reparlé du projet qu'elle avait depuis des années : bâtir un petit chalet d'une seule pièce près des fonts baptismaux de la rivière. Elle m'avait dit un jour espérer que je ne m'opposerais pas à ce que ce chalet soit sur « mes terres ». Je la taquinais volontiers sur cette histoire de propriété, et elle me rétorquait que ce chalet lui permettrait d'observer les oiseaux vingt-quatre heures sur vingt-quatre, car j'allais lui acheter des jumelles de l'armée conçues pour les observations nocturnes, qui utilisaient la lumière des étoiles et la phosphorescence naturelle de l'atmosphère. Elle pourrait ainsi voir les oiseaux dormir. Elle m'a fait penser au jour où j'étais revenue à la maison après ma deuxième année à l'université du Minnesota, avec une citation de William Blake : « Si seulement tu comprenais que le moindre oiseau qui fend l'air est un immense monde de délices fermé à tes cinq sens ! » Cette idée l'avait alors enthousiasmée, et sa passion pour Blake n'avait pas diminué depuis. Je me suis vaguement demandé si elle ne flirtait pas avec son jeune ami, car elle ne semblait pas tout à fait dans son assiette. Cela se manifestait par une vivacité inhabituelle du geste, un changement si subtil que seul un mari ou une fille l'aurait remarqué.

Après son départ, je suis allée dans le cabinet de travail pour ouvrir le coffre-fort et en sortir l'enveloppe. Puis je me suis assise sur le divan, l'enveloppe posée sur les genoux, les yeux fixés sur la mer peinte par John Marin, que Lundquist aimait tant parce qu'il n'avait jamais vu l'océan et que ce tableau ressemblait à l'idée qu'il s'en faisait. Cette lettre concise était presque une mise en garde.

15 mai 1956

Très chère Dalva,

Je mets mes affaires en ordre ; voilà pourquoi tu reçois cette courte lettre écrite par un mort. Je n'ai pas l'intention de trépasser dès demain, mais je sens que je vais vivre mon dernier été. A moins d'être parfaitement insensibles, nous connaissons notre état de santé.

Ce doit être aujourd'hui l'année 1986 — quelle bizarrerie à mes yeux ! Parce que tu es curieuse, et parce que j'ai demandé à Paul de te pousser à le faire, tu as sans doute lu les journaux de mon père à l'heure qu'il est, si bien que tu n'ignores plus ce que contiennent les caves du fond. Cela fait malgré tout un choc. Le but de mon père ainsi que le mien étaient de conserver ces objets à l'abri des pilleurs de tombes, des escrocs au petit pied et autres crapules du même acabit qui ont dépouillé le peuple de ma mère de tous ses objets rituels. Imagine une maison bouddhiste en Asie où les vêtements, les rosaires et toutes les œuvres d'art religieux sont encore accrochés au mur alors que les habitants viennent d'être massacrés. Les autres « choses » vont de soi.

Comme je ne veux pas t'imposer un quelconque fardeau, tu pourras sans doute, à un moment ou à un autre, faire don de tout cela à un musée, avec cette clause protectrice que rien ne devra être vendu. Il y a trois sacs de medecine man étiquetés qui doivent

418

retourner dans les tribus qui en sont les propriétaires à part entière, à condition que tu trouves des êtres dont l'esprit soit digne de les recevoir. Si tu le désires, tu pourras enterrer ce qui reste des cadavres, avec l'aide de Paul ou celle de ton fils. Je crois qu'un jour vous aurez envie de vous revoir. Si j'avais la foi de mon père, je prierais pour qu'il en soit ainsi. Avec mes fils, et peut-être davantage qu'eux tu as été le miel de mon existence. Aujourd'hui je suis déjà si loin sur la Route Fantôme que je ne te vois même plus, mais du fin fond de ce pays inconnu je t'envoie un baiser et te serre contre mon cœur. Nous nous sommes tellement aimés.

Grand-père.

Je suis allée me coucher avec la pensée rassurante que j'allais résoudre le problème du lendemain midi, amusée de suivre les conseils de Lundquist relatifs à l'heure propice aux découvertes désagréables. Je me suis assise à la fenêtre dans mon fauteuil à bascule, toutes lumières éteintes, pour regarder un énorme orage qui se déchaînait pas très loin vers l'ouest. J'ai constaté avec soulagement que le vent ne le pousserait pas vers nous et que je pourrais donc le voir dériver pesamment en direction du nord, avec ses éclairs éblouissants qui s'abattaient vers l'horizon en prenant la forme de racines d'arbre, de système artériel, de deltas de rivière aérienne, tandis que leur lueur bleutée se reflétait sur mon ventre nu. J'ai pourtant eu si peur que je me suis levée pour me mettre au lit, me tournant vers le mur opposé qui semblait illuminé par un bombardement d'artillerie dans un film de guerre. Un souvenir désagréable, que j'avais oublié depuis des années, m'est alors revenu en mémoire: Père m'avait donné la fessée parce que je poursuivais Ruth avec un serpent noir que je m'étais enroulé autour du bras. C'est un bracelet, lui criais-je, je vais porter ce bracelet noir à l'école du dimanche, je vais le fourrer dans ton piano, alors prends garde. Ce jour-là j'ai donc eu droit à une fessée pendant laquelle mon père m'a déclaré que le monde était déjà bien assez effrayant comme ça pour ne pas en rajouter. Et puis que Ruth risquait d'avoir peur des serpents toute sa vie — sauf que ce n'est pas vraiment le cas. Ces larmes étaient les mêmes que celles que j'avais versées à l'hôpital en me réveillant déchirée par le bébé quand le liquide amniotique s'écoulait hors de moi. Cela sentait le chloroforme et la teinture d'iode ; dans ma gorge le sel des larmes évoquait l'eau de mer. Plongées passagères dans le sommeil et les rêves, peut-être des cauchemars, des rêves qui répétaient ou se faisaient l'écho d'autres cauchemars : le loup mort découvert sur une route gravelée près de Baudette dans le Minnesota, et que j'avais mis sur le plateau dans la camionnette, est revenu dans mon sommeil pour entrer dans ma bouche et emplir mon corps. Je chevauchais vers la rivière un énorme corbeau que je guidais avec des rênes d'argent. Puis la bête s'installait sur un banc de sable pour boire. Quand on est venu me chercher, des plumes sont sorties de mon corps frémissant, puis je me suis envolée en regardant les gens au-dessous de moi. Le vieux Sam Embouchure de Rivière, pas celui-ci — il n'avait plus d'oreilles, sa joue ressemblait à des lambeaux de cuir — m'apprenait à devenir une embouchure de rivière comme celle que j'avais vue dans ma jeunesse sur le Missouri, près de la marmite en fer. J'étais un vieux et doux faucon de marais piégé entre les gratte-ciel de New York ; un médecin m'aidait à me tirer de ce mauvais pas. Dans le désert, le coyote et le cobra pénétraient dans mon corps pour devenir mon crâne et ma colonne vertébrale. Cela fait trop d'animaux pour une seule personne. Le vieillard essayait de me transmettre la sagesse, au lieu de quoi je baisais avec lui. Tous ces pleurs étrangers quelque part près de mon cœur. Qui pleure en moi?

Quelqu'un dehors, à la fenêtre, appelle Dalva Dalva Dalva. L'aube est là, il bruine. C'est Lundquist qui détourne les yeux pour ne pas voir mes seins nus; ils sont durs et je suis humide. Vous avez crié, m'a-t-il dit. C'était un rêve, ai-je répondu, tandis que le chiot et Roscoe bondissaient contre la maison. Je peux rentrer me coucher? Je lui ai dit que oui, et il a mis le chiot dans la cabane. Il a placé Roscoe sur ses épaules, puis je l'ai regardé s'éloigner, pas très bien réveillée.

Une fois sous la douche, j'ai pensé bon Dieu de merde, cette nuit est terminée. Que dirais-je à un médecin? Et pourquoi tous ces animaux arrivaient-ils l'un après l'autre? L'anecdote du loup remontait à plus de dix ans. En préparant mon petit déjeuner, je ne parvenais pas à échapper à tous ces rêves; j'ai donc décidé de reprendre le dressage de Nick, mon sprinter hongre, qui avait un peu grossi parce qu'on ne s'occupait pas assez de lui. Tout a bien commencé, mais il a bientôt décidé de ne faire ses huits que par la gauche, et pas une seule fois par la droite. Michael avait remarqué que l'odeur de l'alcool effrayait Nick, mais je n'en avais pas bu une goutte depuis la veille au soir. Je l'ai fait travailler jusqu'à ce qu'il soit couvert d'écume, puis j'ai arrêté. Quand je lui ai retiré sa selle, il m'a mordu la fesse; je l'ai alors frappé si fort que j'ai cru me démettre le pouce. J'ai transpiré et crié tant et plus tandis que je le dirigeais au bout d'une longe. Il s'est alors parfaitement comporté, en me regardant comme s'il se demandait quel avait été le problème. Quand je lui ai remis sa selle, il a encore refusé d'exécuter des huits par la droite. Je l'ai fait rentrer dans son corral en pensant que je n'étais pas assez forte pour ce boulot. Cela ne me ressemble pas. Je dois m'endurcir. Je n'avais réussi qu'à ramasser une morsure de cheval sur le cul. Je suis rentrée préparer un sac.

Michael paraissait en moins bonne forme qu'il ne le croyait. Son visage était pâle et flasque, mais il m'a adressé un sourire radieux quand je suis entrée chez Naomi par la porte de la cuisine. Il portait quelques-uns des vêtements, repassés de frais, que je lui avais achetés à San Francisco. Sa mâchoire avait désenflé, mais son visage portait encore la trace des coups, et son bras gauche plâtré était soutenu par une écharpe. Il s'est accroupi pour accueillir le chiot qui avait appris à imiter le grognement de Roscoe. Michael lui a donné un os tiré de la provision de Naomi, et ils sont aussitôt devenus amis. Il m'a adressé un signe en me montrant la porte pour me signifier qu'il désirait me parler en privé, mais, avec une grimace résignée, il a d'abord aidé Naomi à verser un peu de soupe dans le mixer. Comme Naomi semblait triste et préoccupée, je l'ai embrassée sur la joue. Elle m'a désigné une lettre ouverte posée sur la table. J'ai deviné que le surintendant du comté lui annonçait la fermeture définitive de l'école de campagne, ce qui s'est avéré exact, mais la lettre contenait aussi une bonne nouvelle, une offre de poste de conseillère auprès des familles de fermiers en faillite, sous la direction de l'agent fédéral du comté. J'ai aussitôt téléphoné pour accepter, en partie afin de rassurer Naomi, mais surtout parce que j'en avais par-dessus la tête de l'oisiveté. Dans quelques mois j'aurais peut-être envie de reprendre les activités de ma ferme, mais dans l'immédiat cela relevait de la pure utopie. Entamer cela dès maintenant reviendrait à me placer d'office dans ce que Sam appelait la catégorie des «riches» qui faisaient semblant de s'occuper d'un ranch pour la galerie, et ce même si j'étais née ici. J'ai adressé un signe à Naomi, puis entraîné Michael vers le salon de musique.

Il m'a appris que Frieda avait pu le faire sortir de

l'hôpital en fin de soirée et qu'ils avaient fait la moitié de la route de nuit avant de s'arrêter dans un motel — où elle avait tenu à ce qu'ils dorment dans des chambres séparées. Il avait beaucoup travaillé depuis le milieu de la matinée, et il y avait sur un bureau plusieurs journaux ouverts, ainsi qu'une liste de questions à la calligraphie minuscule et maladroite. Si je n'avais eu l'habitude de ce genre de confrontation, l'heure que nous avons passée ensemble m'aurait mise à bout de nerfs. La période de convalescence minimale pour un alcoolique dure au moins six semaines; dix jours après son «accident» Michael souffrait d'hallucinations. La ferme de Naomi n'était pas l'endroit idéal pour une telle cure, mais il s'agissait d'une décision dont je ne voulais surtout pas me mêler. Sa première question écrite m'a donné la chair de poule, et je lui ai répondu lentement, comme à quelqu'un qui n'a pas toute sa tête.

— Northridge m'a rendu visite en rêve pendant quelques minutes dans ma chambre d'hôpital. Une balle lui avait transpercé le front. Comment est-il mort?

— Il est mort chez lui, dans son lit, en 1910, trois jours après sa femme.

— Les journaux s'interrompent quelques jours après son retour à sa ferme, au mois de février qui a suivi Wounded Knee. Y a-t-il d'autres journaux?

— Il en existe un autre, dont je dois parler avec Paul lorsqu'il viendra ici en juillet. Tu pourras sans doute le consulter quand tu auras fini d'éplucher tout ça.

— Merde alors, c'est trop injuste!

Des gouttelettes de sueur ont soudain couvert son front, et je me suis sentie touchée par sa panique. Nous étions assis à un mètre l'un de l'autre devant le grand bureau, mais je remarquais son odeur aigre.

— Calme-toi. Je dois m'absenter quelques jours, peut-être une semaine. Je peux sans doute en parler à Paul par téléphone. Il y a une grosse somme d'argent en jeu, et je risque de m'exposer à certains dangers.

La confusion de mon esprit m'avait empêchée de régler ce problème. Si je décidais de donner tous ces objets à un musée, je pouvais très bien prendre une lame de rasoir pour découper les passages du dernier journal qui parlaient des « autres choses », puis m'en débarrasser. Alors Michael pourrait finir son travail. Il importait maintenant d'éviter cette compassion de grand-mère si tentante quand on se trouve en face d'un désespoir enfantin.

— Je vois bien que tu n'as pas confiance en moi !

Son écriture était encore plus heurtée qu'au début.

— Essaie s'il te plaît de te souvenir des récents événements. Tu nous as sacrément emmerdés. J'admire malgré tout la direction que ta conscience et ton intellect semblent prendre. Sois un peu patient.

— Toi-même, tu as l'air épuisée. Tu es froide et distante. Je ne comprends pas.

— J'ai découvert que mon fils est vivant et qu'il m'a déjà vue plusieurs fois, bien que j'ignore son identité. J'attends, et ce n'est pas facile d'attendre après si longtemps.

Stupéfait, il a tendu la main pour saisir la mienne et la presser contre son front. Naomi est entrée afin de nous prévenir que le déjeuner était prêt. Quand nous nous sommes mis à table, il y avait un petit verre de vin devant chaque assiette. Michael a aussitôt vidé le sien avec sa paille, dont il a ensuite trempé le bout dans sa soupe avec un sourire.

— Je peux lui en redonner ? m'a demandé Naomi, mais Michael a secoué la tête avant d'écrire qu'il avait l'intention de travailler.

Dehors, près de la voiture, Naomi m'a dit que Ruth avait essayé de me joindre au téléphone hier soir. Elle s'était envolée pour le Costa Rica ce matin, et elle passerait nous voir la semaine prochaine sur le chemin du retour. J'ai pensé que Naomi se comportait toujours un peu bizarrement, mais qu'elle avait retrouvé son humour, et moi le mien quand nous avons parlé de Ruth, qui avait rendez-vous avec son prêtre dans une station balnéaire de luxe, car tous deux s'étaient dit qu'il ne risquait pas d'y rencontrer la moindre personne de sa connaissance.

— Elle va essayer d'être enceinte?

— Je ne crois pas. Elle a passé beaucoup de temps avec Paul et accepté de s'occuper de ses établissements pour orphelins à la mort de son oncle. L'ambition de mes deux filles me plaît. Pendant toutes ces années et dans le vaste monde, vous avez seulement réussi à vous dégoter un prêtre et un cow-boy.

Puis l'éclat de rire qui lui a échappé l'a obligée à s'appuyer contre la voiture. Ce genre de fou rire lui arrivait rarement, mais il était contagieux. Nous avons fait un tel vacarme que Michael est sorti en courant sur la véranda et, médusé, nous a regardées à travers le grillage.

— C'est juste une blague, lui ai-je lancé, avant de penser qu'on pouvait sans doute voir les choses ainsi.

Le problème avec l'ouest du Nebraska, c'est qu'il n'existe d'habitude qu'un seul chemin pour se rendre quelque part. Tout autre itinéraire que direct aurait requis plusieurs heures de conduite supplémentaires pour aller à Buffalo Gap. Moyennant quoi il faut supporter toutes les anciennes ruminations de vos précédents passages sur ces routes, comme si ces pensées antérieures étaient restées accrochées aux poteaux téléphoniques et aux lignes à haute tension — jusqu'aux fantasmes sexuels du passé le plus lointain qui vous guettent dans le fond des rivières et des ravins, aux croisements dans des hameaux désormais abandonnés dont le nom ne renvoie plus qu'à lui-même et au souvenir de ce que vous faisiez et pensiez lors de vos précédents voyages. Mais l'emprise du passé dépend de votre disponibilité d'esprit; et je commençais à me reprendre en main, consciente d'avoir davantage subi des conséquences que créé quoi que ce fût de nouveau. J'avais le sentiment d'avoir peu à peu pris ma décision : je retournais chez moi, et j'espérais que cela dominerait tout autre considération, hormis mon coup de téléphone à Andrew.

Je songeais aussi que je connaissais maintenant Michael depuis un peu plus de deux mois, et que le seul écho que me renvoyait notre rencontre d'aujourd'hui était celui du regret. Je me suis étonnée de la profondeur de ma mélancolie à Santa Monica, qui m'avait poussée à accepter ce marché absurde selon lequel ce brillant écervelé allait retrouver mon fils en échange de notre histoire. Tout cela m'a semblé assez idiot pour que j'éclate de rire au volant, mais à quoi cela m'avançait-il de voir la situation avec la même lucidité que Paul ? Peut-être à mon insu, j'avais choisi Michael pour me débarrasser de tout cela. L'idée d'une erreur grossière m'a poussée à allumer la radio, mais c'était l'heure des informations et, l'angoisse du monde remplaçant bien vite la mienne, je l'ai fermée. Mes interrogations ont ensuite porté sur la conscience et l'histoire, avant de se réduire à l'image mesquine de Northridge devenant un simple titre de gloire dans la carrière du pitoyable Michael.

A Chadron j'ai choisi de faire un détour par Crawford, puis au nord par la Route 71 à travers les pâturages oglalas et ceux de Buffalo Gap. Je me suis félicitée d'avoir renoncé au dernier moment à une brève visite à Fort Robinson — selon vos convictions et votre connaissance de l'histoire, vous pouvez considérer cette région comme le Ghetto de Varsovie des Sioux. Ma colère a alourdi mon pied sur l'accélérateur et j'ai dépassé trois caravanes immatriculées dans l'Iowa, aperçu une voiture qui venait en sens inverse et donné un brusque coup de volant qui m'a envoyée sur le bas-côté gauche de la route. Les conducteurs des trois véhicules que je venais de doubler ont agité le poing en klaxonnant, mais sans s'arrêter. J'étais à moitié embourbée, et suis passée en position quatre roues motrices pour sortir petit à petit du fossé. Comme mon cœur battait très fort et que j'avais du mal à retrouver mon souffle, je suis descendue de voiture. J'ai marché le plus vite possible vers l'océan des herbes hautes et je me suis assise parmi elles, invisible de la route. Tout ce qui venait de m'arriver a brusquement disparu dans ce monde uniformément vert : « Ce je j'essaie de faire, c'est de troquer un amant mort contre un fils vivant. Je suis même prête à jeter un père mort dans la balance, ainsi sans doute que leur âme conservée au cellier. Même si je ne parviens pas à voir mon fils, je dois renoncer aux autres. Le monde qui m'entoure et qui est aussi celui des autres paraît immense et indestructible, mais il est fragile comme un œuf de faisan ou d'alouette, comme un œuf de femme ou le dernier battement de cœur de n'importe quel être. Je suis folle. Pourquoi n'ai-je pas fait cela il y a longtemps ? J'ai beau avoir quarante-cinq ans, j'abrite encore en moi une jeune fille en larmes. Je demeure entre les bras d'hommes morts — d'abord Père, ensuite Duane. J'aurais aussi bien fait de mettre le feu à cette putain de maison. Que je voie mon fils ou pas, il constitue au moins une obsession vivante. »

Sam s'est figé sur place à dix mètres de moi quand j'ai atteint le chalet. Il m'a montré le beau corral tout neuf avec une fierté bien cachée, cette timidité laconique du cow-boy qu'il me semblait connaître depuis toujours. Une fois le corral terminé, il avait commencé de passer à la paille de fer les rondins du chalet afin d'en retirer le vernis avant de mettre une nouvelle couche. Quand sa timidité a résisté aux deux verres qui ont précédé le dîner, j'ai commencé à m'interroger.

— Quelque chose qui ne va pas ?

J'étais impatiente, car j'avais décidé tant de choses pendant l'après-midi, ou du moins approché une région si critique que mon soulagement m'a rappelé les adolescents avec qui j'avais travaillé après qu'ils avaient émergé d'un traitement de choc réussi.

— J'ai comme l'impression qu'il y a quelque chose qui cloche chez toi. On dirait que tu as été malade.

Je me suis rebiffée, mais sans savoir très bien sur quel pied danser. Je me suis servie un troisième verre avant de pousser la bouteille vers lui. Il m'a imitée avec un haussement d'épaules. Nous avons ensuite exploré ensemble le territoire neutre de l'état du chalet, des chevaux, du prix du foin alors que la sécheresse estivale commençait. Il m'a dit qu'il n'avait jamais compris pourquoi il tombait quatre-vingt-dix centimètres de pluie à Omaha, alors que la frontière ouest de l'Etat devait se contenter de vingt-cinq centimètres. Le whisky commençait de nous détendre quand il m'a dit qu'il espérait que je me sentais mieux. Mon estomac et mes articulations se sont décontractés lorsqu'il m'a confié que sa mère et sa jeune sœur avaient toujours eu « des problèmes nerveux », moyennant quoi il savait que c'était aussi sérieux que de se casser une jambe. Mais je ne voulais toujours pas me détendre complètement quand, d'une voix plate et affectée, je lui ai fourni quelques explications. Je lui ai annoncé que je venais de retrouver la trace du fils dont j'avais dû me séparer pour qu'il fût adopté, et qu'il me cherchait, nouvelle que j'attendais depuis des années.

— Il me semble qu'il faut fêter ça. Mais tu ne devrais pas être trop difficile à trouver, bon Dieu. Tout cela t'est arrivé depuis la semaine dernière?

Les larmes aux yeux, j'ai acquiescé. Il a fait le tour de la table, m'a soulevée de ma chaise, puis s'est assis en me prenant sur ses genoux. Il m'a dit que c'était le genre d'occasion où un petit ami pouvait servir à quelque chose. Je ne suis pas le genre de femme qui aime s'asseoir sur les genoux d'un homme, mais cela ne m'a pas gênée. C'était une situation merveilleusement banale, comme si après une longue absence je retrouvais un contact humain. Il ne m'a pas posé une seule question — il se contentait de rester assis avec moi sur ses genoux. Ensuite nous avons fait l'amour et préparé le dîner. Il m'a raconté une histoire en essayant de la rendre drôle. Quand il avait neuf ans, quelqu'un lui avait volé son cheval qu'on avait mis à paître avec une douzaine d'autres. C'était une belle jument alezane. Vingt ans plus tard, alors que son père agonisait dans un hôpital pour vétérans, il lui avait dit : «Sam, le moment est venu d'arrêter de penser à récupérer cette jument. »

Nous avons mis trois jours à vernir le chalet. C'était une tâche répétitive et sans grand intérêt, semblable en cela au travail dans un potager, qui a permis à mon univers mental de se remettre d'aplomb. Je maniais le pinceau au sommet de l'échelle, car même cette hauteur modeste donnait le vertige à Sam, qui avait toujours refusé de monter plus haut que la selle d'un cheval. Il n'a pas aimé me faire cet aveu, mais il s'est ensuite détendu et m'a fait d'autres confidences, souvent drôles : pendant que les soldats en permission goûtaient aux plaisirs des salons de massage de Saigon, il avait joué au touriste, car son père lui avait raconté une histoire de la Seconde Guerre mondiale selon laquelle les Japonaises coinçaient parfois le sexe d'un homme au point que seul un chirurgien pouvait les séparer. Connaissant ma formation, il m'a interrogée sur l'origine de cette phobie. Je lui ai répondu que j'avais souvent constaté que les hommes s'inquiétaient davantage de leur queue que de leur boulot. Quand il m'a regardée du bas de l'échelle, j'ai vu qu'il rougissait sous son bronzage.

A la fin du troisième après-midi, pendant qu'il rassemblait ses affaires pour partir le lendemain matin, nous nous sommes disputés. Il venait de passer une bonne heure en plein soleil à nettoyer laborieusement les pinceaux alors que j'aurais préféré les mettre à la poubelle. Je n'ai pas pu me retenir à temps, et ces pinceaux se sont vite transformés en problème financier. Son ressentiment était compréhensible, vu ses expériences avec l'élevage des chevaux, mais je désirais qu'il me voie sous un jour différent. J'étais assise sur ce même divan où grand-père avait dormi pendant que Rachel le veillait. Où donc mon père avait-il fait l'amour avec elle? Quelque part dans les collines. Sam parlait ou argumentait en me tournant le dos, ce qui m'a mis d'une humeur massacrante. Naomi m'avait expliqué que sa famille avait dû abandonner son ranch à la banque pendant la Dépression, et j'ai remarqué qu'indépendamment du sujet qu'il abordait c'était cette catastrophe initiale qui alimentait toujours sa colère, et qui avait limité sa vie à celle d'un chef d'équipe.

— Si tu daignais te retourner, tu t'apercevrais que je ne suis ni la banque, ni un créditeur, ni l'un de ces connards pour qui tu as travaillé. Si tu veux te considérer comme une victime, c'est ton problème, mais je pourrais te raconter quelques histoires de vraies victimes, car j'ai passé les sept dernières années de ma vie à travailler avec elles.

Sa main serrait un bloc de quartz posé sur le manteau de la cheminée. Il s'est retourné brusquement pour lancer de toutes ses forces le lourd bloc à travers le chalet. Il a percuté de plein fouet la marmite pleine de chili qui mijotait sur le feu, aspergeant de son contenu le mur et la cuisinière. Sam a aussitôt regretté son geste et s'est pris le visage entre les mains; puis nous sommes allés constater l'étendue des dégâts.

— Je n'ai plus un sou. Va falloir que tu me paies à dîner, m'a-t-il dit.

— J'ai mis de l'argent dans ton portefeuille pendant

que tu étais sous la douche. Ainsi que quelques billets dans la boîte à gants de ta camionnette. Et puis je t'ai mis cent cinquante litres d'essence dans le réservoir et dans ton jerrycan quand je suis allée au magasin ce matin.

— Tu m'achètes, c'est ça?

Il m'a enlacé les épaules, puis a trempé un doigt dans le chili répandu sur la cuisinière, qu'il a goûté avant de hocher la tête d'un air satisfait.

— Oh! que non! En fait, je préfère la location. Lundquist, notre ouvrier agricole, dit souvent que n'importe quel gars a besoin d'un peu d'argent de poche.

— Je crois que ça suffit. Si je recommence à déconner, dis-moi de m'en aller.

Nous sommes partis dîner à Hot Springs, puis vers le nord, en direction du mont Harney pour voir la lune se lever. Elle était presque pleine; à l'est, des éclairs de chaleur m'ont rappelé un passage des journaux de Northridge. Je suis descendue de la camionnette puis me suis éloignée du cliquètement du moteur pour gravir une prairie sur plusieurs centaines de mètres jusqu'à la limite des arbres. Tout en bas de la colline, j'ai vu Sam allumer une cigarette. A mi-distance, le mont Harney était baigné par le clair de lune; quand on regardait bien, on voyait la lumière descendre lentement le flanc de la montagne à mesure que la lune se levait. J'avais l'esprit si clair que j'en tremblais. J'avais dit à Sam que je comptais me rendre à une fête crow en août et que je le retrouverais à Hardin ou à Billings, dans le Montana. Mais pour l'instant je n'étais pas en état de supporter plus de quelques jours avec lui environ tous les deux mois.

Je suis partie à l'aube en même temps que lui. Au bout d'un moment, j'ai baissé le pare-soleil pour me protéger contre la lumière rasante du soleil levant, et la moitié de l'argent que je lui avais donné m'est dégringolée sur les genoux. Avec cette explication : «Je ne coûte pas aussi cher, baisers, Sam.» On ne pouvait pas en demander plus à un rapport aussi fugace ; après seulement un mois d'absence, Santa Monica se fondait en une image floue d'arbres et d'océan.

Sur la seule route qui traverse le comté de Cherry, un policier m'a arrêtée pour excès de vitesse, puis dit de me faire immatriculer dans le Nebraska si je voulais habiter la région. Je suis tombée d'accord avec lui, et il m'a laissée repartir sans verbaliser. Il était énorme, couvert de cicatrices, et je me suis demandé avec combien de Sioux ivres de la réserve de Rosebud il s'était déjà battu.

Je suis arrivée à la ferme à l'heure prévue, vers midi. J'ai marché un moment dans la cour pour me dégourdir les jambes, avant de me diriger vers la maison et l'escalier du cellier où j'ai allumé deux lanternes. A l'intérieur de la cage à vin, j'ai tiré de toutes mes forces sur le dernier casier très long et lourd, pour le faire rouler et dégager la porte aux charnières horizontales de la cave à légumes. J'ai ouvert cette porte, puis l'ai fixée à un crochet sur une poutre. La cave à légumes, longue de sept mètres et large d'un et demi environ, servait à entreposer des pommes de terre, des choux, des navets, etc., pendant l'hiver. A la lumière des deux lanternes j'ai aperçu la porte située à son extrémité ouest, ainsi qu'un joli fouillis de serpents noirs, dont le plus gros, tel un gardien, a dressé la tête au-dessus du sol avant de s'approcher des sources lumineuses. Je lui ai chuchoté quelques mots, puis me suis baissée pour lui laisser sentir l'odeur de ma main. Il s'est arrêté, puis éloigné. Je suis entrée dans la cave ; les vibrations provoquées par mes pieds ont troublé les serpents qui se sont mis à onduler frénétiquement tandis que je me frayais un chemin vers la porte. Je n'ai pas peur des serpents, mais mon courage était maintenant soumis à rude épreuve. Près de la porte, le plus gros d'entre eux s'est enroulé autour de ma botte et j'ai eu beaucoup de mal à m'en débarrasser. J'ai ouvert la porte, puis l'ai vivement refermée derrière moi pour qu'aucun serpent ne puisse me suivre, après quoi j'ai descendu les marches de pierre froide jusqu'à l'autre porte. Comme je savais à peu près à quoi m'attendre et que j'agissais rapidement, je n'avais pas trop peur de ce que j'allais découvrir. Ma seule pensée irrationnelle était que dans cette entreprise j'allais d'une certaine façon libérer l'âme de Duane et celle de mon père.

La pièce dans laquelle je suis entrée était très vaste, peut-être longue de huit mètres et large de sept, étonnamment aérée car ventilée par une cheminée qui, à travers le mur situé entre le cabinet de travail et la chambre à coucher, montait jusqu'au toit. J'ai aperçu une table au plateau de chêne sur laquelle étaient posées deux lampes à pétrole — je les ai allumées, puis j'ai regardé : à l'extrémité ouest de la table, sur un banc, étaient assis le squelette du lieutenant ainsi que ceux du sergent et du simple soldat, qui portaient toujours leur uniforme de la cavalerie. Le calibre .44 de Northridge avait fait un grand trou au front du lieutenant. Le long du côté nord de la table, sur des litières en bois, cinq guerriers en tenus de cérémonie étaient allongés, des amis de Northridge qui, au cours de la diaspora, avaient souhaité protéger leur dépouille contre les pilleurs de tombe. Bien qu'il eût consigné tous les détails de son existence dans ses journaux, l'identité de ces guerriers demeurait secrète, mais Paul m'avait dit que son père la connaissait sans doute. Le restant de la pièce était occupé par des objets rituels étiquetés qui avaient appartenu aux tribus du Grand Bassin : manne de Pologne tressée, cols en loutre, lanières en peau de lion de montagne, peaux de blaireau — le clan de Northridge, ceintures crows en plumes d'aigle et de faucon, crânes de bison peints, bracelets en peau de renardeau, colliers de griffes d'ours, crécelles en écaille de tortue, bonnets pointus en hermine, queues d'hermine roulées, baguettes porte-bonheur et trois sacs-médecine, peaux de bison peintes, un aigle doré dont la cage thoracique pouvait abriter la tête d'un saint homme crow, coiffes ornées de cornes de bison, corbeaux, lances enveloppées dans une peau de loutre, arcs rituels dans des carquois en peau de serpent à sonnettes, écharpes en fourrure de lion de montagne, ceintures découpées dans la peau d'un ours, peaux de chien, coiffe en ours grizzly dotée de deux oreilles et deux mâchoires, peaux de loup et de coyote, coiffures en plumes de hibou, peaux de belette, un couteau à manche taillé dans la mâchoire d'un grizzly et prolongé d'une incisive, sifflets en os, peaux d'ours pour les danses rituelles, énormes masques en tête de bison, coiffes en peau de loup ornées de dents, crécelles à effigie de serpent, crécelles en ergots...

Je suis restée assise là pendant une pleine heure, dans un état qui approchait sans doute celui de la prière silencieuse, sans penser à rien d'autre qu'au spectacle qui s'offrait à moi. Mon père et Duane m'ont d'abord paru être à mes côtés, puis disparaître en emmenant avec eux la jeune fille en pleurs que j'avais sentie dans ma poitrine. Elle est sortie par une fenêtre de la maison où elle était longtemps restée assise à regarder les matins d'été et la lune descendre dans le ciel. Alors, très loin derrière moi, j'ai entendu un cri ou un gémissement. C'était Lundquist qui appelait Dalva, Dalva, Dalva... J'ai éteint les lampes à pétrole, puis quitté cette cave en sentant un frisson remonter le long de mon dos pour s'épanouir dans ma cage thoracique.

Il avait descendu le premier escalier puis, atteignant la porte relevée de la cave à légumes, redouté que je n'aie été

434

«avalée», d'autant que la porte qui menait au dernier sous-sol était fermée. Le souffle court, pelotonné dans l'angle du casier à vin, il prétendait que tous les serpents de la cave à légumes s'étaient massés près de la porte relevée pour l'empêcher de me sauver la vie. J'ai refermé toutes les portes, puis je l'ai aidé à remonter l'escalier vers le soleil éclatant qui inondait la cuisine. Maintenant je tremblais et sentais tout mon corps trempé de sueur. J'aurais juré qu'il y avait un creux dans ma poitrine à l'endroit jadis occupé par la jeune fille en pleurs. La «réalité» de la cuisine était plus présente que jamais; avant de me laver le visage à l'évier j'ai remarqué que mes cheveux étaient déjà mouillés. J'ai donné une bière à Lundquist, et nous nous sommes assis à la table de la cuisine. Il a fini sa bière si vite que d'un signe de tête je lui ai montré le réfrigérateur pour lui permettre d'en prendre une autre. Il ressemblait si peu au Lundquist de cinq soirs plus tôt que j'ai une fois encore admiré la diversité des facettes de la personnalité. Il s'est mis à maugréer à voix basse sur l'été 1930, quand Paul et le petit John avaient sept ou huit ans. John W. avait fait venir trois hommes et une femme sioux de Keyapaha pour qu'ils dressent un grand tipi dans la cour et montrent aux garçons ce que cela signifiait d'avoir du sang indien. Lundquist avait dit en souriant qu'il était le seul «Blanc de race pure» parmi eux. Puis il a fait une digression pour me raconter que John W. se moquait souvent de lui en évoquant un numéro du *National Geographic* où l'on voyait les ancêtres de Lundquist vêtus de peaux de bêtes et de casques à grandes cornes, bien que tout cela remontât à une époque où ils n'avaient pas encore entendu parler de Jésus. Ce jour-là donc, à l'approche du soir, Lundquist était parti ramasser du bois pour les Sioux qui avaient ensuite fait un grand feu de joie. John W. et deux Sioux étaient remontés de la cave, sortis par la porte de devant, puis, habillés en guerriers, ils avaient dansé pour les deux garçons. L'autre Sioux jouait du tambour, et la vieille femme expliquait aux garçons ce qui se passait. Quand ils s'endormaient, elle les secouait pour les réveiller.

Une fois son histoire terminée, Lundquist m'a demandé s'il s'agissait d'un secret qu'il aurait dû garder pour lui, et je lui ai répondu que non. Il s'est alors souvenu de la raison de sa visite ici — le professeur Michael se sentait « patraque », et Frieda ne savait plus à quel saint se vouer. Naomi était partie, Frieda ignorait où j'étais. Soudain il s'est levé, puis a détalé comme un lapin. Quand j'ai regardé par la fenêtre, il traversait déjà la pâture vers la maison de Naomi avec Roscoe sur l'épaule. J'ai tout de suite pensé à téléphoner, mais je savais qu'elle ne pourrait pas me parler de ce nouveau problème s'il était dans la cuisine quand elle décrocherait. J'ai pris une douche rapide, puis me suis habillée en remarquant que toutes les photos posées sur ma commode ne m'oppressaient plus comme autrefois. C'étaient seulement des hommes qui souriaient, et tous étaient aussi morts que je le serais un jour.

Michael était assis sur la balancelle de la véranda, avec le chiot endormi sur ses cuisses. Son bloc-notes était posé à côté de lui, et il ne s'est pas retourné quand je suis sortie sur la véranda. Dans la cuisine, une Frieda au bord de la crise nerveuse venait de m'assener un discours qui trahissait une soigneuse préparation.

— Ça commence quand Naomi s'en va hier pour retrouver son ami à Lincoln et étudier à la bibliothèque. Il a déjà le moral qui flanche. Il m'écrit qu'il peut pas dormir, alors il travaille toute la nuit, et toute la journée il tourne en rond dans la cour avec le chiot, mais quand même il est bien assis là depuis trois heures, et têtu comme une mule il refuse de manger sa soupe. Et puis il veut pas me parler, car j'ai pas accepté de l'emmener à Denver pour qu'il aille chercher sa voiture. J'ai téléphoné au concessionnaire pour lui, et ça l'a mis dans tous ses états que la réparation vous ait coûté les yeux de la tête. Histoire de le calmer, je lui ai dit que c'était une bagatelle pour vous. C'est comme avec Gus — suffit de se décarcasser pour ce genre de zigoto, et ils réagissent comme si on leur broyait les couilles. Et puis voilà pas que de bonne heure ce matin je l'entends pleurnicher, alors je me dis : cette situation, elle est plus de mon ressort. Je me le traîne jusqu'au téléphone avec sa tablette, et nous appelons ce docteur d'Omaha parce que j'aurais mis ma main à couper qu'il avait besoin de médicaments pour les nerfs. Le docteur est d'accord, et voilà où on en est.

Elle m'a tendu la feuille de papier où était inscrit le nom d'un tranquillisant assez violent. J'ai aussitôt appelé un pharmacien de Grand Island pour qu'il nous le fasse parvenir par le car de l'après-midi. Ce pharmacien qui connaissait notre famille depuis très longtemps a tout de suite accepté sans même demander le nom du médecin.

Je suis ensuite sortie sur la véranda pour m'asseoir dans la balancelle à côté de lui en songeant qu'il aurait sans doute échappé à cette dépression s'il avait pu bavarder comme à son habitude. J'ai posé la main sur la tête du chiot qui a bâillé puis s'est rendormi. Comme des larmes coulaient sur les joues de Michael, je me suis relevée pour les essuyer avec mon corsage. Il a tenté de sourire, je me suis assise près de lui, et lorsque je lui ai enlacé les épaules il a fondu en larmes pour de bon.

— Michael, tu essaies peut-être de faire trop de choses à la fois sans prendre toutes les précautions nécessaires. Je trouve admirable que tu aies tenté d'arrêter de boire, mais tu devrais sans doute attendre de pouvoir parler. Ensuite, une semaine ou dix jours de clinique ne te feraient pas de mal, d'autant que tu as déjà montré que tu supportais bien ça. Les cachets seront là ce soir ; je tiens à ce que tu les prennes pendant quelques jours, même s'ils t'empêchent de travailler. Je t'emmènerai faire des promenades à cheval et à pied ; et puis Ruth doit arriver ce week-end. Tu m'as dit que tu l'aimais bien. Tu te rappelles quand je t'ai

437

dit qu'elle te trouvait sexy, dans le genre européen salace ?
Et puis je vais te préparer les meilleures purées du monde...
Mon épaule et l'un de mes seins étaient maintenant trempés de larmes.

— J'ai des somnifères ici ; je veux que tu en prennes tout de suite, car tu es trop fatigué pour réfléchir. Nous reparlerons de tout ça à ton réveil.

Je l'ai accompagné jusqu'au salon de musique où, sur sa demande, on avait installé un lit à une place à côté de son bureau. Je suis allée chercher les somnifères et un verre d'eau ; à mon retour, il était sous le drap avec le chiot endormi sur l'oreiller près de sa tête. Il a pris mes cachets, puis m'a montré une feuille sur le bureau en me faisant signe de l'emporter. Quand j'ai embrassé son front moite, il en a profité pour faire remonter sa main le long de ma cuisse sous ma jupe. Mais il avait le regard d'un adolescent effrayé.

Ma très chère Dalva,
Ma personnalité ne semble pas vraiment éblouissante quand je suis à jeun, mais je commence à croire que ma personnalité n'a guère d'importance, du moins sous la forme que je lui attribuais. Elle interfère sans aucun doute avec mon travail actuel, car tant ce travail que ma personnalité paraissent vouloir à tout moment changer de dimension, d'aspect, de limites. J'ai considérablement élargi ma définition du « court-circuit » — quand je m'endors à trois heures du matin, je peux me réveiller un quart d'heure plus tard, prêt à travailler. Mes états maniaques et dépressifs sont séparés par des heures, des minutes, des secondes, des millisecondes. Je ne peux que tomber d'accord avec le grand Russe pour dire qu'une lucidité trop intense est un signe de maladie

Mais pas au sens où je l'entendais dans le temps (il y a deux semaines!) quand je me réveillais en ruminant de sombres pensées qui se résumaient presque toujours aux distorsions biochimiques provoquées par l'alcool. Contrairement à toi, je n'ai pas le tempérament très oriental, et j'espère être davantage que ce que je fais et perçois. Mais ne me demande surtout pas de but en blanc de quoi il s'agit au juste. Quand j'étais en septième, pendant un cours de sciences naturelles j'ai déclaré à ma maîtresse que j'espérais découvrir des oiseaux et des animaux inconnus; elle m'a aussitôt répondu: «Ils ont tous été répertoriés. Contente-toi donc d'apprendre tes leçons.» Il y a quelques minutes j'ai téléphoné à mon ancienne femme pour entendre sa voix, puis j'ai bien sûr fondu en larmes, car je ne pouvais pas lui parler, d'autant que son avocat m'a solennellement interdit d'entrer en contact avec elle. J'ai ensuite appelé ma fille Laurel, qui a tout de suite crié: «C'est toi, Bob? Va te faire foutre! Il n'y a que moi ici. Laisse-moi tranquille, Bob», intermède comique qui m'a procuré un soulagement temporaire.

Pour dire la vérité, j'ai profité de ton absence pour trouver le journal que tu voulais me cacher. J'ai fouillé dans ta maison, ce qui — je l'avoue volontiers — est scandaleux. J'ai d'ailleurs bien failli faire chou blanc, car dans le tiroir au fond duquel il était caché, tes sous-vêtements m'ont presque fait oublier le but de mes recherches. Je ne vais pas implorer ton pardon, car mon abominable curiosité ne le mérite pas, mais pour te rassurer, je t'annonce que dans mon texte je ne ferai aucune mention des cadavres (au nombre de huit, je crois) ni des objets rituels. Je peux expliquer les efforts de Northridge pour établir un «réseau souterrain» au service de guerriers pourchassés, en disant simplement qu'il les dissimulait dans une cave à légumes. Néanmoins et avec ta permission, j'aimerais inclure l'histoire splendide du lieutenant et de ses deux subalternes, en disant par exemple que leurs cadavres ont été jetés dans la Niobrara. Sur ce chapitre, tes désirs sont des ordres. Après cette perquisition sans mandat, j'ai repris le RAM de la douce Frieda et remis le journal dans son cocon de coton. J'ai naturellement été tenté de descendre à la cave avec un pied de biche, mais m'en suis retenu. Par ailleurs, j'ai un bras dans le plâtre et ce genre de spectacle me flanque la trouille — quand j'étais gamin, de jeunes prosélytes catholiques m'ont un jour immobilisé puis obligé à embrasser le rosaire et la croix (exactement ce que les Espagnols ont fait subir aux Indiens d'Amérique centrale et du Sud!).

J'ai donc lu le contenu du second coffre en un peu plus de soixante-douze heures, presque sans m'inter-rompre. J'ai chipé quelques pilules pour maigrir dans le sac de Frieda pendant qu'elle était aux toilettes, puis dévoré ces journaux «à un train d'enfer», comme disent les journalistes sportifs, et il me semble que les fournaises de Satan m'ont un peu roussi l'esprit. Voici quelques passages clefs avec mes commentaires, pour que tu saches comment j'envi-sage maintenant notre projet commun.

J'ai été interrompue dans ma lecture par Frieda, qui me demandait une soirée de congé maintenant que j'étais sous le même toit que Michael. Pour la première fois depuis un an, Gus voulait l'inviter à dîner, car il avait trouvé une vieille pièce en argent dans une ferme abandonnée. Il faisait partie d'un club baptisé «Les Dénicheurs de Magot», qui regroupait pour l'essentiel des indigents d'âge mûr et un peu toqués, lesquels écumaient le comté avec leurs détecteurs de métaux achetés par correspondance. Ils portaient des t-shirts «Dénicheur de Magot» qui leur laissaient le ventre à l'air, et des casquettes-réclames pour la bière Olympia. J'ai accédé à la requête de Frieda, mais lui ai demandé de voir si Lena pouvait nous apporter le tranquillisant de Michael et rester dîner. Frieda manifeste des signes évidents de lassitude. Elle m'a dit que Naomi se portait comme un charme parce qu'elle ne prenait pas «personnellement» les sautes d'humeur de Michael, et de fait Naomi était capable de supporter presque n'importe qui. Frieda m'a dit en sortant que Michael lui avait demandé de la moelle de bœuf pour dîner, car il avait lu dans ses «vieux grimoires» que la moelle fortifiait l'organisme. Les os étaient à ma disposition dans le réfrigérateur.

Quand elle a démarré en faisant rugir son moteur et avec son habituelle gerbe de gravillon qui atterrissait sur la pelouse, je suis allée à la cuisine en pensant à la moelle et à l'or, à cette moelle pochée que mangeaient les Sioux et que dégustent toujours les Français. Le centre vital de l'os. Après l'expédition Custer-Ludlow, les Black Hills ont été envahies par des chercheurs d'or rapaces, et les Sioux n'ont plus jamais eu la moindre chance de rentrer en possession de leur Terre Sacrée. S'ils arrêtaient de boire, ils réussiraient peut-être à convaincre les Israéliens de les aider. Gus et ses Dénicheurs de Magot. Ses émules ont offert la Californie à notre pays en un clin d'œil. Mais il faut aussi penser à la liberté, à ces paysans arrivés en bateau, aux parents de Aase et à toutes les générations qui les ont précédés, qui n'ont jamais possédé le moindre arpent de la terre qu'ils cultivaient. Ils ont brusquement été là, et m'ont donné ma mère. Ainsi que Aase. Sans toutes ces Aase, aucune grâce n'existerait sur terre. Et sans les Northridge, lui qui ne pouvait accepter la moindre ni la plus défendable des injustices, surtout celles qui venaient de lui.

J'ai poché la moelle, que j'ai réduite en purée, y ajoutant ensuite un peu d'ail, des poireaux et quelques morilles. Je l'ai goûtée à travers la pipette en verre de Michael — c'était bon, mais on n'avait pas l'impression de manger, une simple entrée et rien de plus. Puis j'ai décongelé deux côtes de veau pour Lena et moi. Quand j'ai entendu Michael appeler du salon de musique, j'ai levé un regard incrédule vers l'horloge murale, car deux heures seulement s'étaient écoulées, et les somnifères auraient dû le faire dormir beaucoup plus longtemps.

Son bloc-notes posé sur la poitrine, il regardait le plafond, tandis que le chiot installé près de lui sur le coussin lui mâchouillait son plâtre. Il a brandi son message au bout de son bras valide.

— J'ai le sentiment que notre histoire d'amour est finie. Me feras-tu l'amour encore une fois?

— Dis donc, mon petit Camille, tu ne manques pas de culot, tout de même...

Je ne croyais pas qu'il oserait me demander ça, mais puisqu'il semblait vouloir se vautrer dans le mélodrame, je lui ai dit non et j'ai quitté la pièce. Le chiot m'a suivie, nous avons joué un moment dans la cour et je lui ai donné un os à moelle; puis je me suis servie un verre et suis retournée à ma lecture.

7 mars 1886
L'air limpide est d'un bleu glacial à l'aube. Nous n'avons plus de viande dans le garde-manger, seulement des pommes séchées, des rutabagas, des pommes de terre qui se ramollissent, et du maïs bleu. Petit Oiseau ne veut pas que je m'éloigne du chalet pour chasser. Elle a rêvé que j'allais la quitter au milieu de l'été prochain pour prendre le train, bien qu'elle n'ait jamais vu de train. Le chalet est sa forteresse et son territoire. Elle me dit qu'elle se sent vieillir et qu'elle

désire porter un enfant. Nous parlons souvent de cela depuis novembre dernier. Je me suis toujours opposé à cette idée, mais maintenant au mois de mars je sens ma résistance faiblir. Elle me dit que je ne peux pas continuer de vivre sans devenir père. Qui va s'occuper de nous quand nous serons vieux? me demande-t-elle. Quand j'essaie de lui expliquer que j'ai de l'argent dans une banque de Chicago et ailleurs, j'aperçois aussitôt la faiblesse de mon argument. Comment pourrait-elle comprendre ou accorder la moindre confiance à ces «banques» des hommes blancs, ou à mes immenses «propriétés» à l'est de l'endroit où nous habitons? Elle connaît mal l'anglais mais le parle avec une énergie surprenante et refuse de discuter de ces questions en sioux, car sa position s'en trouverait alors affaiblie. Elle me dit que contrairement à moi elle ne considère pas le sort des Sioux comme une fatalité, car il y a de nombreux siècles, quand les Sioux ont été chassés des forêts vers les plaines par les Chippewas, ils ont survécu à cette épreuve, au point même de devenir le plus fort de tous les peuples jusqu'à l'arrivée de l'homme blanc. Comment les Sioux pourront-ils redevenir forts si je refuse de devenir père? Et si mon propre père avait refusé d'être père?

23 mars
J'ai rêvé de mon père, sans doute à cause des questions de Petit Oiseau. J'ai entendu dire, mais sans la moindre certitude, qu'il avait été conducteur de bestiaux dans l'Arkansas; il avait rendu visite à son frère dans le Nord, puis séduit ma mère. A un certain moment, bien avant la guerre, las de guider les colons vers l'Ouest, il s'est installé sur le territoire du Montana avant de repartir vers le nord-ouest, après quoi on perd sa trace. Selon certaines rumeurs, il serait devenu un trappeur solitaire dans les montagnes, mais personne ne connaît avec précision ses déplacements ulté-

rieurs. Je me demande pourquoi il a choisi ce genre de vie, mais tous les hommes blancs que je connais s'interrogent sur ma propre vie. Je n'ai apporté ni le Christ ni l'agriculture aux Sioux, car ils ne désirent ni l'un ni l'autre.

Je me réveille d'un rêve où mon père frottait son front grisonnant contre le mien afin de me donner des forces. Il est habillé de peaux de phoque, dont j'ai vu un seul spécimen à Cornell. Je suis allongé devant le feu sur un grabat où j'attends depuis des mois qu'elle vienne me rejoindre pendant mon sommeil. Je mets du bois dans le feu; lorsqu'il s'embrase, je m'aperçois combien je suis devenu faible ces dernières années. En octobre, je suis descendu vers le Sud et le Nebraska avec deux chevaux de bât pour récolter mes pommes, et j'ai alors découvert que des colons ignares avaient abattu tous les arbres d'un de mes vergers pour avoir du bois de chauffe pendant l'hiver précédent, sans se douter une seconde qu'il s'agissait d'arbres fruitiers. Je ne les ai pas expulsés de mes terres, car des escrocs les leur avaient «vendues». Ils étaient trop pitoyables pour subir une correction. Je leur ai même donné de l'argent, car leurs enfants étaient d'une maigreur affligeante. Tous ces colons installés dans la région vont échouer à cause de la rareté des pluies et l'on aura donc volé pour rien les terres des Sioux. Devant le feu j'ai été la proie d'une colère que je n'avais pas ressentie depuis une triste décennie. J'ai écrit d'innombrables articles, suis allé à Washington et j'ai soudoyé sénateurs et membres du Congrès pour finalement être trahi. Je vois dans le feu que je dois assassiner le sénateur Dawes. Je hurle devant le feu, puis me mets à pleurer. Quand je me retourne, Petit Oiseau est assise sur le lit et m'observe. Elle me chante un chant de guerre qui dit que je dois partir me battre si je ne veux pas être dévoré par la honte. Nous faisons l'amour

444

jusqu'à épuisement, ce qui ne tarde pas, car nous ne mangeons pas à notre faim depuis longtemps.

A l'aube je pars avec mon fusil dans un froid piquant. Elle me rejoindra plus tard si elle entend un coup de feu. La croûte de neige résiste à mon poids, et je prie — j'ignore qui ou quoi — pour abattre un chevreuil ou un élan avant que le soleil chaud de l'après-midi ne rende la croûte de neige trop fragile. Je m'enfonce le plus loin possible dans un ravin boisé en suivant des traces que j'ai du mal à identifier, car une mince couche de neige fraîche les recouvre. Je sais que je devrais monter encore plus haut, mais je suis bien vite à bout de force, car les pommes séchées ne suffisent pas à alimenter le corps. Je ne supporte pas l'idée de manger l'un de mes chevaux bien-aimés et récite une prière sioux que Le Chien m'a apprise lorsque nous avons chassé ensemble. Je m'endors assis sur un rocher et me réveille en tremblant de tous mes membres. Je sens une présence derrière moi et me retourne pour murmurer quelque chose à Petit Oiseau qui m'a sans doute rejoint, mais je découvre un élan. Je me retourne lentement avec mon fusil en m'attendant à ce que l'élan détale, mais il ne bronche pas; je n'en crois pas mes yeux et me dis qu'il s'agit d'un fantôme. Lorsque je tire, il s'effondre comme sous l'assommoir et je n'oublie pas de m'incliner devant l'animal, selon l'habitude de Le Chien. Quand je lève les yeux, j'aperçois Petit Oiseau qui court vers moi dans la prairie où elle s'était cachée...

Lena m'a téléphoné pour dire qu'elle arriverait dans une heure. Je continue de lire le long commentaire historique de Michael qui vitupérait tant et plus — sa colère était certes justifiée, mais un peu emphatique. Northridge avait fini par se retrouver au ban de l'Eglise méthodiste, mais il demeurait intouchable dans la région grâce à l'influence politique de Grinnell et de Ludlow. Cette influence s'est néanmoins effritée, et l'armée ainsi que les agents du gouvernement chargés des affaires indiennes se sont mis à le considérer comme une menace. Quand enfin on lui a ordonné de retourner dans le Nebraska et de ne plus avoir le moindre contact avec les Sioux, il est allé à Washington pour distribuer quelques pots-de-vin, procédé courant à l'époque de la Reconstruction. Tandis qu'il mourait presque de faim à Buffalo Gap avec Petit Oiseau, l'ironie du sort voulait que son affaire de pépinière fût en plein essor et que ses clients se multiplient aux quatre coins du pays. Avant d'aller à Washington, il s'était arrêté à Chicago où il avait «rempli ses sacs d'argent afin d'engraisser les pourceaux». Entre la mort de Crazy Horse en 1877 et l'application du Dawes Act en 1887, il avait pris à cœur de nourrir, d'éduquer et d'habiller les Sioux errants qui évitaient les réserves récemment créées dans le Dakota. Sa mission était devenue atrocement banale à ses yeux — il s'agissait de convaincre des gens que les navets, les choux, le porc salé et le bœuf de mauvaise qualité pouvaient remplacer le bison. Il bataillait aussi contre le gouvernement qui voulait interdire aux Sioux d'accomplir la moindre danse rituelle et de se réunir autrement que pour des raisons privées. Les rares Sioux qui essayaient de s'initier au fermage avaient tendance à «gaspiller» le produit de leurs récoltes en fêtes diverses quand ils ne l'offraient pas tout bonnement à autrui. Puisqu'on ne pouvait pas en faire des chrétiens, ils devaient à tout prix singer la frugalité de leur modèle blanc.

Lorsque j'ai remarqué que la conférence de Mohonk suivait dans le manuscrit de Michael, je l'ai laissé de côté pour monter quelques minutes dans ma chambre. Je désirais me changer les idées avant de préparer le dîner; dans ce but, je regardais d'habitude des livres de reproductions de mes peintres préférés, Hokusai et Le Caravage, aussi improbable que puisse paraître cette combinaison. Mais cette fois, j'ai été distraite par le poster de James Dean, si vieux que ses bords étaient tout déchiquetés et froissés. Duane, qui trouvait James Dean merveilleux, avait acheté le même coupe-vent rouge que portait l'acteur dans *la Fureur de vivre*. Je l'adorais aussi malgré ce mélange aussi étrange que criant de fatalisme, de courage, d'arrogance, et peut-être aussi d'ignorance. Je me surprenais sans cesse à contempler un passé auquel je souhaitais désespérément échapper — je n'avais compris que très récemment qu'il était possible d'en émerger sans l'oublier, et que le souvenir n'est pas forcément synonyme de suffocation. Il était injuste mais amusant de regarder ce poster en se demandant quel genre de crétin James Dean serait devenu s'il avait grandi. Cela constituait en tout cas un antidote efficace à la folie imminente de Northridge, et j'ai pensé à une question qu'un Cree m'avait posée sur un ton moqueur — « Que deviennent les histoires quand il n'y a personne pour les raconter? »

Le dîner s'est bien passé. Affable et abruti, Michael s'était résigné aux tranquillisants. Il a apporté son bloc-notes à table pour nous poser des questions. Il a siroté sa moelle, fasciné par les impressions d'Europe de Lena, et la vie parisienne de sa fille Charlene. Michael m'a fait penser à un étudiant de dernière année avec qui j'étais sortie autrefois, que la collection de tableaux de grand-père avait stupéfié et qui s'était demandé si leur place était vraiment dans une ferme du Nebraska; mais je devais porter au crédit de Michael qu'il avait pris plaisir à voir ses propres préjugés anéantis.

Après le dîner Lena m'a proposé de sarcler une partie du potager de Naomi afin que celle-ci ne prenne pas trop de retard. Michael nous a aidées en distrayant le chiot, qu'il a emmené se promener vers la route. Pendant que nous arrachions les mauvaises herbes, Lena m'a parlé de Charlene ; il faisait presque nuit quand elle s'est tournée vers moi pour me poser une question.

— La semaine dernière, les filles ont discuté avec un client, un jeune homme, et j'ai dû leur rappeler de nettoyer les tables ; j'ai alors remarqué que ce jeune homme ressemblait à Duane comme deux gouttes d'eau. Tu crois qu'il pourrait s'agir de ton fils ?

Nous nous sommes lavées puis servi un digestif sur la véranda où Michael séchait le chiot à qui il avait dû donner un bain, car il s'était roulé dans la charogne d'un lapin écrasé sur la route. Les grognements qu'il émettait entre ses mâchoires momentanément soudées rappelaient sans doute au chiot les jappements de sa mère. Mes efforts pour calmer Lena ont été interrompus par la sonnerie du téléphone. C'était Paul qui me prévenait que Luiz et lui arriveraient samedi avec Ruth. Ils se retrouveraient à Stapleton, où Bill, le représentant en matériel agricole, irait les chercher avec son avion. Cela ressemblait à une amitié contre nature, mais Bill et Paul étaient des copains d'enfance qui avaient autrefois envisagé d'écumer ensemble le vaste monde, selon les termes de Bill. A la demande de Luiz, Paul inscrivait celui-ci dans une école militaire de Colorado Springs dès l'automne prochain. J'ai failli protester contre ce choix, mais j'ai laissé la bonne humeur due à cette visite imminente étouffer mes objections. Je me suis ensuite dit que ce choix n'avait rien d'étonnant — quand on a été à ce point blessé, un uniforme fringant et les rigueurs de la discipline militaire constituent une agréable défense.

Lena est partie après avoir proposé d'emmener Michael au cinéma le lendemain soir. Il a réagi comme si on venait de l'inviter à la Maison Blanche, et j'ai pensé que j'allai le sevrer dès que possible de ses tranquillisants. J'avais en mémoire l'image d'un légume ambulant, un éternel sourire aux lèvres. Je l'ai mis au lit comme un enfant tandis qu'il tripotait le vieux poste de radio Zenith sur la table de nuit, trouvant une émission populaire mais belliqueuse, un débat politico-technique sur la guerre des étoiles. Avant de monter lire et dormir, je suis sortie regarder ces fameuses étoiles, la nuit semblable à «un long jet d'étoile», comme l'a écrit un poète, la Voie lactée soyeuse et opaque, accompagnée par la guerre de milliers de grenouilles rousses qui s'appelaient, répliques miniatures et terrestres des lions de mer jadis entendus à Baja, un appel à la vie si énigmatique et impérieux qu'il se comparait volontiers à l'immensité du ciel nocturne.

17 juillet 1886

Lors de cette cinquième matinée passée en prison, je connais la surprise de ma vie. On m'apprend que les autorités rédigent des documents qui, signés de ma main, garantiront ma liberté. Je dois être acheminé jusqu'à un train à Albany, lequel m'emmènera vers l'ouest et je ne devrais pas en descendre dans l'Etat de New York, ni jamais y revenir sous peine d'être à nouveau emprisonné. J'ai échoué aussi lamentablement que John Brown*, je n'ai pas un seul cadavre à mon actif, le rêve de ma femme ne se réalisera pas, car je l'ai quittée enceinte et éplorée malgré mes promesses de retour. Elle a réussi à ne jamais voir un train, bien qu'elle en ait entendu un. Elle séjourne avec Le Chien et son groupe, qui l'ont réconfortée en lui disant que ma mission était cruciale pour les Sioux.

---

* John Brown (1800-1859), abolitionniste américain qui, avec treize Blancs et cinq Noirs, a attaqué une petite ville de Virginie, été capturé, puis pendu. (N.d.T.)

A la conférence de Mohonk sur « la Question indienne », j'ai été accueilli par mes hôtes avec de grandes marques d'amitié, à cause de mes efforts auprès du Congrès et de mes articles dans *Harper's* et *McClure's*. Mais au cours de la soirée les participants ont commencé à me mettre en quarantaine, car ils sentaient que j'étais parfaitement sérieux dans mon intention de créer une nation indienne d'un seul tenant à partir de l'ouest des deux Dakotas, de l'ouest du Nebraska, du Kansas et de l'Oklahoma, de l'est du Montana, du Wyoming, du Colorado, du nord-est de l'Arizona et du nord-est du Nouveau-Mexique. Malgré son équité, mon projet est considéré comme une pure folie par ceux-là même qui incarnent soi-disant la conscience tant religieuse que politique de notre nation. Dawes n'est pas venu, il paraît qu'il est en vacances, sans doute pour se tenir à l'abri des arguties. On m'assure que ces hommes ne sont pas des agioteurs de terres, mais qu'ils désirent aider les Indiens en détruisant leur organisation tribale par le Dawes Act. On me raconte aussi que l'an dernier à Mohonk, Dawes a déclaré : « Quand vous avez un Indien devant vous, au lieu de lui dire "Plante et laboure si tu ne veux pas mourir", il faut le prendre par la main et lui montrer comment faire pour gagner son pain quotidien. » Cet homme, que j'ai vainement souhaité abattre d'un coup de revolver pour mettre fin à cette horreur, serait donc prêt à donner une fermette à chaque Indien ! Privés de leur autorité tribale, ils vont se faire dépouiller puis mourir.

Malgré ma colère, je découvre lors du deuxième jour et avec amusement que trois seulement parmi les quatre-vingts participants ont déjà vécu avec les Indiens, détail qui ne nous confère aucune autorité particulière, car on dit que ce genre de fréquentation nous aveugle. L'un des deux autres hommes a travaillé comme missionnaire agricole auprès des Apaches en Arizona, et il a assisté au massacre de quatre-vingt-dix d'entre eux dans le canyon d'Arivaca par une bande d'habitants de Tucson. Le second a initié les Cheyennes à l'agriculture ; comme il est très pauvre, il porte une veste en daim, ce qui provoque de nombreux rires autour de lui. Après un dîner somptueux, les autres membres de la conférence nous demandent d'évoquer les plaisirs de « la vie au grand air dans la nature de Dieu », mais nous refusons de prendre la parole. Ici dans l'Est et ailleurs, on me dit que beaucoup de gens se mettent à singer le mode de vie indien.

J'ai commis mon infamie l'après-midi du troisième jour. Je comprenais désormais qu'on ne me donnerait pas l'occasion de présenter mon projet, je sentais que les autres me fuyaient comme la peste, hormis mes deux collègues que le désespoir poussait à s'enivrer. Lors du buffet servi sur une pelouse, des groupes de danseurs mohawks et iroquois se sont produits devant nous. A une certaine époque, ces derniers auraient volontiers rôti et dévoré leurs hôtes. Refusant d'assister à cette humiliation, je suis parti me promener dans les bois au bord du lac, à la recherche d'un endroit tranquille où prier et réfléchir. Mais les prières que je comptais réciter me sont restées coincées dans la gorge, et je suis revenu sur mes pas pour les allocutions de l'après-midi, fermement décidé à m'emparer du lutrin. J'ai écouté avec attention le révérend Gates, qui était aussi président de l'Amherst College, dire quelque chose du genre : « Les enseignements du Sauveur abondent d'exemples sur le bon usage de la propriété. Le fait d'être propriétaire entraîne une immense amélioration morale, et l'Indien a beaucoup à apprendre sur ce chapitre. Il faut, avant tout autre chose, faire naître chez l'Indien sauvage des désirs plus vastes et des besoins plus

451

diversifiés. Dans sa sombre sauvagerie, il doit être touché par les ailes de l'ange divin de l'insatisfaction. Le désir de posséder un bien qui lui soit propre peut devenir une énorme force éducative. Le désir de ne pas se contenter d'un "tipi" et des maigres rations de nourriture en hiver dans les camps indiens, voilà ce qu'il nous faut pour tirer l'Indien de sa couverture afin de lui mettre un pantalon — un pantalon doté de poches, et des poches qui meurent d'envie d'être bourrées de dollars !... »

En entendant ce blasphème, je me suis surpris à courir vers l'avant de la salle. J'ai secoué cet imbécile, je l'ai lancé vers la foule et tenté d'entamer mon discours, mais on m'en a aussitôt empêché. Il a été établi que j'étais responsable de blessures corporelles, et l'on m'a jeté dans cette prison où j'attends maintenant ma libération.

Excepté le son étouffé de la radio de Michael, le silence avait régné dans la maison, mais un orage lointain et peu violent imprégnait maintenant l'air d'électricité statique, et le chiot s'est mis à geindre. Je suis descendu fermer la radio, prendre le chiot et baisser la lumière — Michael refusait de dormir dans le noir, une peur qu'il m'avait expliquée d'une bonne douzaine de façons différentes, dont celle-ci : si je me réveille dans le noir, comment vais-je savoir avec certitude que je suis toujours vivant ? Sur la balancelle de la véranda, j'ai bercé le chiot pour le rendormir, avec ce sentiment de ne pas tant vieillir que d'atteindre un âge indéterminé. C'était une sensation étrangement agréable, que j'éprouvais pour la première fois : à quarante-cinq ans j'acceptais enfin ma vie, un objectif que vu ma prétendue intelligence j'aurais pu atteindre plus tôt, mais que je n'avais jamais réalisé. On tend parfois vers un but sans même s'en apercevoir. Bizarre comme les gens qui croient aider autrui — dans ma

452

famille, ils vont de Northridge à Paul, à Naomi et à moi-même — négligent souvent des questions très concrètes que des hommes comme grand-père règleraient au pied levé avec toute l'énergie nécessaire. Paul dans son errance et sa quête des abstractions les plus stimulantes, Naomi assise sur cette véranda pendant plus de trente-cinq ans pour parler à son mari mort tout en transmettant son gai savoir à des jeunes. Je tenais à la fois de Paul et de Naomi.

La chute soudaine de la pression atmospnérique m'a fait claquer les tympans, puis l'odeur puissante du maïs et du blé a envahi l'air, si différente de celles de la luzerne et des arbres qui entourent ma maison, à trois miles seulement d'ici. Je me suis rappelé ce genre de temps juste avant un violent orage quand j'étais enfant. La pluie et la grêle chassées par le vent avaient détruit toutes les récoltes de l'année. Nous étions descendus au cellier quand Père avait vu l'orage arriver, quelques minutes avant la tombée de la nuit. C'était une grande pièce protégée contre les plus violents orages, que mes parents avaient aménagée en y installant deux lits, un divan, une table et des lampes à pétrole. Notre chien Sam, que la peur paralysait, était couché par terre, tandis que Ruth et moi le rassurions et que mes parents jouaient au gin rummy. Puis Mère nous avait lu quelques pages de *la Maison du livre*, alors que la nôtre craquait et grinçait au-dessus de nos têtes, et que le vent hurlait et rugissait. Quand nous nous étions réveillés dans le silence absolu de l'aube, et que nous étions remontés, les arbres avaient perdu toutes leurs feuilles, et le blé comme le maïs étaient couchés dans les champs. Ruth et moi avions couru autour des grandes flaques d'eau de la pelouse pendant que papa réconfortait Naomi dont le potager était entièrement saccagé. Les arbres n'avaient pas trop souffert, mais juin était trop avancé pour espérer faire la moindre récolte. Mes parents avaient découvert avec stupéfaction que cet orage ne s'était abattu que sur une infime portion du comté avant de s'éloigner vers le nord-ouest.

Northridge était rentré chez lui après avoir payé une amende ainsi que des dommages et intérêts élevés, car les autorités avaient découvert que son sac contenait une grosse somme d'argent. Il s'était initié à cette tactique désespérée et peu séduisante, d'ailleurs transmise à son fils, qui consiste à essayer d'acheter la partie adverse quand la situation devient insupportable. Mais ce stratagème n'avait réussi que pendant un court laps de temps. Quand il est retourné chez lui, il est littéralement devenu un Indien, ou du moins une version fort proche de l'Indien ; il a établi son quartier général dans les Badlands, loin des ranchers, une sorte de petit fief qui finançait pas moins d'une cinquantaine d'organisations diverses, dont une armée miniature constituée d'une douzaine d'hommes placés sous le commandement de Le Chien et de Sam Embouchure de Rivière. Hormis plusieurs visites irritantes de l'ancien ami de Cornell devenu officier de l'armée et ennemi juré, le gouvernement l'ignorait, s'en remettant à la politique éprouvée de l'oubli et de la négligence calculée pour combattre un homme qu'en tout état de cause l'on considérait déjà dans l'Ouest comme un parfait dément.

Grand-père est né dans un tipi à la fin de cette année-là, le 11 décembre 1886, à la veille de l'hiver le plus terrible de toute l'histoire de la République, une coïncidence qui a toujours ravi son tempérament romantique. La sécheresse qui a suivi cet hiver rigoureux a littéralement chassé des centaines de milliers de fermiers vers l'est d'où ils venaient, abandonnant ainsi mais seulement brièvement le plus clair de l'ouest du Kansas et du Nebraska, et gelant sur place un million de têtes de bétail. Le Dawes Act est entré en vigueur en 1887, mais vu la pauvreté de la région plusieurs années se sont encore écoulées avant que les spéculateurs fonciers ne tirent pleinement parti de l'innocence des Indiens en matière de propriété. Même William Tecumseh Sherman a défini une réserve comme « un lopin de terre sans valeur entouré de voleurs blancs ».

La litanie de Michael ne m'a rien appris de nouveau, excepté les noms des enfants d'Ours Qui Rue, ce qui m'a permis de découvrir que Rachel avait été la petite-fille d'Ours Qui Rue. Celui-ci était parti seul à cheval vers le Nevada, où il avait rencontré Wovovka, puis fondé le mouvement de la Danse du Fantôme parmi les Sioux, ensuite rejoint par Grêle de Fer, Ben Cheval Américain et d'autres. Le grand chef Sitting Bull n'a pas pris position sur la question de la Danse du Fantôme, mais son assassinat est une conséquence directe de cette controverse. Au cours de cette période, le gouvernement a cherché à renforcer son contrôle sur les Sioux en interdisant la Danse du Soleil (interdiction qui a seulement été levée en 1934) ainsi que la chasse d'animaux sauvages dans les réserves, une mesure si absurde qu'elle ne pouvait émaner que de Washington. Mais tout cela est de notoriété publique, parfaitement connu des historiens.

Quant à Northridge, il a complètement perdu pied en tant qu'Indien dans son camp des Badlands. Il a abandonné tous les freins et les équilibres de sa religion et de son éducation, poursuivant néanmoins la rédaction de son journal dans ses rares moments de lucidité. Sans sa femme et son enfant, dont il se rappelait parfois qu'il était responsable, il serait sans doute mort de sa témérité. Il avait vendu l'une de ses pépinières d'Omaha pour financer ses organisations, acheter du bétail, du grain et du whisky.

Juin 1889
J'ai beaucoup trop bu par cette chaleur, et j'en suis venu à craindre pour mon esprit. J'ai appris qu'il y a aujourd'hui tant d'années, lorsque Crazy Horse a été assassiné, mon

camarade de promotion le lieutenant a ordonné qu'on lui brisât les jambes en plusieurs endroits pour faire entrer le cadavre dans un petit cercueil en bois. Ce jour-là, Dieu m'a peut-être commandé d'abattre cet homme, mais je n'ai pas écouté Sa voix, ce qui m'a valu par la suite des hontes plus grandes encore.

Mon gamin de fils adore chevaucher derrière moi sur la selle et pleure de rage lorsqu'on le lui interdit. Quand on abat une bête, il tire sur les viscères avec les autres enfants et cela m'a un peu troublé. Dans une certaine mesure, je suis devenu un Sioux, du point de vue des coutumes et de la langue. Mais je demeure assez différent d'eux et mon âme ne me permet pas de l'oublier. Mon amour pour ces gens que mon gouvernement et ma religion ont abandonnés est grand, mais depuis un certain temps je redoute que devenir un Sioux à part entière ne soit une illusion qui risque de me coûter cher...

Pour la première fois depuis plusieurs années, il exprime ici des craintes qui trahissent la perception qu'il a des limites de l'aide qu'il peut fournir. Il est devenu un agent indien travaillant dans l'ombre, mais sa marge de manœuvre est de plus en plus réduite. Quand on roule vers l'ouest sur la Route 90 dans le Sud-Dakota et qu'on regarde à gauche la campagne entre Kadoka et Box Elder, le terme de *badlands* — « mauvaises terres » — devient un euphémisme. Pourtant ce groupe qui s'amenuisait au fil des semaines d'un été caniculaire y est resté, même si leurs choix étaient limités par l'emplacement choisi. Les plus vieux d'entre eux savaient pourtant que Crazy Horse y avait été enterré en secret, à un endroit si improbable que sa dépouille y était en sécurité, mais certains pensent aujourd'hui qu'elle a été ensuite déplacée.

J'ai mis des années à découvrir un point que Michael a tout de suite remarqué : ces journaux ont contribué à façonner la conscience de Northridge, qui devient de plus en plus aiguë au fil des ans. En 1890 il avait déjà passé vingt-cinq années « sur le terrain », comme disent les missionnaires, et son désir d'accomplir un travail valable avait été aussi malmené que le paysage. Ses affaires, qu'il dirigeait dans le plus grand secret, donnaient depuis longtemps à sa vie une tonalité un peu schizoïde, une apparence de double jeu où l'orphelin demeurait toujours attentif à son prochain nid. Par exemple, ses documents d'affaires montrent qu'il a rencontré les représentants de ses pépinières, convoqués à Rapid City en août 1889. L'un d'eux, un Suédois installé dans l'Illinois, a passé trois jours avec Northridge qui lui a transmis ses plans et ses consignes pour bâtir la ferme actuelle. A cause de son habitude du secret, tous les charpentiers ont été engagés à Galesburg, dans l'Illinois, et ont travaillé sans presque jamais entrer en contact avec la population locale du Nebraska.

Mais la ferme était déjà terminée depuis plus d'un an lorsque Northridge a enfin décidé de s'y installer avec sa femme et son fils. Il devait y passer presque tout le restant de ses jours, un peu plus de vingt ans, à planter des arbres. En 1889 la Grande Réserve sioux fut encore morcelée grâce aux efforts du général Crook et des plus puissants agioteurs fonciers de la région, avec comme conséquence pour les Sioux la perte de onze millions d'acres. Northridge a alors compris que le crépuscule faisait très vite place aux ténèbres. En novembre, à l'approche de l'hiver, il était de retour à Buffalo Gap avec seulement Petit Oiseau et son fils. Il a loué sa pâture à un rancher local en échange de deux bœufs pour avoir de la viande pendant l'hiver. Il s'est tenu à l'écart de la très vaste communauté des ranchers en déclarant qu'il travaillait à une nouvelle traduction du Nouveau Testament en langue sioux. On le considérait comme un excentrique plutôt que comme un individu dangereux, sauf le lieutenant, désormais lieutenant-colonel placé sous les ordres du général Miles, qui connaissait — grâce à son réseau de surveillance de «poitrines de métal», une police sioux à la solde du gouvernement — le pouvoir que Northridge détenait parmi les Sioux. Malgré son sentiment de fiasco complet, les Sioux voyaient en Northridge un saint homme qui leur accordait d'innombrables bienfaits, les nourrissait, leur apprenait l'agriculture malgré le mépris qu'ils avaient pour cette activité, et qui était devenu un médecin amateur mais compétent au fil des ans.

A la mi-janvier 1890, une visite d'Ours Qui Rue marque le commencement de la fin.

13 janvier 1890
Ce matin avant l'aube, Ours Qui Rue m'a fait une visite peu agréable. Ces dernières années j'ai rencontré plusieurs fois ce grand guerrier et l'ai toujours trouvé amical, bien que passablement effrayant. En sa présence, Petit Oiseau est presque paralysée par la peur, mais elle lui a réchauffé le ragoût d'hier soir, puis est sortie dans la neige pour donner à manger à son cheval. On dit qu'il a hérité les pouvoirs de Crazy Horse, et il arbore au cou une pierre que portait cet homme exceptionnel. Ses enfants lui manquent, il prend mon fils sur ses genoux et pose un long regard inflexible sur la poupée de Aase comme s'il s'agissait d'un objet rituel semblable aux poupées kachinas que les marchands ont ramenées ici du Sud-Ouest. Il me parle d'une vision qu'il a eue le 1er janvier, lors de l'éclipse de soleil. Je lui dessine un croquis pour lui expliquer la raison de cette éclipse, mais il ne s'intéresse guère à ce fragment de savoir scientifique. Il

est en route pour le Nevada où il doit rencontrer le célèbre chaman Wovovka qui a conçu la Danse du Fantôme dont on fait tant de bruit depuis des années. Dans une lettre, Grinnell me l'a décrite et je tente de dissuader Ours Qui Rue de ce voyage, car cette Danse me paraît être un méli-mélo de christianisme hérétique et de croyances paiutes. Il est sûr de lui et dort pendant la journée, partant à la tombée de la nuit car on lui a interdit de quitter la réserve, mais les poitrines de métal ont une peur bleue de lui et l'évitent soigneusement.

Michael et Frieda m'ont réveillée en milieu de matinée, aucun des deux n'osant s'y risquer seul. Je m'étais endormie tout habillée au milieu des feuillets de son manuscrit, dont certains, tombés à terre, étaient couverts de l'urine du chiot. Cela a amusé Michael, tout comme la découverte d'une bouteille de cognac sur ma table de nuit. J'ai pris le plateau de petit déjeuner que me tendait Frieda, puis leur ai demandé de me laisser. Elle-même avait les traits un peu tirés après sa soirée avec Gus. Je me suis brûlée la langue en buvant très vite ma tasse de café, j'ai fourré le manuscrit dans mon sac, puis suis sortie de la maison sans même leur accorder la politesse d'un au revoir.

De retour chez moi, j'ai trouvé Lundquist assis sur un tabouret de laitière devant la porte ouverte de la grange, en train de passer au savon de selle le harnais du cheval de trait pour la deuxième fois en un mois. Les oies attentives suivaient le moindre de ses gestes, et la pensée que ce harnais n'avait pas servi depuis quarante ans et qu'on ne l'utiliserait sans doute plus jamais ne diminuait en rien la méticulosité de son travail. Il m'avait préparé une petite plaisanterie sur la nuit que Frieda venait de passer au motel avec Gus, ajoutant qu'il y aurait peut-être un mariage en catastrophe. J'ai acquiescé en songeant que ce lointain motel où j'étais allée avec Michael était synonyme de péché pour les aînés de la communauté. Tous semblaient au courant des «films de cul», et deux amies de Naomi s'y étaient même rendues afin d'en voir un dans une chambre du motel. Avant que je n'aie eu le temps de m'éloigner, Lundquist m'a demandé si son mal de dents justifiait une bière froide.

Je me suis retrouvée chez moi avec plaisir, et malgré ma mauvaise nuit j'ai senti mon énergie revenir. J'ai laissé le courrier en plan, hormis une carte postale de Naomi où elle me disait qu'elle rentrerait vendredi assez tard, soit ce soir, afin de se préparer à l'arrivée de Paul et de Ruth. Son ami et elle avaient reçu une proposition de bourse de la National Science Foundation, mais elle hésitait à l'accepter.

Lundquist a englouti sa bière en un clin d'œil, puis s'est remis au travail, mais pas avant d'avoir demandé un médaillon de beurre pour Roscoe, la friandise préférée du chien. Je me suis préparée une cafetière, puis laissée tomber sur le divan du cabinet de travail pour finir le manuscrit de Michael en sachant qu'il attendait ma réaction avec impatience. Je me sentais pressée, car la journée était d'une fraîcheur agréable et je désirais faire une longue promenade avec Pêche.

Michael commentait très bien, mais non sans quelques excentricités, la «menace de la danse», et l'ironie tragique qui faisait qu'après toutes ces années de guerres indiennes, les colons et le gouvernement semblaient pris de folie furieuse à l'idée qu'on puisse permettre à de nombreuses tribus, mais surtout aux Sioux, de pratiquer cette nouvelle Danse du Fantôme. Cette attitude scandalisée est parfaitement résumée par un éditorial du *Chicago Tribune* du printemps 1890, où l'on lit en substance: «Si l'armée des États-Unis acceptait de tuer un millier de ces danseurs indiens, il n'y aurait plus le moindre problème.» Le journaliste suggérait une solution plutôt radicale, mais il aurait sans doute été difficile d'obliger autant de Sioux à se tenir tranquille pour se faire massacrer. Le gouvernement a malgré tout réussi à «éliminer» les trois cents hommes, femmes et enfants sioux, — en fait, deux tiers de femmes et d'enfants — lors du massacre de Wounded Knee, un peu plus tard la même année, en décembre, pendant la lune des arbres écorcés. Mais cela aussi est de notoriété publique, même si beaucoup l'ignorent. J'imagine un témoin blanc confronté à des centaines, voire des milliers de Sioux qui se tiennent par la main et dansent lentement en cercle pendant des jours d'affilée, le corps couvert de couleurs vives, mais sans l'accompagnement des tambours, imperturbables sous la pluie, puis à la fin novembre sous la neige qui recouvre le cercle parfait. Wovovka leur avait assuré que s'ils continuaient de danser, «la terre tremblerait comme une crécelle», que tous les guerriers ainsi que les ancêtres morts ressusciteraient, et que les grands troupeaux de bisons envahiraient à nouveau la prairie.

3 avril 1890

Pendant la nuit Ours Qui Rue est revenu de son voyage chez les Paiutes, assez maigre et fatigué, même s'il était pressé de repartir vers les siens après quelques heures de repos. Je l'en ai dissuadé car sa santé laisse à désirer et en privé Petit Oiseau s'est fâchée contre moi parce qu'elle le considère comme une menace à notre paix. Je lui dis qu'elle est devenue d'abord mère et ensuite sioux, un changement que les difficultés de son existence expliquent fort bien.

En fin d'après-midi Ours Qui Rue prépare un pichet d'eau et prend un sac en peau de jeune élan et nous traversons un champ à pied avant de remonter le ravin où, il y a plusieurs hivers, j'ai abattu un élan. Nous nous asseyons sur des rochers voisins et il sort de son sac une douzaine de petits cacti que, grâce à ma correspondance avec Grinnell, je reconnais comme des *Lophophora williamsii* ou «peyotl» selon l'appellation commune. Nous mangeons ces fruits amers comme on croque des pommes sauvages, puis rassemblons du bois pour faire un feu. Une fois rassemblé un gros tas de bois, nous commençons tous deux à avoir des haut-le-cœur douloureux et nous rinçons la gorge avec l'eau du pichet. Bientôt la plante s'est emparée de nous et je me suis retrouvé dans le crâne de ma mère en train de regarder mon père dans les yeux et derrière son propre crâne que je traversais pour voir la prairie. J'ai été les pensées de mon père et de ma mère, et pendant toute la soirée et la nuit j'ai été un bison, un serpent à sonnettes, un blaireau au fond de son terrier. J'ai été l'égout à ciel ouvert d'Andersonville et les viscères des chevaux, j'ai été une femme dans la ville de Chicago, et ensuite, hélas, j'ai volé lentement aux côtés de mon Aase bien-aimée par-dessus les continents et les océans, baissant les yeux vers les baleines et les icebergs et les grands ours blancs. Pendant que les visions s'emparaient de nous, nous chantions devant le feu, et très souvent de nouvelles chansons :

> *Le monde des morts revient,*
> *sur notre terre je les vois arriver,*
> *nos morts poussent devant eux*
> *l'élan, le cerf et les troupeaux de bisons*
> *ainsi que le Père nous l'a promis.*

Juste avant l'aube, dans ma dernière vision, j'étais avec Crazy Horse et sa fille et nous jouions avec ses jouets à elle sur la plate-forme funéraire et le ciel était plein d'oiseaux. Il m'a dit de ne pas reprendre de ces cacti, ce qui m'a troublé et ramené à la conscience...

Bien que missionnaire des méthodistes wesleyens, une secte qui interdisait la danse, Northridge a alors entamé sept mois de danse, et il s'est mis à manger du peyotl chaque fois qu'il pouvait en trouver ou que ses forces l'abandonnaient; c'est du moins ce qu'il a écrit ensuite — il n'a rien noté dans son journal jusqu'au mois qui a suivi Wounded Knee, lorsqu'il est revenu à la ferme avec sa femme et son fils. Un événement grotesque lui avait fait retrouver un minimum de bon sens : quand il était arrivé assez tard sur le lieu du massacre à Wounded Knee avec Elan Noir et vingt guerriers, Elan Noir lui avait ordonné de rester à l'écart des coups de feu. Northridge a ensuite réfléchi que pas un instant Elan Noir n'avait perdu son sang-froid et sa lucidité, car il n'avait pas voulu que Northridge, qui souffrait de pneumonie, allât s'offrir de la sorte aux balles ennemies. Ainsi, Northridge a constaté à travers sa longue-vue que les fusils s'étaient tus depuis quelques minutes, quand il a aperçu une douzaine de petits enfants, âgés de moins de cinq ans, qui sortaient tout doucement d'une cachette en croyant la bataille terminée. Tous ces enfants ont alors été criblés de balles, et leurs corps étaient si légers que les impacts les ont envoyés bouler au bas de la colline jusqu'aux cadavres de leurs parents. Après cette « bataille », Northridge a été arrêté par l'armée pendant que dans son délire il tentait de rassembler les morceaux épars des cadavres de ces enfants. Il a été incarcéré, puis hospitalisé et enfin libéré sur les ordres du général Miles à condition qu'il ne revienne plus dans les deux Dakotas et qu'il mette un terme à tous ses contacts avec les Sioux.

Pendant l'hiver et le printemps 1891, son journal ne contient que de rares notes, surtout liées aux travaux agricoles, bien que certaines remarques commencées à la mi-mars et relatives à la plantation des arbres soient un code transparent pour ses activités parallèles : l'hébergement illégal de chefs et de guerriers en fuite, dont Ours Qui Rue (plus tard «condamné» à participer au spectacle de Buffalo Bill pendant deux ans, et contraint de se faire mouler le corps ainsi que le visage par le Smithsonian Institute en tant que parfait spécimen de l'Indien); sans oublier le recel de précieux objets rituels, soustraits aux collectionneurs et à un gouvernement qui avait interdit tout signe extérieur d'indianité. Il avait transformé la cave la plus profonde de la maison en mausolée, car les Sioux redoutaient les profanations après la mort — peu de temps après l'assassinat de Sitting Bull, un homme d'affaires avait proposé mille dollars à l'armée afin de pouvoir exhiber le corps du chef indien contre espèces sonnantes et trébuchantes.

Les activités illégales de Northridge sont peu à peu venues aux oreilles de son camarade de promotion de Cornell, le lieutenant-colonel qui dirigeait maintenant les renseignements de l'armée dans une région qui incluait les deux Dakotas et le Nebraska. Cet homme ne voyait pas en Northridge un dangereux opposant au gouvernement ou à l'armée, car on avait capturé les principaux fuyards, et aucune loi n'interdisait alors la possession d'objets rituels. Tant les documents de l'armée que les journaux de l'époque montrent que le lieutenant-colonel, accompagné par un sergent et un simple soldat, remontait à cheval vers le nord en direction de la tête de chemin de fer de Valentine afin d'intercepter un wagon de chevaux destinés à Fort Robinson, dans le but de sélectionner les meilleures montures. Ma ferme se trouvait seulement à une journée de cheval de son itinéraire, si bien que le lieutenant a rendu visite à Northridge, peut-être pour retourner le couteau dans la plaie. Il a exigé le vivre et le couvert, ainsi que l'y autorisait la loi.

21 juin 1891

L'événement sacré du solstice est troublé par l'arrivée du lieutenant et de deux hommes. Il se donne beaucoup de mal pour me manifester son amitié, comme s'il tirait un trait sur le passé et je m'essaie à la compassion chrétienne en songeant à son père magnanime. En fin d'après-midi, quand ils entrent dans la cour au galop, mes trois Suédois planteurs d'arbres prennent peur, car ils ont fui la conscription dans leur propre pays.

Il y a une grande marmite de ragoût qui mijote sur le feu et nous prenons place à table en parlant de chevaux et du temps assez clément qui permet d'espérer une bonne récolte. Le lieutenant boit beaucoup de whisky ; pendant le dîner, il devient de plus en plus mesquin. Il regarde Petit Oiseau qui s'occupe du feu et lance, à moitié pour plaisanter, que nous devons nous procurer une licence de mariage, sinon il faudra qu'elle retourne dans sa réserve. Je lui réponds que nous allons nous en occuper. Puis il taquine le petit John à cause de la poupée qu'il tient dans ses bras et qui a appartenu à Aase. Décontenancé, John pose la poupée sur la table. Petit Oiseau, qui sent de la méchanceté dans la voix de cet homme, emmène le petit John hors de la pièce. Alors le lieutenant devient injurieux, à la grande gêne de ses subalternes, qu'il contraint de boire plusieurs verres avec lui. Il finit par prendre la poupée, et sans raison aucune, la jette dans le feu. En un éclair je sors le .44 que j'ai caché sous la table et lui loge une balle dans la tête. Le sergent dégaine son arme, et je l'abats en visant le cœur. Alors le simple soldat court vers la porte et je le foudroie de deux balles dans le dos. Petit Oiseau revient de la cuisine, d'où elle nous observait. Elle m'aide à traîner les corps sous la première cave et fait bouillir de l'eau pour nettoyer le sang. Lorsque je sors dans la cour de la grange, j'avise mes trois Suédois qui se tiennent devant la cabane de bûcherons. Nous nous dévisageons jusqu'à ce que l'un d'eux dise : « Je n'entends que les oiseaux ce soir. » Je ressele leurs chevaux ainsi que le mien, puis pars vers le nord de l'autre côté de la Niobrara et je libère leurs bêtes en priant pour que l'orage qui menace efface toute trace de leur venue. Puis je retourne chez moi.

Plusieurs jours ont passé avant que l'armée n'organise une expédition de recherches et retrouve les chevaux à une centaine de miles au nord, en possession de deux criminels au petit pied, lesquels ont été sommairement exécutés pour l'assassinat des trois soldats. Excepté vingt autres années consacrées à planter des arbres et cultiver la terre, l'histoire de Northridge s'arrête là.

J'ai fait une longue promenade paisible avec Pêche, partant vers l'est en direction de la ferme de Lundquist pour m'assurer qu'il pourrait venir au pique-nique de demain. Il taillait quelque chose sur sa véranda, mais il a été ravi de ma visite et a préparé du thé. Avec son couteau, il façonnait un sifflet pour chien, inaudible pour l'oreille humaine, qu'il voulait m'offrir. D'habitude, m'a-t-il dit, les sifflets pour chien dérangeaient tous les oiseaux et les animaux des environs, alors que ce sifflet silencieux les intriguait seulement. Quand il a soufflé dedans, Roscoe est arrivé à travers la cour en bondissant vers le poulailler. Lundquist m'a confié qu'il se sentait un peu mélancolique, car il venait de songer qu'il n'atteindrait pas l'âge de cent deux ans, moyennant quoi il manquerait le nouveau millénaire et la seconde venue du Christ. Je lui ai demandé s'il était certain de ne pas se tromper de date, et il m'a répondu en riant que non. En tout cas, il aiderait volontiers Michael au barbecue.

Quand j'ai remonté sur Pêche et que je me suis éloignée, je me suis rappelé certain soir d'été, voici quelques années, où Lundquist m'avait demandé la permission d'être enterré « à la lisière » du cimetière familial ; je lui avais alors répondu que sa concession se trouvait pile au centre, près de son ami J.W.

J'ai fait un long détour avant de rentrer, pour laisser Pêche se baigner dans la rivière, car elle avait manifestement envie d'aller de ce côté. Je l'ai aussi laissée galoper sur toute la longueur de l'allée, et j'ai trouvé cela merveilleux, hormis un insecte de juin qui s'est écrasé sur mon front. Après l'avoir remise au corral, je suis montée dans le las de la grange pour regarder le coucher du soleil, installée dans la pièce de Duane. Je me permettais cet acte sentimental une fois par été et à toutes les vacances de Noël quand le soleil illuminait l'air glacé et se reflétait en scintillant sur la neige gelée ; alors, s'il y avait du vent, des écharpes de neige se mettaient à tourbillonner dans le pâturage. Mais ce soir, assise dans cette pièce secrète, j'ai remarqué avec plaisir qu'aucun poids ne pesait sur mon cœur. Il y avait assez d'humidité dans l'atmosphère pour qu'un soleil orange se couche derrière la rangée d'arbres la plus lointaine — toute petite, je croyais que le soleil habitait là-bas —, et assez d'air pour faire pivoter très lentement le crâne de bison blanc au-dessus de ma tête comme si son fantôme cherchait le meilleur angle de vue.

Lorsqu'il a fait nuit noire, je suis rentrée chez moi, j'ai réchauffé un consommé de poulet congelé, préparé par Frieda, puis je suis allée me coucher avec un curieux livre sur les léopards des neiges au Tibet, que j'avais déjà lu plusieurs fois à cause de l'impression de calme qui s'en dégageait. Alors Naomi a appelé pour me dire qu'elle était de retour et me demander si nous devions organiser le pique-nique chez elle ou chez moi. Quand je lui ai laissé le choix, elle a opté pour ma maison parce qu'on y était tranquille — aucune voiture n'y passait, alors qu'un ou deux voisins venaient la voir chaque jour. Elle a ajouté qu'à son arrivée, Michael et Frieda buvaient du schnaps au caramel et jouaient au pinocle. Michael s'était endormi sur sa chaise, et Frieda l'avait alors porté dans son lit.

J'ai passé l'une de ces excellentes nuits dont on se réveille avec l'impression de faire partie du matelas, les membres lourds et souples, et le sentiment que tout ce que l'on regarde possède un contour net et brillant. L'univers est soudain plein de couleurs primaires, comme si l'impossible était arrivé et que Gauguin avait décidé de peindre cette partie du Nebraska. Mes rêves avaient été longs et variés; en buvant mon café, j'ai regardé les volumes de Curtis à la recherche d'une image aperçue pendant mon sommeil. Quand j'ai constaté qu'elle ne figurait pas dans ces livres, je me suis dit avec plaisir que mon cerveau venait de créer une photographie parfaitement inédite d'Edward Curtis.

Vers le milieu de la matinée, Frieda est entrée en trombe dans la cour au volant de la camionnette, avec Michael et Lundquist. A la fenêtre, j'ai remarqué que le vieillard portait son habituelle veste en jean ainsi qu'un pantalon du dimanche couleur bleu-vert, et ses chaussures de travail noires cirées en crachant dessus. Michael et Frieda se sont dirigés vers la maison avec des cartons d'épicerie pendant que Lundquist descendait de la camionnette une bassine pleine de glace et de bière qui devait peser plus de cinquante kilos. Il a jeté un coup d'œil circulaire, empoché une bière, puis marché vers la grange avant de revenir sur ses pas pour aller chercher Roscoe sur le siège de la camionnette.

Michael et Frieda avaient les yeux un peu rouges, mais paraissaient de bonne humeur. Michael s'est mis à préparer une sauce secrète pour le barbecue, le genre de recette dont les hommes sont volontiers fiers même si le résultat est souvent tout à fait anodin. Frieda a épluché des pommes de terre pour faire une salade, puis elle a déballé les poulets coupés en deux, examinant d'un œil critique les volatiles plumés.

— Grâce à Dieu, papa s'est levé aux aurores pour trucider les bêtes. J'aurais pas eu le courage de le faire. Ce poivrot ici présent — elle a lancé un regard mauvais à Michael — avait demandé à Naomi de fermer à double tour le placard des alcools, et on a dû se contenter d'une bouteille de schnaps au caramel que Gus avait laissée dans la camionnette. C'est dire qu'on n'est pas des lumières.

Je me suis approchée de la cuisinière pour mordre Michael à l'oreille, avant de le regarder rougir. Il a soupiré, roté, puis versé dans sa sauce le contenu d'une petite bouteille de Tabasco.

— En plus, il triche au pinocle, a ajouté Frieda.

Je suis sortie aider Lundquist à traîner hors de la grange le vieux gril en fer forgé de grand-père. Comme le harnais, ce gril était impeccable ; nous étions en train de l'installer non sans mal dans la cour quand Naomi est arrivée avec Paul, Ruth et Luiz. Ce dernier était assez timide après si longtemps, mais il avait déjà adopté ce qu'il croyait être une allure martiale. Paul a eu la gentillesse de me dire qu'en un peu plus d'un mois l'air de la campagne m'avait rendu toute ma beauté. Puis Paul et Lundquist ont emmené Luiz visiter la ferme, et je suis rentrée avec Naomi et Ruth, qui semblait fatiguée, car, nous a-t-elle avoué, elle venait de passer une semaine dans le meilleur hôtel du Costa Rica avec son prêtre.

A la cuisine nous avons goûté la sauce extrêmement relevée de Michael. Il a sorti de sa poche sa longue pipette en verre, puis est allé boire une bière dehors. Par la fenêtre, j'ai vu Lundquist qui parlait à Luiz avec animation, lui disant sans doute qu'il était un membre de la tribu perdue d'Israël. Avec Ruth, je me suis mise à casser les queues des haricots verts tandis que Naomi aidait Frieda à préparer la salade de pommes de terre. Quand Frieda a surpris notre conversation devant l'évier, elle s'est dite surprise que malgré sa minceur Ruth ait pu prendre autant d'« exercice physique ». Ruth lui a aimablement répondu que son amant faisait une fixation sur les femmes maigres. A cet instant, le jeune homme de Naomi est arrivé dans la cour, et elle est sortie l'accueillir. Il conduisait une camionnette aussi vieille que celle de Lundquist, et un éclair assez comique était peint sur la portière.

Lorsque j'ai interrogé Ruth sur ses projets, elle m'a répondu en riant qu'elle n'en avait aucun. Elle s'est étonnée que je sois prête à m'immerger de nouveau dès l'automne prochain dans la souffrance humaine en acceptant ce poste de conseillère auprès des familles de fermiers en faillite. Luiz est entré en courant pour me demander la permission de monter à cheval ; je lui ai répondu que Paul pouvait seller la jument baie pour lui. Luiz m'a avoué qu'à Sonora il n'était jamais monté que sur un âne, ajoutant qu'il était sûr de pouvoir se débrouiller avec un cheval. A l'école où il allait entrer, il y avait tout un cours d'équitation, et il tenait à s'y préparer dès maintenant. Quand il est ressorti, nous avons repris notre conversation tout en goûtant l'assaisonnement destiné à la salade de pommes de terre de Frieda. Alors que je me tournais vers elle, j'ai eu l'impression que Ruth me regardait bizarrement, mais je n'ai rien dit. Par la fenêtre, j'ai vu qu'ils étaient tous près du corral. Lundquist arrivait de la grange en portant une selle ; dans le corral Nelse, le jeune ami de Naomi, examinait les sabots de la jument. Puis il a fait sortir celle-ci et tendu le bras vers la selle que tenait Lundquist. Il est ensuite resté quelques secondes immobile pour calmer la jument et j'ai senti que la tête me tournait, comme si mon cœur gonflé se trouvait à l'étroit dans ma poitrine. Je ne l'avais jamais bien regardé avant cet instant, et il m'a soudain fait penser à Duane figé dans la cour glacée de la grange, en train d'admirer son sprinter sans un mot. Je me suis essuyée les mains avec un torchon, les yeux rivés aux haricots verts qui flottaient dans l'eau froide. Ruth m'a touché l'épaule. Quand je suis sortie, je ne sentais pas l'herbe sous mes pieds. Je suis restée là, à les regarder tous, puis Naomi s'est rapprochée de moi. Nelse a tendu les rênes à Paul, et s'est ensuite avancé lentement vers moi ; je me suis alors demandé s'il était Duane et moi-même réunis en une seule personne.

— Dalva, voici ton fils, m'a dit Naomi.

Il me semble avoir répondu « Je sais », puis Nelse et moi nous sommes éloignés côte à côte en direction de l'allée. Nous avons marché sur le chemin bordé d'arbres pendant trois ou quatre cents mètres sans nous parler. Je ne l'ai même pas regardé. Alors j'ai baissé les yeux vers le sol et lui ai dit :

— C'est ici que j'ai rencontré ton père.

Quand je l'ai regardé, il a détourné les yeux comme s'il comprenait le sens de mes paroles.

— Ça paraît un meilleur endroit que beaucoup d'autres, m'a-t-il répondu.

Lorsque sa main m'a serré le bras au-dessus du coude, j'ai pensé : Bon Dieu, je ne vais jamais tenir le coup, pourvu que je ne meure pas tout de suite. Que devons-nous faire ?

— Pourquoi n'as-tu pas parlé plus tôt ? ai-je enfin eu le courage de lui demander.

Il avait le teint un peu plus pâle, les cheveux plus clairs, mais ses yeux et ses épaules étaient ceux de Duane.

— Tu es revenue chez toi depuis un mois, et puis je n'étais pas sûr que tu voulais avoir de mes nouvelles. Naomi a deviné il y a environ une semaine, pendant notre travail. J'ai retrouvé ta trace l'an dernier. Alors j'ai appelé ma mère, l'autre, et elle m'a dit que vous vous étiez vues toutes les deux.

Comme il me tenait toujours le bras, je l'ai serré contre

moi assez gauchement, les yeux baissés vers la poussière où par un après-midi brûlant son père s'était assis avec un sac en papier qui contenait tous ses biens terrestres.

— Naomi m'a appris que mon père était un sacré jeune homme, mais pas forcément le genre qu'on a envie d'inviter dans son salon.

Maintenant il souriait.

— Elle a essayé de me protéger, mais on dirait que ça n'a pas suffi.

Assez naturellement, il a voulu voir une photo de son père et nous sommes retournés vers la maison, puis montés dans ma chambre. Il a regardé les photos sans trop savoir quoi dire, sinon exprimer son admiration pour le sprinter. Je suis descendue en courant puis remontée aussi vite avec une bouteille de cognac. Nous avons porté de nombreux toasts en buvant directement au goulot, puis parlé pendant une demi-heure jusqu'à ce que nous entendions de la musique. Nous sommes alors allés à la fenêtre pour regarder dans la cour: Michael faisait rôtir les poulets, Frieda mettait la table, Paul se tenait près du pneu de la balançoire avec Luiz, qui caressait la jument, Naomi et Ruth étaient assises à la table de pique-nique. Naomi a levé les yeux vers la fenêtre où nous étions. Quand nous lui avons fait signe, elle s'est pris le visage entre les mains. La musique venait de Lundquist, qui a erré dans le bosquet de lilas parmi les pierres tombales avant de revenir vers la cour en jouant de son violon miniature, comme s'il adressait son aubade tant aux morts qu'aux vivants. Nous sommes descendus les rejoindre.

Si vous désirez être régulièrement tenu au
courant de nos publications, merci de bien
vouloir remplir ce questionnaire
et nous le retourner :

Éditions 10/18
c/o 01 consultants
35, rue du Sergent Bauchat
75012 Paris

NOM : _

PRENOM : _ _ _ _ _ _ _ _ _ _ _ _ _ _ _ _ _

ADRESSE : _ _ _ _ _ _ _ _ _ _ _ _ _ _ _ _ _

_ _

CODE POSTAL : _ _ _ _ _ _ _ _ _

VILLE : _ _ _ _ _ _ _ _ _ _ _ _ _ _ _ _ _ _ _

PAYS : _ _ _ _ _ _ _ _ _ _ _ _ _ _ _ _ _ _ _

AGE : _ _ _ _ _ _ _

PROFESSION : _ _ _ _ _ _ _ _ _ _ _ _ _ _ _ _

TITRE de l'ouvrage dans lequel est insérée cette
page :
HARRISON – Dalva, n° 2168
_ _

IMPRIMÉ EN FRANCE PAR BRODARD ET TAUPIN
6754V - La Flèche (Sarthe), le 31.03.1999

Nº d'édition : 2069
Dépôt légal : mars 1991
Nouveau tirage : avril 1999